BRANDEMBURGO

HENRY PORTER

BRANDEMBURGO

Tradução de
MARCOS MAFFEI

EDITORA RECORD
RIO DE JANEIRO • SÃO PAULO
2008

CIP-Brasil. Catalogação-na-fonte
Sindicato Nacional dos Editores de Livros, RJ.

Porter, Henry, 1953-
P878b Brandemburgo / Henry Porter; tradução de Marcos Maffei. – Rio de Janeiro: Record, 2008.

Tradução de: Brandenburg
ISBN 978-85-01-07770-7

1. Berlim, Muro de (1961-1989) – Ficção. 2. Guerra Fria – Ficção. 3. Romance americano. I. Maffei, Marcos. II. Título.

CDD – 813
08-0535 CDU – 821.111(73)-3

Título original inglês:
BRANDENBURG

Direitos exclusivos de publicação em língua portuguesa somente para o Brasil adquiridos pela
EDITORA RECORD LTDA.
Rua Argentina 171 – Rio de Janeiro, RJ – 20921-380 – Tel.: 2585-2000
que se reserva a propriedade literária desta tradução

Impresso no Brasil

ISBN 978-85-01-07770-7

PEDIDOS PELO REEMBOLSO POSTAL
Caixa Postal 23.052
Rio de Janeiro, RJ – 20922-970

ALEMANHAS
OCIDENTAL
E ORIENTAL, 1989
Mar Báltico
Mar do Norte
Hamburgo
POLÔNIA
BERLIM
HOLANDA
ALEMANHA ORIENTAL
Leipzig
Dresden
Bonn
BÉLGICA
Montanhas Erzgebirge
ALEMANHA OCIDENTAL
TCHECOSLOVÁQUIA
FRANÇA
Munique
ÁUSTRIA
SUÍÇA
0 60 milhas
0 100 km

BERLIM DIVIDIDA, 1989
ALEMANHA ORIENTAL
ALEMANHA ORIENTAL
BERLIM ORIENTAL
Bornholmerstrasse
Chaussestrasse
Invalidenstrasse
Portão de Brandemburgo
Prisão Hohenschönhausen
Normannenstrasse Quartel-general da Stasi
Estádio Olímpico Quartel-general do SIS
Checkpoint Charlie
BERLIM OCIDENTAL
Aeroporto Templehof
Rio Spree
Lago Havel
Ponte Gleinecker

Para Miranda e Charlotte com amor

PARTE UM

1
Limiar do Abismo

O homem com o chapéu de palha o estava seguindo desde o começo, mantendo-se a distância, no entanto nunca se dando ao trabalho de não ficar à vista. Rosenharte o vira esperando do lado de fora do hotel enquanto se registrava, depois no centro de conferências, e mais tarde sentado num café na Piazza dell'Unitá, um sujeito melancólico com um ar abatido, que usava o chapéu puxado para trás na cabeça de maneira pouco convincente, como se tivesse acabado de ganhá-lo num estande de tiro ao alvo.

Às vezes ele chegava tão perto que Rosenharte podia ver os orifícios para ventilação nas laterais do chapéu e uma mancha na aba estreita. Queria ser visto — disso não havia a menor dúvida —, e uma vez ou outra Rosenharte achou que ele ia abordá-lo, mas então parecia decidir o contrário e se desviava para uma travessa.

Ele se perguntou se o homem seria a parte visível da operação de vigilância da Stasi em Trieste, sempre atrás dele para lembrá-lo da presença deles ali. Embora não houvesse necessidade; tinham deixado claro que a cidade estaria repleta de agentes. Tudo o que ele fizesse seria observado.

Talvez o homem tivesse sido posto em campo por uma agência ocidental como uma espécie de manobra para expor a vigilância da Stasi. Mas isso também não fazia sentido. Se os americanos ou ingleses estivessem observando — e com certeza estavam —, saberiam sobre a Stasi e a teriam incluído em seus cálculos. Ele concluiu afinal que o chapéu de palha era um detalhe, um aspecto secundário de algo bem mais ameaçador.

Ignorou o homem e se dedicou à conferência sobre o surgimento da consciência artística no final da Renascença, um tema que atraíra 150 acadêmicos de toda a Europa. Entre conferências e mesas-redondas, o Dr.

Rudi Rosenharte explorou as ruas da cidade quente e descontraída, inundada com tanta beleza pela luz do verão. Ficava nos bares em torno da praça principal tomando café e conhaque, contemplando as pessoas que passavam e se maravilhando com a inacreditável plenitude e abundância da vida italiana e — naturalmente — com as mulheres. Mesmo agora seus olhos não eram indiferentes aos encantos delas, nem ao contraste com a vida na Alemanha Oriental, onde a beleza era desprezada como uma obsessão burguesa e era impossível comprar um limão de um mês para outro.

Todavia nem por um momento ele conseguia esquecer que havia sido trazido a Trieste para um encontro com uma antiga amante — uma amante que ele sabia morta havia quase 15 anos, mas que a Stasi acreditava estar viva.

Em seu terceiro dia em Trieste, ela fez contato. Dentro de um envelope que continha a programação da conferência para o dia havia um bilhete de Annalise Schering escrito a mão, instruindo-o a ir a pé e sozinho até o fim do "Molo IV" — Cais Número Quatro — no Porto Velho, onde ela o estaria esperando no fim da tarde com champanhe gelado. Havia muito a admirar no recado: a caligrafia estava perfeita, a urgência romântica dos sentimentos era a certa, e o local, exatamente o tipo de lugar desolado e abandonado que Annalise teria escolhido. Era como se os autores tivessem engarrafado e preservado a essência dela. Ele leu o bilhete várias vezes antes de usar o telefone no saguão do hotel para ligar para o coronel Biermeier do Diretório Principal de Inteligência Estrangeira da Stasi, o HVA, que estava coordenando a operação em Trieste. Biermeier foi ao seu quarto no hotel para examinar o bilhete pouco depois das 3 horas da tarde.

— É obviamente uma falsificação — insistiu Rosenharte para as costas de Biermeier, que o lia na pequena varanda. — É uma armadilha. Estão tentando nos tapear. Devíamos ir embora e esquecer a coisa toda.

O coronel balançou a cabeça e voltou-se para ele, seu rosto de um branco doentio e seu cabelo grisalho com brilhantina refletindo a luz do sol. Soltou o ar enchendo as bochechas e abanou-se com as pontas do paletó num gesto contra o calor. Rosenharte de modo algum se deixaria enganar por essas táticas diversivas. Devolveu-lhe um olhar firme, deliberadamente afastando a ansiedade em sua mente. Cada poro de Biermeier exalava o odor da Stasi, e por um instante Rosenharte se perguntou como ele tinha conduzido tantas operações no Ocidente sem ser pego.

— Não, camarada Doktor, não é uma falsificação. A caligrafia é exatamente igual à de nossas amostras. Seguiremos adiante como o brigadeiro-general Schwarzmeer ordenou.

— Mas se alguma coisa der errado, eu serei tido como o responsável. Vocês estão com o meu irmão na prisão e ele será punido. Qual a justiça disso?

Biermeier sorriu, aproximou-se dele e pôs um braço ao redor de seus ombros.

— Vá até lá, Rosenharte. Ouça o que a mulher tem a dizer. Acreditamos que ela tem muito a nos dizer. — Fez uma pausa. — Escute, qual é o problema? Você a leva para jantar, conquista a simpatia dela como só você pode fazer e a traz de volta para nós. Leve-a para cama, Rosenharte. Faça com que ela seja sua de novo.

Rosenharte soltou uma risada amarga, momentaneamente relembrando os "manuais de amor" da escola de espionagem da Stasi.

— Faça com que ela seja sua de novo! Não estamos mais na década de 1950, coronel.

— Você sabe o que eu quero dizer. Era um de nós antes de a Firma decidir que seus talentos estavam em outra parte. Era o seu trabalho. Mais do que qualquer outro, sabe o que fazer com esta mulher. Não preciso lembrá-lo de que a sua obrigação para com o Estado é igual à de um agente em exercício.

Rosenharte acendeu um Marlboro e fez internamente uma careta. Detestava o jeito como a Stasi chamava a si mesma de a Firma, imitando o jeito que a CIA usava a palavra Companhia.

— E se eu a encontrar, vocês manterão nosso acordo e permitirão que meu irmão Konrad e sua família sejam libertados?

Biermeier não respondeu.

— Vocês *vão* libertá-los? — insistiu Rosenharte.

O coronel voltou-se e se permitiu um assentimento; um assentimento passível de ser desmentido.

— Isso é um sim?

Biermeier fechou os olhos e assentiu de novo.

— Não quero ninguém do seu pessoal me seguindo. O Cais Quatro é deserto e muito exposto. Já fui lá ver. Ela perceberá se houver alguém me seguindo.

— Sem dúvida foi por isso que ela o escolheu. Não, não vamos segui-lo. Estamos contando com você para trazê-la para nós. Está tudo em suas mãos.

Houve uma batida suave à porta. Biermeier a abriu e um jovem agente entrou carregando um saco plástico.

— Este é Schaub. Ele vai lhe mostrar como operar o aparelho de escuta. Agora temos equipamentos melhores do que no tempo em que você estava no serviço. Vai ficar impressionado com o quanto é pequeno.

Rosenharte sentou-se na cama com desânimo.

— Vocês esperam que eu seduza essa mulher estando conectado à Normannenstrasse?

— Eu vou ser o único a ouvir. De qualquer modo, quando chegar àquela parte da noite, você vai ao banheiro e o tira. É a conversa de antes que me interessa, não vocês fazendo amor, Rosenharte.

Schaub testou o microfone e o transmissor. Rosenharte tirou a camisa e submeteu-se, com leves protestos, a Schaub enxugar o suor de sua pele e prender o equipamento ao seu peito e às suas costas com fita adesiva.

— Pelo menos em parte deve estar se sentindo orgulhoso — disse-lhe Biermeier. — Afinal, você está servindo ao Estado outra vez.

— Nada mais longe da verdade — replicou Rosenharte. — Nunca fui muito bom neste tipo de serviço.

O coronel suspirou com impaciência.

— Ah, claro, agora você se considera um membro da *intelligentsia*. Fala bonito e adota um ar de superioridade, mas lembre-se, eu conheço o homem por trás da fachada. Li o arquivo sobre você. O que foi que uma de suas muitas namoradas disse? "Um filho-da-mãe, esperto e egoísta."

Schaub deu um sorriso, depois se levantou e foi embora.

— E vai me dizer que ela não mencionou meu adorável senso de humor? — disse Rosenharte. — Ou minhas habilidades como cozinheiro, minha constância, minha sobriedade, minha modéstia...

Biermeier balançou a cabeça com desdém.

— Bom — disse Rosenharte —, pelo menos sou um filho-da-mãe esperto que conhece a si mesmo. Quantos de nós podemos dizer isso, coronel?

Biermeier balançou a cabeça e sentou-se.

— Gostaria de tomar um banho antes de ir a esse encontro com ela.
— Por Deus, estava falando como se ela realmente fosse estar lá.

— Sem chance — disse o coronel. — Use aquela loção pós-barba metida que você comprou. — Antes de ir embora Biermeier deu outra olhada no transmissor e mexeu em uns fios minúsculos na parte de trás do microfone, enquanto Rosenharte mantinha os braços no ar e olhava a varanda lá fora. — Lembre-se de apertar o botão na lateral assim que a vir — disse. — É comum esquecer.

Um pouco antes das 6 horas da tarde Rosenharte se vestiu, olhou-se no espelho e saiu do hotel. Atravessou a Piazza dell'Unitá sentindo o calor do dia ainda pulsando nas pedras sob ele e observando os andorinhões no céu. Será que a Stasi sabia? Teriam falsificado as cartas de Annalise Schering para expor a sua grande mentira? Não, ninguém na RDA tinha como saber que ela se matara 15 anos atrás; que a probabilidade dele encontrá-la no fim do Molo IV era a mesma de lá estar Greta Garbo.

A imagem de Annalise veio-lhe à mente enquanto andava. O apartamentinho em Bruxelas numa noite de inverno, ele caminhando por entre as plantas e o acúmulo de coisas trazidas de suas viagens para encontrá-la na banheira cercada por velas e rosas, a cabeça apoiada sobre um braço estendido na borda. Morta. O sangue na água. A garrafa de vodca. Pílulas. A agulha do toca-discos indo e voltando na faixa em torno do rótulo do disco com a Quinta de Mahler. O que sentira então, como agora, fora um misto de culpa e de uma espécie de horror quanto ao excesso operístico da cena de sua morte. Annalise sempre exagerara em tudo, não havia como negar.

Passou por uma série de ruas paralelas que iam até o mar e chegou à Via Machiavelli, onde se deteve um instante, enxugando a testa e desgrudando a camisa do corpo. Retomou o caminho, evitando olhar muito obviamente para trás, e dirigiu-se aos molhes desertos em que o porto marítimo abrira generosamente seus braços para os transatlânticos do século passado. Lá olhou o relógio — ainda era cedo — e, pondo o paletó no encosto de um banco, sentou-se para fumar um cigarro e contemplar a plácida calma do golfo de Trieste. A alguma distância no mar um navio estava ancorado, o único ponto de referência na névoa que fora se acumulando durante a tarde longa e quente. Enquanto distraidamente procurava determinar onde o mar e o céu se encontravam, ocorreu-lhe que alcançara o limiar do abismo que separava o Oriente do Ocidente, uma decorosa terra de ninguém de praças e cafés grandiosos que pareciam salões de baile — e tão inteiramente traiçoeira quanto a zona mortal entre as duas Alemanhas.

Konrad teria gostado da ambigüidade de Trieste, uma cidade de fronteira que tentava esquecer o mundo comunista às suas costas, e morreria de rir com a idéia do encontro de seu irmão com uma mulher morta. Rosenharte permitiu-se um sorriso breve e pesaroso, como se o irmão estivesse sentado ao seu lado no banco. O pensamento serviu para diminuir seu nervosismo por um instante, mas ele logo se lembrou da difícil situação de seu irmão gêmeo como refém da Stasi. Para garantir sua cooperação e que ele não desertasse, estavam mantendo Konrad na prisão. Para não restar dúvida, haviam detido a mulher dele, Else, para interrogatório e colocado os dois filhos de Konnie sob a tutela do Estado. Rosenharte perguntou-se o que Konrad faria na sua situação e concluiu que seu irmão agiria com toda a cautela e esperaria para ver como as coisas se desenrolavam. Há sempre saídas, dissera ele uma vez. Mesmo na RDA nenhuma situação é inteiramente sem esperanças.

Deu uma última tragada no cigarro e jogou-o além das pedras do pavimento no mar. Um peixe subiu à tona onde a ponta caíra e voltou a sumir sob a superfície oleosa da água do porto. Dos bastidores do teatro de ópera atrás dele veio o som de uma soprano se aquecendo para o espetáculo da noite. Rosenharte virou-se e escutou com a cabeça inclinada, reconhecendo a parte de Violeta no primeiro ato de *La Traviata*. Olhou para cima, na direção das montanhas que empurravam Trieste para o mar, e viu colunas de nuvens brancas bem distintas da névoa que cobria a cidade como um véu.

Sua atenção voltou-se para um casal que falava alemão, ambos corpulentos e queimados de sol, sentados num banco não muito longe balançando as pernas como crianças contentes. Agentes da Stasi? Achou que não: bem alimentados e satisfeitos demais. Turistas austríacos, o mais provável. Ele observou-os abertamente e a mulher lançou-lhe um sorriso com um quê de admiração nos olhos. Ele se levantou e, com o paletó pendurado no ombro, passou por eles, cumprimentando-os com a cabeça.

À sua frente estava o Molo IV, uma ampla construção de pedra que se projetava no porto com atracadouros dos dois lados e um enorme armazém de um andar ao longo de sua espinha. Rosenharte passou por um portão perto do antigo terminal de hidraviões, acenou para um homem que lia um jornal numa guarita e virou à esquerda para seguir pelo píer. No caminho, observou as poucas pessoas em volta — dois trabalhadores tirando algo de um teto, um homem que preparava uma vara de pesca e alguns adolescentes jogando futebol no vasto pátio abandonado. Todos pareciam convincentemente interessados no que faziam. Andou uns vinte metros, contornou uma cerca provisória que protegia materiais de bombeamento e avançou no píer, esquivando-se de restos de peças enferrujadas e tufos de ervas daninhas que cresciam nas fissuras entre as pedras.

— Lá está ele — disse Macy Harp, cutucando Robert Harland com o cotovelo. — Bem no horário, como o raio do Berlin Express.

Os dois saíram da porta que dava para uma das pesadas passarelas de ferro do lado de fora do armazém abandonado. Esse enorme complexo do século XIX ficava perpendicular ao Molo IV. Estavam a cerca de 200 metros de Rosenharte, que se afastava deles. Harland focalizou o binóculo em Rosenharte e pensou que tanto ele quanto sua presa tinham muito a perder se aquilo desse errado. Fazia apenas um ano que era o chefe da sucursal de Berlim do Serviço Secreto de Inteligência Britânico e ainda estava em período de experiência. Essa operação representava um grande risco, já que sabia que a maioria do pessoal mais antigo da Century House o considerava um agente de campo sem as reservas de prudência necessárias. Não podiam negar que ele sempre obtinha resultados, mas estes eram atribuídos ao seu instinto e à sua ousadia, duas características menos apreciadas no serviço de inteligência do que imaginavam tanto a opinião pública quanto o próprio serviço de inteligência. O chefe da sucursal européia tinha lhe dado um certo apoio, bem como Macy Harp — o melhor homem para tarefas avulsas e, quando necessário, o mais competente criador de confusão de que o serviço dispunha —, mas Harland não tinha a menor dúvida de que muitos na Century House estavam realmente torcendo para que a operação falhasse. Insensato, temerário, impetuoso — essas seriam as palavras murmuradas por chefes de inteligência na mesa do almoço no Travellers Club —, e sua carreira estaria efetivamente encerrada.

Ele deu de ombros e se concentrou em Rosenharte. Era inconfundivelmente o mesmo que a Stasi mandara para Bruxelas muitos anos atrás. Na época da operação Schering, em seu passaporte falso sua idade constava como sendo 32 anos, o que daria agora cerca de 47. Tinha se cuidado: estava bronzeado e ainda magro, e em seus cabelos louro-claros nada havia de grisalho. Mas demonstrava uma certa agitação, e Harland podia ver que ele se dirigia sem entusiasmo para o ponto de encontro, olhando para trás e para o lado a cada meia dúzia de passos.

— Quantos da Stasi temos? — perguntou em voz baixa.

O rosto habitualmente animado de Harp franziu-se sobre um caderno.

— Cerca de uma dúzia. Nossos amigos italianos acham que há mais, pelo menos uns vinte, mas isso é com base em cruzamentos da fronteira da Iugoslávia nas últimas 48 horas, não em observações em Trieste.

— E o que sabemos sobre a figura com o chapéu de palha?

— Inicialmente achamos que ele era da Stasi porque o vimos algumas vezes. Jamie Jay deu uma olhada nele esta manhã, seguiu-o até uma espelunca de hotel no Porto Novo.

— Mas como ele conseguiu estar aqui dez minutos antes de Rosenharte?

Macy Harp retirou um dos cinco cigarros que estavam em sua pequena cigarreira de prata e o acendeu.

— Simples. Ele viu Rosenharte aqui quando ele fez seu reconhecimento esta manhã, percebeu que ele pegara o mesmo caminho agora no fim da tarde e decidiu chegar lá antes dele.

— Sei — disse Harland meio em dúvida. — Mas o que diabos ele está fazendo aqui?

— Fique frio, meu velho. Tudo será revelado logo mais.

— Onde Cuth está?

— Tomando um drinque ali adiante em frente ao mar. Ele pode ver tudo de onde está. Os italianos tiraram fotos, de modo que temos uma galeria completa lá onde ele está.

— Ele está muito longe. Traga-o mais para perto. — Harland não conseguiu disfarçar sua irritação.

Harp voltou-se para ele.

— Francamente, Bobby, estamos todos fazendo isso por amor à causa... e a você. Jay tirou folga para ajudar e Cuth Avocet desistiu de uma semana no Tweed.

— É uma operação oficial.

— Eu sei, eu sei. Ainda assim, você não pode negar que o escritório não deu exatamente todo o apoio de que você precisava.

Harland não disse nada. Era tão óbvio assim?

— Ah, encontrei Jay — disse Harp alguns instantes depois. — Ele está escondido num dos barracões em ruínas no centro do píer. Está conseguindo vê-lo?

— Certo... olhe, eu agradeço por você estar cedendo seu tempo, mas gostaria que entendesse que isso tem, sim, o aval do chefe. É muito importante. Pode salvar um monte de vidas.

— Tenho certeza de que você tem razão, Bobby — disse Harp conciliador. Ele olhou em volta e cheirou o ar. — Meu Deus, este lugar fede. O que diabos era armazenado aqui?

— Couro. Não curtido, imagino.

Harp olhou em volta.

— Você sabia que o maquinário do porto era inteiramente movido a água? Cada guindaste, grua, elevador era movido por água comprimida. Energia hidrodinâmica. Realmente surpreendente o que eles inventavam no século XIX.

— É — disse Harland sem interesse. — Temos certeza de que Rosenharte não fez nenhuma ligação do telefone de seu quarto no hotel depois que achou o bilhete?

— Impossível ter certeza — disse Harp. — Sabemos que o lugar está infestado de agentes da Stasi e eles devem ter estabelecido um meio de se comunicar com ele sem que fiquemos sabendo. O hotel não é lugar dos mais fáceis de monitorar.

— Espero sinceramente que eles não descubram que a gente está aqui. A idéia é que seja só Annalise. Se eles tiverem qualquer suspeita quanto a nós, estaremos perdidos.

Harp assentiu.

— Conte-me mais sobre o nosso amiguinho lá embaixo. Como é que ele está indo encontrar uma mulher que sabe que está morta?

— Porque a Stasi o forçou a isso.

— Mas por que não contou a eles que ela estava morta?

— Porque ele não podia. Não podia em 1974 e muito menos agora. Basta dizer que o colocamos numa...

— ... posição impossível. Entendo, mas como? A morte da garota? Ele estava envolvido? Estava trabalhando para vocês?

Harland permaneceu imóvel, olhando por seu binóculo.

— Tem alguma coisa que eu não estou entendendo — disse Harp.

— É isso mesmo, Macy. — Ele não tinha a menor intenção de contar-lhe tudo, e de qualquer forma era mesmo complicado demais.

Harp assentiu. Sabia que não era o caso de insistir.

— Meu Deus, não sei o quanto ainda vou agüentar este fedor.

Rosenharte avistou o homem com o chapéu de palha saindo de um prédio em ruínas e vindo pelo píer na sua direção. Rosenharte diminuiu o passo, parando em seguida para acionar o botãozinho no aparelho preso em seu peito. O homem estava cambaleando feito um bêbado. Enquanto ele se aproximava, Rosenharte pôde dar uma boa olhada nele. A barriguinha redonda de cerveja e o paletó mal cortado do terno anunciavam inequivocamente um cidadão da República Democrática da Alemanha. Seu olhar estava fixo em Rosenharte e havia pouca dúvida de que estava vindo bem na sua direção.

Por alguns segundos Rosenharte esperou algum tipo de violência, mas o homem pareceu tropeçar, apertou o tórax e soltou um palavrão antes de arrancar o chapéu e se precipitar nos poucos metros até onde Rosenharte estava. No último momento Rosenharte tentou se desviar do caminho dele, mas o homem investiu para a direita, alcançou sua camisa e agarrou-a com tanta força que Rosenharte instintivamente reagiu com violência. O homem ficou estupefato, e Rosenharte compreendeu que a face sob ele estava contorcida de dor e medo. O homem punha uma das mãos na garganta e procurava freneticamente algo nele. Uma parte de Rosenharte manifestou asco pelo hálito dele e pela espuma que se acumulara nos cantos da boca, mas ele o agarrou pelos ombros e disse-lhe em alemão que ficasse calmo, pois ele iria procurar alguma ajuda. Enquanto dizia isso, registrou uma testa com rugas e gotas de suor, duas marcas no nariz onde habitualmente ficava um par de óculos, o colarinho da camisa sujo e puído e a barba crescida de um dia. Ele sacudiu o homem, fitou-o nos olhos — não havia malevolência na expressão, apenas pânico — e disse-lhe de novo que precisava ajudar a si mesmo tentando se acalmar. Experimentou usar seu incerto italiano, mas voltou para o alemão e falou em voz baixa.

Em Dresden, uma vez tinha visto um homem ter o olho arrancado por um guarda-chuva. As pessoas ficaram em volta imóveis enquanto o sangue jorrava da órbita, e o jovem entrou em estado de choque. Uma mulher ajoelhou-se e abraçou-o, e ele se acalmou quase que instantaneamente. De modo que Rosenharte tocou o homem no rosto e segurou-o com delicadeza. Isso pareceu funcionar por algum tempo, mas os olhos dele ficaram fixos e seu corpo chacoalhou numa série de convulsões que forçou ambos na direção da beira do píer. Cambalearam numa valsa bêbada por alguns segundos, levantando nuvens de poeira e amassando o mato seco, até o homem subitamente cair em seus braços e empurrá-lo contra um grande poste de amarração de ferro.

Em seguida, palavras vieram dele.

— Rye... Ryszard... Rye... Kusimiak.

As costas de Rosenharte apoiaram-se involuntariamente na superfície cálida e reluzente do poste.

— Fique quieto, pelo amor de Deus, ou... — Neste instante ele perdeu o equilíbrio e percebeu que não tinha como deter o impulso do homem. Por um segundo ele ficou suspenso sobre a água, depois escorregou do poste de amarração. Ao cair o metro e meio de altura, teve certeza de ver o homem pondo a mão no bolso antes de tombar para a frente e deslizar pela parede do molhe até a água como um saco pesado.

Mais irritado do que chocado, Rosenharte voltou à tona e alcançou uma corrente que estava pendurada no píer. Agarrou-a, apoiou os dois pés na pedra cheia de cracas e começou a subir, puxando a corrente com as mãos. Ao sair da linha da água ouviu uma voz, olhou para cima e viu um homem estendendo-lhe a mão. O homem estava gritando alguma coisa em italiano. Rosenharte enrolou a corrente cheia de limo em volta de uma das mãos e subiu mais um pouco, mas chegou a um ponto em que seu ângulo em relação ao píer tornava impossível avançar mais. Ele se moveu para a esquerda e balançou na direção oposta para pegar a mão estendida do italiano. Alguns momentos de esforço frenético seguiram-se até ele enfim estar ajoelhado no píer, tossindo para tirar a água do mar de sua garganta.

Passou a mão pelos olhos e olhou para cima. Em volta deles havia um semicírculo de adolescentes com varas de pescar. Rosenharte deu com um rosto largo e jovem e um par de olhos azuis inteligentes e assentiu para indicar que estava bem. O homem pôs a mão em seu ombro e disse:

— Você está bem; apenas dê um tempo aí. — Rosenharte teve certeza de que ele não era italiano.

Um dos meninos avistou o corpo na água e começou a gritar. Todos os cinco tiraram a roupa e mergulharam, aparentemente sem se preocupar com o que poderiam encontrar. Um deles puxou a cabeça do homem pelos cabelos sem a menor cerimônia, enquanto os outros se juntaram a ele para empurrar o corpo na direção da corrente.

— Talvez seja melhor eu falar alemão — sussurrou o homem, após ter instruído os meninos em italiano a passar a corrente sob os braços do corpo e darem um nó nela.

Era a última coisa que Rosenharte queria. Balançou a cabeça furiosamente, pôs a mão dentro da camisa e arrancou o transmissor em seu peito.

O homem demonstrou pouca surpresa.

— Não se preocupe, não vai funcionar ensopado desse jeito.

— Quem é você?

— Um amigo de Annalise. — Ele estava olhando para trás no píer, para as pessoas que tinham se materializado do nada.

— Você é inglês? — perguntou Rosenharte.

O outro assentiu.

— Ele é um dos seus? — perguntou, apontando para a água.

— Dos meus? Não.

— Olhe, a qualquer instante teremos a companhia da polícia. — O inglês apontou com o queixo. Rosenharte virou-se e viu um Alfa Romeo azul-marinho avançando devagar em meio aos pedaços de ferro. — Esteja no Ristorante Grand Canale às 21h30. Escolha uma mesa do lado de fora, no cais flutuante sobre o canal. Faça com que pareça que você foi àquele restaurante por acaso. Entendeu? — Ele deu um leve soco no ombro dele. — Bom sujeito; tudo vai dar certo.

Rosenharte já vira o restaurante no canal e achava que devia ser caro. Ia protestar, quando um dos meninos gritou para eles pegarem a corrente e começarem a içar o corpo para fora da água. Os dois olharam da borda do píer e viram que o corpo ficara preso numa pedra protuberante. Nesse momento dois policiais saíram correndo do carro para ajudar a içar o homem para o píer. O inglês ajoelhou-se e começou a pressionar ritmicamente as costas do homem. De sua boca começou a escorrer água, mas quando a tossida que esperava não ocorreu, virou-o, tomou seu pulso e ouviu seu peito. Suas mãos moveram-se experientes pelo corpo, num dado momento insinuando-se dentro do paletó. Então ele segurou o nariz e o queixo do homem e empurrou de leve sua cabeça. Mas assim que seus lábios encostaram nos do homem ele recuou imediatamente, limpando a boca furiosamente na camisa e cuspindo no chão. Um dos policiais tentou assumir, mas o inglês impediu-o dizendo que alguma coisa estava errada.

— *Attenzione, Signore, non e buono.*

Um receio de contágio disseminou-se entre os meninos que tinham acabado de sair da água, e todos eles começaram a se afastar do corpo. Rosenharte olhou para baixo com uma total falta de emoção a princípio, mas então foi tomado pela perplexidade e pelo choque. Perguntou-se o que a súbita extinção daquele ser humano comum representava para ele. Coisas assim não aconteciam à toa.

Do armazém, Robert Harland observou o carro de polícia com Rosenharte dentro desaparecer pelos portões do Porto Velho, seguido por uma ambulância que levava o corpo, e perguntou a si mesmo se a sua operação estaria comprometida. Ele também tinha certeza de que o embate com o homem no píer e a morte dele significavam alguma coisa. Voltou-se para Cuth Avocet — uma figura magrela conhecida em todo o SIS britânico como o Pássaro —, que subira por uma escada dos fundos para juntar-se a eles no poeirento antigo depósito de couro.

— O que diabos foi isso? — perguntou.

— Não faço a menor idéia — respondeu o Pássaro. — Suponho que saberemos um pouco mais quando Jamie nos informar.

— Pelo menos ele estava em sua posição — disse Harp.

— Tem razão — disse Harland. Olhou para a água. — Melhor voltarmos para a perua e começarmos a preparar o esquema para o restaurante.

— O sujeito dificilmente vai estar com vontade de comer carne com legumes logo depois de alguém ter tentado acabar com ele — disse o Pássaro calmamente.

— Não pareceu que o outro estava tentando matá-lo — disse Harland. — Vi tudo o que aconteceu. No fim Rosenharte estava tentando ajudá-lo. Melhor irmos.

O Pássaro estendeu o braço.

— Talvez fosse o caso de aguardar a área ficar limpa antes. Há um par de fantasmas lá. — Ele apontou para dois homens que se materializaram do nada lá embaixo e estavam indo para os portões do cais.

— Com mais esses dá um total...

— De 14 — disse Harp.

— Então agora sabemos o que estamos enfrentando — disse Harland.

Meia hora depois, Harland estava no interior da perua Volkswagen preta com Jamie Jay, examinando o conteúdo da carteira de couro preta que ainda estava empapada depois do mergulho no Adriático. Harland pôs uma carteira de identidade sob a luz e leu o nome Franciscek Grycko.

— O que diabos um polonês estava fazendo aqui? A Stasi e os espiões poloneses mal se falam. A Normannenstrasse não os envolveria em algo como isso. São considerados muito pouco confiáveis.

Jay leu um dos cartões de visita, que caíra todo amarrotado.

— Diz aqui que Grycko é representante de vendas de uma empresa de calçados. International Quality Shoes, Wroclaw.

— Empresa de calçados! — disse Harland com desdém.

— Um grande negóci... — mas ao ver a expressão de Harland, Jay desistiu da piada.

— Pena você não ter conseguido o passaporte dele — disse Harland.

Jay pareceu ofendido.

— Tente você beijar um vendedor de sapatos morto com vômito na boca para ver o quanto você agüenta revistá-lo ao mesmo tempo. Do jeito que foi, eu provavelmente bati um recorde lá.

— Você acha que os dois se conheciam?

Jay balançou a cabeça.

— Rosenharte disse que o homem teve algum tipo de ataque; praticamente caiu nos braços dele com a boca espumando.

— Nós vimos do armazém. Fiquei com a impressão de que estava apenas tentando falar com ele. E quanto ao gosto que você mencionou? Você acha que era veneno?

Jay franziu o nariz.

— Não sei. *Eu* estou me sentindo bem.

— Certo. E quem está monitorando o telefone dele no hotel?

— Cuth foi render Jessie.

— Deus, espero que Jessie já tenha trocado de roupa.

— Claro. Ela vai ficar perfeita no papel. Rosenharte vai se apaixonar perdidamente de novo.

— Não precisamos de tanto. Só o que importa é que a Stasi acredite que ela realmente é Annalise. — Harland notou a dúvida nos olhos de Jay. — O que foi? — quis saber.

— Bom, é que há muita coisa que está fora do nosso controle.

— É uma operação do serviço secreto, pelo amor de Deus, Jamie, e não uma festinha no jardim.

— Bem, fizemos o melhor que podíamos com as cartas e Jessie, mas no fim das contas tudo depende da reação de Rosenharte.

— Certo — disse Harland. — Se por um único de momento ele demonstrar que não a reconhece, ou der o mais leve indício de que ela não é Annalise, tudo estará perdido e só lhe restará desertar esta noite. Ele não resistirá nem a um minuto de interrogatório com Schwarzmeer.

— Schwarzmeer?

— Sim, o brigadeiro-general Julius Schwarzmeer, diretor da Hauptverwaltung Aufklärung. — Fez uma pausa e observou a expressão curiosa de Jay. — Desculpe, esqueci que você está um tanto enferrujado nisso tudo. Ainda assim, foi gentileza de sua parte ter se envolvido nisso.

— O HVA é o braço estrangeiro da Stasi, uma subseção, certo?

— Sim, fica no mesmo prédio da Normannenstrasse, e o HVA tem escritórios em todos os quartéis-generais regionais da Stasi.

— O mesmo pessoal, então?

— Os do HVA são mais bem treinados, mais bem pagos e têm permissão para viajar para o Ocidente. O agente da Stasi comum tem de se contentar com as férias ocasionais na Bulgária.

— E o propósito disso tudo? Quero dizer, entendi o objetivo imediato, mas o que significa em termos mais amplos?

— Se der certo, você verá. Pode até mesmo ajudar na sua parte do mundo.

— Com todo o respeito, duvido seriamente que Omã possa se beneficiar disso.

— Você nem imagina. Tire a areia de seus sapatos, Jamie. Há muita coisa que conecta os problemas que acontecem na sua parte do mundo com a Stasi. É disso que se trata esta operação. É por isso que tenho o aval do chefe, bem como é por isso que o Comitê Conjunto de Inteligência aguarda tão ansiosamente os resultados de nossos esforços hoje à noite aqui. — Ele se interrompeu. — Olhe, é melhor eu ir. Quero dar a carteira para os italianos e estou interessado em ouvir o que eles têm a dizer sobre o estado de espírito de Rosenharte depois do que aconteceu no píer.

Os dois saíram juntos da perua. Já estava quase escuro. Harland percebeu que nuvens de chuva haviam se formado, deixando o calor na cidade abafado. A derradeira luz do oeste tocava-as no topo, dando a cada uma um pico rosado.

Jay partiu na direção do Grand Canal enquanto Harland virou na direção contrária ao mar e se dirigiu a um velho prédio de uma companhia de seguros perto do quartel-general dos Carabinieri, onde Ludovico Prelli estava conduzindo a operação italiana como um favor pessoal para Harland.

Ao chegar ao prédio, ele passou por um controle de segurança na porta e seus passos ressoaram na escadaria até o primeiro andar, onde dois homens examinaram seu passaporte diplomático. Orientaram-no a seguir por um largo corredor, onde havia alguns agentes da equipe de Prelli. De dentro do escritório de Prelli, um pouco adiante no corredor, Harland ouviu a voz grave e bem-humorada de Alan Griswald, que ocupava o posto correspondente ao seu na CIA em Berlim e interrompera suas férias com a família em Veneza para estar em Trieste nas 24 horas seguintes.

— Tudo bem? — disse Harland. — Que notícias traz do Rialto?

— Nenhuma, a não ser que adorei você não estar lá, Bobby — respondeu Griswald.

— É bom você estar aqui. Obrigado por ter vindo.

— Estava ótimo, mas eu não agüentava mais ver tetos pintados por Tintoretto.

— Ludo informou-lhe o que acabou de acontecer no Porto Velho? — Harland apertou a mão de Griswald e entregou-lhe a carteira. — Era um polonês chamado Grycko. Um vendedor de sapatos. Isso lhe diz alguma coisa?

Griswald balançou a cabeça.

— Do que ele morreu?

— Ataque do coração, talvez. Estava com muita saliva em volta da boca. Talvez houvesse veneno envolvido, mas o meu agente tentou darlhe o beijo da vida e parece que continua bem. Em todo caso, teremos o resultado da autópsia amanhã. É isso, Ludo?

— Não, ainda esta noite, acho — disse o italiano.

Harland sentou-se.

— O que a polícia disse sobre Rosenharte? Qual era o estado de ânimo dele quando o levaram de volta para o hotel?

O italiano juntou as pontas dos dedos e pareceu pensativo.

— A polícia disse que ele não queria mostrar o que estava pensando. Estava chocado, mas se controlou, como vocês ingleses. — Ele sorriu para Harland.

Harland assentiu, catou o chapéu de palha, que fora trazido do Molo IV, e examinou o lado de dentro.

— Gostaria de saber quem diabos ele era — disse.

2
Blecaute

Rosenharte chegou ao restaurante com o cabelo molhado e a camisa ainda mostrando os sinais de ter vindo apertada na pequena valise de plástico que ele trouxera de Dresden. Conduziram-no a uma mesa na extremidade do cais flutuante, onde ele se sentou e pediu uma garrafa de vinho branco local. Ele virou o rosto para a brisa marinha que começava a agitar a ponta da toalha da mesa e, sentindo-se um tanto deslocado em meio àqueles italianos chiques, acendeu um cigarro.

À exceção de duas das dez mesas do cais flutuante, todas estavam ocupadas, a maioria por casais jovens numa proximidade descontraída. Ele se deixou escorregar um pouco na cadeira e observou as pessoas passeando nas margens do canal. Alguma música latino-americana vinha de uma das alamedas que iam dar no centro da cidade. Ao ouvi-la, um casal que passava parou, um tomou o outro nos braços e juntos executaram alguns passos perfeitos de dança sob o cone de uma das luzes da rua antes de desaparecer nas sombras como fantasmas.

Ainda estava quente, mas a brisa o estava refrescando, e ele pôde notar os homens e mulheres passeando ao longo do canal, que pareciam não ter nenhum objetivo em particular, mas se mostravam curiosamente atraídos por aquela área. Percebeu com certo alívio que os músculos enferrujados estavam começando a se flexionar; os instintos que lhe haviam ensinado a usar com uma velocidade quase subliminar na escola de treinamento da Stasi estavam voltando. Se o começo da noite era uma amostra do que vinha, iria precisar deles.

Ficou lá por dez minutos antes de perceber uma mulher na passarela que descia ao cais flutuante. Seu olhar deteve-se nele, e ela acenou timidamente. Por um momento ele a encarou sem saber o que fazer, depois acenou hesitantemente. Ela era mais cheia que Annalise, mas a diferença poderia facilmente ser atribuída à passagem do tempo. Seu cabelo também era praticamente o mesmo — escuro e preso atrás com presilha — e suas roupas — a saia de linho branco, o casaquinho largo, sapatos de lona e bolsa pesada no ombro — eram exatamente as que uma Annalise de meia-idade estaria usando. Mas, para ser honesto, ela não chegava nem perto da beleza de Annalise e nada tinha da leveza e graça de seus movimentos. Ela agora estava junto à mesa, toda sorridente e com as mãos estendidas, as palmas para cima.

— Pelo amor de Deus, levante-se — sussurrou ela em inglês sem mudar a expressão de prazer em seu rosto. — Levante-se e segure minhas mãos. Olhe em meus olhos, me dê um abraço e me beije.

Ele seguiu as instruções, sentindo-se um tanto idiota e cometendo um equívoco quando ela ofereceu o lado direito da face e ele tentou beijar o esquerdo. Pediu desculpas. A situação era muito bizarra, e ele achou que qualquer um que estivesse observando imediatamente perceberia que aquele reencontro era uma fraude.

— Ei — exclamou ela, talvez um pouco alto demais —, lembro que você sempre fazia isso. Rudi querido, é tão bom vê-lo. — Ela o abraçou mais uma vez e ele sentiu seu perfume. Afastou-se dando um passo para trás, como se estivesse observando como ele estava depois de 15 anos sem vê-lo. — Bom, você vai me convidar para sentar e jantar ou não?

Rosenharte fingiu o que esperava parecer uma charmosa admissão de sua falta de jeito, e ao perceber que ela estava esperando que puxasse a cadeira para ela apressou-se em dar a volta na mesa. Antes de voltar para o seu lado, tocou-a de leve nos ombros.

— Você está pegando o jeito da coisa — disse ela, olhando-o e abrindo um sorriso. — Acho que ambos precisamos de um drinque, não? Aceito uma taça desse seu vinho branco.

Ele encheu a taça dela.

— Deram-lhe outro transmissor?

Ele balançou a cabeça.

— Ótimo. O meu pessoal pode nos ouvir, mas é só numa direção.

— Você não é Annalise — disse ele. Tinha de deixar registrado que não era ela porque uma vaga suspeita de que seu próprio lado armara-lhe uma armadilha ainda permanecia em sua mente. Seu transmissor podia estar inoperante, mas sempre havia a possibilidade da Stasi estar ouvindo por outro.

— Claro que não. Você com certeza não estava esperando que ela fosse aparecer, estava?

Ele não disse nada e ela lançou-lhe um olhar perplexo.

— Ah, já entendi o que você quer. Meu Deus, isso *é* complicado, não? Você acha que o seu próprio lado está armando para você?

Pelo menos a mulher era rápida.

— Como os pais de Annalise se conheceram? — perguntou. Sabia que a Stasi não tinha isso em seus arquivos, porque ele nunca lhes dissera.

— O pai dela era um missionário belga no Congo. Sua mãe irlandesa era freira. Annalise foi o resultado de um caso escandaloso, o que obrigou o casal a sair da igreja. Viveram na Irlanda até Michel Schering morrer, quando então mãe e filha voltaram para a Bélgica. Isso basta?

— Qual era a característica que distinguia Annalise de noventa e nove por cento da humanidade?

A chama da vela estremeceu. Ela tirou o cabelo do olho e refletiu um pouco.

— Sua facilidade para idiomas. Falava sete ou oito e tinha fama de ser capaz de aprender um idioma novo em menos de um mês.

— Sim — disse Rosenharte. — Mas todo mundo sabia disso. Eu esperava outra coisa.

— Seu tipo sanguíneo. Ela tinha um dos mais raros tipos sanguíneos conhecidos pela humanidade. Certo?

Ele assentiu, ainda em dúvida, mas agora tinha de fazer a aposta: aceitar ou não essa mulher.

— Ponha sua mão sobre a minha — disse ela, fitando-o nos olhos de forma tão eficiente que algo dentro de Rosenharte se moveu. — Estamos sendo observados. Há cerca de uma dúzia de agentes da Stasi. Isso é bom, porque queremos que eles vejam a gente se entendendo e depois você, no devido momento, começando a me seduzir. — Ela deu um sorriso malicioso.

Ele sorriu e ofereceu-lhe um palito de pão.

— Espero estar à altura disso — disse, brincando.

— Claro que está — retrucou ela. — Você gosta das mulheres, Rudi, e mesmo que eu não lhe seja atraente, você vai ter de fingir que sou. Agora, acenda meu cigarro. — Ela exalou a primeira tragada. — O vento está aumentando. É um alívio depois do calor. — Ela juntou as mãos e fez com que os ombros estremecessem como uma menininha. Ela era boa naquilo.

— Vocês, ingleses, sempre têm algo a dizer sobre o tempo. — Ele fez uma pausa e deu uma olhada para o canal. — Eu não sei o seu nome verdadeiro e não posso chamá-la de Annalise, mas...

— Então use um apelido.

— Eu a chamava de Anna.

— Então use Anna — disse ela com uma risada.

— O seu pessoal, a inteligência britânica, pode me ouvir nesse momento?

Ela assentiu.

— Eles precisam saber que há vidas em risco.

— Se algo der errado, você pode desertar. Temos bastante gente aqui para ajudá-lo ao primeiro sinal de problemas.

Ele olhou para ela sem se dar ao trabalho de esconder seus sentimentos.

— Meu irmão Konrad está na prisão. Vão mantê-lo lá até eu voltar à RDA.

Ela assimilou isso sem mudar a expressão.

— Mais uma razão para fazer tudo certo sem levantar as suspeitas deles.

— Você falou em suspeitas. A operação de vocês já está comprometida. Aquele homem que morreu no píer: a Stasi sabe que alguma coisa está errada. Por que você me pediu para ir lá?

— Queríamos ver quantas pessoas o estavam seguindo e identificá-las. — Ela sorriu e passou o dorso da mão pela bochecha. — Que tal fazermos os pedidos?

— O homem que morreu; quem era ele?

— Não sabemos ainda. Escute, seria muito mais seguro se deixássemos isso tudo para depois; essas questões estão evidentes em seu rosto. Apenas siga o roteiro e comece a falar suave comigo, benzinho. — Ela piscou para ele e sua mão moveu-se sob a mesa para tocá-lo na perna. — Relaxe, Rudi, e fale-me de seu trabalho.

Quase diretamente sobre o restaurante havia uma varanda ornamentada no primeiro andar que se estendia ao longo de quatro janelas fechadas.

Por trás dessas janelas havia uma sala de estar excepcionalmente bem mobiliada, onde Harland instalara seu posto avançado de observação. Com ele na sala estavam Harp, Griswald e Prelli com dois de seus assistentes. Dali eles monitoravam os movimentos da equipe da Stasi que seguira Rosenharte desde o hotel. Harland ouvia os informes chegando. Estavam agora cientes de um par que perambulava na ponte ali perto, três homens num carro estacionado próximo ao canal, um casal disfarçado de turista e dois homens que tinham acabado de sentar-se a uma mesa na outra ponta do cais flutuante. Havia cerca de mais cinco subindo e descendo as margens do canal. Em suma, a área estava infestada de agentes de inteligência da Alemanha Oriental. Harland sabia que esse tipo de vigilância muito próxima era uma especialidade da Stasi. Seria um milagre se tantos olhos não percebessem que Jessie e Rosenharte estavam fingindo. Ainda assim, eles estavam reagindo um ao outro com uma mistura razoavelmente convincente de afeto e cautela. E se parecia bom de onde ele estava, bem podia enganar os outros.

Algo chamou sua atenção no toldo imediatamente abaixo do apartamento e ele soltou um palavrão.

— E esses homens, quem são?

— Quais homens? — perguntou Prelli.

— Os que estão esperando junto à estante do maître.

Prelli assentiu e sussurrou alguma coisa. Alguns momentos depois seu pessoal confirmou que eram parte da equipe que cruzara a fronteira.

— Realmente lamentável vocês não terem um transmissor-receptor com a mulher — disse Griswald. — Você poderia avisá-la sobre esses capangas.

— Ela sabe que eles estão lá — respondeu Harland. — Rosenharte acabou de lhe dizer. Ele está se saindo muito bem, considerando as circunstâncias.

Fez-se silêncio na sala enquanto ele ouvia o que o casal dizia. Ele observou o garçom tirar o pedido deles, e então se voltou para Griswald.

— O que você acha quanto a isso do irmão dele estar na cadeia?

Griswald mudou de posição, fazendo com que Harland pudesse ver suas feições flexíveis e seu cabelo louro sob a pouca luz que vinha do equipamento de Prelli.

— Devem ter suspeitado que ele ia fugir.

— Eles suspeitam de todo mundo o tempo todo. É assim que é a Stasi.

— E no entanto pode ser uma vantagem para você, Bobby. Significa que o sujeito vai ter de voltar para o Leste se o irmão dele está no xadrez. E se ele *de fato* voltar, ele vai ter de trabalhar para você. Não há saída para ele.

— Sim, mas ele não estará arriscando apenas a própria vida. Poderá estar arriscando também a do irmão, o que aumentará a pressão. E em condições assim as pessoas cometem erros.

— Para mim, ele parece ser o tipo de homem que pode enfrentá-la. Compostura e equilíbrio de sobra. Parece um verdadeiro príncipe.

— É, foi por isso que o usaram como agente na década de 1970.

Enfim os dois alemães conseguiram a atenção do maître e estavam sendo conduzidos à única mesa livre, a mais próxima à passarela.

— Merda — disse Harland. — Isso significa que eles vão ter de passar por eles quando saírem.

— Vai dar tudo certo — murmurou Griswald. — Eles estão indo bem. — Ele fez uma pausa. — Fale-me sobre o irmão dele.

— São gêmeos idênticos. Nosso amigo aqui estabeleceu certa reputação como historiador da arte. Manteve-se limpo, a parte um ou outro escândalo: esposas de outros homens, esse tipo de coisas. Já o irmão é um dissidente. Volta e meia na prisão, incluindo períodos em Bautzen e Hohenschönhausen.

— *As belas casas altas* — disse Griswald. — Qual foi o crime dele?

— Relacionar-se com elementos demagógicos e hostis; algo desse gênero. Ele é cineasta. Quando foi libertado depois de uma sentença em Rostock, foi expulso da União dos Cineastas. Não sabemos muito mais sobre ele.

Um quarto de hora se passou, durante o qual ouviram Rosenharte descrever sua vida entre Leipzig e Dresden e contar a Jessie sobre a palestra que ia dar no dia seguinte. A conversa estava fluindo bastante bem agora. Um rádio fez barulho e Cuth Avocet, escondido na perua a pouca distância do canal, disse:

— Vocês estão vendo? Um daqueles caras está indo na direção deles.

Harland moveu o rosto para cima e para baixo diante da veneziana. Viu um homem magro e de meia-idade, com a camisa aberta no colarinho, andando em direção à mesa.

— Meu Deus — disse Griswald.

Rosenharte pôs a mão sobre a dela.

— Vamos ter companhia. — Em seguida, ele pegou seu queixo e inclinou-se para beijá-la.

— Isso foi bom — disse ela, olhando-o direto nos olhos e sorrindo. — Você é muito bom nisso.

— Obrigado — Ela não era a primeira dizer isso.

O homem estava a uns dois metros deles. Hesitou e inclinou a cabeça como se não tivesse certeza de tê-la reconhecida, depois, parecendo satisfeito porque estivera certo desde o princípio, aproximou-se da mesa.

— Annalise! — exclamou, fazendo uma mesura embaraçada. — Annalise Schering, é mesmo você? — disse em inglês. — Não pode ser!

Ela olhou para ele com uma expressão de aberta perplexidade.

— Perdão... mas nós nos conhecemos?

— A Comissão em Bruxelas! Sim, é você. Não se lembra de mim? Hans Heise, de Bonn. Trabalhamos na mesma unidade no DG8, o Diretório Geral para o Desenvolvimento. Meu escritório ficava do outro lado do seu no corredor. — Ele lançou um olhar condescendente para ela.

Ela olhou para ele e relançou os olhos para Rosenharte, que sorriu educadamente.

— Desculpe, simplesmente não o estou localizando. Qual foi o escritório que você mencionou?

— O Diretório para Desenvolvimento, chefiado por aquele holandês... Jan van Ostade. Com certeza você se lembra, não?

— Sem dúvida eu me lembro dele, mas, me desculpe... — ela balançou a cabeça. — Sinto muito, não quero ser mal-educada, mas realmente não lembro do seu rosto.

Ele pareceu perturbado.

— Mas com certeza se lembra do meu nome. Heise, Hans Heise. Costumávamos nos encontrar nas festas que aquele casal inglês dava, os Russel-Smith. Eu era casado na época. O nome de minha mulher era Martha. Talvez você se lembre dela. No verão fomos a um torneio hípico no interior com os Russel-Smith.

— O nome dele não era Jan van Ostade — disse ela. — Era...

— Ugo van Ostade — disse Rosenharte, dando um sorriso resoluto para Heise. — Você o apresentou a mim num restaurante. Acho que foi no La Tabernacle. Ele estava bêbado, se bem me lembro.

Ela voltou-se de Heise para Rosenharte, uma expressão de alívio por trás de seu sorriso.

— Isso, exatamente. E Ugo foi substituído por Pierre Laboulaye.

— Laboulaye? — disse o homem, agora apoiando a mão no encosto da cadeira dela e olhando para cima como que causalmente procurando na memória o nome Laboulaye. — Não era aquele que dava em cima de todas as mulheres da Comissão?

Precisamente, pensou Rosenharte. Ele mesmo escrevera num relatório a seus superiores sugerindo que Laboulaye era altamente passível de chantagem. Agora o canalha da Stasi estava devolvendo aquilo, usando seu relatório para testar a identidade da mulher.

— Sabe — disse ela —, eu me lembro de todo mundo daquele escritório. Posso vê-los todos agora. Onde você se sentava? Não na direita, porque o italiano e o espanhol ficavam ali. Quais eram mesmo os nomes deles? Talvez você lembre. Carlo e...?

Ela estava fazendo-o jogar o próprio jogo dele. Heise abriu os braços como que dizendo que era impossível lembrar-se de tudo.

— À esquerda — continuou ela — ficavam as secretárias e a equipe de pesquisa. Talvez você fizesse parte do grupo de pesquisa?

Heise hesitou.

— Não... não era ali que ficava a minha mesa.

— Mas então onde era? — perguntou ela. — Não no escritório do diretor, certo?

— Não, mais adiante no corredor.

Ela franziu o cenho e balançou a cabeça.

— Isso é impossível.

— Bom, talvez ela se lembre de você mais tarde — disse Rosenharte solícito. — Seria o caso de lhe explicar que estamos nos revendo pela primeira vez em 15 anos. Talvez um fantasma do passado seja o bastante para esta noite, não?

O homem endireitou-se.

— Desculpem-me a interrupção. *Bon appétit.* — Ele acenou com a cabeça para ambos antes de voltar para sua mesa, onde fez o papel de alguém perplexo e constrangido para seu companheiro de mesa, um homem mais jovem com um rosto notavelmente pálido e óculos grossos.

— Obrigada — disse ela. — Sei o que isso significa para você agora.

— Sabe mesmo? — perguntou Rosenharte em voz baixa. — Você realmente sabe o que acaba de acontecer? Quer dizer, de verdade?

— Sim. Você confirmou minha identidade como Annalise, de modo que agora está comprometido.

— Você entendeu intelectualmente. — Ele colocou a mão junto à face dela outra vez, um gesto que tinha a vantagem de ocultar sua própria expressão dos homens na outra extremidade no cais flutuante. — Vou ouvir o que o seu lado tem a dizer, mas eles precisam me garantir que não farão nada que possa pôr em risco a vida de meu irmão. Essa é a condição de minha cooperação. Ele tem dois filhos. Se algo der errado, as crianças serão tiradas dele e da mãe para sempre. Agora está claro para você... e seus comparsas?

Ela assentiu.

— Também tenho filhos — disse.

— Sim, mas a menos que você tenha vivido no Leste, não faz idéia da crueldade da Stasi. Um inimigo do Estado, seja um dissidente, espião ou apenas um punk em Prenzlauer Berg, precisa ser vencido pelo ódio. E isso não é só uma questão de sentimento, veja, mas um dever que requer que cada agente destrua o inimigo do Estado de uma maneira concebida para obter o máximo de sofrimento. Você conhece a história da Cheka na Rússia?

— Para falar a verdade, sim. Fiz estudos soviéticos na universidade. A Cheka: Comissão para Combater Contra-revolução, Sabotagem e Especulação. Sempre gostei da idéia de combater a especulação.

— Então você sabe que a Stasi segue o modelo da Cheka. Especializam-se em vingança institucional, ódio formalizado num grau que você nem tem como compreender. Se isso significar tirar os filhos de uma mulher que já teve um colapso nervoso, eles farão isso. Se isso significar fazer com que meu irmão tenha mais problemas cardíacos, eles o farão. — Ele retirou a mão e olhou para ela. — Não pode haver erros. Até sairmos deste restaurante, você precisa fazer o que eu disser. Lembre-se, eu conhecia Annalise. Sei como ela teria se comportado numa situação como esta. Você tem de se deixar guiar por mim.

— Estou entendendo o que você está dizendo, mas você realmente precisa parar de mostrá-lo em sua expressão.

Continuaram com o jantar, bebendo mais do que deviam e ocasionalmente conseguindo até dar gargalhadas. Pouco depois das 11 horas o vento mudou. Em vez da brisa marinha, um ar muito mais frio veio das montanhas e fez os barcos e botes atracados ao longo do canal baterem uns nos outros. O cais flutuante começou a balançar e a forçar as correntes que o ancoravam ao lado e no fundo do canal. Rosenharte percebeu o clarão do primeiro relâmpago bem ao longe nas montanhas.

— Vem aí uma chuva que realmente lhe dará o que falar — disse.

Ela virou-se para ver o segundo raio, que iluminou uma paisagem de nuvens de tempestade. Então Rosenharte puxou sua cadeira para mais perto, de modo a poder colocar o braço nos ombros dela. Afastando o cabelo de seu ouvido, sussurrou-lhe algo com urgência e olhou-a nos olhos para verificar se ela tinha entendido. Em seguida afastou a cadeira e pegou sua taça de vinho, ainda sorrindo.

— Seus amigos vão entender o que está acontecendo — disse. — Não devem se mostrar.

Ela assentiu e falou para sua lapela.

— Espero que vocês tenham ouvido tudo isso. Nós agora vamos brigar e eu vou embora.

Meio minuto depois ela se endireitou em sua cadeira e pôs a taça sobre a mesa.

— Você não mudou nada, Rudi. Você me usou e me abandonou anos atrás, sem nem sequer pensar em meus sentimentos ou em como eu ficaria depois que você partisse. E agora você quer que eu faça o trabalho sujo para você de novo. Que garantia tenho de que você não vai me abandonar depois de conseguir o que quer? Sou um ser humano, tenho sentimentos. Isso nunca lhe ocorreu, não é mesmo? Não posso ser usada desse jeito. E não serei. Estou lhe dizendo que não serei! — Ela começara num tom normal, mas aos poucos fora elevando a voz.

Rosenharte fez uns gestos com a mão aberta para acalmá-la.

— Ei, ei. Você quer que o restaurante inteiro ouça? — Ele olhou para todas as mesas no cais flutuante com um sorriso constrangido. — Escute, desculpe. Você sabia que as circunstâncias eram complicadas. Não era possível eu agir de nenhum outro jeito. Por favor, Anna, seja razoável.

— Não, enquanto você não admitir que fugiu em vez de se comportar como homem! — A essa altura ela já havia conseguido atrair a atenção de todos os outros clientes, que tinham parado de se preocupar com a tempestade iminente e estavam olhando na direção deles sem disfarçar o interesse. Ela desviou os olhos, evidentemente lutando contra lágrimas de raiva, e então, parecendo ter decidido alguma coisa, se inclinou para a frente e deu-lhe uma bofetada. Rosenharte deixou cair a taça que segurava, ficando com o colo ensopado. Ela lhe deu as costas e, lançando um derradeiro insulto por sobre o ombro, marchou indignada para a saída.

Alguns segundos depois a tempestade anunciou sua chegada sobre o centro da cidade com um trovão que contribuiu enormemente para o melodrama da cena. O fornecimento de eletricidade lutou contra a sobrecarga, as luzes ficando mais intensas duas vezes antes de se extinguirem em seqüência, como se uma série de interruptores estivessem sendo desligados. Gritos de júbilo vieram de uma travessa agora envolta numa escuridão medieval. Rosenharte tateou para achar sua taça caída sobre a mesa e encheu-a com o que restava do vinho, derramando um pouco na mão ao fazê-lo.

Cerca de cinco minutos depois uma figura instalou-se na cadeira diante dele.

— Você arruinou tudo, Rosenharte. O general não vai gostar nem um pouco. — Era Heise, sussurrando para ele na escuridão.

Rosenharte pôs a taça na mesa e tentou acender a vela, que apagara.

— O que eu podia fazer depois que você a assustou com todas aquelas besteiras sobre a Comissão? Ela sabia que você estava checando-a e me acusou de estar envolvido numa operação que é uma armadilha para ela. E onde diabos está o coronel Biermeier, afinal?

— Onde está o seu transmissor? Por que não está funcionando?

— Caso não tenha percebido, eu fui jogado na água. O transmissor ficou lá no hotel. Vocês deviam ter se dado conta de que teria estragado e que eu ficaria fora de alcance.

A vela voltou trêmula à vida. Rosenharte viu Heise se recostar na cadeira.

— A polícia estava no hotel. Naturalmente, não podíamos ir atrás de você. Em todo caso, não se preocupe com isso agora. O coronel disse que você precisa ir atrás dela.

— Como? Nem sei onde ela está hospedada.

— Não lhe ocorreu perguntar a ela o nome do hotel?

— Bem, dificilmente ela iria me dizer depois que você anunciou sua presença. Você entregou o jogo, Heise, ou qualquer que seja seu nome.

Ela sabia que você a estava testando. Ela me acusou de trazê-los aqui. Está arrasada. Disse que eu a traí.

— E o que você disse?

— Disse que não fazia a menor idéia de quem você era, mas ela não acreditou em mim. Você arruinou tudo, não eu.

— Você devia mostrar mais respeito se sabe o que é bom para você. Agora, vá e reconcilie-se com ela. É uma ordem.

Rosenharte inclinou-se para a frente.

— Escute, seu pedaço de merda, é só eu contar para Biermeier o que você acabou de fazer e você passará o resto da sua miserável carreira em Rostock abrindo cartas no vapor.

Os olhos de Heise refletiram a luz da vela.

— Quem era o homem que morreu no píer?

— Não sei. Nunca tinha visto antes. A princípio, supus que fizesse parte da sua operação.

— O que ele disse para você? Passou-lhe alguma mensagem?

Rosenharte retirou o guardanapo que havia posto no colo para enxugar o vinho derramado e jogou-o na mesa.

— Não, ele não conseguia falar. Estava morrendo. Estava morto antes mesmo de afundar na água. — As primeiras gotas de chuva começaram a pingar em volta deles. Então ele disse, em tom apaziguador: — Olhe, eu não estou entendendo nada disso. Não entendo o interesse de vocês naquela mulher. Ela é uma bêbada. É uma doida. Vocês viram.

Heise levantou-se.

— Julgar isso não compete a você, Rosenharte. Vamos. Você encontrará Knef, o homem que jantava comigo, na entrada do restaurante. Ele vai levá-lo até ela.

— Não seria melhor deixar para a amanhã? Ela está brava agora.

— Vá.

— Você me garante que manterá seus homens afastados?

Heise nada disse.

— Terá de ser do meu jeito ou então não dará certo. Ligue para o general Schwarzmeer e diga-lhe que eu falei isso. Ligue para Biermeier. Ele lhe dirá que eu tenho razão.

O homem pareceu aceitar isso.

— Você tem até a tarde de amanhã. Faremos contato com você em seu hotel às 2 horas.

Rosenharte virou-se e atravessou o cais flutuante vazio para encontrar Knef.

Do apartamento, Harland observou a conversa entre Rosenharte e o agente da Stasi. Embora não pudesse ouvir o que estava sendo dito, e pouco pudesse ver devido ao blecaute, tinha a impressão de que Rosenharte reagira à altura. Quinze minutos tinham se passado desde a partida de Jessie. Estava claro para todos naquela sala que ela estava ganhando tempo para eles se colocarem a postos. A equipe de Prelli informou que ela já parara num café e tomara um conhaque de um só trago, indo em seguida para o hotel por um caminho laboriosamente tortuoso, e demonstrava um certo pânico embriagado.

3
A Mensagem de Kafka

A Stasi seguiu Jessie até um bar cujo movimento se beneficiara com o espetacular aguaceiro, a tempestade tendo trovejado por toda Trieste e desferido raios em seus pontos mais altos antes da chuva cair. Rapidamente as ruas ficaram encharcadas e Rosenharte e Knef foram forçados a se abrigar num pórtico de entrada. Por fim, veio a informação da Stasi de que Jessie chegara ao hotel Sistiana ensopada e definitivamente em mau estado.

Ela estava sentada no bar do hotel perto da entrada, a própria imagem da depressão alcoólica. O barman olhou para Rosenharte enquanto, enfastiado, enchia o copo na frente dela. Uma vela remanescente do blecaute ainda tremulava entre eles.

— Talvez esteja na hora de você ir dormir — disse Rosenharte com gentileza, sentando-se no banco ao lado do dela.

Ela assentiu.

— Sim... Olhe, desculpe pelo que aconteceu no restaurante. Foi estúpido da minha parte. Eu só queria... — Sua cabeça pendeu para a frente enquanto se atrapalhava toda para apagar um cigarro.

— Não sabia que você fumava.

— Só em situações como esta.

— Conversaremos amanhã. Agora o que você precisa é dormir. — Ele pagou ao barman e guiou-a até a porta, depois até o elevador, onde ela fez uma encenação muito convincente de estar precisando do apoio dele. Enquanto esperavam, Rosenharte ouviu um casal entrar no hotel e pedir um quarto. "Tutti sono occupati", disse o gerente resolutamente, antes de fazer um sinal ao porteiro que indicava que estava na hora de trancar a porta por hoje. Rosenharte voltou-se e viu o casal que se sentara perto dele à beira-mar.

No elevador, ela se afastou dele, aprumou-se e sorriu.

— Qual é o seu verdadeiro nome? — perguntou ele.

Ela balançou a cabeça.

— Sinto muito, não posso dizer. Estamos nas suítes 405 a 407. Estão à nossa espera lá. Você encontrará três salas e dois quartos se em algum momento precisar descansar. Estarei disponível de manhã caso seja necessário convencer alguém de que somos amantes. — Saíram do elevador e foram rapidamente para o lado sul do prédio, onde ela parou em frente da suíte 415. — O andar inteiro está sob segurança — informou. — Não há nenhum outro hóspede. Como você bem sabe, a Stasi não poderia ter antecipado que você viria para cá, mas mesmo assim os quartos foram rastreados quanto a aparelhos de escuta. Ninguém poderá pegar o elevador para este andar, e a saída de incêndio também foi barrada. Tudo foi feito com o máximo de discrição.

— Já estarão vigiando o prédio — disse ele.

— Que vigiem. O lugar é totalmente seguro. Os italianos estão cooperando.

— Eles sabem sobre mim?

— E por que você acha que eles não o retiveram para interrogá-lo sobre a morte daquele homem? — Ela tocou-o no braço. — Tudo vai acabar dando certo. Sério, você se saiu muito bem lá. — Ela girou a chave e abriu a porta. — O Dr. Rosenharte — anunciou e, sem esperar, atravessou a suíte e saiu por outra porta. Havia apenas dois homens. Um inglês alto e em boa forma com um sorriso tímido avançou e estendeu a mão.

— Meu nome é Robert Harland. Este cavalheiro é da CIA.

Declinando apertar a mão de Harland, Rosenharte demorou-se avaliando o americano: um indivíduo corpulento, parecendo perspicaz, com possível ascendência alemã.

— E seu nome? — perguntou Rosenharte.

— Talvez mais tarde — disse o americano.

— Posso lhe oferecer uma bebida? —perguntou Harland.

— Uísque com gelo — respondeu, avaliando a suíte. Era de um luxo vários graus acima de seu quarto no hotel Svevo.

— O senhor lidou muito bem com a situação lá — opinou o homem da CIA.

Rosenharte pegou o copo e olhou para ele.

— Já vocês ficaram longe de me causar uma boa impressão. Começaram uma operação tendo apenas uma vaga idéia de como executá-la. Uma idéia e muita disposição, não é? E com essa maluquice inconseqüente estão pondo em risco a segurança da minha família.

— Por que não ouve o que temos a propor? — sugeriu Harland, apontando uma cadeira.

Rosenharte deu de ombros como se não tivesse a intenção de se demorar muito ali, embora soubesse que estava confinado com aqueles homens naquela noite e que não tinha escolha a não ser ouvi-los.

— Quem era o homem que morreu? — perguntou num tom calmo.

Harland sentou-se.

— O nome dele era Grycko. Nacionalidade polonesa. O nome significa alguma coisa para você?

— Não.

— Não era um dos nossos, nem de vocês; você tem certeza de que não o reconheceu?

— Tenho.

— Ele não lhe disse nada?

— Um nome. Ele resmungou um nome, mas esqueci qual foi. O homem estava morrendo. Não dizia coisa com coisa.

Fez-se silêncio no quarto.

— Olhe, nós entendemos os riscos, e se o senhor não quiser nos ajudar, bem, ainda há tempo para cair fora. É uma simples questão de providenciar para que Annalise se comporte de forma tão pouco confiável que nem mesmo a Stasi pense em tocá-la. Então é só voltar a eles e dizer-lhes que fez o melhor que pôde e que a insinuação sobre segredos da Otan nas cartas era apenas um chamariz para atraí-lo a Trieste.

— Cartas? — disse Rosenharte. — Só vi uma. Não havia nenhuma insinuação sobre segredos nela.

— Foram três: uma no fim de julho, as outras duas em agosto, com uma semana de intervalo.

Fora em agosto que a Stasi prendera Konrad.

— Vocês sabiam que as cartas seriam interceptadas pela Stasi antes de chegarem até mim, pois eles abrem tudo que vem do exterior. Contavam com isso.

Harland encarou-o.

— Devo admitir que foi exatamente isso. Mas agora...

— E vocês não têm a menor idéia do...?

— Do quê? — perguntou o americano.

— Do mal que causaram? Meu irmão está na prisão.

O americano assentiu. Rosenharte notara que nada parecia fazê-lo parar de sorrir.

— O que ele está dizendo é que você fodeu tudo, Bobby. O irmão dele foi preso *por causa* das cartas. Pegaram-no como uma espécie de refém para garantir que o Dr. Rosenharte faça o que eles queriam.

— Sim, foi o que ouvimos no jantar.

— E depois eles detiveram a mulher dele — disse Rosenharte — e colocaram seus dois filhos num orfanato uma semana atrás só como uma garantia adicional. — Ele caminhou pela sala e se deteve para encarar Harland. — O que para vocês não passa de um engenhoso joguinho de espiões no Ocidente, para nós, no Leste, é caso de vida ou morte. Uma mãe e um pai estão numa prisão sendo interrogados. Por causa daquelas cartas uma família foi arrancada de seu lar e separada.

O americano coçou o queixo e afrouxou a gravata.

— Pessoalmente, eu acho que o senhor tem razão. Devíamos ter levado mais em conta as condições em seu país do que levamos. Devíamos sempre ter isso em mente. — Fez uma pausa. — Mas o único caminho agora é decidir como prosseguir.

— Vocês são responsáveis pela minha família.

— Acho que Harland sabe disso — disse o americano. — Mas agora já estamos nesta situação. Temos que manter a cabeça no lugar e proceder com cautela.

— Cautela. — Rosenharte cuspiu a palavra. Estava muito furioso para expressar adequadamente seu desdém. Não tinham mostrado a menor cautela até agora. Ele afundou na cadeira e pegou seu copo. — Eu agora sou um historiador de arte. Não tenho acesso ao tipo de coisas que vocês querem. Por que eu?

— Nós temos em mente uma tarefa específica e limitada — disse Harland. — E o senhor é a única pessoa que pode executá-la.

— Não posso fazer nada até que deixemos algumas coisas muito claras. Para vocês esta operação não implica risco algum. Se der errado, vão para casa e pensam em outra operação. Eu fico com uma bala na nuca ou, se tiver sorte, vinte anos na cadeia. Meu irmão e sua família também serão punidos.

— Entendo — disse Harland.

Rosenharte abriu alguns botões de sua camisa. Apesar da chuva, o calor abafado persistia na noite.

— O que vocês querem?

Harland trocou um olhar com o americano.

— Acreditamos que o senhor seja capaz de nos ajudar a obter alguma informação sobre o paradeiro e as intenções de um homem chamado Abu Jamal.

— Nunca ouvi falar dele — disse Rosenharte.

O americano sentou-se à reluzente mesa de mogno e apoiou-se nela com os dois braços musculosos, fazendo-a se inclinar levemente.

— Abu Jamal também é conhecido como Mohammed Ubayd, um terrorista sírio que é financiado e abrigado na Alemanha Oriental pela Stasi. Sabemos que ele está fazendo tratamento para uma doença nos rins, talvez até um transplante. Ele visita regularmente a região de Leipzig.

— E vocês me trouxeram até aqui por causa disso?! Não estou informado sobre nada disso. Não tive contato com a Stasi por cerca de uma década e meia, a não ser pelas solicitações habituais para informar sobre as atividades de meus colegas.

— Sim — disse Harland pacientemente. — Sabemos quem o senhor é, Dr. Rosenharte. Sabemos sobre o senhor.

— Há outro homem em que estamos interessados — continuou o americano. — Ele divide seu tempo entre Dresden e Leipzig, como o senhor, e é professor de Relações Internacionais. Seu nome é Michael Lomieko, conhecido por seus amigos como "Misha" por ter passado boa parte de sua carreira em Moscou. Misha e Abu Jamal são cúmplices bastante próximos e desenvolveram uma política de intervenção revolucionária que consiste, grosso modo, em atacar alvos ocidentais e causar caos e terror. Misha acrescentou know-how e ambição aos projetos do que não passava de uma operação terrorista bem medíocre no Oriente Médio. É a aparente escala dos planos que nos preocupa. Os dois têm o apoio tácito do alto comando do Partido: Schwarzmeer e o chefe da Stasi, Erich Mielke. E talvez até o primeiro secretário esteja envolvido. A

Jamal e Misha é permitido sonhar seus planos no conforto dos esconderijos da Stasi. — Ele fez uma pausa. — Então, como pode ver, estamos ansiosos por pegar Jamal e, se possível, Misha, mas também gostaríamos de provar o apoio do Estado ao terrorismo. Já ouviu falar desse Misha? Professor Lomieko?

— Sim — disse Rosenharte. — Eu o conheço.

— Então, com a sua cooperação conseguiremos fazer isso — disse o americano.

— Não tenha tanta certeza. Eu só o conheço porque às vezes viajamos no mesmo trem entre Dresden e Leipzig. É a única experiência que tenho com ele. Troquei no máximo duas dúzias de palavras com ele na minha vida.

— Acho que isso é uma coisa boa — disse Harland, movendo a garrafa na direção dele. — Sirva-se de outro drinque. Temos uma longa noite pela frente.

Rosenharte o examinou. Parecia simpático e inteligente, mas era impensável que um homem assim ocupasse uma posição similar na Stasi.

— Diga-me, Sr. Harland, qual é a sua idade?

— Vou fazer 40 anos.

— É, foi o que pensei. Veja, meu irmão e eu nascemos em 1939, logo depois do início da guerra. Vamos ambos fazer 50 em dezembro. Nessa idade, perde-se o gosto pela intriga e pela aventura.

— O senhor parece ter de cinco a sete anos menos — disse o homem da CIA.

— Obrigado — disse Rosenharte, aceitando a óbvia lisonja com uma leve expressão de enfado. — Já lhes ocorreu que o objetivo dessas operações é apenas mostrar a seus superiores que estão trabalhando duro? Somente justificar o seu papel de agentes de inteligência? Quanto trabalho vocês geram para si próprios com essas operações?

O americano balançou a cabeça.

— É um engano afirmar isso, Dr. Rosenharte. Estamos tentando evitar que pessoas sejam assassinadas. O seu governo tem um histórico de apoio a terroristas líbios e palestinos. Abu Jamal é apenas a manifestação mais recente disso. Misha é a interface dessa relação, passando informação, ajuda, inspiração e dinheiro da Stasi para Abu Jamal. Mesmo para os peculiares padrões da Alemanha Oriental, isso é crime.

Harland inclinou-se para a frente e apoiou os braços nos joelhos.

— O que ele está dizendo é que trabalhar para levar esses homens à justiça, ou ao menos à atenção da mídia ocidental, não deve ser encarado como traição da sua parte e com certeza não se trata de uma frívola tentativa de mostrar serviço da nossa parte. Acredite-me, estamos desesperadamente preocupados com esse homem e não estamos brincando.

— Então, como ficamos? — disse o americano. — Vamos seguir em frente? Parece ser a sua melhor opção, Dr. Rosenharte.

— Se for para ajudá-los, quero um compromisso de que vocês levarão meu irmão, a família dele e eu para o Ocidente, que encontrarão casas e empregos para nós e tratamento médico para Konrad. Essas são as minhas condições.

— Conseguir tirar seu irmão da prisão não é algo simples — disse Harland. — Não vamos prometer algo que não podemos cumprir. Mas se nosso plano der certo o senhor terá toda a probabilidade de conseguir libertar seu irmão, porque lhe daremos algo que eles realmente querem.

Eles estavam certos, admitiu Rosenharte, era o único caminho a seguir.

— Mas quero o compromisso de vocês quanto às outras coisas. Eu quero que eles tenham um lar. Quero tratamento para meu irmão e ajuda para que ele consiga um bom trabalho. Ele é um cineasta talentoso, mas precisará de apoio: contatos e apresentações. Vou precisar de ajuda para deixar o país. Exijo menos para mim porque tenho minha própria carreira.

— O senhor tem uma reputação internacional — disse Harland.

— Isso é verdade na minha área, por causa de alguns artigos que foram publicados no Ocidente. Mas o meu trabalho não é publicado na RDA por causa da condenação de meu irmão. — Ele fez uma pausa. — Tenho a concordância de vocês?

— Sim, tem. Atenderemos a todas as suas exigências.

— Então vou ajudá-los. Mas há mais uma condição. Quando eu voltar, preciso levar alguma coisa que os convença de que Annalise é uma fonte importante.

— Uma amostra do que ela poderá conseguir obter no futuro — ponderou Harland.

— Assim poderei conseguir a libertação de meu irmão com Schwarzmeer. — Ele fez uma pausa, olhando para as expressões interessadas. — Sabem quem é Schwarzmeer, não?

Harland assentiu.

— Claro, e já tínhamos algo do gênero em vista. Na verdade, é um material extremamente bom. — E assentiu para o americano. Presumivelmente ele o havia fornecido.

— E não importa o que acontecer, vocês vão tirar a família de meu irmão de lá o quanto antes, independentemente de ele continuar ou não na Hohenschönhausen.

— Isso não será um problema — disse Harland. — Os húngaros abriram suas fronteiras com a Áustria em maio. Milhares estão abandonando a RDA e indo pela Tchecoslováquia para a Hungria todos os dias. Já conseguimos tirar pessoas dessa maneira.

Rosenharte balançou a cabeça.

— Vocês devem ter ouvido Honecker dizer em janeiro que o Muro ficará de pé por mais cem anos se a razão para a sua existência não for removida. A razão para a sua existência é impedir que as pessoas fujam para o Ocidente! Se eles deixarem as pessoas partirem através da Hungria, estarão tornando o Muro uma piada. Em conseqüência, vão fechar essa rota.

— Ainda assim — disse Harland —, não deverá haver muitos problemas. Qual a idade das crianças?

— Oito e 6 anos... acho.

— Então nenhum problema mesmo.

— E o que estarei levando de volta?

— As únicas coisas que lhes interessam — disse o americano — são computadores, softwares, programas. Programas de defesa da Otan vão satisfazê-los de ponta a ponta. Temos algo muito especial, muito recente, nessa linha. Vamos lhe dar um disco que preparamos com a ajuda de Langley e colegas meus na Otan.

— Quem coordena esta operação? — perguntou Rosenharte. — A CIA ou a Inteligência Britânica? Com quem estou fazendo um acordo?

— Comigo — disse Harland. — A CIA está ajudando e vai se beneficiar das informações obtidas.

— Quantas pessoas sabem sobre ela?

— O menos possível.

— É sabido que a Stasi infiltrou os serviços de vocês, em particular o britânico. É imprescindível para mim, se eu concordar com este plano, que vocês nunca se refiram a mim pelo nome ou dêem qualquer outra informação que possa me identificar. Esta é a minha condição básica.

— Naturalmente, vamos lhe dar um codinome. Que tal Príncipe?

— O que vocês quiserem. Agora quero fazer um pedido para o serviço de quarto. Uma garrafa de champanhe, duas taças e caviar.

— Não é necessário fazer isso. O hotel está seguro. A gerência está sabendo muito bem da necessidade de discrição.

— Mas não todos os funcionários do hotel. Há sempre erros. A Stasi voltará daqui a seis semanas e fará indagações. É o jeito que eles trabalham. E encontrarão alguém... aquela única pessoa disposta a se lembrar de alguma coisa.

Tendo apanhado algum dinheiro com Harland, Rosenharte foi para o quarto ao lado e, com a mulher, começou a criar um cenário de entrega ao amor. Os dois se despiram — ela ficou de calcinha e ele, de cueca — e deitaram na cama até a campainha da porta tocar, quando então Anna, como ele agora a chamava, deu uma última olhada nele, despenteando seu cabelo, e jogou-lhe o roupão branco fornecido pelo hotel. Um garçom de idade entrou com a bandeja e sorriu com simpatia para a cena de paixão de meia-idade. Rosenharte deu-lhe uma gorjeta de trinta mil liras e um tapinha no ombro quando ele saía.

Quaisquer que fossem os constrangimentos e dificuldades da situação, agora eles agiam como uma equipe.

— Sabe de uma coisa? — disse ela, seus olhos brilhando. — Em outras circunstâncias, e se eu não fosse uma mulher feliz no casamento, adoraria estar num quarto de hotel com você, Rudi.

Isso o fez sorrir. Ela não era tão bela quanto Annalise, mas era atraente e inteligente, e ele estava começando a gostar dela.

— Mas há só mais um ou dois toques que devíamos acrescentar para uma maior autenticidade. — Ela chegou até ele, deslizou o roupão no ombro e beijou-o ali duas vezes, mordendo um pouquinho.

Ele engoliu em seco. Aquilo estava começando a mexer com ele.

— Bom, isso é o bastante — disse ela vivamente. — Uma velha habilidade da minha adolescência. Vão ficar com ótima aparência amanhã.

Cinco minutos depois ele voltou para a sala de estar.

— Ok — disse Harland, se levantando. — Vamos arejar um pouco esta sala. Está terrivelmente abafado. — Ele foi até a veneziana, que dava para uma pequena varanda que ficava oculta da rua por uma parede. Rosenharte observou que não era possível ver aquela sala dos prédios do outro lado da rua. Havia grandes poças de água no terraço.

Harland voltou, sentou-se e sorriu como se desculpando. Esses maneirismos ingleses de modéstia e comedimento eram profundamente irritantes para Rosenharte, porque obviamente pouco significavam. Mas em outros aspectos ele parecia sincero, e Rosenharte desconfiou que eram parecidos em algumas coisas. Achou que Harland devia ser solteiro — e também um solitário.

— Eis o que sabemos sobre Misha — disse Harland. — Ele tem uma sala no prédio da Universidade de Leipzig e se encontra com Abu Jamal num lugar secreto em Leipzig, provavelmente um apartamento normalmente usado pela Stasi para reunir-se com os *inoffizielle* Mitarbeiter, os colaboradores civis da Stasi.

Rosenharte não precisava de uma aula sobre os IMs. Olhou para o teto.

Harland ignorou-o.

— Ele também visitou Abu Jamal no hospital três vezes no verão. A última visita foi poucas semanas atrás. Sabemos que ele passa por volta de 12 dias por mês em Leipzig. O resto do tempo fica no campus da Universidade Técnica em Dresden, pesquisando sobre explosivos e coisas assim. Vai a Berlim só de vez em quando.

— Isso é mais informação do que eu jamais conseguiria obter — disse Rosenharte. — Por que vocês precisam de mim?

— Queremos que faça contato com alguém que tem mais indícios para nos passar, comprovando o envolvimento de Abu Jamal e Misha em pelo menos um atentado a bomba. E, mais importante, esse contato pode ter informações sobre planos de futuros ataques.

— Quem é o indivíduo que pode dar essa informação?

— Não sabemos. Tudo o que temos é seu codinome: Kafka.

— Então como vou encontrar essa pessoa?

Houve um silêncio. Ele olhou para Harland e percebeu que uma de suas pálpebras tremia involuntariamente. Harland tentou fazê-la parar com a ponta do dedo.

— Não vai ter de encontrá-lo — respondeu enfim. — Ele ou ela vai encontrá-lo.

— Se esse arranjo significa que vocês precisam lhes dizer meu nome, não posso permitir. O que acontecerá se essa pessoa for interrogada pela Stasi? Eles dobram as pessoas. Conseguiram fazer isso com meu irmão em Bautzen. Ele era um homem forte, em excelente forma, mas Bautzen arruinou sua saúde. — Fez uma pausa. — Seria melhor me contarem tudo, não?

Harland respirou fundo.

— Em hipótese alguma daríamos o seu nome a alguém. Além disso, como podemos dar seu nome a alguém cuja identidade desconhecemos? — Ele parou e recostou-se na cadeira. — Queremos muito essas informações, mas estamos igualmente preocupados com a sua segurança.

Rosenharte balançou a cabeça com ceticismo.

— Estou falando sério.

— Prossiga, por favor.

— Um mês atrás, uma mulher esteve em Leipzig como integrante de um grupo da Christian Fellowship. Essa pessoa fez alguns serviços para nós, sobretudo como correio. Antes de partir de Leipzig para Berlim Ocidental, ela, como de hábito, checou sua bagagem para garantir que não tivessem plantado nada de incriminador. Não encontrou nada até chegar a um hotel no Ocidente. Recebera um recado para olhar de novo. O que encontrou então foram alguns documentos muito interessantes e uma carta para nós.

— E vocês acreditaram nisso? — perguntou Rosenharte incrédulo.

— Inicialmente estávamos inclinados a achar que era mais uma das gracinhas da Stasi, mas então os nomes nos documentos se mostraram muito úteis. De fato, o governo dos EUA conseguiu prender um homem e começou a vigiar outro. Ambos têm conexões com Abu Jamal. Acabou que eram de fato informações das mais valiosas, mas o caso é que não tínhamos a menor idéia de quem as havia passado para nós. Os documentos estavam sem impressões digitais, nada havia escrito à mão, nada que revelasse a identidade do doador.

— Então por que vocês não mandaram o seu correio de volta a Leipzig?

— Mandamos. Ele voltou com uma mensagem entregue da mesma maneira. Kafka queria alguém alemão, com uma situação que o permitisse ir a Leipzig sempre que necessário e que não despertasse suspeitas. Então um funcionário graduado de nossa agência lembrou-se do senhor, fizemos algumas pesquisas e descobrimos que tudo se encaixava perfeitamente.

Rosenharte não ocultou seu pasmo.

— Por que ele se lembrou de mim?

— Estava em Bruxelas em 1974.

— Vocês lembraram que tinham alguma coisa contra mim e acharam que poderiam me forçar a fazer isso?

— Não — disse Harland. — Não vamos forçá-lo a nada. Precisamos que o senhor se envolva por que *quer* fazê-lo. Em troca, faremos o que pede em relação ao seu irmão e à família dele.

— Eu preciso pensar sobre o assunto, mas antes quero saber como essa pessoa vai entrar em contato.

— Precisamos ter uma decisão pela manhã. Se o senhor não aceitar, teremos de tomar certas providências para protegê-lo e manter sua história. Quanto à questão sobre o contato, haverá procedimentos para o senhor seguir numa ordem determinada. Não posso lhe informar quais são enquanto não souber se aceitou ou não.

Rosenharte assentiu.

— Preciso descansar um pouco agora.

— Esteja à vontade — disse Harland. — Ficaremos longe da sua vista até lá pelas sete; é o bastante para o senhor?

Rosenharte pouco dormiu. De madrugada ele já compreendera que o único jeito era cooperar, porque isso pelo menos oferecia alguma esperança de libertar Konrad e probabilidades ligeiramente maiores de trazer Else e as crianças para o Ocidente. Ele tinha de aceitar, mesmo que a operação de Harland parecesse vaga e um tanto precária. Não esperava ser bem-sucedido, mas quando tentasse estabelecer contato com essa pessoa em Leipzig e falhasse, Else, os meninos e — com muita sorte — Konrad já estariam no Ocidente.

Às 6h30 Rosenharte informou sua decisão a Harland. Às 7 horas, ele e Anna desempenharam seus papéis para o jovem que lhes trouxe o café-da-manhã, o qual tomaram como marido e mulher, pouco conversando.

Ele voltou para a sala, onde encontrou Harland e o americano debruçados sobre uma xícara de café e um cesto de pães.

Ele não respondeu ao cumprimento deles. Em vez disso acendeu um cigarro e disparou o que não lhe saía da cabeça.

— Quando a verdadeira Annalise morreu, vocês decidiram mantê-la viva. Não é difícil imaginar que foi uma operação enorme. Por quê? A que objetivos isso atendia?

Harland catou as migalhas em sua roupa.

— Ela foi transferida para a Otan no começo de 1975 para o Departamento de Planejamento e Política de Defesa, onde trabalhou sobretudo na tradução de documentos e na preparação de textos para reuniões de cúpula.

— E alguns deles vocês passaram para a Stasi por meio de um novo contato?

— Sim, na realidade, um homem chamado Kurt Segler, um jardineiro do quartel-general da Otan. Isso demonstrou ser um arranjo dos mais eficazes.

— Mas a Stasi não é trouxa. Teriam suspeitado de alguma coisa quando a Annalise substituta lhes passou informações falsas.

— Mas esse era o objetivo da coisa toda. — Ele fez uma pausa e lançou um olhar curiosamente embaraçado para Rosenharte, que indicava a gravidade do segredo. — Nunca foram informações falsas. Ela foi usada como um canal para a verdade.

4
O Pássaro que Canta

Rosenharte entendeu imediatamente a função de um canal para a verdade, mas mesmo assim Harland continuou explicando.

— Tudo o que ela previu de fato aconteceu. Ela era a fonte mais confiável que eles já tinham tido. Veja, precisávamos de um jeito de informar os russos quais eram as nossas reais intenções. Sabíamos que se eles confiassem em Annalise como espiã poderíamos lhes passar material que daria de maneira inequívoca a posição ocidental.

Durante a exposição de Harland a atenção de Rosenharte se desviara para um pássaro preto-e-branco que estava cantando num canto do telhado do outro lado do hotel. O americano acompanhara o olhar dele.

— O senhor é um observador de pássaros, Dr. Rosenharte?

— Um observador? Bem, sim, gosto de saber o que estou vendo. Os pássaros eram uma paixão nossa quando eu e meu irmão éramos meninos. Eu estava apenas me lembrando que Trieste é uma das principais rotas migratórias dos rouxinóis na primavera. Sabiam disso?

— Que pássaro é aquele?

— Em alemão o nome dele é *Mittelmeersteinschmätzer*.

Ambos riram.

— Em latim é *Oenanthe Hispancia*. Em português acho que seu nome é chasco. Tem seu próprio canto, mas às vezes imita o canto de outras espécies.

— E o senhor? Ainda é capaz de imitar outros cantos? — perguntou o americano. — Porque é isso que precisamos que faça ao voltar para a Alemanha Oriental. Ou ficou muito tempo afastado desse ramo?

Rosenharte assentiu lentamente.

— Não tenho outra opção se quero que a família de meu irmão escape. Vocês precisam entender que isso é a única coisa que me importa. Portanto, sim, imitarei o canto de outro pássaro. — Naquele momento Konrad lhe veio à mente, e ele pensou o quanto aquela reunião se beneficiaria do dom que seu irmão tinha para a caracterização espirituosa. Afinal, era uma situação das mais bizarras.

— Mas o senhor parece preocupado.

Ele se levantou e serviu-se de café do bule do café-da-manhã, pôs um cubinho de açúcar mascavo e mexeu; mesmo morno, era melhor do que qualquer coisa na RDA.

— Vocês me trazem aqui para jantar com uma mulher morta há uma década e meia; a substituta dela me deixa marcas de amor falsas. Vocês me informam que a operação inteira foi originalmente criada não para enganar o meu lado, mas para nos dizer a verdade. Vocês me pedem para ir atrás de uma fonte em Leipzig que nunca encontraram e sobre a qual não podem dar garantias. E agora me vejo falando metaforicamente sobre cantos de pássaros. Eu estava pensando que dificilmente a vida pode ficar mais estranha do que isso. — Ele se deteve e examinou-os um após o outro. — E estava me perguntando se não preciso estar louco para confiar em vocês.

Harland assentiu compreensivo, mas Rosenharte viu que seus olhos não perdiam de vista seu objetivo.

— Por exemplo — continuou ele —, quanto ao canal para a verdade, todo mundo sabe que a Stasi não aceita simplesmente o que lhe dão. Eles estabelecem tarefas para seus agentes para obter informações específicas. Eles queriam que eu testasse Annalise dessa forma no outono de 1975, pouco antes dela morrer.

— Tem razão — disse Harland. — Exigências similares foram feitas para a substituta de Annalise, e na primavera de 1975 orquestramos as respostas apropriadas, que pareceram satisfazer a Stasi. Foi um esforço cooperativo, que envolveu várias nações.

— Então preciso saber que outras informações ela deu a eles.

— No geral, sim, mas é preciso admitir que não se trata exatamente do tipo de conversa que se costuma ter na cama. Vocês não iriam passar a noite discutindo essas coisas. Mas vou lhe dar um ou dois exemplos de como a usamos. Durante as conversações sobre o SALT, comunicações, bilhetes escritos à mão e cartas entre os chefes dos Estados da Otan, incluindo até um de Reagan, vazaram para eles. Em 15 de março de 1985, quando Chernenko morreu, ela lhes forneceu documentos e telegramas entre o governo dos EUA e a Otan, bem como a pauta das reuniões dos ministros da Defesa conduzidas pelo novo secretário-geral britânico, lorde Carrington. Esse foi o último serviço dela para nós. Mas isso já vinha acontecendo havia muito tempo. Em dezembro de 1979, por exemplo, um diálogo entre Jimmy Carter e o secretário-geral da Otan relativo à invasão do Afeganistão pelos russos foi tornado disponível para que o outro lado soubesse que os protestos do Ocidente eram profundamente sinceros e que haveria reação se ocorresse qualquer outra incursão territorial. Mas tudo isso só funcionava porque eles *acreditavam* que ela era uma espiã.

Rosenharte inclinou-se para a frente e perguntou:

— Em 1975, como vocês explicaram o desaparecimento dela? Num dado momento ela estava trabalhando na Comissão, e no seguinte estava na Otan, passando informações para um jardineiro. Não parece uma progressão das mais naturais.

— Depois do suicídio, tivemos de trabalhar duro — disse Harland. — Quando Annalise Schering sumiu do radar, espalhamos que ela tinha passado por uma perda pessoal e um possível colapso nervoso. Alguns meses se passaram, e ela por fim pediu demissão da Comissão para aceitar o emprego na Otan. Ela era, como você sabe, uma pessoa mais para solitária e tinha poucos amigos. A mãe dela já morrera e ela não tinha outros parentes. As autoridades belgas cooperaram porque na época Bruxelas estava repleta de Romeus da Stasi que tentavam levar para a cama tudo quanto era secretária da cidade. O que nos ajudou foi o fato de o senhor ser o único agente da Alemanha Oriental que a conhecia. Não tinha havido tempo para eles fazerem as habituais checagens dos antecedentes dela e colocarem outros agentes em torno dela. Tudo isso aconteceu depois, quando ela foi para a Otan e, diga-se de passagem, ficou explicado que o colapso nervoso ocorrera devido a um desequilíbrio na tireóide e a um caso de amor infeliz. O senhor foi esse caso infeliz. Ela contou ao seu novo controlador que se apaixonara perdidamente, mas que o senhor bebia demais e, portanto, era um risco para a segurança. Eles ficaram impressionados com o envolvimento dela com sua missão e o sacrifício que lhe custara abandoná-lo. — Ele parou e olhou Rosenharte nos olhos. — Deu tudo muito certo... embora... deva admitir que foi doloroso para o senhor.

— De fato — disse Rosenharte, sem demonstrar sua raiva.

Assim que saiu do apartamento de Annalise naquela noite horrível, ele foi detido pela polícia belga. Seguiram-se dois dias de interrogatórios, ao fim dos quais lhe informaram que ele seria acusado pelo assassinato de Annalise Schering. Disseram que ele forjara o suicídio dela forçando-a a tomar uma overdose de soníferos e cortando seus pulsos enquanto ela dormia. Indícios de sangue de Annalise haviam sido encontrados no quarto, o que, segundo eles, apoiava a teoria de que ela teria sido posta na banheira depois de ter sido drogada e já inconsciente. Seria difícil negar aquilo no tribunal, em particular porque isso implicaria demonstrar que Rosenharte era um agente da Stasi que estivera tentando fazer Annalise Schering trabalhar para a Alemanha Oriental. Um dos policiais lembrou-lhe que a Bélgica ainda não abolira a pena de morte e que ele pegaria, no mínimo, vinte anos de cadeia. Então, dois espiões britânicos e um agente secreto belga foram à cela da delegacia de polícia para lhe fazer uma proposta. Ele seria libertado sem acusações, desde que ficasse em Bruxelas e mandasse relatórios regulares de seus contatos com Annalise. Eles então forneceriam um pretexto para o retorno dele para a Alemanha Oriental. Se em algum momento suspeitassem de que ele contara a verdade para a Stasi, entregariam fitas que provavam sua cooperação com o Ocidente, incluindo imagens dele recebendo o que parecia ser um envelope com dinheiro. Ele não teve opção. Durante os três primeiros meses de 1975, manteve a ficção de seu caso com Annalise em suas mensagens para o Leste, todas gravadas na seção central de um cassete convencional com músicas de Frank Sinatra e então enviadas para um endereço em Berlim.

Ele olhou para Harland através da fumaça de seu cigarro.

— Eu sempre me perguntei o que o seu lado tinha dito sobre mim para a Stasi por intermédio da Annalise substituta. Eles não queriam ter mais nada comigo quando voltei à Normannenstrasse.

Harland tossiu, embaraçado.

— Receio que possa ter havido alegações de natureza sexual, já que era do nosso conhecimento que na época a Stasi tinha horror a esse tipo de desvio em seus quadros. Mas, claro, eu não estive envolvido diretamente.

Rosenharte sempre suspeitara disso, mas de novo decidiu manter sua raiva para si mesmo.

— Quando o arranjo com a substituta terminou?

— Quando a mulher ficou grávida de seu verdadeiro marido. Não daria para ela encontrar com seu controlador quando a barriga ficasse visível. Ele iria pedir explicações demais. A coisa terminou de um modo natural. As medidas de segurança no quartel-general da Otan foram reforçadas, com várias pessoas sendo investigadas e interrogadas. Quando o jardineiro foi preso, Annalise informou à Stasi que ela corria o risco de ser descoberta e que não podia mais continuar. Pouco depois espalhou-se que ela deixara a Otan para casar com um executivo canadense. Fim da história.

— Quando foi isso?

— No final da primavera de 1985.

— E durante todo esse tempo, vocês preferem achar que eles não tiraram fotos dela? E se eles tiraram fotos ontem à noite? Tudo o que precisarão fazer é compará-las.

— Esperamos que eles tenham tirado. — Harland olhou para Griswald e sorriu. —Ela trabalhava para nós na Otan. Ela era a segunda Annalise. Saiu da aposentadoria para este serviço. Tanto quanto eles saibam, ela *é* a própria Annalise. É por isso que achamos que sua segurança estará garantida pelo tempo necessário. Aí o tiraremos.

Rosenharte levantou-se, foi até a janela e olhou para a rua, que agora estava começando a se encher de gente. Era domingo, 10 de setembro, e os sinos das igrejas tocavam por toda a cidade. Ele subitamente se viu tomado pela cor e pela animação da vida italiana outra vez. Guarda-sóis de bares estavam sendo instalados, flores estavam sendo molhadas e calçadas estavam sendo varridas diante de uma ou outra loja por mulheres magras e meticulosas. Imediatamente sob eles havia uma banca de frutas onde cestos de produtos tinham sido arrumados em um padrão perfeitamente equilibrado. A ele parecia que nenhuma decisão era tomada no centro de Trieste sem que alguém antes perguntasse qual efeito teria aquela decisão na aparência geral da cidade. Rosenharte observou algumas pessoas seguindo para a primeira missa da manhã e lembrou-se de um filme em preto-e-branco de Billy Wilder, *Menschen am Sontag* — Pessoas no domingo. Konnie encontrara uma rara cópia e exibira para ele num projetor que ficava quebrando a toda hora. Enquanto tentava arrumá-lo, ele comentara o filme, uma análise brilhante de como a pequena obra-prima da época de Weimar capturava a impossibilidade de conhecer as pessoas. "O cinema não precisa ser explícito", dissera ele. "Pode deixar um mistério no ar e cada pessoa faz com ele o que quiser, de acordo com sua personalidade." Querido, admirável Konnie. Precisava tirá-lo logo de lá.

— Então — disse Harland, tentando capturar sua atenção.

Rosenharte voltou-se.

— Sabe — continuou o americano —, vocês, do Leste, não têm mais chance. A economia está desmilingüindo, os jovens estão fugindo, nada funciona, as fábricas estão atrasadas quarenta anos em relação às do Ocidente. Tudo está indo para o Swanee.

— O Swanee?

— *Kaput. Alles ist kaput.*

— Será que o Ocidente está tão melhor assim? Até o ano passado vocês tinham um presidente que só tomava decisões depois de consultar o astrólogo da mulher. Lemos sobre essas coisas no Leste, você sabe. E quanto ao ano passado, quando praticamente todas as economias do Ocidente quase entraram em colapso por causa da cobiça dos investidores de Wall Street?

— Não dá para comparar com o que acontece em seu país — retrucou o americano afavelmente. — Literalmente nada funciona na Alemanha Oriental. Não há comida, o sistema de transporte é uma merda, a base manufatureira está atrasada trinta anos. Toda vez que alguém tem uma idéia nova ela precisa passar por uma dúzia de comitês antes de ser implementada. E quando as coisas quebram, todo o esforço é concentrado em investigar possíveis sabotagens em vez de resolver o problema. A sabotagem é o álibi de todo gerente de fábrica incompetente. Mas os chefões do Partido não estão nem aí, porque têm todo o conforto e os itens de luxo de que precisam. Fora das vistas, nos edifícios ocultos, a hierarquia do Partido tem todo o luxo e o melhor tratamento médico. Sabemos o que está acontecendo, Rosenharte. Nada funciona, a menos que você seja um chefão do Partido.

— Algumas coisas funcionam, sim — disse Rosenharte devagar, admitindo para si mesmo o quanto a imagem do americano estava certa.

— Todo mundo tem emprego; o Estado se encarrega; todo mundo tem a garantia de ter onde morar e de ter uma boa educação para os filhos; até a maioria dos especialistas ocidentais concorda nisso.

— Sim, mas que versão mais corrupta de paternalismo é esta — disse ele, realmente se entusiasmando com o assunto. — O Partido Comunista, ou o Partido da Unidade Socialista, como vocês o chamam, espera que um homem desista de toda a sua ambição, de todas as suas opiniões e inclinações. O Partido decide tudo para ele, do berço ao túmulo. E se ele não concordar, é posto na cadeia. É difícil dizer que se trate de uma sociedade saudável.

— Você tem razão quanto a muitas coisas na RDA — disse Rosenharte. — Mas nunca subestime a Stasi. É um estado dentro do Estado. E esse estado nunca esteve mais saudável. Nada acontece na RDA sem que a Stasi fique sabendo. — Fez uma pausa. — Há três meses, o filho mais velho de meu irmão foi interrogado por um agente por causa de uma redação que escreveu para a escola. O professor repassou-o para eles porque continha "tendências antipatrióticas e anti-sociais". E sabe sobre o que era a redação? A migração dos pássaros! Um menino de 10 anos não pode escrever sobre um pássaro voando para fora de nossas fronteiras sem a Stasi considerar isso uma ameaça. Repito, não a subestimem. Agora, digam-me o que querem que eu faça. Onde devo ir em Leipzig? Como me comunicarei com vocês?

— O senhor é uma pessoa religiosa, Dr. Rosenharte?

— Não.

— Bom, precisamos que o senhor se converta à causa da paz e da fraternidade cristã. É neste contexto que Annalise se ofereceu para ajudar a Alemanha Oriental. Como ela explicou nas cartas que lhe mandou no verão, ela quer ajudar a retificar o desequilíbrio tecnológico entre o Leste e o Oeste. Dessa parte a Stasi sabe, embora você, obviamente, não, já que não recebeu essas cartas. É o velho argumento da manutenção da paz por meio da equalização do poder militar. O senhor precisa pensar um pouco sobre isso antes de retornar. Desenvolver o assunto em suas próprias palavras.

Rosenharte anotou mentalmente que precisaria fazer isso e no mesmo instante percebeu que precisaria desenferrujar suas velhas habilidades de dissimulação e de dar explicações de improviso que soassem convincentes.

— Não tenho mais muito tempo agora. Preciso dar minha palestra na conferência e fazer contato com o meu lado antes disso.

— Haverá tempo para tudo — disse Harland. — Primeiro, precisamos discutir como o senhor vai encontrar Kafka.

Harland e Griswald despediram-se de Rosenharte no hotel, depois de instruí-lo a respeito dos procedimentos que precisaria seguir para contatar o Ocidente e mostrar-se disponível para Kafka em Leipzig. Esperaram por uma hora, então saíram pela entrada de serviço e foram para o centro de conferências. Após a primeira palestra, eles se juntaram a Prelli na sala de projeção, nos fundos da sala de conferências. Prelli apontou os dois agentes da Stasi que tinham sido apressadamente infiltrados na platéia. Harland observou Jessie entrando e sentando-se numa poltrona na segunda fila. Rosenharte voltou-se e acenou com a cabeça discretamente para ela, o que fez um homem no corredor inclinar-se para a frente, mostrando interesse.

Às 3 horas, Rosenharte levantou-se e foi até o pódio. Um efusivo acadêmico italiano apresentou-o como a maior autoridade em desenhos do começo do século XVII na Alemanha Oriental e acrescentou que os trabalhos publicados no Ocidente — infelizmente ainda muito poucos — deixavam claro que, como pensador, Rosenharte estava desbravando novas áreas. O trabalho dele na Gemäldegalerie, em Dresden, disse o homem, provava que o diálogo entre os historiadores da arte continuaria a acontecer apesar das diferenças entre os Estados. Rosenharte respondeu com uma inclinação em agradecimento, as luzes diminuíram e ele começou a falar sem texto escrito e em inglês.

Harland agora estava vendo um homem muito diferente do indivíduo cauteloso com o qual vinha tratando. Ele falava com fluência e se dirigia à platéia com o charme de um político. Cinco minutos após o início da palestra, Rosenharte apertou o botão do projetor de slides e na tela apareceu um desenho em giz cor de ferrugem de um menino aleijado. Ele contemplou-o por um instante, depois, em silêncio, percorreu com a vareta a deformação das costas do menino, seus ombros encolhidos e o rosto delicado, sem expressão.

— Dez anos depois que esse desenho foi feito pelo jovem Annibale Carracci, estas palavras foram escritas por William Shakespeare: "Fraudado pela hipócrita natureza, deformado, inacabado, enviado antes do tempo a este mundo, onde respira, mal pela metade formado." — Ele fez uma pausa. — Belas palavras. E um belo desenho para descrever a deformidade, não acham? Mas esse esboço que vêem é também revolucionário em sua compaixão, uma obra que se liberta do controle do gosto dos patronos da época. De seu próprio punho o artista escreveu atrás da cabeça do menino: "*No so se Dio m'aiuta*". Ou seja: Não sei se Deus me ajudará. E assim o artista, como um fotojornalista de hoje, fornece um testemunho da injustiça das condições desse menino e lança um desafio a Deus, e, portanto, às autoridades religiosas. Por quê? Por que há pessoas que nascem assim? Por que os homens se desviam delas e os cães latem para elas nas ruas? Essas são as questões de uma consciência revolucionária e, eu afirmo, de uma consciência socialista. Carracci exige satisfações de Deus e da Igreja.

Nos quarenta minutos seguintes ele desenvolveu o tema da consciência artística. Quando chegou ao fim, abriu as mãos na direção da platéia.

— Não — disse —, Deus não ajuda este homem. Mas nós devemos ajudar. Essa era a mensagem de Carracci. — Com uma inclinação de cabeça, agradeceu à platéia pela atenção.

A sala prorrompeu num aplauso espontâneo.

— É a mesma palestra que ele deu em Leipzig. É a razão de Kafka tê-lo escolhido.

— Ele foi escolhido por Kafka! — disse Griswald.

Harland assentiu.

— E agora eu entendi por quê.

Griswald, nada lento em perceber o subtexto, franziu a testa.

— Do que você está falando, Harland? O que foi que você deixou de me contar?

— Só isso. Rosenharte deu essa palestra no começo do verão em Leipzig. Parece que Kafka, quem quer que ele ou ela seja, gostou dele. Veja, a palestra pode ser interpretada de duas maneiras. Se você for um comunista sem imaginação, ela parece seguir as teorias marxistas habituais sobre a opressão das massas e a ascensão do capitalismo etc. Pode também ser considerada uma argumentação contra a perseguição pelo Estado e a obstrução da livre expressão.

— Um pássaro capaz de diferentes cantos ao mesmo tempo — disse Griswald. — Ei, veja, Jessie está agindo.

Ela se levantara e estava atrás do grupo de admiradores acadêmicos reunidos em torno de Rosenharte, agitando comicamente os braços sobre a cabeça dos outros. Rosenharte levantou-se para cumprimentá-la. Beijaram-se e ela lhe deu um ligeiro abraço de congratulações. Então se afastou e apontou para o relógio de pulso, indicando que precisava ir embora. Ao partir, soprou um beijo para ele. Harland notou um envelope acolchoado que ela passara à mão dele.

— A bola está em jogo e nosso homem está a caminho — disse Harland, percebendo os dois agentes da Stasi se apressando pelo corredor central para se aproximar de Rosenharte.

— Lá vai nosso agente. Enviado antes do tempo, formado pela metade — disse Griswald.

5
Uma Casa na Floresta

As luzes de vaga-lumes piscavam nas bordas do campo de pouso perto de Ljubljana, Eslovênia, quando o comboio da Stasi parou junto a um velho Antonov 26 com suas hélices girando suavemente no ar quente da noite. Rosenharte observou-as de relance antes do grupo subir uma escada retrátil e se espalhar dentro do avião, que cheirava a combustível e estofamento velho.

Parecendo contente consigo mesmo, Biermeier apareceu na porta da cabine, desceu o corredor cumprimentando seus homens com a cabeça e sentou-se pesadamente ao lado de Rosenharte.

— Para qual aeroporto estamos voando? — perguntou Rosenharte.

— Basta você saber que está voltando à sua terra natal — respondeu ele.

— Espero que haja algo para beber. Qualquer coisa serve, uma cerveja ou mesmo água.

Biermeier lançou-lhe um olhar resignado e grunhiu a ordem para um dos agentes da Stasi que os acompanhara desde Trieste, depois se voltou para Rosenharte.

— Então, você recebeu a primeira entrega de sua amiga. Isso é bom. Mas o que me interessa é o homem morto. Quem ele era?

— Eu disse a Heise. Não sei. Algum bêbado que teve um ataque do coração.

Biermeier assentiu e franziu o cenho ao mesmo tempo. Rosenharte examinou seu perfil com interesse. Seu queixo fugidio e sua testa inclinada resultavam num rosto que se afunilava numa ponta bulbosa no nariz. Tinha várias verrugas no pescoço, o que evidentemente trazia problemas na hora de se barbear, e havia uma vermelhidão no alto de suas bochechas. Não impressionava muito, com seu ar um tanto parvo, mas nada tinha de idiota. Dava a impressão de ser um homem de muito caráter, que conscientemente forçara sua personalidade a se conformar às normas de implacável confiabilidade da Stasi.

— Teremos de nos aprofundar nisso. Você deve compreender que parece muito suspeito. Sabemos que ele o estava seguindo em Trieste.

Rosenharte deu de ombros.

— Olhe, não tenho idéia de quem diabos ele era. Para começo de conversa, eu nem queria ir a Trieste. Schwarzmeer me forçou. Francamente, não quero ter nada a ver com esse assunto.

— Você não tem escolha. Agora me diga o que havia no pacote que ela lhe deu.

— Não faço a menor idéia. O pacote está com vocês.

— Mas ela deve ter dito a você o que havia nele. Deve ter dado uma ou outra pista.

Rosenharte afastou-se do hálito de alho dele.

— Nada sei, a não ser que tem a ver com programas de defesa da Otan. Por que você mesmo não o abre?

— Ela deve ter dito mais.

— Este é um interrogatório oficial ou devo esperar até encontrar o general Schwarzmeer?

— Esta operação é minha. Tenho acesso autorizado a todas as informações.

— Pelo que entendi, esta operação refere-se a graves questões de segurança nacional. Abra o pacote, mas não me comprometa. Fiz o meu serviço.

Ele se virou para o lado e olhou a luz piscando na ponta da asa lá fora. Finalmente, Biermeier desistiu e foi se juntar aos outros membros de sua equipe. Um atraso inexplicado manteve-os ali por uma hora antes dos motores serem ligados e o avião arrastar-se na pista, fazendo com que as poltronas rangessem e as portas dos armários se abrissem. Quando estavam voando, Rosenharte mudou-se para o lado esquerdo do avião para contemplar os Alpes com uma satisfação meio de menino, pois a rota deles passava ao longo da Áustria e ia para o nordeste na direção da Hungria e da Tchecoslováquia. A paisagem estava bem iluminada pela meia-lua e ele podia distinguir os cumes ao longo do alto das montanhas. Pensou em caminhadas pelos vales lá embaixo com o irmão, algo que haviam prometido fazer assim que a saúde de Konnie estivesse melhor. Ele sempre insistia que era só uma questão de tempo, mas dois anos haviam se passado sem que Konnie tivesse conseguido reunir a energia necessária. Ele precisava de tratamento no Ocidente, e era isso que Rosenharte ia conseguir para o irmão.

Depois de duas horas, com a luz da aurora começando a aparecer no leste, o avião sobrevoou três vezes e aterrissou numa pista de uma base militar em algum lugar no sul da RDA. Taxiaram ao longo de hangares fortificados, onde homens de macacão podiam ser vistos trabalhando sob lâmpadas nuas.

Dois Ladas e um caminhão militar os esperavam, mas apenas Biermeier e três agentes desembarcaram do avião com Rosenharte. O Antonov, soltando uma boa quantidade de fumaça preta de seu motor de estibordo, fez uma curva e se preparou para decolar de novo, ele supôs que para Berlim-Schönefeld, onde o material de Annalise seria examinado.

De volta ao solo alemão, a Stasi assumiu um ar mais oficial e, enquanto andavam para os carros, o maior dos agentes pegou-o pelo braço. Rosenharte desvencilhou-se dele e se voltou:

— Que isso fique claro: não sou prisioneiro de vocês!

Biermeier acenou com a cabeça para o homem, que ficou para trás alguns passos, mas Rosenharte sabia que isso era um mau sinal. Aos olhos deles, ele era mais um suspeito do que um colaborador.

Ele precisava reverter essa situação.

Partiram pelo que ele sabia que devia ser uma área de acesso restrito. Várias vezes a estrada passou perto de grandes conjuntos de prédios de apartamentos e armazéns que haviam sido erigidos nas grandes florestas de faias para acomodar os militares russos, edificações pesadas que não combinavam nem um pouco com o entorno. Depois de cerca de 45 minutos, quando a estrada começava a subir, chegaram a um portão, onde dois homens apareceram de uma guarita atrás de uns arbustos. Depois de verificarem as credenciais e inspecionarem o rosto dos homens nos carros, eles abriram o portão. Um longo acesso levou-os a uma clareira, onde haviam quatro bem-cuidadas casas de verão, todas com varandas. O modelo delas era a dacha russa, embora tivessem um ar resguardado, sinistro. Todas as janelas e portas tinham grades. Apesar da localização bucólica, o lugar de alguma forma estava impregnado pela lúgubre paranóia da Stasi.

Ele foi conduzido à casa mais distante, onde desceu alguns degraus até um porão, que era construído com tamanha solidez que poderia servir de abrigo contra bombas. Levaram-no a um amplo quarto com uma cama, mesa, cadeiras e uma tigela de vidro com uma solitária maçã no meio. A luz vinha de quatro janelas horizontais ao longo do teto.

— Você ficará aqui até ser chamado — disse Biermeier. — Há tudo o que você precisa aqui e vão lhe trazer comida.

— Tenho compromissos em Dresden amanhã — disse Rosenharte.

Biermeier olhou-o como se ele fosse uma criança.

— O único compromisso que você tem é com o Estado, Herr Doktor.

Por três dias Rosenharte não viu ninguém, exceto os homens que lhe traziam as refeições e o escoltavam num passeio diário pelo lugar. Quando pediu algo para ler, deram-lhe velhos exemplares do *Neues Deutschland* e do *Wochenpost*, além de uma tradução de contos de Jack London. Ele precisou de toda a sua disciplina para evitar a ansiedade. Disse a si mesmo que estava sendo mantido ali enquanto o material de Annalise era avaliado e eles decidiam se era o caso de seguir adiante. Mas também sabia que estariam verificando cada detalhe referente à situação de Annalise na Otan, a vida dela no Canadá e suas atuais circunstâncias em Bruxelas. Não era de esperar que ele soubesse muito sobre isso, mas eles iriam procurar inconsistências entre o que tinham descoberto e o que ele lhes informara. Ele repassou seguidamente tudo o que Harland e o americano tinham lhe dito, enquanto torcia para que eles tivessem dado à nova vida de Annalise uma profundidade convincente. Um simples erro, o mais leve indício de incongruência ou a impressão de que a existência de Annalise era muito bidimensional para ser real, e ele estaria perdido.

O relance da vida no Ocidente — o primeiro desde que ele partira de Bruxelas — havia aguçado seu ultraje quanto ao modo como a Stasi o havia encarcerado, mas também seu medo quanto ao que eles podiam fazer com ele e Konrad. O brilho do dia italiano acentuava a noite alemã. Quis que Harland e seu amigo americano tivessem um só dia dessa sua experiência, suando numa cela branca silenciosa, preparando as respostas para um interrogatório que ele mal sabia se podia prever, sabendo que se as coisas dessem errado seria destruído. Os ocidentais jamais entenderiam a realidade do poder da Stasi e sua obstinada, quase surreal, perseguição ao homem comum.

Na manhã do terceiro dia — quinta-feira, 14 de setembro, notou — ele estava pronto para começar a criar caso, acreditando que muita docilidade poderia indicar algum tipo de culpa. Quando o homem lhe trouxe o café-da-manhã, exigiu ver a autoridade responsável, dizendo que aquele era um modo vergonhoso de tratar alguém que queria apenas servir sua pátria. O homem voltou duas horas depois, pegou a bandeja e silenciosamente indicou que Rosenharte devia segui-lo.

Não eram mais que cem metros até a primeira casa, e no instante em que Rosenharte acabou de subir os degraus que o haviam levado ao porão e se acostumou com o dia, ele viu uma figura na varanda, usando botas de pescar enroladas para baixo na altura das canelas. O rosto estava na sombra, mas ele sabia que pertencia a Schwarzmeer.

— O que acha de nosso pequeno refúgio, Dr. Rosenharte? — perguntou ele, enquanto Rosenharte se aproximava. — Um paraíso romântico, não? É uma tragédia que a Srta. Schering não possa estar aqui com você. Há passeios esplêndidos para se fazer na floresta.

Ele chegou até a varanda e o encarou.

— Por que está me mantendo prisioneiro, general?

— Você sabe como é, precisamos checar algumas coisas. Não posso deixá-lo solto em Dresden com todas as informações que tem.

— Não tenho informação nenhuma. Recebi a entrega de um pacote, e foi tudo. Eu não sei o que ele contém. — Percebeu dois dos guarda-costas ocultos na casa. Não se via Biermeier em lugar algum.

— Mas você sabe quem lhe deu o pacote, *e* onde ela trabalha *e* o que ela faz. São informações das mais interessantes para os espiões que querem destruir nosso país. — Ele se ergueu da cadeira de palha e olhou para uma trilha que atravessava as faias na direção do lago. — Condições ideais para pescar — disse com um suspiro, depois esfregou a coxa. — Faz bem para a alma passar um tempo aqui, não? Na natureza, entre as árvores, sem nada para testar sua paciência, a não ser os peixes.

Rosenharte lembrou-se que Schwarzmeer adorava pensar em si mesmo como um homem do campo, que precisava apenas de uma boa lareira, um prato de carne e uma ou duas canecas de cerveja; um caipira que ficava pouco à vontade na cidade grande e desconfiava dela. Era tudo fantasia. Ele era filho de um funcionário público e de uma chapeleira. Por gerações os Schwarzmeer tinham morrido com a fuligem de Berlim em seus pulmões.

Ele mudara pouco desde a década de 1970, quando Rosenharte encontrara duas vezes o então tenente-coronel da Stasi antes de partir para Bruxelas. Tinha a mesma presença afável: os lábios levemente abertos prontos para rir; e a atitude toda amigável que era ainda mais irritante por sua insistência em que era o tipo de homem que só conseguia dizer o que pensava. Essa, insistia, era a razão pela qual não subiria mais no Ministerium. Mas subira, sendo promovido ao posto mais alto no HVA quando o grande espião Dieter Fuchs se aposentara três anos antes.

Ele engordara na cintura; seu pescoço ficara mais grosso e suas bochechas, mais cheias, fazendo os olhos mais afundados nos cantos. Porém, em essência, sua face não mudara: tinha a mesma compleição pálida de cera, o nariz bem-proporcionado e os lábios grossos, quase sensuais. Nos anos 1970, alguém lhe dissera que ele parecia um César romano, o que obviamente agradou a Schwarzmeer, pois ele constantemente chamava a atenção para a semelhança, com óbvias observações depreciativas por ter ganhado peso na meia-idade. Ao se aproximar, Rosenharte imediatamente notara a característica mais pronunciada do general — a testa que se avolumava sobre as sobrancelhas. Fazia-o lembrar do prodigioso poder de cálculo de Schwarzmeer.

— Fez amor com a inglesa, Doktor? — perguntou ele, pisando forte com o pé direito no chão de madeira, aparentemente para fazer parar a dor na coxa.

— Isso é assunto seu?

— Tudo é assunto meu. Esse é o meu lema. Tudo é assunto de Schwarzmeer. Você fez amor com ela? Ela provou o fogo da sua paixão?

Rosenharte deu de ombros e desviou o olhar.

— E no entanto ela deixou você partir tão fácil da primeira vez. Seu desempenho não pode ter sido tão bom então. — Schwarzmeer riu consigo mesmo.

— Não sei dizer.

— Venha, camarada Doktor. Há algumas pessoas que querem vê-lo.

Rosenharte subiu os quatro degraus de madeira para a varanda e entrou num interior sombrio. Três homens de terno e uma mulher loura empertigada de cerca de 40 anos estavam sentados a uma mesa cor de oliva. Schwarzmeer apontou para uma cadeira de palha em frente da mesa, sentou-se em outra ao lado e apoiou a perna num banquinho. Começou então a examinar displicentemente um chapéu de caça que estava cheio de iscas de pesca.

— Então, Rosenharte, conte aos meus colegas o que você encontrou em Trieste.

— Como assim?

— O que você viu. O que encontrou. Não se faça de trouxa agora.

— Encontrei Annalise Schering e jantamos juntos, como Biermeier pode lhes informar.

— Sim, o coronel Biermeier — disse Schwarzmeer.

— Ela me disse que estava disposta a passar certas informações sobre alguns novos sistemas de computador usados na Otan. Sistemas de comunicação, acho. Ela não me disse o que eram, alegando que eu não ia entender.

— Você disse que a *encontrou*. — Era a mulher, cujos dedos beliscavam as pontas da pasta à frente dela. — Isso não é verdade, é? A menos que você tenha deixado de nos dizer alguma coisa, você não tinha instruções de ir ao restaurante na beira do canal. Só para ir ao píer.

— Sim, tem razão.

— Então foi ela que o encontrou? — disse o homem ao lado dela, um indivíduo com ar de burocrata e cabelo penteado para a frente para cobrir as entradas. — Está querendo dizer que em toda Trieste ela por acaso apareceu no restaurante certo?

— Não. Fiz questão de perguntar na recepção do hotel que lugar recomendavam. Annalise sabia onde eu estava hospedado e me dei conta de que ela iria se informar lá onde eu estaria naquela noite. Disse a eles que informassem isso a quem quer que perguntasse por mim. — Era uma péssima mentira porque a Stasi poderia facilmente verificar a história.

— Parece uma maneira vaga demais para fazer um contato importante. Por que não ficou no hotel?

— Para falar a verdade, estava um tanto chocado com a morte daquele homem. Resolvi beber alguma coisa e tomar um pouco de ar.

— É, nós nos perguntamos sobre o homem. Não conseguimos descobrir quem era porque as autoridades de Trieste não deram nenhuma informação sobre ele. Um homem morre no porto e não há um policial italiano que possa dizer quem ele é. Não há registro da morte dele. Nenhuma investigação. Nada. Isso não lhe soa estranho? Talvez ele não tenha realmente morrido. Talvez tenha passado para você a informação sobre o local de encontro e então tenha ressuscitado miraculosamente na ambulância.

Rosenharte encolheu os ombros e abriu as mãos.

— Ele estava tendo algum tipo de convulsão quando se aproximou de mim no cais. Não disse nada que eu pudesse entender. Supus que fosse um dos seus agentes.

— Mas temos a informação de que ele mencionou um nome para você.

— É verdade, mas não consigo lembrar exatamente... Kusimack, Kusi-alguma coisa.

— E ele disse essa palavra antes de cair na água.

— Sim.

— Talvez então você precise explicar por que o microfone não captou nada. Na verdade, não se ouviu nenhum som da escaramuça, o que sugere que você não o havia acionado.

— Isso não é verdade. Na realidade, acionei-o assim que entrei no píer, embora Biermeier tenha me dito que o fizesse apenas quando visse Annalise. — Os quatro consultaram uns aos outros com acenos de cabeça e um ou outro murmúrio.

— É interessante que você fosse encontrar Annalise Schering no píer, mas que em nenhum momento ela tenha estado presente lá, não? Nenhum de nossos agentes a viu entrar ou sair do píer naquele dia. Como você explica isso?

Rosenharte se xingou internamente por não ter pensado numa resposta para uma pergunta tão óbvia.

— Ela me disse que percebeu a vigilância desde o começo; quase a assustou e fez com que desistisse.

— Isso não soa lá muito convincente — disse um homem que até então não falara.

— Escute, eu não sei o que dizer disso — disse Rosenharte. — Não faço parte do mundo de vocês. Tudo o que sei é que fiz o contato como vocês queriam e trouxe-lhes um pacote, o qual vocês não estavam esperando. Então, qualquer que seja o padrão para avaliá-la, a operação foi um sucesso. Vocês examinaram o material? É útil?

— Claro que examinamos — disse Schwarzmeer. — Mas não é o que nos preocupa aqui.

Ele percebeu que isso era pelo menos uma admissão tácita do interesse deles pelo material.

— Então o que é? — perguntou calmamente.

— Descobrir se você se aliou às forças que querem subverter a segurança do Estado.

Ele balançou a cabeça com incredulidade.

— Vocês me forçam a fazer uma viagem contra a minha vontade, dizendo que seria ruim para meu irmão se eu recusasse. Eu fiz o que vocês pediram. Encontrei-me de novo com aquela mulher. Tive relações com ela. Fiz tudo isso só porque vocês me pediram. E no entanto vocês me detêm aqui e me acusam de traição. Não foi um plano meu. Foi de vocês. — As expressões à frente dele permaneceram imperturbáveis.

— Fale-nos sobre Schering — disse Schwarzmeer. — Passou algum tempo desde que estávamos em contato com ela.

— Ela me disse que trabalhou para vocês na Otan até 1985. Vocês devem saber mais sobre ela do que eu. Eu só estive com ela durante 12 horas. E ela estava bastante bêbada durante boa parte desse tempo.

Schwarzmeer não respondeu. Houve um silêncio na sala. A luz mudara e ele podia ver melhor as pessoas na frente dele. Coletivamente, representavam uma amostra do âmago vazio, sem coração, de seu país.

— Ela também me contou sobre o jardineiro que foi preso e sobre as medidas de segurança na Otan que tornaram difícil ela trabalhar para vocês.

— Isso é algo que nos intriga — disse o homem que até então conduzira a maior parte da conversa. — Se ela estava preocupada com a possibilidade de ser descoberta, por que voltar ao quartel-general da Otan? Ou, para abordar do ângulo contrário, se ela saiu precipitadamente, por que a Otan não suspeitou que ela era a fonte e, no mínimo, não se recusou a empregá-la num cargo tão delicado? Você deve notar que isso não faz o menor sentido.

— Essas coisas não são da minha alçada. Eu tive suspeitas quanto à carta; disse isso na época. Falei para vocês nada fazerem a respeito, mas vocês insistiram. Agora querem que eu garanta as boas intenções de Annalise em relação ao Estado. Isso não é minha responsabilidade, é? E não basta vocês me fazerem responder por ela; agora é a minha lealdade ao Estado que é posta em questão. Se achavam que não era possível confiar em mim, por que me enviaram a Trieste?

— Não se exalte — disse Schwarzmeer. — Ela disse alguma coisa sobre a razão de nos contatar, além de vê-lo de novo?

— Ela está profundamente envolvida com a causa pela paz, a ponto de ficar chata quando aborda o assunto. Ela fez algumas exigências.

— Quais?

— Ela quer fazer contato com os grupos pacifistas de Leipzig e Berlim, confidencialmente, claro, em troca da entrega do material.

— Isso é fácil de arranjar — disse Schwarzmeer. — Faremos nosso próprio pessoal desempenhar o papel deles.

— Ela diz que quer fazer isso por meu intermédio. Ela confia em mim. — Ele queria fornecer a si mesmo maior cobertura para suas idas a Leipzig, mas se arrependeu do que disse no mesmo instante. Os olhos de Schwarzmeer fuzilaram a mesa.

— E no entanto em 1974 — disse — ela se recusou a continuar trabalhando com você porque você era um risco para a segurança. O que aconteceu para ela mudar de idéia?

— Não sei — disse Rosenharte.

— Então é outra coisa que não faz sentido — disse o inquisidor principal. — Há muitas inconsistências nessa sua história para podermos acreditar nela.

— Não é a minha história! — disse Rosenharte quase aos berros. — Essa é a questão. Recuso-me a ser posto numa posição em que tenha de defender a história de Annalise para vocês. Se vocês não confiam nos motivos dela, não trabalhem com ela. É simples assim. Ignorem o que ela deu a vocês. Acreditem-me, se vocês não estivessem mantendo meu irmão prisioneiro, eu não teria nada a ver com esta operação.

Ele se levantou e começou a andar. Viu que eles ficaram surpresos, mas o que importava se eles percebessem que estava nervoso? Parou por um instante, voltou-se para eles e balançou a cabeça em silêncio, depois olhou pela janela. A luz do meio-dia se difundia na floresta, sua intensidade deixando as formas sem relevo. Uma ou outra folha já estava marrom. O outono não estava longe.

— Sente-se — disse Schwarzmeer —, e completaremos a entrevista.

— Por que deveria? Por que continuar? Quanto mais vocês insistirem em que eu responda por Annalise Schering, maior será a responsabilidade com que terei de arcar quando as coisas derem errado. Melhor diminuir minhas perdas agora. Sei que vocês vão me confinar, já fizeram isso antes. O que tenho a perder?

— Sente-se e pare com essa histeria toda — disse Schwarzmeer calmamente.

Rosenharte voltou para a cadeira.

— Nunca mostrei nenhuma falta de lealdade para com o Estado. Tudo o que quero é ser tratado com respeito. — De novo ele viu a mesma expressão no rosto deles, condescendente e ao mesmo tempo brutal: a expressão de pessoas acostumadas ao poder absoluto.

— Não é verdade — começou a mulher. Rosenharte olhou-a fixamente. Era notável como mulheres como ela conscientemente expurgavam qualquer traço de sexualidade e suavidade de sua aparência. — Não é verdade que você sempre foi leal à República Democrática Alemã. Temos informações sobre suas críticas ao secretário do Partido de Dresden. — Ela olhou o que havia num papel. — Ouviram você dizer em relação ao discurso dele nas comemorações de Primeiro de Maio que era uma xaropada oca. Um burro teria feito um discurso melhor, foi o que você disse.

Rosenharte sorriu.

— Eu lido com palavras, com o sentido exato das palavras. É disso que trata a erudição, ser acurado e ponderar evidências. O discurso do camarada Kresler foi retórica insípida, vazia. O que se tem em Dresden são filas para comprar comida e trens quebrados.

A mulher olhou através da mesa com uma expressão de triunfo.

— O povo não é estúpido — continuou Rosenharte. — Eles querem acreditar no socialismo, mas não podem aceitar mentiras que insultam sua inteligência. Diminuem o Partido aos olhos deles. Eu estava apenas expressando a opinião de todo mundo.

— Nem por isso deixa de ser uma opinião desleal — observou Schwarzmeer.

— Ao Partido ou aos ideais do socialismo?

— A ambos — disse Schwarzmeer. — São a mesma coisa. Seria bom você não esquecer mais isso. — Apoiou-se nos joelhos e levantou-se, o que pareceu ser a deixa para um dos homens e para a mulher saírem da sala. Então, após lançar um olhar aborrecido para Rosenharte, puxou as alças das botas de pescaria até o cinto, prendeu-as e saiu também.

— Meu nome é Laurentz — disse o mais velho dos dois homens que permaneceram. Tinha entre 40 e 50 anos e dava a impressão de ser um homem prático, um engenheiro civil ou um administrador de fábrica. — Este é Richter. — Richter era pálido e tinha um cabelo louro muito fino, que se encaracolava no colarinho.

— Enfim, alguns nomes — disse Rosenharte. — São verdadeiros?

— Somos especializados nos arquivos. Lidamos com o passado e nossos nomes são verdadeiros.

Rosenharte sabia que isso significava que eles esquadrinhavam os arquivos da Normannenstrasse em busca de pistas de muito tempo atrás para aplicá-las aos problemas de inteligência atuais. Devia ter sido aquela dupla que fornecera a Hans Heise as informações sobre a comissão para que ele pudesse testar Annalise.

— Especializamo-nos na vida das pessoas — disse o mais jovem, o qual Rosenharte se deu conta que mal havia se movido desde que ele entrara naquela sala. — Construímos a biografia de uma vida, qualquer vida, para identificar certas características psicológicas, certos padrões.

— E estivemos pesquisando a sua vida — disse Laurentz. Ele olhou para seus papéis. — Na realidade, muito trabalho foi feito na década de 1970 e também ultimamente, em conexão com os crimes de seu irmão Konrad.

— E por meio dessa análise — disse Rosenharte — vocês vão decidir se eu tenho o perfil psicológico apropriado para ser um traidor?

— É uma maneira um tanto grosseira de colocar as coisas, mas, sim, com certeza é um dos nossos objetivos. Também sugerimos maneiras de abordar um problema com, digamos, alguém que está sendo entrevistado e pode estar escondendo um segredo.

O merdinha ficava sentado ali admitindo todo contente que sua especialidade era sugerir maneiras de dobrar as pessoas.

— Você está me ameaçando? — perguntou Rosenharte.

— Não, o que o faz achar isso?

— O fato de já ter ouvido falar dessas técnicas e de saber que não hesitariam em usá-las contra mim.

— Não o estamos ameaçando — disse Laurentz. — Apenas queremos confirmar algumas coisas sobre seu passado e sua carreira.

— Sei, a velha história sobre meus pais. — Seus olhos desviaram-se para a janela e depois para a sala adjacente. Percebeu através da porta aberta um homem sentado numa cadeira com as pernas cruzadas e as mãos dobradas no colo. O subconsciente de Rosenharte interpretara o homem como uma sombra. Quem diabos ele era? Ele voltou-se para Laurentz e Richter com uma expressão interrogativa, mas eles o ignoraram.

— Você e seu irmão Konrad nasceram em 15 de dezembro de 1939 — recitou Richter —, filhos de Manfred e Isobel von Huth, ambos membros desde o início do Partido Nacional Socialista. Seu pai integrou a Segunda SS Panzerdivision, "Das Reich", em 1939. Foi promovido a Obergruppenführer e esteve em combate na Rússia em 1942 e 1943, onde esteve envolvido no massacre de vários milhares de civis na Ucrânia. Em 1944 ele se tornou Brigadeführer und General da Trigésima Segunda SS Panzergrenadierdivision, "30 Januar", e de novo combateu na Rússia e na defesa de Berlim. Sua mãe, Isobel, era uma aristocrata, uma Von Clauznitz, e foi na propriedade rural da família dela que seus pais foram morar antes da guerra. Sua mãe morreu no bombardeio de Dresden em 1945, quando então Marie Theresa Rosenharte, uma governanta na casa da família, se encarregou de cuidar de você e seu irmão. Em março de 1945 seu pai morreu em circunstâncias misteriosas, e atualmente considera-se que o mais provável é que ele tenha sido executado por ordem do Alto Comando ou que simplesmente tenha sido assassinado por sua própria tropa. Em algum momento naquela primavera, a Sra. Rosenharte levou-os para a sua fazenda ao sul de Dresden. Ela e o marido, um inválido da Primeira Guerra, Hermann Rosenharte, os adotaram. Não houve outros filhos.

— Isso tudo é necessário? — perguntou Rosenharte. — Ainda sou considerado responsável pelas ações de meus pais?

— Naturalmente, esse é um assunto delicado para você — disse Richter. — Tendências fascistas dessa ordem ainda são um constrangimento.

— Diz-se que a maçã nunca cai muito longe da macieira — disse Laurentz.

— Quase nunca penso em meus pais biológicos. Nem mesmo me lembro deles.

Não era exatamente verdade. Tinha uma imagem de sua mãe, uma mulher esguia e elegante sentada junto à janela de uma grande casa. Estava com os olhos num livro. Quando eles entraram na sala com a babá, ela se virou e sorriu com uma expressão de interesse remoto. Rosenharte supunha que isso tinha sido pouco antes dela morrer em Dresden. Ele e Konnie deviam ter 4 ou 5 anos de idade. Daí em diante a única mulher que ele chamara de mãe — e amara como mãe — tinha sido Marie Theresa Rosenharte.

— Talvez você tenha eliminado subconscientemente essas memórias — disse Laurentz. — Isso seria perfeitamente compreensível, dada a natureza dos crimes de seu pai.

Rosenharte balançou a cabeça.

— Vocês foram muito bem na escola — continuou Richter. — Os meninos Rosenharte foram os melhores alunos que passaram pela pequena escola rural, o que suponho que não signifique muito numa comunidade de vaqueiros e lenhadores. Os dois foram para a Universidade Humboldt em Berlim, onde o talento para linguagens de ambos ficou evidente. Seu irmão estudou teoria política. Você chegou a fazer doutorado em história e lecionou na Humboldt. Tinha 28 anos quando foi abordado pelo Ministerium für Staatssicherheit. — Parou e consultou uma pasta azul fina. Os olhos de Rosenharte se detiveram no símbolo da Stasi, a mão segurando um rifle para o alto sob uma bandeira enfunada. —Você recebeu treinamento na escola do MfS em Potsdam-Eiche. Seu histórico como agente do MfS ficou bem abaixo das expectativas; tinha pouca habilidade natural e em várias ocasiões quebrou regras de disciplina e segurança. Por fim, foi enviado ao Ocidente... seu histórico diz que como uma última chance... para Bonn e então Bruxelas. Foi lá que você manteve contato com a mulher conhecida como Annalise Schering, a única relação dessa natureza bem-sucedida que conseguiu. Mas em poucos meses houve um informe de que você não soubera lidar com a situação. Quando abordada por outro agente, a mulher disse que não podia confiar em você para a delicada tarefa à frente. Então, em vez de acionar o procedimento combinado de retorno à RDA, você esperou ser chamado de volta e mostrou sinais de relutância em partir do Ocidente.

— Foi nessa época — disse Laurentz — que seu irmão Konrad criou problemas com as autoridades e foi preso pela primeira vez.

— Para garantir que eu voltasse — disse Rosenharte.

Os dois o ignoraram e consultaram juntos um documento.

— Você se casou em 1980 — continuou Richter — com Helga Goelkel. Não tiveram filhos e se divorciaram em 1982, apenas 16 meses depois. Desde então houve alguns relacionamentos, e todos acabaram por causa da... — ele se deteve e ergueu os olhos do documento — ... por causa de sua promiscuidade, Rosenharte.

— Para um homem com os seus dons, não é uma carreira lá muito impressionante.

Rosenharte sorriu para eles ironicamente.

— Você pularam todas as partes boas: meu trabalho na Gemäldegalerie Alte Meister, em Dresden, e meus estudos da restauração da coleção de Dresden realizada pelos soviéticos, os textos sobre o realismo holandês e os desenhos da coleção. Os ensaios e textos publicados no Ocidente. São realizações modestas, concordo, mas me orgulho delas.

— Convenhamos, tudo isso poderia ser feito no Ocidente. Não há nada em seu trabalho que o destaque como o produto de uma vida socialista num estado socialista.

— E minhas palestras? Vocês também as descartam?

— Um hobby — disse Laurentz — para entreter os membros ociosos da chamada *intelligentsia* moderna, individualistas que esqueceram o significado do dever e da lealdade aos ideais do socialismo. O que vejo aqui é uma total ausência da contribuição altruísta ao Estado que todo cidadão responsável deve dar.

— Faço o melhor que posso — disse Rosenharte desalentadamente. — Mas não é todo mundo que está capacitado para uma vida de devoção à causa socialista. É um dom especial. Acredito, no entanto, que minhas palestras desenvolvem temas que não haviam sido analisados antes.

Laurentz ignorou isso e olhou para seu companheiro.

— E há a questão do seu fracasso em ajudar seus colegas do MfS em Dresden — disse Richter.

— O quê? Você quer dizer minha recusa em aceitar dinheiro em troca de informações sobre meus colegas na Gemäldegalerie?

— Três vezes lhe pediram, e três vezes você se recusou. Isso não é exatamente um exemplo de devoção ao Estado. A imagem que emerge é a de alguém que está contra o Estado e que não se importa em ludibriá-lo — disse Laurentz.

— Uma predisposição psicológica para desafiar a autoridade do Estado — disse Richter. — Um padrão que se manifesta na atitude anti-social dos persistentes crimes de seu irmão.

Rosenharte levantou-se de novo porque estava a ponto de agredir o canalhinha. Afastou-se da mesa e deu outra olhada pela janela, ignorando o homem que percebera que estava escutando na sala ao lado. Ficara claro para ele que não estava só nas mãos do Diretório Principal. Toda uma gama de especialistas da Stasi fora trazida para lidar com o seu caso. Era evidente que Schwarzmeer trataria de todos os aspectos antes de dar um parecer para o chefe da Stasi, Erich Mielke.

— É muita falta de educação levantar-se assim — disse Richter com petulância. — Estamos tratando aqui de assuntos da maior importância.

Rosenharte respirou fundo. Aja friamente, disse a si mesmo. Deixe que eles se divirtam.

— Você não bebeu nada durante quatro dias — observou Laurentz. — Está sentindo falta de álcool? Isso é um problema para você?

— Nem pensei no caso. Bebo por prazer. Não preciso de álcool nem sinto falta dele.

— Não é a opinião de seus colegas no museu. Acham que você bebe para escapar. Dizem que você bebe demais.

— Se isso é tudo o que eles têm a dizer sobre mim, eu deveria ficar aliviado.

Então perguntaram a ele sobre as mulheres, nomeando uma após outra com puritana exatidão; as mulheres de amigos, duas alunas, uma bibliotecária, a garota que o seduziu no trem para Berlim — embora eles achassem que havia sido ao contrário —, uma professora de netball e uma atendente na Dresden Intershop chamada Lottie, que lhe dera *Südfrüchte* — as frutas do hemisfério sul, bananas, abacaxis e, uma vez só, uma manga, coisas impossíveis de comprar em qualquer quantidade. Queriam que ele ficasse sabendo que não havia nada que não tivessem em seus arquivos. Disseram-lhe claramente que até sabiam de suas preferências sexuais. Rosenharte sorriu com isso.

— Por *preferências* vocês querem dizer que prefiro mulheres a homens.

— Você sabe o que queremos dizer — retrucou Richter. — Do que você gosta na cama.

— Eu gosto de brincar um pouco, conversar, beber, fazer amor e dormir. E quanto a vocês? Talvez você possa sugerir atividades mais interessantes, Richter. Meninos, poodles, couro; conte-me.

— Você está sendo leviano, Rosenharte.

— Não fui eu quem veio com esse assunto. Foram vocês. Em todo caso, gostaria de saber o que essas mulheres disseram que eram minhas preferências. O que mais elas disseram? A Stasi tem um sistema de gradação para proezas sexuais? Talvez vocês tenham desenvolvido uma escala secreta dos desempenhos? Vocês falaram com a minha ex-mulher, Helga? Bom, claro que vocês não iriam obter dela um retrato dos mais lisonjeiros. — Ela era uma mulher de uma beleza sombria: alta, de feições delicadas e, sob certos aspectos, parecida com uma madona holandesa, com aquela pele branca e aquela tranqüilidade, que ele confundira com uma espécie de graça interior. Mas depois de mais ou menos um ano nunca mais haviam tido uma conversa de verdade e o sexo fora desaparecendo. O que ela mais gostava de fazer era limpar e varrer, sempre usando um avental engomado amarrado firmemente em torno da cintura. Assistia à televisão incessantemente sem comentário algum ou o mais minúsculo indício de curiosidade. Por que, afinal, se casara com ela? Bem, ela o seduzira, e ele se deixara cegar pelo extraordinário que ela era no sexo. E, claro, ele adorava vê-la nua, levantando-se de manhã, enxugando-se depois de um banho. Ela era singular e ele queria que ela fosse dele. Que perfeito idiota tinha sido.

— O que se tem como verdade é que ela o deixou por causa de suas exigências insensatas e costumeira embriaguez.

De certa forma, eles tinham razão. Depois de um tempo tentando descobrir o que dera errado, ele desistiu e preferia passar as noites com amigos ou lendo em qualquer bar que ficasse aberto até tarde o suficiente. Com um ano de casamento, Konrad delicadamente pediu-lhe que não a levasse mais para a fazenda onde morava com Else. Uma das pessoas do grupo que freqüentava a casa tinha razões para crer que ela informara à

Stasi sobre o que ele havia dito. Nada nunca ficou provado, mas foi o começo do fim. Rosenharte quase chegou a considerar se ela não teria sido instruída a se casar com ele para ficar de olho no círculo de Konrad.

A panorâmica de sua vida abordou então a morte de Marie Theresa Rosenharte de um câncer incurável três anos antes. Foi dito, pelas fontes anônimas de Richter, que Rosenharte não dera à pobre mulher a menor ajuda ou apoio. Ele riu deles porque a mentira era ridícula demais. Ele e Konnie não saíram do lado da cama dela durante três semanas e ficaram arrasados quando ela morreu.

Richter insinuou que nas ocasiões em que ele ajudara Else, quando Konrad estava na prisão de Bautzen, tinha um motivo ulterior: seduzi-la.

Ele deixou que eles vissem que estava perturbado e magoado com aquelas acusações, mas o tempo todo observou-os com um distanciamento amargo, percebendo que, se usada durante um encarceramento integral da Stasi, no qual o prisioneiro era habilmente desorientado desde o princípio, a técnica poderia ser de fato muito corrosiva. Konnie havia lhe contado que eles tinham afirmado repetidamente que Else não era fiel a ele, uma alegação que ironicamente permitiu que ele se aferrasse à sua sanidade, porque sabia que não era verdade. A mentira o havia salvado.

O que Rosenharte estava vendo agora era o prólogo do metódico desmantelamento de sua personalidade que ocorreria se ele cometesse algum erro. Konnie também lhe contara o que haviam feito em Bautzen para consolidar o serviço executado na Hohenschönhausen — as surras e o confinamento num espaço que media 30x35 centímetros, o trabalho forçado pesadíssimo, as infecções estomacais e pulmonares que se espalhavam feito pólen no verão naquele lugar que eles chamavam de a "Miséria Amarela".

Mas por que o ameaçarem agora? Se estavam ávidos por botar as mãos em mais material a ser passado por Annalise — e ele tinha certeza de que estavam —, de que isso serviria? Talvez tivesse algo a ver com a perversa obsessão deles quanto ao controle e ao domínio sobre as pessoas. Estavam lhe dando uma amostra de sua onisciência, de sua habilidade de penetrar na cabeça de alguém e destruir o que quisessem.

A pesada depreciação de tudo que dizia respeito a ele e de tudo que ele amava arrastou-se até a noite, quando a entrevista subitamente terminou, como se a dupla estivesse seguindo um horário preestabelecido. Os homens fecharam suas pastas, levantaram-se e saíram, deixando Rosenharte olhando através das grades da janela. Ele se virou para ver se o observador silencioso ainda estava lá, mas ele também fora embora, e Rosenharte se perguntou se aquele homem seria a sua eventual nêmesis, a sombra de uma pessoa pronta para se materializar quando seu destino estivesse selado.

6
Interrogatório Noturno

Passaram-se cinco minutos antes que dois dos guardas entrassem e o conduzissem de volta ao porão. Havia comida — pão, lingüiça, queijo e outra maçã solitária — à sua espera, junto com um maço de cigarros Cabinet. Ele comeu a maçã, decidindo poupar o resto para depois, e se dedicou a uma nova pilha de jornais e revistas velhos.

Leu até as 10 horas da noite, sem ouvir um único som lá fora ou na casa em que estava, comeu e fumou um ou outro cigarro. Pouco depois se deitou na cama sem tirar a roupa.

Conforme esperava, vieram atrás dele de novo. No meio da noite, dois homens o levaram às pressas, ainda sonolento, através da grama úmida até uma baixa construção de concreto cercada por luzes. Rosenharte teve a impressão de que era um depósito fortificado; lá dentro havia um monte de equipamentos — mangueiras, trajes protetores, capacetes e implementos. Fizeram-no sentar num banco diante de três luzes ofuscantes.

Uma voz veio detrás delas. Por alguma razão, Rosenharte tinha certeza de que era do homem que ficara em silêncio na sala ao lado durante o primeiro interrogatório.

— Perdão? — disse.

— Você encontrou a mulher conhecida como Schering em agosto de 1974 — disse a voz, mais alto.

— Por volta disso — disse Rosenharte, ajeitando suas roupas. — Cantei-a num bar. Na época, eu trabalhava de guia no Musée des Beaux Arts. Ela foi a uma de minhas visitas guiadas cerca de uma semana depois, e as coisas se desenrolaram a partir daí. Vocês sabem disso tudo: está nos meus relatórios da época.

— E vocês se tornaram amantes. Como você caracterizaria os sentimentos dela por você?

— Creio que logo depois ela ficou muito ligada a mim.

— Ela se apaixonou por você.

— Se quiser dizer assim, sim.

— Quando vocês discutiram o trabalho para a RDA?

— Deixei passar quatro semanas, então abordei o assunto numa noite.

— Ela não ficou chocada?

— Não, mas disse que havia muito pouco de interesse para nós na Comissão. Ela esperava conseguir um emprego na Otan.

— Isso não foi mencionado em seus relatórios.

— Eu não quis dizer nada ao coronel Neusel, meu controlador na época, até ela ter definitivamente conseguido o emprego. Além disso, ela não quis me contar a qual departamento se candidatara.

— Mas quando ela soube que havia conseguido o emprego ela o largou. Foi isso o que aconteceu?

— Não sei. Em algum momento naquele inverno ela pareceu ter perdido o entusiasmo pelo nosso relacionamento. Disse que tinha ocorrido na época errada para ela: gostaria que tivéssemos nos conhecido cinco anos mais tarde. Então se recusou a me ver. Eu tentei entrar em contato, mas ela não atendia o telefone nem respondia aos recados que eu deixava em seu apartamento.

— Ela o excluiu da vida dela?

— Sim. Escute, por que estamos voltando a isso tudo?

— Por favor, apenas responda às perguntas. Ela o deixou imediatamente?

— Sim, mas eu tinha esperança de reatar a relação, e foi por isso que não gostei de ser chamado de volta. Agora eu sei que ela tinha recebido uma oferta para trabalhar para vocês por outro canal e que minhas tentativas de voltar a bons termos com ela eram inúteis.

— Mas esse grande amor de vocês desapareceu da noite para o dia? Evaporou-se. É uma afirmação adequada?

— Sim, suponho que sim.

— Então como explica os sentimentos que ela expressou na carta que mandou para você neste verão? Eram um tanto apaixonados, não?

— Ela me disse que escreveu mais de uma carta. Se eu pudesse ter lido as outras, poderia ter compreendido melhor os motivos dela. Mas agora, tendo conversado com ela, percebi que o tempo em que ficamos juntos anos atrás significou muito para ela... e, em retrospectiva, para mim também.

— Como ela sabia onde encontrá-lo? Você é um obscuro historiador da arte, não o maestro de uma orquestra famosa ou um astro do cinema. Como ela descobriu para onde escrever?

Ele tossiu.

— Isso é complicado.

— Prossiga — disse a voz, pacientemente encorajando Rosenharte a armar uma armadilha para si mesmo.

— Cinco ou seis anos atrás mandei alguns bilhetes para ela. Foram postos no correio no exterior por um amigo que já morreu. Contei a ela o que estava fazendo e disse que lhe mostraria a coleção dos velhos mestres em Dresden se ela visitasse a cidade. Era um bilhete leve, suponho. Para a minha surpresa, ela respondeu da mesma forma: arranjou alguém para pôr uma carta no correio na RDA. Não sei quem foi. Ela dizia que ia se casar e partir da Europa, mas seu tom era afetuoso e, bem, saudoso.

— Você ainda tem essa carta?

— Está guardada em algum lugar, tenho certeza.

— Por que você não disse que estivera em comunicação com Annalise Schering antes de nós o levarmos para Trieste?

— Eu não queria admitir que estivera em contato com alguém de nacionalidade estrangeira, o que sei bem que pode ser interpretado com um crime. A outra razão é que eu não queria me envolver. Achei que se vocês soubessem que tínhamos nos correspondido ficariam ainda mais encorajados a me enviar. E eu tinha minhas dúvidas; dúvidas sobre o projeto e dúvidas quanto aos meus sentimentos por ela. Muita água passara sob a ponte.

Houve um silêncio atrás das luzes. A voz não tinha pressa. Rosenharte tossiu de novo e quis poder fumar um cigarro. Espiou além do clarão e conseguiu distinguir os vultos de pelo menos quatro pessoas

— Você está dizendo então que Schering tinha conhecimento das técnicas de pôr uma carta no correio em nosso país de modo a evitar a vigilância da segurança do Estado?

— Sim — disse Rosenharte, percebendo a armadilha, mas sem ter como evitá-la.

— Então por que ela não providenciou para que as cartas que lhe escreveu este verão fossem enviadas de dentro da RDA?

— Não sei. Ela não me disse. Talvez não tivesse ninguém de confiança para fazê-lo.

— Ou talvez soubesse que essa correspondência não passaria despercebida para o Departamento M, o serviço de controle postal. Em outras palavras, sabia que suas cartas do exterior seriam abertas. Ela estava fazendo a oferta para nós, não para você.

— Isso me ocorreu, mas não implica necessariamente que ela estivesse tentando enganá-los.

— Você já ouviu a frase "cuidado com os presentes dados por gregos"?

— Sim.

— E você considerou a possibilidade de que o presente que ela está oferecendo à RDA possa prejudicar a segurança do Estado.

— Essa possibilidade está implícita — disse Rosenharte. — Eu mesmo observei isso para vocês quando me fizeram a proposta. O tempo todo eu disse que ela poderia estar sendo usada pelo serviço secreto de inteligência do Ocidente.

— Então agora temos que decidir quanto à natureza da pessoa que está oferecendo este presente.

— Sim, suponho que sim.

— E nós chegamos à conclusão de que essa pessoa é notavelmente inconsistente. Em algumas circunstâncias, demonstra prudência e precaução, por exemplo, quando ela se livrou de você em favor de um meio mais confiável de comunicação conosco. De fato, durante todos os anos em que trabalhou para nós ela mostrou distanciamento e bom senso: uma agente modelo. Mas há outra Schering, uma que pode ser estouvada, dada a explosões emocionais e a beber demais. Quando ela foi embora do restaurante em Trieste, agiu de forma muito diferente da mulher que conhecíamos. — A voz parou. — Embora em tudo coincidisse com a mulher sobre a qual você escreveu em seus primeiros relatórios. É quase como se estivéssemos lidando com duas pessoas diferentes.

Estavam perto demais da verdade. Rosenharte sentiu seu pulso se acelerar. Respirou fundo e pôs as mãos nos joelhos.

— Mas o pessoal de vocês a viu em Trieste — disse por fim. — *É* a mesma mulher.

— Sabemos disso. Mas como você explicaria a diferença no comportamento dela?

Rosenharte atirou-se na única direção pela qual poderia seguir.

— Talvez — começou ponderadamente — tenha algo a ver com a maneira como afetamos um ao outro. Damos nos nervos um do outro, embora ainda haja uma atração mútua.

Houve um murmúrio atrás das luzes.

— É estranho que ela tenha se recusado a se encontrar com qualquer um dos nossos agentes em Trieste; ela especificou isso claramente na carta a você. E, no entanto, durante dez anos trabalhou para nós e nunca teve o menor problema em se encontrar com diferentes agentes do MfS. Por que ela desenvolveu de repente essa fobia precisamente pelas pessoas que quer ajudar?

— Ela me disse que a segurança frouxa do pessoal de vocês na Otan a deixou assustada. Não queria se expor de novo aos mesmos riscos, e quando Heise aproximou-se de nós no restaurante ela expressou os mesmos temores. — De novo era a única resposta que podia dar. Rosenharte sentiu seu estômago se contrair. Apenas duas sessões, e eles o haviam encurralado num espaço onde era impossível manobrar. Então a pergunta inevitável veio implacável detrás das luzes.

— Para qual agência de inteligência estrangeira você está trabalhando, Rosenharte?

— Não estou trabalhando para ninguém, a não ser a Gemäldegalerie.

Nesse momento, um homem corpulento apareceu de detrás das luzes, foi até Rosenharte, pegou o rosto dele entre as mãos e olhou intensamente em seus olhos. Rosenharte sentiu seu olhar oscilar nervosamente entre as sombras dos olhos do homem.

— Você está trabalhando para os americanos — disse ele. — Posso ver em seu rosto.

— Talvez eu esteja — disse Rosenharte afastando-se de modo a sair da sombra do homem. — Talvez eu esteja trabalhando para os americanos... ou para os ingleses... ou mesmo para os alemães ocidentais.

Isso produziu um silêncio na sala. Rosenharte enfrentou o olhar do homem.

— Mas se estou mesmo, não posso saber. Apenas vocês podem me dizer se eu estou sendo usado.

O homem o soltou.

— O que faz você achar que está sendo usado?

— Eu disse repetidamente que isso podia ser uma armadilha. Cabe a vocês decidirem. Já lhes disse tudo o que sei.

O homem o encarou firmemente, sem dar o menor sinal do que pensava. Ocorreu a Rosenharte que naquele momento estava lutando por sua vida.

— Vejam — disse —, isso não é um problema. Vocês sabem o que Annalise lhes deu antes. Julguem-na pelo desempenho dela no passado; julguem-na pelo que o pessoal de vocês está analisando em Berlim. Mas não a julguem através de mim. Não é lógico.

A voz veio de novo de detrás das luzes.

— O que você sabe do trabalho dela para nós no passado?

— Nada. Mas ela me disse para perguntar-lhes uma coisa. — Ele se deteve, como se estivesse confirmando para si mesmo que estava lembrando corretamente. — Por que não houve nenhum agradecimento pelas notícias dela nos idos de março de 1985?

— Quinze de março? — perguntou a voz. — O que aconteceu em 15 de março?

Alguém pigarreou. Schwarzmeer.

— Refere-se à morte de Konstantin Chernenko e à sucessão pelo secretário-geral Gorbatchev quatro dias antes.

— Sim — disse Rosenharte. — No dia 15, tudo mudou nas conversações sobre limitações de armas em Genebra, e ela os informou sobre isso. Ela deu a vocês os documentos atualizados, os telegramas entre Washington e Bruxelas e a pauta de uma reunião entre os ministros da Defesa presidida pelo novo secretário-geral, lorde Carrington. O que ela não pôde copiar, memorizou. Foi o último serviço dela para vocês. E vocês nunca a agradeceram.

— Havia outros assuntos nos ocupando, suponho — disse Schwarzmeer.

— Bem, ela não se esqueceu disso. É por isso que ela quer conduzir essa operação em seus próprios termos. Ela decidirá o que dar para vocês e quando...

— Não cabe a você ficar impondo condições a nós — disse a voz atrás das luzes.

— Não estou impondo nada. Ela é que está, e se vocês vão decidir acreditar nela ou não é responsabilidade de vocês, não minha. Não tenho interesse no assunto, exceto o de vê-los cumprindo a sua parte no acordo. — Ele fez uma pausa. — Agora vocês devem libertar Konrad, como prometeram que fariam.

— Você não nos disse nada sobre os arranjos para a entrega do material — disse a voz.

— Não, não disse — respondeu Rosenharte.

— E então?

— Eu só direi quando vocês tiverem deixado Konrad retornar à família dele.

A expressão do homenzarrão não mudou quando ele se afastou para desferir um golpe poderoso na lateral da cabeça de Rosenharte, jogando-o com violência do banco ao chão de terra batida do bunker. Houve certo tumulto quando outro homem avançou para ajudar a bater nele. Rosenharte recebeu vários chutes nas costas e nos rins e uma coronhada na nuca. Mesmo naquelas circunstâncias, ele compreendeu que cada golpe confirmava que a Stasi estava, de sua maneira brutal, mostrando interesse no material que Annalise Schering tinha a lhes oferecer.

Ele supôs que fora carregado inconsciente do abrigo, mas isso não explicava o gosto em sua boca, a fadiga em seus membros nem a sensação que de muito tempo se passara. Ele se preparou para o choque de estar na prisão, mas quando abriu os olhos devagar viu que se enganara. Estava num lugar muito claro e agradavelmente quente; havia um cheiro de pó no ar. Moveu a cabeça e percebeu que estava deitado sobre um assoalho de madeira. Fechou os olhos de novo contra a claridade e se deu conta de que alguém atrás dele insistia para que levantasse a cabeça. Era uma mulher, que ficava lhe dizendo "água" e "beba, camarada".

E ele bebeu, copo atrás de copo, depois se deitou de novo e permitiu que seus olhos focalizassem um forro de gesso cheio de furos pelos quais era possível ver a madeira que sustentava o andar de cima. Estava diretamente sob um baixo-relevo de gesso de uma cena de caça — homens com mosquetes e cachorros perseguindo um veado. Aquilo lhe pareceu familiar, mas de forma alguma saberia dizer por quê.

— Precisamente nesta sala. — Era a voz de Schwarzmeer, em tom baixo e casual atrás da cabeça dele. — Foi nesta sala que seu pai se despediu de sua mãe pela última vez. Beberam champanhe, trazido da adega em 1° de janeiro de 1945. Era meio-dia de um dia muito, muito frio. O Exército Vermelho estava a algumas centenas de quilômetros, mas eles ainda achavam que o Führer ia realizar um milagre. Sua mãe tinha menos de seis semanas de vida pela frente; seu pai estaria morto quando a primavera chegasse. Foi aqui que eles se viram pela última vez, o general Manfred von Huth e sua esposa fascista, Isobel von Clausnitz. Os jovens da Alemanha estavam sendo massacrados no front oriental, tentando escapar, famintos, morrendo na neve. Um último brinde ao Terceiro Reich. Aqui, nesta sala. — Ele falava como se estivesse introduzindo a primeira cena de um drama.

Rosenharte ergueu a cabeça e piscou para afastar o sono dos olhos. O pescoço doía horrivelmente, mas ele virou a cabeça para ver Schwarzmeer sentado na única cadeira, vestindo um belo terno cinza-claro com as meias combinando.

— Teriam ficado junto à janela, olhando para as montanhas através do *schlosspark*, e erguido os copos num brinde a 1945? Ou teriam perscrutado cada um a alma do outro e visto que o fim estava próximo? É interessante especular o que eles estariam pensando, não? Eles sabiam que estava tudo acabado ou ainda acreditavam no Führer?

— Por que me trouxe aqui? — perguntou Rosenharte.

— Faz parte do SVP. Como você sabe, gostamos de pesquisar: nos preparamos entrando na mente de nossos cidadãos, absorvendo suas experiências e aprendendo a prever suas reações. — Rosenharte lembrou que SVP era a abreviação da Stasi para *Sachverhaltsprüfung*, a confirmação dos fatos de um caso.

— Este lugar nada tem a ver com a minha vida.

— Ah, mas tem, sim, Herr Doktor. Foi também nesta sala que você viu sua mãe pela última vez. Está tudo em seu dossiê, mesmo essas experiências mínimas. Dê uma olhada nisto.

Schwarzmeer moveu-se na direção dele. Com a ajuda da mulher, Rosenharte conseguiu ficar sentado.

— Isso é tudo — disse Schwarzmeer. — Ele vai ficar bem. — Fez uma pausa enquanto a mulher saía, depois pôs um envelope na mão de Rosenharte. — Veja o que há aí dentro.

Três fotografias quadradas muito pequenas deslizaram para o colo dele. Mostravam um homem num uniforme preto sentado numa grande escadaria. De pé hesitantemente na frente dele havia gêmeos louros com o uniforme da Juventude Hitlerista: camisas cáqui, *lederhosen*, meias brancas, minúsculas braçadeiras com a suástica.

— Você e seu irmão — disse Schwarzmeer exultante. — Veja, ele já os estava incluindo no Estado nazista. Inacreditável que alguém vista crianças de 3 anos com uniformes fascistas.

Rosenharte colocou as fotos de volta no envelope, pensando que ainda havia muita gente jovem vestindo uniformes na RDA.

— Essas fotos foram encontradas quando o lugar foi esvaziado após a guerra e foram entregues a nós. Imagine a diligência e a visão de quem as preservou para o futuro. Alguém dos nossos que sabia que seriam úteis um dia.

Rosenharte suspirou.

— Fico feliz em saber que o deixaram satisfeito.

— Deixe-me contar quem nos forneceu o resto das informações sobre esta casa.

— Não é necessário — disse Rosenharte.

— Foi Marie Theresa Rosenharte, a mulher que você chamava de mãe. Foi ela quem os trouxe aqui naquele dia; mas sua mãe biológica só tinha olhos para o Manfred dela e pouca atenção deu a vocês. Embora estivesse trabalhando para a família havia apenas seis meses, a Sra. Rosenharte já tinha formado a opinião de que sua mãe era uma mulher fria e impiedosa, sem sentimentos para ninguém ou nada além de seu pai e o partido nazista.

— Mais razão para considerá-los irrelevantes para minha vida.

Rosenharte não demonstrou estar chocado por eles terem falado com Marie Theresa. Ela havia sido uma mulher faladeira de infinita boa índole, que quase com certeza achara que estava ajudando a carreira de seus filhos falando com a Stasi. Teria sido tão aberta com eles como se estivesse falando com seu padre. Essa certamente teria sido sua posição até Konrad ser preso. Depois disso, ela comparava tranqüilamente a Stasi aos nazistas.

Rosenharte havia se levantado e estava olhando pelo vidro quebrado para uma fileira de estátuas no jardim: animais da mitologia clássica, a maioria deles agora decapitada. O jardim estava crescido demais e a grama estava alta, mas ainda era possível ver sua concepção do salão onde estavam. Olhou para o lago, cheio de mato em todo o seu perímetro, e a ponte. Então viu a gruta; na verdade, só um nicho num muro grande que fora erigido de forma a parecer uma ruína. Ele lembrava claramente da palavra "gruta" em sua infância e do quão divertido era brincar na base da fonte, onde a água pingava da boca de fantásticas criaturas do mar sobre pedras esverdeadas e escorregadias. O muro desmoronara em grande parte no jardim e não havia mais a fonte.

— Então, está começando a lembrar — disse Schwarzmeer. — O último verão dos fascistas.

Rosenharte balançou a cabeça.

— Não lembro de nada deste lugar.

— É uma vergonha, porque representa a dívida de vocês para com o Estado; o Estado que ignorou os crimes monstruosos de sua família e deu a vocês as vantagens de uma educação socialista, a melhor educação do mundo.

Rosenharte olhou para ele, incapaz de expressar qualquer coisa que não fosse incredulidade.

— Você critica os nazistas. E quanto a Bautzen, onde mantiveram prisioneiro e torturaram meu irmão sem nem mesmo dizer à família dele do que ele era culpado?

— Ele foi condenado por distribuir propaganda fascista que punha em risco a paz.

— E o que isso quer dizer? Como fazer um filme privado e mostrá-lo para alguns colegas põe em risco a paz? Como isso é propaganda fascista? E por isso o mandaram para uma prisão usada pelos nazistas. Vocês podem dizer o que quiserem sobre o Ocidente, mas eles não enchem as velhas masmorras nazistas com o seu próprio povo.

— Só essas observações já são suficientes para lhe garantir um lugar no setor político de Bautzen.

— Não — disse Rosenharte mais alto do que pretendia. — Vocês não vão continuar a me ameaçar. Não fiz nada, exceto atender ao que me pediram. Não posso ser tratado como um inimigo do Estado. — Fez uma pausa para se acalmar, pois sabia que estava ultrapassando a linha do que a Stasi toleraria. Tinha que se mostrar um homem com uma mente independente, com suas próprias opiniões, mas de cuja lealdade básica não se poderia duvidar. Dessa maneira acreditariam nele. — Olhe — disse —, entendo que vocês têm de fazer o seu serviço. Mas Konrad já teve o bastante. É um homem bom e um bom socialista. A única coisa de que ele é culpado é de falta de sensatez. Deixem-no sair.

— Isso não é possível.

Rosenharte aguardou alguns momentos e disse:

— Sei que vocês estão interessados no que Annalise tem para oferecer. Caso contrário, não estariam perdendo tempo comigo. Ela só vai agir se eu estiver envolvido. A posição dela na Otan é tão delicada que seus agentes não vão conseguir chegar nem a um quilômetro dela... e se tentarem contatá-la, ela simplesmente vai informar a abordagem. Vocês trabalham comigo ou com ninguém mais. E se trabalham comigo têm de libertar Konrad.

O rosto de Schwarzmeer endureceu.

— Isso não é possível. Seu irmão é suspeito de atividades criminosas.

— Não acredito nisso. Meu irmão é um homem doente, incapaz de representar a menor ameaça para vocês. Deixem que ele volte para sua mulher e meus filhos. Deixem que ele obtenha o tratamento de que precisa para os dentes e para o coração.

— Nada o impediu quando ele estava livre antes.

— Nenhum dentista ou médico o atendia.

— Bom, ele precisa esperar sua vez como todo mundo. Ninguém pode receber tratamento especial.

— Os dentes dele apodreceram em Bautzen, por causa das surras e da dieta. Quando ele saiu, o seu pessoal o impediu de ir a um dentista. Ele não conseguiu uma consulta nem com um veterinário. Deixem-no ir para casa. Ele já sofreu o bastante. — Rosenharte percebeu que um tom de súplica entrara em sua voz.

Schwarzmeer afastou-se da janela no lado leste da casa, o lugar onde sua mãe se sentara tão ereta e intocável daquela última vez, e andou até o centro da sala.

— Quem vai cuidar dele? Sua mulher está ajudando no inquérito.

A insípida e brutal eficiência disso o deixou pasmo.

— Está bem — disse ele por fim —, vocês venceram. Se deixarem Else e as crianças voltarem para casa e me garantirem que não os prejudicarão mais, eu cooperarei. Depois conversaremos sobre Konrad.

— Você não está em posição de negociar conosco — disse Schwarzmeer bruscamente. — Como demonstrei trazendo-o ao Schloss Clausnitz, sua família tem uma dívida com a Alemanha Oriental por sua tolerância. O mínimo que você pode fazer em troca é agir de acordo com os interesses da segurança do Estado.

— Mas foi o que fiz — retrucou Rosenharte. — Vocês prometeram libertar Konrad se eu fosse para Trieste. Fiz o que vocês queriam. Agora... — Ele parou para controlar a sensação de desamparo que aumentava dentro dele. — Vocês não podem fazer essa operação sem mim, e não pense que eu não tenho uma idéia do que ela pode oferecer. A segurança do Estado está em suas mãos, não nas minhas.

— Vou avisá-lo, esse...

— Não, general, sou eu quem vai avisá-lo — disse ele, elevando o tom de voz. — Se vocês não libertarem Else e as crianças, Annalise nunca vai ajudá-los. E antes que você me interrompa de novo, há outra condição para minha cooperação. Para facilitar o estágio seguinte desta operação, devo ficar livre e podendo me deslocar para onde quiser sem ser vigiado. — Sabia que isso era impossível, mas podia ver que Schwarzmeer estava a ponto de conceder alguma coisa. E por trás disso, raciocinou Rosenharte, havia a certeza de que o primeiro-secretário e o chefe da Stasi já tinham sido informados do que Annalise Schering era capaz de trazer da Otan. Schwarzmeer tinha que conseguir isso para eles. — Agora — disse ele, andando até a porta com suas pernas doloridas —, eu gostaria de ser levado de volta a Dresden. Já perdi vários dias. Tenho trabalho a fazer.

Schwarzmeer pôs-se no caminho dele.

— Tente me enganar, Rosenharte, e eu esmagarei seus miolos nazistas numa morsa.

Rosenharte sorriu pelo grotesco da imagem, sabendo que Schwarzmeer se arrependera de dizer algo tão tosco.

— Tudo o que quero é viver em paz, general, e ver meu irmão recuperar a saúde. É tudo o que quero. E se puder ajudá-lo no processo, então acharei que cumpri meu dever. Posso voltar para casa agora?

— Como ela vai contatá-lo?

— Não sei. Mas sei que ela já tomou providências. Ela entrará em contato perto do fim do mês.

Schwarzmeer nada disse, mas saiu do caminho. Rosenharte foi até as portas envidraçadas, onde sabia que havia uma escadaria de degraus de pedra que se abria para o jardim. Havia três homens esperando-o na base dela.

— Manteremos contato — disse Schwarzmeer.

Tudo o que Rosenharte ouviu foi o canto dos pássaros que vinha do grandioso jardim deserto que havia sido seu lugar de brincar na infância.

7
Dresden

Ele foi enviado de volta a Dresden mais tarde naquela sexta-feira, numa caminhonete de entregas sem identificação. Durante o fim de semana comprou alguma comida, dormiu bastante e fez uma visita a um bar nas imediações, mas não entrou em contato com ninguém que conhecia. Quando a semana de trabalho começou, pôs-se a criar uma rotina invariável para si mesmo. Enquanto antes usara diferentes caminhos para o centro da cidade, parando em lugares variados para tomar café, agora seguia sempre pela mesma rua, chegando precisamente às 8h50 no Zwinger, o enorme palácio barroco que abrigava, entre outras coisas, a coleção de grandes mestres da Gemäldegalerie. Almoçava no mesmo banco, com vista para a restaurada Ópera Semper, e voltava para o seu apartamento perto da Universidade Técnica por volta das 21h30, após um ou dois drinques no mesmo bar.

Seu objetivo era entorpecer as equipes de vigilância da Stasi, bem como ter uma noção de sua força. Não demorou a se acostumar aos homens e mulheres em volta de si tocando o nariz, trocando de mão jornais dobrados, erguendo óculos escuros ou fazendo floreios com lenços. Viu dois homens diferentes com o que parecia ser a mesma valise metálica de máquina fotográfica em manhãs consecutivas. Sabia que a valise continha uma muda de roupas — provavelmente um chapéu, óculos, peruca, bigode falso e botas com solas de borracha grossas para alterar a estatura do indivíduo. Percebia os homens seguindo-o em ambos os lados da rua, um quase paralelo a ele, outro trinta metros atrás e mais um na mesma distância à frente dele. Notou como mudavam de posições e eram substituídos por outros indivíduos naquela coreografia adaptativa sem fim. Registrou os postos de observação fixos em seu caminho para o trabalho — os homens nas esquinas lendo revistas ou examinando horários de ônibus. E viu como os agentes diminuíam o passo ou mudavam de direção quando ele parava inesperadamente para comprar um maço de cigarros; como o Lada branco ou verde-escuro acompanhando-o no trânsito se aproximava da guia.

Teriam esquecido que ele recebera precisamente o mesmo treinamento que eles? Com certeza o dossiê sobre ele mencionava que fizera cursos de vigilância e contravigilância, estudara o uso de sistemas dissimulados de troca de informações, análise dos padrões do alvo, detecção de pontos de vigilância e o uso de disfarces tanto para escapar quanto para melhor aplicar a vigilância. Deviam saber que suas habilidades secretas também eram as dele: um tanto enferrujadas, talvez, mas ficando melhores a cada dia.

Na escola para espiões ele não se destacara particularmente no básico de sua nova profissão, mas isso não fora obstáculo para que enfim o enviassem ao exterior — a razão que o fizera concordar em entrar para Stasi. Dúvidas quanto à sua altura — era vários centímetros mais alto que a norma para um espião —, sua dedicação política e o que chamavam de sua fibra moral foram deixadas de lado por sua facilidade para línguas e seus poderes de raciocínio. Na verdade, não tinha sido difícil brilhar numa classe de ignorantes e facínoras, e ele passara fácil pelo comitê de seleção para o HVA.

Rosenharte tinha tempo de sobra para pensar e ver sua cidade com novos olhos. A vida que levava em Dresden parecia-lhe agora extremamente sem graça e sentia-se envergonhado do mundo esquálido à sua volta. Com irritação, notava as pedras quebradas na calçada em sua rua. Sempre haviam estado assim, pelo que se lembrava, bem como as telhas que faltavam no telhado de seu prédio e a luminária da rua que fora atingida por um caminhão um ou dois anos antes e ficara num ângulo de 45 graus. Com certeza estava ao alcance das autoridades da cidade arrumar o lugar, mas mesmo com a comemoração dos quarenta anos da RDA dali a poucas semanas, não lhes havia ocorrido tentar mostrar-se à altura dos slogans que proclamavam em todo prédio público as maravilhas de se viver num Estado socialista.

Parecia haver quase um propósito naquela feiúra, como se tivesse sido decidido em princípio que quaisquer melhoras, qualquer alívio para a tristeza seriam uma concessão grande demais aos valores burgueses do

Ocidente. Comparados à população de Trieste, seus concidadãos pareciam descuidados, rudes e sem interesse na vida. Simplesmente existiam. Depois das 9 horas da noite as ruas ficavam vazias, as pessoas muito entediadas, desanimadas ou cansadas com o trabalho ou com a tarefa de obter os itens essenciais para a vida para fazer qualquer outra coisa a não ser se deixar ficar na frente da TV e assistir à vida no universo paralelo da Alemanha Ocidental. Que ópio mais estranho para as massas populares de um Estado comunista chegando ao seu glorioso aniversário!

Claro, havia aqueles que ainda tinham alguma energia a mais. Ele os via ao ar livre, treinando esportes ou se dedicando a variadas atividades organizadas pelo Partido ou pela fábrica. Outros ficavam obcecados pelos malditos cursos por correspondência, embora as qualificações de pouco adiantassem para lhes melhorar a vida nos impessoais prédios de apartamentos que se erguiam em torno de Dresden; os diplomas e certificados não punham comida na mesa, não reduziam a espera na fila para ter um Trabant nem propiciavam férias no exterior, a possibilidade de ter um telefone ou de comprar um paletó novo. Era uma ocupação inútil, concebida para manter o povo ocupado e vagamente a serviço do Estado, a teoria sendo que o desenvolvimento pessoal aumentava o poder coletivo da RDA.

Ele sabia que isso fazia parte da acomodação que as pessoas tinham de buscar com o Partido. Cumpriam os rituais de lealdade, praticando atos de obediência ocasionais e honrando da boca para fora a idéia do progresso socialista. Konrad capturara isso num roteiro chamado *Os sonâmbulos*, que era sua obra mais abertamente política. Surgira de uma conversa entre eles sobre as esquisitices dos vizinhos de Rosenharte. Havia o gordo Willi Ludz, que negociava peças de automóveis num apartamento onde mantinha pedaços de motores envoltos em trapos com óleo e catalogados como descobertas preciosas de uma escavação arqueológica. O velho Klemm, do número 74, passava a maior parte de seu tempo na biblioteca, investigando os mistérios do marxismo-leninismo e lendo a *Neues Deutschland* numa iniciativa própria de reconciliar o que via em volta com os textos da doutrina política. E no número 22 havia uma mãe solteira chamada Letitia, que Rosenharte soubera que ocasionalmente trabalhava como prostituta no hotel Bellevue para pagar as contas.

Esses personagens foram integrados numa história inspirada por um livro que Konrad lera sobre uma tribo da Amazônia cujos membros acreditavam que as horas que passavam acordados eram só um sonho — a vida real era aquela que levavam enquanto dormiam. Tudo o que era significativo na vida dos personagens inspirados em Ludz, Klemm e Letitia ocorria na liberdade sem limites e sem fronteiras do mundo dos sonhos. Era uma idéia bem envolvente, e ele gostaria que seu irmão tivesse conseguido filmar mais do que uns poucos minutos de *Os sonâmbulos*.

Ele também agia como se estivesse em transe, cumprindo suas tarefas na Gemäldegalerie com incomum e aborrecida diligência, indo à reunião diária com o diretor, o professor Lictenberg, passando pelo departamento de restauração, onde acompanhava as obras de Ticiano, Parmigiano e Wouvermans, e escrevendo mais um dos intermináveis relatórios sobre como levar a alta arte ao povo com uma mensagem socialista. O museu não escapava ao vício da burocracia da Alemanha Oriental, as montanhas de relatórios, comentários e análises — ou *Papierwulst* — que entupiam todos os escritórios do país. Ele sabia que ninguém ia ler, mas era simplesmente um requisito de seu trabalho, um elemento do protocolo que seria insensatez da parte dele negligenciar.

Na quarta-feira, 20 de setembro, resolveu correr seu primeiro risco. Fez um desvio em seu percurso pelas galerias e chegou à entrada do escritório de Lictenberg, onde encontrou a assistente do professor, Sonja Weiss, sozinha. Ela estava sentada na borda de uma mesa, lixando as unhas enquanto lia um velho prospecto turístico húngaro. Sonja e ele tinham tido um caso breve e sem complicações durante uns seis ou sete meses, que terminara sem rancores quando ela conheceu alguém de quem gostava mais. A atitude dela quanto ao sexo e o modo do rompimento tinham sido igualmente diretos. Dois anos depois, ainda eram aliados firmes e, como a Stasi não a mencionara durante o interrogatório na semana anterior, ele supunha que ela não era um dos informantes deles.

Sonja pulou da mesa, lançou-lhe um sorriso malicioso e deu-lhe um beijo na bochecha. Ela gostava de usar bijuteria barata e de adotar dissonantes combinações de estilos em suas roupas. Experimentava despreocupadamente cores de cabelo diferentes, que, no momento, estava bem preto com mechas loiras. Talvez vulgar, mas nada que ela fizesse prejudicava a beleza natural que se mantinha, nem seu corpo elegante e bem-proporcionado.

Conversaram um pouco, e então ele pigarreou.

— Sonja, posso lhe pedir um favor?

— E aqui estava eu ficando toda nostálgica. Você quer usar o telefone do escritório dele, certo? Vá em frente. Achamos que não é grampeado. Ah, falando nisso, esqueci de dizer que um homem o procurou quando você estava fora. Um sujeito esquisito, desajeitado. Não deixou o nome, mas disse que voltaria.

— E essa é toda a informação que você tem?

— Acho que era estrangeiro, tcheco ou polonês. Mas falava alemão muito bem. O professor disse para eu me livrar dele e quis saber como ele chegara aqui.

— Um de nossos *amigos*?

Ela balançou a cabeça.

— Não, um rapaz do interior. Dava para ver pelas roupas dele.

— Acho que só saberemos quando ele aparecer de novo. — Ele fez uma pausa. — Como está Sebastian? É esse o nome dele, não?

— Bem, mas ocupado. — Ele julgou ter notado um significativo arquear das sobrancelhas para dar ênfase à última palavra, o que indicava que Sebastian estava envolvido em agitação política.

— Sei. Bem... diga a ele para tomar cuidado. Agora, mantenha-se longe por alguns minutos, OK?

Ele entrou no escritório e fechou a porta, rezando para que não houvesse escutas ali. Discou o número em Berlim Ocidental que memorizara na frente de Harland e do americano em Trieste, e uma secretária eletrônica atendeu com um sinal sem uma mensagem gravada.

— É o Príncipe — disse, seus olhos se desviando para uma pequena paisagem de Salomon van Ruysdael na parede do professor. — Preciso de uma entrega de material na próxima semana. Material de qualidade. — Desligou e saiu do escritório.

Sonja lançou-lhe um olhar conspiratório no corredor.

— Boa sorte. E *você* trate de tomar cuidado, meu belo Doktor.

— Obrigado — disse ele. — Tomarei.

Nessa época do ano, Rosenharte normalmente sairia da cidade na sexta-feira para passar uns dias caminhando nas montanhas em torno de Marienberg, perto de onde crescera e de onde Konnie e Else moravam agora. Mas, com toda a família detida de uma forma ou de outra, ele não sentia a menor vontade e, além disso, sabia que tinha de se manter visível e disponível na cidade. Passou a noite de sexta-feira em seu apartamento, incessantemente arrumando livros e cuidando de três pés de tomate numa laje do lado de fora da janela.

O lugar não era o ideal — nada nunca era —, mas ele ainda agradecia à sorte por ter conseguido encontrá-lo tão rápido após seu divórcio de Helga. Ele deixara tudo com ela e o apartamento ainda tinha muito pouca coisa. Basicamente, era um único cômodo, com as áreas de dormir e de estar divididas igualmente por uma grossa cortina vermelha. A cama era uma velharia de antes da guerra, com molas cedendo numa estrutura de ferro que rangia, da qual Rosenharte podia ver pela janela os telhados da Universidade Técnica. Junto à parede havia uma pequena estante e um armário cujas pernas haviam sido calçadas para impedi-lo de tombar no chão de madeira torto. Com o passar dos anos as amantes de Rosenharte haviam introduzido toques de decoração e conforto na sala de estar — vasos, uma estranha almofada, um tapete e uma reprodução da batalha de San Romagno de Paolo Ucello. Quando elas o deixavam, o lugar rapidamente se rendia ao trabalho dele. Livros empilhados em caprichadas colunas e a velha máquina de escrever da década de 1960, para a qual ele tinha tanta dificuldade em achar as fitas, retomavam suas posições no centro da mesa. Havia umas poucas fotografias em preto-e-branco emolduradas ao longo das prateleiras: em uma se viam ele e Konnie esquiando em 1972 e em outra, Marie Theresa entre os dois após a formatura na universidade. A fotografia maior era de Rosenharte de perfil, tirada por Sonja três anos antes. Ele a guardava porque parecia jovem ali, e ela o lembrava de uma caminhada espetacular em meio a árvores cobertas de gelo perto de uma aldeia chamada Cunnersdorf; mas ele tinha lá suas dúvidas quanto à moldura de couro e aço que Sonja fizera para ele.

Aquela foto era o único sinal de vaidade na casa de Rosenharte, que em sua concentração em estudos e exercício — um canto era dedicado às botas de caminhada, à mochila, aos esquis e ao material de alpinismo — parecia o quarto de um estudante na faculdade. Não havia televisão nem toca-discos — não tivera dinheiro para substituir o que Helga levara — e apenas o mínimo para cozinhar. Como muitos estudantes, ele estava acostumado à jornada até o outro andar para tomar banho, mas tinha seu próprio banheiro com privada e uma grande pia antiquada com torneiras de antes da guerra que ocasionalmente cuspiam água quente.

Rosenharte sentia uma ambivalência quanto ao lugar. Gostava da solidão que lhe proporcionava, mas depois de uma ocupação mais longa, começava a sentir como se sua vida de alguma forma tivesse ficado suspensa, razão pela qual às vezes saía para beber tarde na noite — e trazia uma garota na volta.

Naquela noite de sexta-feira ele permaneceu no apartamento, cozinhou — e depois dividiu a refeição com o gato que vinha pelos telhados do apartamento de um vizinho — e leu o rascunho final de uma palestra que daria em Leipzig, incomodado com o título longo e enrolado — "O Propósito Evolucionário da Arte Representativa" —, o qual acabou trocando por "O Touro na Caverna".

Ao anoitecer ele começou a notar discrepâncias mínimas entre como deixara o apartamento e o estado atual dele. Assumira como algo natural que o lugar havia sido revistado quando o buscaram para ir a Trieste. Mas também, parecia, havia passado por uma nova revista depois que ele voltara. Três livros que habitualmente ficavam do lado da máquina de escrever, um em cima do outro e sempre abertos nas páginas 102, 203 e 304, haviam sido mexidos. O volume do meio, sobre arte gótica, que ele nunca consultava, agora estava aberto na página 210. Na estante, uma caixa de fósforos contendo uma pena e alguns clipes que ficava exatamente em frente das letras GEN de um livro intitulado *Der Jugendstil* agora estava defronte das letras NDS. A cúpula da luminária da mesa estava num ângulo diferente e alguns papéis haviam sido movidos no parapeito da janela: atrás deles havia uma faixa estreita sem poeira. Ele se deu conta de que tinham instalado escutas em seu apartamento e ficou abismado com o esforço vão. Não tinha telefone, porque estava na lista de espera de milhares aguardando uma linha, e fazia meses que alguém estivera ali junto com ele. A única voz humana que se ouvia no apartamento era a dele próprio, falando enquanto dormia. Imaginou algum técnico pálido acordado a noite inteira, empenhando-se em interpretar o menor murmúrio, e quando afinal foi para a cama à meia-noite resmungou algumas sentenças incompreensíveis para a escuridão.

No dia seguinte, saiu cedo para comprar cigarros na loja Konsum local e imediatamente notou que havia bem menos agentes da Stasi na sua cola. Supôs que fosse porque havia muitos rumores de demonstrações e reuniões. Sonja mencionara algo sobre isso num sussurro ao passar por ele no acervo holandês na tarde de sexta-feira. E agora, enquanto atravessava o campus da Universidade Técnica com a intenção de dar uma ida ao museu, um velho conhecido veio falar com ele, um bom sujeito chamado Hans Kube, que dava aula de mecânica dos fluidos e no momento não parava de falar nos florescentes movimentos democráticos que estavam desafiando o Estado.

Antes que Kube prosseguisse falando sobre o manifesto lançado pelo Novo Fórum havia duas semanas, Rosenharte pôs as mãos nos ombros dele e o interrompeu.

— Meu amigo, acho que estou sendo seguido. Não quero vê-lo encrencado. Apenas aperte minha mão e me dê os parabéns pelas minhas palestras. Quando lhe perguntarem o que aconteceu entre nós, diga isso.

— Pobre Kube, pensou Rosenharte, não vão demorar a detê-lo para um duro interrogatório.

Foi até o parque e leu o *Neues Deutschland*, fazendo caretas mentalmente para suas demagogias, e se dedicou ao periódico acadêmico austríaco que tinha levado. Estava farto de ser vigiado e tinha acabado de decidir ir para o museu, onde pelo menos teria alguma privacidade, quando uma dúzia de punks entrou no parque vindos de sua esquerda. No mesmo momento outro grupo surgiu de debaixo de alguns choupos — skinheads com coturnos e jeans justos com suspensórios. Imediatamente uma garrafa descreveu um arco no ar em direção aos punks e espatifou-se no caminho diante deles. Um dos punks pegou o gargalo quebrado e jogou-o de volta, acertando o skinhead no antebraço. O jovem olhou o ferimento e gritou: "*Scheisse — Punkscheisse.*" Pedras e mais garrafas começaram a voar, com os dois grupos se aproximando.

Rosenharte largou seu periódico e ficou observando, bestificado, depois notou que o pessoal da Stasi estava se consultando entre si. Um deles abandonou o disfarce para usar um rádio, enquanto os outros dois se moveram hesitantemente na direção da escaramuça.

— É melhor vocês deterem esses arruaceiros antes que alguém se machuque — gritou um homem com uma camisa xadrez e um boné creme. — A juventude de hoje! — disse ele para Rosenharte, desalentado. — Seria de esperar que tivessem algo melhor para fazer.

Rosenharte assentiu, percebendo, atônito, que o homem estava piscando para ele. Era Harp, o agente da inteligência britânico que encontrara brevemente no hotel com Harland. Com a bengala e aquelas roupas, parecia 15 anos mais velho. O sotaque também estava excelente; exatamente o certo para a região.

— Hora de sair daqui, Dr. Rosenharte — murmurou ele. — Livre-se dessa turma e dê um jeito de ir à Neustadt Bahnhof às 5 horas da tarde. Há um velho prédio diante da estação que era um restaurante antes da guerra. Você verá o letreiro. À direita dele há uma porta, a qual bastará empurrar para abrir. Encontro-o lá depois das 5 horas. Tome cuidado. O lugar está em péssimo estado. Entendeu tudo? Ótimo. Certifique-se de que não está sendo seguido. — E com isso afastou-se para conversar com três ou quatro curiosos que balançavam a cabeça.

Rosenharte saiu rapidamente do parque e, vendo um ônibus que ia para o centro da cidade, correu para pegá-lo. Quando as portas se fecharam, viu um dos homens da Stasi olhando freneticamente em volta. Desceu do ônibus após duas paradas e tomou outro para o subúrbio de Weisser Hirsch, do outro lado do rio Elba, a leste da cidade. Na última parada antes do ônibus começar a voltar, saltou para atravessar o Dresdener Heide, a grande mata ao norte de Weisser Hirsch. Ficou no sol e comeu o almoço frugal que trazia no bolso desde que saíra do apartamento. Às 4 horas, foi para os arredores e achou o caminho entre as ruas quietas até chegar ao quarteirão quase inteiramente em ruínas entre Königsbrücker Strasse e a linha do trem. Havia muito pouca gente por ali, mas Rosenharte moveu-se cautelosamente, esperando e observando a cada mudança de direção. Quando encontrou o restaurante incendiado perto da estação, foi até a porta, ficou de costas para ela e acendeu um cigarro. Ao ter certeza de que não havia ninguém o observando, empurrou a porta com as costas e esgueirou-se para dentro, vendo-se em amplo espaço aberto para o céu. O teto caíra vários anos atrás e vigas de madeira carbonizadas sobravam penduradas nos andares acima. Uma profusão de ervas daninhas e arbustos tomara conta do entulho.

— Obrigado por ser tão pontual. — A voz veio da escuridão das salas mais ao fundo, que evidentemente não tinham sido atingidas pelas bombas incendiárias inglesas.

Harp usava agora um macacão azul e estava acompanhado por um homem muito mais alto com um rosto fino, semblante vermelho e um nariz quebrado.

— Este é o meu parceiro Cuth Avocet, conhecido por todo mundo como o Pássaro. — Os dois estavam sorrindo tolamente.

— Onde está Harland?

— Em Berlim — disse Harp. — Não foi possível ele vir agora. — Ele fez uma pausa. — Vimos sua mensagem no Médium e cruzamos a fronteira assim que pudemos.

— O Médium?

— É; a tecnologia que nos põe em contato com o outro lado. — Ele sorriu. — Entendeu? Como um médium.

Rosenharte entendeu e sorriu polidamente.

— Cuth Avocet — disse o mais alto, dando um passo à frente e oferecendo a mão. Rosenharte achou que já tinham passado do momento das apresentações, mas apertou a mão dele. — Como vai? Falaram-me muito de você, mas infelizmente não pudemos nos conhecer na Itália.

Voltaram para a parte escura, onde havia três banquinhos de pesca dobráveis, uma garrafa de vinho e uma vela.

— Bastante festivo, não? — disse Avocet. — Quer um gole dessa ótima bebida antes que Macy dê cabo dela?

Rosenharte aceitou, achando que tinha entrado em algum bizarro filme inglês.

— Vocês entenderam meu recado?

— Sem dúvida — disse Macy Harp. — Sem dúvida. Arranjamos um encontro em Berlim Ocidental daqui a alguns dias. É flexível. "Annalise" lhe dará algum material. Suponho que você vá precisar que seu lado testemunhe tudo, não?

— Eles o farão, queiram vocês ou não. Fui interrogado por quatro dias. Esse material precisa acabar com todas as dúvidas deles.

— Você já começou a fazer contato com Kafka?

— Como poderia? Estou sendo seguido o tempo inteiro.

— Você acha que esse material novo vai tirá-los da sua cola? As estimativas mais recentes indicam oitenta mil como o efetivo da Stasi, o que significa que eles têm a capacidade de vigiar quase qualquer um que quiserem. Talvez tenhamos de enfrentar a perspectiva de que isso não vai dar certo. Talvez você nunca vá conseguir se livrar deles.

— Vai dar certo — disse Rosenharte. — Eles têm muito com que se ocupar no momento. As pessoas estão muito inquietas. Eles vão estar vigiando todo mundo que algum dia criticou o Partido, e isso é um monte de gente.

— Isso vai se espalhar? — perguntou Harp.

— Difícil dizer. As pessoas compreenderam que nada funciona e que a economia está em crise. Estão cansados de fazer fila para tudo.

— Não sei como vocês agüentaram tanto tempo — disse Avocet. — Quase quarenta anos.

— *Überwintern* — disse Rosenharte. — Estávamos hibernando.

Era exatamente isso. Todo mundo estava esperando a primavera, mas não fazia idéia se estaria vivo para desfrutá-la. Rosenharte sempre soube que sua situação era melhor que a da maioria por causa de seu trabalho na Gemäldegalerie. O silêncio das galerias, a paz que encontrava lá e a experiência de seu contato diário com as pinturas permitiam que ele levasse uma vida plenamente realizada em termos intelectuais. Devotava sua energia à contemplação de grandes obras de arte e até certo ponto considerava os quadros — os Rembrandt, Van Eick e Vermeer — como sua companhia no decorrer do longo e escuro inverno, cada um deles tão distante em espírito da sociedade da Alemanha Oriental quanto ele.

Harp sorriu.

— Mas talvez o degelo esteja para vir.

Rosenharte balançou a cabeça.

— Talvez — disse. Ele não tinha muita paciência com o prazer deles com o próprio amadorismo, sua ignorância da vida na Alemanha, sua despreocupação. Mas eles eram tudo o que tinha. — Eu disse à Stasi que continuaria a trabalhar com Annalise sob a condição de que eles libertassem Else e as crianças. Acho que eles vão fazer isso, porque o envelope que vocês me deram em Trieste continha coisas que claramente os interessam. Assim que Else for libertada, quero todos eles fora de lá.

— E deixar seu irmão à mercê deles?

— É o que Konrad quereria, sei disso. Ele não deve suportar a idéia de que os meninos tenham sido separados de Else. Vocês podem ter certeza de que a Stasi informou-o de que ela está detida e que os meninos estão num orfanato, pois isso contribui para a sensação de impotência dele. É o tipo de coisa que fazem na Hohenschönhausen.

— Não vai ser fácil tirá-lo de lá — disse Harp. — Não quero lhe dar falsas esperanças.

— Eu sei. Vamos nos concentrar primeiro em Else.

— Quando eles vão libertá-la?

— Logo depois que eu voltar do encontro com Annalise — disse Rosenharte. — Então teremos que tirá-los de lá o quanto antes.

A expressão de Harp não mudou, mas seu tom, sim:

— Receio que não poderemos agir até ter havido algum progresso em seu contato com Kafka. Você precisa entender que isso é muito importante para nós.

— Vocês não confiam em mim?

— Não é isso! É apenas como as coisas são, companheiro. Além disso, se Else e os meninos simplesmente sumirem para o Ocidente, vai ser difícil que eles o deixem em paz, não? Precisamos que Else não saia de casa até que o Pássaro esteja pronto para tirá-los de lá e nós tenhamos estabelecido um contato firme com Kafka.

— E quando eles forem para o Ocidente vocês cuidarão deles?

— Você tem a palavra de Bobby Harland quanto a isso, o que significa que *vai* acontecer — disse Harp.

— Como vocês vão tirá-los?

— O que você acha, Cuth?

— Estou inclinado a atravessar a fronteira tcheca, uma rápida jornada de carro até a Hungria, onde entrarão com passaportes falsos como minha família, e então pronto: duas enormes tortas de creme para os meninos e um conhaque duplo para a senhora em Viena.

— Como entrarei em contato com vocês?

— Você tem o número do Médium e eles não têm como rastreá-lo. É um sistema de retransmissão, que transfere de um telefone a outro sucessivamente até o Ocidente por um meio secreto. Eles podem ser muito bons em surrar pessoas na cadeia, mas no que se refere a eletrônica têm uma equipe que, com certeza, está no Neolítico.

— Não é verdade. Os telefones aos quais tenho acesso estão grampeados e as ligações que faço podem ser facilmente rastreadas. Preciso de outro meio de contato.

— Tentaremos achar outro jeito.

— Como *Annalise* vai entrar em contato comigo?

— Pelo correio, naturalmente. A carta foi postada ontem, e a Stasi deve interceptá-la amanhã. Claro, você não sabe *nada* sobre a viagem a Berlim.

Rosenharte não conseguiu controlar sua impaciência.

— Eles suspeitam desse método de comunicação. Acham que está sendo usado para atrair a atenção deles.

— Não se preocupe. O que estamos dando a eles é bom o bastante para que ignorem quaisquer dúvidas menores que ainda tenham.

— Você pode me dizer o que é?

— Não, porque não sei. Mas tivemos alguma ajuda dos americanos, de modo que vai ser bom e bastante atualizado. Assim que tirarmos Else, as coisas poderão ficar difíceis para você, e teremos que descobrir algum meio de lidar com isso.

Rosenharte olhou para o céu através do teto. O interrogatório com o pessoal de Schwarzmeer expusera tantas falhas e suposições equívocas no planejamento britânico que ele não tinha a menor confiança.

— Vocês têm alguma idéia do que possa ser?

— Vamos esperar e ver como as coisas se desenrolam — disse Avocet. — Não faz sentido planejar algo agora.

— Receio que terei de concordar com o Pássaro — disse Harp. — Agora, acho que o melhor é darmos todos o fora, não? Voltaremos a vê-lo em Berlim. Todas as instruções estarão nas cartas. Você pode sair pelos fundos — disse, indicando atrás dele. — É um pouco mais discreto. Sairemos alguns minutos depois.

Rosenharte despediu-se e caminhou até um pátio, que servira para vários prédios atrás do restaurante. Alguns minutos depois estava indo para a ponte Augustus, perguntando-se quanto tempo levaria para a Stasi voltar a segui-lo.

8
Na Beira do Elba

A tarde ainda estava quente quando ele chegou à ponte Augustus, sobre as águas barrentas do Elba. Foi só depois de passar pela figura que estava no meio da ponte que ele reconheceu Sonja. Ela estava de costas para um grupo de jovens que usava as camisetas azuis do Movimento Jovem Alemanha Livre e olhava para o rio.

Ele hesitou, em dúvida se devia incomodá-la, e então a chamou. Ela não se virou, de modo que ele cruzou para o lado da ponte em que ela estava.

— Sonja? Algum problema?

Ela balançou a cabeça.

— Há algo que eu possa fazer? — Ele pôs de leve a mão no ombro dela.

— Não — disse ela. — Eu...

— Sonja...? — Neste instante ele sentiu que fizera a coisa errada. Também estava desconfortavelmente consciente de uma ponta de desejo por ela. — Posso convidá-la para um drinque?

— Onde, nessa merda de fim de mundo? Onde?

— Sei de alguns lugares. Olhe, você estará me fazendo um favor. Ter sua companhia seria bom para mim.

Ela voltou-se para ele pela primeira vez.

— Eles prenderam Sebastian. Esta manhã. — Ela fez uma pausa. — Você também não está com uma cara das melhores.

— Tempos difíceis — disse ele. — Olhe, talvez eles o tenham detido por pouco tempo. Prendem um monte de gente, para interrogatório, e depois as soltam. Eles tiram as pessoas de circulação quando acham que vai haver alguma manifestação. Você mesma disse que achava que alguma coisa ia acontecer. Se você sabia disso, eles também sabiam. Ele estará de volta para você na semana que vem.

— Como posso ter certeza disso?

— Porque foi o que aconteceu comigo na semana passada. Não estive na Itália o tempo todo: estava sendo interrogado.

— Não é essa a questão.

— Vamos, diga-me qual é com uma bebida.

Ela balançou a cabeça.

— Não posso falar sobre isso em público. É muito delicado. É realmente assunto particular... há coisas... — Ela catou um lenço para secar os olhos e limpar os óculos escuros.

— Vamos — disse ele. — Compramos umas cervejas e vamos visitar um velho amigo meu. Poderemos conversar lá.

— Não vou de novo à sua casa.

Ele olhou para o rosto sardento e com lágrimas escorrendo e afastou o cabelo dos olhos dela. Sonja tinha 20 e tantos anos, mas parecia uma criança agora. O desejo o deixou.

— Mesmo se eu quisesse, e eu *não* quero, seria impossível. Venha.

Ele deu o braço a ela e a conduziu pela ponte na direção da Neustadt. Meia hora depois, levando algumas cervejas, percorriam um caminho deserto ao longo das margens do rio. Insetos minúsculos voavam em nuvens sobre o rio; algumas andorinhas os sobrevoavam alvoroçadas. Depois de algum tempo eles chegaram a uma *Schrebergartenkolonie*, uma área de pequenos terrenos onde era permitido aos moradores de Dresden plantar hortaliças e construir barracões. As hortas estavam bem desenvolvidas e algumas incluíam duas ou três árvores frutíferas, agora repletas de ameixas, peras e maçãs amadurecendo. As pessoas que tinham a sorte de adquirir uma dessas hortas obtinham privacidade e uma certa sensação de domínio de seu próprio ambiente. No verão, muitos se mudavam para as hortas mais ou menos permanentemente, dormindo nas cabanas e fazendo suas refeições ao ar livre. Ali, longe dos impessoais prédios de apartamentos e das demandas do Estado, as pessoas podiam ser elas mesmas.

Rosenharte viu a velha bicicleta Diamant de Idris acorrentada à cerca e chamou-o em voz baixa através de um bambuzal. Um som entre as folhas foi seguido por um rosto negro que apareceu entre os bambus.

— Rudi, meu amigo, que prazer em vê-lo! Faz meses que não nos vemos. Tempo demais para bons amigos.

A cabeça desapareceu, para reaparecer uns poucos metros adiante sobre um portãozinho branco. Antes de abri-lo ele se inclinou, abraçou Rosenharte e o beijou três vezes. Rosenharte apresentou Sonja e observou assombro e conjecturas dançarem nos olhos de Idris. Devia fazer muito tempo que ele não tinha nenhum contato real com uma mulher. Como todos os trabalhadores estrangeiros, ele sofria terrivelmente com o racismo da RDA, e tinha levado surras e sido derrubado de sua bicicleta mais do que algumas poucas vezes. Foi num desses incidentes que tinham se conhecido, Rosenharte tendo intervindo para impedir que uma gangue de jovens roubasse a bicicleta dele.

Idris Muzaffar Muhammad, parte árabe e parte dinca, convidara-o então para ir até seu terreno junto ao rio. Ele contou a Rosenharte que era filho de um rico proprietário de terras sudanês e viera para a RDA em algum programa de intercâmbio, tendo sido forçado a ficar quando sua família caiu em desgraça em Cartum. Idris agora dava aulas sobre irrigação e conservação de água na Universidade Técnica, mas era também um homem muito culto e durante as várias horas que passaram sentados à beira do rio contara a Rosenharte sobre os antigos reinos do Nilo. Tinha pouco mais de 40 anos.

Idris não sabia o que dizer para Sonja e, vestido em sua túnica branca, ficou se apoiando num pé e noutro, apertando de leve as mãos.

— Esta é a futura Sra. Rosenharte?

— Ela mesma pode responder — disse Rosenharte, sorrindo —, mas acho que você vai descobrir que casar comigo é uma idéia das mais remotas na cabeça dela.

Isso fez com que Sonja sorrisse.

— Fico tão triste — disse Idris. — Este homem é o melhor homem. É pena.

Ele os fez entrar em seu pequeno terreno, dividido em três hortas e um pedaço maior que estava transbordando de flores. Os caminhos entre as partes plantadas eram minuciosamente calçados com pedras e pedregulhos da margem do rio. Idris era um aplicado coletor: qualquer coisa de alguma serventia que descesse pelo Elba ou fosse jogada fora na universidade era carregada em sua Diamant para o seu terreno e posta em uso.

— Trouxemos cerveja para você — disse Rosenharte.

Idris abriu um amplo sorriso de dentes brancos e de ouro, levou-os até uma mesa feita de tábuas reaproveitadas e providenciou bancos para eles. Sentaram-se, abriram a cerveja e ficaram olhando o rio. Idris disse-lhes que às vezes fingia estar à beira do Nilo, cercado pelos ruídos e cheiros de sua infância.

— O namorado dela foi preso — disse Rosenharte quando houve uma pausa na conversa. — Você poderia nos deixar uns momentos sozinhos?

— Vou preparar comida para nós — disse Idris. Ele levantou-se para ir se ocupar com um pequeno fogão de ferro no barracão, e não demorou a aparecer fumaça no tubo que saía do telhado.

— Então, o que aconteceu? — perguntou Rosenharte.

— Levaram-no hoje de manhã. Cedo. Eu estava lá. Disseram-lhe que era suspeito de "vandalismo e incitamento hostil ao Estado". Mencionaram algo sobre propaganda anti-Estado.

— O que ele fez?

— Fez alguns cartazes clamando por liberdade de expressão e os afixou durante a noite. Alguém o delatou para a Stasi.

— Você sabe por quê?

Ela deu de ombros.

— Não. Você tem um cigarro?

Ele passou o maço e o isqueiro para ela.

— Rudi, o Sebastian é doido. Não tem noção de perigo. Precisa de alguém que cuide dele.

Uma idéia ocorreu a ele.

— Eles a chamaram e pediram que você trabalhasse para eles em troca de o soltarem?

— Sim, insinuaram que seria melhor para Sebastian se eu começasse a ajudá-los.

— Comigo também. Você sabe, meu irmão está preso. É o jeito deles agirem.

— Seu irmão, sério?

— Você contou a eles sobre o telefonema que eu dei aquele dia?

— Não.

— E sobre...?

Ela percebeu o que ele estava pensando.

— Não, não falei a eles sobre nós. Olhe, eu não ia admitir que dormi com alguém velho como você.

— Obrigado — disse ele, lembrando quantas vezes antes a franqueza de Sonja o pegara de surpresa.

— Não parecia tão estranho quando estávamos juntos, porque eu adorava ficar com você, Rudi. Mas agora realmente parece esquisito.

— OK, OK! Vamos mudar de assunto, sim?

Ela se inclinou e pôs a mão no joelho dele.

— Não quis magoá-lo, Rudi. Você é um homem maravilhoso e muito divertido. A melhor pessoa para conversar que conheço. Aliás, onde isso foi parar? Você não ri mais como costumava, nem bebe, nem mantém o mesmo bom humor. Ficou muito sério.

Rosenharte deu um sorriso resignado.

— Preocupações demais, sabe? Meu irmão...

— Sim. — Ela fez uma pausa para beber a cerveja e desviou os olhos. — Em todo caso, eu amo Sebastian. Pela primeira vez entendi o que as pessoas tanto falam sobre isso. Quer dizer, eu *realmente* o amo. *Amo* mesmo!

Rosenharte assentiu. Por um breve momento lhe veio a imagem de Annalise sentada num banco no centro de Bruxelas dizendo algo muito parecido.

— Se eles a questionarem de novo, não quero que você fale nada sobre mim. Você está entendendo? Diga que eu sou um chato, o que for preciso.

— Algumas pessoas vieram antes. Diferentes das que eu vi hoje. Tive de contar a eles sobre o fulano que esteve procurando por você. — Ela pôs o dedo médio no queixo, apertando-o. — Anotaram uma descrição exata dele e pediram que eu ligasse para um telefone especial se ele aparecesse de novo. Também queriam saber se você estivera com outro homem. Mais velho, um sujeito baixo e gorducho de uns 50 anos.

— Usando um chapéu de palha? — perguntou Rosenharte, pensando no polonês morto.

— É, isso mesmo. Quem são esses sujeitos, afinal?

— Não sei. Quando perguntaram a você sobre ele?

— Na semana passada. Quando eles vasculharam seu escritório. — Ela baixou os olhos e revolveu um anel de prata na mão direita. — Desculpe, eu devia ter lhe dito, sei disso. Podem ter posto uma escuta lá também.

— Obrigado. — Ele olhou de relance para Idris, que alimentava uma abertura na frente do fogão com madeira, trocando diferentes panelas sobre a chapa quente. Ele batia, mexia e enxugava a testa cada vez mais rápido.

— E você tem certeza de que o telefone do professor não está grampeado?

— Não tenho como ter certeza. Mas eles me perguntaram sobre as ligações dele, de modo que talvez não.

— Ou talvez a estivessem testando. Olhe, é muito importante que você não diga nada sobre aquele telefonema, Sonja. Minha liberdade depende disso.

— Pelo visto, a sua situação é pior que a de Sebastian.

— Se eles ficarem sabendo daquele telefonema, vai ficar. Estou contando com você.

Ela levantou a mão como se fizesse um juramento.

— Não direi a eles. — E então se saiu com aquele amplo sorriso tímido que ele sempre adorara. Era bastante diferente da malícia que rondava seu rosto a maior parte do tempo e era reservado para momentos de intimidade ou quando ela achava algo realmente engraçado. — Obrigado. Não direi nada a eles.

Idris saiu do barracão e pendurou quatro pequenos lampiões de latão nas árvores em volta deles.

— Agora teremos um banquete — disse. — E esta dama precisa reconsiderar sua decisão de não ser a senhora Rosenharte.

— Por que você insiste nisso? — perguntou Rosenharte, rindo.

— Porque você precisa de mulher. Sua vida significa pouco sem filhos.

— Já fui casado!

— Mas sem filhos — disse Idris.

Ele começou a transportar pequenas tigelas com comida do barracão, dizendo seus nomes árabes e descrevendo os ingredientes: *adas*, um cozido de lentilha com alho que esquentara; *fule*, feijão cozido servido frio; *tamia*, ervilhas fritas; e *tabyka alyoum*, um prato de carneiro. Havia saladas de alface e hortelã e pães assados na chapa do forno. Após a refeição, Sonja instalou-se, sem dizer nada, numa poltrona dilapidada no barracão e se encolheu. Idris cobriu-a com um grande tecido branco como um pescador que estivesse soltando a rede e voltou para terminar a cerveja com Rosenharte.

— Onde você arranja toda essa comida? — perguntou Rosenharte. — Nunca vi nada disso à venda no Konsum. Como consegue, Idris?

— As pessoas trazem para mim. Todo mundo que vai para os países do Oriente Médio sabe que deve trazer comidas para Idris.

— Mas está tudo tão fresco.

— Sim, um amigo meu voltou do Iêmen alguns dias atrás. Trouxe para mim. Estou contente de repartir com você, Rudi.

— Você tem esperança de voltar logo para o Sudão?

— Agora mesmo posso ir para minha terra, não pago é a passagem do avião. Passagem muito, muito cara.

— É uma vergonha. Se eu tivesse o dinheiro, lhe daria.

Idris sorriu enigmaticamente — gratidão pela gentileza inesperada, misturada com arrependimento. Não pela primeira vez, Rosenharte perguntou a si mesmo o que havia por trás de seus olhos solícitos. Então algo lhe ocorreu.

— Esse homem que foi para o Iêmen e lhe trouxe comida é o homem da universidade? Michael Lomieko? Os amigos dele o chamam de Misha.

— Sim, claro — respondeu Idris, como se fosse a única resposta que Rosenharte pudesse esperar. — Ele tem muitos, muitos amigos árabes e também vai para muitos, muitos países árabes. Foi ao Sudão e voltou e em julho me disse que posso ir para o Sudão. É seguro para mim lá agora.

— Já estive no trem para Leipzig com Misha. Parece ser boa gente.

— Sim, é boa gente — disse Idris. Estava claramente pensando em outra coisa.

Rosenharte resolveu correr o risco.

— Ele conhece um cavalheiro árabe chamado Abu Jamal. Você já ouviu falar dele? Acho que ele fica em Leipzig às vezes.

Isso atraiu a atenção de Idris. Ele se virou para Rosenharte, de modo que sua face ficou iluminada pelo lampião.

— Por que está fazendo essas perguntas? Você não gostaria de conhecer esse homem. Ele é muito, muito perigoso, esse homem.

— De que modo ele é perigoso?

— Você pode morrer só por saber o nome dele neste país.

— Mas como você o conhece, Idris? Você dá aulas de irrigação. Por que saberia sobre essas coisas? Misha pediu sua ajuda?

— Posso perguntar o mesmo para você, Rudi. Como você conhece esse homem? Você passa o dia todo olhando pinturas em seu museu. Isso não é assunto seu. — Ele baixou a voz. — Isso é assunto de terroristas e assassinos. Não diga o nome dele de novo.

Rosenharte serviu o fim da cerveja em seu copo.

— Eu preciso descobrir onde ele está.

— Foi por isso que você veio aqui?

Rosenharte balançou a cabeça.

— Não vim atrás da sua ajuda. Foi só quando você mencionou o Iêmen que me ocorreu perguntar a você. Foi um tiro no escuro.

Houve um longo silêncio durante o qual Idris desviou o olhar e juntou as mãos sobre a boca para palitar os dentes. Alguns minutos depois ele disse para a noite.

— A mulher, Sonja, ela faz parte dessa sua investigação?

— Não, ela só me deixou usar o telefone outro dia.

— Não sou burro. Moscas não pousam em mim.

— Como? — disse Rosenharte, sorrindo.

— Ela vai contar a eles.

— Você escutou o que ela estava dizendo?

Idris lançou-lhe um olhar furtivo.

— Então você compreenderá que ela foi colocada numa situação impossível. Ela teve de fazer o que eles pediram. — Idris balançou a cabeça como se tivesse ficado sabendo de um grande desastre. — Mas você não pode contar mais nada para ela. Essa mulher ama outro homem e fará qualquer coisa para salvá-lo. Cuidado com essa mulher, Rudi.

— Provavelmente você tem razão. — Ele gostaria que a luz o deixasse ver direito o rosto de Idris. Percebia agora que algo havia mudado na atitude de Idris: o tom dele estava mais deliberado, e a sutileza, que Rosenharte sempre soube que estava ali, começou a ficar evidente. — Você parece preocupado, Idris. Eu o ofendi?

— Tudo está muito, muito bem. Não se preocupe, caro Rudi. — A atenção dele se deslocara para umas mariposas que estavam arremetendo num dos lampiões.

— Você pode me ajudar quanto a esse homem, Abu Jamal?

Em vez de responder, Idris levantou-se e foi até o barracão dar uma olhada em Sonja. Satisfeito porque ela estava realmente dormindo, ele voltou e aproximou seu banco de Rosenharte, de modo que ficasse a poucos centímetros de distância.

— Quando você me ajudou, Rudi, nada quis em troca. Então agora vou ajudá-lo. Mas primeiro você precisa me dizer por que precisa encontrar esse homem.

Rosenharte explicou a situação de seu irmão e família e disse que tinha uma chance de libertá-los se obtivesse alguma informação sobre Abu Jamal, que era suspeito de atos terroristas no Ocidente. Deixou de fora qualquer menção à viagem a Trieste e o interrogatório da Stasi e não especificou que o interesse era dos serviços inglês e americano de inteligência, embora presumisse que Idris suspeitaria que estavam envolvidos. Quando ele terminou, Idris coçou o queixo e perguntou:

— Você é marxista, Rudi?

— Sou socialista, sim, mas não como Lênin, ou Stalin ou Honecker.

— Herr Gorbachev; você acha que é um bom homem?

— Parece ser um homem decente, sim. Acho que ele está fazendo o tipo certo de coisas na União Soviética. Reformas são necessárias em todo o Leste, a RDA incluída.

— Sou marxista e muçulmano — disse Idris. — Um homem deve seguir a vontade de Deus ou a do Estado? Esta é uma questão muito, muito difícil.

— De fato é — disse Rosenharte, sentindo frio no corpo inteiro e incomodado depois de tanto tempo sentado na mesma posição. — Diga-me, Idris, por que estamos tendo esta conversa?

— Porque há outras pessoas como você e eu que querem reformas nos países comunistas, mas continuam sendo socialistas. Tampouco acreditam em terrorismo. Isso nos prejudica no Leste e prejudica os países árabes.

— Você pode me ajudar com informações concretas?

— Vou mandar alguém falar com você, um homem mais jovem. O nome dele é Vladimir. Ele vai ajudá-lo.

— Um russo?

— É um homem bom e muito, muito esperto — disse Idris, batendo na testa.

— Ele é russo? — repetiu Rosenharte.

Idris concedeu-lhe um assentimento.

— Esse Vladimir já tentou falar comigo antes?

— Como isso seria possível? — perguntou Idris, como se Rosenharte estivesse sendo incrivelmente estúpido. — Eu não falei de você a ele, então como ele poderia procurá-lo?

Rosenharte levantou-se e agradeceu. Idris levantou a mão e encontrou a de Rosenharte, que segurou sem apertar por vários segundos. Rosenharte pensou no quanto gostava daquele homem — uma afeição genuína que superava qualquer diferença cultural ou étnica possível. Ele sorriu.

Idris retribuiu com uma piscada de olhos.

— O russo vai encontrá-lo e ajudá-lo muito em breve, Rudi. Muito em breve.

9
Como um Machado no Mar Congelado

Ele voltou à cidade com Sonja abraçada a ele, insistindo sonolentamente em que ele a beijasse, o que ele acabou fazendo, sentindo a familiaridade do prazer. Ela quis fazer amor e puxou-o para uns arbustos, acariciando-o e insinuando-se em seus braços. Ele a lembrava de Sebastian.

— Mas é você quem eu quero agora — disse ela, fechando os braços em torno de seu pescoço e olhando-o com uma avidez petulante. — E você vai fazer o que eu quero.

— Não — disse ele, desvencilhando-se. — Não posso. Adoraria, mas simplesmente não posso. — Ele a desejava e seria fácil, mas algo o estava impedindo: a noção de que devia manter-se concentrado.

— Vamos, eu preciso de você.

— Não, não precisa — disse ele, balançando a cabeça. — Por favor, entenda que isso seria errado para nós dois. — Ficou surpreso consigo mesmo.

Ela fez cara feia, mas pareceu aceitar que não ia acontecer.

Caminharam até um grande e desolado prédio de apartamentos na parte sul da cidade, onde ele a deixou depois de murmurar uma desculpa e beijá-la com ternura. Ela balançou a cabeça e, sem uma palavra, entrou e bateu a porta atrás de si. Sentindo-se péssimo, ele apressou-se a ir para uma espelunca que conhecia, na cripta de uma igreja bombardeada, e instalou-se sozinho a uma mesa, bebendo metodicamente uma cerveja atrás da outra entre a meia dúzia de noctívagos de Dresden. Sua mente repassou sua situação de um jeito mais frenético do que gostaria.

Por volta da 1 hora da manhã, ele achou que parecia bêbado o suficiente para persuadir os agentes da Stasi que o vigiavam de que havia passado o dia inteiro enchendo a cara. Engoliu o resto da cerveja e se preparou para ir embora. Quando estava se encaminhando à porta do Die Krypta, dois homens se esgueiraram de uma mesa na sombra, pegaram-no pelos braços e habilmente o conduziram pela entrada estreita e escadaria acima. Rosenharte deixou-se levar e só protestou quando emergiram na rua pouco iluminada. Nenhum dos homens falou nada até chegarem a um carro, onde havia um terceiro homem esperando ao volante.

— Boa noite, camarada. Meu nome é Vladimir. Queremos conversar com você. Seria possível você vir conosco até um lugar seguro?

— Você é o homem de quem meu amigo falou?

— Sim — disse Vladimir. — Logo depois que você deixou a garota no apartamento nós o encontramos. Tínhamos de ter certeza de que não estava sendo seguido.

O alemão dele era bom, mas o sotaque era forte. O carro moveu-se sem pressa, como que indo para o quartel-general da Stasi na Bautzner Strasse, mas logo virou para um prédio na Angelikastrasse, a sede da KGB em Dresden, que ficava apenas a cem metros da Stasi. Os três homens o acompanharam até um porão, onde Vladimir lhe ofereceu um drinque. Rosenharte pediu café.

— Vocês me encontraram rápido — disse Rosenharte, pensando que Idris devia ter ido a toda em sua bicicleta até um telefone assim que ele partira.

O russo sorriu.

— Foi uma coincidência: já sabíamos sobre você. Quando a Stasi monta uma operação desse tipo, nós costumamos ficar interessados. Mas há algo que não entendemos: por que você é tão importante para eles?

— É uma longa história. — Fez uma pausa para examiná-lo. — Idris disse que você poderia me ajudar. É verdade?

— Depende de como — disse Vladimir.

Ele tinha um rosto interessante, pálido e inconfundivelmente eslavo, com uma boa dose de autoridade em sua expressão. Demorava para responder e tinha uma voz jovem um tanto inexpressiva. Os outros dois mostravam-se claramente subordinados a ele.

— Quero notícias de meu irmão. Ele e sua família foram presos.

— E quem é seu irmão?

— Um homem que faz filmes; um homem arrasado, que já foi um dissidente. Seu nome é Konrad Rosenharte. Meu irmão gêmeo.

— E eles levaram também a família dele. Isso é incomum.

— A esposa dele, Else, está sendo investigada por violação das leis de imigração.

— E no entanto a Alemanha Oriental inteira parece estar viajando para a Tchecoslováquia para obter vistos na embaixada da Alemanha Ocidental em Praga. Não é difícil ir embora. É possível ir pela Polônia, caso se prefira. A RDA no momento parece uma peneira.

— Ela nem sequer estava tentando ir embora da RDA. Estão usando a detenção dela para ter algo para me pressionar.

— E por que fariam isso? É seu irmão o encrenqueiro, não você.

— Não sei ao certo. Mas vou contar tudo o que sei se vocês me ajudarem.

— Você tem muito a nos contar?

— Sim.

Vladimir deu uma volta em torno dele, com as mãos no bolso de sua jaqueta de couro. Rosenharte tomou-o por uma pessoa completamente implacável, mas ainda assim alguém com quem poderia lidar. A KGB poderia ser muito útil a ele. Era a segunda potência de inteligência no país, com uma vasta agência em Berlim e satélites em todas as cidades maiores. Teoricamente lá para salvaguardar os interesses da União Soviética, em particular os quatrocentos mil militares posicionados na RDA, a KGB também tinha um papel de supervisão que fora estabelecido depois da guerra, quando os homens de Stalin construíram o Estado da Alemanha Oriental. Quando Rosenharte trabalhava para a Stasi, Normannenstrasse acatava a KGB em tudo, do treinamento à estratégia geral de coleta de informações no Ocidente. Em certa medida, a Stasi ainda se inspirava numa das antecessoras mais antigas da KGB, a Cheka. Mas, embora o espírito chekista ainda permanecesse atuante na Stasi, a KGB abandonara sua obsessão com fascistas, inimigos da classe e agentes do imperialismo para chegar a uma relutante acomodação com a nova Rússia da *glasnost* e da *perestroika.*

Vladimir, por fim, prosseguiu.

— Idris é nosso amigo e eu confio no julgamento dele, mas é difícil saber como posso ajudá-lo. Não temos acesso às pessoas nas prisões da Stasi, e eles não compartilham mais informações conosco como faziam antes de Herr Gorbachev chegar ao Kremlin. Mas talvez possamos abrir algumas possibilidades para você. Veremos o que se pode fazer. — Ele olhou para Rosenharte ponderadamente. — Idris disse que você estava interessado num homem chamado Abu Jamal. Por que você perguntou a ele sobre isso?

— Eu queria saber a relação dele com Michael Lomienko, Misha.

— Ah, Misha! — disse Vladimir. — Tudo sempre acaba dando em Misha. Repito a questão: por que você quer saber sobre ele?

— Viajo no trem para Leipzig com ele, só isso.

Vladimir abriu um amplo sorriso e balançou a cabeça.

— Não me tome por trouxa, Rosenharte. Sei que você esteve na Itália uma ou duas semanas atrás porque levantamos informações sobre você. Não faço a menor idéia de qual é a sua relação com os serviços de inteligência ocidentais, ou mesmo se o Diretório Principal de Inteligência Exterior sabe no que você está envolvido, mas é por isso que você quer saber sobre Abu Jamal e Misha, não? Vamos, sejamos francos um com o outro.

Rosenharte não sabia onde estava pisando, mas teve um lampejo de intuição. Idris devia estar vigiando Misha para a KGB. Isso significava que a KGB estava interessada na relação de Misha com Abu Jamal e a Stasi exatamente pelas mesmas razões que os ingleses. Isso poderia significar que a KGB não aprovava o apoio da Alemanha Oriental ao terrorismo.

Vladimir deteve-se com um ar de profunda reflexão. Então assentiu, encorajando-o.

— Diga-me qual é o seu problema, Rosenharte.

— É um tanto complicado — começou ele. — Deram-me esperanças de que se eu conseguisse informações sobre Abu Jamal poderia obter a libertação de meu irmão. A menor das informações já poderia ajudar.

O cálculo era visível por trás dos olhos do russo.

— Abu Jamal não está na RDA, mas sabemos que está voltando para consultas médicas e vai ficar numa *villa* em Leipzig. Isso é de alguma ajuda para você?

— Uma *villa*? Por quer você está me dizendo isso?

— Porque quero uma troca de informações. Quero que você me diga tudo o que passar para seus amigos no Ocidente.

— Qual é o nome da *villa*?

Vladimir aproximou-se de um de seus homens e sussurrou algo em seu ouvido. O homem saiu da sala.

— Você é um reformista? — perguntou Rosenharte após alguns instantes de silêncio.

— Todo mundo é reformista hoje em dia. É o único jeito. Mas o Partido na Alemanha Oriental não compreendeu isso e não vai implementar o programa de modernização necessário. Está escrito na parede. Não é assim que a Bíblia diz?

— Não se a parede for a do Muro de Berlim. Honecker disse que vai durar por mais cem anos.

Vladimir voltou-se para ele.

— Sim, e o presidente do Volkskammer concorda com ele; os secretários do Comitê Central, o ministro para a Segurança do Estado e os primeiros-secretários em todos os distritos, incluindo o de Dresden, todos eles dizem que o Muro durará para sempre. Temos de acreditar no que dizem.

Quando um russo falava nesse tom sarcástico, só o que se podia concluir era que a KGB compreendia que as coisas estavam mudando ou tinham de mudar, o que fez Rosenharte se perguntar quanto do tempo da KGB estava sendo empregado em vigiar os líderes da RDA.

O outro homem voltou com uma pasta. Vladimir passou alguns momentos folheando-a antes de tirar dela, com um floreio, um mapa, que abriu numa mesa no canto; em seguida chamou Rosenharte e o encarou diretamente.

— Sou um comunista leal, Rosenharte, e um cidadão leal à União Soviética. Compreenda isso. Você também precisa saber que eu valorizo a lealdade em todas as minhas relações.

Rosenharte assentiu e olhou para o mapa da cidade de Leipzig. Estava coberto com cerca de sessenta etiquetas redondas pretas. Algumas estavam acompanhadas por notas escritas à mão no alfabeto cirílico, outras por rótulos em branco.

— Estes são os esconderijos da Stasi em Leipzig. No total, são 78.

— Setenta e oito!

— A cada ano há mais. Mas nós deixamos de ter acesso às informações mais recentes. Temos três endereços. — Ele apontou para pontos em torno do centro da cidade. Então se voltou e agarrou o ombro de Rosenharte com a mão. Era muito mais baixo que Rosenharte e tinha de olhar para cima para encará-lo. — Não importa quais complicações ou intrigas aconteçam, nossa ajuda precisa ser mantida em segredo. Eu não vou tolerar que você esconda nada de nós. Queremos saber de tudo. Esse é o preço de minha ajuda.

— Entendi isso da primeira vez que você falou — disse Rosenharte num tom receptivo. — Estou aqui apenas para ajudá-lo do jeito que puder. Manterei o meu lado do acordo.

— Ótimo. A garota com que você estava antes esta noite, corte qualquer relação com ela. Ela está trabalhando para a Stasi. Não quero a menor suspeita de que você e eu estamos colaborando.

— Trabalhamos no mesmo lugar.

— Então mantenha distância dela. E chega de episódios como o desta noite.

— Não houve nenhum episódio esta noite.

— Certo. — Ele fez uma pausa. — Se fizer amor com aquela mulher de novo, você terá do que se arrepender.

Rosenharte assentiu.

— Fico contente em saber que deixamos tudo claro. Vou tentar descobrir mais sobre seu irmão, se conseguir.

Rosenharte deteve-se por um instante.

— Às vezes tenho a sensação de que isso tudo é como um romance de Kafka. — Esperou para ver qual seria a reação de Vladimir.

— Eu não leio Kafka — disse ele com indiferença.

— Então Kafka não representa nada para você?

— Li-o quando era jovem. Mesmo naquela época me pareceu coisa juvenil.

Rosenharte tentou por outra via.

— Você mandou me seguirem? Mandou alguém encontrar comigo em Trieste?

— Herr Doktor! Não tinha nem sequer ouvido seu nome antes da semana passada. Como poderia ter enviado alguém a Trieste?

— E não mandou ninguém ao museu em que eu trabalho?

— Claro que não. Por que faria algo assim? Não é assim que operamos.

A reunião estava chegando ao fim.

— Como entrarei em contato com vocês?

— Não entrará. Nós entraremos, daqui a mais ou menos uma semana. — Ele fez uma pausa. — Se você quer libertar sua família, precisa garantir que tudo o que se passou entre nós se mantenha em segredo. Agora vá e leia alguns bons autores russos. Esqueça os tchecos; são muito sombrios para estes tempos de luz.

— Tempos de luz?

— Ah, sim, tempos de luz, Herr Doktor, tempos de luz. — Ele observou abertamente Rosenharte e estendeu-lhe a mão. — Verei o que posso fazer por você. Adeus.

Um dos homens lhe deu um pedaço de papel e ele memorizou os três endereços em Leipzig. Então o levaram até a um quilômetro de seu apartamento, deixando-o numa área erma entre três prédios enormes. Era mais de 4 horas da manhã e quando ele dobrou a esquina na Lotzenstrasse, viu um carro à sua espera. Ignorou-o e continuou em direção ao seu prédio com o andar incerto de um bêbado. Antes que chegasse à porta, dois agentes da Stasi saíram do carro e o interpelaram.

— Sua identidade, por favor — gritou um deles.

Enquanto o homem a examinava, o outro lhe perguntou onde tinha estado.

— Tentando conseguir uma mulher — resmungou Rosenharte.

— Você devia estar na cama, velho. Nenhuma mulher olharia para você neste estado.

Rosenharte perguntou se podia ir. Devolveram-lhe a identidade e ele entrou.

Dormiu a maior parte do domingo e releu sua palestra à noite, fazendo um ou outro corte. Bem cedo na segunda-feira arrumou uma pequena mala e foi até a Hauptbahnhof para pegar o primeiro trem para Leipzig. Até onde podia perceber, ninguém o seguia. O trem estava atrasado e ele tomou vários cafés enquanto observava um grupo de desconsolados Volkspolizei em volta de uma pilha de escudos contra distúrbios. Um policial veio comprar um café.

— Por que vocês estão aqui? — perguntou Rosenharte com simpatia.

— Elementos negativos hostis ameaçaram perturbar a ordem na estação.

— Os elementos negativos hostis nunca dormem?

— Precisamos estar vigilantes o tempo todo — disse o policial num tom desagradável. — Mas por que o seu interesse?

— Por nada. Fico apenas satisfeito de estar em mãos tão seguras.

— Obrigado — disse o homem sem o menor traço de ironia. — Tenha um bom dia.

Rosenharte subiu até uma das plataformas elevadas onde os trens que passavam pela cidade paravam. Cerca de uma dúzia de pessoas embarcou no trem. Tendo garantido um lugar, ele foi até o banheiro e lavou o rosto com a pouca água fria que pingava da torneira, depois observou seu reflexo. No espelho haviam sido rabiscadas palavras que ele teve de se inclinar para ler: "Glasnost in Staat und Kirche. Keine Gewalt!" — Liberdade na Igreja e no Estado. Sem Violência! Na parede, a mesma mão escrevera: "Wir sind das VOLK!" — Nós somos o POVO!

Sentimentos nobres para um ato de vandalismo. Era interessante como mais e mais pichações apareciam em toda parte.

O amanhecer veio com uma luz gélida de outono que realçava as manchas de neblina que pairavam sobre os rios e lagos. Em toda parte via-se o verão em retirada: as árvores estavam na muda e o mato ao longo dos trilhos do trem estava seco e quebrado, pronto para desaparecer na terra durante o inverno. Estranhamente, a chegada do outono sempre fazia Rosenharte sentir-se revigorado e cheio de possibilidades e, enquanto contemplava as vacas pastando nos campos cobertos de orvalho da Saxônia, um súbito otimismo irrompeu nele. De algum jeito ele iria libertar Konnie, Else e os meninos.

O trem chegou a Leipzig pouco depois das 9 horas da manhã, tendo sido retardado duas vezes por problemas técnicos não especificados. Na estação havia montes de Vopos em uniforme de verão e a familiar quantidade de homens em trajes civis sem nenhuma razão evidente para estar ali. Mas ninguém parecia interessado nele, de modo que pôde sair sem ser observado em direção à Katl-Marx-Platz, onde uma vez assistira ao primeiro-secretário Honecker presidir um festival da Freie Deutsche Jugend — a Juventude Livre Alemã. Ficara repugnado com a visão do velhinho janota com um terno cinza, gravata azul e roseta vermelha se alimentando da juventude sob ele, sugando sua energia e sua criatividade.

Foi até uma banca de jornal e comprou um exemplar de *Das Magazin*. Segurando-o com a mão livre, andou uns duzentos metros até a Nikolaikirche e entrou por uma porta lateral, pois a principal estava bloqueada por obras. Deteve-se um momento na última fileira de bancos, olhando para as folhas de palmeira de gesso que brotavam das colunas, e então foi até a pequena sala no fundo da igreja, onde uns poucos livros religiosos e cartões-postais estavam à venda. Conforme havia sido instruído por Harland e o americano durante a última hora que haviam passado juntos em Trieste, comprou três cartões, todos com fotos da igreja, assinou um livro de visitantes com o nome Gehlert e escreveu: "Meus olhos viram o advento da glória."

O primeiro cartão-postal ele pôs sob a porta do número 34 da Burgstrasse, com a mesma citação; o segundo foi deixado em branco entre duas pilastras sob o relógio da velha Prefeitura, e o terceiro, com as palavras "Para Martha, como amor", foi entregue a uma pouco acolhedora gerente de um café nas imediações.

Tendo feito isso, ele foi até a Thomaskirche, a imponente igreja onde J. S. Bach outrora regera o coro, e repetiu sua observação num segundo livro de visitantes, assinando como Harry Schmidt. Do lado de fora, sob o débil sol de outono, acendeu um cigarro e se pôs a ler *Das Magazin.* Um jovem casal veio até ele pedindo cigarros e algum dinheiro para comprar uma cerveja. Ele deu os cigarros, mas disse-lhes que estava duro, o que era verdade.

Harland havia lhe dito que não esperasse que Kafka fizesse contato imediatamente, porque esse procedimento inicial era simplesmente um meio de se anunciar e, mais importante, um sinal de que ele fora instruído pelo MI6. Kafka agiria apenas quando tivesse certeza de que era seguro. Após cerca de uma hora, Rosenharte foi até a cantina da universidade, para a qual os organizadores da série de palestras lhe haviam enviado um vale-refeição, e almoçou cedo, ensopado e bolinhos. Ficou evidente que escolhera ir lá no mesmo horário de várias equipes esportivas da universidade, todos numa dieta rica em proteínas. Sentou-se em meio aos remadores e seus treinadores e se serviu, uma segunda vez, de queijo e uma xícara de café.

Às 14h30 ele estava de pé diante de uma sala de conferências lotada, com estudantes e o pessoal da universidade abarrotando os corredores, ligeiramente arrependido de sua refeição. Sempre ficava nervoso antes de falar, razão pela qual ele tinha tanto trabalho, relendo e reescrevendo suas palestras tantas vezes que quando chegava a hora de dá-las já memorizara o texto inteiro. Uma longa introdução por um professor de filosofia pouco fez no sentido de acalmá-lo, mas então as luzes se apagaram, e a imagem de um touro das cavernas pré-históricas de Lascaux, no centro da França, apareceu na tela. Rosenharte deixou a platéia observar o touro por alguns momentos e começou a falar, as palavras que pareciam tão sem graça no papel agora assumindo vida. Ele falou da técnica, da palheta limitada do homem pré-histórico, das condições em que ele pintava e do uso de idéias tipicamente modernas, como composição, perspectiva e escorço. Sentiu-se revigorado, com total domínio de seu material e da platéia.

— Este touro provavelmente foi pintado por um homem jovem há cerca de 18 mil anos. Na mesma caverna há outros animais, que sabemos, por meio da datação pelo carbono, que foram pintados por outras pessoas muito depois. Para nós parece uma coisa só, do mesmo período, mas na verdade dois mil anos separam os artistas. Provavelmente, eles nem falavam o mesmo idioma. — Ele levantou os olhos do papel. — Esses dois homens estão tão longe um do outro quanto Karl Marx e Jesus Cristo. — Houve movimentos nervosos na platéia, e alguns estudantes sorriram. — Não em sua natureza, apresso-me a dizer, mas em tempo.

Não fazia idéia do que dera nele para fazer este aparte, o que só enfraqueceria a mensagem de seu texto. Pediu o slide seguinte, que era um bisão a galope das cavernas de Altamira, no norte da Espanha. Sentiu o efeito que a imagem estava tendo sobre a platéia. Alguém nas primeiras fileiras bateu palmas de puro deleite.

— Se o touro era uma grande obra de arte — prosseguiu —, este, pintado há cerca de 17 mil anos, é uma obra-prima sem paralelo. Por meio da aplicação sutil de matizes e sombras e pelo uso habilidoso da cor, a imagem atinge uma perfeição que nenhum artista moderno conseguiu igualar. Há volume, massa e energia nessa criatura, e ela emerge viva e concreta da superfície áspera da rocha, quase como se a rocha tivesse dado nascimento ao touro. O pêlo, a barba e o couro do animal têm quase uma realidade tangível. Este animal *vive*, meus amigos, e é uma das maiores obras de arte que terão visto na vida.

As fundações estavam dadas. Agora Rosenharte passaria à sua teoria. Se o ápice da arte ocorrera sete mil anos antes do homem ter plantado sementes, milênios antes dele ter montado um cavalo ou inventado a roda, como seria possível pensar a arte em termos de evolução? A evolução implicava uma melhora gradual com o tempo, uma acumulação de qualidades e o descartar de falhas.

— Mas em nenhum aspecto — disse ele, virando-se do bisão para a platéia — essa pintura foi igualada na história da arte; não na simplicidade da técnica, na harmonia integral da concepção nem na animação expressiva da forma. Este homem a analisou com toda a presteza e confiança de um homem moderno. De fato, foi melhor nisso do que nós.

Ele continuou nesse tema por vinte minutos, mostrando pinturas de diferentes eras, mas antes que pudesse chegar à seção final da palestra uma voz trovejou do meio do auditório. Rosenharte protegeu os olhos contra a luz e viu um homem corpulento de pé, coçando o queixo de um jeito que esperava dar-lhe um ar de autoridade.

— Mas de que modo essas pinturas serviam à sociedade, Dr. Rosenharte?

— De modo nenhum, porque não havia sociedade — rebateu Rosenharte.

— É isso o que estou dizendo — replicou o homem. — É exatamente o que estou dizendo. Todos devemos concordar que a principal função da arte é servir à sociedade por meio da expressão das aspirações dessa sociedade, refletindo suas qualidades e realizações. Se essas decorações primitivas, esses rabiscos e esboços não têm relação alguma com uma sociedade que se possa reconhecer como tal, então elas devem ser desqualificadas do âmbito da arte.

Rosenharte moveu-se para a direita para poder ver o homem.

— Por que *devemos* todos concordar? O senhor realmente acredita que toda arte, não importa de qual época, depende de nossas visões sobre o que é ou não é uma sociedade? Devo dizer-lhe que essa é uma concepção muito antiquada.

Houve um murmúrio de aprovação entre os estudantes, que estavam claramente empolgados com aquele raro debate de convicções. O homem não quis nem saber.

— É antiquado preferir as obras de arte produzidas por um Estado avançado como a República Democrática Alemã, talvez a sociedade mais sofisticada que já existiu na terra, aos grafites de tribos primitivas?

Rosenharte começou a perder a paciência. Foi até a frente do palco e dirigiu-se pessoalmente ao homem.

— O problema na RDA é que não sabemos que arte esta sociedade produziu. E por quê? Porque a maioria dos artistas que tem algo a dizer é banida. Eles têm sido amordaçados e, ironicamente, trabalham em condições similares às das tribos primitivas que o senhor desdenha: sozinhos, na sombra e sem um público. Pintam para si mesmos e para o futuro porque nossa sociedade não pode ou não quer ouvir sua própria voz, recusa-se a ouvir o seu próprio coração.

O homem não pôde mais tolerar e começou a se retirar pela fileira, dirigindo-se ao corredor.

— Ora, vamos, por que não fica e argumenta em resposta? — disse Rosenharte.

— Não vou escutar mais nada dessas besteiras, e se as pessoas souberem o que é bom para elas vão me seguir para fora desta sala.

Um ou outro fez menção de segui-lo, mas a maioria bradou para ficarem e começou uma lenta salva de palmas. Não era nada disso que Rosenharte queria. Ele ergueu as mãos e pediu silêncio.

— Não vim aqui para embaraçar as autoridades da universidade, mas apenas para falar sobre a idéia destrutiva de que toda arte deve ser vista em termos de progresso evolucionário.

— A única pessoa que o senhor embaraçou aqui foi o senhor mesmo — gritou o homem da porta.

Rosenharte retomou sua palestra, que foi ouvida com respeito, mas sem entusiasmo, porque era evidente que o assunto sobre o qual todo mundo queria falar era a discussão entre ele e o acadêmico anônimo. Quando ele chegou ao fim, houve uma ensurdecedora salva de palmas. O professor de filosofia que o apresentou não subiu ao palco para os agradecimentos formais, como de costume, mas escapuliu com um colega, balançando a cabeça. Rosenharte ocupou-se com seus papéis e relutantemente aceitou os parabéns dos estudantes, descendo então do palco e juntando-se à multidão que saía.

— Bem, Doktor, acho que é a última vez que ouviremos uma de suas estimulantes palestras aqui. — Ele olhou à sua esquerda. Uma mulher entre 35 e 40 anos estava olhando para frente, sorrindo. — Fico contente de ter vindo. Foi a melhor até agora.

— Obrigado — disse ele, querendo que ela virasse o rosto para ele. — Mas eu arruinei tudo com aquilo sobre Marx e Jesus Cristo. Acho que foi o que aborreceu meu crítico. Você sabe quem ele era?

— Manfred Böhme, professor de ciência política e uma figura importante no Partido local.

— Böhme! Claro, ouvi falar dele. O que ele estava fazendo aqui?

— Veio verificar sua posição. Sua última palestra, aquela sobre o desenho de...

— Carracci.

— Isso, Carracci. Foi excelente. No entanto houve quem suspeitasse que você estava criticando o Partido de uma maneira dissimulada. Ninguém tinha o texto, de modo que não foi possível verificar.

Chegaram ao corredor. Ele acendeu um cigarro e olhou em volta.

— Sempre tenho uma sensação de anticlímax depois dessas coisas. Você gostaria de ir tomar algo em algum lugar? — Ele percebeu um rosto muito confiante, lábios cheios e, nos olhos, uma expressão incisiva mas reservada.

— Por quê?

— Como assim, por quê? — disse ele.

— O que quero saber é o seu motivo.

— Ainda não a conheço o bastante para ter um motivo claro.

— Não vai demorar.

— Para conhecê-la ou para ter um motivo?

— A segunda alternativa — disse ela.

— Você quer beber alguma coisa, ou não?

Ela lhe lançou um olhar de sacrifício.

— Está bem, vou levá-lo a um lugar que conheço. Poderemos conversar lá. Meu nome é Ulrike. Ulrike Klaar.

Ele pendurou sua sacola no ombro e eles caminharam um pouco constrangidos para um lugar numa rua tranqüila não muito longe da estação, onde se sentaram um em frente do outro numa mesinha redonda. Rosenharte pôde então observá-la adequadamente. O arco de suas sobrancelhas fez com que ele achasse que devia tomar cuidado com o que dizia, mas também havia um viés divertido em seus olhos. Ele notou que ela estava pouco bronzeada para aquela época do ano, que era magra, apesar de sua altura, e que tinha o hábito de sorrir ao fim de cada frase. Teve a impressão de que ela era o oposto de Sonja; que não realçava sua aparência e nem era particularmente interessada em se mostrar atraente. Ele gostou disso quanto a ela também.

— Não podemos ficar muito tempo — disse ela, depois que eles, atabalhoadamente, trocaram algumas amenidades constrangidas. — Tenho um compromisso às 5 horas.

— Alguma coisa importante?

— Sim; na verdade, é muito importante, Herr Doktor.

— Rudi. Meu nome é Rudi.

— Prefiro Rudolf. É mais adequado a você. Mas o chamarei de Rudi, se quiser.

— Eu também tenho de ir logo. Quero dar uma caminhada antes de partir, talvez no Clara Zetkin Park.

— Por quê?

— Preciso me exercitar.

Ela deu de ombros.

— Certo. Mas por que você *tem* de ir?

— Eu não *tenho*. Só quero esticar as pernas.

— Mas você disse que *tinha* de ir.

Aquilo não estava indo muito bem. Ele tomou um grande gole de cerveja e observou três caminhões da polícia dos quais desembarcavam Vopos.

— O que está acontecendo? — perguntou ele. — Hoje havia policiais do batalhão de choque em Dresden às 5h30 da manhã. Eles acham que vai acontecer alguma coisa?

— A oração noturna das segundas-feiras na Nikolaikirche. É para onde eu vou depois daqui. Reunimo-nos toda segunda-feira para orar pela paz. As autoridades não gostam disso porque outros grupos comparecem: ambientalistas, pessoas que querem ir embora da RDA, pessoas que querem liberdade de expressão e reformas, pessoas protestando contra as prisões políticas. Algum dia a Stasi vai invadir a igreja e prender todo mundo. Já levaram muitos de meus amigos. — Os olhos dela brilharam, então ela olhou pela janela e subitamente se aprumou. — Você foi seguido até aqui?

— Acho que não. Por quê?

— Há um homem nos observando do outro lado da rua. Você não pode vê-lo por causa dos caminhões. Acho que ele estava na palestra.

— Era aberta ao público. Talvez seja um admirador seu.

Ela fulminou-o com os olhos.

— Você não devia fumar tanto na sua idade. Você está na zona de perigo.

Ele apagou o cigarro.

— Qual é a aparência dele?

— Alto, magro, cabelo castanho-avermelhado como o seu. Parece forte, talvez seja um trabalhador braçal, mas nervoso, inseguro. Alguém que não se sente à vontade nesta cidade.

— Você é muito observadora — disse ele.

— Mas isso significa alguma coisa para você? — perguntou ela.

Ele balançou a cabeça.

— Não, acho que não. Fale-me mais sobre essas reuniões de oração.

— Começaram no ano passado. Em janeiro passado, tentamos divulgá-las deixando folhetos nas caixas de correio. Mas um homem foi até a polícia e, antes que as pessoas acordassem na manhã seguinte, a Stasi e a polícia removeram os folhetos das caixas de correio usando longas pinças. Em algum lugar, a Stasi tinha um estoque de pinças especialmente longas exatamente para este fim. Esta é a parte mais surpreendente da história.

— Então ninguém foi?

— Não, cerca de quinhentas pessoas acabaram aparecendo. Foi realmente o começo de tudo. — Ela sorriu e mexeu seu chá. Rosenharte a observou. — Claro — continuou ela —, um monte de gente levou os folhetos à polícia por medo. Ainda assim, *estão* começando a entender. No verão um homem organizou um festival de músicos de rua. Lembro da data porque era meu aniversário, 10 de junho. Vieram músicos de toda a RDA e começaram a tocar no centro, mas como não tinha sido oficialmente sancionado, a polícia investiu e prendeu qualquer um com um instrumento musical; prenderam até mesmo membros da orquestra da cidade porque estavam carregando estojos de violinos. — Ela reprimiu uma risadinha, mas seus olhos começaram a ficar marejados. — Dá para imaginar? Eles prenderam músicos da orquestra *na cidade de Bach*. — Ela pôs um nó dos dedos no canto do olho para deter uma lágrima.

— Eles têm medo da própria sombra — murmurou ele.

— Não, eles têm medo de nós. Nós, o povo.

— Nós, o povo — repetiu ele, ponderando a expressão.

Houve um silêncio, um bom silêncio, ele achou, porque nenhum dos dois sentiu necessidade de dizer nada.

— Um amigo meu — disse ela — achou que você podia ser irmão de Konrad Rosenharte, o cineasta. Você é?

— Ele é meu irmão gêmeo. — Ele fez uma pausa e desviou o olhar. — Ele está na prisão.

— Por quê?

— O de sempre... — Ele fez uma pausa, a lembrança de Konnie subitamente avassaladora. — Veja, ele não agüenta mais. Deixaram-no arrasado da última vez.

A mão dela mexeu-se de forma indecisa sobre a superfície da mesa.

— Sinto muito. É quase tão ruim para os que estão do lado de fora — disse ela — ...a impotência, o não saber de nada. É esta a intenção deles: atingir tantas pessoas ligadas ao alvo quanto possível.

— Você fala como se tivesse experiência nisso.

Ela assentiu.

— Todo mundo conhece alguém. O melhor que se pode fazer é apoiar aqueles que se ama. Isso neutraliza um pouco do veneno.

— Que país — disse ele em voz baixa. — Eles pegaram a mulher de Konrad também. E as crianças foram levadas.

Ela balançou a cabeça com incredulidade.

— Então por que você se arriscou tanto hoje? Aquilo não vai ser ignorado, creia-me. Não com o seu irmão na cadeia.

— Eu não pretendia dizer nada — disse Rosenharte. — Mas então fiz aquele comentário estúpido sobre Cristo e Marx e quando aquele pateta começou a vociferar, eu...

— Eu tinha a impressão de que você era mais frio. — A atitude um tanto crítica dela voltara.

— Talvez eu devesse ter sido, mas as posições daquele homem são as que encarceraram Konrad. Você sabe, todo ato formal de expressão precisa ser verificado por um comitê de palermas. Os verbetes que escrevi para o catálogo da Gemäldegalerie estão sendo checados por cinco pessoas. E cada uma delas acha que deve contribuir com uma correção ou alguma observação simplória. Tenho de informar a eles que Rembrandt *não era* um membro do Partido. O único crime de Konrad foi ter feito um filme privado que desagradou às autoridades; e por isso eles bloquearam a carreira dele e o encarceraram. Destruíram sua saúde porque não gostaram de seu filme.

Ela apontou com a cabeça para um casal que se sentara perto deles. Era uma advertência de que poderiam ouvi-lo.

— Quando você vai voltar a Dresden?

— Esta noite, provavelmente. Não tenho certeza. Estou com a esperança de encontrar uma pessoa.

— É?

— Nada de importante. Relacionado ao trabalho.

— Você vai encontrar essa pessoa depois da caminhada no parque?

Ele assentiu.

— E em Dresden, o que vai fazer quando voltar?

— Minha vida no momento está tomada por Konrad. É um assunto muito complicado. — Fez uma pausa. — Depois acho que vou acabar escrevendo um livro a partir dessas palestras. Um livro que nunca será publicado, claro.

— Mas um livro que será lido — disse ela com entusiasmo.

— Espero que sim.

— Será a obra de sua vida. Um grande livro. Um livro que será como um machado no mar congelado dentro de nós.

— Esta é uma frase maravilhosa — disse ele. — Gostaria de usá-la.

— Então você precisa dar crédito ao autor. — Ela ergueu os olhos de seu chá com um ar enigmático.

— Desculpe, mas não a reconheci. Quem disse esta frase?

— Kafka — disse ela bem baixo. — Franz Kafka.

10
Clara Zetkin Park

Do lado de fora do café, Ulrike afastou do rosto mechas soltas de seu cabelo castanho-escuro num gesto irritado.

— Não temos muito tempo. Preciso que você ouça com muita atenção tudo o que eu vou dizer. Mas primeiro preciso saber como você ficou sabendo da *villa* no Clara Zetkin Park.

Rosenharte preparara sua resposta para quando encontrasse Kafka.

— Fiz minhas próprias investigações em Dresden. Descobri por intermédio de um colega de Misha na universidade. Foi por acaso que fiquei sabendo que Abu Jamal fica lá.

Ela franziu a testa em dúvida.

— Nada desse gênero ocorre por acaso. E, por favor, não use nomes.

— Confie em mim, não é importante como eu sei.

— *É* importante — disse ela —, mas vou deixar de lado. Agora escute. Vamos caminhar até o parque. Vamos usar o caminho mais longo para evitar as câmeras de trânsito. Eles as usam para rastrear os deslocamentos das pessoas. Não vai demorar muito. Vou lhe mostrar a *villa*, mas não aja de forma óbvia. Lembre-se: nesta cidade, em cada quatro pessoas que você vê uma trabalha para a Stasi, de uma maneira ou de outra.

Eles partiram para o sudeste da cidade.

— Falo árabe fluentemente. — Ela andava rápido e com a cabeça baixa. — Passei a maior parte da minha infância em países árabes. Estudei línguas européias na universidade e fui contratada pelo governo como intérprete e tradutora de documentos. Também trabalhei na universidade fazendo a mesma coisa, embora minha função agora seja muito menos importante do que era. Estou no Instituto Central de Pesquisas sobre a Juventude, o que por si só implica ter alguma autorização de acesso a informações secretas.

— Por que isso seria necessário? Trata-se apenas de mais um grupo de pessoas aumentando a montanha de papéis, escrevendo relatórios que ninguém lê.

Ela parou e sorriu com firmeza.

— E você vai começar a escrever um livro que nem será publicado. Ao menos, meu trabalho me dá do que viver. Não quero ser rude, mas daria para você simplesmente me deixar falar? Preciso lhe dizer muita coisa num tempo muito curto. — Ele assentiu, e eles prosseguiram. — Temos que passar por esse tipo de verificação no instituto por causa do que andamos descobrindo em nossas pesquisas. O descontentamento está crescendo entre os jovens. Sua platéia hoje é um bom exemplo. Dez anos atrás teriam todos se levantado e ido embora quando Böhme disse para fazerem isso. — Ela parou de falar enquanto passava por um grupo de Vopos, lançando-lhes um sorriso solidário que foi retribuído pelo oficial. — Mas não é disso que se trata. Ainda tenho acesso ao Departamento de Relações Internacionais e tenho uma amiga lá.

— E essa amiga lhe mostrou provas de que a RDA está apoiando o terrorismo no Oriente Médio? Não soa lá muito provável.

— Por favor, tudo ficará claro, se você escutar. O atentado à bomba naquela boate em Berlim: estavam sabendo dele, embora tenha sido realizado por líbios. O que eu sei ao certo é que eles vão fazer algo grande no Natal na República Federal, e que ocorrerão ataques a posições ocidentais no Oriente Médio no ano que vem. O árabe tem uma lista: as embaixadas americanas na Jordânia e no Egito. A da Jordânia será em janeiro e a do Egito em algum dia de março. Há algo planejado para Viena e talvez para Paris, mas não temos detalhes.

— É difícil acreditar que a Stasi iria deixar esse tipo de material assim à vista para você poder ler. Eles não colocariam nada assim por escrito.

— Claro que eles não colocaram isso por escrito. Esses atentados vão ser enormes; tão grandes quanto o caminhão-bomba que atingiu a embaixada americana em Beirute. Muitas vidas serão perdidas se você não ouvir com atenção e em seguida passar essas informações para o Ocidente.

Rosenharte parou.

— Por que eu? Por que fui eu o escolhido para este serviço? Sou só um acadêmico.

— Como eu. Mas temos um dever.

— E por que, exatamente, uma acadêmica que pesquisa sobre a juventude sabe dessas coisas? O outro lado precisa saber como você obteve essas informações.

— O árabe bebe demais. É por isso que tem problemas nos rins e no fígado. Minha amiga é a mulher que encarregaram de cuidar dele quando ele fica aqui em Leipzig. Ela já tinha obtido autorização para trabalhar com o professor e é uma funcionária respeitada. Era a escolha natural.

— Você quer dizer que a RDA fornece uma mulher para ele?

— Sim, claro! Uma mulher que fala árabe.

— E ele fica bêbado e conta tudo para ela?

— Era esse o caso até esta operação. Ele se afeiçoou a ela, e quando fez o transplante de rim ela estava com ele no hospital. Ele precisava de uma intérprete. Estava sob o efeito de sedativos e foi então que ela começou a saber dos detalhes. Obtivemos dois nomes de cúmplices deles no Oriente Médio, que foram passados para o Ocidente no verão.

— Sim, foram esses nomes que os convenceram de que as suas informações eram boas.

Ela assentiu.

— O resto deduzimos pelos telex e pelos movimentos do professor. — Ela evitava dizer o nome de Misha.

— Vocês têm certeza de que as autoridades estão envolvidas?

— Sim, mas elas se mantêm a distância do planejamento, o que explica por que o árabe não é tão resguardado quanto deveria. Tudo passa pelo professor. Esse é o ponto fraco. Sabemos quando o professor vem para Leipzig, quando ele vai para o exterior, para o Iêmen, a Líbia ou o Sudão. Sabemos sobre o dinheiro dele, que vem todo do Partido.

— O árabe está aqui agora?

— Virá na semana que vem, ou na outra. Não temos certeza.

— E ele vai ficar na *villa*?

— Talvez. Há outros lugares que ele usa. Não saberemos até ele estar aqui.

Tinham contornado o centro da cidade e agora estavam chegando ao parque. Algumas crianças estavam tentando empinar uma pipa e um ou dois casais estavam sentados na grama. Rosenharte notou que algumas árvores tinham morrido por causa da poluição. Era assim em toda parte, mas em Leipzig a fumaça do carvão mineral que a provocava parecia ainda pior naquele dia. Um leve gosto de enxofre não saía de sua boca desde que ele descera do trem.

— Todo mundo aqui tosse de novembro até a primavera — disse Ulrike quando ele mencionou isso para ela. — No inverno, muita gente tem problemas respiratórios. É ruim assim em Dresden?

— Não tanto quanto aqui — disse ele.

Eles se detiveram num dos caminhos. Ela ficou de frente para ele.

— Abrace-me e olhe por cima do meu ombro. — Rosenharte segurou-a de leve pela cintura e pelo ombro. — Há um prédio grande verde-escuro na extremidade do parque — disse ela no ouvido direito dele. — Ao lado fica a *villa*, mas você só consegue ver uma parte dela por causa da cerca alta.

— Estou vendo — disse ele, pensando que seria perfeitamente viável retirar Abu Jamal dali durante a noite. Ele se afastou dela, não sem antes olhar seu rosto e perceber que sua pele era quase translúcida. — Há algo que eu não entendo — disse ele. — Por que você não deu toda essa informação para a inglesa que esteve aqui no verão? Por que esperar?

— Era muito perigoso ela sair daqui com isso. E, de qualquer forma, foi só depois da cirurgia do árabe, em agosto, que obtivemos provas concretas dos planos e das datas desses atentados.

— Por que você acha que as minhas chances de passar isso para fora são melhores?

Ela olhou para ele.

— Você tem como fazê-lo. Eu sei.

— Você sabia que eles iam me enviar? Você me escolheu?

— Você era um dos candidatos. Sabíamos que você viajava no mesmo trem que o professor porque numa manhã ele se queixou para a secretária de vê-lo. Disse que você era exatamente o tipo de membro improdutivo da *intelligentsia* que ele desprezava.

— Mas você sugeriu o meu nome para os ingleses. Não teriam pensado em mim se não fosse por isso.

— Entre outras pessoas, sim.

— O que a fez pensar em mim?

— Sabíamos que você vinha aqui com bastante freqüência para dar suas aulas e palestras. Você tinha um pretexto para estar aqui. Parecia perfeito.

Rosenharte não acreditou em nada disso, mas decidiu não insistir. Era como estar descendo corredeiras num bote, pensou, e seria maluquice questionar a única outra pessoa com um remo.

— Que mais informações posso levar para eles?

— Isso é tudo. A data provável das ações na Jordânia e no Egito com certeza é o bastante para você. — Tinham mudado de direção e estavam indo para a saída do parque. Ela olhava para o caminho à frente deles. — Você compreende que agora estamos unidos — disse ela. — Dependemos um do outro de uma maneira que é perigosa para ambos. Se você for pego, acabará falando. E eu também. Sabemos disso. Você tem de tomar muito cuidado.

Ela olhou para ele, com um medo real nos olhos. Ele tinha dito algo muito similar para a dublê de Annalise em Trieste.

— Há outra coisa que eu não entendo — disse ele. — Por que você não vai embora? Se levasse essas informações você mesma, eles lhe dariam um lugar para morar e um emprego.

— Ir embora! — Ela cuspiu as palavras. — Não vou embora. Esse é o problema em minha igreja: as tensões entre aqueles que querem a liberdade de partir para o Ocidente e aqueles que querem ficar e construir um país no qual as pessoas possam falar livremente e possam se reunir sem achar que há um informante na sala. Esses são os verdadeiros democratas. Os outros querem apenas um carro novo e um padrão de vida melhor. Eu quero livrar a RDA desses velhos fedidos que roubam tudo de nós e nos dão em troca platitudes sobre sacrificar-se.

— Se você continuar assim, *vai* ser presa.

— Chegou a hora em que todos temos de correr riscos, Rudolf, Rudi. Você sabe disso.

— Mas se vamos trabalhar juntos nisso, preciso ter certeza de que você não vai se expor assim.

— Já estamos expostos. Chegamos a um estágio em que já não é o bastante para um intelectual como você fazer observações argutas com a esperança de que um grupo de pessoas compreenda e o resto não. Temos de ocupar as ruas e tomar posse de nossa cidade.

— Bom, isso não se discute — disse ele, olhando em volta. Haviam chegado a um quarteirão muito abandonado, onde os paralelepípedos estavam soltos na rua e o revestimento das fachadas do século XIX caíra nos dois lados da calçada. As calhas haviam se soltado e estavam quebradas. Manchas de umidade espalhavam-se por um metro em todas as direções, e o limo proliferava nas rachaduras. Mais adiante na rua, uma casa ruíra, e as duas vizinhas a ela se mantinham esperançosamente escoradas em algumas vigas num precário andaime. — Ulrike. — Era a primeira vez que ele usava o nome dela. — Quero que você me ouça. Você viu a quantidade de policiais por que passamos no caminho até aqui. Eles simplesmente não vão deixar vocês tomarem o Estado deles. Você viu o que aconteceu na China. Você leu sobre os membros do Politburo fazendo ameaças de repetir a praça Tiananmen na Alemanha. Eles vão fazer isso aqui, garanto. Você precisa ir embora. Eu não posso, mas você pode.

— Temos de nos arriscar. Enfrentaremos a violência com a não-violência. Eles não podem nos massacrar no meio da Europa. Não estamos vivendo sob Adolf Hitler.

Ele balançou a cabeça.

— É uma pena que não possamos dar um passeio decente pelo campo — disse ele. — Em algum lugar limpo e sem poluição.

Ela franziu a testa, então se deteve e se virou para encará-lo.

— Somos velhos o bastante para saber que você quer duas coisas: dormir comigo e fazer com que eu me apaixone por você: o duplo triunfo.

Ele sorriu.

— Falei só de um passeio. Só isso.

Ela continuou a encará-lo, os olhos brilhando em desafio.

— Você realmente compreende que isso não vai ser possível?

— Eu não estava pensando nisso. Eu...

— Eu assisti às suas palestras. Você quer que as pessoas amem esse seu elegante intelecto, sua paixão pela arte, sua eloqüência, a noção de que você está acima de tudo isso. Você precisa seduzir as pessoas.

— Minha leveza do ser — disse ele, tentando ser indulgente.

— Não, é muito mais perigoso do que isso.

Ele sorriu maliciosamente.

— Então, você não vai ser como o machado em meu mar congelado?

Ela balançou a cabeça e apontou para uma chaminé que soltava uma grossa fumaça sobre a cidade.

— Eu prefiro trabalhar naquela fábrica ali ou nos depósitos de cascalho fora da cidade. Prefiro ser detida pela Stasi, para ser interrogada a noite toda, a perder minha liberdade para você.

— Não seja tão radical. Mais do que você pode imaginar, depende de *nós dois* permanecermos livres.

Ela lhe lançou um olhar surpreso, deixando-o saber que não esperava aquela reação dele.

— Não se preocupe. Fique frio, e nós dois vamos nos sair bem nisso.

— Vou ficar frio, como você diz, mas não se trata apenas de nós. Meu irmão e a família dele estão envolvidos. Tenho muito a perder.

Ela assentiu.

— Como entrarei em contato com você?

— Do mesmo jeito que antes, mas não vá à Nikolaikirche. Assine o livro na Thomaskirche, deixe um cartão-postal no café ou entre as duas colunas. Então espere do lado de fora da Thomaskirche. Eu vou encontrá-lo.

Ele lhe deu seu endereço em Dresden, mas sem o número do apartamento.

— Se você quiser entrar em contato comigo, mande um cartão-postal para Lotha Frankel. Frankel era a moradora anterior do meu apartamento. Assine *Ruth* se estiver com problemas, *Sarah* se quiser que eu venha a Leipzig. Poderei vê-lo sem que seja entregue em meu apartamento.

— Até mais, então — disse ela, virando-se.

— Tenha cuidado.

— Terei. Agora, vá embora antes que comece a chamar a atenção.

Ela partiu pela rua que a levaria ao centro da cidade. Rosenharte ficou observando-a ir embora. Depois de ter andado uns cinqüenta metros, ela subitamente se voltou e sorriu para ele.

Não, disse ele a si mesmo com firmeza, não iria se desviar da tarefa de tirar Konrad, Else e os meninos do país. Isso era tudo o que importava.

11
Berlim

Ele pegou o caminho da estação, sem saber o que pensar sobre Kafka. Com certeza ela não era o que ele esperara, mas o mais importante era que a história dela não se sustentava direito de forma nenhuma. A não mais do que uma meia dúzia de altos funcionários seria permitido saber que a RDA patrocinava o terrorismo. Era simplesmente inacreditável que essa pesquisadora universitária provinciana tivesse obtido informações tão significativas de uma amiga.

Mas o que isso lhe importava? Fizera contato com Kafka, e ela aparecera com algumas informações muito surpreendentes. Isso era tudo o que ele precisava para os ingleses. Quando lhes dissesse que haveria mais informações e que eles teriam a localização exata de Abu Jamal em cerca de duas semanas, eles teriam de começar a agir em relação a Konrad e Else.

Rosenharte atravessou a Dresdenerstrasse e chegou até um homem de pé junto a uma mala com bugigangas à venda: um relógio com Karl Marx no mostrador, um par de sapatos masculinos, um pequeno sino de comunhão, um prendedor de flâmulas e uma moldura fotográfica vazia. Rosenharte acenou com a cabeça para ele, ergueu os ombros e abriu os braços, como para dizer que também estava sem um tostão. Continuou na direção da Karl-Marx-Platz. Ao se voltar para olhar o trânsito para atravessar a rua, percebeu um homem a cerca de cinqüenta metros de distância que estivera olhando para ele, mas que desviou bruscamente a atenção para a direção oposta. Era um sujeito alto, esguio, com uma camisa xadrez verde e laranja e jeans desbotado justo; tudo isso o tornava inviável como um agente à paisana. Certamente não era um dos capangas da Stasi com a intenção de passar despercebido na insipidez generalizada de Leipzig. Rosenharte sabia que devia ser o mesmo cara que aparecera no museu e que o observara com Ulrike no café. Perguntou a si mesmo se ele os teria seguido no parque e, se o fizera, que conclusões tirara do passeio que haviam feito. Agora o homem estava olhando diretamente para ele e parecia indicar que queria falar-lhe. Rosenharte estava curioso, mas decidiu que não queria nada com ele e apertou o passo. O homem se pôs a correr sem esforço para manter-se ao alcance e acenou algumas vezes. Rosenharte achou que ele o estava chamando. Em pouco tempo eles chegaram à praça, onde a Volkspolizei estava concentrada aos milhares. Uma boa quantidade de agentes da Stasi estava por ali em trajes civis, alguns com armas na parte de trás da cintura, outros com rádios e câmeras. Ao passar pelo lado leste da praça em direção à estação, ouviu uma voz chamando-o pelo nome.

Era o coronel Biermeier, que irrompera do amontoado de policiais e estava vindo atrás dele com quatro agentes da Stasi à paisana.

— Pare, Rosenharte. Pare agora!

Ele se virou.

— Onde você está indo? — perguntou Biermeier. — Onde esteve?

— Estou atrasado para pegar o trem — disse ele.

— O trem para Dresden só vai partir às 17h45. Você tem trinta minutos. Por que a pressa?

Rosenharte olhou por cima do ombro de Biermeier; o sujeito esguio que o seguia sumira.

— Sou um viajante ansioso.

— Você não respondeu à minha pergunta. Onde esteve?

— Caminhando no parque. Precisava me acalmar depois de minha palestra.

— É, fiquei sabendo. Você parece ter ofendido o pessoal daqui. — Biermeier dobrou o paletó sobre o braço e enxugou a testa. — Por que você se esquivou da vigilância para sua proteção em Dresden?

— Vigilância para minha proteção? É assim que você a chama? Eu simplesmente saí cedo de meu apartamento hoje de manhã. Não posso fazer nada se seus homens estavam dormindo. Não foi minha culpa.

— Você devia ter avisado a eles que estava partindo.

Rosenharte balançou a cabeça com incredulidade. Um jovem com um sério problema de acne, que estava andando na direção dos policiais, subitamente tirou de sua jaqueta jeans uma folha branca e a segurou entre os braços abertos. Nela estava o slogan "Freiheit für die Gefängenen 12/9" — Liberdade para os prisioneiros de 12 de setembro. Durante vários segundos, o jovem marchou ao longo da fileira de policiais numa paródia do passo militar. Ninguém fez nada até Biermeier berrar:

— Prendam esse homem!

A folha foi arrancada de suas mãos e ele foi levado para um caminhão militar com capota de lona. Naquele momento, ele se virou e baixou os jeans para mostrar parte da palavra *Freiheit* escrita em suas nádegas.

Biermeier gritou:

— Cubram esse homem, seus idiotas! — e então virou-se para Rosenharte, que não se deu ao trabalho de disfarçar que achara aquilo engraçado.

— Agora que você me encontrou, posso voltar para Dresden? — perguntou.

Biermeier balançou a cabeça.

— Não, você está indo para Berlim.

— Por quê?

— Basta saber que precisamos de você lá. — Ele olhou para o relógio. — Pegaremos o trem; é mais rápido.

Quarenta e cinco minutos depois eles estavam no trem para Berlim. Biermeier sentou-se do outro lado do corredor em que Rosenharte estava, tentando ignorá-lo.

— O senhor devia tirar uma folga, coronel — disse Rosenharte afavelmente. — Parece estressado. Arranje uma amante jovem. Tome uns drinques. Viva um pouco.

— Eu não bebo.

— Mas faz amor, não? Ou é proibido pelo artigo 1.002 do regulamento do ministério?

Biermeier não respondeu.

— Biermeier; um cervejeiro que não bebe. É curioso como certos nomes são inadequados em relação à jornada que fazem. O senhor conhece a história de Joachim Neander?

— Não, e não quero conhecer.

— Joachim Neander era um pastor do século XVII que foi banido pela Igreja porque se recusava a celebrar a comunhão.

— O que eu tenho a ver com um pastor?

— Nada, suponho. Mas a história é interessante. Joachim mudou-se para o campo, onde plantava suas hortaliças, fazia amor com sua querida mulher e caminhava pelo vale perto de sua casa. O povo gostava tanto dele que quando ele morreu deram ao vale o seu nome: Neanderthal. Cerca de cem anos depois alguns mineiros estavam cavando numa mina de calcário e encontraram uma ossada muito peculiar: metade homem, metade macaco.

— O pastor?

— Não, os ossos pertenciam a uma espécie humana até então totalmente desconhecida e que, naturalmente, recebeu o nome de Neanderthal. E assim o nome do pastor Joachim permanece vivo.

— É isso que você passa o tempo aprendendo em seu museu? Informação inútil que não serve para ninguém?

— Toda informação é útil. Não é isso que o general Schwarzmeer diz: tudo acaba tendo sua utilidade?

Biermeier observou-o por um instante. Rosenharte notou que a parte branca de seus olhos estava amarelada.

— Você é um canalha arrogante, Rosenharte. Tão metido a seguro de si em tudo, não? Bem, não querem mais saber de você em Leipzig. Essa você arruinou.

Rosenharte balançou a cabeça.

— O que quer que tenham lhe dito foi tirado do contexto. O homem queria ser ofendido; foi lá com esse propósito. Além disso, eu preciso fazer contato com a comunidade da igreja lá como combinamos com nossa amiga em Trieste. De modo que preciso voltar, queiram eles ou não ouvir minhas palestras.

Não disseram mais nada durante a hora que se seguiu, mas quando o trem entrou no norte de Berlim, passando por Alders Hof e chegando a Karlshorst — o lúgubre subúrbio onde a KGB mantinha seu quartel-general —, Rosenharte decidiu deixar as coisas claras com Biermeier. Inclinou-se na direção dele e disse:

— Não vou cooperar enquanto não tiver um acordo.

Biermeier balançou a cabeça com desprezo.

— Se você soubesse o que é melhor para você, não diria isso de novo. Você não faz idéia do quanto podemos tornar a sua vida miserável.

— Ainda assim, é o que quero.

Na Ostbahnhof havia três carros à espera deles, um dos quais com um homem em boa forma de uns 40 anos, que se apresentou como o coronel Zank da HAII, que Rosenharte lembrava ser o principal departamento de contra-inteligência. Zank levou-os até o Interhotel, onde comeram um peixe sem gosto num salão de refeições vazio. Zank ficou observando-os com um sorriso artificial. Então Rosenharte começou a reconhecer algo na reserva e na imobilidade daquele homem — e compreendeu que a sombra que o observara enquanto estava sendo interrogado pelos arquivistas havia se movido para o mundo material.

Foram de carro para a Karl-Marx-Alee, depois seguiram em direção ao leste para o bairro de Lichtenberg, onde viraram à esquerda na Mollendorf. Como Rosenharte bem sabia, a curta e pouco notável Normannenstrasse era a primeira à direita. Fazia quase 15 anos desde a última vez em que estivera ali, mas fora o aumento do número de câmeras de segurança e um ou dois prédios de apartamento novos, sem dúvida ocupados por famílias da Stasi, pouco havia mudado. Passaram pelo estádio, a sede do time de futebol do ministro, o Dynamo, e ele se lembrou da história de um juiz cujo excesso de decisões contra o time da Stasi de Erich Mielke fizera com que fosse ameaçado de cadeia. Viraram à direita e chegaram a uma barreira. A câmera à direita girou na direção deles. E ali ele precisou agarrar seus joelhos para fazer com que suas mãos parassem de tremer. Iria até o fim nisso por Konnie. Essa era a sua missão — a missão de sua vida — e se ele se concentrasse nisso conseguiria dar conta do que teria de enfrentar.

Os guardas se demoraram checando as credenciais de cada homem, então deram passagem aos carros pela entrada principal, oculta do pátio por uma cobertura e uma horrível treliça de concreto. Havia uma ou outra luz acesa no enorme pátio. O carro em que Rosenharte ia parou logo depois da parte coberta. Ele saltou e olhou para cima, para o prédio de sete andares que abrigava os escritórios do ministro. A maioria das luzes estava acesa.

A escolta se desfez e apenas outro homem, além de Biermeier e Zank, entraram no prédio com Rosenharte. Zank acenou com a cabeça para a mesa à direita e apontou o elevador, indicando que Biermeier devia entrar primeiro, seguido por Rosenharte. Subiram até o quarto andar, onde foram até uma ante-sala sem janelas.

E ali ficaram à espera.

Zank saiu e voltou várias vezes, mas sem nada dizer. Biermeier pareceu entrar numa espécie de torpor oficial. O lugar estava ligeiramente superaquecido e havia um ranço no ar que era tão forte que Rosenharte tinha certeza de que não se alteraria nem se as janelas ficassem abertas um mês inteiro. Quando por fim Zank voltou pela quarta ou quinta vez e conduziu Biermeier e Rosenharte por um corredor escuro, ele sentiu o curioso odor se intensificar. Era como se estivesse se movendo através de uma suspensão gasosa de terror e suspeita que saturava tudo o que havia no prédio. Passaram por um escritório com três secretárias e chegaram a uma porta, que Zank abriu. Ao entrar, Rosenharte viu uma sala comprida com paredes revestidas de madeira; havia uma mesa de reuniões à direita e quatro poltronas estofadas em azul à esquerda. Na extremidade, via-se uma ilha de tapete vermelho sobre o assoalho de madeira nobre. No centro do tapete havia duas cadeiras de espaldar reto, uma escrivaninha grande e uma poltrona azul.

Pelo modo como Zank e Biermeier tinham ajeitado suas gravatas e alisado o cabelo no corredor, Rosenharte sabia que era na presença de Mielke que iriam estar.

Eles pararam a meio caminho da mesa de reunião, mas somente após alguns segundos ele viu uma figura diminuta de uniforme de pé junto à janela, mantendo as cortinas abertas — um velhinho olhando a noite. Ele lançou um olhar irascível na direção deles e voltou ao que quer que estivesse absorvendo sua atenção do lado de fora. Eles aguardaram. Ninguém disse nada. Rosenharte observou o homem que dirigia a Stasi havia trinta anos, causando incalculável desgraça a uma incalculável quantidade de pessoas. O monstro nada tinha de impressionante, e por um breve e temerário momento tudo em que Rosenharte conseguiu pensar foi no Mágico de Oz.

Então ele se lembrou de Konrad.

— Este é Rosenharte, ministro — disse Zank.

— Eu sei que é Rosenharte. O que você acha que eu sou? — Ele se afastou da janela e foi para trás de sua escrivaninha com passos curtos e rápidos, os braços mantidos ligeiramente à frente. Juntou alguns papéis e olhou para eles. — Estão esperando que eu grite? Venham para cá.

Eles avançaram para a beira do tapete, sob a luz de uma luminária no teto, onde o ministro os observou de maneira desagradável.

— Onde está Schwarzmeer? Era para ele estar aqui.

— Acho que ele está vindo — disse Zank diplomaticamente.

— Isso não basta. Não tenho tempo para atrasos.

Rosenharte examinou detalhadamente o homem: os dentes da frente tortos no maxilar inferior, uma boca permanentemente curvada para baixo, orelhas pontudas, protuberantes, cabelos grisalhos eriçados e olhos que ferviam de ressentimento e ódio. Havia todos os tipos de condecorações em seu uniforme de verão, cortado num tecido brilhante e vulgar, e várias medalhas estavam presas na frente, quase aleatoriamente, como etiquetas num pacote. Rosenharte supôs que ele viera de uma cerimônia formal, embora não desse a impressão de que a bebida ou uma boa conversa o tivessem deixado mais afável. Era sabido, mesmo quando Rosenharte servira brevemente ao MfS, que ele não fumava nem bebia e que suas conversas não ia além dos assuntos de Estado, de esporte e caça.

Rosenharte era uns cinco centímetros mais alto que Biermeier e Zank, o que o preocupava, pois o ministro tinha menos de 1,65m. Ele se encolheu um pouco e olhou para a frente, exatamente a atitude oposta ao esforço habitual do ministro contra o encurvamento da idade. Ninguém disse nada. Na mesa havia uma máscara mortuária de Lênin num estojo de acrílico, à direita um picotador, um telefone preto comum e outro com vários ramais e um fone branco que conectava o ministro com os outros integrantes do Politburo. Imediatamente atrás da escrivaninha havia duas portas de madeira, que Rosenharte supôs que serviam para ocultar um cofre, pois terminavam 12 centímetros acima do chão.

O ministro ergueu os olhos.

— Em Leipzig, o que eles estão fazendo, Biermeier?

— Tudo parece estar sob controle, ministro. Ao que tudo indica, essas manifestações foram suprimidas de vez. Mas devemos nos manter vigilantes, claro.

Mielke balançou a cabeça e lhe desferiu um olhar de derrisão.

— São todos uns traidores. Deviam ser todos presos. Fuzilados, se necessário. É a única linguagem que esse pessoal entende. Havia cinco mil deles nas ruas hoje à noite em Leipzig. Trazem desgraça à RDA e solapam os esforços de todos os socialistas leais. O que você acha dessas pessoas, Rosenharte? Está com elas? Você faz parte das forças hostis reunidas contra o Estado socialista?

— Não, ministro.

— Mas são pessoas como você, não? Pessoas que não sabem o que o trabalho duro é. Pessoas que querem ficar lendo livros o dia todo enquanto o Estado provê para elas.

Ele estava provocando uma discussão. Rosenharte não ia morder a isca.

— Eu acho que o importante a notar, ministro, é que os agitadores não são todos de um único grupo. Há alguns interesses minoritários que se aglutinaram para causar esse problema.

— Como você sabe tanto sobre o assunto?

Biermeier moveu-se incomodado atrás dele, como se fosse ter de dar esclarecimentos sobre o que Rosenharte estava dizendo.

— Não sei tanto assim. Simplesmente observei que há muito pouca homogeneidade entre os agitadores. Todos parecem querer coisas diferentes.

O pequeno gnomo bateu palmas.

— Precisamente. É isso mesmo, vejam vocês! Preciso que alguém de fora venha me dizer essas coisas. Todos os tipos de elementos anti-sociais estão usando esse pretexto para causar problemas na véspera do quadragésimo aniversário da RDA, sabendo que a atenção do mundo estará concentrada em nós. Não passam de oportunistas e deviam ser fuzilados como vermes.

— Sem dúvida — disse Zank.

— Mas no sumário de todos os relatórios que recebi esta noite não há nenhuma análise que enfatize essa falta de uma ideologia comum entre os agitadores. — Ele golpeou a mesa com seu pequeno punho fechado. — Essa é a nossa oportunidade, camaradas: inserir uma cunha entre esses grupos, compeli-los a se destruírem uns aos outros. Zank, quero suas propostas para uma estratégia.

— Com certeza. Acho que o senhor teve uma idéia excepcional.

Biermeier arriscou um olhar incrédulo na direção de Zank.

— Você tem algo a acrescentar, coronel Biermeier?

— Essa não é minha área, ministro, mas acho que não faltam razões para crer que os agitadores foram inspirados, e em alguns casos sustentados, por interesses capitalistas do Ocidente.

— Exatamente — disse o ministro. — Quero uma análise, uma dissecação de todas as diferentes facções: de onde vem o dinheiro, suas conexões com o Ocidente, os nomes e os antecedentes dos principais integrantes. Coronel Biermeier, passe tudo o que tiver sobre isso para Zank. Essa análise tem alta prioridade. — Ele olhou para um calendário em sua mesa. — Hoje é segunda-feira, 25 de setembro. Quero isso pronto em minha mesa na manhã de quarta-feira. Precisamos implementar essas tarefas político-operacionais na semana que vem, quando mostraremos a eles do que somos feitos. Quero uma lista de todos os dissidentes em atividade no país e uma análise de onde todas essas pessoas estão vindo.

— Certo, ministro — disse Zank.

— Temos um combate em nossas mãos. Vai ficar pior antes de ficar melhor. Mas essa é a luta do socialismo, e como bons chekistas faremos tudo o que for necessário para manter a ordem e a segurança. Temos de colocar toda a energia deste serviço em liquidar a debilidade política e moral que ameaça nosso Estado socialista. *Iremos* vencer. *Precisamos* vencer, camaradas. — Saliva prorrompera de sua boca enquanto ele falava, e cada ênfase foi acompanhada com um gesto cortante. Rosenharte estava pasmo com a energia do ódio daquele homem. Teria essa criatura algum dia sido um bebê no colo, uma criança correndo na relva?

Ouviram uma porta sendo suavemente aberta atrás deles.

— Onde estava? — gritou o ministro.

Schwarzmeer cumprimentou-o formalmente, mas sem se desculpar, e então foi até o outro lado da mesa, de modo a poder dizer algo no ouvido do ministro. Rosenharte captou as palavras "informando o secretário-geral... no hospital". Zank olhou para Rosenharte e silenciosamente balançou a cabeça para indicar que ele devia esquecer o que acabara de ouvir. Rosenharte não ia esquecer. Não tinha lido nada nos jornais sobre Erich Honecker estar doente. Honecker doente: isso era novidade.

Enquanto observava os dois homens, Rosenharte considerou a relação entre eles. O ministro era de uma total vulgaridade, um homem ardiloso, tosco e brutal, que não via razão para ocultar sua natureza. Schwarzmeer, por outro lado, possuía uma espécie de sofisticação, ou pelo menos o desejo de parecer diferente do que era. E no entanto, apesar da diferença, era evidente que se entendiam. Quando Schwarzmeer terminou de falar, Mielke olhou para o rosto de seu vice, assentiu vigorosamente e disse "ótimo" várias vezes.

Então apontou a mesa de reuniões atrás deles e disse para todos se sentarem. Ocupou a cabeceira da mesa, Schwarzmeer sentou-se à sua direita e Zank, à esquerda. Quando Rosenharte sentou-se ao lado de Biermeier de frente para as janelas, disseram-lhe para que mudasse dois lugares para o lado, a fim de que o ministro pudesse vê-lo. Ele pôs as mãos na mesa, abriu os dedos sobre a fria superfície polida de carvalho e depois os juntou.

Mielke olhou para ele.

— Bem, Dr. Rosenharte, precisamos decidir se acreditamos em você ou se o mandamos para a cadeia junto com seu irmão. Essa é simplesmente a tarefa que nos aguarda esta noite. Você já falhou a nosso serviço uma vez. Não deixaremos que isso ocorra de novo.

Rosenharte sabia que precisava tomar a iniciativa.

— Ministro, eu não disse nada que seja possível de se acreditar ou não. Como o general Schwarzmeer pode lhe informar, eu nunca quis ter nada a ver com esta operação porque não queria ser responsável por coisas fora de meu controle. — Ele viu um relance de preocupação passar pelos olhos de Biermeier. — Mas o general me persuadiu de que esse era o meu dever, e, portanto, estou contente em poder servir como um instrumento, como alguém para implementar a política de vocês. Mas, ministro, eu não posso responder pela veracidade do que nos foi passado por Annalise Schering. Não sei se o desejo dela de ajudar o Estado é genuíno ou se ela está trabalhando contra nós.

— Essa foi uma resposta astuta — disse Mielke. — Mas não uma resposta convincente.

— Não posso dar nenhuma outra. Não posso garantir as motivações dela.

— Você está para ser enviado ao Ocidente para entrar em contato com ela para receber mais material. Mas antes de partir eu gostaria de saber mais sobre você.

— Mas não recebi nenhuma comunicação dela.

Ele descartou isso com um movimento da mão.

— Ela entrou em contato, mas eu suspeito que você sabia que isso iria acontecer. Provavelmente, sabia até a data.

Rosenharte balançou a cabeça.

— Não, ministro, eu nada sabia.

— A minha opinião, Dr. Rosenharte, é que você é um talentoso perdulário. Não vejo nenhuma prova de seu compromisso com o Estado nos arquivos sobre você. É um homem que permitiu que sua fraqueza pelo álcool, pelo tabaco e pelas mulheres dominasse sua vida. Uma vez teve a chance de nos servir e fracassou no serviço. Segundo entendi, a própria Schering sugeriu que você fosse substituído.

— Fiz o melhor que...

— Você nunca mostrou a menor disposição de sacrificar seu prazer ou conveniências pelos interesses daqueles à sua volta. É filho de um general da SS e herdou uma personalidade degenerada e egoísta. Não é verdade? Você falhou no serviço por causa de sua debilidade congênita.

Rosenharte ficou quieto.

Zank se moveu, mas sem tirar os olhos de Mielke.

— O ministro está preocupado com algo que nós, do Departamento Principal Dois, chamamos a atenção dele — disse. — A primeira coisa é o homem que morreu em Trieste. Era um polonês chamado Grycko. Acreditamos que ele trabalhava para a inteligência ocidental e estava tentando fazer contato com você.

Rosenharte deixou suas mãos se moverem pela primeira vez desde que se sentara. Sabia que a Stasi não tinha a menor idéia de quem Grycko era nem do que ele queria.

— Posso honestamente dizer que nada sei sobre esse homem. Ele não disse nada que fizesse algum sentido para mim antes de morrer. Nunca o vira antes na minha vida. A coisa toda é um completo mistério para mim.

— Acreditamos que ele possa ter passado algo para você — disse Zank.

Rosenharte balançou a cabeça solenemente.

— Coronel, basta o senhor perguntar a si mesmo, o que ele poderia querer passar para mim? Como alguém disse, não passo de um obscuro historiador da arte. Qual poderia ser o objetivo dele em entrar em contato comigo? Não tenho nada. Eu sei disso; vocês sabem disso. Não importa se vocês não aprovam a maneira como levo minha vida... e, acreditem-me, tenho meus próprios arrependimentos. E, bem, nem mesmo importa se vocês confiam em mim, porque não é o meu caráter nem são as minhas ações o que está em questão aqui. É se vocês acreditam que o que estão recebendo de Annalise Schering é verdadeiro. Isso é tudo o que importa para vocês. Falando por mim mesmo, eu não confiaria em algo que veio tão facilmente. Mas isso é só minha natureza desconfiada.

Para sua surpresa, o ministro assentiu.

— Vamos seguir adiante com o plano amanhã. Mantenham-me sempre informado. — Ele se moveu na cadeira com um meneio. — Se você estiver jogando conosco, Rosenharte, pagará com a própria vida. Compreenda bem isso.

A sala pareceu ficar mais escura e o ar, mais denso. Ocorreu a Rosenharte que o cheiro, que não parecia afetar nem um pouco os outros, provinha de uma gradual destilação da essência do homenzinho: um pungente concentrado do mal.

Os outros começaram a se mover, mas Rosenharte permaneceu sentado, olhando à sua frente, para as cortinas. Agora. Tinha de falar agora.

— Deseja alguma coisa? — perguntou o ministro.

— Vocês querem que eu busque mais material com a mulher. Certo?

— Naturalmente — disse Schwarzmeer bruscamente. — Você ouviu o que o ministro disse.

— Se vocês querem que eu vá para o Ocidente, tenho minhas condições. — Ele virou a cabeça para encarar diretamente o aterrador velho. — Quero que Else e os dois meninos sejam levados de volta para casa imediatamente. E quero ver meu irmão.

O ministro olhou para ele como se tivesse ficado louco. Então fez um gesto com a mão e se levantou.

— Você resolve isso, Schwarzmeer. É um detalhe operacional. — Tendo dito isso, afastou-se da mesa de reuniões e foi até uma porta no canto, por onde desapareceu.

Levaram Rosenharte para outra sala, menos bem mobiliada, no labirinto da Normannenstrasse, onde tiveram de abrir as janelas por causa do calor dos aquecedores.

Os três oficiais sentaram-se diante dele com Schwarzmeer no meio.

Rosenharte não ia esperar que eles falassem.

— Se vocês querem esse material, precisam libertar Konrad e permitir que ele recupere a saúde em paz. É o que eu quero em troca.

O rosto de Schwarzmeer parecia uma máscara de argila na meia-luz da sala. As bolsas sob seus olhos pareciam ter se enchido.

— Você não foi trazido aqui para impor condições, Rosenharte.

— Bom, é o que estou fazendo. Em Trieste, Annalise me autorizou a usá-la como elemento de barganha. Eu disse a ela que meu irmão estava na prisão aqui. Contei do estado em que ele estava quando saiu da última vez.

— Podemos obrigá-lo a fazer o que queremos — disse Schwarzmeer. — Você *vai* partir e *vai* retornar com as informações. É simples assim.

— Não — disse Rosenharte em voz baixa. — Estou preparado para sofrer o que for. Se eu não conseguir o que quero, eu não vou. E se eu não for, vocês não vão ter o que querem. Ela não vai ajudá-los sem mim.

Schwarzmeer olhou para Zank.

— Essas dificuldades que vocês estão enfrentando com as manifestações — prosseguiu Rosenharte — não são nada perto dos perigos que os avanços tecnológicos do Ocidente representam. Vocês vão acabar esmagando as pessoas nas ruas, mas ainda terão o problema da superioridade técnica do Ocidente. Eles fazem progressos aos saltos todos os meses. Tenho uma noção do que o material de Annalise representa para vocês, porque ela me contou o quanto era importante. — Fez uma pausa. — Além disso, para que manter Konrad e Else na cadeia? São pessoas inofensivas. Konrad é uma sombra do que foi; Else é apenas uma mãe que ama seus filhos. — Deteve-se por mais um instante. — A questão é de humanidade; e de mostrar boa-fé a uma mulher no Ocidente que parece estar arriscando tudo pela causa da paridade tecnológica.

— O que exatamente você quer? — perguntou Zank.

— Antes de partir, quero meia hora sozinho com Konrad. Direi a ele que será libertado, porque é o que vocês vão fazer. Quando eu estiver em Berlim Ocidental, darei um telefonema para o vizinho de meu irmão às 6 horas da tarde: Else não tem telefone. Eu só vou trazer o material de volta comigo se ela atender e me disser que está em casa com os dois meninos.

Schwarzmeer fez menção de protestar.

Rosenharte ergueu a mão.

— Então solicitarei uma segunda coleta com Annalise em duas semanas — continuou ele. — A essa altura, Konrad deve estar com Else e recebendo tratamento médico e dentário. Durante o período anterior e posterior à minha segunda ida ao Ocidente, a família de meu irmão será deixada em paz, sem ser perturbada por vigilância ou qualquer forma de assédio. Eles devem ser tratados com respeito.

Schwarzmeer olhou de relance para Zank de novo. Rosenharte considerou isso interessante porque Schwarzmeer era o oficial mais graduado e o HVA tinha bem mais prestígio que o Departamento Principal II no ministério. Talvez Zank fosse mais do que dissera. Talvez fosse Zank quem estivesse conduzindo a operação.

— E se houver problemas com o material — disse Schwarzmeer —, a situação voltará ao *status quo* de hoje à noite.

— Não haverá. — Tinha sido quase como se outra pessoa tivesse falado nos últimos vinte minutos. Mas agora ele ouviu sua voz falhar e tossiu para encobrir. O rosto anêmico de Zank contraiu-se, revelando que compreendera.

Nada mais foi dito. Rosenharte foi levado para outra parte do prédio e deixado numa cela que era pouco mais que o final de um corredor fechado com grades. Uma cama de ferro tosca foi posta na posição horizontal por meio de uma alavanca do lado de fora da cela. Todas as luzes foram apagadas exceto uma. Um homem tossiu ao longe no corredor. Ele se sentou na cama e, para o embaraço de sua usual racionalidade, rezou para o Deus de Ulrike.

PARTE DOIS

12
O Ocidente

Harland despejou o conteúdo de um segundo saquinho de açúcar em seu café e observou em volta o movimento dos passageiros que enchiam o bar da sala de embarque do Tempelhof. Era a terceira viagem que fazia naquele dia do escritório do SIS no estádio Olímpico para o Tempelhof. Dessa vez encontrou Alan Griswald no bar.

— Qual é o horário do vôo dela? — perguntou Griswald, olhando com admiração seu novo celular.

— Houve um atraso de meia hora. Ela deve aterrissar em vinte minutos... se estiver a bordo.

— Como ela está se saindo? — perguntou Griswald. Começou a lustrar o mostrador de seu telefone com a manga.

— Bem, eu acho. Londres está impressionada. A preocupação agora é quanto tempo a história dela vai resistir sob o escrutínio de Schwarzmeer. Eles têm sido realmente meticulosos. — Griswald ficou olhando o quadro de desembarques, enquanto Harland lhe contava como a investigação da Stasi os levara até o oeste do Canadá... Vancouver e Sylvan Lake, uma cidade ao sul de Edmonton, Alberta, onde Annalise supostamente teria vivido com o marido, Raymond Knox, antes do divórcio. O Serviço de Inteligência de Segurança do Canadá tinha sido mais que cooperativo, sustentando partes do passado apressadamente criado que corriam risco de não se sustentar, improvisando uma escritura de uma propriedade ao norte de Sylvan Lake, contas bancárias, apólices de seguro de vida e investimentos com o nome dela de casada, Knox.

A ponta canadense da história parecia estar se segurando por enquanto, mas em Bruxelas a operação da Stasi para rastrear e vigiar a nova funcionária da Otan era tão abrangente que o SIS tivera de pedir a ajuda da CIA e dos serviços de inteligência da França, da Alemanha Ocidental e da Bélgica. Fora da Otan, a preocupação de Harland era que os alemães orientais causassem um curto-circuito no processo raptando Jessie para interrogá-la do outro lado da Cortina de Ferro. O SIS tinha de garantir que isso não acontecesse, mas ao mesmo tempo assegurar que a sua proteção fosse a mais discreta possível. Dentro da Otan, era considerável a possibilidade de que agentes da Alemanha Oriental, plantados pela Stasi, ou já trabalhando lá, desencavassem discrepâncias que entregassem o jogo. Também neste caso os registros foram ajustados e as pessoas que haviam conhecido Annalise Schering na sua passagem anterior pela Otan foram informadas.

Harland admitiu que a operação se espalhara de um jeito que ele não havia planejado. No quartel-general do SIS na Century House dizia-se abertamente que a coisa toda estava custando muito dinheiro, quando a prioridade evidente no momento era a visita de Gorbachev à RDA e a necessidade de obter informações sobre as intenções da União Soviética na eventualidade de ocorrerem levantes generalizados no Leste.

A reação de Griswald a isso foi encher as bochechas num suspiro e dar de ombros.

— É, bem, todos temos esse problema. Creia-me, tudo quanto é palerma em Langley acha que sabe mais do que eu o que devia estar fazendo em Berlim. Não se preocupe, Bobby. Tenho bons pressentimentos quanto a essa sua operação. — Ele olhou para o quadro de novo. — Você tem certeza que ela virá?

— Tenho. Falei com ela ontem. Estamos assumindo que a carta foi interceptada e que eles vão agir de acordo com as instruções nela.

— Sabe, Bobby, eles não são uns completos idiotas. E Rosenharte, bem, ele não faz exatamente o tipo do mocinho. Refresque minha memória quanto à razão de você não ter inserido alguém mais confiável em Leipzig em vez de armar esse circo com Annalise, que torna a operação toda infernalmente complexa.

— Desse jeito temos a chance de passar informações para eles por intermédio de uma fonte impecável que os fará ficar anos, ou pelo menos meses, latindo para a árvore errada. — Ele fez uma pausa e mexeu com a colher o açúcar no fundo da xícara de café. — Era uma oportunidade boa demais para perder, Al. Além disso, Kafka o escolheu. Rosenharte era a única pessoa com a qual trabalharia. Você sabe que tínhamos de fazer desse jeito.

— Isso não o incomoda?

— Tudo me incomoda.

— Não fica preocupado de estar sendo usado?

Harland pensou por um instante.

— Pode até ser, mas o que eu sei é que o primeiro material mostrou-se extremamente útil. Isso é o que me basta para prosseguir. O seu pessoal está ficando ansioso com isso?

— Não, apenas levantaram as questões habituais. Por enquanto, estão tranqüilos.

Esperaram mais vinte minutos. Vôos de Dusseldorf, Colônia e Bruxelas pousaram sem sinal de Jessie.

— Não parece que ela veio — disse Griswald.

— Claro que ela veio — disse Harland. — Ela precisa fazer parecer que está tomando precauções para encobrir da Otan seus movimentos.

Griswald suspirou de novo.

— Sabe de uma coisa? Vou até o Blue Fish comer um goulash. Já são 9h15. Por que você não me encontra lá depois?

— Espere! — disse Harland. — Veja, é ela.

Jessie estava atravessando um corredor envidraçado com uma sacola de viagem no ombro.

— De que porra de lugar está vindo? Nenhum avião aterrissou na última meia hora.

— Esperando no banheiro das damas, suponho, e assim disfarçando em qual vôo ela veio. Fez exatamente a coisa certa. Ela é uma agente boa para valer, Al. — Harland falou num microfone de rádio em seu sobretudo. — Macy, está pronto? Ela está aqui. Cuth, você ouviu? — Ele pôs o fone no ouvido, escutou e então se voltou para Griswald.

— Eles viram algum rosto familiar? — perguntou Griswald.

— Não têm certeza — respondeu Harland. — Vamos.

Desceram para o salão de desembarque principal e esperaram a uma distância discreta da alfândega, a cinqüenta metros dali, com Griswald usando seu celular novo com certa ostentação. Em poucos minutos Jessie saiu da alfândega e pôs-se a procurar a indicação para os táxis. Estava usando um tailleur azul-marinho elegante, talvez um pouco conservador demais para o gosto de Annalise Schering, mas adequado para alguém que quisesse passar despercebido. Ela dera alguns passos quando Harland ouviu a voz do Pássaro.

— Bobby, há dois papões se aproximando à sua esquerda. Um com terno cinza-claro, o outro com jaqueta de couro.

Antes que tivesse tempo de responder, ele viu dois outros homens entrando pela porta giratória e olhando na direção de Jessie.

Ela continuou indo na direção da saída para os ônibus e táxis sem parecer ter notado os homens.

— Vão pegá-la assim que ela sair — sussurrou Harp no rádio. — Tudor disse que dois deles acabaram de sair de um Mercedes azul. Outro ficou ao volante.

Harland praguejou. Ainda estava longe o bastante para ver a situação como um todo. Se Jessie saísse do prédio, poderia ser posta num carro sem dificuldade e em menos de uma hora a teriam levado para o outro lado da fronteira. Não havia nada a fazer, exceto entrar em ação.

— Vamos impedi-los. O raio da coisa toda foi pelos ares. OK, entrem em ação!

Com isso, o Pássaro surgiu de uma fila para informações sobre hotéis e começou a ir na direção de Jessie. Macy Harp saiu da entrada para um banheiro, enquanto Tudor Williams rapidamente se colocou em posição atrás dos dois homens que tinham acabado de entrar no terminal.

Jessie continuou como se não tivesse notado nada, mas pareceu atraída pelo vulto de Griswald, que, notando o gesto, se virou para ficar de frente para ela. Ainda estava falando no celular, mas toda a sua linguagem corporal indicava que ele queria terminar a ligação e se aproximar da mulher que acabara de perceber vindo na sua direção. Não pela primeira vez, Harland notou o quanto seu amigo era hábil como ator. Griswald largou seu jornal, deu um jeito no telefone e então abriu os braços.

— Esperem. — Foi Harland dizer isso e, sem um momento de hesitação, o Pássaro, Macy Harp e Tudor Williams se dispersaram, dois deles se perdendo em meio a um grupo de excursão que acabara de sair da alfândega, cujos integrantes estavam todos trocando números de telefones e se despedindo.

— Ora vejam — gritou Griswald. Baixara o telefone e estava simulando surpresa e prazer. — Meu Deus, o que você está fazendo aqui? Ora essa, Annalise. Quem diria?

Jessie pareceu perplexa, mas sorriu bravamente e se aproximou estendendo a mão. Griswald se curvou e beijou-a nas bochechas.

— Meu Deus, achei que você estava morando no Canadá, minha cara. O que a traz a Berlim? Você vai ter que jantar comigo. Prometa.

Essas foram as últimas palavras que Harland ouviu antes dele também se misturar à multidão e começar a gritar "o carro para Neumann, carro Herr Neumann". Chegou ao outro lado da aglomeração e virou-se, vendo o homem de terno cinza parado a cerca de seis metros de Griswald. O jovem de jaqueta de couro tinha ido para o balcão de aluguel de carros e estava observando Griswald e Jessie abertamente. Os outros dois tinham desaparecido.

Ele se virou e falou no microfone:

— Digam-me o que estão vendo.

— Estou do lado de fora — disse o Pássaro. — Eles definitivamente estão com uma equipe aqui, mas não vão tentar nada enquanto ela estiver falando com Alan. Tudor foi pegar um dos carros para o caso de uma perseguição.

— Tudor — sussurrou Harland —, pegue o Mercedes preto e pare bem em frente da entrada C. Depois entre e finja ser o motorista de Griswald. Deixe o resto com ele. Agora vamos, mexam-se. Cuth, fique perto do carro deles para o caso de algo sair errado. Você é responsável pela segurança dela. Faça o que for necessário para protegê-la.

Harland afastou-se, notando de passagem que o empenho da Stasi em armar a primeira abdução em Berlim em muitos anos significava que, embora tivessem dúvidas quanto à história de Annalise, ainda estavam genuinamente interessados no que ela podia ter. Se tudo não passasse de armação, como Griswald havia sugerido, eles não se arriscariam a seqüestrá-la bem à vista do novo sistema de câmeras de TV do Tempelhof.

A essa altura Griswald pusera o braço em volta de Jessie e a estava conduzindo gentilmente para a saída. Não podia saber que Tudor estaria do lado de fora quando saísse, mas pelo menos ele e Jessie estavam se saindo bem em sua atuação em conjunto. Mesmo de onde Harland estava, podia ver que ela estava protestando e que em dado momento tirara a sacola das mãos cavalheirescas de Griswald. Ele levantou a lapela e disse:

— Todo mundo, com exceção de Tudor, recuar. Macy e Cuth, peguem o outro carro e sigam Tudor. Ele vai para o hotel Avalon, na Emser

Strasse. Macy, ache um telefone e reserve um quarto para duas noites em nome de Annalise Schering. Diga a Markus na recepção que não usaremos o quarto e que depois eu acerto as coisas. Queremos que eles a vejam indo para o hotel e tomando um drinque com Griswald. Informe isso tudo a Griswald, Tudor.

— E depois? — A pergunta foi de Macy Harp.

— Vamos ter de improvisar a partir do Avalon, mas estou agindo na pressuposição de que eles estão aqui porque realmente estão interessados. Isso significa que dá para apostar que Rosenharte está vindo. Só precisamos mantê-la longe das garras deles até ele chegar.

— Mas daí o que faremos? — Macy Harp de novo. — Eles não vão desistir amanhã só porque Rosenharte está no Ocidente. Na realidade, a possibilidade é que se esforcem ainda mais.

— Deixe para depois, Macy. Atravessaremos essa ponte quando... — Ele parou. Griswald se detivera na saída C e estava gesticulando para o lado de fora. Jessie balançou a cabeça. Harland achou que os dois estavam exagerando um pouco, e por um momento pareceu que os alemães orientais iam intervir, mas Tudor entrou pela porta e falou com Griswald.

— O que diabos eles estão fazendo? — perguntou o Pássaro, que podia ver tudo do carro.

— Silêncio! Estou tentando ouvir o microfone de Tudor — disse Harland. Ele ouviu Griswald dizer: "Bem, meu carro está aqui, Annalise. Pelo menos deixe que eu lhe dê uma carona até o hotel. Talvez possamos tomar um drinque no Avalon; é o meu bar favorito em Berlim." Ela respondeu: "Um drinque então, e depois eu realmente preciso dormir cedo." Ela deixou Tudor pegar sua sacola e foi conduzida pela porta por Griswald. Foi então que Harland compreendeu. Griswald estava fazendo seu próprio papel, um agente da CIA inquisitivo, que por acaso havia encontrado alguém que trabalha para a Otan sem nenhuma razão evidente para estar em Berlim. Ele estava se inteirando do que Jessie fazia ali e assim fornecendo a ela uma história para o dia seguinte. E Jessie, não sendo nada lerda nesse tipo de coisa, percebera a tática imediatamente e estava respondendo com uma combinação de relutância e aquiescência culpada que a Stasi iria compreender claramente.

Isso pode até funcionar, pensou Harland.

Na madrugada de terça-feira, 26 de setembro, enquanto Rosenharte estava deitado na estreita cama de ferro, com um pé no chão e um braço dobrado sobre os olhos para protegê-los da luz, ocorreu-lhe que o quartel-general da Stasi tinha uma espécie de vida orgânica própria. As paredes transpiravam condensação; o cheiro que ele achara tão perturbador no escritório do ministro também estava presente nos andares mais baixos, embora incluísse novos elementos que ele identificou como desinfetante e podridão; e havia um ruído esquisito — um estalo distante seguido por um longo suspiro, que sugeria um enorme ventilador fornecendo ao lugar apenas o mínimo necessário de oxigênio para manter a vida. Em seu estado meio onírico, ele se lembrou de Konrad falando do maior organismo vivo da Terra, um fungo subterrâneo gigantesco, que se espalhara durante centenas de anos numa floresta em Michigan. Konrad falara longamente sobre o assunto, explicando que o DNA do fungo extraído numa extremidade da floresta era exatamente o mesmo da outra extremidade, o que provava que era o mesmo organismo. As árvores tinham crescido e morrido, mas o fungo continuara silenciosamente ocupando a floresta palmo a palmo, ou como parasita ou como saprófito — não tinha certeza de qual. Rosenharte perguntara qual era a diferença. "O primeiro extrai vida dos vivos; o segundo, da morte e da decomposição", respondera ele, lançando ao seu irmão um olhar significativo por cima das lentes redondas de seus óculos. "Suspeito que seja parasita, e é por isso que eu gostaria de fazer um filme sobre o fungo gigante de Michigan." Rosenharte levou alguns momentos para entender que Konrad via o fungo na floresta como uma metáfora para a Stasi e a RDA.

Ele sorriu para si mesmo. Às vezes Konrad podia ser levemente pedante e presunçoso, mas também tinha uma mente tão oblíqua, tão delicada em sua dissidência que era realmente surpreendente que sua obra tivesse alguma vez ofendido as autoridades. Ele dizia com freqüência que a Stasi só o perseguira porque, embora não entendessem seu trabalho, eles suspeitavam que houvesse críticas ocultas nele. Foi por isso que as acusações em seu julgamento secreto em Rostock tinham sido vagas e o caso da promotoria, tão vociferante e inepto. Eles não dispunham de sofisticação para apontar nada de concreto, de modo que se valeram da acusação pau-para-toda-obra de propaganda contra o Estado, à qual nenhum juiz achava necessário substanciar antes de condená-lo a três anos de trabalhos forçados em Bautzen.

Rosenharte também sabia, e relembrava a si mesmo como algo habitual de vez em quando, que o fato de ele não ter voltado imediatamente de Bruxelas em 1975 fora o que inicialmente levara a Stasi a investigar Konrad, que até aquele momento vivera sua vida muito tranqüilamente fora de vista. Eles haviam ficado interessados nele e mais tarde investigaram sua obra atrás de significados ocultos, uma investigação que resultou em seu julgamento. Konrad jamais chegara a sequer insinuar a responsabilidade de seu irmão, sempre fazendo todo o possível para culpar o Estado totalitário, mas já então ele entendia que Rosenharte tinha entrado para o HVA basicamente para sair da Alemanha Oriental e organizar a fuga de Konrad, para que os dois pudessem viver no Ocidente. Era uma ironia — ou algo pior — que a demora na sua volta tivesse resultado na detenção de Konrad.

E agora ambos estavam atrás das grades em celas da Stasi.

Ele pôs a outra perna no chão e ficou com a cabeça nas mãos por alguns segundos antes de se erguer, ir urinar e lavar o rosto na pia. Não iria ficar mais deitado ou sentado porque isso indicava submissão — aceitar que o haviam prendido era razoável.

Algumas horas se passaram. Ele ficou andando em sua cela até a luz do dia começar a aparecer refletida no linóleo além das grades. Então, os sons dos funcionários entrando na cidadela da Stasi chegaram até ele como se estivesse ouvindo os passos e as portas batendo do outro lado de um cano comprido. Um ordenança uniformizado chegou, colocou pão e chá numa pequena superfície plana do lado de fora da cela e depois acionou a alavanca que fazia a cama voltar para sua posição vertical. Disse a Rosenharte para chegar para trás enquanto uma pequena mesa com um banco acoplado era girada para a cela por meio de um eixo. Ele não se moveu.

— Leve isso embora — disse em voz baixa. — Não vou comer enquanto não sair daqui.

O homem deu de ombros, retornou a mesa para seu lugar fora da cela e foi embora pelo corredor levando a bandeja de metal. Outra hora se passou.

Ele sabia que a deliberação que decidiria o seu destino e o de Konnie ainda prosseguia e já desistira da idéia de prever para que lado ela penderia. Distraiu-se tentando lembrar as trinta pinturas de Giorgione na ordem provável de sua execução... e depois as 35 obras de Vermeer do mesmo modo laborioso. Sonhou acordado com uma visita a Mauritshaus, em Haia, onde estavam três dos seus Vermeers favoritos. Ainda tinha muito a ver e a fazer em sua vida.

Então três homens surgiram, destrancaram a porta, fizeram-no sair da cela e marchar pelo corredor vazio e por um lance de escadas que descia até uma área de carga e descarga onde havia uma caminhonete branca à espera. Três degraus levavam a uma porta lateral aberta. Rosenharte viu os compartimentos minúsculos e uma fileira de ganchos para chaves na porta. Ele exigiu que lhe informassem para onde estava sendo levado, mas eles nada disseram; forçaram-no a subir os degraus e a entrar no cubículo mais próximo, depois bateram a porta. Havia uma saliência, que para um homem menor poderia servir como um assento, e uma barra de aço que ia do chão ao teto com um anel na base. Pelo menos não tinha sido algemado à barra, que desconfiou ser a maneira como a maioria dos prisioneiros viajava.

Alguém bateu na lateral da caminhonete e gritou, e ela saiu para a rua. Logo ele pôde ouvir o trânsito leve da manhã em volta deles. Teve a impressão de que estavam indo para o norte, mas após alguns minutos desistiu de tentar acompanhar o trajeto. Era inútil e, para ser honesto, o terror o vencera. Konrad lhe contara sobre aquelas caminhonetes, e como a Stasi levava os suspeitos em longas jornadas antes de depositá-los num centro de interrogatório ou prisão depois de ter obtido o primeiro requisito para o domínio e o controle sobre um sujeito: a desorientação. Semanas haviam se passado antes que Konrad percebesse que estava em Berlim, e não na Karl-Marx-Platz. E fora somente a breve visão de um bando de gansos migratórios voando que o fizera saber que tinha sido levado para Rostock para o julgamento. Havia histórias de homens que eram levados dias a fio naqueles cubículos em que não podiam sentar-se, ficar de pé ou se mover para manter-se aquecido no inverno.

A viagem de Rosenharte durou apenas vinte minutos. Depois de uma série de curvas bruscas a caminhonete diminuiu a velocidade e entrou em outra área fechada, onde o motor foi desligado. Houve silêncio por alguns segundos: nada de gritos nem de batidas na carroceria. A porta de seu cubículo foi aberta e ele se viu na obscuridade de uma grande garagem, onde havia outra caminhonete branca idêntica parada. Perto dos degraus estava o coronel Zank, de pé com as mãos nas costas. Ele olhou para baixo enquanto amassava uma ponta de cigarro com o sapato e então ergueu o rosto com um sorriso. Talvez Zank soubesse que Rosenharte estava sem cigarros.

— Nunca diga que não mantemos nossa palavra — disse ele. — Bem-vindo à Hohenschönhausen.

13
Konrad

Uma porta de metal deslizou com um ruído grave. Zank acompanhou Rosenharte para um pátio grande, no centro do qual havia um quadrado de grama com um ou outro arbusto. Três lados eram ocupados por blocos de cinco andares uniformes. Em nenhum outro lugar na RDA havia um prédio que melhor exprimisse a brutalidade imponente do Estado.

— Esta é a nossa principal instalação — disse Zank. — Temos todas as conveniências aqui.

Rosenharte olhou em volta para as janelas com grades; centenas delas, atrás das quais ele sabia que ficavam celas e salas de interrogatório idênticas.

— Todas as conveniências? — perguntou.

— Sim — disse Zank, acendendo um cigarro. — Podemos nos orgulhar do trabalho que é feito aqui. Sem a Hohenschönhausen, onde estaríamos? As forças negativas e hostis já teriam derrubado o Estado há anos. É importante lembrar essas coisas neste ano do quadragésimo aniversário.

Eles viraram à direita, afastando-se dos blocos de interrogatório e andando ao longo do muro perimetral. Zank apontou com o braço para uma longa e baixa construção de tijolos vermelhos à sua esquerda.

— Esse prédio foi construído pelos nazistas como uma cozinha e centro de alimentação. Os soviéticos usaram-no para aprisionar aqueles que se opunham ao programa de desnazificação nos anos após a guerra. Havia celas nos porões, chamadas de U-boats pelos prisioneiros. Talvez você tenha ouvido falar nelas.

Rosenharte assentiu. Encurvado sobre a lareira de Marie Theresa e uma garrafa de Goldbrand, Konrad lhe sussurrara os segredos das U-boats, o labirinto de celas inundadas com água gélida, onde homens eram deixados para apodrecer no escuro. Aludiu às torturas indescritíveis empregadas pelas pessoas que proclamavam a libertação da barbárie nazista, mas que usavam os métodos da Gestapo. Centenas, talvez milhares de mártires haviam sido destruídos nas U-boats, seus espíritos arrasados e extirpados naquele inferno subterrâneo.

— Claro, não temos mais necessidade desse lugar agora — disse Zank, como se estivesse falando de alguma remota curiosidade histórica. — Nossos métodos hoje, bem, digamos que são mais humanos e sofisticados. Trabalhamos *com* nossos sujeitos para mostrar-lhes como suas ações prejudicaram a segurança coletiva do Estado. Naturalmente, inquéritos sobre atividades criminosas ainda são a base do trabalho na Hohenschönhausen, mas todos nós compreendemos que a punição *e* a regeneração são o duplo pilar do sistema judiciário. — Na palavra regeneração ele ergueu o indicador no ar.

— Com certeza — disse Rosenharte sombriamente. Ele se perguntou se na verdade Zank não seria do Departamento XIV, que administrava a rede de instituições de interrogatório e penais da Stasi. Hohenschönhausen estava em sua jurisdição; Konrad era prisioneiro dele.

Viraram à esquerda e chegaram à entrada principal, onde havia dois portões eletrônicos para veículos, uma pequena guarita e uma entrada lateral para pedestres. Exceto pelos homens nas torres de vigia em cada canto do complexo penal e de três homens visíveis na guarita da entrada, não se via mais ninguém. Isso era o mais surpreendente na "instalação" de Zank. Eram mais de 8h30, mas eles tinham visto menos de uma dúzia de pessoas desde sua chegada. Havia um silêncio monástico no local, uma concentração profunda e internalizada, o que para Rosenharte significava que o serviço de aniquilar e destruir almas começava bem cedo todo dia.

— E mais para lá, depois do centro de recepção, temos o hospital da prisão. Ah, sim, temos um hospital aqui também.

Aquilo era orgulho legítimo ou a noção de humor de Zank? Rosenharte sentiu um aperto no estômago. Compreendera que a vinda da Normannenstrasse na caminhonete da prisão e a visita com Zank servindo de guia tinham como objetivo intimidá-lo, mas isso não era nada em comparação à notícia de que Konrad estava no hospital. Seria necessária uma verdadeira emergência médica para que os interrogadores confiassem uma de suas vítimas aos duvidosos cuidados da equipe médica da Hohenschönhausen. Konrad lhe dissera várias vezes que a maioria das doenças aqui e em Bautzen era encarada como fingimento.

Chegaram a uma porta no centro de um prédio longo e estreito com cobertura de telhas, o qual Zank disse ser o mais antigo do complexo. Ele tocou uma campainha e um atendente alto e cadavérico, usando um avental branco, apareceu atrás do vidro, abriu vários fechos e girou a chave.

— Ah, segurança, segurança! — disse Zank, com fingida consternação. — Ainda assim, todo o cuidado é pouco, não? Você primeiro, por favor.

O homem que Rosenharte achara que era um atendente era, na realidade, um certo Dr. Streffer, um agente da Stasi com a patente de tenente-coronel. Ele os conduziu por um corredor que cheirava a uma mistura de urina com um produto de limpeza ordinário que lhe fez lembrar seu tempo de escola. Chegaram a uma porta de vidro translúcido coberto com uma grade de ferro. O vidro estava encardido e havia manchas de sujeira ao longo da esquadria e do rodapé em ambos os lados. Rosenharte tentou, mas não conseguiu ver nada do outro lado.

Streffer virou-se e, evitando os olhos de Rosenharte, fixou o olhar num ponto acima de seu ombro.

— É proibido ter contato físico com o prisioneiro. É proibido trocar objetos com o prisioneiro. É proibido dar informações ao prisioneiro que não sejam estritamente de natureza pessoal. É proibido mencionar datas de libertação ou qualquer aspecto do processo de segurança legal que o colocou aqui. Não é permitido se referir às investigações às quais ele está submetido ou às condições desta instalação. São segredos de Estado. Compreendeu?

Rosenharte assentiu.

— Se qualquer uma dessas condições não for respeitada, a visita será encerrada imediatamente. O prisioneiro 122 é...

— Konrad! — disse Rosenharte firmemente. — O nome dele é Konrad Rosenharte.

— O prisioneiro 122 é um homem muito doente e se cansa facilmente. É recomendável não submeter o coração dele a muito esforço.

Ele destrancou a porta e abriu-a. Konrad estava sentado a uma mesa, usando um pijama imundo. Tinha as mãos cruzadas diante de si e a cabeça estava pendente. Era evidente que ele não fazia a menor idéia do que estava acontecendo. Quando ergueu os olhos, sua expressão permaneceu vaga, como se estivesse lutando com alguma espécie de alucinação.

— Konnie. Sou eu, Rudi.

Um sorriso começou a brilhar em seus olhos ao reconhecer Rosenharte.

— É você mesmo? — perguntou ele. — Meu Deus, é você, Rudi. Como você entrou aqui? Eles não permitem visitas. — Sua voz estava sem vida; cada palavra lhe custava um esforço. — Estou morrendo? É por isso que deixaram você vir aqui?

— Não, Konnie, você não está morrendo. Fiz um acordo para vê-lo. Estou fazendo tudo o que posso para levá-lo para casa. Eles sabem que você está muito doente para causar qualquer problema. Eles compreendem isso. — Enquanto falava, Rosenharte foi se dando conta do aspecto de seu irmão gêmeo. Desde seu primeiro encarceramento, Konrad parecia cinco ou seis anos mais velho que Rosenharte. Seu cabelo ficara mais ralo e, devido à perda de vários dentes, suas bochechas haviam ficado um pouco afundadas. Mas até aquele verão ainda eram inequivocamente gêmeos idênticos. Tinham a mesma altura e havia poucos quilos de diferença no peso deles.

Nada poderia ter preparado Rosenharte para a aparência de Konrad naquela sala. Ele perdera uns dez quilos; seus olhos estavam afundados nas cavidades; as veias se destacavam nas mãos e no pescoço; seus antebraços eram os de um velho. O menor gesto, como quando ele passou a mão ossuda pela bochecha, parecia esgotar o que restava de sua vitalidade.

— Que acordo você fez, Rudi? — Ele sorriu... o velho sorriso cético que usava para provocar Rosenharte quando ele se mostrava dogmático ou pretensioso. — Que acordo é possível fazer com gente como essa? — Seus olhos fixaram Zank, que estava atrás de Rosenharte, e depois o médico. — Não há o que negociar com eles, porque tudo o que eles querem é acabar comigo. Esse é o único objetivo deles.

— Basta — disse Zank. — Você não tem permissão para fazer especulações quanto aos objetivos desta instituição nem para fazer afirmações difamatórias contra o Estado.

Konrad deu de ombros como um bêbado e arqueou a cabeça.

— Estou doente, Rudi. Sei disso. Talvez não tenha mais muito tempo.

Rosenharte balançou a cabeça em desespero.

— Eu vou tirar você daqui e lhe arranjar tratamento adequado, Konnie. Else e os meninos estarão livres amanhã a esta hora.

Os olhos de Konrad se ergueram para encontrar os dele, um olhar de esperança brilhando em meio à dor.

— Como você...?

— Não se canse, querido irmão. — Antes que Zank ou Streffer pudessem impedi-lo, ele avançou, segurou Konrad pelos ombros e olhou-o nos olhos.

— Tire as mãos do prisioneiro. Recue imediatamente — ordenou Streffer.

Rosenharte fez o que lhe mandaram.

— Estou prestando certos serviços que são importantes para o Estado. — Ele olhou de relance para Zank. — Olhe, eles sabem que Else é uma cidadã leal; compreendem que os meninos têm de ir para casa com a mãe deles. Isso vai acontecer. Garanto que vai acontecer. — Ele olhou para Zank de novo, mas não obteve nenhuma resposta.

— É uma boa notícia, Rudi. Você fez bem. — Ele sorriu de novo.

Rosenharte percebeu que mesmo naquela situação o calor da aprovação de seu irmão fez com que se sentisse bem. Sempre tinha sido assim. Não importava o quanto ele realizasse, a única coisa que lhe importava era o elogio de Konrad, e isso porque os níveis de exigência de Konrad eram altos. Ele sabia do que ambos eram capazes, sabia quando Rosenharte não estava se esforçando. Tinha sido sempre Konnie que os mantivera num nível de excelência, fosse em competições de esqui ou dominando uma nova matéria na escola. Agora, com seu irmão sofrendo por causa de suas crenças, Rosenharte sentia-se superficial e inadequado. Em seu *Überwinterung* — sua hibernação — ele se esquivara de suas responsabilidades morais e intelectuais e se refugiara numa esfera interior, desfrutando prazeres sempre que podia... com mulheres, bebida e a singular proximidade com a obra dos grandes artistas. Ele deixara as bandeiras e os slogans, a repressão e a coerção passarem ao largo dele, convencido de que atendia a uma vocação mais alta e de que levava a única vida autêntica que podia.

Mas ele estava errado. O protesto de Konnie tinha sido sutil e intrigante, mas pelo menos ele se mantivera fiel a si mesmo.

Eles trocaram um olhar. A presença de Zank e Streffer não constituía obstáculo à capacidade que tinham de se comunicar. Konrad compreendeu o que o irmão estava pensando, viu o medo e a culpa nos olhos dele, e aplacou tais sentimentos com uma piscadela bem-humorada. Essas mensagens passavam tão rapidamente que eles mal as notavam ou articulavam. Foram necessários apenas alguns minutos juntos para estarem um na mente do outro, de volta ao antigo cais perto da fazenda Rosenharte, olhando os reflexos idênticos de ambos na água do lago e observando os peixes deslizando entre as plantas sob a água.

— Ainda faremos um piquenique no cais — disse Rosenharte. — No verão que vem levaremos Else e os meninos até lá e os ensinaremos a pescar trutas. E quando você estiver se sentindo melhor, faremos umas caminhadas. Só você e eu, como nos velhos tempos. Talvez também um pouco de esqui cross-country.

— Sim — disse Konrad. — Com certeza faremos isso.

Zank caminhou até a porta e Streffer desviou o olhar para a janela.

— Eu *vou* tirar você daqui, Konnie. Agüente firme para mim.

— Ótimo — disse Konnie. — Excelente. Farei o melhor que puder.

Streffer abriu a porta.

— A visita terminou. O prisioneiro está cansado.

Antes que Rosenharte pudesse dizer qualquer outra coisa, tinha sido levado para fora por Zank. Do corredor, ele gritou:

— Agüente firme, Konnie. Agüente firme!

Fora do prédio, Zank conduziu-o até o portão principal, onde Biermeier estava à espera num carro. Ao chegarem ali, Rosenharte subitamente se virou e agarrou Zank pelos ombros. Por um momento achou que ia matá-lo.

— É melhor você fazer com que meu irmão receba o melhor tratamento possível, porque vou considerá-lo pessoalmente responsável pelo estado dele. — Zank desvencilhou-se dele. — Lembre-se, Zank — ameaçou ele. — Não se pode sempre ter certeza das cartas que a vida dá.

Ele não sabia o que queria dizer, a não ser que o sistema do qual Zank retirava seu poder não era mais uma certeza monolítica eterna. A expressão de Zank se endureceu, momentaneamente revelando uma mediocridade gélida, sádica. Talvez ele entendesse melhor que os seus superiores que os tempos eram perigosos para o Partido e para a Stasi. Afinal, ainda era jovem e sabia tão bem quanto qualquer outro de sua geração que as forças subterrâneas um dia poderiam revelar-se poderosas demais para o aparato do Partido. Zank olhou para Biermeier com um olhar de desprezo — se por ele ou por Rosenharte, era difícil saber —, girou nos calcanhares e foi em direção ao prédio da administração.

Biermeier deixou Rosenharte observá-lo indo embora — e foi naquele momento que Rosenharte percebeu sua profunda conversão: se algum dia já existira algum "elemento negativo e hostil", esse elemento era ele. Ele iria se opor a essa gente, suas prisões e sua brutalidade silenciosa com todas as suas forças. Alguma coisa acontecera naquela sala, quando ele viu a sombra do que outrora fora a orgulhosa forma física e a atitude de seu irmão gêmeo: o desafio de Konrad passara para ele — durante o processo metabolizara-se em algo potencialmente muito mais violento. Ele olhou para o céu e a nuvem encrespada que nele avançava e se recompôs.

— Vamos — disse Biermeier em voz baixa. — Entre no carro. Temos muito o que fazer. — Então, ao abrir a porta, ele acrescentou: — Este lugar me dá calafrios.

Dez minutos se passaram antes que Rosenharte registrasse aquele comentário e se voltasse para olhar para Biermeier com certo interesse.

14
Um Piquenique

Rosenharte atravessou o Muro de Berlim pela primeira vez na vida duas horas depois. Levou cerca de meia hora, enquanto os guardas da fronteira no lado oriental examinavam seus documentos e seu visto de saída. Então seguiu o punhado de pessoas mais velhas que tinham permissão para visitar parentes na parte ocidental, através da Zona da Morte que cortava Berlim, a qual não podiam ver porque havia tapumes dos dois lados da via. Ele levava uma valise e um exemplar da *Neues Deutschland* debaixo do braço, conforme as instruções de Annalise na carta interceptada. Em sua carteira havia seiscentos marcos alemães, para os quais tivera de assinar vários formulários na Normannenstrasse, comprometendo-se a prestar contas de todo e qualquer gasto que tivesse feito quando voltasse a Berlim Oriental.

Ele chegou ao ponto onde as vias de trânsito convergiam na parte ocidental do Muro de Berlim na Zimmerstrasse, então cruzou a linha branca pintada ao longo da Friedrichstrasse, notando uma placa que dizia: "Você está entrando no setor americano. Portar armas fora de serviço é proibido. Obedeça às normas de trânsito." Poucos metros depois, chegou a uma guarita modesta no meio da rua, entregou seu passaporte e esperou um major americano examiná-lo. O oficial olhou para ele atentamente e conferiu seu rosto com a fotografia de novo.

— Bem-vindo ao Checkpoint Charlie, Dr. Rosenharte. Segundo fui informado, o senhor fala inglês. É correto?

Rosenharte assentiu.

— Fui comunicado de que o compromisso no Café Adler está mantido; sua amiga estará à sua espera lá conforme combinado, mas ela vai pedir um encontro com o seu lado assim que possível. Compreendeu?

Ela não terá tempo para explicar. O senhor simplesmente deverá agir conforme ela lhe indicar.

Rosenharte assentiu. O oficial deu uma última conferida numa prancheta e, sem erguer os olhos, disse:

— E, falando nisso, várias pessoas do seu lado atravessaram em outros pontos e estão no café. O Sr. Harland e o Sr. Griswald disseram que tudo está sob controle. Tudo vai dar certo, desde que o senhor deixe as coisas fluírem. Certo? — Ele devolveu o passaporte. — Tenha um bom dia, doutor.

Rosenharte afastou-se da guarita satisfeito que os americanos estivessem envolvidos. Entrou no Adler por uma porta lateral, bem sobre a letra C de Café. À sua esquerda havia uma estante de jornais, todos presos em hastes de madeira, e um pequeno balcão, onde a caixa estava conversando com duas garçonetes, uma das quais o olhou de alto a baixo. O café estava cheio, mas a dublê de Annalise estava sozinha a uma mesa perto da janela que dava para a Zimmerstrasse, de modo que ela pôde vê-lo chegando. Ela baixou o jornal e acenou para ele. Rosenharte olhou em volta enquanto se encaminhava para ela e automaticamente exibiu uma expressão de prazer no rosto, enquanto pensava que precisava descobrir o nome verdadeiro daquela mulher. Ela levantou-se e abraçou-o, olhou para ele com alegria míope e beijou-o com muita ternura.

— É maravilhoso voltar a vê-lo — sussurrou ela. — Temos muita companhia aqui. Vai dar tudo certo. — Ele devolveu-lhe o sorriso. Ela era tão boa que todos os tipos de reações automáticas se manifestavam nele.

— É muito bom vê-*la* — disse ele. Ela viu seu olhar, percebeu a ênfase. Agora estavam em sintonia, como precisavam.

Ela se afastou dele e pôs a mão em seu rosto.

— Você parece cansado, Rudi. Está tudo bem?

— Estou ótimo. — Ele apoiou o rosto na mão. — Acabaram de me deixar visitar meu irmão. Não são boas notícias: ele está muito doente.

Ela assentiu, seus olhos mostrando preocupação, e então deu um passo para trás.

— Mas você tem outras admiradoras aqui — disse ela, disparando um olhar para a garçonete. — Bom, quero que saibam que você é todo meu. — Ela deu-lhe outro beijo brincalhão, fez sinal para que trouxessem outra cerveja e eles se sentaram. — Você quer comer alguma coisa?

— Rosenharte balançou a cabeça, percebendo que o jeito como ela fizera a pergunta era típico de como se falava o inglês do outro lado do Atlântico, o tipo de coisa que morar lá faria com que ela passasse a usar sem perceber. Era formidável, aquela mulher. Muito fria, muito segura de si. Também gostou de como ela estava vestida: jeans e uma jaqueta de camurça marrom. — Temos um problema — disse ela, baixando a voz e a cabeça ao mesmo tempo. — É perigoso eu estar aqui em Berlim. Ontem no aeroporto um homem me encontrou. Um fulano que conheci muito tempo atrás em Bruxelas, um americano que trabalha com os militares. Bem, pelo menos é isso o que ele diz.

Rosenharte nada disse. Não fazia idéia do que ela estava falando, mas compreendeu que devia ser algo para a Stasi ouvir.

Ela olhou para os lados.

— Preciso falar diretamente com o seu lado. Precisamos fazer novos arranjos.

Ele assentiu, cruzou as mãos sobre a mesa e olhou para a valise na cadeira ao lado dele. Ele a arrumara em Dresden na perspectiva de eventualmente ter de passar a noite em Leipzig. Biermeier ficara com ela na estação de Leipzig, depois um de seus homens a devolvera pouco antes de ele cruzar o Muro, dizendo que suas roupas tinham sido lavadas. Havia apenas duas leves diferenças nela: tinham mexido na alça, e a borda de plástico em torno dela parecia nova. Ele imediatamente adivinhara que tinham instalado um microfone e um transmissor. Ele discretamente apontou o dedão na direção valise. Ela assentiu imperceptivelmente.

— Tenho certeza de que eles vão querer falar com você — disse ele em voz baixa. — Mas precisamos ir para um lugar mais discreto. Vou ter de dar um telefonema.

Ela se inclinou para a frente e pôs a mão sobre a dele.

— Sabe, eu nunca fui no Tiergarten. Eles têm barcos lá no canal, não? Podíamos dar uma volta, ou mesmo fazer um piquenique. O tempo não está dos piores; pelo menos, não está chovendo.

Rosenharte relanceou os olhos para o céu nublado lá fora e respondeu que sim, que era uma idéia esplêndida. Então seus olhos deram com o reflexo deles dois no teto de vidro do Adler, e ele se surpreendeu com o quanto pareciam naturais. Tinham conseguido dissipar a distância que havia sido tão marcante em Trieste.

— Preciso comprar cigarros — disse ele.

Ela ficou radiante.

— Na verdade, comprei para você no free shop. Marlboro, certo? — Ela mexeu em sua sacola e tirou um pacote de dez maços.

— Graças a Deus — disse Rosenharte. — Eu já estava ficando maluco. — Abriu um maço e acendeu um cigarro.

— Sabe, Rudi, seu inglês está cada vez melhor. Sua pronúncia é muito boa. Logo estará soando como um professor de Oxford.

— Obrigado — disse ele, saboreando o efeito da nicotina. — Escute, por que não vamos até o parque e comemos num dos restaurantes? Seria mais conveniente.

— Não, vamos comprar comida e fazer um piquenique. Será melhor para conversarmos.

Alguns minutos depois eles saíram do Adler e estavam à espera de um táxi. Ela pôs o braço em torno dele e apertou seu bíceps com a outra mão. Alguns turistas estavam tirando fotografias e olhando para o lado oriental com binóculos. Rosenharte olhou para o Checkpoint Charlie e notou que a pequena guarita tinha um significado: não reconhecia a linha pintada na Friedrichstrasse como uma fronteira.

— Por que Charlie? — perguntou subitamente. — Quem foi Charlie?

— Ora, vamos — disse ela. — Achei que todo mundo sabia isso. Alfa, Bravo, Charlie. Este é o posto C.

Fizeram sinal para um táxi, um Mercedes bege que entrara na Friedrichstrasse na direção contrária à da fronteira. O motorista desceu e, sem perguntar, pegou a valise de Rosenharte e colocou-a no porta-malas.

No momento em que o carro saiu, ela se aproximou de Rosenharte e começou a apalpar o peito dele.

— Há um transmissor em você? — perguntou, apenas movendo os lábios.

— Não, mas acho que na valise tem.

— Sim, foi o que achei que você quis dizer. Lá do porta-malas não vai pegar nada.

Rosenharte olhou de relance para o motorista.

— Não há problema — disse ela. — É um dos nossos. — Ela se inclinou para a frente. — O rádio está ligado, Tudor? — O homem assentiu. — Bobby, você está me ouvindo? — perguntou ela.

— Sim, prossiga. — A voz de Robert Harland veio do rádio do táxi.

— Vamos comprar comida e depois fazer um piquenique no Tiergarten. Alguma sugestão quanto ao local?

— Eles não vão gostar. É aberto demais.

— Eles vão ter de aceitar.

Houve uma pausa.

— Onde você está?

— Na frente de vocês — respondeu ele. — Tudor, deixe-os ao norte do Neuer See no Tiergarten. Vocês dois podem cruzar para o sul por uma das pontes. Há muita cobertura por ali. Teremos o pessoal de Griswald por toda parte lá. Como vocês vão ter certeza de que eles vão contatá-los lá?

— Eles já sabem. Há um microfone na valise — disse Rosenharte.

— Certo — disse Harland. — Mas é importante continuar a demonstrar que vocês são relativamente inexperientes nesse ramo.

— Tenho um número de telefone — disse Rosenharte. — Um número para ligar em caso de emergência.

— Certo — disse Harland. — Então, quando Annalise parar para comprar comida, procure um telefone, ligue para eles e diga que ela quer conversar. Agora, diga o que trouxe para nós, Dr. Rosenharte.

Rosenharte acendeu outro cigarro.

— Fiz contato com Kafka e tenho informações importantes. Mas agora vocês precisam manter o seu lado do acordo. A família de meu irmão vai ser libertada esta tarde. Quero ouvir as propostas de você para libertar meu irmão da ala hospitalar da Hohenschönhausen. Ele está muito doente.

— Mas o que faremos é tirar Else e as crianças da RDA, certo?

— Sim. Permitiram-me visitar Konrad hoje de manhã. — Ele olhou pela janela e preparou-se para dizer algo que mal articulara para si mesmo. — Se ele não receber tratamento médico adequado logo, vai ser tarde demais. Acho que ele vai morrer.

— Vamos começar a trabalhar nisso agora mesmo. Mas o senhor precisa compreender que é algo muito complicado, Dr. Rosenharte. Podemos tirar a família dele de lá, mas seu irmão é um caso inteiramente diferente. Vamos trabalhar nisso, mas precisamos nos concentrar nas próximas horas à frente, certo?

Rosenharte concordou, relutantemente.

— Certo. Basicamente, Jessie... quero dizer, Annalise vai lhes fazer uma proposta e entregar-lhes certos itens hoje. O senhor vai levar o material mais importante consigo hoje à noite ou amanhã. Ela terá de contar um monte de lorotas. Tudo o que o senhor precisa fazer é se manter alerta e vamos chegar a um bom termo. Algo mais a discutir?

Rosenharte atentara para o lapso de Harland. Então, era Jessie. Apenas movendo os lábios, ele disse:

— Olá, Jessie.

Ela sorriu.

— O que vocês vão fazer se eles tentarem alguma coisa? — perguntou ela, o cenho franzido. — Você os viu no aeroporto ontem à noite. As intenções deles eram óbvias.

— Nós vamos estar lá. Todas as vias imediatamente vizinhas à área estarão vigiadas.

— Mas não tenho um transmissor. Como vocês vão saber se houver problemas?

— Vamos ter um ponto avançado de observação que nunca a perderá de vista. Eles não vão tentar nada num lugar tão público como o parque.

— Folgo em saber que vocês estão tão confiantes — disse ela, esfregando uma mancha em sua jaqueta de camurça.

— Escute, você faz a entrega e diz a eles que o resto está em outro lugar.

Ela não pareceu convencida.

— Outra coisa — disse Harland. — E quanto ao cavalheiro árabe? Conseguiu alguma informação a mais para nós, Rosenharte?

— Isso fica para depois — respondeu ele com firmeza. — Mas posso lhes garantir que o material que vocês deram para eles teve como resultado uma audiência minha com o ministro para a Segurança do Estado ontem à noite. De modo que eles estão interessados. Acho que eles estão acreditando nisso tudo.

— Ótimo, conversaremos depois. — Harland fez uma pausa. — E, Tudor, quanto à valise, foi bem pensado. Muito bem.

Eles pararam num armazém. Rosenharte atravessou a rua até um telefone público e discou o número em Berlim Ocidental que a Stasi lhe dera. Uma mulher atendeu, e alguns segundos depois Biermeier estava na linha, parecendo satisfeito. Disse que não seria problema encontrá-los no Tiergarten. Seus agentes os seguiriam e aguardariam meia hora — eles podiam ver Rosenharte naquele momento, falando no telefone.

Menos de dez minutos depois, Tudor deixou-os na Grosse Weg, a rua que serpenteia ao longo do parque, e eles foram por um caminho isolado para o lago conhecido como Neuer See, grande e de contorno irregular. Rosenharte estava com sua valise, de modo que eles limitaram a conversa a um mínimo até encontrarem um lugar com vista para o lago sob algumas faias.

Ele se instalou num banco tosco de madeira, abriu a garrafa de vinho e serviu-o em dois copos de papel. Ela se sentou por perto e habilmente se pôs a cortar os pães e recheá-los com presunto e queijo.

— Você é boa nisso — disse ele. — Eu também gosto de comer ao ar livre. Faço muito isso em minhas caminhadas.

— É, você sempre gostou de caminhar. Algum dia você precisa ir aos Alpes na primavera... ou aos Pireneus.

Rosenharte notou um passarinho amarelo pulando de galho em galho num arbusto a uns dez metros dali.

— É um passarinho jovem — disse ele. — O pássaro jovem deste ano, *ein Grasmücke*. Acho que vocês o chamariam de um passarinho cantoro. Algo assim.

— Canoro, passarinho canoro!

Eles sorriram.

Ele lhe deu o copo de vinho.

— Sabe, nunca vi um *Stieglitz*, um pintassilgo. Há uma pintura excepcional de um no Mauritshuis: um passarinho minúsculo preso a um poleiro por um anel na pata. É uma bela pintura, mas muito triste. Cativeiro. — Ele pensou em Konrad.

— Não me lembro de você ter me dito que esteve em Haia — disse ela.

— Eu não disse — falou ele. — Peguei o trem em Bruxelas um dia. Não fica longe. Algo como duas horas de viagem. Aquele museu tem um dos melhores acervos do mundo. Um dia voltarei lá.

— Espero que sim — disse ela. Os olhos dela tinham se desviado para um caminho atrás deles. Rosenharte virou-se e viu três homens se aproximando. Ele se levantou quando estavam a vinte metros de distância e se dirigiu a eles. — Posso ajudá-los?

— Fomos enviados por Biermeier — disse o que estava com uma capa de chuva amarelada. — Sra. Schering, é um prazer conhecê-la. Uma honra. — O homem tinha um ar meticuloso. Tirou os óculos, olhou-os contra a luz e limpou-os vigorosamente com uma flanela branca. Rosenharte examinou os outros dois. Em seus ternos trespassados e gravatas berrantes, pareciam berlinenses ocidentais como quaisquer outros. Ele supôs que estivessem armados.

Jessie colocou o copo de papel sobre o banco, mas não se levantou nem apertou a mão que lhe havia sido oferecida.

— Pedi para vê-los porque não estou satisfeita com a maneira como vocês estão lidando comigo. — O alemão dela era perfeito e não havia como não perceber o tom cortante nele.

— Fleischhauer. Meu nome é Fleischhauer — disse o homem de capa, pondo a mão de volta no bolso. — Posso? — Ele se sentou ao lado dela. — Não queremos que todo mundo no Tiergarten nos ouça, queremos? Tenho certeza de que poderemos resolver quaisquer problemas que você tenha.

— Eu fiz tanto por vocês nesses anos todos — disse ela com exasperação — e no entanto fico sabendo que vocês estão me investigando. Duas semanas atrás, um amigo meu do Canadá me ligou para dizer que um homem andara xeretando sobre o meu passado, tentando desencavar coisas. Só a Stasi, pelo visto, trata uma de suas mais leais informantes assim. Não posso sair em rua nenhuma em Bruxelas sem ser seguida, e ontem à noite o Tempelhof estava infestado de agentes de vocês. Eu os vi. Foi sorte o americano não os haver notado.

— Quem era ele? — perguntou Fleischhauer com interesse.

Passou uma brisa, encrespando a superfície da água e soprando as folhas do inverno anterior em redemoinhos. Jessie afastou o cabelo que caiu em seu rosto. Não havia como não perceber a raiva dela. Rosenharte estava tomado de admiração pela performance da mulher.

— Ele tem algo a ver com a inteligência militar. Reconheceu-me do quartel-general da Otan. O nome dele é coronel Nathan Barret. Ou pode ser outro completamente diferente, tanto quanto eu saiba. Seus homens estavam quase chegando em mim quando ele me viu. O que diabos eles estavam fazendo? Mais alguns segundos e eu estaria encrencada, e a operação inteira arruinada. — Ela fez uma pausa. — Suponho que vocês examinaram o material que dei ao Dr. Rosenharte na Itália. Compreenderam a importância dele?

Fleischhauer assentiu.

— É útil, pelo que pudemos ver.

— Útil! Isso é tudo o que vocês têm a dizer? Vocês por acaso entendem o que está acontecendo? Vocês têm alguma noção da revolução tecnológica no Ocidente? Vocês estão ficando para trás.

Fleischhauer tirou de novo os óculos para dar um jeito numa última sujeira.

— Temos uma boa noção de alguns avanços.

Ela balançou a cabeça.

— Tenho minhas dúvidas. Em março, dois cientistas que trabalham no CERN na Suíça escreveram um artigo. Ainda não o publicaram, mas o que eles propõem é um meio de gerenciar informação numa rede de computadores, um meio de acompanhar os vastos fluxos de dados que são gerados no CERN. Vejam, o problema que enfrentaram foi a constante mudança de pessoal e a resultante perda de conhecimento.

— Temos esse problema em nossa organização — disse Fleischhauer afavelmente. Não parecia particularmente interessado.

— Exatamente! A informação não vaza, mas se *perde*. Esvai-se ou se evapora quando as pessoas morrem, ou saem ou assumem outras funções. O que esses dois cientistas sugerem é uma maneira de reunir a informação de modo que todo mundo na organização tenha acesso a ela. — Ela estava começando a se empolgar com o assunto. — Os dois cientistas estão chamando isso de rede. Eu consegui uma cópia de um texto da Otan sobre isso, que utiliza bastante o trabalho deles. Vocês deviam lê-lo, porque estamos no limiar de uma revolução.

— Já sabemos sobre essas coisas.

— O simples fato de vocês não darem a devida importância ao que eu estou dizendo significa que vocês não têm a menor idéia do que se trata. — Jessie pegou seu copo e tomou o resto do vinho.

— Fraulein Schering. — Fleischahuer cruzou os braços e se inclinou para a frente. — Sabemos dessas redes desde 1969, o Advanced Research Projects Agency Network. Está sendo encerrado pelos militares americanos neste preciso momento. A ARPAnet nem sequer tem verbas. Se você diz que essas redes são tão importantes assim, por que os militares americanos as estão deixando de lado?

— Porque são uns idiotas. Lembre-se de que a Otan fica na Europa. Não é prisioneira do pensamento militar americano. O pessoal com que eu trabalho percebe a importância das redes e compreende que os problemas de gerenciamento de informações da CERN são mínimos comparados com os da Otan. Basta pensar nas vantagens de uma rede interna com a capacidade de conectar pessoas que precisam das informações umas das outras. Isso vai transformar o planejamento militar no Ocidente. Os países do Pacto de Varsóvia vão ficar comendo poeira.

— Não tenha tanta certeza disso — disse Fleischhauer.

Ela se levantou.

— Bem, se vocês não estão interessados, não há razão para continuar esta conversa. Podemos todos ir para casa.

— Eu não disse que não estamos interessados. É só que...

— É só que vocês não querem admitir o quanto estão atrasados. Olhe, entendo perfeitamente. Mas é por isso que estou aqui. Sou uma pacifista, e a única maneira de assegurar a paz entre o Leste e o Oeste é garantir que o seu lado mantenha-se igual ao nosso.

— Compreendemos isso, Sra. Schering. — Ele olhou de relance na direção de Rosenharte. Era evidente que ele não queria estar tendo aquela conversa na frente dele. — Meu governo gostaria de providenciar um informe completo seu na RDA. Se vier conosco agora, poderemos trazê-la de volta a Berlim Ocidental amanhã à tarde, sem ninguém ficar sabendo.

Ela o encarou.

— E perder minha posição de barganha quanto ao irmão de Rudi? Sou uma pacifista, Herr Fleischhauer, mas não sou trouxa. Quero que vocês libertem o irmão de Rudi, e até que isso aconteça, minha cooperação será limitada.

— Essas providências já estão encaminhadas. De qualquer forma, passar um dia no Leste conversando com pessoas gratas por tudo o que a senhora fez não enfraquecerá sua posição, enfraquecerá?

Essa era a deixa de Rosenharte.

— Eu vi Konrad na ala hospitalar da Hohenschönhausen menos de seis horas atrás. Não havia qualquer preparativo para a sua saída.

— Isso não é verdade — disse Fleischhauer, olhando Jessie nos olhos. — O seu amigo não tem como saber das intenções do ministério de forma alguma.

— Estive com o próprio ministro ontem à noite, com o general Schwarzmeer — disse Rosenharte. — Nada ficou definido quanto a Konrad.

— E a família de Konrad? — perguntou Annalise. — Por que estão presos? Pelo que sei, vocês levaram as crianças também.

— Já foram libertados e estão a caminho de casa neste exato momento. Mantemos nossa palavra, Sra. Schering. — Ele se voltou para Rosenharte. — Diga a ela, Rosenharte. Diga a ela sobre o telefonema para Else marcado para esta noite.

Rosenharte assentiu.

— É verdade.

— Ainda assim, não há razão para eu ir ao Leste — disse Jessie com um sorriso sensato. — Estou lhes dizendo tudo o que sei. Se seus técnicos precisam de esclarecimentos, não sou a pessoa adequada. Embora eu compreenda as implicações dessas inovações, os aspectos técnicos estão além da minha competência. — Ela mexeu em sua sacola e brandiu um maço de papéis. — Trouxe isso para vocês. É o artigo que mencionei, mais um diagrama da rede. Essa é toda a informação de que vocês precisam sobre o sistema de texto não-linear da Otan. Foi desenvolvido por um homem do CERN chamado Berners-Lee e é conhecido como hipertexto. O artigo intitula-se "A Revolução do Hipertexto na Gerência de Informações na Otan". Mais secreto, impossível. Ao saber como a informação é gerenciada, fica-se sabendo como lê-la.

Rosenharte viu de relance um diagrama complicado antes de Fleischhauer enfiar o documento dentro de sua capa de chuva.

— Este não é um bom lugar para passar esse tipo de informação. Devíamos ir para um lugar seguro.

— Olhe, para ser franca — disse ela, mudando para o inglês —, queria passar o máximo de tempo possível com Rudi. Foi por isso que vim a Berlim. Há um pacote em minha sacola. Contém seis disquetes com um terço do código fonte para a rede proposta para a Otan. Quando Rudi voltar para o Leste, ele levará mais seis disquetes.

Fleischhauer hesitou e no olhar dele Rosenharte viu a essência da oficialidade secreta da RDA: a astúcia, a cobiça e a brutalidade, mas também o medo. Fleischhauer evidentemente tinha ordens de levar Annalise para a RDA, mas ela fora esperta o bastante para trazer apenas uma parte dos segredos com ela. Um terço dos disquetes estava em sua sacola, outro terço estava no hotel e o terço final em Bruxelas. Fleischhauer provavelmente poderia conseguir aqueles que estavam no hotel, mas agora ele tinha de decidir se a forçava a ir para o Leste, arriscando-se a perder a remessa final de disquetes, ou se a deixava ficar no Ocidente — e desagradava aos seus chefes. Rosenharte tinha quase certeza da opção que Fleischhauer adotaria.

— Com certeza, esse arranjo é aceitável para vocês, não? — disse Rosenharte.

— Este *arranjo* nada tem a ver com você — disse Fleischhauer, sem se preocupar em disfarçar sua irritação. — Do que você entende, Dr. Rosenharte, é de pinturas e passarinhos. De modo que nos deixe discutir esse assunto sem sua... na verdade, devo dizer que estará ajudando a situação de seu irmão mantendo-se em silêncio durante essas negociações.

Rosenharte sorriu.

— Não há a menor necessidade de mostrar sua autoridade aqui. Estamos no Ocidente. Vamos tomar um drinque, pelo amor de Deus.

Jessie encarou Fleischhauer.

— Você mencionou o interesse de Rudi em ornitologia: *passarinhos*. Como poderia saber disso, a não ser que estivesse ouvindo nossa conversa antes de chegar aqui? Estamos sendo grampeados, não? Rudi, você está carregando um microfone?

Rosenharte abriu os braços e apalpou-se por inteiro, em seguida mostrou com estardalhaço os bolsos vazios.

— Então deve estar na sua valise — disse ela, extremamente indignada. Pegou a valise e atirou-a a seis metros de distância, depois voltou a encarar Fleischhauer. — Se essa é a maneira que vocês me tratam, está fora de questão aceitar seu convite para ir ao Leste. Vocês têm alguma noção dos riscos que eu corri pela RDA? Alguma vez eu pedi dinheiro? Em quase 15 anos, o que foi que pedi à RDA? Vou lhe dizer: nada. E é assim que vocês retribuem. — Ela estava trêmula de indignação.

Fleischhauer manteve-se impassível.

— Como eu disse, é um assunto importante. E o que a senhora está fazendo agora pode ser de *extrema* importância para o Estado. É por essa razão que tomamos todas essas precauções: talvez explique nossa precipitação e falta de gratidão. Mas, no fundo, você sabe que o Estado, o ministro e o próprio primeiro-secretário agradecem a sua devoção e lealdade. É uma das razões pelas quais querem conhecê-la pessoalmente. Já esteve antes no Leste? Devia aceitar o convite.

— Vamos beber a isso — disse Rosenharte, pegando o saco com os copos de papel empilhados e tirando três. Enfileirou-os precariamente no banco, junto com os copos dele e de Jessie. Então pareceu mudar de idéia e deu dois deles aos asseclas de Fleischhauer e começou a servir o vinho, deitando exageradas loas ao buquê do modesto tinto que Jessie comprara no minimercado. Quando os copos estavam cheios, fez uma reverência, inclinou-se para servir seu próprio copo e pôr a garrafa no banco, com Fleischhauer o tempo todo fitando com irritação um lado distante do lago.

Fleischhauer tinha ordens a cumprir; Fleischhauer estava se perguntando quanto tempo mais ia ter de aturar Rosenharte se queixando sobre seu maldito irmão. Rosenharte compreendeu isso. Rosenharte conhecia Fleischhauer de fio a pavio. Ele deu um passo para trás, lançou um olhar de desvairado prazer para Jessie e preparou-se para fazer um brinde.

— Vamos, rapazes, aproximem-se para brindar. — Ele podia ver que os dois homens estavam se sentindo meio bobos, mas o que estava mais perto dele se inclinou para a frente para oferecer o copo ao chefe. Neste exato momento, Rosenharte deixou seu próprio copo cair e enfiou a mão no bolso esquerdo do paletó do homem, onde percebera algo pesado, e agarrou uma pistola compacta. Fez um floreio com a arma, antes de apontá-la para o outro homem, cuja mão estava se movendo para a parte de trás da cintura.

— Não — disse ele, apontando-lhe o dedo. — Ponha a mão no bolso da calça. — Fez uma pausa, depois examinou a arma. — Agora, o que estavam fazendo com isso? A PSM, a Pistolet Samozaryadnya Malogabaritniy, a arma preferida do assassino discreto. Esse diabrete russo, se bem me lembro de meu curso sobre armas de fogo na Stasi, usa uma cápsula capaz de penetrar em até cinqüenta camadas de Kevlar. É isso, não? Foi projetada por uma mulher chamada Denisova. — Ele se virou para

Fleischhauer. — Como você pode ver, não é só de mestres da pintura e passarinhos que Rudi Rosenharte entende. Ele sabe que a liberação do cartucho fica na culatra e que a trava de segurança fica na lateral e só pode ser acionada por trás. — Ele demonstrou. — Ele sabe muito bem como funciona essa coisinha desagradável, embora preferisse não saber. O que vocês estão fazendo aqui com isto? Você está falando com uma amiga, uma heroína do Estado, não com algum elemento criminoso que trafica drogas em Prenzlaeur Berg! Esta mulher arriscou a vida por uma década e meia, e vocês têm o descaramento de vir aqui com armas e ameaças.

— É óbvio para qualquer mente sã que não a estávamos ameaçando — disse Fleischhauer, balançando a cabeça com incredulidade. — Estávamos apenas lhe fazendo um convite.

Rosenharte pediu a arma do outro homem e jogou-a no lago, depois pegou a valise e entregou-a a Fleischhauer.

— Partindo da premissa de que *há* um microfone nesta valise, vou pedir que a segure para mim enquanto falo com Biermeier. — Os olhos de Jessie brilhavam com a surpresa. — Biermeier, está me ouvindo? Ótimo. Estou mandando Fleischhauer de volta com a primeira remessa. Levarei a segunda parte amanhã, se encontrar Else e os meninos em casa e em segurança quando telefonar hoje à noite. A terceira remessa será feita quando Konrad estiver em liberdade e recebendo tratamento. Falarei com você por telefone para garantir que você recebeu esta mensagem, mas enquanto isso vou mandar esses idiotas de volta para você. Annalise está disposta a esquecer a coisa toda desde que você nos deixe em paz pelas próximas 24 horas. — Fez uma pausa e voltou-se para Jessie. — Você gostaria de falar com o coronel Biermeier?

— Não, acho que você disse tudo o que havia para dizer — respondeu ela.

— Então, querida, por que você não coloca os disquetes na valise, para que estes cavalheiros possam ir para casa?

Fleischhauer abriu o zíper, e Jessie entregou-lhe o pacote.

— Espero que vocês tenham o hardware para operá-los — disse ela.

— Pode ter certeza que temos — disse Fleischhauer.

— Agora, sumam daqui — disse Rosenharte. — Caso contrário, vou começar a disparar na direção de vocês.

Eles os observaram indo embora.

— Essa estratégia que você adotou é de alto risco, Rudi.

— Sim, mas se eles nos tivessem forçado a entrar num carro e nos levado para o outro lado da fronteira, ambos estaríamos perdidos.

— Não chegaria a tanto. Teriam sido interceptados pelo nosso lado.

— E aí como eu ficaria?

— Você tem razão. Como sabia que a arma estava do lado esquerdo?

Ele sorriu.

— Embora essas armas sejam muito leves, o bolso estava um pouco arriado. Quando ele pegou o copo com a mão esquerda, sabia que estava naquele bolso. — Ele segurou a arma examinando o cano. — Talvez alguém do seu pessoal possa usar isto.

— Nós raramente andamos armados — disse ela. — Eles não saberiam o que fazer com isso.

— Vou jogar fora antes de sairmos do Tiergarten.

15
Os Homens de Londres

No fim daquela tarde, ladeado por Robert Harland e pelo Pássaro, Rosenharte foi até outro telefone público e discou o número de Biermeier. Alguns minutos se passaram antes que ele atendesse. Biermeier parecia em guarda. Rosenharte supôs que havia outros na sala com ele: Schwarzmeer? Zank? O próprio ministro?

— Você recebeu o recado de que amanhã estarei aí com o jogo completo de pneus novos?

— Sim, mas gostaríamos de saber por que não aproveitou a oportunidade de completar a entrega hoje. Nossos representantes não ficaram satisfeitos.

— Seus representantes a assustaram. Mas, veja, você está com o material agora e a entrega será completada amanhã se Else estiver em casa. Nada mudou desde esta manhã quando parti para fazer o serviço. Nada. Estou seguindo o plano com o qual vocês concordaram.

— Onde você está agora?

— Não posso dizer.

— Deixe-me falar com ela.

Rosenharte afastou o fone e disse:

— Eles querem falar com você. — Depois o colocou de volta no ouvido. — Ela está balançando a cabeça. Não há nada que queira dizer a vocês no momento.

— Espero que você não esteja tentando jogar conosco, Rosenharte. O chefe está se mantendo a par dos acontecimentos hora a hora.

— Diga-lhe que tenho plena consciência disso. Tudo o que quero é minha família podendo se movimentar de novo. Espero que esses pneus ajudem e que a entrega de amanhã deixe ainda mais clara a minha boa fé.

Harland fez um sinal para ele cortar a ligação. Rosenharte assentiu.

— Vou desligar agora.

— A que horas você chega amanhã?

— Por volta de 1 hora da tarde. Talvez mais tarde. Depende do horário que ela viajar.

Ele desligou. Harland tirou o microfone com ventosa que estava no telefone e enrolou o fio em volta de um pequeno gravador.

— Ouvirei isto mais tarde — disse. Entraram no carro com Jessie, que se misturou ao trânsito da tarde.

— Fale-me sobre o coronel Biermeier — disse ela. — Supomos que ele estava na contra-inteligência antes desse seu recente posto no HVA.

— Ele é o típico oficial de carreira da Stasi, embora não beba nem fume e seja um tanto puritano. Não é tido em alta conta por seus colegas.

— É? Como você sabe disso?

— Bom, ele é tratado com desdém por outro oficial, um coronel jovem chamado Zank. Foi ele que me levou para ver meu irmão esta manhã.

Harland assentiu.

— Peter Zank: o homem em ascensão. Ou pelo menos estava em ascensão em julho, quando ouvimos falar dele pela última vez. Talvez ele esteja observando o caso, olhando por cima do ombro de Biermeier, apertando o general Schwarzmeer por ordem do ministro. Isso faria sentido?

Faria, mas Rosenharte disse:

— Não saberia dizer. Não sei nada sobre essas coisas.

O carro desceu na entrada de um estacionamento subterrâneo e um portão eletrônico abriu. O Pássaro deixou-os junto a um elevador, que os levou a um grande e moderno apartamento na cobertura, com vista para um parque em Charlottenburg. O americano estava lá junto com dois homens que ele não reconheceu e veio cumprimentá-lo assim que a porta do elevador abriu, pondo o enorme braço em torno de seus ombros e levando-o até uma bandeja com bebidas.

— Meu nome é Griswald, Alan Griswald; acho que não tinha me apresentado antes. Aliás, o senhor fez exatamente a coisa certa no parque.

— Ele se virou, olhando por cima do ombro. — Espero que você tenha dito isso a ele, Bobby. Foi muito esperto da sua parte.

— É, foi bem pensado.

— Foi mesmo, você tinha toda a razão. Eles estavam com um carro pronto, à espera. Iam levar Jessie para uma excursão turística no setor Oriental. Não há a menor dúvida disso. Teríamos de ter intervindo, e onde estaríamos agora? O que quer beber: cerveja, uísque, bourbon?

Rosenharte disse que aceitaria o Johnny Walker Black Label que vira na mesa.

— O que aconteceu com o posto avançado de observação? Não vi ninguém que nos pudesse ter ajudado por ali. — Ele se virou para a sala com um sorriso.

— Nós estávamos lá — disse Griswald —, mas nos pareceu que você estava lidando muito bem com a situação por conta própria.

Houve um silêncio embaraçado.

— E quanto a este lugar? É seguro?

— Totalmente. Verificado pelo menos duas vezes por semana. Minha esposa está nos Estados Unidos com os filhos. Tenho dois meninos; como seu irmão, creio. — Ele abriu um sorriso para Rosenharte e dirigiu-se a Harland. — Então, Bobby, como você quer fazer as coisas?

— Este é o Sr. Phillips e este é o Sr. Costelloe — disse Harland. — Eles cuidam do setor alemão em Londres. Vieram aqui para ouvir sobre Kafka. Vamos nos sentar?

Rosenharte sentiu sua raiva aumentando. Primeiro a confusão no parque, agora esses dois ingleses se metendo no seu caso.

— Vocês deviam ter me informado sobre isso. Há pessoas demais sabendo deste segredo.

— Tudo OK sobre essas pessoas — disse Jessie. — Trabalhei com ambos por vinte anos. São absolutamente sólidos, Rudi.

Ele sorriu polidamente.

— Tenho certeza de que você tem razão, mas eu sou o único nesta sala que está correndo riscos. Se houver algum erro, a minha família inteira ficará em perigo. Afinal, já aconteceu da Stasi se infiltrar no pessoal de vocês. George Blake outrora morava aqui em Berlim.

Costelloe levantou-se e se aproximou de Rosenharte. Era o burocrata anônimo típico: robusto e de óculos, um terno de listras brancas deselegante, camisa azul, colarinho abotoado e gravata bordô de malha. No entanto, quando ele fitou os olhos de Rosenharte, o que fez depois de um breve relance tímido aos pés, Rosenharte ficou surpreso. A verdadeira natureza daquele homem só podia ser vista quando ele permitia que alguém olhasse diretamente em seus olhos e percebesse o que havia neles.

— Estou no nosso serviço há 28 anos. Entrei quando era jovem, em 1961, pouco antes de George Blake ser preso em 18 de abril. Não há ninguém que sabe melhor o que ele fez: sei de cor as histórias das cerca de quarenta pessoas que foram assassinadas ou encarceradas por causa dele. Fazia seis meses que eu estava no serviço quando o Muro de Berlim foi erigido em 13 de agosto. Essas duas datas forjaram o meu ódio pelo comunismo; dificilmente você encontrará um guerreiro frio mais determinado. A missão de minha vida tem sido prejudicar e resistir ao sistema sob o qual o senhor infelizmente vive. — Ele fez uma pausa. — Agora, por favor, entenda que estou aqui como seu aliado. As garantias que lhe dou agora, ou que lhe tiverem sido dadas por meu colega Robert Harland, são os compromissos assumidos por uma sociedade democrática, pelo governo de Sua Majestade. Vamos de fato tentar libertar seu irmão e com certeza vamos tirar a mulher e os filhos dele da RDA assim que o senhor solicitar. — Ele se deteve e sorriu. — Agora, por que não nos sentamos para falar sobre Abu Jamal, pois afinal estamos todos aqui para tentar impedir que esse regime destrua mais vidas inocentes. — Tendo dito isso, Costelloe instalou-se num dos sofás de Griswald e voltou a assumir seu manto de impenetrável polidez.

Rosenharte sentou-se ao lado de Jessie e pôs seu copo perto de alguns livros de fotografia na mesa de centro na frente dele.

— Precisamos saber quão sólido é Kafka — disse Harland. — Você é a única pessoa nesta sala que o conheceu. Queremos saber a sua opinião sobre essa fonte.

Rosenharte pensou por alguns momentos, depois acendeu um cigarro. Griswald passou-lhe um cinzeiro.

— Kafka é uma mulher. Está engajada no movimento pacifista em Leipzig. Tanto quanto eu saiba, é uma fonte genuína. — A surpresa deles era palpável.

— O nome — disse Harland. — Qual é o nome dela?

Rosenharte balançou a cabeça.

— Eu o darei quando Else estiver fora do país.

— Deixemos isso de lado por enquanto — disse Costelloe rapidamente. — O que ela lhe disse sobre Abu Jamal?

— Em agosto ele fez um transplante de rim em Leipzig... ou pelo menos convalesceu lá. A mulher designada para cuidar dele falou com Kafka. Abu Jamal deve ir a Leipzig na semana que vem ou na seguinte. Sei onde ele vai ficar. Ele vai encontrar Misha Lomieko para discutirem planos de ações futuras. — Rosenharte memorizara essa parte das informações de Ulrike Klaar. — Atentados nas embaixadas americanas da Jordânia e do Cairo, planejados para janeiro e março do ano que vem. Há mais dois atentados que ocorrerão em Viena e Paris, mas ela não tem detalhes nem sabe as datas deles. Há um planejado para a Alemanha Ocidental no Natal.

Houve um único suspiro coletivo na sala.

— Meu Deus... — sussurrou Griswald. — Refere-se a atentados à bomba?

Rosenharte deu de ombros.

— Foi o que supus, mas ela não disse isso claramente. Preciso deixar as coisas claras. Havia muitas perguntas que eu mesmo queria fazer a Kafka, mas não houve tempo suficiente. Ela está envolvida com as reuniões de oração em Leipzig. Tinha de ir a uma delas. Isso bate com as informações que vocês têm?

— Sim — disse Costelloe. — Temos fontes que confirmam partes do plano. Sem dúvida, precisamos saber muito mais: número de homens envolvidos, identidades, de onde vem o dinheiro. E precisamos que o senhor volte e trabalhe nisso o quanto antes. Podemos estar falando aqui em centenas de vidas a serem salvas. — Ele fez uma pausa. — Qual é a idade de Kafka?

— Entre 35 e 40 anos. Não é fácil dizer.

— E seu histórico?

— É tradutora e intérprete.

— Isso é curioso — disse ele. — Temos a primeira Annalise, a segunda Annalise e agora Kafka... todas elas tradutoras.

— Que idiomas? — perguntou Harland.

— Árabe. Ela fala fluentemente todas as principais línguas da Europa. Seu pai era do serviço diplomático e ela passou boa parte de sua infância em países árabes. Ela trabalhava no Departamento de Relações Internacionais, o mesmo de Misha Lomieko, mas ela mencionou que sua autorização de acesso às informações secretas estava de alguma forma prejudicada.

— E ela tem essa amiga, essa colega próxima... presumivelmente uma colega? — Rosenharte assentiu na direção de Costelloe. — E ela está passando para Kafka as informações sobre as intenções de Abu Jamal? — continuou. Rosenharte assentiu de novo. — Suponho que tenha lhe ocorrido que essa outra mulher talvez não exista; que Kafka talvez seja a pessoa designada para acompanhar Abu Jamal em suas estadas em Leipzig, certo?

— Sim.

— E acha que isso é provável?

— É uma possibilidade.

Phillips, um homem franzino e de cabelo escuro que até então não se movera, assumiu a expressão de um médico com más notícias.

— Mas se a autorização de acesso de Kafka não é mais válida para ela trabalhar na faculdade, eles dificilmente permitiriam que ela entrasse em contato com esse que é um dos mais secretos cúmplices da RDA.

Rosenharte pegou seu uísque.

— Não pude explorar essas inconsistências. Tive muito pouco tempo com ela.

— Onde é o esconderijo? — perguntou Harland. Ele fora até uma mesa no centro da sala e estava tomando notas num bloco.

— Uma *villa* perto do Clara Zetkin Park. Posso mostrar num mapa. Há outros endereços, que são menos certos. A Stasi tem muitos esconderijos na cidade.

Griswald se mexeu.

— Isso não está fazendo o menor sentido. — disse ele. — Por que alguém que estivesse disposto a passar ao Ocidente informações de natureza tão delicada se esforçaria tanto para ser notada pela Stasi nessas reuniões semanais de oração? Pelo amor de Deus, eles estão histéricos com essas reuniões. Havia milhares de policiais nas ruas na noite passada.

Por que ela não vai até a embaixada da Alemanha Ocidental em Praga e diz a eles o que tem a informar?

— Deixe eu lhe dizer uma coisa. — Aborrecido, Rosenharte preparou-se para dar o mesmo esclarecimento que repetidamente dera à Stasi. — Não tenho como garantir essas informações ou as intenções da fonte. Estou agindo meramente como um mensageiro.

— Compreendemos isso — disse Costelloe num tom contemporizador —, e é por esta razão que precisamos colocar pessoas em Leipzig e aliviá-lo do fardo de o senhor ser nosso único meio de comunicação com Kafka. Ajudaria se tivéssemos o nome dela. Veja, temos de considerar a possibilidade disso tudo ser uma operação da Stasi para nos colocar na pista errada, para nos fazer desperdiçar energia ou nos levar a fazer uma acusação sobre o apoio da RDA ao terrorismo, cuja falsidade então poderá ser demonstrada.

Rosenharte mexeu o gelo em seu copo e bebeu um gole do uísque. Considerou a questão por um instante.

— Temos de discutir o outro lado da operação — disse Harland. — Eles estão engolindo a história?

— Por enquanto, sim — respondeu Rosenharte. — O ministro me recebeu ontem à noite em companhia de Schwarzmeer, Biermeier e Zank.

— Zank! — disse Costelloe. — O que Zank estava fazendo numa reunião como essa?

— Eu estava me perguntando o que isso significaria — disse Harland.

— Se Zank está nisso, ele está vigiando Schwarzmeer. Zank vai encontrar algo errado, porque é isso que ele está programado para fazer. É um processo de tese e antítese. Zank tem poderes para agir por quaisquer meios para obter provas contra Schwarzmeer. A Stasi está testando a si mesma.

Harland pareceu frustrado.

— Escute, nosso objetivo é descobrir a relação da Stasi com Abu Jamal. Se eles acreditam ou não no que estamos dando para eles, é uma questão secundária. O outro aspecto importante é proteger Rosenharte enquanto seguimos adiante.

— Concordo com isso — disse Griswald. — E Langley e o Departamento de Estado também concordarão. Se esses homens estão planejando explodir cidadãos americanos, a operação de Bobby torna-se um assunto de segurança nacional para o USG e muito provavelmente também para os governos da França, da Alemanha, da Áustria, da Jordânia e do Egito. Não preciso lembrar a ninguém aqui de que recebemos advertências outras vezes. Nove meses atrás tivemos informação de um atentado a um avião de passageiros americano, que só *alguns* de nós levaram a sério. Então o Pan Am 103 explodiu sobre Lockerbie.

Harland assentiu.

— Estamos nos desviando do assunto — disse Costelloe. — Acredito que temos...

— Não — disse Griswald. — Este *é* o assunto. Não podemos ignorar o que Rosenharte nos informou.

— Não estou sugerindo isso. Mas a avaliação do produto de Kafka e as ações que os governos adotarão não são nosso problema no momento. Há muitas incógnitas... por exemplo, o que a Stasi acha do material que estamos fornecendo e a motivação e a confiabilidade de Kafka. Mas *de fato* sabemos que Zank está envolvido, o que, na minha opinião, significa que podemos acionar nossos cronômetros pois é só uma questão de tempo até suas dúvidas acabarem prevalecendo. Portanto, sugiro que seja prudente decidirmos um prazo, ao final do qual teremos tirado de lá Rosenharte e sua família e colocado agentes para lidar com Kafka; digamos, quatro semanas.

Tendo enfrentado o problema, Costelloe dirigiu-se a Rosenharte.

— Gostaria que o senhor refletisse sobre sua decisão de não revelar a verdadeira identidade de Kafka. O que está em questão não é apenas a saúde e a liberdade de seu irmão, por mais importante que isso seja para o senhor: a informação pode salvar incontáveis vidas. Não responda agora; apenas pense sobre isso nas próximas 12 horas. — Ele se levantou do sofá. — Certo, temos muito o que fazer. Vamos voltar a Londres. Mantenha-se em contato, Bobby.

Ele apertou a mão de Griswald e então se dirigiu a Rosenharte e perguntou-lhe sobre os movimentos pela democracia e pela paz no Leste.

— Em sua opinião, surtirão algum efeito?

Rosenharte respondeu que tinha certeza de que a Stasi agiria com firmeza para reprimir pelo menos uma manifestação, de modo a enviar uma mensagem a todos os grupos dissidentes no país.

Costelloe assentiu.

— Mas há um movimento crescente de opinião?

— As pessoas estão se unindo, mas um único uso decidido da força vai encerrar tudo.

— Receio que o senhor provavelmente tenha razão. — Costelloe encaminhou-se para o elevador com Phillips atrás dele. — Estaríamos muito interessados em ouvir qualquer coisa que fique sabendo sobre isso. Lembre-se disso da próxima vez que for a Leipzig. — Ele apertou a mão de Rosenharte. — Está fazendo um trabalho notável. Foi um prazer. Sem dúvida nos veremos de novo.

Rosenharte observou-o deixar Phillips entrar no elevador antes dele e se despediu de ambos com um gesto de cabeça. Os olhos de Costelloe se detiveram nele antes da porta fechar, e Rosenharte teve a impressão que ele vira o quanto estava escondendo. Por um breve momento, sentiu um pavor vertiginoso. Ele agora estava jogando com quatro serviços de inteligência, um contra o outro, dos dois lados da Cortina de Ferro. Com indivíduos como Zank, Vladimir e Costelloe envolvidos, não era uma situação que poderia continuar por muito tempo.

Às 18h30 Macy Harp, o Pássaro e Tudor Williams chegaram. Griswald indicou a Rosenharte um telefone no quarto e disse que Harland iria escutar no aparelho da sala.

Olhando as atraentes luzes de Berlim Ocidental, Rosenharte discou o número da Sra. Haberl, que morava perto de Else e era do Partido, mas se dava bem com ela e recebia recados para ela. Na terceira tentativa ele conseguiu, e Else atendeu.

Em seus melhores momentos Else era hesitante, mas agora soava intimidada — sem dúvida os efeitos do interrogatório da Stasi e depois a libertação súbita e incompreensível. Ele percebeu que lhe haviam dito que ele ligaria, mas que não tinha a menor idéia das circunstâncias do telefonema.

— Como estão os meninos? — perguntou ele imediatamente.

— Estão melhor agora. Florian diz que não tem conseguido dormir. Christoph não parece ter compreendido o que aconteceu. Acho que eles estão em choque com a experiência de... — ela se deteve — ... de estarem fora. Ficarão bem após alguns dias aqui.

Rosenharte visualizou-a: uma mulher enorme, mas com rosto e mãos surpreendentemente delicados. Com os anos, sua expressão de contentamento afável e tímido tinha sido dominada pela ansiedade.

— Sim, entendi. Dê um abraço neles por mim. Else — disse ele —, não quero lhe dar falsas esperanças, mas logo veremos Konrad.

Ela nada disse.

— Esta tudo bem. Isso não é segredo. Eu o vi hoje de manhã. Eles me deixaram vê-lo. Compreende?

— Sim. — O tom de voz dela mudou completamente. — Graças a Deus! Como ele está?

— Bem, mas muito, muito cansado.

— A saúde dele está agüentando? Diga-me.

— Ele vai precisar de repouso quando for para casa... mas a sua comida e ver os meninos de novo é tudo de que ele precisa. Else, quero que você saiba que estou me empenhando seriamente para conseguir isso.

— Obrigada, Rudi... não temos como agradecer por tudo.

— Diga aos meninos que mando lembranças e que vamos passear no lago. Espero estar aí com vocês em breve. — Ele esperou para ver se ela tinha entendido. Konrad e ele usavam a palavra "lago" como um código para indicar que não podiam falar e que uma explicação viria depois. Era apenas um alerta.

— Sim, o lago. Vai ser divertido. Talvez eu vá também.

— Tudo vai dar certo — disse ele. — Ligarei de novo e deixarei um recado com a Sra. Haberl.

— Obrigada, Rudi. Mandamos nosso amor para você.

Rosenharte desligou com a sensação de sua enorme responsabilidade. Else não era uma pessoa resistente: não conseguiria tolerar muito mais preocupação sem sucumbir a uma depressão. Se isso não desse certo, o que diabos ela faria?

Ele foi para a sala e postou-se à janela, ignorando os outros. Olhou para fora e pensou como seria explorar Berlim Ocidental, a outra metade da capital que conhecia tão bem. O Leste ficara com a parte do leão em termos de boa arquitetura, mas o lado Oeste possuía toda a vida.

Ele se virou. Harland estava desdobrando um grande mapa de Leipzig.

— Bem, isso é razão para uma pequena comemoração, não? Tudo soou como se poderia esperar? — Ele evidentemente estava satisfeito de ter se livrado da dupla de Londres.

Rosenharte serviu-se de outro uísque e acendeu um cigarro.

— Isso não significa nada — disse.

Harland examinou seu rosto.

— Não significa nada a Stasi ter mantido o acordo e libertado Else — continuou ele. — Não a libertar seria mandar para mim uma mensagem de que não acreditam no material de Annalise. Além disso, eles podem detê-la de novo no momento que quiserem. É por isso que quero ver tanto Else como os meninos fora de lá o quanto antes.

— Vamos falar sobre isso daqui a pouco. Apenas me mostre onde fica essa casa em Leipzig.

Rosenharte foi até a mesa e imediatamente apontou o local no Clara Zetkin Park.

— Não é fácil vê-la do parque porque há uma cerca alta e algumas árvores, mas o acesso é potencialmente fácil, se alguém quiser fazer uma visita a Abu Jamal sem avisar. Kafka nos dirá quando ele estiver lá. E se estiver em outro lugar, ela conseguirá essa informação para mim. — Ele salientou os endereços que o russo lhe dera.

— Ótimo. Agora precisamos conversar sobre seu irmão e família. Primeiro seu irmão. Al, você tem as fotos?

Griswald foi até uma escrivaninha perto da janela e pegou um envelope, de onde tirou várias imagens de satélite.

— Essas são de 1985, mas vão servir para nossos propósitos.

Rosenharte examinou-as, levantando e abaixando a cabeça para focalizá-las.

— Você está precisando de óculos para leitura — disse Griswald.

— Não. Meus olhos estão cansados.

— Acredite em mim, precisa de óculos.

De qualquer modo, Rosenharte enxergou o bastante para apontar com o dedo as principais entradas da Hohenschönhausen, o centro de interrogação e a ala hospitalar que ficava ao longo do muro externo.

Macy Harp e o Pássaro olharam bem de perto as quatro fotografias.

— Uma coisa fica imediatamente óbvia — disse Harp. — Só teremos alguma chance de conseguir isso enquanto ele ainda estiver na ala hospitalar. Quando for transferido de novo para o centro principal de detenção e interrogatório, teremos pouca esperança de localizá-lo com rapidez. Mas a ala hospitalar oferece oportunidades, mesmo sem termos idéia de onde o estão mantendo nesse prédio. Se soubéssemos isso, estaríamos em melhores condições.

— Há algo que posso fazer para descobrir isso — disse Rosenharte.

— É? Como? — perguntou Harland.

— Preciso manter meus segredos também — disse ele.

— Vamos precisar dessa informação logo — disse o Pássaro.

— Vou tentar consegui-la o quanto antes, mas como vou me comunicar com vocês? Isso vai ser um problema.

— Vamos nos concentrar neste problema por enquanto — disse Harland. — Quão doente está seu irmão? Precisamos saber se ele pode andar ou mesmo escalar. Até agora nunca invadimos uma prisão, o que suponho que talvez seja uma coisa a nosso favor, mas se seu irmão não puder se mover teremos de levar isso em conta.

— Ele está doente — disse Rosenharte —, mas assim que perceber que está sendo libertado fará tudo o que puder para ajudar. Ele sabe que será sua única chance.

— Ele estava numa cama quando você o viu?

— Não, estava sentado a uma mesa. Acho que era a sala que usam para continuar os interrogatórios enquanto os prisioneiros estão recebendo tratamento. E não acho que ele estivesse drogado.

— Havia alguma maca ou cama hospitalar à vista na sala?

— Não.

— Então, podemos supor que ele foi andando. É bom saber disso, mas precisaremos levar alguma medicação de emergência para o coração dele e talvez um ou outro tranqüilizante. Vamos nos informar sobre isso.

— Quando tempo levarão para aprontar tudo? — perguntou Harland.

Harp franziu o cenho.

— De sete a dez dias. Talvez mais. Depende de quanto tempo levaremos para retirar a mulher de Konrad e os meninos. Cuth vai cuidar disso. Ele não deve levar mais de 36 horas do começo ao fim.

Harland olhou de relance para Rosenharte e disse:

— É evidente que essas duas operações têm de ser planejadas o mais próximo possível uma da outra. Seria bom se Else e os meninos desaparecessem sem ser notados. Talvez eles devessem ir visitá-lo em Dresden. — Ele fez uma pausa. — Mas preciso ter a aprovação de Londres para essas idéias e... bem, uma coisa me ocorre imediatamente. Assim que tirarmos Konrad e a família de lá, não há absolutamente nada que o faça ficar na RDA. Perderemos nosso contato com Kafka.

— É fato — disse-lhes ele. Seria inútil negar que ele iria embora para o Ocidente.

Griswald esfregou as mãos.

— Rudi... posso chamá-lo assim? Você precisa ter fé em nós. Estamos tendo um trabalhão para ajudá-lo, e não fica bem para nossos governos que você continue a manter segredos. — Ele abriu os braços num gesto de apelo. — Essa coisa vai além de você e sua família. Para fazer uma comparação, são cinco pessoas contra a vida de muitos. As informações secretas que você nos trouxe hoje podem ser importantíssimas. Temos de começar a trabalhar nelas imediatamente. Precisamos dispor de todas as informações.

Houve um silêncio na sala. Ele se sentiu desconfortável. Todos os olhos se fixaram nele, na expectativa.

— Eu só tenho uma carta boa neste jogo — disse ele de modo agradável. — Todos vocês compreendem que, uma vez que eu lhes dê esta carta, posso estar condenando meu irmão a apodrecer naquele lugar.

Griswald começou a balançar a cabeça.

— Você entendeu tudo errado. Não somos comunistas, Rudi. Somos diferentes. Conheço Bobby há muito tempo, e ele nunca deu para trás num acordo. Nenhum de nós faz acordos que não possa manter. Se estamos dizendo que vamos tirar seu irmão de lá, vamos fazer o diabo para conseguir fazer isso. E sabe por quê? Porque somos compelidos a fazer a distinção entre o que seu lado faz e o que nós fazemos, entre uma força de polícia secreta e uma agência de inteligência. Não somos anjos, mas você não pode duvidar de nossos motivos.

— Você esquece que estive no ramo. Compreendo a simetria entre os dois lados. E, além disso, não tenho a permissão de Kafka para revelar o nome dela.

— Isso é besteira, Rudi. Está implícito na informação que ela lhe deu. Ninguém pode dizer essas coisas sem esperar que seu nome seja revelado. Ela compreende isso. Ela pôs a si mesma na linha de tiro.

— Mas ainda assim tenho uma responsabilidade para com ela. Tenho de protegê-la.

— Não, *nós* é que temos uma responsabilidade para com ela e para com as pessoas que acabam estando num desses ataques terroristas. É disso que se trata.

Rosenharte levantou as mãos.

— Vou pensar no caso. Mas se eu resolver dar o nome dela preciso ter certas garantias quanto à segurança dela.

— Isso é óbvio — disse Harland. — Há só mais uma área que quero explorar com você antes que você vá com Cuth e Macy discutir os arranjos para a próxima semana.

— E qual é? — Rosenharte observara atentamente Harland nas últimas horas. Ele era claramente um homem de campo, com pouca paciência para a politicagem dos escritórios, mas se conduzira bem, deixando primeiro Costelloe e depois Griswald dizerem as coisas que ele precisava que fossem ditas, mesmo que isso o fizesse parecer menos capaz.

Harland desviou o olhar.

— Quando o Pássaro e Macy voltaram de Dresden depois de encontrá-lo, informaram sobre a operação de vigilância montada contra você. Disseram que era verdadeiramente impressionante; tão pesada que chegaram a duvidar que fossem conseguir chegar perto de você.

— Era mesmo — disse Rosenharte.

Macy Harp deu um sorriso amarelo como confirmação. O Pássaro assentiu com ar sábio.

— O que eu não entendo é como você conseguiu escapulir para ir a Dresden e contatar Kafka sem ser observado.

— Eu peguei o trem mais cedo para Leipzig. Havia um carro em minha rua, que suponho que era da Stasi, mas eles não se moveram quando eu saí do prédio.

— Sim, mas dado o empenho da semana anterior, parece realmente estranho que eles não o tenham seguido até Leipzig. Entende aonde quero chegar?

— Não, não entendo.

— Bom, esse era o único momento que você precisava viajar sem restrição e sem ser observado. — Ele deixou essa reflexão assentar-se na sala. — Quando voltaram a segui-lo?

— Na praça principal, voltando para Bahnhof.

— Quanto tempo fazia que você se separara de Kafka?

— Não muito, talvez uns vinte ou trinta minutos.

— E até aquele momento você não teve a impressão de estar sendo seguido?

Rosenharte balançou a cabeça, depois se lembrou do homem alto de camisa xadrez.

— Isso não é inteiramente verdade. Havia um homem que apareceu depois de eu deixar Kafka. Parecia ser o mesmo homem que estivera na Gemäldegalerie. Pelo menos batia com a descrição que tive do visitante.

— Esse homem era da Stasi?

— Não, conheço bem o tipo. Ele era óbvio demais, grande demais para ser um agente de vigilância.

— Você tem alguma idéia de quem ele era?

— Fiquei intrigado na hora, mas depois esqueci por causa do tanto que havia na minha cabeça. Ele falou com uma das assistentes. Pelo sotaque, ela achou que era polonês ou tcheco.

— E isso não lhe trouxe nada à memória?

— Claro que trouxe, mas mesmo nesse caso não consigo acreditar que o homem que morreu em Trieste e esse indivíduo tivessem alguma relação.

— Eu apostaria que sim — disse Harland —, embora não saiba o que quer dizer. Mas voltemos à praça principal em Leipzig, sim? Quem o viu?

— Foi o coronel Biermeier.

— Biermeier! Uma coincidência e tanto.

— Nenhuma coincidência. Ele foi encarregado do meu caso pelo general Schwarzmeer. Precisava me encontrar urgentemente porque eles me queriam em Berlim. A Stasi sabia que eu ia dar aquela palestra. Foi assim que eles conseguiram me achar em Leipzig.

— Com certeza — disse Harland. — Mas se estavam tão desesperados para apreendê-lo, por que não foram direto à sala de conferências onde você ia falar numa determinada hora, e que eles não teriam dificuldade para descobrir que era no quartel-general local? Por que esperar até tão tarde? Não faz sentido.

Rosenharte teve de admitir que não fazia, mas ele queria comer e descansar. Não ia se preocupar com aquilo.

Quando ele não respondeu, Harland insistiu.

— Há algo aqui que nenhum de nós está vendo, Rudi. Tanto Alan quanto eu achamos que há algum tipo de mão oculta agindo. Precisamos entender quem é e por quê. Alguém está nos ajudando.

Rosenharte viu a expressão misteriosa de Vladimir em sua mente.

16
A Volta

Na manhã seguinte Rosenharte acordou pouco depois das 9 horas, quando Griswald lhe trouxe uma xícara de café. Sentou-se em seguida numa cadeira perto da cama. Rosenharte sentiu-se pouco à vontade. Gostava de tomar banho, fazer a barba e vestir-se antes de enfrentar o mundo.

— Não funciono bem a essa hora, Griswald — disse ele. — Preciso de um tempo até encontrar meu...

— Equilíbrio — disse Griswald com um sorriso. — Ei, não se preocupe. Comigo é a mesma coisa. É a idade. — Ele não se ofereceu para sair e voltar depois, apenas ficou lá com um ar radiante. — Jessie saiu para comprar umas roupas e sapatos novos para você — disse ele enfim. — Precisaremos deles para esconder algum dinheiro para você. Bobby está fora, falando com seu pessoal em Londres.

Rosenharte assentiu e saiu da cama, sentindo-se um tanto ridículo no pijama grande demais que o americano lhe arranjara. Levou a xícara e o pires até a janela e contemplou a vista de novo.

— Precisamos do nome, Rudi. Não podemos agir sem ter confirmado as informações que você obteve.

Rosenharte virou-se para ele.

— Mas vocês já tomaram providências com base no que ela informou. Você mesmo disse isso ontem.

Griswald assentiu, concedendo.

— Ainda assim, ajudaria para o meu lado investir os recursos necessários.

— Eu *sou* o seu principal recurso. Estou lhe custando muito pouco dinheiro. Você terá o nome, não se preocupe. Quando Else sair do país e estiver em segurança no Ocidente com Christoph e Florian, eu lhe direi, e a essa altura já estaremos sabendo quando o árabe virá para Leipzig.

O americano deu de ombros como se realmente não estivesse esperando que Rosenharte mudasse de opinião quanto a isso. Ele pôs as mãos no rosto numa breve atitude de oração.

— Gostaria de lhe fazer uma pergunta, Rudi.

— Vá em frente.

— Você é um cara inteligente. Devia saber que estava cometendo um erro em Bruxelas. Com certeza o seu treinamento significava que você sabia dos riscos de não informar imediatamente ao seu lado a morte de Annalise Schering, não?

Rosenharte ficou surpreso. Ele sentou-se desalentado num banco estofado perto da janela, acendeu um cigarro e usou o pires como cinzeiro.

— Por que está me perguntando isso agora?

— Veja, temos de considerar a possibilidade de que você os tenha informado; de que eles soubessem o tempo todo e que tenham prosseguido o jogo porque perceberam que o canal da verdade era exatamente esse. — Ele fez uma pausa e inclinou-se para a frente. — Isso explicaria como você conseguiu viver relativamente em paz e na obscuridade por 12 anos ou mais. Se for esse o caso, isso significa que toda essa maldita coisa não passa de um embuste da Stasi.

— Havia muito pouco tempo e eu fiquei realmente chocado com a morte dela. Ela era muito jovem e eu me sentia culpado de estar usando uma pessoa tão sincera. Veja, eu já estava arrependido de ter pedido a ela que nos ajudasse.

Griswald começara a balançar a cabeça antes de Rosenharte terminar.

— Mas você tinha sido treinado como um Romeu. Você tinha sido treinado para seduzir mulheres e usá-las. Esse era o seu único objetivo.

— Não, esse não era o meu único objetivo. Fui enviado ao Ocidente como um agente clandestino com identidade e passado falsos. Estava destinado a trabalho de longo prazo. — Fez uma pausa e fitou Griswald nos olhos. — E você sabe por que eu concordei em fazer isso. Porque me parecia a melhor esperança de escapar para o Ocidente. Nas circunstâncias certas, eu teria desertado. Mas eu não era apenas um Romeu.

— Mas tinha sido ensinado na arte do amor lá no Leste. Sabemos sobre essas coisas. Sua especialidade era seduzir secretárias solitárias.

— Não era a minha especialidade. Era parte do serviço de todo agente enviado clandestinamente ao Ocidente.

— Sim, mas o treinamento incluía técnicas de sedução, orientação quanto ao momento psicológico certo para abordar o assunto espionagem.

Rosenharte soltou uma risada desdenhosa e apagou o cigarro.

— Você é como Biermeier. Está superestimando o esforço da Stasi nisso. Por acaso você imagina que havia alguma espécie de escola do amor onde nos ensinavam sobre enviar flores e provocar orgasmos múltiplos? Não, havia apenas algumas conversas, em particular, sobre certas técnicas e sinais.

Rosenharte quase sorriu ao se lembrar do homem anônimo com um ar de quem agia no mercado negro que fora à escola de espionagem em Potsdam-Eiche e dera a cada aluno da classe uma aula particular. Ele a descreveu por completo para Griswald. Observe os pés delas, dizia o homem. Quando o pé de uma mulher aponta na sua direção, ela o deseja. Se ela estiver sentada na sua frente com as pernas cruzadas e um pé se movendo, ela já está antecipando os movimentos rítmicos do ato de amor. Se o olhar dela desviar do seu para a sua boca, se ela mexer com o cabelo ou passar a mão no queixo, ela está fazendo um convite. Se puser a mão nas coxas, tocar os lábios ou olhar para baixo para o próprio decote, ela está chamando a atenção para suas partes mais atraentes e indicando que está disponível. Por outro lado, se ela mantiver os braços cruzados sobre os seios, desviar os olhos ao falar ou sorrir nos momentos errados quando você estiver falando, ela não está interessada.

A Rosenharte tudo isso parecera ridiculamente literal, mas a Stasi tratava o assunto com não menos seriedade do que as sessões sobre como construir a dependência psicológica da mulher em relação ao agente e introduzir a idéia de eventualmente passar uma ou outra informação para uma agência aliada — em geral a Suécia ou a Dinamarca. Só quando informações suficientes tivessem sido obtidas e a mulher estivesse comprometida demais para contar ao seu próprio lado eles revelariam que o verdadeiro destino das informações era a Alemanha Oriental. Rosenharte seguira direitinho as instruções e achava que as coisas estavam indo bem. Então Annalise fizera uma cena quando ele lhe perguntara sobre a vida privada de três homens da Comissão. Ela imediatamente compreendeu que ele trabalhava para os alemães orientais. Depois disso, as coisas se deterioraram rapidamente, e não demorou muito para ele estar olhando para o corpo dela na banheira.

Griswald ouviu tudo isso com atenção, depois perguntou mais uma vez o nome, antes de por fim deixar Rosenharte se vestindo em paz.

Mais tarde, quando Harland voltou, concordou-se que poderia ser necessário mais um encontro com Annalise, embora eles fossem esperar para ver como estava a situação de Konrad antes que esse encontro fosse providenciado. Rosenharte diria à Stasi que o próximo encontro ficara para meado de outubro no Ocidente. Depois disso, ele deixaria claro que ela estava disposta a fazer uma viagem à Alemanha Oriental.

Às 11 horas Jessie voltou com um paletó novo, um par de sapatos e duas camisas. O Pássaro ocupou-se de fazer incisões precisas ao longo da costura frontal e do colarinho do paletó azul e inseriu o equivalente a dois mil dólares em marcos alemães em notas de alto valor. Dissecou as palmilhas dos sapatos novos e recheou cada uma com cinco notas de cem dólares. Enquanto isso, Harland o instruiu sobre o novo procedimento para fazer contato com eles, que envolvia um código que seria mudado semanalmente.

No fim da manhã, Rosenharte foi apresentado a dois homens e uma mulher — os três cidadãos da República Federal — que iriam se infiltrar na Alemanha Oriental e ir até Leipzig nas semanas seguintes. Eram do serviço de inteligência da Alemanha Ocidental, o BND. Por ora, os três seriam conhecidos como Vermelho, Branco e Laranja. Eles já estavam informados do procedimento para contatar Kafka. Rosenharte sabia que era só uma questão de tempo até que eles a identificassem, mas ele não tinha escolha, a não ser aceitar o arranjo.

Antes de eles saírem para o Checkpoint Charlie, um dos alemães mostrou-lhe uma foto de um prédio de apartamentos de aparência agradável numa pequena cidade próxima ao quartel-general do BND em Pullach. Havia lugar para os meninos brincarem, espaço de sobra e uma vista dos Alpes do fundo do prédio. Era onde Else ficaria até Konrad chegar. Uma escola local já concordara em aceitar os meninos, e a maioria dos vizinhos trabalhava para o BND e poderia ficar de olho neles.

Logo depois da 1 hora da tarde, Tudor levou Jessie e Rosenharte de carro para a Friedrichstrasse, onde desceram e entraram no Café Adler.

O lugar já estava sob a vigia do pessoal de Griswald, mas até então nenhuma das faces conhecidas da Stasi fora vista. Jessie estava quieta. Ele a olhou levantando as sobrancelhas num ar de interrogação. Ela desviou os olhos para fora, para o trânsito que passava pelo Checkpoint. Gradualmente as mãos dela se moveram pela mesa para tocar as dele. Os olhos de ambos se encontraram.

— O que vou dizer agora vem de mim mesma — sussurrou ela.

— De quem você realmente é?

— Sim, a pessoa dentro de Annalise. — Ela baixou os olhos. — Quero que você entenda que desejo toda a sorte do mundo para você nisso, Rudi; quero que dê certo para você. De verdade! E espero que seu irmão se recupere quando sair de lá. — Ela parou e mexeu seu chocolate quente. — Com essa informação, nunca se sabe, eles podem soltá-lo.

— As únicas pessoas que eles soltam são as que são *gleichgeschaltet.* Como se traduz isso?

— Postas na linha; endireitadas.

— E ele nunca vai ser posto na linha.

— Você sabe direito a sua história? Tem tudo arrumado na sua cabeça para o outro lado?

— Com certeza.

Ela levantou a cabeça, depois a abaixou mais ainda.

— Mande minhas lembranças à outra mulher. Sinto uma conexão com ela. Não se esqueça de fazer isso num momento apropriado.

Era um pedido extremamente singular, mas ele assentiu.

— Farei isso. Olhe, preciso ir.

— Sim. Está com o pacote?

— Sim.

Ele se inclinou e deu um beijo na bochecha dela.

— Boa sorte — disse ela. — Não vou sair com você.

Ele saiu do Adler, mostrou seu passaporte no Checkpoint, e então começou a atravessar a pé a Zona da Morte até o posto de fronteira oriental.

A Stasi era cheia de surpresas. Do outro lado do posto oriental estavam à espera dele — seis homens em dois carros —, ainda que sem a habitual superioridade sombria. Agora estavam todos sorridentes e murmurando congratulações. Até mesmo o rosto de Biermeier mostrava certa satisfação. Rosenharte notou que não havia sinal de Zank e apertou a mão de Biermeier.

— Está no meu bolso de dentro. Quer que eu entregue agora?

— Espere até entrarmos no carro. Eles ficaram satisfeitos com o material. Muito satisfeitos. É tudo o que queríamos. — Ele abriu a porta do carro, mas Rosenharte não entrou.

— O que diabos foi aquilo no parque, vocês indo até lá armados e tudo? Ela achou que vocês iam raptá-la. Eram essas as suas ordens?

— Mais tarde — disse Biermeier secamente. — Conversaremos mais tarde. Você ficará esta noite em Berlim para um informe, então poderá ir para casa. Conversaremos no seu hotel. Belo casaco. Presente dela?

— Não, comprei com o dinheiro do ministério.

Biermeier ficou chocado.

— Calma. Foi um presente de Annalise, e nada no mundo me convencerá a tirá-lo, pois algum canalha vai roubá-lo. — Rosenharte estava se sentindo otimista. Se eles estavam satisfeitos com os disquetes, poderiam, quem sabe, restituir-lhe Konrad.

Biermeier permitiu-se outro sorriso.

— Entre, Rosenharte, temos muito o que fazer.

Vinte e cinco minutos depois os dois carros entraram na Normannenstrasse e foram direto até o prédio do HVA, o que Rosenharte considerou outro bom sinal. Foram conduzidos a uma sala de reuniões adjacente ao escritório do general Schwarzmeer, onde havia café e doces servidos. Cinco minutos depois o general apareceu à frente de um grupo de meia dúzia de homens e uma mulher.

— Ah, Rosenharte, seja bem-vindo. Bom trabalho, bom trabalho. Essas pessoas são do Departamento de Criptologia e do Departamento de Espionagem Política Dois, o qual, como você sabe, lida com a Otan, e os outros são de várias seções das forças armadas. Estão interessados no que você trouxe, muito interessados. — Ele estava num humor expansivo; o César dentro dele viera à tona.

Biermeier entregou o segundo pacote de disquetes com certa cerimônia.

— E há outra entrega para acontecer logo, conforme entendi — disse Schwarzmeer. — Sentem-se, sentem-se, não temos o dia todo. Essas pessoas têm perguntas a lhe fazer. Por razões de segurança, não usaremos nomes nesta discussão e não preciso lembrar-lhe, Rosenharte, que você não deve revelar nenhum detalhe da operação. — Por um breve instante Rosenharte pensou que seria bom que Harland e Griswald tivessem a mesma preocupação com segurança. — Agora, diga-nos para quando podemos esperar a próxima entrega. — Ele pôs as mãos abertas na mesa e inclinou-se para a frente como um cão em posição de ataque — os ombros maciços e quadrados, o queixo apontado para cima, os olhos tomados pelo triunfo antecipado.

— Podemos esperar os seis disquetes restantes para as próximas semanas: em meado de outubro no mais tardar. Então nosso informante pretende vir ao Leste para esclarecer o que for necessário. Isso será em novembro. O informante não crê que haja muito mais a ser passado para os senhores. Há um limite para nosso acesso a esses segredos. Creio que o processo de copiar esses disquetes coloca nosso informante em grande risco, mas, uma vez duplicados, não ficam indícios no original. Eles nunca saberão que os temos.

Schwarzmeer fez um ruído encorajador.

— E os seis últimos discos completarão o código?

— Conforme entendi, os senhores então terão o código fonte do sistema inteiro.

Houve muitas perguntas, sobretudo das forças armadas — a respeito dos custos para a Otan, quando a Otan colocaria o sistema em operação e sobre a quantidade de hardware novo e treinamento envolvida. Era evidente que tudo o que Annalise dissera a Fleischhauer no Tiergarten fora assimilado, e não havia dúvida de que eles compreendiam as sérias implicações para as forças militares do Pacto de Varsóvia, embora também houvesse algumas conjecturas esperançosas sobre o caos do novo sistema. Rosenharte respeitava o conhecimento deles, mas ofereceu sua impressão de que o sistema iria resolver mais problemas do que criar.

Antes que a reunião terminasse, eles tiveram de aturar uma palestra política da única mulher, uma fanática empertigada que era conselheira de assuntos científicos para o setor técnico operacional. Mesmo Schwarzmeer demonstrou impaciência, mas aquilo era um ritual — como dar graças nas refeições —, e os homens em torno da mesa assentiam respeitosamente enquanto ela insistia em que os progressos técnicos não eram substitutos para uma força armada instilada com valores socialistas.

Rosenharte perguntou a si mesmo se ela acreditava no que estava dizendo ou se apenas cumpria com suas obrigações. Lembrou-se de seu pai adotivo contando que na década de 1950 os operários costumavam tapar os ouvidos para os rádios das fábricas durante os intermináveis discursos do Exército do Povo. Por quarenta anos o povo ignaro da RDA vinha escutando aquela retórica enervante, que não significava nada, e todo mundo sabia disso. Ainda assim, lá estava uma sala cheia de oficiais de alta patente tolerando-a. Não era nenhuma surpresa que o alcoolismo estivesse se tornando tamanho problema. A bebida era o único anestésico efetivo contra tais chatices.

Eles foram embora e Rosenharte ficou com Biermeier, Schwarzmeer e seus auxiliares. Foi então que ele sentiu sua energia subitamente sumir. A princípio, achou que tinha sido a experiência de ouvir a mulher que o fizera se sentir mal, mas então a náusea começou a vir em ondas. Ele cerrou os punhos e reuniu forças para perguntar a Schwarzmeer sobre a libertação de Konrad. O general interrompeu-o, dizendo que seria logo depois que o tratamento dele tivesse terminado. Não podiam deixá-lo sair agora, quando ainda estava doente.

Rosenharte bateu pesadamente com a mão na mesa, mas sem força.

— O acordo era que Konrad fosse mandado para casa agora.

— Não há acordo, Rosenharte — retrucou Schwarzmeer. — Ele vai quando dissermos que ele pode ir. O que você quer? Que seu irmão morra? Por favor, homem, entenda que ele está doente e que está recebendo o melhor tratamento disponível na RDA.

— Nada pode ser melhor para ele do que voltar para sua família. É disso que ele precisa.

— Não é essa a opinião dos médicos, Rosenharte. Eles são responsáveis por ele! Não podem simplesmente colocá-lo num trem para Dresden e esperar que ele desça bem no fim da linha. É possível entender isso ou não?

O couro cabeludo de Rosenharte coçava com o suor. Ele procurou em vão um lenço para enxugar a testa, dizendo a si mesmo que precisava estabelecer uma data para a libertação de Konrad. Murmurou qualquer coisa sobre isso, mas Schwarzmeer não estava disposto a ouvir mais nada. Fez um gesto com a mão.

— Coronel Biermeier, leve este homem daqui. Ele está doente ou se extenuou demais na cama com aquela mulher. — Um ar safado se espalhou em seu rosto. — Há limites para o seu dever com o Estado. Você precisa se lembrar de conservar suas forças, Rosenharte. Todos temos de nos resignar com a idade mais cedo ou mais tarde.

Biermeier levou-o para o hotel perto da Ostbahnhof onde ele estivera antes naquela semana. Antes de sair, pediu que trouxessem chá e quis que Rosenharte devolvesse os marcos alemães que a Stasi lhe dera no dia anterior.

Rosenharte disse para ele olhar na carteira.

— Você só gastou 15 marcos — disse Biermeier.

— Há algum troco em meus bolsos.

Biermeier procurou nos bolsos.

— Pode deixar algum dinheiro para o hotel e o trem?

— Com certeza — disse Biermeier. — Por que não concordamos que você gastou 250 marcos no Ocidente, entretendo sua namorada? Isso significaria que você teria de devolver 350, certo? Por que não arranjamos uns trocos repartindo a diferença? Dá 125 marcos para cada um. Já sei o que vou fazer, vou lhe poupar o incômodo de trocar o dinheiro dando-lhe agora duzentos Ostmarks. — Ele lhe entregou duas notas azuis de cem Ostmarks.

Rosenharte balançou a cabeça no travesseiro.

— Esse não é o câmbio oficial.

— Tenho filhos — disse ele, sem constrangimento. — Eles têm suas necessidades. — Olhou para Rosenharte enquanto enfiava no dinheiro no bolso da calça. — Eu cuidarei da burocracia quanto ao dinheiro. Conversaremos quando você estiver se sentindo melhor. O pessoal do hotel cuidará de você esta noite.

Rosenharte ergueu a cabeça.

— Antes de ir, fale-me sobre o parque. Por que o pessoal de Fleischhauer estava preparado para agarrá-la?

— Foi o general. Ele é muito impetuoso... esquenta muito a cabeça. Não podia esperar, mas a razão prevaleceu, e esta manhã ele até já tinha esquecido que dera a ordem.

Quando Biermeier saiu, Rosenharte forçou-se a levantar, despiu-se e colocou seu casaco novo sob o colchão. Os sapatos que Jessie comprara foram colocados sob o centro da cabeceira, junto com o saco plástico com sua camisa nova e os maços de Marlboro restantes. Se Biermeier estava preparado para roubar da Stasi, com certeza se serviria dos pertences de Rosenharte enquanto ele estivesse dormindo. Lavou o rosto, tomou vários copos de água e voltou tremendo para a cama.

Durante as 24 horas seguintes de pouco se deu conta. Não percebeu se alguém do serviço do hotel entrara no quarto, embora às 6 horas da noite tenha notado várias aspirinas junto à cama. Deu corda em seu relógio, tomou três comprimidos com vários copos de água e voltou para a cama, para outra noite delirando, com sua cabeça misturando a intriga dos três últimos dias com imagens de Ulrike Klaar e Konrad. Em seus momentos lúcidos, ficava preocupado com a possibilidade de deixar escapar algo importante e ser ouvido, de modo que colocou a toalha que estivera usando para enxugar o suor entre os dentes. Seus sonhos consistiam em corredores intermináveis com piso de linóleo nos padrões que vira na Hohenschönhausen e no quartel-general na Normannenstrasse. O linóleo da Stasi o carregava como uma esteira de linha de montagem ao longo de celas com as portas abertas, mas ele não ousava olhar nem para a direita nem para a esquerda para ver o que havia nelas.

17
As Palavras de Konrad

Na sexta-feira — 29 de setembro — ele acordou e soube que o pior da febre tinha passado. Abriu as janelas e olhou para o céu, agora com uma consciência aguda de sua necessidade de comer. Às 11 horas, Biermeier apareceu com uma garçonete a reboque. Ela colocou uma bandeja na mesa com sopa, pão, cenouras e um triângulo de queijo. Biermeier trouxera um frasco de tabletes de vitamina C, que pôs na mão de Rosenharte, insistindo em que ele tomasse ao menos quatro.

— Continue tomando-os direto, porque você mija a vitamina C assim que a engole.

Ele também trouxera a valise de Rosenharte.

— Achei que você precisaria se barbear e tomar banho — disse ele. — Você está parecendo meio morto.

Rosenharte olhou para a valise desconfiado.

— Ainda está grampeada?

Biermeier balançou a cabeça.

— Você pode verificar se quiser. Não temos recursos para ficar desperdiçando um transmissor em perfeito estado com você agora que está de volta à RDA. Você já destruiu um.

Rosenharte começou a comer.

— Onde está Zank?

Os olhos de Biermeier se detiveram nele.

— Fazendo o serviço dele.

— Qual é o serviço dele? Surrar gente como Konrad?

— Não, Rosenharte, você não devia tirar conclusões precipitadas. Zank não trabalha no centro de interrogatório.

— O que ele faz?

— Trabalha na contra-inteligência. Está ocupado com outras coisas no momento: a implementação do plano que o ministro pediu depois das observações que você fez naquela noite sobre os distúrbios.

— Isso não é exatamente contra-inteligência.

— Zank encontrará um jeito de fazer com que seja contra-inteligência. Está a caminho do topo, aquele rapaz. — Rosenharte se viu pensando sobre Biermeier outra vez. Por baixo da rispidez, uma personalidade sardônica às vezes se mostrava.

— Mas eu não disse nada que o ministro não pudesse concluir por conta própria. É tudo muito óbvio.

— Mas você cristalizou alguma coisa na cabeça do chefe. Funcionou bem para você. Foi por isso que ele o deixou ver seu irmão.

— Quando eles vão soltá-lo?

— Quando ele estiver melhor. Talvez ele esteja com o mesmo vírus que você. Falando nisso, você precisa de ar fresco. Vá passear sob o sol do outono durante o fim de semana. Tire um tempo para você.

— Eu preciso dar uma ida ao museu. Estive fora muito tempo.

— Não se preocupe. Eles sabem que você esteve trabalhando em assuntos importantes. Foi tudo resolvido.

— Não o entendo. Primeiro me mantém prisioneiro e me dá o pior tratamento, depois me traz vitamina C e se põe a resolver meus problemas no trabalho.

— Estamos satisfeitos com você. Essa é a razão. Agora você precisa se cuidar um pouco e fazer algo que lhe dê prazer.

— Isso não é fácil quando se é seguido por meia dúzia de homens que lêem o jornal de cabeça para baixo.

— Você não vai despertar tanto interesse agora — disse Biermeier, dirigindo-se para a porta.

— Eu preciso tirar Konrad de lá, coronel. Ele foi preso para garantir que eu trabalhasse para vocês. Agora que eu fiz tudo o que Schwarzmeer me pediu, por que ele não o deixa sair?

Ele lhe lançou um olhar constrangido.

— Tenho certeza de que deixará quando puder.

— Quero poder entrar em contato com vocês sobre meu irmão.

— Quando ele estiver pronto para sair, você ficará sabendo.

— E quanto a comunicar as solicitações para Annalise? — Ele notou o desespero em sua voz.

— Isso será resolvido quando chegar a hora. Você está trabalhando com o MfS, Rosenharte! Você sabe como lidamos com esses assuntos. — Tendo dito isso, Biermeier saiu pela porta.

Rosenharte tomou banho e se vestiu sem pressa, em seguida saiu do hotel e foi até a estação, onde comprou mais comida e um pouco de conhaque, e pegou um trem para casa em Dresden. Estava desconfortavelmente consciente da fraqueza de suas pernas e de que seu corpo ainda estava suando com a infecção, mas o álcool fez algum bem, e quando o trem chegou à Hauptbahnhof de Dresden, ele já estava se sentindo melhor.

No instante em que saiu do trem deparou com uma vasta multidão de viajantes zanzando na estação. Famílias inteiras estavam se mudando, com suas coisas de valor abarrotando malas. Algumas pessoas vestiam roupas que não tinham onde pôr — no caso de uma mulher, um cardigã, um velho sobretudo e uma capa de chuva —, e os carrinhos de bebê estavam lotados com roupas extras. Ele percebeu que os viajantes eram todos jovens e que a maioria era de operários, famílias de baixa renda que haviam decidido retirar sua energia e juventude da RDA e criar uma nova vida para si próprias no Ocidente. E tampouco eles se mostravam preocupados em ocultar suas intenções. Embora os Vopos estivessem presentes em massa e o habitual contingente da Stasi fosse evidente, falavam abertamente sobre a Embaixada da Alemanha Ocidental em Praga e sobre as condições que iriam encontrar lá agora que a chuva chegara. Eles estavam indo sem se importar com qualquer problema que fosse, e em cada rosto havia uma expressão de expectativa esperançosa e nervosa. Tinham cortado seus laços com a RDA, e em suas mentes já estavam em seu caminho para uma vida nova.

Rosenharte observou fascinado por vários minutos. Estavam abandonando a sociedade paranóica da RDA sem remorsos nem vergonha. E não havia nada que os Vopos e a Stasi pudessem fazer quanto a isso. Mas por quanto tempo eles ficariam sem fazer nada? O Estado não podia passar por uma hemorragia dessa magnitude por muito tempo sem que a já abalada economia se ressentisse.

Ele saiu na chuva e pegou um táxi do qual um jovem casal e um bebê tinham acabado de saltar. Rosenharte disse ao motorista para ir a um bar na cidade onde ele sabia que poderia trocar os seiscentos marcos que tirara de seu casaco no trem. A transação foi efetuada rapidamente. Ele conseguiu 2,2 Ostmarks para 1 marco — um bom câmbio — e continuou no táxi até um endereço a alguns quarteirões de um albergue para estrangeiros, onde Idris morava num quarto quando o verão acabava. Como trocara algumas palavras amigáveis com o motorista, que expressara sua própria vontade de ir embora da RDA, achou que seria seguro pedir-lhe para esperar. Entregou a ele algumas notas e um maço de Marlboro e disse que voltaria em meia hora.

Idris estava sentado na sala comum de TV com alguns estudantes vietnamitas e um africano. Estava olhando fixamente a chuva com um saco de nozes e um livro no colo. Rosenharte acenou para ele vir até o corredor e começou a falar, mas Idris pôs a mão em seus lábios e o levou até uma área de serviço imunda nos fundos do edifício.

— Você ainda quer pegar aquele avião para Cartum, Idris?

Ele assentiu.

— Aqui está o dinheiro para fazer isso: trezentos dólares. Isso dá para a passagem.

Idris pegou o dinheiro, balançando a cabeça com incredulidade.

— Queria que você fizesse uma coisa para mim neste fim de semana. Você tem tempo livre?

— Claro, meu amigo.

— Você pode viajar até onde minha cunhada está e levar-lhe uma carta que ninguém mais pode ver? Você pode fazer isso para mim? A segurança dela e dos filhos depende de sua discrição, Idris.

Ele assentiu.

— E seu irmão? Onde ele está? Está livre?

Rosenharte negou com a cabeça. Idris assentiu com ar triste.

— Minha tristeza para você — disse.

— Obrigado. Eu vou ligar para ela hoje à noite e avisar que você vai até lá. — Ele fez uma pausa e sorriu para seu amigo. — Espero que você não se ofenda com o que eu vou dizer, mas provavelmente ela nunca encontrou ninguém como você antes. Ela é uma boa pessoa; só que levou uma vida muito resguardada e no momento está muito frágil porque acabaram de libertá-la. Vá com calma, fale com ela gentilmente e diga que tudo o que escrevi na carta *vai* acontecer; que eu estou fazendo tudo o que posso por Konrad. Você lhe dirá isso, Idris?

— Sem problema, meu amigo. Onde está a carta?

— Preciso escrevê-la agora. Podemos ir para o seu quarto?

Quando ele entregou a carta dez minutos depois, disse:

— É particular; Vladimir não pode vê-la, OK? Mas eu quero falar com seu amigo russo. Você consegue providenciar isso para esta noite? Eu vou estar no mesmo bar durante a próxima hora.

Idris concordou. Então Rosenharte o abraçou e desejou-lhe que fosse com Deus, dois gestos que lhe soaram estranhos quando ele saiu do albergue.

Em vez de voltar para o táxi, ele percorreu com passos apressados os poucos quarteirões até sua rua. A chuva estava atingindo seu rosto, mas quando chegou, demorou-se junto a uma parede para ver se havia gente da Stasi diante de seu prédio. Não havia.

No aparador junto à porta da frente havia um cartão-postal endereçado a Herr Lotha Frankel em letras de fôrma maiúsculas infantis: "Espero que você esteja bem. Vi Ruth ontem, mas tudo está bem com ela agora. Achei que você gostaria de saber disso. Sinceramente, Sarah." Disso, ele entendeu que Ulrike passara por algum problema temporário, mas havia conseguido se livrar e precisava vê-lo. O cartão fora posto no correio dois dias antes, em 27 de setembro, em Halle. Ela não estava correndo risco algum.

Em seu apartamento ele rasgou o cartão, queimou-o e jogou as cinzas na privada. Desfez a mala, mas achou melhor fazê-la outra vez, depois foi lavar o rosto e escovar os dentes. Em virtude dos problemas que Konrad estava tendo na prisão, ele ultimamente andava obcecado com seus dentes.

Era muito cedo para os boêmios noctívagos no Die Krypta. Em vez deles, o lugar estava repleto de homens de meia-idade. Rosenharte sentou-se sozinho ao balcão, recapitulando os detalhes de sua situação e ocasionalmente escutando a conversa sobre a corrida para a fronteira. Todos eram unânimes em concordar que os jovens que estavam fugindo para o Ocidente eram uns vagabundos, incapazes de alcançar os níveis de produtividade atingidos pela geração anterior de bons alemães que trabalhavam duro.

Ele tomou três cervejas e começou a achar que o russo não ia aparecer. Também decidiu que o homem num grupo de cinco, bem perto dele, que usava um boné de veludo azul e fora o mais ácido quanto ao que acontecia na estação estava mostrando interesse demais nele para o seu gosto. Engoliu o resto da última cerveja, disse boa-noite ao grupo e saiu pela porta principal.

A chuva fora substituída por uma garoa fina que envolvia a cidade numa névoa. Os fachos dos holofotes concebidos para realçar a arquitetura que sobrara do esplendor de Dresden no século XVIII terminavam em ângulos abruptos. Ele suspendeu o colarinho e foi, desconsolado, na direção de sua casa, esperando que seu casaco novo sobrevivesse à água pela segunda vez.

Em noites como essa, o fantasma da cidade como ela havia sido antes daquela noite em fevereiro de 1945 sempre rondava sua mente. A sensação de que sob os apressados consertos feitos após a guerra e os espaços abertos que se tornaram necessários pela aniquilação de quarteirões inteiros, dos quais só haviam restado cinzas e pó, havia um mapa da cidade, uma espécie de planta subterrânea de Dresden aguardando para ser erguida de novo. Aquela era a graciosa cidade pintada por Bernado Bellotto, o Canaletto de Dresden, que fizera um registro exato das elevações do século XVIII, prescientemente deixando registrado para o povo algo que lhes seria necessário depois da tempestade de fogo.

Às vezes ele não sabia se esses pensamentos eram originalmente seus ou de Konrad. Haviam caminhado juntos por Dresden, especulando sem nenhuma emoção específica onde teria estado a mãe biológica deles antes de ser desintegrada no inferno: um hotel talvez, o quartel-general local do Partido Nazista ou na recepção de fascistas bem-nascidos que fora o pretexto de sua vinda para Dresden.

Tinha sido Konrad quem lhe contara a história do pedreiro fantasma que podia ser ouvido na madrugada, trabalhando pacientemente na restauração da construção arrasada da Frauenkirche.

Rosenharte parou um pouco para ouvir o cinzel batendo na pedra, mas então se deu conta de outro som — o eco dos passos de alguém que parara a alguma distância atrás dele. Ele seguiu adiante, mas mudou abruptamente de direção para voltar ao longo de uma rua de paralelepípedos em direção ao Zwinger, e passou entre a Hofkirche e o antigo palácio dos reis saxões. Viu por um instante a silhueta do homem: estava usando um boné e uma capa de chuva com um cinto. Talvez fosse o sujeito do bar que se mostrara tão interessado nele. Ele não estava disposto a facilitar para o homem e correu ao longo do complexo do Zwinger até o fim do prédio onde costumava sentar-se no café defronte da ópera. Então se escondeu nas sombras e esperou, metade de sua mente escapando para a arte atrás das paredes às suas costas, enquanto o resto dele considerava a melhor maneira de derrubar o sujeito e desaparecer sob a cobertura dos arbustos e árvores atrás dos prédios do Zwinger.

Ele ouviu os passos reduzirem a velocidade e viu o vulto andando no espaço em frente do café. O homem virou-se; Rosenharte saltou para a frente, brandindo uma barra de metal difícil de manejar que agarrara num lugar de deixar guarda-chuvas. Ele se sentiu absurdo e não tinha idéia do que ia fazer, mas não havia como voltar atrás agora. O homem se virou, se abaixou e fechou as mãos, depois segurou o braço que o atacava, desviou-se para a direita de Rosenharte e puxou o braço para seu peito. A barra caiu nas pedras com um som abafado. O homem se movera com tão impecável velocidade e agilidade que só quando o rosto de Rosenharte estava a poucos centímetros do chão e seu braço estava dolorosamente sendo forçado para trás ele percebeu que acabara de atacar Vladimir.

O russo soltou-o e Rosenharte caiu no chão de pedras.

— Você teve sorte, Doktor. Omiti a parte pior dessa manobra: o joelho na virilha.

Rosenharte levantou-se e pediu desculpas.

— E a Stasi o treinou para isso? — perguntou Vladimir com incredulidade.

— Houve alguns cursos básicos... — Ele se interrompeu. — Não me lembro de ter dito a você que fui da Stasi.

— Não disse. Tive de descobrir por mim mesmo. Venha. Vamos sair dessa chuva.

— Por que não foi ao bar? Fiquei lá duas horas.

— O seu bar é cheio de gente da Bautznerstrasse. A Stasi bebe lá, Rosenharte. Você deveria saber disso. Não podemos ser vistos lá com você.

— Nenhuma surpresa então que um deles tenha me reconhecido.

— Sim, provavelmente era parte do grupo de vigilância do seu caso. Vamos para o carro. Está perto da igreja católica. Meus colegas estão esperando.

Como da outra vez, foram até a Angelikastrasse e entraram no porão de iluminação clara. Todos se sentaram em torno de uma mesa; numa garrafa de vodca foi apresentada, com alguns copos para doses. Rosenharte balançou a cabeça e pediu café, explicando que estivera doente.

— Certo — disse Vladimir. — Eis o que temos a dizer. Fiz pesquisas sobre você, meu amigo, e descobri facetas interessantes suas. Algumas das quais você não gostaria que soubéssemos. É natural. Mas você precisa entender que sei sobre o seu passado: seus pais nazistas, sua história com a Stasi e alguns contatos interessantes que você fez em nome do MfS em Bruxelas. Vamos deixar esses assuntos de lado por enquanto, mas suspeito que eles sejam relevantes para a história toda. Agora temos de nos concentrar é na situação imediata. Quero ser inteiramente franco com você, Rudi. O tempo está se esgotando. Tenho exigências a atender.

Rosenharte respirou fundo, acendeu um cigarro e ofereceu o maço para todos na mesa.

— Você sabe que a única coisa que importa para mim é meu irmão — disse. — Quando eu conseguir libertá-lo, você poderá saber de tudo.

— Gostaríamos de ouvir agora.

— Mas vocês ainda não me ajudaram. Eu o vi no começo dessa semana. Consegui isso sem a ajuda de vocês.

— Sim, após a reunião com Erich Mielke e Schwarzmeer no quartel-general da Stasi.

— Você está bem-informado, então sabe que eu fiz isso por conta própria. Não precisei da sua ajuda.

— Nós lhe demos os endereços em Berlim.

— Sim, mas não disseram qual deles Abu Jamal iria usar. Tive de descobrir isso por conta própria. O que preciso ouvir de vocês é como vão persuadi-los a deixar Konrad livre. Vocês não me ofereceram nada quanto a isso.

Vladimir pigarreou e tirou um envelope do bolso, que colocou sobre a mesa.

— Esta carta foi escrita pelo seu irmão no dia seguinte ao que você o viu. *Nós* conseguimos isso. Tentei entregá-la antes, mas ninguém conseguiu achá-lo. Ninguém a leu.

Rosenharte tentou pegá-la, mas a mão de Vladimir manteve-se sobre o envelope.

— Sinto muito. Não posso lhe entregar isso antes que você comece a nos contar o que está acontecendo. — Seus olhos não se mostravam insensíveis, mas havia também uma determinação fria e imutável em sua expressão.

Rosenharte olhou de relance para os outros dois.

— Você está pedindo para eu assinar minha sentença de execução. Pode muito bem pôr a venda também.

— Não — disse Vladimir calmamente. — Nada do que for dito aqui chegará às suas autoridades. A KGB simplesmente quer saber a verdade sobre a situação para poder tomar as medidas apropriadas. Por que não começa contando sobre os seus arranjos com os ingleses e os americanos?

— Deixe-me ler a carta e eu contarei para você sozinho.

Vladimir assentiu e deslizou a carta pela mesa.

— Vamos lhe dar algum tempo para isso — disse. — Voltarei em alguns minutos. — Os três saíram do porão.

Rosenharte abriu a carta e viu que Konrad preenchera os dois lados com sua letra precisa e sem enfeites. A carta estava datada da quarta-feira anterior e no alto ele escrevera em maiúsculas: Hohenschönhausen.

Meu caro Rudi,

Ficarei surpreso se esta chegar até você, mas como não tenho nada a perder pondo por escrito meus pensamentos e mandando lembranças para você, caro irmão, sentei-me em meio a essas miseráveis circunstâncias para lhe escrever. Tê-lo visto me deu alento, embora nos últimos dias tenha me convencido de que estou chegando ao fim de minha vida e de que devia, como dizem os médicos, colocar meus assuntos em ordem e fazer as pazes com o mundo. Como não há ninguém que possa ser chamado de médico neste lugar lúgubre, eu digo a mim mesmo: sua hora está chegando; sua luta está chegando ao fim.

Soa melodramático, não? Posso ouvi-lo a me censurar, e no entanto a verdade é que não tenho esperanças agora, a não ser quando penso no futuro de meus filhos e na felicidade de Else, duas coisas que sei que são próximas ao seu coração também, caro Rudi. Na eventualidade de eu não poder mais cuidar deles, sei que você os nutrirá com seu amor e seu cuidado. Isso me deixa mais facilmente resignado à minha situação do que ficaria em outras circunstâncias. Você é meu querido irmão gêmeo e meu companheiro na vida, e agora você se tornará meu substituto, mais do que à altura para criar Florian e Christoph. Saber disso me dá forças.

Sei que você está fazendo tudo ao seu alcance para me libertar e que, sendo tão otimista, está convencido de que vai conseguir. Talvez você consiga, e se for assim, você terá realizado um milagre e vamos comemorar. Mas, Rudi, não arrisque sua própria liberdade nesse esforço; não ponha em risco Else e os meninos. Imploro-lhe que tenha certeza da segurança deles antes de fazer algo mais.

Termino mandando meu amor e minha inexprimível gratidão pelo companheirismo desses cinqüenta anos. Nem um dia se passou sem que você estivesse em meus pensamentos; nem uma noite se passou em lugares como este sem que as lembranças de nossos momentos juntos não tenham me preservado em meio às trevas. Mande meu amor para minha bela Else, beije-a por mim e abrace os meninos como se eles fossem seus. Você agora é o canal para o meu amor, Rudi.

Seu irmão que sempre o amou,
Konrad.

Rosenharte dobrou a carta cuidadosamente ao longo dos dois vincos e recolocou-a no envelope sem endereço, depois secou uma lágrima de raiva do canto de seu olho. Ele catou a garrafa de vodca imediatamente e serviu dois copos cheios, que engoliu em tragos rápidos. Aquela carta não era do Konrad que ele conhecia. Embora a letra e a maneira ligeiramente antiquada de se expressar no papel certamente fossem familiares, ele não reconhecia aquele tom de resignação. Em poucas semanas os canalhas da Stasi tinham penetrado o interior dele e sugado sua força para viver.

Ele olhou fixamente para a mesa e repetiu as palavras que gritara no corredor do hospital quando estava sendo levado para fora. "Agüente firme, Konnie."

18
Um Acordo com o Russo

Vladimir bateu antes de entrar, um gesto curiosamente cortês, já que eles estavam nos porões da KGB. Ele colocou um bloco de papel na mesa e tirou o relógio, que alinhou junto ao bloco.

— Temos muito a discutir — disse ele. Olhou o mostrador do relógio e ergueu os olhos com um sorriso vigoroso.

— Você consegue fazer com que uma carta entre lá? — perguntou Rosenharte.

— Talvez, mas só dentro de alguns dias.

— Vou escrever uma antes de sair daqui hoje e deixá-la com você.

— Como queira.

— Antes de falar de outros assuntos, preciso explicar o problema de Konrad para você. Depois vou perguntar o que você pode fazer para me ajudar. Em seguida, vou contar tudo o que sei sobre este caso. — Estava nervoso e pediu a Deus que não estivesse equivocado quanto às intenções de Vladimir. O que ele estava a ponto de contar para o russo com certeza era o suficiente para lhe valer uma bala na nuca. Mas ele ponderou que sem a ajuda de Vladimir a esperança de libertar Konrad era pouca. Ele não tinha opção, a não ser correr um dos maiores riscos de sua vida.

Ele respirou fundo e começou a contar como Konrad tinha sido preso quando a segunda carta de Annalise Schering chegara e como as repetidas promessas da Stasi de libertar Konrad não haviam sido cumpridas por orientação, ele achava, do coronel Zank. Ele descreveu o acordo que fizera com os ingleses e os americanos, mas disse que no momento achava que eles não iam conseguir tirar Konrad da prisão sozinhos. Precisariam de passes e equipamento, que não conseguiriam obter. A KGB, por outro lado, poderia ser capaz de obter os formulários de soltura necessários e os passes para os veículos. Rosenharte os daria aos ingleses, e estes não precisariam saber de nada.

— Entendo perfeitamente por que a Stasi o escolheu — disse Vladimir. — Por baixo de tudo, você tem uma mente muito ardilosa, embora não permita que o mundo perceba isso. Daria um espião excelente, Dr. Rosenharte; uma perda para a profissão. — Ele sorriu. — Talvez eu tenha como ajudá-lo, mas você terá de fazer valer a pena.

Rosenharte deu-lhe uma descrição detalhada da operação anglo-americana para rastrear Abu Jamal e Misha e mostrou como estava sendo feita sob o disfarce de passar informações de uma fonte bem colocada na Otan. Não deu pista alguma sobre a identidade da fonte britânica em Leipzig, mas deixou clara a natureza da informação que passara para o Diretório Principal de Inteligência Estrangeira e sua importância para a futura penetração das redes de comunicação da Otan. Ele sabia que Vladimir teria como juntar os pedaços da história de Annalise Schering, de modo que lhe contou sobre a maneira como o Ocidente a usara como um canal para a verdade nas décadas de 1970 e 1980. Ao ouvir isso o russo ergueu uma sobrancelha — a única indicação de surpresa a que se permitiu enquanto Rosenharte falava. Na maior parte do tempo ele o perscrutou, tomando notas numa letra fluente em cirílico, a qual Rosenharte desconfiou que continha elementos de estenografia.

Por fim, quando o cinzeiro estava cheio e a garrafa pela metade, Vladimir, agora relaxado em sua cadeira, folheou as páginas com impaciência, procurando outras questões.

— A operação contra a Stasi é astuta — disse — porque se vale da sensação deles de inferioridade tecnológica. A idéia de tentar a Stasi com essa isca para enquanto isso obter informações sobre a relação do MfS com Jamal veio do chefe do SIS em Berlim, Robert Harland?

Rosenharte assentiu.

— Alguém em quem precisamos prestar atenção — disse Vladimir. — Por outro lado, o homem no qual *você* tem de prestar atenção é o coronel Zank. É ele quem está no caminho entre Robert Harland e o sucesso e é ele o obstáculo no caminho para libertar seu irmão. Talvez ele tenha a sensação de que esta é a única maneira de a Stasi manter algum poder sobre você. — Ele ponderou sobre suas notas por vários minutos, assentindo repetidamente para si mesmo. — Você está correndo contra três relógios conectados a detonadores. — Ele pegou seu relógio e ficou segurando-o. — Você não tem como saber quanto tempo tem em cada um antes que a detonação ocorra. O primeiro relógio é a saúde precária de seu irmão. O segundo é a segurança de seu informante em Leipzig; uma fonte que esteja passando segredos como esses para o Ocidente não vai durar muito na RDA. A fonte já está perigosamente exposta porque você é o principal contato dela e *você* está exposto. O terceiro e último relógio é o que funciona no quartel-general da Stasi. É só uma questão de tempo até você ser preso para ser interrogado por Zank sobre o programa de computador. Você não permanecerá livre por muito tempo, Rosenharte.

— O único relógio que me interessa é a saúde precária de meu irmão. Assim que ele for libertado, poderemos todos deixar o país e que se dane a espionagem.

— Sim, entendo sua concentração nisso, mas você pode compreender minha surpresa de que você esteja tentando envolver três das maiores agências de inteligência do mundo na libertação de um prisioneiro mantido por uma quarta. É uma situação fora do comum e, para dizer o mínimo, não deve ser nada confortável para você. Talvez a pressão já esteja se manifestando em você.

Rosenharte balançou a cabeça.

— Tive gripe, só isso. Estou bem. Vou conseguir levar isso até o fim.

— Você pode estar dizendo isso agora, mas um único erro... Bem, você conhece os riscos. E, em alguma medida, esses riscos são meus também.

Rosenharte assentiu e disse que era tudo uma questão de timing.

— Mas e quanto à conexão de Leipzig? — perguntou o russo. — Você diz que quer partir imediatamente, mas com certeza tem alguma responsabilidade para com essa pessoa.

— Claro. No entanto, em termos morais, minha obrigação é cuidar de meu irmão e da família dele.

— Sim, mas seria lamentável se a informação que essa pessoa aparentemente possui não chegasse ao Ocidente.

Rosenharte olhou-o atentamente.

— O que você quer dizer?

— O que estou dizendo. Será contra os interesses de todo mundo se Abu Jamal conseguir realizar os atentados dos quais você me falou. Você precisa se manter no caso, não importa o que aconteça. É seu dever. Essa pessoa está contando com você para passar essa informação vital. Não há ninguém mais. Você é a única conexão com o Ocidente do informante, que poderia levar meses para encontrar outro meio de comunicar essa informação para as pessoas certas.

Rosenharte lembrou-se de Harland falando de uma força oculta. Ele observou Vladimir.

— O seu governo quer que isso aconteça?

— Quem sou eu para falar em nome de meu governo... Do presidente Mikhail Gorbachev? Mas acho que é razoável pressupor que, na nova era da União Soviética, haja reformistas que consideram essa colaboração com um terrorista muito fora de moda e muito prejudicial para a *détente* Leste–Oeste.

— Entendo.

Eram 6h30. Rosenharte levantou-se e se espreguiçou. Tomou algumas das aspirinas e da vitamina C de Biermeier e perguntou ao russo se havia café e talvez algo para comer.

— Há outra coisa que eu queria pedir a você — acrescentou ele. — Bem, duas coisas, na verdade. Posso usar o telefone para ligar para a mulher de meu irmão para dizer a ela que espere a visita de um amigo nosso?

— Quem?

— Pedi a Idris que levasse um recado para ela.

Vladimir sorriu.

— Logo estaremos todos trabalhando para você, Dr. Rosenharte. Sim, você pode dar esse telefonema.

— E eu preciso fazer contato com o Ocidente.

— De um telefone daqui? — Ele fez uma pausa. — Você perdeu a razão.

— Precisa ser em particular. Será impossível de rastrear, mas preciso estar sozinho ao ligar. — Rosenharte não tinha dúvida de que de alguma forma ele gravaria a ligação e os códigos usados, mas não tinha alternativa.

Vladimir balançou a cabeça.

— Não vai comprometê-lo.

— Vou pensar no caso. Agora, escreva sua carta enquanto vou atrás de um café para nós.

Vladimir deixou-o com uma caneta e várias folhas de papel. Rosenharte releu a carta de Konrad e começou a escrever sua resposta.

Meu caro Konnie,

Não há ninguém mais corajoso do que você. Várias vezes nos últimos dias tive razões para me comparar a você e me senti inferior. Você sempre foi o mais íntegro e persistente de nós dois, e são nessas qualidades que eu quero que você se apóie nos próximos dias e semanas. Enquanto luto pela sua libertação do lado de fora, preciso que você resista aí dentro, mantendo-se vivo e com ânimo. A vitória definitiva contra as forças que o detêm e atormentam será você sobreviver, para viver e desfrutar sua liberdade e sua família. Agora que Else e os meninos logo estarão a salvo, você precisa concentrar todas as suas energias neste ato de resistência, porque de um jeito ou de outro eu vou tirá-lo daí, nem que tenha de invadir o lugar eu mesmo.

Você diz que sou otimista. Aceito a imputação, porque sei que nosso tempo juntos nesta terra e seu tempo com a família não chegaram ao fim. Não se trata de uma opinião esperançosa, é um fato. Também tenho certeza de que sua obra não acabou; você ainda tem muitos filmes a fazer, e eles serão feitos na liberdade das novas circunstâncias.

Não estou sozinho na luta para libertá-lo. Vamos vencer, Konrad. Ajude-nos com toda a sua resistência e todo o seu empenho.

Rudi.

Ele dobrou o papel, perguntando a si mesmo se deveria ter abordado algumas das coisas que Konrad dissera. Mas isso seria aceitar a despedida de seu irmão e admitir que eles não teriam mais tempo juntos — uma impossibilidade. A vida sem Konnie liderando e assumindo a responsabilidade seria inconcebível. Naquele momento, Rosenharte viu tudo com muita clareza. Talvez o homem da Stasi estivesse certo: a maçã não cai muito longe da árvore nazista. Mas Konnie *era* diferente dos pais biológicos deles — era altruísta, generoso, tolerante, mesmo que às vezes fosse um pouco presunçoso. Mas ele sofrera por causa dos erros de Rudi. Preso pela primeira vez no inverno de 1975 porque Rudi não aparecera, tornara-se uma vítima da curiosidade da Stasi. Queriam saber sobre ele e viram algo que precisava ser capturado e encurralado. Cinco anos depois ele estava em Bautzen tendo os dentes destruídos. Todo o sofrimento de Konnie, então e agora, podia ser relacionado àquele erro em 1974, quando ele encontrou a Annalise original na banheira. Aquele único momento de vacilação teve como conseqüência todos os problemas de seu irmão. Ele não podia dizer nada disso agora, mas um dia se retrataria.

Uma hora depois ele ligou para a casa da Sra. Haberl e após dez minutos de espera falou com uma sonolenta Else. Da maneira mais discreta possível ele lhe disse que esperasse Idris mais tarde naquele dia e para seguir todas as instruções que ele daria. Ela pareceu confusa. Rosenharte repetiu tudo.

— Desculpe — balbuciou ela. — Seu amigo já esteve aqui e eu o mandei embora. Não sabia que você o tinha enviado.

— O estrangeiro já foi até aí vê-la? Não pode ser.

— Eu não sei o nome dele, mas sim, ele veio ontem.

— Não era Idris. Eu só pedi que ele fosse até aí ontem à noite. Quem era esse outro homem?

— Não sei. Disse que queria falar com você e Konrad sobre um assunto particular. Um homem alto, cabelo ruivo, estrangeiro. Não gostei da cara dele. Mandei-o embora.

Rosenharte reconheceu a descrição.

— Falaremos sobre isso quando eu a encontrar. Mas ouça, Else, dê uma boa acolhida ao meu amigo. Ele é um bom sujeito.

— Claro, Rudi — disse ela, depois desligou.

Vladimir apoiou-se na mesa com as pontas dos dedos unidas.

— Vocês vão tirá-los esta semana? Melhor não perderem tempo. A situação não está boa para excursões à Tchecoslováquia no momento.

— Você sabe de alguma coisa?

— Veja o que está acontecendo. Há quatro ou cinco mil pessoas acampadas em frente da embaixada da Alemanha Ocidental no momento. Ninguém sabe o que fazer com elas. Honecker não pode permitir que isso apareça em todas as televisões do Ocidente enquanto o presidente da União Soviética e os líderes de todo o mundo comunista comemoram o quadragésimo aniversário do país em Berlim esta semana. Não é boa propaganda para a RDA.

— E daí?

— Daí que eles vão fechar as fronteiras. Estamos esperando que isso aconteça muito em breve. Na verdade, temos certeza de que vai acontecer.

— Posso fazer a outra ligação?

— Esteja à vontade.

— Mas preciso estar sozinho.

— Você estando sozinho ou não, vamos gravar a ligação. De modo que você pode me dizer de uma vez como se faz. Caso contrário, não permitirei que você use o telefone de novo.

Rosenharte deu de ombros.

— Certo — disse.

Enquanto ele discava o primeiro número, Vladimir se inclinou e anotou-o num bloco. Então ele removeu o fone redondo do lado do aparelho, colocou-o no ouvido e fez um gesto para que seus homens se certificassem de que o gravador estava pegando tudo. Houve alguns ruídos e depois o som de outro telefone discando. Quando o ruído parou, Rosenharte discou um número de oito dígitos, o que Vladimir também anotou.

— Este é o código de acesso? — perguntou.

Rosenharte assentiu. Não viu razão para lhe dizer que aquele número ia mudar em 24 horas e depois de novo dali a sete dias.

Ele ouviu a secretária eletrônica e repetiu a sentença que Harland o fizera decorar.

— Aqui é o Sr. Príncipe. Estou ligando da parte de minha tia, que quer remarcar a consulta. — Ele aguardou.

A voz de uma mulher, inequivocamente inglesa, veio na linha.

— Aguarde enquanto faço a conexão — disse ela em alemão.

Mais ruídos, e então silêncio. Um minuto depois ele ouviu Robert Harland dizendo alô.

— Minha tia quer mudar sua consulta para 4 de outubro, de manhã cedo. É o único dia que ela pode.

— Acho que podemos resolver isso. E quanto ao seu tio?

— No fim da semana. Tudo precisa acontecer até o fim da semana.

— Mas precisaremos de um nome. Você precisa dar um nome para marcar adequadamente a consulta. É a única maneira.

— Não há razão para se preocupar com isso. Vocês terão o nome. Darei ao representante de vocês.

— Fico satisfeito que tenhamos resolvido isso, Sr. Príncipe. Até logo.

Rosenharte desligou e olhou ao redor da sala. Havia uma estante cheia com uma surpreendente quantidade de estudos técnicos e manuais, pelo menos quatro deles sobre judô e caratê, e três pilhas de listas telefônicas e prospectos de viagem muito manuseados. No parapeito havia dois cactos, um binóculo, um pequeno rádio e um livro em alemão com o título *Modelos para restaurar a capacidade de trabalho e monitorar o estado de saúde após o combate*. Rosenharte não pôde evitar um sorriso.

— Então você está planejando terminar tudo até o fim desta semana? Isso vai ser muito difícil. — Ele se levantou, apontou para o calendário e fez um sinal para os dois homens, que saíram com o gravador. — O fim da semana é 7 de outubro, o quadragésimo aniversário. Não é uma boa idéia. Eu e a maioria de meus colegas estaremos em Berlim. Acredite-me, Rudi, este vai ser um dia e tanto. Estão esperando problemas.

— Então com certeza é o momento perfeito, não?

— Não, as estradas vão estar bloqueadas. Vai haver mais gente da Stasi nas ruas do que em qualquer outra ocasião nas últimas quatro décadas. Use a cabeça. — Ele bateu na testa.

— Preciso pensar na saúde de meu irmão. Não há muito tempo. A carta dele deixa isso claro. Estava esperando que você conseguisse documentos para a soltura dizendo que Konrad foi intimado para o quartel-general da KGB em Karlshorst por instruções do MfS para 24 horas de interrogatório na sexta-feira à noite.

— Por que iríamos querer falar com seu irmão nesse dia? Todo mundo sabe que estaremos no limite de nossa capacidade para proteger o presidente.

— Que tal a próxima semana, dia 9, 10 ou 11?

— Sim, seria melhor. Mas ainda assim vai ser difícil. É bem sabido que a KGB e o MfS não são mais tão ligados como eram. E os guardas podem ter suspeitas assim que vocês entrarem na Hohenschönhausen.

— Olhe, é só para conseguir que o veículo entre. É tudo de que precisamos.

Vladimir assumiu uma expressão de dúvida e tirou um cacho de cabelo da testa.

— Esse tipo de operação precisará do aval de autoridades maiores. A RDA ainda é nossa aliada e parceira.

— O que você quer em troca?

— O nome de seu contato em Leipzig.

Rosenharte assentiu.

— Detalhes completos do que os ingleses e os americanos planejam fazer em relação a Abu Jamal e Misha. Se for ocorrer um seqüestro, quero ser informado.

— Sim.

— E quando você for para o Ocidente, trabalhará para nós.

— Não vou poder fazer nada para vocês no Ocidente. Vou ser um homem marcado.

— Acharemos algum uso para você. Você é bom, Rosenharte, e já nos ajudou. — Ele bateu os dedos no bloco. — Parte do que está aqui pode ser valioso para nós. — Fez uma pausa para escrever alguma coisa. Rosenharte sabia que Vladimir sabia que ele não tinha a menor intenção de trabalhar para os russos no Ocidente. Estava propondo isso porque era da sua natureza, a natureza do jogo de espionagem. Vladimir ergueu os olhos. — Ligue para esse número segunda-feira de manhã, daqui a nove dias. Eu lhe direi se obtive a permissão necessária para seguir adiante com isso. A entrega do formulário de soltura e do passe ocorrerá em seguida. Não serão boas falsificações, apenas o suficiente para conseguir entrar na Hohenschönhausen. Não posso garantir que servirão para sair.

— Tenho certeza de que funcionarão. O pessoal envolvido nesta operação também precisará de identidades da Stasi com o código e o departamento apropriados.

— Pessoalmente, eu aconselharia que você não depositasse muita esperança nisso. Os ingleses poderão facilmente traí-lo, porque a essa altura já terão o nome do contato em Leipzig. Não precisarão mais de você.

— Você também já terá o nome a essa altura.

— É verdade, mas não estou arriscando nada. Esta falsificação pode ser neutralizada no prédio sem problemas. Negarei conhecê-lo, claro, se você for pego. Não gosto de me expor e você precisa compreender isso.

Rosenharte levantou-se.

— E você vai entregar a carta ao meu irmão assim que for possível?

Ele assentiu.

Rosenharte foi até a porta, seguido por Vladimir.

— Há só mais duas coisas.

— Você nunca pára de pedir favores, Rosenharte.

— Agora não é um favor. É uma exigência. Não quero ser seguido. Já tenho problemas suficientes com a Stasi para ainda ter seus homens atrás de mim. Você concorda?

Ele deu de ombros.

— Estou ocupado demais. Não posso me dar ao luxo de pôr ninguém atrás de você. E a outra coisa?

— Gostaria de saber o nome do homem a quem confiei minha vida. Você tem informações suficientes para conseguir minha execução.

— Como disse há pouco... — Um sorriso apareceu nos cantos de seus lábios. — Não gosto de me expor. Todavia, já que você perguntou, é V. I. Ussayamov. Major Vladimir Ilyich Ussayamov.

— Vladimir Ilyich... o nome de um comunista leal.

— Sim, mas também o nome dado a um filho por comunistas leais. — Ele abriu uma porta e indicou o corredor. — Alguém do meu pessoal o levará até em casa. Você está com cara de quem precisa de um bom descanso, Rudi.

Alguns minutos depois o carro deixou a Angelikastrasse com Rosenharte abaixado no banco traseiro, se perguntando por que o russo mentira tão obviamente sobre o nome dele.

Enquanto falava com Harland no telefone, os olhos de Rosenharte tinham dado com um estojo revestido de cetim azul, onde havia uma medalha. Conhecia o alfabeto cirílico o bastante para saber que era o primeiro prêmio dado num torneio de judô para um homem com as iniciais V. V. P.

Ussayamov era seu nome falso.

19
Um Pouco de Estática

Ele queria ir embora de Leipzig naquele dia, mas sucumbiu de novo à febre e ficou de cama. Era nesses momentos que mais odiava estar sozinho, e sintonizou seu radinho Grundig num programa de música e depois nas notícias do BBC World Service. Naquele dia, em Praga, o ministro das Relações Exteriores da Alemanha Ocidental visitara a embaixada de seu país e anunciara que a RDA concordara em permitir que 5,5 mil pessoas viajassem de trem pela Alemanha Oriental para o Ocidente. A mesma notícia estimava em 25 mil o número de alemães orientais que cruzara a fronteira da Hungria para a Áustria no mês anterior, mas era uma estimativa cautelosa. Havia quem falasse em sessenta mil. Vladimir estava certo: era só uma questão de tempo para que as fronteiras fossem fechadas.

Ele levantou tarde na manhã de domingo, abriu as janelas para um úmido dia de outono e se apressou nos preparativos para partir. Em vez de sua valise, escolheu uma velha mochila que pertencia a Konrad, na qual pôs as roupas de que iria precisar nos próximos dias junto com um anoraque impermeável gasto. Prendeu suas botas de caminhada em cima da mochila, depois pôs seus sapatos novos, desfrutando por um momento o competente e sólido conforto deles; fazia muito tempo desde a última vez que lembrava ter possuído alguma coisa tão bem-feita.

As notícias de Praga haviam aumentado a quantidade de gente na Hauptbahnhof. Em algumas partes do enorme e cavernoso terminal, mover-se era difícil para as pessoas que estavam viajando para o sul. Os Vopos se entretinham fazendo a multidão ir ora numa direção, ora noutra, forçando as famílias a formar filas que serpenteavam ao longo das plataformas e não tinham nenhum propósito evidente. No lado norte da estação, Rosenharte viu uma dúzia de caminhões do Exército do Povo, prontos para dar um fim ao clima de ansiosa festa.

Embora ele também estivesse planejando ir embora, o êxodo não lhe deu nenhuma alegria em particular, e quando chegou a Leipzig não teve como não admirar o desafio teimoso e imóvel da cidade. Um homem que puxara conversa no trem lhe dissera que um tribunal no dia anterior sentenciara 11 manifestantes da Nikolaikirche a seis meses de prisão. E também a uma multa de cinco mil marcos. "Onde eles vão conseguir tanto dinheiro assim? Agora vamos ter de poupar dinheiro para o caso da Stasi nos prender só por estarmos andando na rua?"

Isso era novidade. Desconhecidos não conversavam desse jeito na Alemanha Oriental havia décadas. Ele disse uma coisa que surpreendeu Rosenharte e ecoou algo que Konrad dissera uma vez: "No Leste não confiamos na democracia, porque da última vez que votamos elegemos Hitler. Mas já está na hora de tentar de novo."

Rosenharte seguiu o procedimento para fazer contato com Ulrike e postou-se defronte da igreja de Bach, a Thomaskirche. O concerto que ele vira anunciado terminara fazia tempo e havia poucas pessoas por ali. Enquanto esperava, deu-se conta de que fazia menos de uma semana que conhecera Ulrike. Tinha uma lembrança muito nítida da presença dela, de sua voz e da expressão em seus olhos quando a abraçou por aquele breve momento no parque, mas não conseguia visualizar uma imagem mental completa dela.

Ficou ali por uma hora e meia, até despertar a atenção de dois agentes da Stasi à paisana. Foi ao café, mas estava fechado, então caminhou de volta para o centro da cidade para ficar de vigia numa das vielas que levavam à Kirchof, a praça em frente da Thomaskirche.

Por volta das 7 horas, um casal jovem o abordou — o mesmo que lhe pedira cigarros na segunda-feira anterior. O rapaz disse a Rosenharte que os seguisse a uma distância de trinta metros e passasse por eles se fossem parados. Explicou que todo domingo à noite a Stasi patrulhava as ruas para impedir que as pessoas colocassem cartazes convocando às orações pela paz das segundas-feiras. Eles já tinham sido submetidos a uma completa revista duas vezes.

Eles andaram por 15 minutos até chegarem a uma área outrora próspera no sudeste da cidade, onde havia alguns chalés em estilo alpino, cada qual com duas ou três árvores grandes em seus jardins e um lance de degraus que levava a uma entrada na frente no primeiro andar. A garota virou-se para ele, lançou-lhe um olhar de vaga curiosidade e indicou à sua direita com um aceno de cabeça quase imperceptível. Então pegou o namorado pelo braço, e os dois atravessaram a rua e desapareceram no entardecer, rindo.

Ele andou mais uns nove metros e chegou a um portão estreito coberto por uma trepadeira antiga. Ele se abaixou e seguiu por um caminho que o levou a uma porta do lado da casa. Nenhuma luz estava acesa. Ele bateu hesitantemente à porta e esperou. Ninguém apareceu. Bateu de novo, com mais força, e recuou para olhar melhor a casa. O lugar tinha sido dividido em quatro ou cinco apartamentos e estava caindo aos pedaços: os tijolos precisavam de remendos; as venezianas estavam quebradas e apodrecendo; a pintura nas janelas estava descascando. Quando ele resolveu que devia estar na entrada errada, uma lâmpada sobre ele se acendeu e uma porta se abriu rangendo. A face de Ulrike apareceu. Ela estava pálida e seus olhos pareciam maiores e mais intensos. Ela fez um gesto para que ele entrasse, empurrou a porta com o pé e fechou os ferrolhos em cima e embaixo.

— Bem, eu vim — disse ele.

— Eu sei. Estou vendo.

— Era o que você queria. Você me mandou um cartão-postal. Teria vindo antes, mas peguei uma gripe e fiquei de cama em Berlim.

— Você deve ter passado para mim. Fiquei dois dias de cama.

— Sinto muito. Não é uma boa hora? Posso ir procurar algum lugar para comer e voltar depois. — Ele sorriu, esperando dissolver a tensão.

— A essa hora num domingo você não vai achar lugar nenhum aberto. — Ela recuou e olhou-o de alto a baixo. — Você perdeu peso. E está com belas roupas novas.

Ele assentiu.

— Eles ficaram muito impressionados com as informações.

Ela pôs um dedo nos lábios.

— Não agora. Há outras pessoas aqui. Vou apresentá-lo como Peter. Você é um professor. Falaremos depois que eles forem embora.

Rosenharte seguiu-a para uma sala de estar bem-arrumada que parecia o cenário de um filme da década de 1930 — fotografias emolduradas na parede, duas estatuetas de porcelana, um par de luminárias de bronze grandes e uma velha escrivaninha em nogueira envernizada. Sobre os sofás e poltronas havia panos e almofadas que estabeleciam um esquema de cores creme e verde com toques de laranja. Era tudo muito confortável. Rosenharte gostou do lugar e achou que apresentava uma elegância que não teria associado às atividades tão meritórias de Ulrike na igreja.

Ele cumprimentou os três homens que estavam sentados em volta de uma mesa com xícaras de chá e um cinzeiro cheio na frente deles. Deus, como a cena lhe era familiar — a discussão circular interminável, a respeitosa sinceridade, a falta de alegria ou humor. Aquela era outra coisa pela qual o Partido era responsável. As pessoas tinham se tornado infernalmente chatas.

Ela apresentou-o como um amigo de Dresden. Eles acenaram com a cabeça. Um deles, um tipo intenso, com uma barba escura mas sem bigode, pareceu em dúvida.

— Talvez devêssemos... — começou, mas foi interrompido por Ulrike.

— Não, não — disse. — Garanto que ele é de confiança.

Rosenharte cumprimentou-os com a cabeça e pôs sua mochila no chão.

Um homem mais jovem que usava uma jaqueta deselegante abotoada até o pescoço tirou o cachimbo da boca.

— Mas, amigos, chegamos a um estágio em que o movimento é tão amplo que devíamos dizer em público as mesmas coisas que em particular.

— Não é bem esse o caso — disse o homem de barba —, mas concordo com o espírito do que você está dizendo. Nosso objetivo é levar as deliberações particulares de cada indivíduo ao fórum do discurso público, mas precisamos manter a consciência dos perigos. Ainda há muito caminho pela frente.

— Quanto tempo? — perguntou o mais jovem.

— Semanas, meses, anos. Não sei. Mas, se continuarmos com essa política estrita de protestos pacíficos, tiramos deles a razão para reprimir nossas manifestações com violência. O que temos de fazer agora é converter os soldados e policiais que barram nosso caminho e apelar à consciência de cada homem. Esse deve ser o nosso objetivo amanhã: falar com essas pessoas e fazer com que adotem nosso ponto de vista.

O terceiro homem, um homem corpulento com uma juba de cabelo grisalho desgrenhado e olhos saltados, recostou-se em sua cadeira sorrindo e balançando a cabeça.

— Você não entende, Carl. Chegamos ao momento crítico *agora*. Esta semana ou seremos vencidos ou teremos conseguido. Havia apenas alguns milhares segunda-feira passada; precisamos de muito mais esta semana para mostrar que adquirimos força. Sabemos que a Stasi está entre nós. Vamos admitir, a Stasi pode até ter um representante em volta desta mesa. Com o que ninguém pode argumentar são as massas. Se o povo vier amanhã e se manifestar pacificamente, então eles terão de descobrir um jeito de reagir.

Ulrike voltou-se da mesa para Rosenharte, que estava sentado num sofá.

— Soubemos que eles estão planejando encher a Nikolaikirche com membros do Partido e o seu próprio pessoal. De modo que temos todos de chegar lá cedo. Espero que você venha conosco.

Ele assentiu.

Conversaram por uma hora, especulando sobre o desconhecido e discutindo sobre aspectos que separavam os movimentos pela democracia. Carl e o jovem saíram antes, e eles ficaram com o fulano com o cabelo desgrenhado, que estendeu a mão para Rosenharte.

— Rainer Frankel. Prazer em conhecê-lo.

— Rainer é meu ex — disse Ulrike.

— Marido? — perguntou Rosenharte embaraçado.

Frankel soltou uma risadinha.

— Não, não cheguei a tanto.

— E como está Katarina? — perguntou Ulrike a ele.

— Bem, mas não temos dormido muito.

Ela piscou para Rosenharte.

— Ele se casou com uma de suas alunas e eles acabaram de ter o menino que Rainer sempre quis.

Rainer assentiu com bom humor.

— Bom, preciso ir. — Ele a beijou nas bochechas e ficou um pouco com as mãos nos ombros dela. — Tenha cuidado amanhã, Uly. E tome alguma coisa para essa infecção! Você não está com a cara boa. Cuide dela, Peter.

Ela o acompanhou até a porta e voltou para Rosenharte com um ar inquisitivo.

— Você está com cara de quem precisa comer alguma coisa.

Ele assentiu entusiasticamente.

— Vamos tomar um vinho. Rainer me trouxe uma garrafa como um presente de aniversário atrasado e também um pouco de *bratwurst*. Vou fazer um jantar para nós. — Ela pôs um xale em volta dos ombros e eles foram para uma cozinha pequena com correntes de ar, cujas paredes eram revestidas por uma montagem de cartões-postais, receitas e fotos de revistas. Rosenharte abriu a garrafa de vinho, um tinto espesso e de tom púrpura, e a observou com prazer. Gostou do novo penteado dela, mais curto, com o cabelo esticado para trás com uma escova fina. Deixava seu rosto mais jovem e mais dramático.

— É seguro falarmos aqui?

— Sim, Rainer inspecionou o lugar antes de nossa reunião à noite. Reunimo-nos em lugares diferentes cada vez, e é missão de Rainer achar as escutas antes.

— Eles *vão* se infiltrar em seu grupo, você deve saber disso.

— Já se infiltraram. Sabemos quem é. Não estava aqui agora à noite.

— Ele acha escutas?

— O tempo todo. Uma semana atrás encontraram duas no apartamento de um colega: numa luminária de mesa e numa tomada elétrica.

— O mais jovem, quem era?

— Hendrik. Hendrik Deubel. Ele acabou de passar três meses na cadeia. — Ela voltou-se para ele, balançando uma colher de pau na mão. — Porque estava com uma foto de Mikhail Gorbatchev no protesto contra as eleições que foram arranjadas pelo Partido em Berlim na primavera. Ele ia partir da RDA, mas o convencemos a ficar e lutar.

Rosenharte encarou-a com firmeza.

— É exatamente esse o tipo de pessoa que acaba trabalhando para eles.

— Eu sei que Hendrik não é. Confie em mim. Sei o que estou fazendo. Sei como sobreviver aqui. Você vai ter de se deixar guiar por mim às vezes, Rudi.

Ele lhe contou sobre sua visita a Konrad na prisão enquanto ela fritava batatas e cebolas.

— Conheço pessoas que estiveram lá. Nunca mais são as mesmas. Aquele lugar destrói a fé básica na humanidade e faz com que as pessoas vejam a vida de outro jeito. É irreversível.

Jantaram na sala de estar, sentados em frente um do outro com três velas entre eles. Rosenharte falou sobre seus contatos na Stasi: Mielke, Zank, Schwarzmeer, Fleischhauer e Biermeier foram todos descritos com precisão científica, como se ele estivesse identificando membros diferentes de uma espécie. Então ele foi direto ao ponto.

— O resultado disso tudo é que preciso dar o seu nome aos ingleses e aos russos.

Os olhos dela o fulminaram.

— Não, meu nome não, Rudi. Dê a eles algum outro nome. Não o meu.

— Os ingleses e a CIA estão levando suas informações a sério, o que significa que precisam saber de onde elas estão vindo. Só me ajudarão a libertar Konrad se tiverem o seu nome.

Ela balançou a cabeça.

— Mas sem saber quem é a fonte, não podem avaliar a informação.

— Você quer dizer que eles não sabem se devem acreditar?

— Sim.

— Há coisas que contei a eles em julho e agosto que eles podem verificar, coisas que ninguém poderia ter inventado. Então não precisam saber o meu nome, porque já sabem que o que estou dizendo é verdade.

— Então por que você revelou sua identidade para mim?

— Porque eu confio em sua capacidade de sobrevivência, Rudi, embora entenda que você está numa situação complicada com seu irmão.

— Na qual você me colocou.

Ela assumiu uma posição defensiva.

— Eu não sabia que você tinha um irmão até pouco antes de você ter entrado em contato. É verdade.

— No momento que eu comecei a receber aquelas cartas dos ingleses, eles prenderam Konrad e detiveram sua família. Sinto muito estar inculpando você, mas não há outra conclusão possível. Você precisa me ajudar a sair dessa. Se eu lhes der um nome falso, eles logo vão descobrir. Já estão com pessoas aqui que começarão a checar.

Ela pensou nisso por um instante e então pediu um cigarro a ele.

— Pensei que você não fumava.

Ela o ignorou e soltou a fumaça de forma canhestra pelo canto da boca. Ele sorriu, mas ela o ignorou.

— Se eu deixar que você lhes dê o meu nome, vou ter de partir de Leipzig. Preciso ficar aqui. Nossa luta é aqui. É aqui que vamos lutar contra Honecker e a Stasi. Rainer está certo: este é o nosso momento. É aqui que a luta entre o bem e o mal está acontecendo.

— Mas há outro embate entre o bem e o mal, e é o embate moderno entre o terrorismo e a sociedade livre que você quer construir aqui. Você mesma reconhece isso porque é responsável por informar ao Ocidente sobre Abu Jamal. — Ela apagou o cigarro, balançando a cabeça. — E o que vai acontecer se eles começarem a atirar? Estive na Normannenstrasse semana passada. Encarei os olhos da fera. Mielke fará de tudo para manter seu poder. O Partido não hesitará em seguir os chineses.

— Não podem fazer isso no meio da Europa.

— Podíamos estar na Albânia pelo tanto de contato que temos com o Ocidente. Onde estão as equipes de televisão estrangeiras? Mielke pode fazer o que quiser.

Ela olhou fixamente para o seu vinho por algum tempo. Minutos se passaram. Rosenharte levantou-se e se espreguiçou, depois se sentou de novo e a observou. Na superfície, ela era como tantas outras mulheres solteiras presas à burocracia do país, aparentemente encontrando sua única realização numa igreja que todo mundo sabia que estava repleta de informantes. Mas, no fundo, era corajosa, perspicaz e diferente. Ele admirou a maneira como ela mantinha isso tão bem oculto.

— Os ingleses têm uma teoria de que você é a pessoa designada para acompanhar o árabe. É verdade?

— Em parte, sim — Ela fez uma pausa. — Mas tenho um colaborador. Se eu permitir que você use o meu nome, colocarei essa pessoa em risco também.

— Mas você é a pessoa que tem mais contato com Abu Jamal?

— Sim.

— Quem lhe deu essa função?

— Ninguém. Ele me escolheu. Tivemos algum contato dois ou três anos atrás. Eu lhe disse, falo árabe e conheço alguns dos lugares aonde ele vai no Oriente Médio. Posso conversar com ele. Ele gosta de mim.

— E a acha atraente.

— Naturalmente, faz parte. Mas ele é um homem muito doente agora. Seus problemas renais foram curados, mas não há nada que possa ser feito quanto ao seu fígado; tem cirrose por causa da bebida. Acho que esses ataques que ele está planejando são sua despedida. O último lance de dados.

— Quando ele virá aqui?

— Depois do aniversário. Não querem ele nem perto da RDA quando todos os outros líderes estiverem aqui. Ele estará aqui a partir de terça-feira, 10 de outubro.

— Na *villa*?

— Talvez. Saberei no fim da semana. — Ela se levantou da cadeira e tirou os pratos. — Vamos dar uma caminhada. Preciso de ar.

— Eu preciso achar um lugar para ficar — disse ele, olhando para o relógio e em seguida para a mochila.

— Não seja tonto. Você vai ficar aqui.

Ela deu de ombros com uma jaqueta de náilon azul de cujo bolso tirou um chapéu de lã preto que pôs bem apertado nas orelhas.

Eles caminharam por cerca de 15 minutos pelos subúrbios desertos até o Voelkerschlachtdenkmal — o monumento Batalha das Nações, uma celebração à derrota de Napoleão em Leipzig — e passaram em silêncio pelo espelho de água que o refletia durante o dia. Rosenharte nunca o vira e estava surpreso com a sua dimensão. Em fotografias, parecia o toco de uma árvore velha, mas agora, estando diretamente sob sua massa preta vitrificada, o monumento lembrava-lhe o núcleo de um vulcão extinto.

— Foi construído em 1913 — disse Ulrike —, um ano antes da Primeira Guerra Mundial, para comemorar a vitória de um século sobre Napoleão. Há nele uma espécie de eloqüência sombria, não? Essa gente tinha a morte na mente. Todos os desastres da história da Alemanha no século XX estão escritas nesta pedra. — Ela parou e olhou para ele. Seus olhos lacrimejavam com o frio. — É essa a sua Alemanha, Rudi?

— Não. — Ele olhou para a sombra no rosto dela. — Não é a minha Alemanha nem a de meu irmão.

— Tem certeza de que esse fatalismo não se tornou parte da sua alma?

Ele podia sentir o olhar dela na escuridão aguardando sua resposta.

— Que pergunta. Acho que preciso de tempo para pensar nela.

— As pessoas sabem de um jeito ou de outro. Diga-me como é para você.

— Não, não estou pronto para dar uma resposta fácil apenas para agradá-la. — Ele fez uma pausa e olhou para o monumento. — Você acharia complicado se eu começasse a lhe fazer perguntas inconvenientes sobre sua religião.

— De forma alguma — disse ela, subitamente descendo os degraus. — Pergunte-me o que quiser.

— Quando você passou a ter fé?

Ela parou e respondeu de longe:

— Quando percebi que sempre a tivera.

— O que isso quer dizer?

— Quer dizer que eu sempre tive fé, mas não sabia disso.

— Desse jeito soa como diabetes.

— Não baixe o nível — disse ela. — É simples. Eu sempre tive fé, mas não sabia exatamente no quê. Então no ano passado comecei a ir à igreja por causa do movimento pacifista e comecei a me sentir melhor, mais feliz, mais coerente. Mas não é assim tão importante.

— De certa forma eu a invejo.

Eles voltaram para a casa passando por montículos de folhas úmidas num silêncio tranqüilo. Quando chegaram, ela lhe serviu chá de hortelã e indicou-lhe uma cama que ficava atrás de uma grossa cortina verde no hall entre a sala de estar e o quarto dela. De ambos os lados da cama estreita de ferro havia estantes abarrotadas de livros em árabe, francês e alemão. Ele deu uma olhada nos títulos, mal conseguindo manter os olhos abertos. Um ou dois minutos depois que ela o deixou ali ele já tinha se lavado, despido e estava pegando no sono, enquanto ouvia o som de galhos roçando numa janela em algum lugar.

Ele acordou às 4 horas e descobriu que Ulrike havia se aninhado junto ao contorno do seu corpo com uma perna sobre a dele, aparentemente dormindo. O cabelo de Ulrike tocava seu rosto e ele sentiu o cheiro leve, tranqüilo dela. Por mais ou menos uma hora ele ficou acordado, sentindo a respiração dela em seu pescoço. A uma certa altura, ela entrou debaixo da coberta e se aconchegou junto a ele, mas só por um breve período.

Então, sem aviso, saiu da cama. Quando os pés dela tocaram o chão, minúsculas ondulações de estática percorreram sua anágua de náilon, de modo a revelar seu corpo inteiro em silhueta sob o tecido. Por uma fração de segundo antes das luzes sumirem, o queixo e o pescoço dela ficaram iluminados pela luminescência. Ulrike riu baixinho, inclinou-se e lhe deu um beijo na testa antes de ir para a cama dela.

20
A Nikolaikirche

Homens solitários de meia-idade chegando cedo à Nikolaikirche, mais bem-vestidos que o cidadão médio, eram tratados com certo fastio pelos dois jovens ajudantes na entrada.

— Seja bem-vindo — disse um deles, com uma barbinha rala e um dom para avaliar rápido as pessoas. — Primeira vez? Sim... ótimo. Ficamos satisfeitos que tenha vindo. Sente-se onde quiser.

Rosenharte foi para a mais alta das duas galerias que circundavam a igreja e escolheu um lugar na primeira fila, para poder ver toda a congregação e o altar onde seria oficiado o serviço. Inclinou-se sobre a balaustrada e olhou os homens espalhados pelos bancos, todos deliberadamente ignorando uns aos outros, depois se concentrou num exemplar do livro de orações, lendo-o satisfeito, lembrando as muitas horas que passara numa pequena igreja católica ao lado de Marie Theresa.

Por volta das 5 horas a igreja estava enchendo. Uma mulher com uma sacola de compras e um ar aflito passou alvoroçada por ele, explicando que haveria um tumulto logo mais porque uma multidão acabara de receber permissão para sair da estação. Os Vopos estavam conduzindo-a como gado através da Karl-Marx-Platz. Algumas pessoas já haviam sido presas e levadas embora. Enquanto ouvia, o olhar dele percorreu a igreja, notando a juventude da congregação e a esperança no rosto das pessoas. Um rebuliço contido e nervoso elevou-se da ala principal da igreja, e então alguém acendeu uma luz, que se espalhou sobre as seis colunas caneladas e as folhas de palmeira em gesso que brotavam de seus capitéis.

Ele repassou na cabeça a breve conversa que tivera cedo naquela manhã com Harland por um telefone do instituto onde Ulrike trabalhava.

Harland havia lhe dito que planejava levar a família de Konrad para a fronteira tcheca na noite seguinte.

— Vou encontrar seu representante no lugar anteriormente combinado — disse Rosenharte.

— Pode nos dar o nome dele? — perguntou Harland.

— Claro — respondeu Rosenharte sem hesitar. — Está tudo em ordem. Tenho um novo meio de fazer a entrega do pacote de Berlim na semana que vem.

Harland pareceu compreender o que isso significava e desligou sem dizer mais nada.

Alguns momentos antes do serviço começar, ele viu Ulrike aparecer com dois jovens e avançar entre as pessoas sentadas no chão com as pernas cruzadas no corredor central até um lugar na frente.

Então o pastor, um homem chamado Christian Führer, foi até a mesa do altar e a congregação fez silêncio. Ele se apresentou e explicou que o serviço consistia em orações, seguidas por uma discussão aberta sobre assuntos relevantes para os temas da paz e da liberdade. Ao ouvir isso, os homens do Partido — fáceis de reconhecer pela idade e pelas roupas mais conservadoras — mexeram-se com desconforto nos bancos e olharam em volta com mau humor.

Alguém começou a ler do Evangelho segundo São Mateus:

— Abençoados sejam os pobres de espírito, porque deles é o reino dos céus... Abençoados sejam os humildes, porque eles herdarão a terra.

As bem-aventuranças não tinham terminado quando os olhos de Rosenharte se detiveram num perfil familiar no outro lado do corredor em que estava. Biermeier estava ali. Três fileiras atrás dele estava um homem que vira no avião de Ljubljana. Rosenharte encolheu-se e observou ambos com discrição. Biermeier fizera concessões ao evento e estava usando uma jaqueta leve e uma camisa com o colarinho aberto; e mais ainda, parecia saber quando dar as respostas adequadas. O segundo homem tinha menos familiaridade com aquilo tudo, mas não estava agindo do mesmo jeito que alguns de seus colegas e os quadros do Partido.

O que diabos Biermeier estava fazendo aqui?

Ele mal tivera tempo para especular quando se deu conta de que atrás de uma coluna do lado da igreja em que ele estava, sentado tão imóvel e impassível como uma escultura de alabastro, estava o coronel Zank. Isso realmente o deixou abalado. Ouviu o restante das orações e o começo da discussão. Apenas quando seguiu a direção do olhar de Zank viu que Ulrike havia se levantado e estava repreendendo um homem que queria ir embora da RDA.

— Não se trata simplesmente da *sua* liberdade — disse ela, virando-se para os lados para se dirigir a toda a congregação. — Estamos lutando por uma nova relação entre o Estado e o povo, uma relação que garanta as liberdades civis básicas de *todo mundo*. As pessoas que estão fugindo agora solapam nossa causa. Qualquer que seja a maneira como se considere isso, são ações egoístas.

Um homem levantou-se e aguardou respeitosamente que ela repetisse o argumento de várias maneiras diferentes. Começou então a falar hesitantemente. Era, admitiu, a primeira vez que falava em público numa reunião.

— Ninguém que esteja buscando a realização pessoal que lhe foi negada toda a vida... e *será* negada a seus filhos... pode ser acusado de egoísta. É parte da mensagem do Senhor que um indivíduo deve fazer o melhor que puder com seus talentos, bem como desempenhar Sua obra e se empenhar em Seu ministério. Como um homem como eu, uma pessoa sem influência e sem contatos, que nada tem para mostrar a não ser a família que ama, pode esperar ter algum efeito sobre o Partido?

Ulrike se pôs de pé de novo.

— Ficando aqui e se juntando àqueles que nos esperam todas as semanas diante da igreja; convocando seus amigos e familiares para virem à Nikolaikirche para afirmar seu desafio pacífico ao Estado. Não estamos pedindo que o senhor viole a lei, apenas que declare o seu direito de exigir mudanças aqui na RDA. Fique conosco. Fique aqui.

A discussão terminou, e depois que o pastor fez um apelo para que todos se comportassem pacificamente e rezou a oração final, a congregação começou a se encaminhar para as portas principais. Rosenharte apressou-se em levantar-se, mas quando chegou à escada que descia da galeria ela estava apinhada de pessoas evidentemente sem pressa de abandonar o santuário da igreja. Abriu caminho entre elas, murmurando desculpas, mas quando chegou ao fim da escada descobriu que a maior parte da congregação já havia saído. Olhou em volta procurando Ulrike entre os poucos remanescentes, então se espremeu através das portas e viu de relance o chapéu preto dela desaparecendo em meio à massa na Nikolaikirchhof, a praça junto à igreja.

Nos minutos seguintes viu-a várias vezes, antes de perdê-la de vez e ficar preso em meio a um grupo que tentava acender velas. Ele conseguiu avançar até a beira da praça, onde os Vopos estavam em fila dupla ou tripla para evitar que os manifestantes se espalhassem pela cidade. As pessoas mantinham distância da área diretamente em frente das tropas, porque a polícia estava agarrando alguns ao acaso na aglomeração.

No centro da praça, a multidão estava num estado de inebriada incredulidade, e era claro, pelas expressões em volta dele, que cada um dera involuntariamente parte de si mesmo para a multidão. Não conseguiam parar de sorrir com a novidade da experiência. Gritos de "Vamos ficar aqui!" e "O povo somos nós" percorriam a massa; e quando a luz de uma única câmera foi acesa, vivas, assobios e aplausos encheram o ar.

Rosenharte lançou um olhar para as janelas acima deles em torno da praça e viu faces atônitas olhando para baixo.

Esforçou-se por chegar ao lado leste da igreja e concluiu que o único jeito de achar Ulrike seria estando acima do mar de cabeças. Pôs um pé na cornija da abside da igreja e, agarrando-se ao galho de uma árvore, conseguiu se erguer para esquadrinhar a multidão. Deduziu que Ulrike devia ter acompanhado o fluxo para a Ritterstrasse, que estava funcionando como uma válvula de escape para a Nikolaikirchhof, deixando as pessoas passarem para o espaço aberto da Karl-Marx-Platz. Pulou de volta para o chão e dirigiu-se para a parte da rua em que o fluxo de pessoas parecia estar se movendo mais rápido.

Foi então que viu Biermeier e seu parceiro caminhando com passos decididos para a Ritterstrasse. Ele se agachou, esperou que eles passassem e foi atrás deles. Deviam estar seguindo Ulrike também. Não havia outra explicação.

Perdeu-os de vista pouco depois que chegaram à Karl-Marx-Platz, onde havia uma enorme quantidade de gente perambulando, enchendo as áreas de pedestres e transbordando para as ruas. Um bonde que ia para a Klemmstrasse ficara detido nos trilhos. Alguém tirou uma fotografia do motorneiro, apoiado com ar taciturno nos controles, enquanto os passageiros eram convocados a se juntarem aos outros. Bem longe, carros e caminhões da polícia estavam estacionados de forma aleatória com as luzes acesas. A noite caía e alguma operação para reunir as forças do Estado devia estar em curso. E no entanto as pessoas pareciam não pensar nisso. Um território livre de fronteiras fluidas se estabelecera no meio da multidão, onde era possível discursar de improviso ou bradar slogans que teriam sido inconcebíveis poucas semanas antes. Sem dúvida os agentes à paisana da Stasi também estavam lá, mas sem poder fazer nada por causa da quantidade de pessoas, e nada havia no comportamento dos manifestantes que pudesse ser de algum modo qualificado como vandalismo. Era evidente que a multidão estava tentando medir o seu próprio poder, testando as defesas da polícia, mesmo que isso significasse sacrificar alguns.

A luz do dia subitamente se desvanecera e, enquanto a multidão aumentava sob as altas luminárias da praça, Rosenharte achou que seria ali que o confronto final entre o povo e as forças de Mielke teria lugar.

Alguns minutos depois ele viu o primeiro jorro de um canhão de água descrevendo um arco caótico através do ar e atingindo as pessoas a cerca de setenta metros de onde ele estava. Avançou e viu cerca de meia dúzia de policiais com cachorros e uma fileira com escudos e cassetetes. Eles se moviam numa manobra planejada: toda vez que um de seus extremos ficava para trás, o outro esperava ser alcançado. Na frente deles as pessoas eram derrubadas pelos jatos de três canhões de água. Os que não conseguiam se levantar rápido o bastante eram arrastados depois que a espuma cessava, apanhavam e eram chutados.

Um clamor de indignação ergueu-se da multidão, seguido pelo brado de "Vamos ficar aqui". As pessoas investiram adiante como se dispostas ao enfrentamento, mas então um segundo brado veio: "Sem violência! Sem violência!"

Rosenharte percorreu a cena com a visão cinematográfica de seu irmão, fazendo uma panorâmica através dos respingos do canhão de água até as pessoas que se aglomeravam sob as luzes, demorando-se em cenas individuais de alegria e deliberação. Em outras circunstâncias, teria se contentado em ficar ali observando, mas tinha de achar Ulrike.

Correu até uma fileira de bancos bem defronte da universidade e subiu em um deles. Observou a linha da polícia aproximando-se resolutamente da multidão e depois parando. Seus olhos foram atraídos por dois homens que andavam sob uma das enormes luminárias em direção a um grupo de mulheres. No meio delas estava Ulrike, gesticulando com entusiasmo. Até o momento em que um deles arrancou um punhado de folhetos da mão dela e o outro a agarrou pelo braço, ela parecia nem ter notado a presença deles. As outras mulheres protestaram e uma delas tentou segurá-la por alguns segundos, mas não demorou muito para que os homens a arrastassem para longe do grupo e a levassem precipitadamente para um caminhão parado nas sombras atrás da Ópera. Rosenharte pulou do banco e andou na direção deles, sem saber ao certo o que pretendia fazer, mas um pouco encorajado pelo fato de que nem Biermeier nem Zank estavam visíveis por ali. Gritou atrás dos homens com um imperativo tom militar que os fez parar e olhar para trás.

— Soltem esta mulher! — gritou ele. — Soltem-na imediatamente!

— Quem está ordenando isso? — gritou um deles, que tinha cabelo escuro escorrido.

— Eu! — Rosenharte estava a poucos metros agora. Ulrike não demonstrou reconhecê-lo.

— E quem é o senhor?

— Coronel Zank, Departamento Principal Três. Foram informados de minha presença na cidade?

Ambos assentiram. Eram jovens valentões que achavam que sabiam de tudo, mas Rosenharte percebeu naquele momento que não estavam assim tão seguros de si.

— Têm alguma idéia do que estou fazendo aqui?

Ambos balançaram a cabeça.

— Estou agindo sob ordens diretas do ministro para a Segurança do Estado. E também o major aqui — disse, apontando para Ulrike.

Ulrike desvencilhou-se deles.

— Coronel, disseram-me que todo mundo estaria informado. As ordens não foram passadas adiante?

— Foram, major, mas evidentemente não para estes palermas. — Olhou para eles. — Os seus nomes?

Os dois nada disseram.

— Mostrem-me suas identidades do MfS — gritou ele. — Imediatamente!

Um deles tirou o documento do bolso de trás e entregou-o a ele. Seu nome era Pechmann, e estava na Stasi fazia três anos. O homem do cabelo escuro disse que a identidade dele ficara no quartel-general regional em outro paletó. Sorriu com ar servil.

— Qual é a primeiríssima regra ensinada durante o treinamento? — perguntou Rosenharte. — Nunca fique sem ter como se identificar para outro agente. O Departamento Principal de Quadros e Treinamento terá de ser informado sobre este lapso. — Olhou de relance para Ulrike. — Major, volte ao seu trabalho imediatamente; eu me encarregarei desta dupla. — Ulrike afastou-se, mas então voltou para catar os folhetos das mãos do homem, o que Rosenharte achou que já era abusar da sorte.

— Por que o major não disse quem era? — perguntou um deles em tom queixoso.

— Segurança operacional — disse Rosenharte. — Escutem, há muita coisa acontecendo hoje à noite e estou inclinado a aceitar que as ordens e as fotografias de meus agentes não foram passadas para vocês. Estou disposto a esquecer este incidente se vocês não fizerem mais nenhuma besteira. Viram as mulheres que estavam com ela?

Ambos assentiram.

— São todas nossas. Deslocadas de Berlim para a operação desta noite.

Eles assentiram de novo e se afastaram. Rosenharte virou-se e começou a andar em passos lentos para a multidão. Quando a alcançou, ouviu um dos agentes gritar atrás dele; evidentemente, a ficha caíra, mas tarde demais. Ulrike e ele desapareceram de vista e foram de volta para a densa multidão em torno da Nikolaikirche.

Três horas depois chegaram à casa de Ulrike com algumas pessoas que ela encontrara durante a manifestação. Estavam num estado de espírito triunfante e Ulrike — corada, com os olhos brilhando — insistiu em contar a história de seu salvamento várias vezes. Quando outro homem chegou com notícias das prisões e dos hospitais transbordando de gente que fora surrada pela polícia, o ânimo se abateu um pouco.

Rosenharte não falou muito até os homens irem embora de madrugada, deixando-o frente à Ulrike com algumas garrafas de cerveja vazias e um par de cálices de vermute na mesa.

— Eu não a entendo — disse ele em voz baixa.

Ela lançou-lhe um olhar surpreso, intrigado.

— Com todas as recomendações que me fez sobre segurança — continuou ele —, com todo o trabalho que lhe deu obter uma posição em que possa passar informações para o Ocidente com segurança, você se destaca na igreja e consegue ser presa. Se está disposta a agir assim, por que diabos tem tanto problema que eu dê seu nome para os ingleses?

— Eu ia ficar bem. Eles deixam as pessoas irem depois de algum tempo.

— Mas Ulrike! É sua responsabilidade ficar fora das vistas deles. Todos os riscos que eu e você corremos nas últimas semanas não vão significar nada se você for parar na Hohenschönhausen. Eu preciso que você se mantenha extremamente discreta até que eu consiga tirar Konrad de lá. Esta é a prioridade. Certo?

— Você ficou bravo!

Ele balançou a cabeça.

— Escute, sei o quanto isso é importante para você, mas você tem de admitir que a revolução não ocorreu nesta noite. Nada aconteceu. Sua causa não avançou nem um pouco. Você se lembra do que me disse no parque sobre segurança? Tudo o que você disse então estava certo. Dependemos um do outro, e nas próximas semanas gostaria que você não se esquecesse disso.

Ela se levantou e se pôs a andar pela sala, inflamada pela paixão. Voltou-se e apoiou as mãos na mesa. Ele observou as veias aparentes no dorso da mão dela e sua curiosa beleza frágil.

— Você viu quantas pessoas estavam na rua hoje à noite: vinte ou trinta mil. Isso é incrível. Nada assim acontecia fazia anos na RDA. Você não pode me pedir para sair de Leipzig agora. Vencemos esta noite e na semana que vem...

— Na semana que vem eles vão aniquilá-los — disse ele, desviando o olhar. — Não vão deixar que isso aconteça de novo, porque agora não há mais o elemento surpresa. Sabem a que horas o serviço termina, onde as pessoas se juntam e quem são os principais agitadores. As comemorações do aniversário da RDA terão terminado na semana que vem. Depois disso, o mundo dará as costas para nós. A única razão para que vocês não tenham sido esmagados hoje é o fato de Gorbachev estar chegando no fim da semana. Na semana que vem eles não serão tão contidos.

Ela sorriu para ele e inclinou a cabeça.

— Você está realmente bravo, não?

— Não, só muito desapontado. Não consigo acreditar que você tenha agido de forma tão estúpida. Nossas vidas, a de meu irmão e da família dele dependem de mantermos a cabeça no lugar nas próximas semanas. Se tivesse sido Biermeier ou Zank, você estaria sendo interrogada a esta altura.

— Você já os mencionou antes. Zank é...

— Da contra-inteligência. Se Zank e Biermeier estavam aqui, podemos ter certeza de que não vieram só para ver o seu pessoal fazer suas malditas orações. Estavam aqui por alguma razão e eu acho que é por nossa causa.

Ela balançou a cabeça.

— Se tivessem a menor suspeita quanto a mim, eu já teria sido presa.

Rosenharte olhou para ela e abriu as mãos num gesto de frustração.

— Vou partir amanhã cedo. Voltarei mais uma vez a Leipzig, quando passarei minha função para agentes profissionais. Está claro?

— Quer dizer então que você vai dar meu nome a eles?

— Não necessariamente. Você pode encontrar com eles sem dizer seu nome. — Ele se levantou. — Preciso dormir, já que vou pegar o trem cedo.

— Por que pegar o trem se você pode usar o meu carro?

— Pode ser que eu demore vários dias.

— Eu não o uso muito. É um velho Wartburg que pertencia ao meu pai. Ele me deu pouco antes de morrer. Está funcionando bem.

Era uma espécie de oferenda de paz e ele a aceitou de bom grado. Teria de tomar cuidado para não violar nenhuma lei de trânsito e evitar os comandos de rotina da polícia. Era um risco, mas um carro faria a sua vida muito mais fácil nos próximos dias.

Foram para cama depois disso, dizendo boa-noite um ao outro com abrupta formalidade. Ele ficou acordado pensando em Biermeier e Zank, embora fosse a presença do primeiro em Leipzig que o preocupasse mais. Zank podia estar lá por algum pretexto razoável — talvez em missão especial relacionada à reunião no escritório de Mielke na quarta-feira —, mas Biermeier e o HVA não tinham nada a fazer na cidade que não fosse diretamente relacionado a ele.

Ainda estava acordado quando ela veio até sua cama e ficou olhando para ele na escuridão.

— O que foi? — perguntou ele.

— Preciso conversar com você.

— Vá em frente.

— Você precisa ter fé em mim. Vai dar certo.

— Não é que eu não confie em você. É que eu não a entendo. Toda vez que a vejo, você parece ser uma pessoa diferente. Acho difícil avaliá-la.

— É isso o que faz com suas mulheres, avaliá-las?

— Você não é uma das minhas mulheres, é uma fonte. E é na condição de fonte que estou tentando avaliá-la.

—Você não me acha atraente?

— Claro que sim, mas no parque foi você quem disse que eu só estava interessado em ir para a cama com você e fazer com que se apaixonasse por mim. Mas o fato é que nenhuma das afirmações estava correta.

— Naquele momento, era verdade. Durante a noite ele tinha conscientemente tentado extinguir qualquer atração que sentisse por ela.

Ela murmurou algo que ele não entendeu.

— Fale mais alto — disse ele.

— Tenho mais informações para você. Esqueci de dizer. O árabe vai estar aqui daqui a três semanas, na segunda-feira. Vai ficar na *villa* e vou vê-lo lá. Está tudo decidido. Fiquei sabendo no fim da tarde de hoje.

— A informação veio de seu colaborador?

— De um telex em código para o professor Lomieko.

— Você tem certeza?

— Sim. — Ela se ajoelhou e pegou a cabeça dele entre as mãos. — Confie em mim e isso *vai* dar certo. — Ela beijou os olhos e os lábios dele e tateou seu rosto com a ponta dos dedos. — Vai dar tudo certo. Acredite em mim. — Então ela subitamente se ergueu e se foi.

Rosenharte deu de ombros e balançou a cabeça no escuro.

21
Sublime nº 2

Um Skoda escuro manteve-se atrás dele enquanto ia no Wartburg para o sul, em direção à Karl-Marx-Stadt. Depois de algum tempo ele reagiu acelerando abruptamente para cem quilômetros por hora e em seguida diminuindo, como tinham lhe ensinado na escola de treinamento do MfS. O carro interpretou corretamente seus movimentos, mantendo-se em seu encalço, mas nunca chegando perto o suficiente para Rosenharte conseguir identificar a placa ou ver o rosto do motorista. Por fim, sem aviso, deu uma guinada no acesso à Karl-Marx-Statd e entrou na cidade, onde efetuou uma elaborada manobra de contravigilância, voltando por onde viera, entrando furtivamente em estacionamentos sem usar a seta e pisando no freio no último instante. Desejou que seu carro tivesse um dispositivo usado pela Stasi em Berlim Ocidental que permitia acionar a luz de freio manualmente. Aquilo era particularmente eficaz à noite e fazia com que fosse muito fácil deixar para trás o veículo em perseguição, quando o carro-alvo fingia diminuir nos sinais de trânsito embora, na realidade, avançasse a toda velocidade.

Ele guiou pela cidade triste e imunda por cerca de uma hora, parou e ficou atento ao trânsito enquanto almoçava, percorreu mais uma curta distância, então tomou um café e encheu o tanque de gasolina nos arredores a oeste da cidade, antes de deixá-la de vez. Perguntou a si mesmo se não estaria se preocupando desnecessariamente com o Skoda, mas ainda assim, enquanto seguia pela estradinha provincial em direção a uma cidade chamada Zschopau, repetidamente pegou trechos que ocultavam seu carro, para ver se alguém estava se esforçando em se manter atrás dele. Por duas vezes entrou em aldeias no caminho para despistar.

Por volta das 4 horas da tarde estava certo de que nenhum outro carro substituíra o primeiro em seu retrovisor e foi direto para a vila depois de Marienberg, onde Konrad se refugiara para viver com sua família. Chegou a Steinhübel, uma aldeia de uma dúzia de casas esquálidas, e começou a subida entre plantações de pinheiros para Holznau. A primeira casa era a da Sra. Haberl, e, depois de passar por mais duas casinhas à esquerda, ele deixou o Wartburg descer em ponto morto por uma passagem estreita em meio aos pinheiros. Segundos depois chegou a um prado amplo e aberto, que escapara ao cultivo durante a caótica administração das fazendas da região que se seguiu à coletivização na década de 1950. Era um belo lugar, no verão repleto de flores silvestres e insetos. Onde terminava, atrás de um pomar de macieiras, havia um grande celeiro de tijolo e madeira com um telhado preto bem inclinado. Em seu flanco sul, uma tradicional casa de fazenda preto-e-branco fora adicionada, a qual Konrad descobrira para ele e Else depois de concordar em pagar por janelas novas e fazer ele mesmo os consertos no telhado.

Enquanto chacoalhava na estradinha, Rosenharte avistou Florian e Christoph com uma bola de futebol, e então, para a sua surpresa, viu Idris atravessando cuidadosamente o feno não colhido, carregando alguma coisa nas fraldas de sua túnica. Os meninos pararam de jogar e ficaram olhando com ansiedade para o carro cor de mostarda que não conheciam, até Rosenharte chamá-los e acenar do volante.

Ele parou o carro atrás do celeiro, para que não ficasse à vista da casa da Sra. Haberl, e correu para pegar os meninos em seus braços. Os gritos agudos de entusiasmo fizeram Else aparecer na porta. Rosenharte viu a expressão dela se iluminar, as mãos indo até a boca, e então seus ombros caírem. Ela achara que ele era Konrad. Ele pôs os meninos no chão, deixou passar a expressão magoada e temerosa dela, depois foi abraçá-la.

— Desculpe — disse ela. — Foi a mochila dele em seu ombro. Você estava exatamente igual a ele. Por um momento tive a certeza de que ele voltara para nós.

— Ele vai voltar. Vai dar tudo certo — disse ele. — Eu prometo.

Idris veio do canto com vários quilos de maçãs em sua túnica. Pôs a mão no ombro de Rosenharte e beijou-o três vezes. Isso fez os meninos explodirem em risadinhas.

— O que ele diz na carta? — perguntou Else. — Posso vê-la?

Rosenharte não previra isso.

— Mais tarde. Temos muito o que conversar.

Ela balançou a cabeça.

— Deixe-me vê-la, Rudi. Quero ler a carta.

— Depois. Olhe, eu sei que ele está bem. Tenho contatos e fui vê-lo. Estou fazendo tudo o que posso para trazê-lo de volta para casa com vocês.

— Eu sei, eu sei. — Ela estava esfregando as mãos no avental, tentando conter as lágrimas.

Idris foi até o lado dela e inclinou a cabeça para olhar seu rosto.

— Konrad virá. Eu sei disso, Sra. Rosenharte. Idris sabe.

Ela sorriu e disse para Rosenharte:

— Onde você achou este homem maravilhoso? Ele tem sido muito gentil conosco.

Idris olhou para os meninos.

— Um dia Rudi me achou flutuando no rio e me catou, me limpou, me deu o nome Idris, e eu fiquei amigo dele para sempre. — Os meninos o fitaram com olhos esbugalhados e consultaram um ao outro sobre a probabilidade daquilo ser verdade.

— Entrem — disse Else. — O jantar está quase pronto.

Rosenharte demorou-se por um instante observando a neblina baixando sobre as árvores que cercavam o prado e rezou para que os dois espiões britânicos achassem o caminho para o local combinado para o encontro, às 4 horas da manhã seguinte.

Concordaram em não tocar no assunto até os meninos estarem dormindo. Após cervejas e um risoto feito com caldo de galinha, cogumelos e uma misteriosa carne desfiada que Idris havia fornecido, Else inclinou-se para a frente e, por sinais, indicou que deviam ir para o celeiro, onde poderiam falar livremente. Ela não tinha como saber se haviam instalado escutas na casa enquanto estivera presa.

No celeiro ela acendeu uma lanterna e sentaram-se em cadeiras quebradas cercados por antigas peças de selas e o ranço de séculos de feno. Quando Rosenharte começou a explicar o plano para cruzar a fronteira com eles, Idris balançou a cabeça com incredulidade.

— Mas você não soube, Rudi? Eles fecharam a fronteira. Fecharam a fronteira hoje.

— É verdade — disse Else. — Você não sabia?

— Como poderia? Fiquei no carro o dia todo. Não tem rádio. — Ele apagou o cigarro no chão de tijolos. — É melhor eu achar um telefone.

— O único telefone por aqui é o da Sra. Haberl.

— De forma alguma ela pode escutar isso — disse ele.

Else pensou um pouco, então juntou as mãos.

— Hoje é terça-feira. Os Haberl vão a uma reunião do Partido a vinte quilômetros daqui todas as semanas na terça à noite. Acho que você poderia invadir a casa e fazer a ligação. — Ela pôs as mãos sobre a boca e olhou para as pontas dos dedos.

Dez minutos depois Rosenharte estacionou perto da casa e circundou-a a pé, para ter certeza de que não havia nenhum sinal de vida do lado de dentro. Então passou o canivete sob dois fechos de uma janela, abriu-a com a lâmina e pulou para dentro. A casa estava muito escura, mas ele achou o caminho até a porta da frente, onde Else havia dito que o telefone ficava, sobre uma mesinha. Discou o número e esperou. Nada aconteceu. Tentou mais três vezes, supondo que, como muitas das linhas locais, não era possível confiar naquela para fazer ligações interurbanas. Na sexta vez ele ouviu os ruídos familiares que acionavam o código, e logo depois ele estava falando com a mulher com o sotaque inglês. Ela passou a ligação para Alan Griswald, que aparentemente estava ajudando na ausência de Harland.

Rosenharte sabia que não era o caso de pedir explicações.

— Aqui é o Príncipe. Não posso fazer a entrega como foi planejado — disse.

— Sabemos que houve problemas, mas está de pé mesmo assim. Tenho uma referência no mapa para você. Você vai entregar as mercadorias neste lugar às 7 horas. Nosso amigo comum vai encontrá-lo e providenciar o transporte.

— Não tenho um mapa comigo — disse Rosenharte, xingando a si mesmo, mas também agradecendo à sorte por Ulrike ter lhe emprestado o carro.

— Tudo bem. Tenho instruções. — Ele deu o nome de uma aldeia a Rosenharte e disse para ele viajar exatos sete quilômetros ao longo da estrada que seguia a serpenteante fronteira com a Tchecoslováquia. À direita haveria uma ponte de concreto que estaria marcada de algum modo.

Um contato estaria esperando por perto. Se não estivesse ali, Rosenharte deveria atravessar a ponte e subir a colina em frente. Do outro lado encontraria uma estradinha. Os contatos estariam esperando ali numa van Volvo com placa austríaca.

Ele desligou e escapuliu da casa.

No celeiro, informou a Else o novo arranjo. O olhar de Idris ficou fixo nele enquanto tirava um cigarro do maço e o oferecia a Else.

— Você tem certeza de que ainda quer fazer isso? — perguntou a ela.

Ela se inclinou até o isqueiro, protegendo a chama com a mão, e então jogou a cabeça para trás ao tragar.

— Amo o meu lar — disse com simplicidade. — Fomos realmente felizes aqui, mesmo sem dinheiro nem trabalho para Konrad.

— Eu sei — disse Rosenharte. — Sei o quanto este lugar significa para vocês dois.

— Mas não posso ficar neste país depois do que eles fizeram com meus filhos. Sabe, eles os levaram no meio da noite para um lugar fora de Marienberg. Não explicaram por que nem onde nós estávamos. Florian perguntou por que não podia nos ver, e as pessoas no orfanato disseram que talvez eles nunca mais nos vissem. Dá para acreditar nisso? "Os pais de vocês são criminosos", disseram. "Merecem estar na prisão pelo que estão fazendo contra o Estado." E puniam os meninos por qualquer coisa; até por chorar. Que Estado repreende uma criança por estar chorando porque seus pais foram levados embora e encarcerados ilegalmente?

Rosenharte balançou a cabeça com incredulidade.

— Quando você conseguiu nos libertar, eu sabia que não podia deixar isso acontecer de novo. Meu primeiro dever agora é com os meninos. — Ela parou e observou o pé, que estava tremendo enquanto ela falava. — Está vendo? Estou uma pilha de nervos.

— Onde eles a mantiveram?

— Em Dresden na maior parte do tempo. Levaram-me a Bautzen por oito dias para me deixar morrendo de medo, o que conseguiram. Fui trancafiada com criminosas; mulheres em quem você não iria acreditar, Rudi. Uns monstros, taradas, assassinas. Mulheres que não são mulheres.

— Você soube como manter sua sanidade — disse Rosenharte suavemente. — Você é mais forte do que pensa, Else. É uma mulher corajosa.

Ela fez uma careta para manter a compostura.

— Não, não sou.

— Konnie ficará orgulhoso de você. — Ele pôs a mão no joelho dela, ela o olhou com seus doces olhos cinza, e ele pensou o quão adorável ela era.

— Mostre-me a carta dele, Rudi.

Ele balançou a cabeça.

— Não posso. Ele a escreveu quando estava muito deprimido. Não vai lhe fazer nenhum bem.

Os ombros dela se contraíram de novo.

— Mas é do contato que eu preciso. Quero tocar em algo que ele tocou.

— Eu entendo. De verdade. Você terá a carta dele, mas deixe que antes eu tente tudo o que posso para libertá-lo, Else. Deixe-me fazer isso.

Ela assentiu. Não tinha forças para argumentar.

— Melhor falarmos sobre amanhã — disse ele decididamente. — Sobre que roupas vocês devem usar e o que levar. É possível que tenhamos de caminhar, de modo que é melhor ter o mínimo de bagagem.

Ela respondeu que já estava com tudo pronto. Os meninos tinham uma mochila que estavam acostumados a carregar nas caminhadas com Konnie e ela ia levar a dela e mais uma sacola — que já preparara — com comida e bebida.

— E Idris disse a você que ele também vai? — perguntou ela.

Idris abaixou a cabeça como se pedisse desculpas.

— Vou para o Sudão com o dinheiro que você me deu, Rudi. Vou ver a família e quem sabe achar esposa. Já é hora de ter esposa. — Else sorriu pela maneira pragmática com que ele tratava o assunto romance.

— Assim? Simplesmente vai embora?

— Talvez eu volte.

Rosenharte ponderou isso.

— Deixe-o ir — disse Else. — Os meninos vão pensar que é uma aventura se Idris estiver conosco. É importante que eles não fiquem com medo amanhã.

— O que você vai fazer depois que cruzar a fronteira? — perguntou Rosenharte.

— Vou para Praga e compro a passagem lá.

— Melhor você levar mais dinheiro. Vou lhe dar duzentos dólares para ajudar nos gastos. Vladimir sabe disso?

Idris balançou a cabeça.

— Além disso — disse Else —, precisamos de alguém para carregar os filmes de Konnie. — Ela foi até um barril, tirou uns sacos de juta e puxou uma sacola esportiva. — Estavam enterrados no mato — disse. — Idris me ajudou a cavar e retirá-los ontem. — Ela depositou a sacola no chão. — Isso é o trabalho da vida de Konnie: todos os filmes que nunca foram mostrados em público.

Rosenharte levantou e olhou dentro da sacola.

— Achei que a Stasi tinha confiscado tudo isso.

— Não, está tudo aqui, e o equipamento também. — Ela direcionou a lanterna até um empoeirado recipiente outrora usado para alimentar animais e disse-lhes que Konrad instalara ali um fundo falso e uma gaveta oculta. Ela se abaixou e, estendendo os braços para pegar as duas pontas do recipiente, puxou com força. Por fim o recipiente cedeu e a gaveta saiu. Lá dentro havia um projetor, a velha câmera Wollensak Oito, alguns cabos e sacos acondicionando lentes.

— Vemos filme agora — disse Idris. — Sim? Vemos filme agora.

— Por que não? — disse Rosenharte. — Temos tempo de sobra.

Else deu de ombros.

— A maioria das latas contém apenas negativos. A uma certa altura ele não conseguia mais convencer ninguém a revelar suas coisas. Mas há um que eu posso lhes mostrar. — E foi ligar o cabo na eletricidade da casa, instalando o projetor e desdobrando um pano branco que pendurou na parede do celeiro. Selecionou uma lata marcada *Sublime nº 2* e pôs o filme no projetor. Ajeitou os carretéis, tirou, conferiu e limpou a lâmpada, depois ligou a máquina.

— Não tem trilha sonora — explicou ela para Idris enquanto ajustava o foco. — É um filme mudo, para o qual ele queria que um amigo compusesse música. Infelizmente, isso nunca aconteceu.

Sublime nº 2 começava com a câmera percorrendo uma calçada, demorando-se nas partes em que o líquen crescera no concreto ou na pedra. Pessoas enquadradas apenas da cintura para baixo cruzavam o quadro ao acaso, mulheres com sacolas de compras meio cheias, homens com bengalas, crianças com joelhos esfolados. Iam nos dois sentidos, ignorando que estavam sendo filmados. Rosenharte percebeu que o assunto do filme não eram as pessoas, nem sua esquisita e desmembrada locomoção, nem os diferentes pares de pernas, mas o próprio chão. A câmera agora se movia como se o esquadrinhasse feito um detector de metais, inspecionando o que havia sob o espaço onde não parecia haver sombras. Por alguns segundos, desviou-se para seguir uma semente de dente-de-leão sendo levada pelo vento sobre o concreto, e prédios a distância apareceram num relance. Podia ser qualquer cidade da Alemanha Oriental, mas Rosenharte soube com certeza absoluta que o filme tinha sido feito no Altmarkt, de Dresden.

Com o anoitecer, as luzes da rua passaram a iluminar o chão. O filme cortou então para um par de sapatos de mulher fora de moda e subitamente as tonalidades aguadas da parte filmada de dia foram substituídas por cores luxuriantes. A câmera subiu devagar pelas pernas até um vestido estampado com flores, também de antes da guerra, e então para o busto de belas formas e a cabeça virada. Toda a imagem era iluminada de lado por uma luminária da rua. Atrás da mulher havia uma massa de folhas de castanheiro amarelas e marrons ainda com seus ramos aos pés de uma grande árvore. Por um momento nada aconteceu. Então a mulher se voltou para a câmera e fitou a lente. Seus lábios eram muito vermelhos, ligeiramente abertos; o cabelo, escuro e enrolado num coque no estilo da década de 1930. Rosenharte demorou alguns segundos para perceber que era uma Else muito mais jovem e magra, usando uma peruca ou com o cabelo tingido.

Ela abriu os braços e de cada lado do quadro um menino apareceu e se abraçou a suas pernas e saia. A Else de cabelos escuros sorriu. A câmera focalizou seu rosto. E então a imagem se desvaneceu na intensa luz branca que parecia vir da lâmpada sobre ela.

Else voltou até o projetor quando a ponta do filme ficou batendo no carretel.

— Você me reconheceu? — perguntou.

— Claro — disse Rosenharte. — Você estava muito bonita.

— Sim, bonita mesmo — opinou Idris, juntando as mãos com sinceridade.

— Foi feito antes dos meninos nascerem. É como se ele tivesse tido uma visão de nossa vida.

— Não acho que seja bem sobre isso — disse Rosenharte delicadamente.

— É?

— Não são seus filhos. E não é você. Você está fazendo o papel de nossa mãe biológica, e os meninos são Konnie e eu. A praça, ou algum lugar similar, é onde ele acha que ela morreu na tempestade de fogo de 1945. Por que se chama *Sublime nº 2*?

— Não sei. Ele nunca explicou.

O filme fascinara Rosenharte porque Konnie sabia tanto quanto ele que de forma alguma a mãe deles tinha sido uma figura acolhedora e bela. Talvez o que estivesse querendo dizer era que em Else encontrara uma mãe tanto quanto uma amante. Iria perguntar a ele sobre isso.

Ela começou a guardar o equipamento, mas subitamente parou e pôs a mão no bolso de seu cardigã longo.

— Ah, quase ia esquecendo. O homem que veio aqui outro dia, aquele de quem eu lhe falei. Ele deixou um bilhete. O filme me fez lembrar dele. — Ela lhe entregou um pedaço de papel pautado. — Está endereçado a Konnie, mas parece dizer respeito a ambos.

Rosenharte leu.

Caro Herr Rosenharte,

Faz algumas semanas que eu e outros membros de minha família estamos tentando entrar em contato com o senhor para tratar de um assunto particular. Meu tio, Franciscek Grycko, estava tentando entrar em contato com seu irmão, mas morreu subitamente de um ataque do coração. Eu mesmo fiz várias tentativas de falar com seu irmão, mas não consegui, e agora preciso voltar para minha casa na Polônia. Deixo meu endereço e número de telefone abaixo, com a esperança de que venhamos a nos falar num futuro próximo. É importante para nós dois.

Leszek Grycko

Rosenharte releu o bilhete e depois perguntou a Else o que aquilo significava.

— Ele não quis me dizer — respondeu ela. — Achei que era a Stasi aprontando uma das suas e disse-lhe para ir embora. A princípio ele se recusou, e fiquei preocupada dele nos fazer algum mal; é muito remoto aqui, e estamos vulneráveis. Ele me disse que o vira em Leipzig, mas que você correra dele. Disse que você não respondera a uma carta que ele deixara na Gemäldegalerie.

— Não recebi carta nenhuma — disse Rosenharte. Sonja não mencionara nada para ele sobre uma carta. — Ele disse como a achou?

Ela balançou a cabeça.

— Estava de carro e... desculpe, eu devia ter feito algumas perguntas a ele, mas tinha acabado de voltar para cá e estava mais preocupada com os meninos.

— Não importa. Tenho o telefone dele agora. Ligarei nos próximos dias. — Dobrou o bilhete e colocou-o no bolso do paletó.

Os faróis do Wartburg bifurcavam-se nos rolos de neblina que pairavam sobre o prado quando eles pegaram a estrada. Florian e Christoph tinham imediatamente adormecido cada um de um lado de Idris no banco de trás, apesar do radinho portátil que ele levava junto ao ouvido. Else ia na frente com a sacola de comida no colo, olhando para a frente sem falar nada. Ele compreendia muito bem o que significava deixar Konrad para trás na RDA e estar fechando a porta de um lar que ela amava. No entanto achou que tinha visto uma nova resolução nos olhos dela quando tomavam um apressado café-da-manhã na cozinha. Em vez de ter deixado se acovardar pela Stasi, como ele inicialmente suspeitara, ela decidira eliminar qualquer outra consideração que não fossem as necessidades de seus filhos. Ele tocou a mão dela quando entravam na estrada e disse:

— Então, a sua jornada para a liberdade está começando agora.

— Esperemos que sim — disse ela, sem se voltar para ele.

A aldeia de Herresbach ficava a cerca de 15 quilômetros ao sul de Holznau, mas eles levariam quase uma hora para chegar lá devido ao sistema excepcionalmente tortuoso das estradas nas montanhas Erzebirge. Rosenharte conhecia a região exaustivamente e achava que se lembrava de uma ponte no lugar que Griswald descrevera. Enquanto avançavam, Idris ocasionalmente transmitia notícias do mundo exterior, em particular da Tchecoslováquia, onde trens estavam sendo preparados para levar as pessoas da embaixada da Alemanha Ocidental em Praga para a República Federal.

— Não sabia que você era tão interessado nas notícias — observou Rosenharte depois de um desses boletins retransmitidos.

— Por isso meu alemão tão bom — disse Idris.

Rosenharte sorriu, balançou a cabeça e olhou pelo retrovisor.

— Espero que voltemos a nos ver, Idris. Detestaria não tê-lo mais em minha vida.

Idris assentiu vagamente, sua atenção já tendo voltado para o radinho.

Amanhecia. Era quarta-feira, 4 de outubro. Os vales abaixo deles estavam cobertos de neblina; ao sul, havia uma nuvem de nevoeiro e fumaça amarronzada produzida durante a noite pelas termelétricas à base de carvão no outro lado da fronteira. Passaram por quatro ou cinco aldeias em que não havia o menor movimento. Else distraía a si mesma comentando sobre os jardins e as casas pelo caminho. Ela lembrou a ele que ambos os lados de sua família eram de alemães sudetos que haviam sido expulsos de suas casas no norte da Tchecoslováquia no fim de 1945. Ela seria a primeira de sua família a retornar à terra natal em 44 anos.

Depois de uma longa pausa, ela disse:

— Nunca tem fim, não?

— O quê? — perguntou Rosenharte.

— A guerra: vivemos com ela todos os dias. Konrad, você, eu; vivemos com as conseqüências, como se tivéssemos sidos amaldiçoados. Devia terminar. É o que eu acho.

A estrada subiu até um cume sem árvores onde havia umas poucas ovelhas e em seguida mergulhou para Herresbach, passando por uma loja, uma igreja, um pátio cheio de máquinas agrícolas quebradas e uma austera fábrica de antes da guerra ao lado de uma torrente ruidosa. Continuaram até o fundo do vale, onde o rio seguia sinuoso entre uma densa mata de pinheiros, e fizeram uma curva.

Rosenharte subitamente praguejou. À frente deles estavam dois caminhões militares parados numa passagem à direita. Um destacamento da Grenzpolizei — guardas de fronteira — evidentemente tinha acabado de chegar para impor as novas restrições. Seu primeiro instinto foi acelerar e passar a toda por eles, mas a sensatez prevaleceu.

— Ponha a sacola no chão e finja estar passando mal — sussurrou ele para Else enquanto reduzia e parava o carro.

Ele saltou do carro e os saudou.

— Bom dia. Sabem por acaso onde posso encontrar um médico a esta hora? Não sou daqui.

— Qual é o problema? — perguntou o policial.

— Minha esposa. Está grávida de quatro meses e está tendo complicações. Estávamos na casa de um amigo por alguns dias para repousar um pouco, mas aconteceu essa crise e não sabemos aonde ir.

Ele olhou para o carro. Else estava com ambas as mãos sobre a barriga, a qual, deve-se dizer, era convincentemente grande, a cabeça encostada na janela e os olhos fechados. Idris tirara o radinho da orelha.

O policial andou até o carro.

— Vocês tentaram a aldeia de Herresbach? Pode ser que lá tenha um médico.

— Já paramos em quatro aldeias diferentes. Disseram-nos que não havia ninguém que pudesse ajudar.

— Então é melhor seguirem em frente. Devem achar o que precisam numa das cidades maiores mais adiante: Schwarzenberg, Schneeberg. — Fez uma pausa. — Quem é a figura no banco de trás com as crianças?

— É um professor da universidade técnica em Dresden. Trabalho com ele.

— Sei — disse o homem num tom de dúvida.

— Ele é mais importante do que parece — disse Rosenharte, com uma expressão agoniada.

Else soltou um gemido, alto o bastante para ser ouvido de onde estavam.

— É melhor ir adiante, meu amigo — aconselhou o policial. — Boa sorte.

Deixaram os caminhões para trás com um significativo espirrar de cascalho e seguiram por mais uns nove quilômetros antes de avistar a ponte à direita. Tinha sido fechada para veículos por uma barra branca e vermelha e três pedras grandes, que haviam sido retiradas do rio. Ele parou o carro e olhou para as árvores colina acima. Sabia exatamente onde estava. A fronteira ficava logo depois da colina, embora seu topo estivesse oculto pela neblina que se acumulava da metade para cima dela. Guiou por mais noventa metros e entrou numa trilha de lenhador à esquerda, forçando o motorzinho do Wartburg para subir o aclive de terra. Parou atrás de uma pilha de madeiras, saiu do carro e pôs as botas e o anoraque, dobrou o casaco e o colocou na mochila. Com o canivete, desaparafusou as placas do carro e as escondeu a uma certa distância sob a vegetação rasteira. A licença e os detalhes sobre o proprietário estavam no bolso de seu anoraque pela mesma razão: se o carro fosse encontrado, não queria que o ligassem a Ulrike. Por fim, cobriu a traseira do carro com ramos cortados das árvores para que não fosse visto da estrada.

Antes de pôr a mochila nos ombros, verificou os sapatos de Else e dos meninos. Eles não conseguiam tirar os olhos de Idris, que estava usando uma batina de prelado, um turbante improvisado com uma toalha rasgada em tiras e tênis. Nas costas, levava uma grande sacola, que servia de mochila, com as alças colocadas nos ombros.

Mantendo-se fora de vista da estrada, chegaram até a ponte, atravessaram-na e na base da colina entraram numa trilha em terreno aberto e muito pantanoso. Rosenharte e Idris carregaram os meninos até uma moita de arbustos perenes do outro lado e voltaram para ajudar Else, que estava tendo dificuldades em atravessar os tufos de vegetação com a sacola com os filmes de Konrad. Depois de redistribuir a bagagem entre ele e Idris, Rosenharte guiou-os para dentro da floresta escura e silenciosa, subindo devagar a colina por uma trilha mais usada por cervos e raposas do que por homens. Rosenharte ficou na retaguarda enquanto Idris ia na frente com um menino de cada lado segurando em suas roupas. Era evidente que em todos os anos que passara em Dresden nunca tinha visto a grandiosa e sombria floresta da mitologia germânica, e agora ela o deixava assombrado, como se algo de enorme importância sobre a Alemanha lhe tivesse sido revelado.

A colina era mais alta do que parecia da ponte, e como Else já estava transpirando, sentaram-se num tronco de árvore e beberam água. Idris foi um pouco adiante na trilha para ver quanto ainda faltava, enquanto Rosenharte, encorajado por Else, conversava com os meninos sobre sua nova vida no Ocidente, dizendo-lhes que nunca mais seriam levados para longe da mãe no meio da noite. Ainda tinham um longo caminho pela frente, disse-lhes ele: um sujeito engraçado, que tinha um nariz muito vermelho e esquisito, iria levá-los num carro estrangeiro. Era inglês e falava com um sotaque, que Rosenharte imitou.

De repente eles viram Idris escorregando e tropeçando trilha abaixo, agitando os braços. Rosenharte pegou os meninos pelas mãos, levou-os a um lugar onde os ramos dos pinheiros encostavam no chão e fez com que se deitassem. Else e Idris o seguiram, e os três se comprimiram contra o chão repleto de agulhas de pinheiros e ficaram esperando, ofegantes.

22
Escape

Começou a chover. Inicialmente foram só alguns pingos grossos, mas em poucos minutos um aguaceiro caiu, e a neblina desceu o morro, cobrindo a floresta. Eles permaneceram secos sob as árvores, mas a visibilidade se reduziu para cerca de dez metros, e só conseguiam ver a trilha que tinham estado seguindo.

— Eles o viram? — sussurrou Rosenharte.

Idris balançou a cabeça.

— Quantos eram?

Idris mostrou quatro dedos e fez um sinal para indicar que estavam armados.

— Grepos?

Ele assentiu. Seus olhos estavam fixos na floresta.

Esperaram durante uma hora sob as árvores. Else puxou os meninos para perto dela e abraçou-os para mantê-los aquecidos, pois a chuva trouxera uma súbita queda na temperatura. Mesmo assim, a chuva não era ruim: iria cobrir as pegadas deles na colina e apagar as marcas dos pneus na trilha de lenhador. Rosenharte olhou para o relógio: eram 8h15. Estavam atrasados, mas não aparecera ninguém para encontrá-los na ponte, como o americano disse que haveria, e Rosenharte tinha certeza de que estariam do outro lado da fronteira. A neblina subira um pouco sobre a floresta e a chuva havia parado. Ele se ajoelhou bem devagar e saiu do abrigo para ver se havia algum movimento abaixo deles. Idris puxou as calças dele. Rosenharte abaixou-se de novo. Um minuto ou dois se passaram, durante os quais ele escutou apenas o estrondo da corredeira lá embaixo. Idris tocou de novo sua perna. Rosenharte ergueu o pescoço e viu que ele apontava para uma das mochilas das crianças, encostada no tronco em que haviam parado. Qualquer um que viesse descendo a trilha imediatamente a veria. Ele praguejou e esgueirou-se para a frente, mas bem quando estava decidindo se levantar para salvar suas calças da lama à frente, ouviu vozes na trilha. Era tarde demais para voltar para junto dos outros, de modo que se jogou no chão e lá permaneceu o mais rente que pôde.

Era de fato um grupo de seis guardas. Evidentemente tinham se abrigado em algum lugar no topo da colina, pois seus uniformes estavam quase secos. Ele podia ouvir o que estavam dizendo. Um deles contava uma história sobre um oficial que havia sido pego no serviço numa fazenda local e fora rebaixado e enviado para a fronteira polonesa. Sempre que queria enfatizar alguma coisa, o guarda se voltava, e seus colegas paravam para ouvir e fazer comentários.

Quando chegaram onde a mochila estava, um deles a viu e pegou. Eles se juntaram em torno e olharam o que havia dentro, mas não lhes ocorreu que tivesse sido deixada ali recentemente e muito menos que os fugitivos estivessem escondidos a poucos passos deles. O homem então a jogou bem alto nas árvores, onde ficou pendurada num galho por uma das alças. Aquilo pareceu diverti-los, e eles seguiram adiante, rindo.

Rosenharte esperou um quarto de hora para se mover de novo e chamar os outros de volta para a trilha. Subiram os 180 metros seguintes rapidamente, carregando os meninos nas partes mais íngremes e ajudando Else, cujo tamanho e falta de preparo físico estava começando a se mostrar um problema. Por fim, atingiram uma pedra grande, da qual brotavam algumas bétulas novas. Era o ponto mais alto na serra e de lá podiam ver a Tchecoslováquia, no momento um caldeirão de neblina onde apareciam as pontas de alguns pinheiros mortos. Else se abaixou para apertar os joelhos e perguntou se tinham chegado. Rosenharte disse que havia apenas mais um obstáculo e que ia dar uma olhada nele. Insistiu para que ficassem escondidos atrás da pedra enquanto ele se afastava.

Ele correu os quarenta metros que faltavam e chegou a uma cerca de alambrado enferrujado com três linhas de arame farpado em cima. Comparada às defesas ao longo da fronteira leste–oeste, era bem rudimentar. Não havia sensores nem armas automáticas apontadas na altura do corpo, e apesar do destacamento de guardas que tinham visto ele não achou que aquela seção da fronteira fosse seriamente patrulhada. Experimentou a resistência do alambrado e percebeu que não daria muito trabalho soltá-lo dos anéis que o prendiam aos mourões de concreto.

Um pouco adiante ele viu um tronco de bom tamanho, que arrastou até a cerca. Mirando o lugar em que o alambrado estava fixo à cerca, deu um golpe, que o soltou sem dificuldade. Arrastou o tronco até outros dois mourões, repetiu o processo, e no último chamou os outros para se juntarem a ele. Logo tinham empurrado o alambrado para cima com o tronco, de modo a deixá-lo num ângulo de 45 graus com o chão. Passaram sobre ele, debaixo do arame farpado, para o outro lado. Quando todos tinham passado sem problemas, deram um pequeno viva, e Rosenharte passou a mão nos cabelos dos meninos.

Griswald dissera que a estrada passava pela fronteira uns 450 metros abaixo na encosta. Se seguissem na direção oeste, iriam encontrá-la. Rosenharte pegou sua bússola num bolso lateral da mochila e eles partiram, seguindo um curso um tanto literal demais, que os levou primeiro a um pequeno despenhadeiro e depois através de um riacho que caía em várias cascatas na neblina. Por fim, chegaram à estrada e, como um milagre, lá estava a van Volvo parada em meio à neblina com os faróis acesos.

Dentro, o Pássaro e Robert Harland compartilhavam uma garrafa térmica com café.

Rosenharte sabia que haveria problemas por Idris estar com eles... e houve. Harland saiu do carro, apertou sua mão e explicou que Macy Harp estava com gripe. Então deixou seus olhos percorrerem a personagem com a túnica longa. O Pássaro verbalizou seus pensamentos.

— Quem é esse? O rei Melchior? O talvez o Leão de Judá?

Rosenharte fez as apresentações e explicou muito calmamente que, a menos que deixassem Idris em algum lugar perto de Praga, não ouviriam as novas informações que trouxera de Kafka.

— Não quero ser rude, Rosenharte — disse Harland —, mas isso não é uma porra de uma brincadeira. Quero as informações agora, ou vou deixar a mulher e os filhos de seu irmão nesta estrada. Diga-me o que conseguiu e falaremos sobre seu amigo aqui depois. — Ele afastou Rosenharte uns nove metros do carro. — E então? — disse.

Rosenharte desviou o olhar. Não tinha alternativa.

— O nome dela é Ulrike Klaar. Trabalha no Instituto de Pesquisas sobre a Juventude em Leipzig. Como você sabe, está seriamente envolvida no movimento pela paz e libertação que tem a Nikolaikirche como base. Acredito que seja só uma questão de tempo até ela ser presa por essas atividades.

— Certo. O que você conclui dessas informações? Acha que é provável que ela tenha acesso a Abu Jamal?

Rosenharte pensou por um instante.

— Ela diz que Abu Jamal estará em Leipzig a partir de segunda-feira, dia 9. Precisavam mantê-lo fora do país até o quadragésimo aniversário acabar. Ele vai ficar na *villa* no Clara Zetkin Park.

— Como ela está obtendo essas informações?

Rosenharte deu de ombros e acendeu um cigarro.

— Acho que em determinado momento ela foi amante dele, mas não tenho certeza. Há uma parte disso tudo que não entendo. Quando perguntei sobre certas lacunas na história, certas inconsistências de comportamento, ela respondeu vagamente e disse que tudo que ela lhes dera até agora se provara verdadeiro.

— Ela tem razão, mas...

— Você acha que é algum tipo de armadilha? — perguntou Rosenharte.

— É, no fim das contas, acho. Você gosta dela? Quer dizer, ela lhe deu uma boa impressão?

— É difícil dizer. Eu gosto dela, mas não confio nela. Há coisas demais sem explicação. No entanto acredito que ela seja sincera quanto ao movimento pela paz. E a fé religiosa dela também é genuína.

Harland assimilou isso.

— Acho que devemos seguir em frente. Não temos nada a perder. E quanto ao lado Annalise da operação? Você acha que eles estão engolindo?

— Até agora, sim, mas vi o coronel Biermeier em Leipzig. Não faz sentido um membro do serviço secreto estrangeiro lá. Também vi Zank. E isso me preocupa. Quer dizer, talvez um ou outro esteja na cola de Kafka.

— E eles o viram?

— Não, não.

— Ótimo. O que diabos está acontecendo, é o que eu me pergunto. — Ele parou e olhou para a estrada. Idris estava brincando com os meninos, enquanto o Pássaro e Else assistiam. Harland gritou para o Pássaro. — OK, Cuth, você pode prosseguir!

— Certo, mas temo que não vai dar para arranjar um passaporte novo para o rei Melchior. Ele vai ter de se virar sozinho.

— Sem problema — respondeu Harland. — Ele quer uma carona até algum lugar perto de Praga, e é isso que ele vai ter.

O Pássaro abriu a porta traseira do Volvo e começou a bater fotos de Else, Florian e Christoph contra um pano azul-escuro que havia pendurado no carro. Os olhos de Harland voltaram-se para Rosenharte.

— Agora eu dei a vocês tudo o que pediram — disse Rosenharte. — Já está na hora de discutirmos quando vocês vão tirar Konrad de lá. Andei pensando se não seria possível juntar isso com a operação Abu Jamal.

— Muito complicado — disse Harland rapidamente. — São dois tipos inteiramente diferentes de operação.

— O que vocês vão fazer com o árabe?

Harland ignorou a questão e olhou em outra direção. Uma fina película de água da neblina havia coberto seus cabelos e roupas. Harland passou as mãos nos ombros e sacudiu-as para tirar as gotas de água. Rosenharte não se mexeu.

— Meu irmão, no momento, está na ala hospitalar, como você sabe. Mas essa situação não vai durar, e logo eles o levarão para o centro principal de interrogação, tendo ele se recuperado ou não. Temos de agir rápido ou estaremos perdidos.

— Farei tudo o que puder, mas algo como isso é muito fora do comum para nós. Nunca temos mais de dez pessoas na sucursal de Berlim. É uma operação minúscula comparada com a Stasi. Isso é algo grande para nós, mesmo se usarmos alguma ajuda dos americanos.

— Eu consegui alguma ajuda. Posso obter dois passes de boa qualidade para vocês: um para um veículo e outro autorizando a retirada de Konrad pela KGB.

— Deus, como você conseguiu isso?

— De um amigo. As coisas estão se esgarçando na RDA. Posso consegui-los para o começo da semana que vem. Vocês só precisam ter uma van como as que eles usam, um par de homens que fale alemão bem e um jeito de sair do leste. E com a Stasi totalmente ocupada com as manifestações, não será muito difícil.

— Mas uma checada, e nossos homens estarão perdidos, e seu irmão nunca mais sai de lá.

Rosenharte olhou para Idris e Else na estrada.

— É verdade — disse —, mas esse é o acordo que fizemos. De qualquer modo, acredito que talvez consiga que no dia alguém ligue antes para dizer que Konrad vai ser transferido.

— A Stasi não vai cair nessa.

— Ninguém teme a Stasi mais do que eu, mas eu os andei vendo de perto nessa última semana, e eles estão com problemas. Estão cometendo erros. Essas pessoas que marcharam em Leipzig dois dias atrás não vão recuar. Há um clima verdadeiro de revolução no ar e a Stasi está preocupada. Eles vão tentar reprimir as manifestações pela força. Tenho certeza disso. Então veremos se as pessoas terão a disposição de seguir em frente. — Fez uma pausa. — O que estou dizendo é que a Stasi está preocupada com esses eventos.

— Eu entendi.

— Então vamos decidir uma data.

— Que tal 13 ou 14 na semana que vem? Agiremos cedo, a fim de que ele passe pela fronteira no meio da manhã. Sábado, dia 14, provavelmente é o melhor para nós.

— Não dá para ser antes? Ele pode estar de volta ao centro de interrogação a essa altura.

— Se estiver fora do hospital, será um bom sinal e, além disso, se os passes e o formulário de transferência forem bons como você diz, não vai importar onde ele estará na Hohenschöenhausen, vai? Eles vão funcionar do mesmo jeito, desde que ele esteja no centro de interrogação.

Rosenharte não tinha resposta para isso.

— OK, mas não depois disso. Como vou entregar os papéis a vocês?

— Marcaremos um encontro em Berlim para a tarde de sexta-feira. Você ligará para nós usando o mesmo sistema. Não se esqueça da mudança dos códigos na semana que vem.

Rosenharte voltou-se e olhou para o carro. Os meninos estavam olhando com grande interesse para o Pássaro, que estava inclinado sobre alguma coisa na traseira.

— Não quero que Else saiba nada deste plano — disse Rosenharte. — Ela precisa de todas as suas forças para se instalar em seu novo lar.

Harland assentiu.

— Você pode sair por conta própria da RDA quando tudo tiver acabado? Estaremos ocupados com o seu irmão.

— Não será problema. Vou usar a mesma rota pela Hungria.

— Ótimo. — Ele fez uma pausa e olhou para Rosenharte. — Tem mais uma coisa que eu gostaria que você fizesse para nós.

— Fiz tudo o que vocês pediram.

— Eu sei, Rudi, eu sei. — Ele fez um gesto de rendição. — Você poderia voltar a Leipzig e efetivar o contato entre Kafka e o nosso pessoal no fim de semana seguinte? Preciso que você faça isso para afastar quaisquer receios que Kafka possa ter. Você faria isso para nós?

Rosenharte assentiu. De qualquer jeito, tinha mesmo de devolver o carro de Ulrike.

— Certo, marcaremos o encontro para domingo. Você encontrará um dos homens do BND que conheceu em Berlim Ocidental na entrada principal do parque, onde ocorre a feira do comércio em Leipzig, o Altes Messegelände. Ele estará lá às 5 horas. Queremos que você venha da cidade pela Pragerstrasse. Desse modo poderemos ver se foi seguido até lá. Eles são os melhores, esses caras. Já estão clandestinos na cidade e não vão falhar.

— Você quer que eu leve Kafka lá?

— Não. Vocês acertam um encontro para depois. Agora que posso dar-lhes o nome dela, eles podem descobrir exatamente quem ela é e, bem, se é séria mesmo.

Rosenharte voltou-se para o carro.

— Você ainda tem dúvidas?

— Na verdade, não; mas ela me intriga. — Ele chutou o cascalho na estrada e olhou para o alto, onde três corvos tentavam se alçar acima da neblina. — Há mais uma coisa, Rudi. Temos de manter a Stasi fora de suas costas, portanto vamos providenciar para que a entrega final de Annalise seja no começo de novembro. Ela vai escrever para você do mesmo jeito e eles vão interceptar a carta. A essa altura teremos resolvido a questão de Konrad e do árabe e daremos a eles alguma titica que vai atrapalhar os computadores deles por alguns meses.

Rosenharte virou-se e foi até onde os outros estavam. O Pássaro estava passando um pano sobre as fotos no passaporte britânico conjunto novo em folha para Else e os meninos. Mostrou-lhes o carimbo do Foreign and

Commonwealth Office antes de usá-lo nas fotos recém-tiradas. Juntou todos, folheou o passaporte e mostrou-lhes o grande visto violeta que indicava que eles tinham atravessado a fronteira da Áustria para a Hungria dez dias atrás. Outro visto provava legítima a presença da família na Tchecoslováquia.

— A senhora agora é indubitavelmente uma legítima cidadã britânica, madame. — Ele segurou o passaporte e começou a ler: — O secretário de Estado para Assuntos Externos e da Comunidade Britânica solicita e requer, em nome de Sua Majestade...

— Pelo amor de Deus, Cuth — Harland o interrompeu. — Temos muito caminho pela frente. — Voltou-se e ofereceu a mão sem luva para Rosenharte. — Boa sorte, Rudi.

— Sim, vá com Deus, meu velho — disse o Pássaro, apertando sua mão com muita força. — Vamos cuidar dessa turma para você.

Rosenharte foi até os meninos e se agachou.

— Ouçam, cuidem direitinho de sua mãe para mim e seu pai, hein? — Eles assentiram solenemente. — E logo os verei de novo no Ocidente.

Else o beijou e fez com que prometesse que levaria Konrad para ela. Antes que ele se afastasse dela, Idris se juntara a ele e também o estava beijando.

— Vamos nos ver de novo — disse Rosenharte, segurando seus ombros. — Não tenho a menor dúvida, meu amigo. — Seus olhos ficaram úmidos: não estava acostumado a tanta demonstração.

Idris lhe deu seu endereço em Cartum, escrito em inglês e árabe, o qual tirou do casaco com um floreio. Rosenharte apertou sua mão e entregou as duas notas de cem dólares que tinha na mão. Com um último beijo em Else, conseguiu pôr quinhentos dólares no bolso do casaco dela, o que lhe avisou com uma piscadela.

Estava na hora de ir. Virou-se e estava subindo rapidamente a encosta antes que eles tivessem sequer pensado em se instalar no Volvo. Quando ele ouviu a partida do carro e se voltou para olhar, a estrada já desaparecera na neblina.

Rosenharte cruzou de volta a fronteira sentindo-se abandonado como havia muito não se sentia, mas uma parte dele também notou seu alívio por ter uma responsabilidade a menos. Se conseguisse passar por intermédio do russo a notícia da fuga bem-sucedida deles para Konrad, com certeza isso também faria algum bem para o ânimo do irmão. Andou devagar, mantendo todos os sentidos despertos para a floresta à sua volta.

Tendo subido para a fronteira por um ponto diferente, para o caso do dano à cerca ter sido descoberto, levou algum tempo para atravessar uma área densa da floresta. Já era meio-dia quando chegou à trilha, bem no lugar em que a mochila ficara pendurada na árvore. A cada meia dúzia de metros ele parava para escutar em volta. Uns noventa metros riacho acima se deu conta de que, embora não pudesse ser visto da estrada, o carro estava bem visível deste lado do vale. Os guardas da fronteira facilmente teriam o visto de onde estavam.

Com o coração em disparada, abandonou toda a cautela e correu para atravessar a ponte, e depois se embrenhou pelas árvores. Tendo se assegurado de que o Wartburg não tinha sido imobilizado, foi recuperar as chapas, aparafusou-as de volta e empurrou o carro até a estradinha de terra, para poder descer na banguela. Fez o motor pegar no tranco pouco antes do fim da descida e entrou discretamente na estrada.

Sua vida agora estava muito mais simples. Seu único objetivo era libertar Konrad.

PARTE TRÊS

23
Demissão

Sonja sentou-se no banco ao lado dele.

— Você precisa se cuidar, Rudi. Um sanduíche e um pedaço de lingüiça velha. Nenhuma fruta, nenhuma proteína de fato. Você está com uma cara horrível. O que está acontecendo?

Rosenharte olhou para a Ópera. Estava um belo dia e ele poderia muito bem ter passado sem uma abordagem de Sonja.

— Quando você voltou? — perguntou ela.

— Quarta-feira. — Ele se virou para ela. — O que diabos você aprontou consigo mesma?

— Ah, isso? — disse ela, tocando um pequeno piercing prateado inserido bem sob o lábio inferior. — Você não gostou?

— Não.

Ela deu de ombros.

— Bom, não foi feito mesmo para um homem da sua geração.

— Minha geração não tem nada a ver com isso, Sonja. Você tem um belo rosto. É uma bobagem enchê-lo de pedaços de ferro.

— É prata. Meu namorado o deu para mim.

— Sebastian?

— Não. Rikki. Rikki é o meu namorado agora.

— O que aconteceu com o Sebastian? Imaginei que fosse o amor da sua vida.

Ela balançou lentamente a cabeça.

— Ele estava muito ocupado para ficar comigo. Não o vejo desde que o soltaram e ele sumiu em Leipzig. Ele está obcecado com os *acontecimentos.*

— E você não?

Ela deu de ombros de novo.

— Sim... claro que estou. — Ela dobrou uma perna sob o travesseiro. Estava vestida sem afetações: uma saia jeans curta, botas de couro cru abaixo dos joelhos, sem meias, e um suéter cinza que ele lhe dera. — Então você voltou na noite daquele tumulto todo na Hauptbahnhof?

— Sim. — Ele vira os trens levando os alemães orientais de Praga para o Ocidente. Só Deus sabe quantas pessoas tentaram embarcar na estação e nas entradas de Dresden. Estavam se movendo numa velocidade de uma lentidão tantalizante, e dos lados dos trilhos os habitantes de Dresden tinham podido ver a felicidade em cada rosto que estava indo para o Ocidente e a liberdade. Foi demais para eles. Alguns tentaram se agarrar do lado de fora dos vagões, e houve o caso de um homem que tentou se enfiar pela porta aberta da cabine do maquinista. Na estação, milhares foram presos e levados embora em caminhões. A polícia usou seus cassetetes sem piedade, mas os que sofreram sérios ferimentos na cabeça se recusaram a ser levados para o hospital, porque não queriam ser entregues às autoridades.

— Você viu tudo? Por que estava na Hauptbahnhof? De onde estava vindo?

— De lugar nenhum. Só estava lá por acaso.

Depois de voltar da fronteira, ele estacionara o Wartburg num antigo armazém e pagara ao homem para abrir para ele a qualquer hora do dia ou da noite. Ele queria deixar o carro fora de vista para que a Stasi não fizesse nenhuma conexão com Ulrike, mas também achou que a Hauptbahnhof ainda era o melhor lugar para escapar da vigilância quando precisasse sair da cidade.

— Você só estava lá por caso — disse ela depois de examinar o rosto dele. —Você é um homem cheio dos mistérios, Rudi.

Ele acabou de comer o sanduíche.

— Falando em homens misteriosos — disse casualmente —, lembra-se do homem que veio me procurar? Você o descreveu como um caipira, um rapaz do campo.

Um frêmito de ansiedade passou pelos olhos dela.

— Claro. Lembro. Era tcheco ou polonês, não lembro ao certo.

— Polonês — disse Rosenharte. — Suponho que ele tenha deixado alguma coisa para mim; uma carta?

— Não me lembro. Talvez ele tenha deixado com as outras meninas. — O rosto dela corou levemente e ela desviou o olhar.

— Tudo bem — continuou ele gentilmente. — Sei como é a pressão. Você entregou a carta para a Stasi?

Ela assentiu.

— Disseram-me que se o homem aparecesse de novo eu devia ligar para um número especial.

— Você sabe o que havia no bilhete?

— Sim, alguma coisa sobre a sua família. Não estava claro. Havia um endereço e um número de telefone embaixo. Ah, sim, lembrei agora. O homem queria saber alguma coisa que ele só podia lhe perguntar pessoalmente, frente a frente. Foi o que ele escreveu.

— Qual era o nome do agente para quem você a entregou?

— Alguém de Berlim; um canalha frio chamado Zank. Um verdadeiro nazista.

Rosenharte pôs a mão sobre a dela.

— Obrigado. Foi bom você ter me contado.

— Eu não contei a eles sobre a ligação que você fez do escritório do professor — disse ela, seus olhos implorando perdão.

— Ótimo, vamos deixar assim. E não diga a eles que falou sobre isso comigo. Finja ignorância. — Ele percebeu que ela tinha mais alguma coisa para dizer. — O que foi?

— Eles vão demiti-lo hoje no fim do dia. Tiveram uma reunião do comitê na segunda-feira. Decidiram nela. Já me disseram para pedir para você ir ao escritório do diretor às 5 horas.

Ele ficou surpreso apenas porque Biermeier havia lhe dito que tudo tinha sido resolvido com o museu.

— Por quê? Qual a razão que deram?

Ele inclinou a cabeça.

— Você nunca está lá. Dizem que você vai e vem ao seu bel-prazer. Dizem que você bebe.

— Sim, mas eles sabem que estive fazendo algo importante de que não posso falar nada. Foram avisados de que eu iria faltar muito.

— Zank disse ao diretor que você era indesejável. Ouvi parte da conversa no telefone.

Ele se levantou.

— Bom, melhor eu aproveitar esta tarde então.

— O que você vai fazer da vida?

— Quando umas coisas de minha vida estiverem resolvidas, vou escrever um livro no qual venho pensando há algum tempo. Veio-me à mente de forma muito clara nesta última semana.

— Sobre o que é?

Ele olhou para o lado do Zwinger.

— Os quadros que foram salvos na guerra; em outras palavras, o acervo aqui e como ele afetou minha maneira de ver as coisas. — Viu a expressão dela esfriar. — Não é um livro acadêmico. É sobre a guerra, e a cultura na RDA.

— Parece muito interessante — disse ela sem o menor entusiasmo.

Ele lançou-lhe um olhar de lado e então voltou ao museu, onde foi para a sala de restauração no porão e começou a tomar notas. Ele tinha acesso àquelas obras como um visitante privativo do museu, mas nunca mais teria contato com elas — a liberdade de examinar a superfície pintada com sua lente de aumento e inspecionar o verso das pinturas.

Às 5 horas ele se apresentou na sala do comitê, onde o professor Lictenberg estava à mesa, cofiando o cavanhaque grisalho e olhando-o por cima dos óculos. Ele sempre lembrava a Rosenharte Walter Ulbricht, o primeiro-secretário derrubado por Erich Honecker. Três outros membros do comitê também estavam lá. Rosenharte sorriu afavelmente e sentou-se na cadeira na frente deles.

— Certas coisas têm chegado ao nosso conhecimento, Dr. Rosenharte — disse Lictenberg depois de pigarrear.

— Sim? Quais coisas?

— Suas faltas freqüentes.

— Mas os senhores sabem que estive trabalhando para o Ministério para a Segurança do Estado. Foi necessário que eu fosse a Berlim e ao Ocidente.

— Sabemos disso — disse Lictenberg, que evidentemente estava saboreando a gravidade da ocasião. — Mas há outras questões que afetam a reputação desta instituição e das pessoas que trabalham nela. Isso não pode ser desconsiderado.

— A que o senhor está se referindo?

— Suas palestras, em especial a que o senhor deu na Universidade de Leipzig dez dias atrás. O professor Böhme nos escreveu reclamando de sua atitude. Disse que era bastante surpreendente que as autoridades ainda não tivessem tomado conhecimento do senhor, dadas as suas opiniões negativas e decadentes.

— Foi um aparte que causou a ofensa, um aparte que ele deliberadamente interpretou erroneamente. Não tinha nada a ver com o teor efetivo da palestra.

— Dr. Rosenharte, temos *citações*! Ele tomou notas durante a palestra. Quer que acreditemos que um homem tão respeitável inventou todo o incidente?

— Acreditem no que quiserem, mas foi uma palestra séria, que pareceu ser bem recebida e que foi aplaudida.

— Aplaudida por jovens impressionáveis, que viram um importante membro do Partido ser humilhado ao defender os ideais do marxismo. Não é um estado de coisas com a qual possamos ser coniventes. — Todos assentiram.

— Não me importa a conivência ou não dos senhores. São minhas opiniões e tenho o direito de expressá-las, ofendendo ou não um tolo pretensioso como Böhme. Convidei-o a discutir a questão, mas ele foi incapaz de exprimir o que fosse, a não ser slogans do partido.

— Melhor do que as bobagens decadentes que fazem apodrecer os cérebros de nossa juventude — disse a mulher. Rosenharte tinha a impressão de que ela tinha alguma coisa a ver com um dos comitês culturais de Dresden. Ainda estava na casa dos 30 anos, mas já adquirira o ar empertigado e ressecado do *apparatchik*. Era a terceira mulher do tipo que ele enfrentava do outro lado de uma mesa naquele mês.

— A discussão livre e aberta de questões intelectuais não apodrece o cérebro de ninguém — disse ele, dirigindo sua raiva para ela. — Um debate autêntico é do que os jovens da RDA vêm sendo privados nesses últimos quarenta anos.

A mulher recuou como se tivesse levado uma bofetada.

— Não se trata da única ocasião sobre a qual fomos informados — disse Lictenberg, inclinando-se para a frente e dando um olhar solidário na direção dela. — Temos um relatório sobre a palestra que o senhor deu em

Trieste. Diz-se que continha um significado oculto, um ataque oblíquo, mas mesmo assim corrosivo, ao sistema de justiça criminal da RDA.

— O senhor mesmo leu a palestra e a aprovou.

Lictenberg pareceu embaraçado.

— Estava, talvez, desatento às suas intenções... não enxerguei a mensagem em código sob a superfície. — Olhou de novo para a mulher, que escrevia furiosamente uma nota para si mesma.

— Não havia mensagem em código. É um fato que os artistas do fim da Renascença olharam em volta deles e registraram a crueldade de sua época em desenhos privados.

— Pode até ser — disse Lictenberg, obviamente não querendo ser levado a uma discussão sobre história da arte. — Mas essas coisas não podem ser ignoradas. A ofensa que o senhor cometeu foi muito grande. Precisamos pensar em nossa reputação. Quando o senhor dá essas palestras, está representando todos nós. O senhor precisa entender isso, Doktor.

Rosenharte levantou-se e aproximou-se da mesa. Lictenberg recuou em sua cadeira.

— Eu não represento ninguém, a não ser eu mesmo.

— Exatamente: um individualista rematado! — disse a mulher em triunfo.

— Não um individualista, só um indivíduo. Talvez a senhora não saiba a diferença.

Lictenberg ergueu a mão.

— Não há por que prosseguir com esta discussão. A Gemäldegalerie não requer mais os seus serviços, Dr. Rosenharte. Está claro para o senhor? O senhor partirá no fim desta audiência, após remover seus pertences de sua mesa.

— O senhor está me descartando?

— Sim, se quiser colocar desta forma, Rosenharte. Precisa lembrar que tenho de pensar no museu como um todo. O dano provocado à reputação dele é incomensurável.

Rosenharte foi até a porta, mas se deteve e voltou-se para eles.

— Olhem em volta de vocês. Praticamente não há um dia sem uma manifestação. O povo já teve o bastante. O mundo está mudando.

Lictenberg assumiu uma expressão magoada.

— Por que este súbito desafio? Essas são as opiniões de um adolescente rebelde!

— Por quê? Meu irmão está na Hohenschönhausen. Talvez vocês tenham ouvido falar do lugar em que o Partido esmaga seus oponentes. Está preso lá sem julgamento e pode estar morrendo. Em toda a vida dele jamais exprimiu nada nem remotamente tão controverso quanto o que acabei de dizer nesta sala. Isso explica a minha mudança de atitude.

A mulher se ergueu indignada.

— Não tenho que ficar ouvindo isso. Se ele é parecido com você, seu irmão merece estar na prisão.

— O que a senhora precisa, madame, é de uma boa trepada — disse Rosenharte. Lamentou a palavra chula, mas o efeito realmente valeu a pena. Foi como se uma corrente elétrica passasse através dela. Ela sentou-se e levantou-se de novo; seus punhos se cerraram e se abriram e o sangue se esvaiu de sua face.

Ele fechou a porta atrás de si e foi buscar os livros em seu escritório e se despedir de alguns membros da equipe no caminho.

Usualmente havia um fiapo de luz do dia sob a fresta da porta do escritório de Rosenharte. Nos dias em que Sonja ficava à sua espera, ele sempre sabia quando ela estava lá por um borrão de sombra no canto esquerdo. Ao se aproximar naquele momento, viu que havia gente em seu escritório. Deteve-se por um instante em frente da pesada porta de madeira, depois a abriu para encontrar o coronel Zank junto à janela com dois dos homens que vira com ele em Berlim.

— O que o senhor está fazendo em meu escritório? — perguntou.

— Seu escritório? — disse Zank. — Com certeza, não é mais seu, certo?

— Até eu partir ainda é. — Ele foi até as estantes e começou a pegar os livros e a empilhá-los sobre a mesa.

— Gostaria de ter toda a sua atenção — disse Zank.

— Pois não — disse Rosenharte, os olhos fixos no volume sobre Giorgione.

— Estamos interessados em lhe fazer algumas perguntas sobre sua ida a Trieste.

Rosenharte voltou-se da estante.

— O quê?

— Há coisas que não nos deixaram satisfeitos. Por exemplo, como Annalise Schering sabia que você estava no restaurante à beira do canal.

Ele ficou desconcertado.

— Por que me perguntar isso agora? Com certeza a Stasi tem coisas melhores a fazer.

— Temos, sim, não há dúvida. Mas, por favor, responda à pergunta. — Ele cruzou os braços e percorreu os pertences de Rosenharte com os olhos.

— Não, lembro. Acho que eu disse a alguém na recepção que ia lá. Não, espere, eles recomendaram o lugar e eu lhe disse que estaria lá se alguém me procurasse.

— Isso é estranho — disse Zank. — Porque fizemos duas pessoas tentarem a mesma coisa; como experiência, compreende? Eles informaram que o hotel recomendou um lugar inteiramente diferente. Em ambas as ocasiões disseram que o restaurante no canal era muito caro. Uma armadilha para turistas.

— Tudo o que sei é que o homem de paletó vermelho e preto me disse que era um bom lugar. Talvez tenha sido repreendido por mandar as pessoas para lá. Lembro agora que o maître me perguntou como eu ficara sabendo do lugar.

Os lábios de Zank se abriram, mas não havia o menor indício de um sorriso.

— Não acredito em você — disse.

— Então não acredite, mas é a verdade. — Rosenharte voltou-se para a estante para se controlar.

— Fomos até o hotel em que você ficou com a sua amiga, não o seu hotel, o Svevo.

— Vocês são obcecados — disse Rosenharte.

— Não, apenas meticulosos — disse Zank. — O guia se refere a ele como um hotel *bijou*, pequeno, confortável e com serviço muito bom. Sabe, Rosenharte, a maioria do pessoal que trabalha lá está há mais de vinte anos no serviço. É um estabelecimento familiar.

— E daí?

— Falamos com as arrumadeiras. Elas ainda estavam com a memória bem fresca. Afinal, não faz tanto tempo assim. Elas sabem que você deu uma gorjeta ao porteiro da noite que levou o champanhe tarde da noite. Mas não se lembram de você ter deixado nada para o serviço de arrumadeiras, o que é o costume e que elas certamente estavam esperando depois que souberam como você tratara o porteiro da noite.

— Isso é correto. Não deixei dinheiro nenhum para elas.

— Exatamente, esta é uma das razões pelas quais se lembram do quarto que hospedou Fraulein Schering. A outra é que não havia indícios de amor. Você é um cidadão do mundo. Não preciso explicar a que estou me referindo.

— Desculpe, mas não entendi.

— Bem, as arrumadeiras, sendo como são, tendem a especular sobre o nível da paixão vivida por um casal pelos indícios que deixam na cama. Na de vocês, não havia nenhum.

Rosenharte balançou a cabeça.

— É a isso que vocês estão reduzidos? A ficar xeretando por aí atrás de manchas de sêmen?

— Não seja leviano, Rosenharte. Isso é uma questão importante.

— O senhor está tentando me armar uma cilada para desacreditar a operação do general Schwarzmeer. Não vou deixar que me usem nas disputas internas do ministério. Da última vez que estive com o coronel, e o senhor não estava lá, claro, ele expressou sua satisfação com a inteligência vinda do Ocidente. Os cientistas dele estão esperando ansiosamente a nova entrega. Mas ela não vai acontecer caso meu irmão não seja libertado, e é o senhor quem o está mantendo lá. É melhor pensar bem no que está fazendo, Zank.

Zank foi até a escrivaninha, pegou o livro que estava no topo de uma pilha e leu o título:

— *Arte e ilusão*, de E. H. Gombrich. Poderia ter sido escrito por você, Rosenharte, porque arte e ilusão são as suas duas especialidades. A questão que temos de decidir é o que é real e o que é ilusão na sua vida. Confesso que estou começando a achar que a maior parte da sua vida é uma ilusão.

— Não é essa a opinião do general Schwarzmeer e não preciso lembrá-lo de que esta operação é dele.

— De fato, é, mas nós, do Departamento Principal Três, gostamos de nos manter inteirados. — Ele pôs o livro sobre a pilha. — O homem que morreu no cais em Trieste chamava-se Franciscek Grycko Isso significa alguma coisa para você?

— Nada sei sobre ele. Já disse isso antes.

— Ele já tinha sido agente do Sluzba Bezpieczenstwa, o serviço de segurança do Estado polonês.

— Está brincando?! — disse Rosenharte.

Zank balançou a cabeça.

— Eu nunca brinco em serviço. Acredito que seja o mesmo homem que esteve em seu escritório. Após a morte dele, uma pessoa usando o nome dele também veio aqui.

— Disseram-me que alguém tinha me procurado — disse Rosenharte. — A mulher que trabalha para o professor Lictenberg me falou.

— Ah, sim, Sonja. Eu não preciso dizer-lhe que garota deliciosa ela é, preciso, Rosenharte?

Rosenharte encarou-o fixamente.

— Voltaremos a ela depois, mas agora o que eu queria perguntar é como o Sr. Grycko sabia que você ia estar em Trieste. O que ele queria? Evidentemente o fascínio dele por um obscuro historiador da arte continuou depois de sua morte. O segundo homem que veio procurá-lo era um parente ou apenas estava usando a identidade do Sr. Gricko? E como ele se encaixa no assunto Annalise Schering? No Departamento Principal Três, estamos tentando entender tudo isso, Rosenharte, e queremos a sua ajuda.

— Mas eu não posso ajudá-los. Se o homem tivesse deixado um recado ou algo assim, eu poderia descobrir alguma coisa. — Ele deixou essa observação ficar no ar por um instante, mas Zank não reagiu. — Nunca fui à Polônia e não tenho amigos poloneses. O caso é um mistério para mim.

Zank inspirou por entre os lábios.

— Está tentando criar um caso a partir do nada, quando bem sabe que tudo o que eu quero é libertar meu irmão. Eu sei que o senhor é o obstáculo no caminho dele para a liberdade. Pode conseguir que eu seja despedido. Posso lidar com isso. Mas, se algo acontecer com Konrad, pagará por isso.

Zank lançou-lhe um olhar gélido.

— Apenas estou fazendo o melhor que posso para proteger o Estado, Rosenharte. E parece-me que você está ocultando alguma coisa que pode ser um perigo para o Estado. Não demorarei a descobrir o que é, posso lhe assegurar.

— E por causa disso mantém meu irmão preso?

— Naturalmente. Quem pode dizer quantas pessoas estão envolvidas nessa trama?

— Não há trama nenhuma! Estou trabalhando para o general Schwarzmeer, mas deixarei de cooperar se meu irmão não for libertado.

Bateram à porta. Outro jovem capanga da Stasi acenou para que Zank fosse ao corredor; ele saiu, fechando a porta. Ao voltar, Zank foi até a janela com as mãos nos bolsos.

— Um cantinho muito agradável esse que você tinha aqui. Vai sentir saudade da vista para os jardins Zwinger. Se ao menos nós tivéssemos um ambiente tão agradável no MfS para trabalhar... — Os homens assentiram. Ele foi até a porta, passando o dedo indicador sobre o lábio superior. — Preciso voltar a Berlim. Os arruaceiros estão nas ruas causando problemas para as comemorações de amanhã de novo. Que mundo esse nosso, não? — Um dos homens abriu a porta para ele. Zank deteve-se e voltou-se para encarar Rosenharte. — Ah, sim, parece que você fez uma ligação do escritório do diretor duas semanas atrás; algo que você queria manter em segredo. Soube que era para um número de Berlim, mas tivemos dificuldades para rastreá-lo. Estranho, isso.

Rosenharte pensou rápido e olhou bem nos olhos dele.

— Disseram-me para não falar nada sobre isso.

— Você está querendo dizer que o número pertence ao ministério?

— Não posso dizer.

Zank observou-o por um momento.

— Continuaremos esta conversa assim que a próxima oportunidade se apresentar.

Um dos homens estendeu-lhe sua capa de chuva e eles foram embora.

Rosenharte deixou-se cair em sua antiga poltrona e olhou pela janela. Quando Zank descobrisse que aquele número não pertencia à Normannenstrasse, suas suspeitas estariam confirmadas. Mas ele já tinha informação suficiente para prendê-lo e interrogá-lo. Não havia necessidade de esperar até saber sobre o número de telefone. Poderia detê-lo quando bem entendesse. Por que não o fez? Durante a conversa Rosenharte notara que, em vez de insistir em cada questão sobre a escolha do restaurante, o hotel ou o polonês até a exaustão — que era o habitual *modus operandi* de pesadelo da Stasi —, Zank apenas tocara em cada ponto. Ele estava apenas lhe dando indícios, fazendo Rosenharte saber do quanto ele sabia. Talvez estivesse tentando fazer com que ele entrasse em pânico e agisse de forma precipitada.

Duas coisas estavam claras: Zank não conseguira desacreditar a operação de Schwarzmeer e o Ministério para a Segurança do Estado ainda não estava disposto a abandonar a esperança de obter mais informações sobre o sistema da Otan. Ele levantou-se rapidamente e foi para o escritório do diretor.

Neste horário, às sextas-feiras, havia pouca gente por ali. Ele ouviu atrás da porta por alguns segundos, depois a abriu. Sonja estava junto à janela. Tinha um ar infernalmente culpado e estivera chorando.

— Ele está aí? — sussurrou ele.

Ela balançou a cabeça.

Ele entrou sem hesitar nem pedir e discou cinco números — todos eles com o prefixo da Normannenstrasse. Quatro das ligações foram atendidas e ele deu códigos de cinco números aleatórios e desligou. Então ligou para o número de Vladimir na Angelikastrasse e deixou um recado com a tonitruante voz russa que atendeu, dizendo que precisava falar com alguém sobre uma questão urgente. Rosenharte desligou e sorriu para si mesmo. Zank ficaria ainda um pouquinho mais irritado ao ficar sabendo que ele também tinha contatos com a KGB. Ele tinha certeza absoluta de que o telefone de Lictenberg agora estaria sendo monitorado constantemente.

Saiu do escritório e foi até onde Sonja estava.

— Você me enganou deliberadamente — disse ele num tom baixo. — Disse a eles sobre aquela outra ligação que eu fiz daqui. Era necessário?

— Tive de fazê-lo.

— Não, não teve. Você fez questão de ajudá-los, Sonja.

— Você me usou — disse ela.

— Eu a usei? Nunca a usei, Sonja.

— Sim, você me usou.

Ele sorriu.

— Ambos sabemos que isso não é verdade. Há todo tipo de razão para as pessoas ajudarem a Stasi. Em geral, porque foram colocadas numa posição em que não têm alternativa. Isso eu posso entender. Mas dizer que você fez isso como uma espécie de vingança é...

— Bem, talvez eu não tenha... Que inferno, não sei. Andei confusa ultimamente. Você é tão arrogante e envolvido consigo mesmo que nunca notou o quanto eu gosto de você. Eu teria feito qualquer coisa por você, Rudi, qualquer coisa.

Era só o que lhe faltava, mas ele compreendeu: ela se sentira rejeitada daquela última vez às margens do rio e dera a informação a Zank por puro despeito. Ele sentou-se na beira da escrivaninha perto dela e segurou sua mão.

— Tudo bem. Você provavelmente tem razão, mas quero que você saiba que nunca senti menos que a mais profunda afeição por você. — Fez uma pausa e olhou-a nos olhos. — Como eles fizeram você fazer isso?

— Minha mãe... Você sabe que ela tem artrite. Prometeram fornecer a ela um remédio novo.

Rosenharte assentiu.

— Você contou algo mais a eles?

— Eu não sei mais nada.

— Ótimo.

— Desculpe.

— Pelo menos não fique achando que você estava se vingando de mim. Você devia se poupar disso, Sonja, porque não é verdade e não é digno de você.

Ele não tinha tempo para isso, mas esperou alguns momentos antes de se levantar e lhe dar um beijo gentil no rosto. Ele sabia que ela contaria a Zank sobre suas ligações. Isso era bom.

Ele foi direto para a Angelikastrasse, sem se preocupar em verificar se estava sendo seguido, e tocou a campainha de latão na porta. Em alguns segundos a porta foi aberta por um homem corpulento de 30 e poucos anos com uma pequena cicatriz no queixo.

Ele olhou para a esquerda e a direita na rua.

— Rosenharte? — disse. — Entre.

Foi levado até uma pequena sala de entrevistas no térreo com cheiro de mofo. Alguns minutos depois, Vladimir apareceu usando gravata e um terno folgado.

— Pensei que você estava em Berlim — disse Rosenharte.

— Vamos para lá a qualquer momento. Em que posso ajudá-lo?

— Eles vão agir na semana que vem. Todo o pessoal deles estará em seus postos em Leipzig na segunda-feira à noite.

— A noite da próxima manifestação. Quem vai estar lá exatamente? Os ingleses, os americanos, quem?

— Eu não sei, mas me disseram para entrar em contato com três membros do BND amanhã à noite no terreno da Feira de Comércio.

— E você os levará até Kafka. Você vai me dizer o nome dela.

Rosenharte hesitou.

— Como você vai usá-lo?

— Não tenha receio. A Stasi não vai ficar sabendo sobre ela por nós. — Ele se deteve e ajustou a abotoadura. — Talvez você não saiba disso, Rudi, mas em setembro deste ano houve uma conferência em Santa Mônica, na Califórnia, instigada pelo chefe da CIA, William Webster. Estivemos lá. Nós nos juntamos aos EUA numa força-tarefa especial para combater o terrorismo. O homem que a chefia do nosso lado é o major-general Valentin Zvezdenkov, que já foi chefe do contraterrorismo. O general Sherbak, que foi vice-diretor do Segundo Diretório Principal da KGB, também está envolvido. Estes são contatos entre o Leste e o Oeste em escalão muito alto. Veja bem, não são só palavras. O mundo está mudando mais rápido do que a maioria de nós consegue compreender. — Ele ajeitou o paletó e por um breve instante observou seu reflexo na janela. — Se esta operação combate o terrorismo, não vamos prejudicá-la. Portanto, diga-me o nome dela.

— Antes disso, quero saber se está tudo certo quanto aos passes. A data ficou sendo uma semana a partir de amanhã, no sábado, 14 de outubro.

— O que você quer, exatamente?

— Um passe para um veículo, um termo de libertação para Konrad, especificando a necessidade para a KGB de interrogá-lo, e dois passes para os homens cujos nomes lhe fornecerei esta semana.

Rosenharte ficou preocupado porque Vladimir parecia estar ouvindo aquilo pela primeira vez. Mas então ele disse:

— Acho que podemos arranjar isso. Sábado, dia 14. É, acho que será possível.

— Para entrega em Berlim na sexta-feira, dia 13?

— Você não é supersticioso? — perguntou ele com um sorriso zombeteiro.

Rosenharte balançou a cabeça. Então lhe deu o nome de Ulrike e explicou quem ela era. Incomodou-o seriamente fazer isso, mas ele tinha de tirar Konrad da prisão.

— Isso é muito bom — disse Vladimir por fim —, e eles vão agir de algum modo na semana que vem? Quero saber os detalhes assim que você os tiver. A Stasi tem alguma noção do que vai acontecer?

— Estão perto, mas o coronel Zank ainda não fez todas as conexões. Acho que eles estão preocupados com o que está acontecendo. O tumulto na estação...

— Isso para não falar das manifestações em Berlim. As pessoas gritando o nome de nosso presidente no caminho do aeroporto. Você precisa tomar cuidado em Leipzig. Acho que eles vão usar a força na segunda-feira. Tropas foram deslocadas para a cidade. Provisões de sangue foram enviadas para os hospitais e especialistas em ferimentos a bala também. Mielke não vai estar para brincadeiras dessa vez. — Ele lançou um olhar curioso para Rosenharte e assentiu várias vezes para sublinhar que a informação era boa. — Se você sobreviver à segunda-feira, ligue-me aqui, a qualquer hora. Quero ser mantido ao corrente da situação.

Rosenharte percebeu que a reunião chegara ao fim.

— Posso perguntar uma coisa, só por curiosidade?

— Se for breve. Preciso partir.

— O presidente Gorbachev virá socorrer Honecker?

— Como posso saber o que o presidente está pensando? Seja sensato, Rudi.

Rosenharte então pediu um favor a Vladimir. Ele ouviu com impaciência, olhando duas vezes para o relógio antes de concordar. Um dos homens que ia ficar em Dresden poderia ajudá-lo, disse. Isso era tudo o que ele podia fazer.

— Agora, por favor, vá, Dr. Rosenharte — disse ele —, e mantenha-se em contato.

Em toda Dresden, naquela noite, grupos de jovens estavam se reunindo para zombar da Volkspolizei, que reagia correndo atrás deles e surrando-os. Eram pequenas escaramuças e não havia um foco preciso para essas manifestações, mas era evidente que os sentimentos não tinham arrefecido após as prisões em massa na quarta-feira e na quinta-feira. Se as pessoas não podiam partir nos trens que se arrastavam para o Ocidente, iam tornar a vida dos Vopos um inferno. Pareciam ter perdido o medo: era como se quisessem ser atacados, para segurar um espelho diante da polícia e mostrar-lhe a realidade do Estado que estava comemorando seu aniversário. Não reagiam à agressão; apenas corriam protegendo a cabeça e gritando: "Chega de Violência!"

Ele viu um jovem casal, que não tinha mais de 20 anos, ambos sendo brutalmente golpeados nas costas e nos ombros por dois Vopos em uniforme de tropa de choque. Ele gritou para eles pararem. Um policial olhou em volta, ergueu o visor do capacete e agitou o cassetete na direção de Rosenharte. O jovem teve a chance para libertar sua namorada e escapar.

No caminho para casa Rosenharte parou em frente da vitrine de uma loja de eletrodomésticos, onde uma TV solitária mostrava a cobertura da emissora estatal de uma passeata de jovens em Berlim. Dezenas de milhares de garotos, muito parecidos com aqueles que estavam provocando os Vopos em todas as esquinas de Dresden, marchavam nos uniformes verdes e azuis do *Freie Deutsche Jugend* ao longo do Unter Den Linden, no coração de Berlim. Os líderes comunistas assistiam com benevolência — Erich Honecker, Gorbachev, Ceausescu da Romênia, Jaruzelski da Polônia, Grosz da Hungria. Honecker parecia estar em transe.

— Ele está doente, ele está dopado — disse um homem que parou junto à vitrine para assistir com ele. — Não vai durar muito mais neste mundo.

— Beberei a isso — disse Rosenharte.

Chegou em casa e sentou-se com uma velha garrafa de aguardente de pêra, a única bebida alcoólica que conseguiu encontrar no apartamento, e pensou sobre Sonja. Ela se oferecera a ele na margem do rio como uma espécie de desculpa ou teria sido sua rejeição a causa da traição dela? Qualquer que fosse o caso, não conseguia deixar de gostar dela. Durante o caso deles ela lhe dera muitas alegrias.

À 1 hora da manhã ele sintonizou o noticiário do BBC World Service. Houve uma breve citação às comemorações em Berlim, que incluiu uma sugestão de que os jovens as haviam transformado numa manifestação pró-Gorbachev ao gritarem: "Perestroika! Gorby, ajude-nos!" — o mesmo grito que foi ouvido das multidões que foram mantidas afastadas da passeata pela polícia. Sem dúvida, isso explicava a expressão pasmada de Honecker no palanque. Uma estação da Alemanha Ocidental deu mais tempo à reportagem sobre os tumultos em Dresden e às margens da manifestação em Berlim. No dia seguinte haveria a parada militar, parques de diversão de graça para os berlinenses e uma reunião de cúpula entre Honecker e Gorbachev no Schloss Niederschönhausen. Quase como uma observação final, a estação apresentou uma entrevista com Gorbachev que tinha sido dada ao meio-dia.

Rosenharte não ouviu a introdução porque estava abrindo a janela. Ouviu então o repórter perguntar:

— O senhor se sente ameaçado pela situação em Berlim?

— Não — respondeu Gorbachev, rindo. — Não é nada, comparada à situação em Moscou. Nada nos surpreende mais.

Houve uma pausa enquanto o intérprete esperava Gorbachev prosseguir.

— Estamos preparados para qualquer coisa... e aprendemos muito também. Por exemplo, como iniciar e dar andamento a programas de reforma e como defender nossas políticas. — Então, acrescentou: — O perigo ameaça apenas àqueles que não respondem aos desafios da vida.

A estação de rádio da Alemanha Ocidental ofereceu uma tradução mais sentenciosa: "Aquele que chega tarde demais será punido pela vida."

Se isso não era uma instrução para Honecker iniciar a reforma, ele não sabia o que poderia ser. Subitamente, a expressão imperturbável de Vladimir veio à mente de Rosenharte. Tudo o que ele dissera nas últimas semanas estava explicado.

O mundo estava mudando, mas mudaria rápido o bastante para Konrad?

24
Planos Estabelecidos

No dia seguinte ele arrumou suas duas malas e a mochila com tudo o que era importante em sua vida, pois sabia que não voltaria mais ao apartamento. Carregou a bagagem para o hall às 3 horas da tarde e olhou para fora pela janela estreita junto à porta. Dois homens num Seat azul estavam à espera no lugar habitual. Havia rumores de que mais de trinta mil pessoas sairiam às ruas em Dresden naquele dia, mas a Stasi ainda tinha homens para desperdiçar vigiando-o. Ele bateu à porta de um dos dois apartamentos do térreo e um rosto jovem apareceu — Willy, o filho do gerente da padaria. Rosenharte perguntou se ele queria ganhar algum dinheiro. O rapaz respondeu que sim e em poucos segundos estava vestindo o paletó dele.

Ele estimou que levaria cerca de cinco minutos para chegar ao albergue onde Idris morava. Exatamente às 3h45 da tarde Willy partiu com as malas e a mochila, e então Rosenharte saiu perambulando na mesma direção, aparentemente sem perceber os dois pares de olhos que o seguiam. Só quando virou uma esquina a uns cem metros de seu prédio e ouviu o motor do carro sendo ligado, ele começou a correr em direção à viela que levava ao albergue. Sabia que, se a Stasi estivesse cumprindo com sua rotina, um o seguiria a pé pela viela, enquanto o outro daria a volta de carro no quarteirão para encontrá-lo do outro lado, mas achou que tinha dianteira suficiente para ganhar deles, independentemente do que fizessem.

Na última curva viu o carro com placa diplomática esperando com o porta-malas aberto. Ao lado dele estava Willy, com um ar de dúvida. Rosenharte enfiou algumas notas na mão dele, jogou a bagagem no porta-malas e entrou atrás, lamentando seu vício de um maço de cigarros por dia. O carro partiu em meio ao pouco trânsito do sábado, e Willy ficou, para entrar numa fila de ônibus ali perto.

— Tudo bem, eles não o seguiram — disse o motorista. Era o mesmo homem que lhe abrira a porta na Angelikastrasse. Mesmo assim, Rosenharte ficou deitado no chão até eles chegarem ao armazém e pararem junto ao Wartburg. Alguns minutos depois ele partiu de Dresden, usando a estrada que saía da cidade pelo sul. Daí em diante ele seguiu uma rota tortuosa para Leipzig, a fim de minimizar o risco de ser detido em alguma das batidas policiais que estariam em pontos aleatórios da estrada principal que ligava as duas cidades.

Ele guiava olhando pelo retrovisor mais ou menos a cada minuto, e entre um relance e outro avaliava o risco envolvido em escapar da vigilância da Stasi. Zank agora consideraria que ele estava em fuga e inferiria culpa em função de seu desaparecimento. Se Zank argumentasse bem, o ministro poderia até mesmo abandonar toda a operação Annalise e desistir do software que estavam tão desesperados por obter, pouco importando os protestos de Schwarzmeer. E isso não seria nada bom para Konrad. Por outro lado, ele não poderia ajudar Konrad se estivesse sendo seguido em Leipzig, em particular porque Zank já mostrara ter algum interesse lá — embora exatamente no que ele estivesse interessado ainda fosse um enigma para ele. O fato incontornável era que ele precisava ficar livre e sem ser observado nos próximos sete dias, se queria ter alguma chance de tirar Konrad da prisão. Sua esperança durante esse tempo era que a revolta crescente se mostrasse um problema grande o suficiente para evitar que a Stasi pudesse tomar uma decisão.

No caminho, foi ouvindo seu rádio transistor, deslocando-o do banco de passageiros para o painel para pegar uma estação da Alemanha Ocidental com noticiários a cada hora. Durante a tarde, as notícias eram de que manifestações espontâneas tinham ocorrido em Leipzig, Magdeburg, Karl-Marx-Stadt, Halle, Plauen e Potsdam. Em Berlim, milhares de prisões tinham sido feitas, e nada fora perdido porque muitos jornalistas ocidentais estavam lá para cobrir a visita de Gorbachev e a parada militar naquela manhã. Imagens televisivas da repressão brutal estavam sendo mostradas no Ocidente.

Quando Rosenharte entrou nos subúrbios de Leipzig, estava quase convencido de que a revolução tinha começado. A impressão logo o abandonou quando viu meia dúzia de ônibus azuis e brancos com centenas de Volkspolizei estacionados não muito longe da casa de Ulrike. Ele deu duas vezes a volta no quarteirão para se assegurar de que não havia nada desagradável à sua espera e parou numa vaga que ficava em ângulo reto com a rua e na diagonal em relação ao portão. Com o carro nas sombras, vigiou a casa por cerca de uma hora. Às 9 horas, viu um homem sair, parar do lado de fora do portão para acender um cigarro e seguir pela calçada em sua direção. O homem passou sob a luz da rua do outro lado. Era jovem, vestia jeans e uma jaqueta esportiva com a gola virada para cima e calçava tênis. A poucos metros do poste de luz deu uma corrida para atravessar a rua, e Rosenharte pôde ver bem seu rosto. Sabia exatamente onde o havia visto antes — na Nikolaikirche com Biermeier e depois na praça, quando os dois tinham ido para a Karl-Marx-Platz.

Esperou mais meia hora antes de sair do carro e ir até a porta de Ulrike. Bateu de leve. Não houve resposta. Bateu de novo e encostou a orelha na porta. Nada se movia lá dentro. Então usou um velho truque da Stasi: pôs o nariz no orifício da caixa de correio que havia na porta. Pode-se saber muita coisa pelo odor da casa — os cheiros de comida recentemente feita, fumaça de cigarro e álcool. No entanto nada sentiu, a não ser um ar levemente perfumado. Teve a impressão de que atrás da porta havia um vácuo, um vazio misterioso que não tinha a menor esperança de explicar. Bateu várias vezes mais e chamou baixinho através do orifício para cartas, mas a luz sobre ele não se acendeu.

Não tinha lhe ocorrido que ela poderia ter saído e se xingou por não ter anotado um número de telefone no qual pudesse ter deixado um recado. Esperaria no carro e, se ela não aparecesse, se arranjaria dormindo no banco de trás: ir para um hotel estava fora de questão, pois pediriam sua carteira de identidade, e seu nome apareceria no registro que seria entregue durante a noite no quartel-general da Stasi.

Ele seguiu pelo caminho de tijolos, que estava coberto de folhas úmidas. Isso era esquisito, porque o interior do apartamento dela era tão limpo e arrumado que ele achava que ela era o tipo de pessoa que varreria as folhas. No portão quase colidiu com um jovem alto que apareceu do nada e, ao ver Rosenharte, fingiu que errara de casa.

— Ulrike não está em casa — gritou Rosenharte para as costas dele. — Você tem alguma idéia de para onde ela foi?

O homem se voltou.

— Não.

— Você sabe se ela ainda vai voltar esta noite? — O homem pareceu incomodado. Rosenharte se deu conta do que ele estava pensando e se apresentou. — Eu precisava encontrá-la. É muito importante.

Ele deu alguns passos na direção de Rosenharte. Tinha uma aparência extraordinária. Com mais de dois metros de altura, tinha o cabelo tingido de preto e raspado dos lados. No topo da cabeça havia um cabelo moicano, que ia da frente até a nunca como um antigo elmo grego. Seu rosto era comprido, sombrio e vital, e o contorno de ambas as orelhas estava repleto de anéis e piercings.

— Você é um amigo dela? — perguntou ele em voz baixa. — Um amigo de verdade?

— Não sou da Stasi, se é isso que você está perguntando.

— OK, OK, sei que você não é da Stasi. Não tem cara de ser. — Ele sorriu. — Meu nome é Kurt. Kurt Blast.

— É um bom nome.

— Foi por isso que eu o escolhi. Esse é o *meu* nome. Você não vai vê-lo numa carteira de identidade. Não está nos arquivos da Stasi. Eu possuo esse nome. O primeiro passo para a liberdade, certo? — Ele olhou incisivamente para a esquerda e a direita. — Ulrike, ela está em Berlim para as manifestações.

— Sei — disse Rosenharte.

— Você tem um cigarro? — perguntou ele.

Rosenharte catou seu maço e deu-lhe um.

— Não acho uma boa idéia ficarmos falando aqui — disse ele. — Há um monte de Vopos por aí.

Eles passaram pelo portão e Rosenharte teve a oportunidade de observá-lo melhor. As roupas dele eram ainda mais exóticas. Uma jaqueta de couro folgada tinha sido cortada com navalha e costurada com uma linha vermelha; suas calças eram de um xadrez escuro e cortadas logo abaixo do joelho, revelando o mais comprido par de botas de cadarço que Rosenharte já vira. Em seu ombro havia uma corrente de alfinetes de segurança e penas pendurada.

— Onde você vai ficar agora?

— Provavelmente no carro. Não é uma boa idéia ir para um hotel.

— Talvez você possa ficar na minha casa. Lá é seco e quente e você pode me pagar alguns marcos pela estada. Arranjo-lhe alguma comida por mais um pouco de dinheiro.

Rosenharte considerou a opção.

— Você é vigiado de alguma forma?

— Não. Não há ninguém mais lá. Eu toco música o tempo inteiro, guitarra. Eles não conseguem ouvir nada, exceto o meu amplificador. Ei, talvez eu tenha um fã-clube no quartel-general da Stasi. — A idéia o divertia.

— Mas alguém o observa?

— Não, eles já se divertiram comigo há bastante tempo. Não se incomodam mais comigo.

Foram de carro até uma casa estranha e mutilada quase fora de Leipzig, que fora coberta com tapumes e abandonada pelas autoridades. Dentro, Kurt Blast a deixara notavelmente aconchegante. Havia duas guitarras penduradas em ganchos na parede, um amplificador portátil e pilhas de discos e livros que se elevavam em colunas junto à parede.

Kurt Blast revelou-se um homem bastante sensato e um cozinheiro diligente. Fez uma refeição de sopa e risoto para Rosenharte, que comeram bebendo Marzen, a cerveja cor de âmbar vermelho vendida durante a Oktoberfest no Ocidente. Kurt parecia ter um estoque ilimitado — e não se incomodou em ficar levemente bêbado na frente de Rosenharte. Mais tarde, Rosenharte dormiu com bastante conforto no sofá em forma de L.

Na manhã seguinte, arranjou como deixar suas coisas lá e disse a Kurt que ia procurar Ulrike. Durante a noite fora tomado pela mórbida certeza de que ela estava sendo interrogada, que era como explicava ter visto o parceiro de Biermeier do lado de fora da casa dela. Precisava descobrir onde ela estava.

Foi mais duas vezes à casa dela. Em ambas, bateu e não obteve resposta, mas o processo durou uma hora ou mais de cada vez, porque antes ele se assegurava de que o lugar não estivesse sendo vigiado. Antes que se desse conta, o dia já estava acabando e ele tinha de começar a caminhar para a Karl-Marx-Platz através da Pragerstrasse para o portão principal da área da feira de comércio. Demorou-se bastante, parando por dez minutos no Friedenspark para ler o jornal, no qual havia várias advertências veladas quanto à manifestação pela paz e ao preço a pagar se o povo pressionasse as autoridades. Em volta dele havia uma sensação de estar sitiado. Várias ruas tinham sido bloqueadas e havia indícios de que um grande contingente do Exército do Povo fora mobilizado, exatamente como Vladimir previra. Rosenharte viu até mesmo homens com a insígnia dos pára-quedistas.

Chegou ao portão um pouco cedo, atravessou-o, depois passou de novo por ele e foi até o outro lado da rua. Não havia ninguém evidentemente à sua espera, de modo que ele postou-se na entrada e acendeu um cigarro. Não tinha ficado nem cinco minutos ali quando um caminhão grande parou e, ignorando Rosenharte, começou a fazer marcha a ré na entrada para voltar. No momento em que ele estava quase encostando no portão e Rosenharte teve de sair do caminho, a porta foi aberta por um dos alemães que ele vira no apartamento de Griswald em Berlim, que lhe ofereceu a mão e o puxou para dentro. Havia outro homem apoiado numa correia. As portas foram fechadas e um dos homens guiou Rosenharte até um engradado e o empurrou para dentro. Por um aflitivo momento ele achou que tinha sido seqüestrado, mas então um dos homens apareceu com uma lanterna e lhe ofereceu café, que estava havia tempo demais numa garrafa térmica e adquirira um gosto metálico. Por fim o caminhão seguiu pela rua, subiu devagar um morro e parou. As duas portas foram abertas. De pé diante dos faróis de um carro estavam Robert Harland e a figura baixinha e cheia de energia de Macy Harp.

— O que diabos vocês estão fazendo aqui? — perguntou Rosenharte, descendo do caminhão. — Isso não é perigoso demais para vocês?

— As coisas mudaram um pouco — disse Harland, estendendo a mão. — Acho que estamos seguros. Veja, trouxe algo para você. — Tirou uma fotografia da carteira e entregou-a a ele. — São Else e seus sobrinhos em seu novo lar. Chegaram na quinta-feira de manhã. Parecem estar gostando muito.

— Posso ficar com a foto para mostrar a Konrad?

— Foi para isso que eu a trouxe.

Rosenharte colocou-a em sua carteira e olhou em volta. Havia oito deles no total, incluindo Harland e Harp.

— O que vocês estão... — começou.

— Achamos que amanhã é a data ideal para nós.

— Abu Jamal não está aqui.

Harland virou-se para Harp e pegou um envelope com ele.

— Está aqui faz tempo; pelo menos desde a semana passada, quando nossos amigos alemães vieram para fazer o reconhecimento. — Ele tirou uma grande fotografia em preto-e-branco do envelope e entregou-a para Rosenharte. Ele a pôs sob a luz e viu um homem de meia-idade com o cabelo penteado por cima da careca sentado numa cadeira de vime. Ulrike estava de pé a uma pequena distância dele, olhando com um ar meio ausente para a lente da câmera. O homem usava óculos escuros. Havia um chapéu e um livro em seu colo, e um vidro com um líquido escuro na mesinha ao seu lado. Estava fumando um cachimbo. — Foi tirada na semana passada. Agora temos uma minicâmera no jardim que pode ser operada por controle remoto — disse Harland. — É praticamente uma transmissão ao vivo da *villa*.

— E o que eu tenho a ver com isso? Vocês têm tudo o que precisam.

— Queremos que você a avise. Para que ela saia da *villa* antes de entrarmos em ação.

— Ela está lá agora? Na *villa*! Disseram-me que ela estava em Berlim.

— Suponho que ela esconda seus movimentos de todo mundo, inclusive de você. — Fez uma pausa e ergueu a gola do casaco. Rosenharte fez o mesmo. Um vento cortante começara a soprar do leste e estava agitando as folhas das bétulas em volta deles. — Eu diria, por esta e outras fotografias, que o árabe está bem doente. Observamos que ele precisa de cuidados médicos a maior parte do tempo. Suponho que fique entediado e precise de companhia. Tem sido uma reunião e tanto. Vimos Lomieko lá também.

Rosenharte balançou a cabeça.

— Ela foi bem clara quanto a não permitirem a presença de Abu Jamal no país até o aniversário dos quarenta anos acabar.

— Talvez ela quisesse nos manter a distância para poder ficar em Leipzig; afinal, sabemos que essa é a prioridade maior.

— Isso significa que ela terá de partir, então. Ela sabe disso?

— Não conseguimos chegar até ela para avisá-la. Por isso precisamos de você. Veja, precisamos agir amanhã à noite. O que posso fazer?

— Você poderia esperar até o fim da semana, pelo menos. Agir amanhã tornará as coisas muito difíceis para ela. Ulrike ficará sob suspeita imediatamente.

Harland balançou a cabeça consternado.

— Há vários mandados de prisão internacionais contra Abu Jamal. De qualquer modo, a RDA não vai fazer nada, creia-me. Se eles reagirem ao seqüestro, estarão admitindo seu envolvimento. Quando o pegarmos, eles não vão fazer nada. Não podem.

— Mas saberão que vocês tiveram ajuda de dentro.

— Isso está fora de nossas mãos. Os governos americano e inglês precisam agir contra Abu Jamal imediatamente. Há um rumor de que ele vai explodir o metrô de Paris. Este homem é uma séria ameaça à segurança do Ocidente, e receio que isso deixe todas as outras considerações de lado, até mesmo a segurança de Kafka.

— O que você está deixando de me dizer?

— Eu lhe disse tudo. Só que não entendemos como permitiram que Kafka continuasse nisso e se mantivesse uma figura importante no movimento pela paz. Isso não faz sentido, a menos que ela tenha algum tipo de proteção.

— De quem?

— Da Stasi, de quem mais?

Rosenharte deu uma gargalhada.

— Você precisa ouvir o que ela acha da Stasi.

— Ainda assim, há algo aqui que não estamos percebendo. Sei que você sente o mesmo. Simplesmente não conseguimos pôr a mão no que é.

Macy Harp assentiu.

— Por que vocês não podem esperar até quarta ou quinta-feira? — perguntou Rosenharte.

— Porque vamos usar a mesma equipe para extrair seu irmão. Foi uma sugestão sua, e refletindo sobre isso achei que era uma boa idéia, mas estes homens precisarão de tempo entre as duas operações. A razão principal de agirmos agora é que o estado de saúde do árabe está piorando: queremos tirá-lo do país para que tenha um bom médico. Curiosamente, o objetivo dessa operação é preservar a vida dele, não acabar com ela. Precisamos mantê-lo vivo para descobrir o que ele planejou: onde, quando e com quem. Há agora vários governos aguardando esta operação e, francamente, não podemos deixar passar a oportunidade que a manifestação de amanhã fornecerá. Você há de compreender isso.

— O que querem que eu faça?

— Avisá-la para que ela possa deixar a cidade... ou ao menos dar-lhe esta opção.

Rosenharte deu uma risada amarga.

— Ela não vai embora. Você ouviu o slogan "Vamos ficar aqui!"? Ela praticamente o inventou. — Fez uma pausa. — De qualquer forma, deve haver guardas da Stasi na casa. Vocês acham que eles vão simplesmente me deixar entrar para falar com ela?

— Há um par na frente — disse Harland. — Vigiam a casa, mas raramente entram. Seu governo conseguiu esconder Abu Jamal por tanto tempo que ficou descuidado.

— Vou precisar de ajuda para entrar na *villa*. Minhas técnicas de arrombamento não são mais o que eram.

Harland sorriu, como se para mostrar que não sabia que ele tinha senso de humor.

— Sem problema: você vai pelo jardim. O risco é mínimo, posso lhe garantir.

— Nisso eu não creio. — Ele olhou para Macy Harp. — E essas são as pessoas que vão ajudar no caso do meu irmão?

Harland assentiu.

— Pensamos num time de três: um motorista e dois homens para irem pegá-lo. Você teve mais informações quanto ao estado de saúde dele?

— Não, mas acho que ele está fraco.

— E você disse que ia conseguir os passes e o documento para a data. Qual é a história, uma transferência?

— Uma requisição para Konrad ser interrogado pela KGB no quartel-general deles em Karlshorst por um período de 24 horas.

— Isso é provável? Quer dizer, é o tipo de coisa que eles fazem?

— É raro, mas acontece. Quando Konrad esteve na prisão da outra vez, eles falaram duas vezes com um de seus companheiros na prisão.

— E esses passes? Onde você vai obtê-los?

— Isso é um segredo meu. Mas são autênticos.

Harland afastou-se dele e tirou uma garrafinha de conhaque do bolso, abriu-a e passou para ele, olhando através do vapor de sua respiração.

— Você deve ter percebido que isso tudo vai acabar. Estamos a ponto de ganhar dos canalhas.

Rosenharte devolveu a garrafa, sentindo o calor em seu estômago.

— Levar Konrad para o Ocidente é a minha definição de vitória. Não me importo nem um pouco com o árabe.

— O que você vai fazer depois de amanhã? Você sabe que terá de manter a máxima discrição, não importa o que Ulrike decida fazer. Não seria uma má idéia vir para cá. Vamos arrumar tudo e partir amanhã. O lugar é seu.

— Como assim?

Harland passou o facho da lanterna sobre uma casa de fazenda térrea abandonada, a qual Rosenharte até então nem percebera.

— A maravilha disso aqui é ser totalmente cercado por árvores e tem três saídas ou entradas. E é possível ver por quilômetros ao redor. Usamos este lugar antes e nunca tivemos problemas. Deixaremos a comida e alguns outros suprimentos para você.

— Não sei onde estamos.

— Vou mostrar-lhe no mapa. Isso me lembra que preciso lhe dizer também onde queremos apanhá-lo na manhã de sábado.

Foram até um dos carros, e Macy Harp mostrou-lhe a localização apontando com o dedo um lugar vinte quilômetros ao norte de Altenberg, a base aérea onde Rosenharte tinha certeza de que aterrissara ao voltar da Itália. Então ele pegou um mapa grande de Berlim Oriental, achou o lugar que procurava e dobrou-o num tamanho mais adequado.

— Está vendo esta igreja pertinho da Köpenickerstrasse? — Rosenharte balançou a cabeça e Harp lhe deu seus óculos de leitura. — Você precisa estar atrás dessa igreja a partir das 6h30. Entendeu? Sábado, às 6h30 — disse enfaticamente. — E sem passageiros, OK?

— Como vamos sair da RDA?

— Preferimos manter isso entre nós — disse Harland rapidamente.

— E quanto aos passes? Como você vai passá-los para nós?

Rosenharte refletiu.

— Há um trem, o de Dresden para Berlim. Pára às 6 horas em Berlin-Schönfeld. Na noite de sexta-feira vou embarcar no primeiro vagão, carregando um saco plástico branco e liso com os passes. Às 6h10 vou ao banheiro. Deixarei o saco no lixo das toalhas de papel, coberto por um jornal.

Harland e Harp assentiram.

— Precisamos de um plano alternativo. Trens podem ser cancelados ou atrasar. Há muita vigilância nas estações... pessoas tendo de mostrar suas identidades, e por aí afora.

— A banca de jornal na Ostbahnhof. Estarei lá às 7h30 se tiver havido algum problema com o trem. Estarei com um exemplar do *Neues Deutschland*. Os passes estarão dentro dele. Teremos de achar um jeito de fazer uma troca.

Harland assentiu.

— Bom, então vamos falar sobre amanhã e como você vai tirar Kafka da *villa*.

25
Oratório

Ele escalou o muro com a ajuda de dois agentes do BND e esgueirou-se pelas sombras de um jardim crescido demais, que tinha três lados cercados por arbustos e touceiras de bambu. Podia ver a porta de correr nos fundos da *villa*, que dava para uma pequena área de pedregulhos sem mato onde havia alguns móveis de jardim. Se os relatórios da observação do dia inteiro servissem como indicação, Ulrike iria acordar cedo, tomar banho e, depois de um café-da-manhã leve, leria por cerca de uma hora antes do árabe se levantar e começar a tarefa excruciantemente lenta de sua toalete. Em algum momento antes dele aparecer, ela em geral ia até o pátio. Essa seria a única chance de Rosenharte falar com ela. Às 8h30 uma enfermeira chegava para medir a temperatura e pressão dele e levar uma amostra de urina. O médico aparecia e em geral ficava mais ou menos meia hora. Depois disso, Abu Jamal dava um ou dois telefonemas e esperava o mensageiro da Stasi entregar o jornal em árabe. O almoço era entregue na *villa*, e a partir daí os contatos mais sérios aconteciam. A minicâmera do BND no jardim registrara um certo número de rostos interessantes que poderiam ser muito úteis se o Ocidente decidisse mostrar a que ponto a RDA estava envolvida com um dos terroristas mais perigosos do mundo. Hermann Wuthe, um diplomata veterano que já assumira vários posto no Oriente Médio, tinha sido visto na tarde de sábado.

Ele ficou uma hora agachado nos arbustos, suas juntas doendo e a falta de nicotina e a ansiedade corroendo suas entranhas. Um clarão da aurora apareceu no leste e começou a iluminar o jardim com uma luz cinzenta. Ele percebeu um movimento atrás de uma cortina no primeiro andar, e o rosto de Ulrike apareceu na janela. Ela estava passando os dedos pelo cabelo. Minutos depois, usando jeans e um suéter violeta largo, ela atravessou sua linha de visão da cozinha e começou a fazer o café-da-manhã para si mesma. Ele hesitou, sem saber se jogava uma pedrinha na janela ou esperava mais. Mas então a porta de correr foi aberta, ouviu-se o som de alguém pigarreando, e ela saiu. Ele sentiu o cheiro de café fresco. Quando ela chegou ao limite dos pedregulhos a uns seis metros dele, ele chamou seu nome baixinho. Ela não pareceu tê-lo ouvido, mas desceu para a grama e caminhou na direção dele.

— O que está fazendo aqui? — sussurrou ela sem olhar para baixo. — Você precisa ir embora já!

Ele não se moveu.

— Eles vão pegá-lo hoje, assim que a *villa* estiver vazia. Você precisa partir.

— Vá embora! — disse ela. — Você está arriscando tudo. — Ela avançou alguns passos, olhou para a casa lá atrás e abaixou-se perto dele. — Volte até eles agora. Diga-lhes que esta é a *minha* operação. Só vou embora quando achar que é a hora.

— Não há nada que você possa fazer para impedi-los. Por favor, Ulrike, venha agora.

— O árabe nem mesmo está aqui. Foi fazer um tratamento no hospital ontem à noite. Só estará de volta no fim da manhã ou começo da tarde.

Rosenharte se perguntou o que mais o pessoal da vigilância não tinha percebido.

— Esse jardim é patrulhado?

— Quando ele está aqui fora, às vezes põem um homem para acompanhá-lo. Mas não, em geral não.

— Não entendo por que você precisa esperar que ele volte. É segunda-feira. Seria normal você sair para trabalhar.

— Estou esperando por informação. Um contato meu virá esta tarde e saberemos se eles estão planejando usar violência esta noite. Isso é muito mais importante do que esse assunto.

Rosenharte mudou de posição e olhou para a xícara dela.

— Posso tomar um gole?

Ela entregou-lhe a xícara e ficou observando enquanto ele tomava o café puro delicioso, certamente do suprimento que o árabe trouxera para sua estada.

— Bem melhor assim — disse ele, devolvendo a xícara. — Escute, Ulrike, esqueça seu contato. Já sabemos que eles vão empregar força. Leia os jornais. Há caminhões do exército por toda parte. Pára-quedistas foram mobilizados com munição de verdade. Todo mundo sabe disso. Aumentaram o suprimento de sangue no hospital.

— Não me venha informar sobre o que está acontecendo *nesta* cidade — disse ela irritada. — Essa é a *minha* cidade. Seus amigos ingleses estão arruinando tudo. Vá embora.

— Pelo amor de Deus, Ulrike, esta é uma operação internacional, e você é responsável por ela. Você queria deter Abu Jamal. Você cooperou para esta intervenção e agora não pode reclamar se estão agindo a partir do que você disse.

Ela desviou o olhar.

— Você deu o meu nome a eles?

Ele nada disse.

— Responda.

— Claro. Eu tinha de dar. Você sabe que o que importa para mim é tirar meu irmão da Hohenschönhausen e mandar Else para o Ocidente. Esse era o acordo. Lembre-se de que foi você quem o pôs lá antes de ficar me recriminando.

Ela se virou para ele com uma expressão furiosa. Rosenharte perguntou-se por que a achara atraente.

— Você vai voltar e dizer a eles para que só ajam quando eu avisar. Hoje é o dia. Tudo será ganho ou perdido hoje. Nada mais importa. Eles não devem interferir. — Ela fez uma pausa, desviou o olhar e suavizou o tom. — Rudi, você e eu sabemos que seu irmão foi posto na Hohenschönhausen pela Stasi. É contra isso que estamos lutando: prisão sem julgamento. A destruição do ânimo das pessoas. Tirar famílias de seus lares.

Ele ignorou isso.

— Preciso poder explicar para eles por que este contato é tão importante.

Ela olhou de relance na direção da casa. Nada se movia.

— No instituto em que trabalho há um professor. Ele tem uma ligação com um dos membros mais importantes do Partido: Egon Krenz, o homem que dizem que vai suceder a Honecker. Eles são próximos. O professor está indo para Berlim neste preciso momento para argumentar que a força militar será contraproducente.

— Pelo amor de Deus, não seja ingênua. Se o Partido quiser fazer de Leipzig um exemplo, as opiniões de um acadêmico da província não vão importar mais que Erich Mielke e oitenta mil agentes da Stasi. Ele poderia fazer isso só com seus próprios homens, se quisesse.

Ela pôs a mão no joelho dele.

— Escute, o professor propôs um plano alternativo para o Comitê Central, que faz concessões. Krenz vai ouvir o que ele tem a dizer porque ambos estiveram envolvidos com programas para a juventude durante a maior parte de suas carreiras profissionais. Eles sabem do que estão falando. E o professor sabe o grau de resistência que há aqui.

— Que vai se desmoronar com a primeira salva de tiros. De qualquer forma, qual o problema de receber esta informação por telefone?

— Aqui? Pelo telefone daqui? Não seja idiota. Meu contato precisa vir aqui sob um pretexto falso. Milhares e milhares de pessoas dependem desta informação, embora nem saibam disso. De modo que vou repetir: eu instiguei esta operação e sou eu quem decide quando eles vão agir quanto ao árabe.

Ele deu de ombros.

— Como vamos ficar sabendo?

— Vou deixar uma toalha branca no encosto de uma cadeira. Então, e só então, eles poderão agir. Compreendeu?

Ele assentiu.

— E então, Rudi, eu o encontrarei na porta da igreja. Haverá lugares para nós. Agora, vá.

Ela olhou para ele por alguns segundos, endireitou-se e voltou para a porta de correr, onde sacudiu o orvalho dos sapatos e entrou.

Ele esperou um pouco, depois voltou agachado para os arbustos e, usando o tronco de um lilás, subiu a cerca e pulou para o outro lado.

Ao se endireitar ele olhou para cima. Amanhecia em Leipzig naquela segunda-feira, dia 9 de outubro. Havia poucas nuvens, e a temperatura estava ligeiramente mais quente que o normal nessa época do ano. Um começo comum para um dia de outono comum na RDA. Os habitantes de Leipzig estavam saindo para o trabalho; a fumaça já começava a sair de uma ou outra chaminé e, enquanto ele atravessava o parque, os ruídos dos bondes alcançaram seus ouvidos no ar parado, levemente sulfuroso.

Depois de ouvir o relato de Rosenharte, Robert Harland voltou para a traseira do caminhão e sentou-se junto a um membro da equipe do BND. Macy Harp e outro alemão ocidental estavam na cabine, usando macacões e fumando. Comunicavam-se com Harland através de um buraco na parte de trás da cabine, mas a maior parte do tempo ficavam esperando em silêncio os observadores chamarem de suas posições pelo parque e do outro lado da *villa*. A enorme escalada militar e policial que estava acontecendo na cidade tornava difícil que eles ficassem no mesmo lugar. Harland estava preocupado com a possibilidade da cidade ser inteiramente fechada caso a violência se disseminasse, o que os impossibilitaria de partir levando Abu Jamal.

Às 3 horas da tarde ainda não havia sinal dele, e eles começaram a recear que ele fosse passar a noite no hospital. Harland usou o telefone criptografado via satélite para comunicar suas preocupações numa ligação que foi direcionada através do Quartel-general de Comunicações do governo em Cheltenham para a seção alemã do Serviço Secreto de Inteligência em Londres. Do outro lado estavam Mike Costelloe e um homem chamado Apsley, do Diretório para o Oriente Médio do SIS. Os dois insistiram para que ele ficasse firme ali.

— Você fez todo o caminho até o rio, mas ainda não usou sua vara de pescar — disse Apsley.

Isso resultou num comentário rabugento de Macy Harp ao seu lado.

— Há uma noção na Century House de que não há nada no mundo que não tenha muito a ganhar com o uso de uma metáfora de pescaria.

Os dois homens do BND simplesmente balançaram a cabeça.

Às 4 horas da tarde os observadores informaram que a *villa* recebera uma visita, uma jovem com um lenço na cabeça e uma capa de chuva escura que se aproximou dos dois agentes da Stasi na frente e mostrou a carteira de identidade. Harland sabia que devia ser o contato de Kafka.

— Kafka tem colhões para fazer isso bem debaixo do nariz deles num esconderijo da Stasi.

A mulher foi embora apressadamente pouco depois. Pela janela, Kafka foi observada usando o telefone por alguns segundos. Ela então pôs o casaco e apagou as luzes. Um ou dois minutos depois foi vista na rua, caminhando com pressa para o centro de Leipzig.

— Merda, merda, merda — disse Macy Harp. — Nada de toalha branca, nada da porra do árabe. Desse jeito, a gente bem pode ir se juntar a eles na porra da manifestação pela paz.

Um segundo diálogo urgente com Londres se deu, no qual ficou decidido que a única opção era esperar. Mike Costelloe disse que tinha recebido informes de outras fontes dizendo que os leitos de hospital da cidade estavam sendo liberados para lidar com um grande número de feridos. Isso poderia fazer com que Abu Jamal tivesse que ceder seu leito.

Harland desligou. Eram 16h20.

Rosenharte passou a metade de seu dia conversando com Kurt Blast e fumando bem mais do que devia. Ao meio-dia, depois de terem tomado várias cervejas, Kurt deu um salto e se pôs a procurar um disco em sua coleção. Escolheu uma caixa com o "Oratório de Natal" de J. S. Bach e mostrou-o a Rosenharte.

— É apropriado por duas razões — disse, segurando a capa do disco em seus dedos compridos e finos como se fosse um prato de comida. — Primeiro, faz 255 anos que foi executado pela primeira vez aqui em Leipzig. Segundo, e essa é a razão mais importante, Bach não favoreceu nenhuma das duas igrejas grandes: ele compôs o oratório para ambas. A primeira parte foi tocada na manhã de Natal na Nikolaikirche, sendo repetida na Thomaskirche à tarde. A segunda parte foi ouvida na manhã de 26 de dezembro na Thomaskirche e foi tocada de novo à tarde na Nikolaikirche.

— Interessante — disse Rosenharte, de novo impressionado com o homem extraordinário que ali se encontrava.

— Bach alternou entre as duas igrejas até 6 de janeiro, o dia da Epifania, quando a última parte foi executada na Nikolaikirche. — Lançou um olhar para Rosenharte e seus olhos cintilavam de prazer. — Posso ver Bach e seus ajudantes correndo entre as duas igrejas em pleno inverno: neve no chão, meninos do coro escorregando em suas sobrepelizes, músicos e cantores segurando as perucas com seus instrumentos sendo trazidos por criados com polainas. — Ele parou, pôs o primeiro disco no toca-discos e se inclinou para soprar a sujeira da agulha. — A Nikolaikirche era realmente o centro de tudo porque, claro, é a igreja do Natal. Você sabe, São Nicolau?

Ele tinha uma tendência a fazer palestras para seu público, algo que Rosenharte reconhecia também em si mesmo.

— Você sabe muito sobre isso tudo — disse.

— Um pouco. Mas veja a relevância para hoje! As duas igrejas estarão unidas esta noite. Na verdade, todas as principais igrejas estarão abertas para que o máximo de pessoas possa comparecer às orações pela paz. — Ele pôs a agulha no disco, e o Oratório começou com o coro: *Jauchzet frohlocket, auf, preiset die Tage* (Cristãos rejubilem-se, enalteçam estes dias).

Eles ouviram os dois primeiros lados antes de sair da casa e ir rapidamente para um ponto de ônibus. No caminho, Rosenharte parou num telefone público e discou o número de Vladimir, em Dresden. Um russo atendeu, mas não era Vladimir. Sem esperar ser transferido, ele disse:

— Aqui é o Rudi. *Tudo* está acontecendo hoje em Leipzig. Entendeu? — e desligou.

Pegaram o ônibus e saltaram diante do hospital no sudeste da cidade às 15h30, de onde seguiram para o Georgi Ring, o caminho que circundava o centro de Leipzig. Kurt havia feito o melhor possível para tornar sua aparência mais palatável com um sobretudo preto que cobria parte das suas botas. Também aparara dois dedos dos cabelos oxigenados de seu corte moicano e tirara alguns dos anéis das orelhas. Ainda assim, atraía olhares hostis quando eles passavam, e era evidente que alguns dos jovens soldados alinhados nas ruas secundárias gostariam de lhe dar uma ou duas lições sobre ordem e autodisciplina. Rosenharte sugeriu que esperassem até as 4 horas para atravessarem o Georgi Ring e irem para a igreja. Ficaram numa esquina, onde a eles se juntou um homem que estava com um radinho grudado no ouvido. Ele baixou-o, para que os três pudessem ouvir o noticiário. Uma declaração havia sido dada por figuras do meio artístico que eram membros do Partido, como o diretor da orquestra do Gewandhaus, Kurt Masur, e um artista de cabaré chamado Bernd Lutz Lange, ambos pessoas que pareceram importantes para Kurt Blast. O locutor leu o apelo conjunto duas vezes, com deliberada neutralidade: "Estamos seriamente preocupados com o desenrolar dos acontecimentos em nossa cidade e estamos procurando uma solução.

Uma troca livre de opiniões sobre a continuação do socialismo em nosso país é necessária. É por essa razão que os abaixo-assinados prometem a todos que usarão todo o seu poder e toda a sua autoridade para garantir que um diálogo seja estabelecido em Leipzig com o nosso governo. Solicitamos com urgência que todos sejam cautelosos e sensatos para que este diálogo possa ocorrer."

Para Rosenharte, pareceu uma declaração constrangedora, ficando em sua reticência a meio caminho entre o apoio e a condenação das *Kampfgruppenhundertschaft* — as divisões armadas da classe operária que haviam pedido uma repressão violenta num dos jornais. De qualquer modo, era assombroso que algo assim estivesse sendo lido numa rádio controlada pelo Estado; algo impensável apenas algumas semanas antes. Ele se perguntou em voz alta se fora o Partido que procurara o liberal e muito respeitado Masur ou se aquilo tinha sido idéia dele próprio. Kurt Blast disse que tinha sido sugestão de Masur; o Partido era muito burro para pensar em algo assim.

Esperaram até as 16h15 ouvindo o rádio, depois começaram a andar em direção à igreja.

Não era só a falta do barulho da hora do rush — os ônibus e bondes tinham sido suspensos — nem a presença maciça das forças de segurança; havia algo profundamente diferente em Leipzig, que Rosenharte comparou a um súbito salto na pressão barométrica ou ao peculiar peso no ar que silencia os pássaros antes de uma tempestade com raios. As pessoas que agora se encaminhavam para as igrejas evidentemente tinham tomado toda a coragem que podiam, muitos deixando suas famílias sem saber se retornariam dali a poucas horas. A maior proporção era, de longe, de jovens, mas, mesmo assim, o ato de se opor ao Estado era um grande passo. Tinham um ar sério, mas também aliviado, porque estava claro que alguma coisa se resolveria naquela noite, que algum resultado, fosse numa ou noutra direção, era iminente.

Chegaram à igreja depois de se esquivar duas vezes de agentes da Stasi à paisana que pediam documentos de identidade mais adiante, e abriram caminho em meio às pessoas aglomeradas em volta da porta para encontrar Ulrike, de pé bem na entrada, dando de ombros e gesticulando muito junto a um grupo de homens. Seus olhos brilharam quando ela o viu. Continuou a falar por alguns minutos, depois se afastou e, pondo a mão nos lábios, desejou a todos boa sorte e paz. Não pela primeira vez, Rosenharte notou a habilidade de Ulrike de apresentar uma parte diferente de sua personalidade.

— Acabou — disse ela, enquanto subiam a escadaria, seus dedos apertando o braço dele. — Não está vendo? Está chegando ao fim.

Ele nada disse, porque não acreditava nela. Mas abriu um sorriso, como que pedindo trégua, e examinou os olhos dela. A *villa* havia sido invadida? Ou o árabe ainda estava em segurança em seu leito de hospital? Ela balançou a cabeça como que para dizer que todas as respostas que ele queria teriam de esperar até mais tarde.

Subiram até a primeira galeria e quando se sentaram nos belos bancos antigos pintados à mão, ela se inclinou sobre o parapeito.

— Veja, o Partido inteiro está lá embaixo. Estão aqui desde as 2h30. Por isso que não pudemos sentar lá.

— O que vai acontecer? — sussurrou Rosenharte.

Ela se inclinou na direção dele, seus olhos percorrendo rapidamente a congregação na galeria superior. Ele pôde sentir o cheiro do cabelo dela.

— Meu informante disse que Krenz foi persuadido pelo argumento. Eles têm certeza disso. Mas há um boato de que, de qualquer forma, as ordens já tinham sido dadas pelo ministro para a Segurança do Estado. Elas podem ter sido revogadas, mas não sabemos ao certo. O que sabemos mesmo é que todo o pessoal da Stasi está armado e que há reservas de armas disponíveis, que podem ser usadas a qualquer momento.

Ele se aproximou mais dela para falar direto em seu ouvido.

— E quanto ao árabe?

— Ele não tinha voltado na hora que eu saí, de modo que suponho que seus amigos simplesmente tiveram de ficar esperando lá ou então adiaram a coisa toda. Mas isso não é problema nosso, é? Fizemos o que podíamos. Levei-os até eles. Só o que sei é que nunca mais quero voltar a ver o interior daquela *villa*. Essa parte da minha vida terminou.

— Fico contente em saber — disse ele. Ela o enganara quanto à presença de Abu Jamal em Leipzig e quanto a ela estar com ele. O que mais estaria escondendo? Afinal, quanto ele podia confiar naquela mulher?

Todos os olhos se voltaram para a frente e uma súbita calma se apoderou da congregação quando um dos dois pastores se levantou, cumprimentou a igreja lotada e começou o sermão.

— Jesus disse "abençoados os pobres", não "felizes são os ricos". Jesus disse "ame seus inimigos", não "destrua seus oponentes". Jesus disse "muitos que são hoje os primeiros serão os últimos", e não "tudo deve ficar como está".

Pareceu um pouco simplório para Rosenharte, mas era a essência do protesto. O prazer de ver os membros do Partido tendo de ouvir aquilo compensava facilmente quaisquer dúvidas que tivesse sobre os sentimentos. Orações vieram em seguida. O apelo pela tranqüilidade de Kurt Masur e do Partido foi lido. Ao ouvi-lo de novo, Rosenharte perguntou a si mesmo se de fato não continha uma permissão cifrada para a manifestação. Talvez o que estivesse acontecendo nos bastidores fosse um diálogo no qual a voz do povo gradualmente ia prevalecendo. Foi sobre esse tema que um pregador chamado Wendell falou.

— As reformas virão se permitirmos que um espírito de paz, tranqüilidade e tolerância se apodere de nós. O espírito da paz precisa ir além destas paredes. Tomem muito cuidado para não ser agressivos com os policiais. Procurem evitar as canções e os slogans que possam provocar as autoridades.

Pode até ser que funcione, pensou Rosenharte.

Às 17h10, um dos observadores do outro lado da *villa* informou que um carro havia encostado, do qual um homem de sobretudo fora ajudado a sair do banco da frente. Ele usava um boné e levava jornais dobrados debaixo do braço. Uma enfermeira o acompanhou para dentro de casa, onde permaneceu por cerca de meia hora, período durante o qual preparou-lhe um sanduíche, que pôs à mesa com um copo de leite.

Uma confirmação de identidade foi feita enquanto o homem se sentava pesadamente na cadeira e a enfermeira ia até a janela de correr e fechava as cortinas antes de ir embora. Ele ainda estava com o boné, e uma barba rala cobria-lhe o queixo, mas parecia muito com Mohammed Ubayd, mais conhecido pelos serviços de inteligência do mundo como Abu Jamal.

Três fotografias nítidas foram tiradas enquanto ele olhava para a janela naqueles breves segundos, fotos que foram recebidas no novo Apple Macintosh portátil que Harland havia pedido emprestado a Griswald, que não o usava. Ele tentou mandar a fotografia via satélite — o Inmarsat — para Londres, mas não conseguiu. Por fim, Mike Costelloe deixou para Harland a decisão de se aquele era ou não o homem que eles tinham na mira.

— É o covil que estamos vigiando, pelo amor de Deus — disse Harp. — Todos sabemos que é ele. Vamos acabar logo com isso.

Harland coçou o queixo.

— Seria perfeito para eles se nós seqüestrássemos algum infeliz que eles estivessem usando como dublê. — Ele pegou a valise onde havia duas fotografias em preto-e-branco de Abu Jamal e segurou-as junto à tela do computador. A primeira fora tirada na Síria em 1982 e mostrava-o sorrindo para uma mulher enquanto saíam de uma casa nos subúrbios de Damasco. A mais recente fora obtida pelo BND no lago Balaton, na Hungria, onde Abu Jamal, usando o nome de Mustapha Riffat, passara uma temporada de férias com outra amiga. Era de 1986 e não havia indícios dos males do fígado e dos rins dos quais ele estava sendo tratado no hospital da Universidade de Leipzig na época. O homem na *villa* tinha o rosto mais balofo e exibia olheiras. Ainda assim, havia o bastante na linha das sobrancelhas, no formato das narinas e, sobretudo, na força da personalidade que os olhos revelavam para que Harland ligasse para Londres e dissesse que a operação Samaritano ia prosseguir.

Às 17h55, Harp e Harland transferiram-se para um Lada cor de creme sujo, e um agente do BND, chamado Johann Horst, passou para o banco do motorista do caminhão. Os dois veículos desceram até o fim da rua sem ligar os motores nem acender os faróis. À frente deles estava a escuridão proporcionada pelo bosque de carvalhos que entrava no lado sul da cidade. Tudo parecia tranqüilo. Harland ouviu os últimos informes dos vigias. Uma sombra atrás das cortinas indicava-lhes que Abu Jamal ainda estava na sala principal do térreo, lendo sentado à mesa. Quatro dos integrantes do grupo do BND estavam no jardim nos fundos da *villa*. Tendo inserido um microfone minúsculo na sala por um furo feito na janela, eles tinham bastante certeza de que não havia mais ninguém na casa.

Harland assentiu para Harp, que piscou o farol para um caminhão que estava na frente deles. Cinco minutos depois, Harland disse:

— Certo, vamos fazer isso de uma vez por todas, OK?

Por causa da enfermidade óbvia de Abu Jamal, Harland decidira que seria impraticável tentar removê-lo passando por cima da cerca para o parque. Teriam de entrar e sair pela porta da frente, o que significava que a parte mais arriscada da operação ocorreria no momento em que chegassem à rua estreita em frente da *villa*.

Eles levaram sete minutos para chegar à rua, quando então Harp desligou o motor e os faróis. Harland apertou o fone de ouvido com os dedos. Dois membros do BND que estavam escondidos por perto estavam agora abordando o carro da Stasi estacionado bem debaixo da luminária do outro lado da rua em frente da *villa*. Um deles se inclinou e mostrou sua identificação. Harland ouviu a resposta mal-humorada do motorista em seu próprio fone de ouvido. O segundo agente do BND abordou o lado do passageiro e fez um sinal para o homem abaixar o vidro. Nesse momento, ambos cobriram o rosto e acionaram um spray no interior do carro. O gás agiu imediatamente, e os agentes da Stasi caíram para a frente. Harland sabia que a dose adicional de flunitrazepam, agora sendo administrada por uma injeção no braço, significava que eles não acordariam no mínimo até as 6 horas da manhã seguinte, quando então se descobririam no meio do campo com dois pneus furados e o distribuidor estragado.

Um dos homens do BND se endireitou e acenou para Harland, enquanto o outro lutava para tirar o motorista de seu banco e colocá-lo atrás. Quando conseguiu, entrou no carro e partiu.

Harland esperou alguns segundos antes de baixar sobre o rosto uma máscara de esqui e correr para a porta da frente, onde o outro alemão, agora também de máscara, estava tentando uma série de chaves falsas na fechadura. O mecanismo cedeu bem rápido. Quando ele e o alemão que o acompanhava chegaram à sala principal, havia quatro outros em volta de um Abu Jamal surpreso, que nem tivera tempo de se mover da mesa. Um dos alemães informou-lhe formalmente que estavam executando mandados expedidos por tribunais franceses, alemães e americanos por numerosos atos de terrorismo e com base em provas de seu plano de proceder a mais atentados no Ocidente. Abu Jamal olhou em volta para os rostos com máscaras, atônito. Começou a protestar em bom alemão que ele era um engenheiro chamado Halim al Fatah, do Egito. Estava em Leipzig legitimamente, recebendo tratamento médico, e nada sabia sobre terrorismo. Ofereceu mostrar-lhes seu passaporte. Ele voltou a cabeça de um rosto mascarado para outro, depois se pôs a vociferar cheio de indignação — estava muito doente para ser levado; seus guardas viriam a qualquer momento; qualquer um que pusesse a mão nele seria preso e fuzilado como espião. Harland se viu prestando atenção no fato de que Abu Jamal pintava o cabelo e as sobrancelhas e que seu lábio inferior era protruso, mostrando uma boca com aspecto muito doente.

Ele assentiu, e dois dos alemães o ergueram e o carregaram para fora pela porta principal até o Lada, que Macy Harp manobrara. Em poucos minutos Abu Jamal não estaria percebendo mais nada de sua jornada pelos subúrbios até o caminhão que o levaria para o sul. Não iria acordar até ter chegado ao QG do BND em Munich-Pullach a meia hora de distância, quando então passaria por um exame médico antes de ser interrogado.

Harland viu-os partir e fechou a porta. Precisavam revistar a *villa*. Apesar do uso dos mandados de prisão, não havia a menor intenção por parte de nenhum dos governos de impedir as investigações sobre as operações de Abu Jamal entregando-o a um longo processo judicial. Sua expectativa de vida era muito curta — e a ameaça muito grande — para que se cogitasse nisso. Mas documentos podiam ser importantes, em parte para provar o apoio do regime de Honecker, mas sobretudo porque o Ocidente precisava das informações vitais para rastrear a rede de Abu Jamal antes que vazasse a notícia de que ele fora abduzido. Na melhor das hipóteses, teriam 48 horas antes que a Alemanha Oriental passasse a notícia para todas as suas embaixadas no Oriente Médio.

Eles percorreram a *villa* jogando dentro de uma valise tudo o que parecesse ter o mais remoto interesse, mas não encontraram os documentos secretos que Harland e o chefe dos agentes de inteligência alemães, Claus Neurath, sabiam que devia estar lá. Após vinte minutos de busca, Harland voltou a pensar na chegada de Abu Jamal naquela noite. Usava um sobretudo que o haviam forçado a vestir antes de ser enfiado no carro. E estava carregando jornais dobrados, o que poderia ter servido muito bem para esconder alguma coisa. Um dos vigias julgou ter visto uma pasta debaixo do braço dele.

Harland foi até a porta da frente, virou-se e olhou para o percurso que Abu Jamal devia ter feito para entrar na casa. Sabia que não houvera tempo para ele ir até outro cômodo entre o momento em que fora visto na frente da *villa* com a enfermeira e o instante em que aparecera na sala principal. À esquerda havia um banheiro, onde não existia qualquer lugar onde fosse possível esconder algo, e à direita, um pouco mais adiante, havia uma espécie de penteadeira presa à parede, com cabides para casacos, um espelho uma escova para roupas pendurada num gancho junto ao espelho, e três gavetas embaixo. Harland olhou dentro das gavetas e apalpou sob a penteadeira, mas não percebeu nada. Levantou-se, enfiou a mão atrás da penteadeira e retirou uma carteira de plástico preta e dura. A carteira podia ter sido um brinde de um banco ou de uma companhia de seguros, e de fato ele notou vestígios de uma logomarca dourada na frente. Tirou os documentos que havia dentro e entregou-os a Neurath, fluente em árabe, que os folheou e então lhe deu um tapinha nas costas. Não havia a menor dúvida — tinham encontrado o arquivo de que Kafka falara em sua primeira comunicação com o Ocidente: o arquivo do dinheiro, que provava a dimensão das operações de Abu Jamal e a extensão de seus contatos na Europa e no Oriente Médio.

Colocaram-no dentro da valise, e então se prepararam para sair pela porta de correr. Primeiro Harland percorreu a casa apagando as luzes. Quando voltou à sala, viu Neurath rente à parede, fazendo gestos aflitos para baixo para silenciá-lo. Ele ficou imóvel. Havia alguém na porta. Neurath pôs por um instante a cabeça além da parede para olhar a entrada, e ergueu dois dedos. Vira a sombra deles no vidro translúcido. Na penumbra, Harland viu que todos os homens do BND estavam apontando armas na direção do corredor. Antes que ele tivesse tempo de se esgueirar de volta para a passagem que levava à escada, houve um breve tumulto, no qual os dois homens foram cercados e jogados no chão com pistolas na nuca. Mal se ouviu alguma voz. Harland deu uma olhada no homem mais perto dele, um loiro magro de terno. Reconheceu-o imediatamente dos arquivos a que tivera acesso como o coronel Peter Zank, do Departamento Principal de Contra-Inteligência, e sussurrou um palavrão. Mas nada disse para Neurath, para evitar mostrar seu sotaque inglês. De qualquer forma, estava claro pelo olhar fulminante que vinha dos orifícios dos olhos na máscara de esqui de Neurath que ele sabia quem era Zank, bem como já decidira precisamente o que lhes cabia fazer. Zank e seu parceiro foram carregados para duas cadeiras, amarrados com cordas, amordaçados e, sem a menor cerimônia, foi-lhes injetado flunitrazepam. Os dois homens foram postos deitados no chão de costas um para o outro a um metro de distância. As últimas luzes foram apagadas e o grupo deixou a *villa* pela porta de correr, disparando pelo parque até o lugar em que dois carros os esperavam com dois dos melhores motoristas da Alemanha Ocidental. A operação tinha corrido bem, mas Harland não tinha o que comemorar. A presença de Zank na *villa* significava que ele e seu departamento tinham feito as conexões essenciais. Rosenharte e Kafka estavam em perigo mortal, e ele não tinha como entrar em contato com eles.

Harland esperava de todo coração que eles fossem sensatos o bastante para ir embora da cidade naquela noite.

26
O Milagre de Leipzig

Perto do fim do serviço, Rosenharte deixou seu olhar vaguear pela nave da igreja até as galerias no lado sul, quando então se deteve no rosto do homem que vira do lado de fora da casa de Ulrike — o parceiro jovem e arrogante do coronel Biermeier. Diferentemente do resto da Stasi e dos membros do Partido, ele conseguira se infiltrar na parte autêntica da congregação nas galerias e, como antes, estava mostrando todos os sinais de devoção. Rosenharte esquadrinhou o resto da congregação procurando por Biermeier e Zank, mas não os viu. A luz estava diminuindo lá fora e os recessos da galeria inferior estavam completamente na sombra. Ele cutucou Ulrike e apontou na direção do jovem. Ela tocou a coxa dele e disse que falaria sobre isso depois.

Alguns segundos antes do fim das orações pela paz, eles saíram do banco em que estavam e desceram as escadas, de modo que quando a bênção final terminou, estavam na entrada principal antes do resto da congregação. O que os aguardava quando as portas se abriram de forma alguma era uma massa revoltada, mas muito mais um mar de rostos, muitos iluminados no anoitecer por velas cujas chamas as pessoas protegiam com as mãos. Ulrike lhe falara sobre isso — se as pessoas estivessem segurando velas, não haveria como não compreender que suas intenções eram pacíficas. Uma aclamação tranqüila elevou-se. Rosenharte se perguntou a si mesmo se a multidão percebia que muitas das primeiras pessoas a saírem eram, na verdade, membros do Partido, que tinham ficado rígidos durante todo o serviço, tentando desesperadamente conter o impulso irresistível que se acumulava nos corredores. Eles não tinham conseguido fazer isso e agora, com a congregação se espalhando na praça, a benevolência no ar fez até mesmo aqueles soturnos legalistas sorrirem.

Ulrike assimilou tudo isso com um sorriso estático, levemente alucinado, então deu os braços para Rosenharte e Kurt e avançou em meio à multidão na direção do outro lado da igreja. Várias figuras notórias pareciam estar se dirigindo ao mesmo lugar. Ulrike acenou, chamando-as. Ela parecia conhecer todo mundo que tinha alguma importância ali. Quando chegaram ao que parecia ser o início da passeata, ela soltou os braços e disse a Rosenharte e Kurt que iria se juntar às pessoas na frente. Eles deveriam andar atrás dela para não se perderem uns dos outros. A manifestação se movia na direção norte, da Karl-Marx-Paltz para a principal estação de Leipzig. Num ponto mais alto da rua, Rosenharte e Kurt se viraram para ver o enorme acúmulo de gente atrás deles. Não tinham como estimar a quantidade, mas arriscaram algo entre setenta e cem mil cidadãos de Leipzig nas ruas. Como antes, a imensa maioria tinha menos de 30 anos. Alguns gritavam "Vamos ficar aqui!" e "Juntem-se a nós!" quando passavam por gente olhando e prédios onde as luzes estavam acesas, mas quando a multidão estava se movendo, as coisas se acalmaram. Parecia que as pessoas tinham resolvido que a melhor maneira de expressar o que queriam para as tropas de choque e para os soldados alinhados que viam ao longo do caminho era passar por eles em silêncio.

O objetivo era marchar por todos os quatro lados do Georgi Ring sem que fossem detidos — e assim realizar o circundamento simbólico da cidade. Durante a primeira etapa, que os levava através de um amplo cânion de lúgubres prédios de apartamentos e escritórios, Ulrike saiu da linha de frente e voltou para o lado deles. Apontou para o topo de uma igreja à direita de onde passavam e disse que um câmera se escondera na torre do relógio para filmar a manifestação. No dia seguinte o filme seria transmitido no Ocidente. Disse que não queria o rosto dela em tudo quanto era tela de TV.

— O que você vai fazer depois? — perguntou Rosenharte.

— Comemorar — disse ela, como se ele tivesse feito uma pergunta estúpida.

Ele se aproximou mais dela.

— Mas se eles retiraram o seu amigo, sua vida vai ficar muito difícil.

— Não vejo por quê. Se tiverem feito as coisas direito, ninguém vai saber para onde ele foi.

— O homem está doente. Vão saber que ele não foi simplesmente embora da cidade por um capricho. Você precisará se esconder.

— Veremos.

A expressão dela era tão exultante que ele se perguntou se ela assimilara alguma coisa do que ele dissera. Por seu lado, ele sabia que não ia ficar na cidade. Perguntaria a ela se podia pegar seu carro emprestado até quinta-feira, quando então iria para Berlim para se encontrar com Vladimir e de novo com Harland. Ele tocou-a no ombro.

— Ulrike, preste atenção. Vi um dos homens da Stasi saindo de sua casa. O mesmo fulano estava na Nikolaikirche. Talvez estivesse instalando escutas na sua casa. Talvez a esteja seguindo.

— Nem tudo é o que parece — disse ela.

Isso o deixou irritado.

— Escute, eu conheço esse homem! Eu o vi com um coronel do serviço de inteligência estrangeira, Biermeier. Eu contei a você sobre ele. Eu o vi segunda-feira passada com Zank, aqui em Leipzig! Isso não é uma coincidência.

Ela pegou a mão dele e a olhou, depois levantou os olhos até o rosto dele, onde se fixou com uma estranha expressão.

— Quando você chegou à Nikolaikirche, eu disse a você que tudo tinha terminado. Se os estrangeiros conseguiram pegar nosso amigo, o que suponho que aconteceu, então *terminou* mesmo. Minha vida clandestina terminou. E com esta manifestação — ela fez um gesto em direção à multidão com a mão livre — tudo muda. Onde estão a polícia e a Stasi agora? Em lugar nenhum. As coisas mudaram de verdade nesta noite.

— Não afirme isso tão cedo. Ainda temos um longo caminho pela frente e eles bem podem prender as pessoas quando elas estiverem indo para casa. A violência ainda é uma possibilidade.

— Não — disse ela com firmeza. — Não vai acontecer mais. O pessoal na linha da frente teve garantias de que não haverá violência. Falaram com os Vopos e a liderança do Partido. Era isso que estavam me contando. O professor estava certo. Krenz, ou algum outro, prevaleceu sobre o ministro para a Segurança do Estado. Você não percebeu? Nós vencemos.

— Mas isso não significa que você esteja segura. Quando descobrirem que o árabe sumiu, saberão que você teve algo a ver com isso. Foi por isso que Zank esteve em Leipzig. Ele percebeu alguma coisa, tenho certeza disso. E esse outro homem, o parceiro de Biermeier, ele está aqui também por alguma razão.

— Bem, se for assim, você também está em perigo.

— Exatamente. E preciso ficar livre para libertar Konrad.

— E a sua solução qual é?

— Nós nos escondermos. Sei de um lugar.

O movimento da passeata vinha diminuindo e subitamente parou junto a uma construção de horrenda arquitetura futurista conhecida como a Caixa de Lata, construída havia alguns anos como um símbolo do progresso. A multidão atrás deles pressionou-os para a frente e Ulrike ficou bem perto de Rosenharte. Seus belos cabelos tremeluziam na brisa e ele sentiu o perfume dela. Ela o olhou nos olhos, balançou delicadamente a cabeça e disse claramente:

— Eu vou ficar aqui.

— Então eu vou sem você.

— Se é o que você quer. Mas você precisa ficar esta noite e beber à nossa vitória e relembrar cada minuto para quando voltar a Dresden. A sua cidade terá a vez dela própria. Nós demos o exemplo.

— Não vou voltar. Meus compromissos tornam isso impossível. Além do mais, fui despedido do museu na sexta-feira.

— Você tinha me dito que tinha alguma espécie de proteção.

— Qual proteção? — perguntou ele.

— Você disse que alguém acertara com o diretor que você poderia ficar ausente por longos períodos.

— Eu não lhe disse isso.

— Disse, sim.

Ele balançou a cabeça.

— Como você sabia?

Ela o ignorou e apontou um casal na frente deles.

— Estou vendo tantas pessoas que conheço esta noite. Aquele ali é Max Klein, um biólogo evolucionista. Ele foi proibido de fazer pesquisas sobre herança genética porque o Partido não permite estudos que sugiram que características como a inteligência passam de uma geração para outra. Então, ele faz pesquisas simples com ratos em casa. A mulher dele, Sarah, é psicóloga, mas como o trabalho de seu marido foi proibido, ela não conseguiu o lugar na universidade que queria. Na frente há uma mulher cujo filho se recusou a prestar o serviço militar. Ficou preso por 18 meses e saiu de Bautzen com um colapso nervoso. O meu amigo Kurt é um letrista brilhante, mas suas canções não podem ser executadas em público. E está vendo o cara com quem ele está falando? — Rosenharte esticou o pescoço e viu um homenzinho usando roupas de couro, de cabeça raspada e costeletas finas. — Aquele é Ebbe, um artista gráfico que trabalha como estucador porque uma vez desenhou uma charge ofensiva a Chernenko. Esses velhos monstrenguinhos, Honecker e Mielke, ficaram tempo demais sentados sobre a cabeça de nós todos. Hoje à noite é o começo do fim para eles.

— Ulrike — disse ele com firmeza —, eu não disse nada a você sobre ter qualquer tipo de proteção no museu.

— Tenho certeza que disse. Mas, se não disse, devo ter imaginado — disse ela despreocupadamente.

Estavam avançando de novo, passando agora sob as árvores que ficavam perto do Runde Ecke, ou esquina curva — o quartel-general regional da Stasi. À esquerda deles ficava a extensão construída em 1985 para ajudar a acomodar os oito mil funcionários do MfS que trabalhavam em Leipzig, uma quantidade que ele agora se dava conta que provavelmente era maior que todo o serviço de inteligência doméstico e estrangeiro do Reino Unido. As portas da Stasi estavam fechadas, mas as luzes resplandeciam em quase todas as janelas dos cinco andares, e unidades de soldados e agentes da Stasi uniformizados estavam alinhados dos dois lados da fortaleza em forma de cunha. Quando Rosenharte e Ulrike passaram pela entrada e viram a placa preta com letras prateadas — *Bezirksverwaltung für Saatssicherheit: Leipzig* —, deram um olhar de relance pelos quatro andares, até um escritório na cobertura que tinha uma balaustrada em curva. Um homem de uniforme observava lá do alto a maré escura de manifestantes. As pessoas sussurraram que era o tenente-general Manfred Hummitzsch, o chefe local da Stasi, mas obviamente era impossível saber.

O resto da passeata passou-se num agradável borrão para Rosenharte. Ele deliciou-se com a súbita afeição que brotava entre estranhos por todos os lados. O povo tinha tomado o controle de sua cidade por algumas horas de êxtase e provara que isso podia ser feito sem que uma única janela fosse quebrada.

Quando estavam chegando ao fim do percurso, Rosenharte começou a observar o ânimo que prevalecia no rosto dos conscritos que haviam sido convocados para proteger os edifícios públicos e nos membros mais jovens da Volkspolizei, alguns deles olhando para os manifestantes como se quisessem estar lá. Quase nenhuma força fora empregada naquela noite, embora mais tarde, quando as pessoas começaram a se dispersar, Rosenharte tenha visto uma relutante investida com cassetetes, que envolveu um homem numa cadeira de rodas e a mulher que a estava empurrando.

Em algum momento após a meia-noite eles disseram boa-noite a Kurt. Rosenharte disse que iria pegar suas coisas e o carro de manhã. Os dois o abraçaram e então partiram para a casa de Ulrike. Ela passou o braço pelo dele e pôs a outra mão em cima. Ocasionalmente olhava para ele e sorria, mas nada falaram do árabe, de Konrad nem da travessia da fronteira de Else; também não falaram sobre os espiões ingleses, nem sobre Zank, Biermeier e seu assecla. Rosenharte estava cansado demais e, de qualquer jeito, os eventos extraordinários — o milagre — daquela noite em Leipzig, quando o regime saiu do caminho e deixou o povo seguir sua própria vontade, praticamente ofuscava todo o resto.

Chegaram ao portão com a trepadeira e entraram no escuro até a porta da casa dela. Ao colocar a chave na fechadura, ela disse a ele:

— Nunca o vi sorrir. Não de verdade.

— Que bobagem. Eu sorrio, sim.

— Não; só um sorriso educado, forçado. Esse seu sorriso é muito atraente, e você sabe usá-lo bem quando está falando com as pessoas ou dando uma de suas palestras de intelectual. Mas você não sorri de verdade, Rudi. Você sempre mantém uma certa reserva.

— Você poderia dizer isso sobre qualquer um.

Ela franziu o nariz.

— Não, não da mesma maneira que você.

Ela abriu a porta e ouviu o apartamento vazio, depois pôs o rosto para a corrente de ar com cheiro de ambiente fechado que veio até eles.

Ele tossiu.

— Estou começando a achar que você teve o mesmo treinamento que eu.

— Você está certo. Eu tive.

Ele nada disse. As confissões dela sempre vinham nos momentos mais inesperados.

— Mas, como você, eu não me adaptei.

— Você está me dizendo que fez parte da Stasi?

Ela virou-se para ele com um olhar de quem se diverte.

— Quem você acha que me proporcionou todo esse aprendizado de línguas? Meu pai era do serviço diplomático, pelo amor de Deus. Achei que você tivesse chegado à conclusão óbvia. Não era tão difícil assim.

Rosenharte deu de ombros e disse que não chegara.

— Talvez você não seja a faca mais afiada do faqueiro, afinal de contas.

Eles entraram. Ela acendeu uma luminária de mesa e foi até a cozinha achar uma bebida e alguns copos, voltando com uma garrafa de vinho tinto e duas grandes de cerveja. Rosenharte ficara onde estava no meio da sala, subitamente consciente do cansaço nas costas e nas pernas. Ela abriu o vinho e veio apoiar a cabeça em seu peito, no mesmo movimento entregando-lhe a taça de vinho. Ele tomou um gole grande.

— Eu sorrio, sim — disse ele, em tom amuado.

— Não sorri. Desde que conheci você, não o vi sorrir espontaneamente nem uma única vez; quero dizer, com os olhos.

— Faz só umas poucas semanas que você me conhece.

— Conhecê-lo de fato, sim — murmurou ela no pano do casaco dele.

Ele se afastou — relutantemente, pois estava gostando de sentir o cabelo dela em seu rosto.

— O que você quer dizer?

— Nada — disse ela, e roçou a cabeça no peito dele.

— Você deve ter tido a intenção de dizer alguma coisa.

— Amanhã, Rudi, conversaremos amanhã. — Ela beijou-o no queixo e seguiu até a boca, tocando os lábios dele com os seus. Ele sentiu o sorriso dela.

— Você está tentando me dizer que ainda trabalha para eles?

— Não, eu não trabalho para eles, embora possa ser culpada de fazê-los acreditar que sim. — Ela fez uma pausa, levou o copo aos lábios. — Quando eu disse que sabíamos quem era o informante, era verdade, Rudi. Porque, sabe, era eu. Eu era o informante da Stasi para este grupo. Foi por isso que pudemos planejar tanta coisa sem eles ficarem sabendo.

— Credo, sua vida é tão complicada.

— Ofereci-me para ajudá-los e eles aceitaram imediatamente. Claro, não fui até Runde Ecke um belo dia e disse "Sou Ulrike Klaar e quero espionar meus amigos." Deixei as pessoas saberem indiretamente que eu estava preocupada com certos desenvolvimentos que via em função de minhas pesquisas no instituto, e não demorou para que eles me pedissem para ser um IM... até me deram dinheiro para isso. O arranjo me proporcionou a liberdade de seguir minha fé e às vezes ter alguma noção dos planos deles. Deu tudo muito certo, porque assim pude proteger meus amigos.

— E o árabe?

— Eu já estava na lista de confiança deles por causa do árabe. Mas obviamente ele não podia me dar o pretexto para ir à igreja, para me encontrar com as pessoas que queria ver e conversar.

— Mas você disse que não se adaptou à Stasi.

— De fato. Durei três anos nela antes de ser expulsa. Foi há muito tempo.

— Por quê? — Ele sentiu Ulrike retesar-se em seus braços.

— Tive um filho... um filho que morreu. Mas não era casada, e, bem, não estava apaixonada pelo pai, e de qualquer jeito ele não queria ter nada a ver com o assunto. Eles disseram para eu me livrar dele, mas eu me recusei e eles se livraram de mim. Esses velhos calhordas desaprovam qualquer um que tenha relações sexuais que não tenham sido antes aprovadas como um meio para os fins do Estado. E uma criança sem pai, bem, isso nem pensar. — A cabeça dela mantinha-se em seu peito e ela falava sem olhar para ele, num tom deliberadamente confessional.

— Você dormiu com o árabe?

Ela deu um suspiro.

— Sim, duas vezes em dois anos, mas... sabe, ele não estava em condições. O ato não foi realmente consumado. A razão de ele estar em Leipzig era que Misha Lomieko conseguira tratamento para ele no hospital, e na época que ele começou a vir para cá e eu me tornei sua companhia regular, ele já estava tão debilitado pela bebida, pela cocaína e por mascar ghat, um hábito que adquiriu no Iêmen, que não funcionava mais como homem. Ele gostava da minha companhia: falo a língua dele e entendo os homens árabes. Eu até gosto de ghat. Ele me ajudou de várias maneiras, conseguindo comida e bebidas extras para meus amigos e coisas especiais do exterior. Havia milhares de pequenas vantagens para mim... e uma espécie de proteção. — Ela parou e olhou para Rosenharte. Ele notou que as íris dos olhos dela eram salpicadas de castanho-claro. — Mas agora tudo isso acabou.

— Pode ser que não — disse ele. — Se ele foi levado hoje à noite, virão atrás de você. Você obviamente é suspeita. De que outro jeito o Ocidente teria sabido onde e quando encontrá-lo?

— Você já disse tudo isso antes. Se tiverem feito a coisa de maneira inteligente, ninguém saberá que ele se foi. Momo, é assim que eu o chamo, é um agente livre. Ele vai e volta a seu bel-prazer. Só Misha sabe de seus movimentos. De modo que podemos ter mais tempo do que você imagina.

Ele deslizou as mãos sob a blusa dela e tentou fixar seus olhos enquanto sentia suas costas macias.

— Ulrike, você está em perigo. Eles sabem quem você é e onde você mora. Por que o assecla de Biermeier esteve aqui? Isso deve significar algo para você, não?

Ela pôs o dedo nos lábios dele.

— Nada vai acontecer esta noite. Eles não vão checar se está tudo bem com ele até amanhã de manhã. Veja, é simples. Vou telefonar para o número que ele usa e ver se há resposta. Então, saberemos.

— E então você virá comigo?

Ela cutucou-o no peito de brincadeira.

— Na verdade, é você que virá comigo, a menos que você tenha comprado outro carro.

Ela o fez levantar e começou a beijar seu pescoço.

— Leve-me para a cama — sussurrou ela. — Leve-me para cama antes que eu desmaie.

Ele segurou o rosto dela entre as mãos e olhou dentro de seus olhos.

— O que aconteceu com a mulher que no parque ficou me acusando de querer a dupla vitória de seu corpo e seu amor? Onde ela foi? Aquele foi um sermão e tanto. — Ela se afastou, ressentida. — Veja — continuou ele —, para mim é difícil saber com qual pessoa estou lidando; a fria e calculista ex-agente ou a mulher que ri tão encantadoramente diante da idéia da Stasi prendendo os respeitáveis membros de uma orquestra em vez de músicos de rua sem autorização.

— Bom, aquilo foi engraçado — disse ela.

— Não é essa a questão. Você muda com tanta freqüência que me pergunto se você tem personalidade múltipla. Vê-la hoje de manhã na *villa* e depois, mais tarde, na igreja foi como encontrar duas pessoas diferentes.

— Talvez você esteja confundindo personalidade com comportamento — disse ela incisivamente. — Em todo caso, deixe-me garantir que você está vendo a pessoa que realmente sou. *Esta sou eu.* — Ela deu um passo para trás e abriu os braços como se estivesse lhe mostrando um vestido novo.

— Como posso saber? Tenho a impressão de que há tanta coisa que você mantém escondida de mim. Você é impenetrável.

— Experimente — disse ela maliciosamente.

— Não foi isso que eu quis dizer.

— Ah! Você quase sorriu, Rudi. — Ela serviu mais vinho para si mesma, Rosenharte tendo bebido muito pouco.

— Por que Kafka? Por que você escolheu o nome Kafka? — perguntou ele.

Ela assentiu como para dizer que compreendia que ele precisava de um tempo.

— Porque ele previu o mundo em que vivemos hoje: o sigilo, os homens que arruínam a vida de uma pessoa com boatos e mentiras, as perseguições e execuções misteriosas, a falta de sentido de tudo. Ele acertou na mosca. — Ela fez uma pausa. — Beba comigo, Rudi, para brindar ao fim dos velhos corvos mentirosos e ao nosso começo.

Ele pegou o copo da mesa e o ergueu.

— À pessoa mais intrigante que já conheci.

Ela balançou vigorosamente o cabelo.

— Eu apenas sei o que penso das coisas. E isto, eu e você, está certo. — Ela olhou para o teto. — "O esplendor da vida está à espera de cada um de nós em toda a sua plenitude, mas oculto da vista, bem no fundo, invisível, muito longe. Mas está lá, no entanto, sem nada de hostil, relutante ou surdo. Se você o convocar com a palavra certa, pelo nome certo, virá." Isso é o senhor K. em um de seus melhores momentos. Estou invocando o esplendor da vida agora, Rudi. E você é parte disso.

— Fico lisonjeado. — Ele ofereceu seu maço de cigarros para ela. Ela balançou a cabeça, mas mostrou a boca querendo uma tragada depois que ele acendeu um para si mesmo. Ele estava fazendo o melhor que podia para se orientar em relação a ela, para achar a linguagem certa. No fim, não conseguiu ir muito além das banalidades. — Eu poderia amá-la. Talvez eu já a ame. Mas eu quero amá-la... nós amarmos um ao outro... da maneira certa. Sem segredos. Você estava certa sobre mim quando disse aquelas coisas no parque. Logo farei 50 anos. Já é hora de parar de cometer erros.

Ela pôs o copo na mesa e veio até ele. Logo estava tirando suas roupas, bem como as dela mesma. Fez com que fossem já meio despidos para o quarto. A cama estava encostada na parede e coberta com um pano branco rústico. Ela se virou e tirou a blusa num único movimento, que fez seu cabelo brilhar com a estática. Sem parecer ter notado, ela abriu e tirou o sutiã.

— Ei, veja só, você está sorrindo! — exclamou ela. — Meu corpo é assim tão engraçado?

Ele se aproximou dela e segurou-a de leve na cintura.

— Não, é bonito. Estou sorrindo da sua estática. Nunca tinha visto ninguém com seu próprio fornecimento de eletricidade antes.

— Sim, mas você sorriu, Rudi, e você parece outra pessoa quando sorri. Adoro isso. — Ela juntou as mãos e olhou para ele. — Não foi maravilhoso hoje à noite? Dá para acreditar no que presenciamos? Foi um milagre, não foi?

Ele assentiu.

Ele despiu-se, sentou-se na cama e ficou olhando ela fechar as cortinas e acender uma luminária que estava coberta com um tecido vermelho. Ela tirou o jeans e a calcinha e ficou de pé diante dele para deixar que seus olhos percorressem seu corpo, depois se aproximou e guiou a cabeça dele para seus seios. Foi um movimento natural, com muito pouco de sexual, e Rosenharte viu-se sentindo algo que não sentia havia muito tempo. Ficou contente ao descobrir quão presente se sentia... e o quanto realmente precisava dela. Ele a afastou um pouco de si próprio, pensando que uma mulher bonita em carne e osso nunca correspondia a nenhuma imagem mental que ele tinha ou às pinturas da Gemäldegalerie que ele conhecia tão bem. O corpo dela era assombrosamente branco e esguio, embora não tão frágil quanto ele achara quando ela se juntara a ele na cama na semana anterior. Ela o observou, satisfeita com o efeito que estava produzindo. Ele começou a beijá-la, suas mãos não explorando, mas aferindo o calor e o contorno de sua forma mortal comum. Comoveu-o como nenhuma experiência anterior com outra mulher, e o fez amar a humanidade e sua vulnerabilidade. Ele disse algo no gênero e ela zombou dele ser sempre o esteta, dizendo que ele não precisava articular todo e qualquer pensamento absurdo que lhe passasse pela cabeça; mesmo assim, pareceu ter gostado do que ouviu, tocou seu rosto no dele e passou o dorso dos dedos sob os olhos dele e ao longo da testa, onde os cabelos começavam.

— Olhe para mim, Rudi, e esvazie a sua mente. — Ela abriu as pernas para envolver as coxas dele. — Isso é diferente, não é? — sussurrou ela, e ele assentiu em resposta. Em determinado momento ela se moveu um pouco para a frente e deixou a cabeça cair para trás. Então ele a ergueu para cima dele.

27
Fuga

Rosenharte acordou com um sobressalto, ciente da presença de alguém no quarto. Um homem estava chamando Ulrike pelo nome, enquanto se dirigia atabalhoadamente para a cama dela no escuro. Ele levantou a cabeça do travesseiro, maldizendo-se por não ter feito Ulrike partir na noite anterior. Então ela acordou e sentou-se imediatamente.

— Quem...? O que você quer? — sussurrou ela de volta.

— Você precisa ir embora — disse a voz. — *Raus, raus.* Você precisa levantar e partir, se não quiser que sejamos todos fuzilados.

Ela passou por cima de Rosenharte, pegando um lençol, e se aproximou da silhueta do homem.

— Quem está com você? — perguntou a voz. — Você está com alguém aí? Pelo amor de Deus, não temos tempo para isso. — Rosenharte estava tendo dificuldades para processar o que ouvia porque agora tinha certeza de que Biermeier estava no quarto. Mas, em vez de prendê-los, estava avisando-os de um perigo iminente. A luz se acendeu. Biermeier estava no meio do quarto com um impermeável molhado com chuva. — Você não podia esperar? — disse ele ao ver Rosenharte. — Escute, se eles o encontrarem aqui, seremos todos mortos. Vamos, garota, ponha suas roupas de uma vez.

— Diga-me o que aconteceu — disse Ulrike, pegando calmamente seus jeans.

— O árabe se foi. Zank foi encontrado inconsciente no esconderijo perto do parque. Estava dopado e amarrado. Ainda está inconsciente, mas quando acordar as portas do inferno vão se abrir. Estamos fodidos, a menos que você suma de Leipzig com sua bela bundinha e se esconda.

— O que ele estava fazendo na *villa*? — perguntou ela.

— Não sei, mas o fato é que ele *estava* lá, que alguém o amarrou e dopou, e isso significa que ele descobriu coisas que jamais achamos que descobriria. — Ele pegou a blusa de Ulrike e jogou-a para ela. — Chega de conversa fiada. Você precisa ir embora daqui. Vá até a fronteira e não se deixe capturar. — Ele virou-se para a cama. — Rosenharte, você também. Você conseguiu que sua cunhada fosse embora, agora saia da RDA e garanta que Ulrike vá com você.

Ele começou a protestar sobre Konrad.

— Esqueça o raio do seu irmão. Você precisa ir embora. — Ele estava vasculhando o quarto, jogando para eles cada peça de roupa que achava. Seu rosto estava branco de medo e não havia dúvida de que estivera bebendo. Ele parou como se tivesse notado pela primeira vez o revólver que trazia na mão. — Se eu fosse minimamente sensato, enfiaria uma bala na sua cabeça agora. Mas estou lhe dando esta chance porque você está com Ulrike. — Ele foi até a porta e falou diretamente com ela. — Ainda não há ninguém vigiando a casa, mas logo haverá. Saiam pela janela dos fundos pela qual eu entrei. Se eu não vir vocês partindo em cinco minutos, vou voltar e matar os dois.

Ele desapareceu na escuridão do corredor. Alguns segundos depois eles o ouviram abrindo a janela na sala de estar. Ulrike começou a encher uma mochila com seus pertences, enquanto Rosenharte foi buscar seu casaco e pulôver na sala.

— O carro está na casa de Kurt — gritou de lá.

— Ótimo. Não haverá perigo de eles nos seguirem daqui. Vá até a cozinha e ponha toda a comida que encontrar na sacola de compras. Macarrão, ovos, óleo, velas, qualquer coisa. Vamos precisar se tivermos que ficar escondidos.

Ele virou a caixa de papelão onde ela guardava a maioria dos mantimentos numa sacola grande de pano com listras vermelhas e brancas e acrescentou uma frigideira, uma panela grande, lanterna, xícaras, facas, uma bisnaga de pão que estava sobre a mesa e todas as bebidas alcoólicas que encontrou.

Ulrike apareceu na cozinha trazendo os lençóis de sua cama e colocou-os numa bacia de plástico. Enquanto a enchia sob a torneira, ela foi buscar o cinzeiro e os copos da sala. Rosenharte compreendeu que ela estava eliminando todos os traços de sua presença ali. Ela olhou ao redor da sala uma última vez antes de apagar as luzes, jogou a mochila pela janela e pulou para o jardim. Rosenharte seguiu-a com a sacola. Então ela se virou, limpou o barro que Biermeier deixara no patamar da janela com a manga da jaqueta e fechou a janela.

Não muito longe da casa chegaram a uma entrada que dava para uma rua paralela à dela. Ela disse para Rosenharte ficar esperando enquanto ela ia buscar o carro, pegou as chaves com ele, pôs o capuz da jaqueta e o deixou com as sacolas atrás de uns arbustos. Ele acendeu um cigarro e começou a pensar nas implicações do aparecimento de Biermeier no apartamento. Sem dúvida, Biermeier estava envolvido com Ulrike na passagem de informações sobre Abu Jamal para o Ocidente. Sua presença desde o começo do caso significava que ele não apenas o sancionara como era um dos principais responsáveis. Rosenharte lembrou-se do hotel em Trieste e se deu conta de que quando Biermeier checou o microfone e o transmissor, ele os sabotou. Foi por isso que ninguém ouviu o polonês pronunciar o nome em seus últimos momentos de vida. O transmissor estava quebrado antes de cair na água porque Biermeier havia achado que Rosenharte entregaria tudo em seu primeiro encontro com a substituta de Annalise.

Quanto mais do que ocorrera nas últimas semanas podia ser explicado pelo envolvimento dele? Estaria ele trabalhando com os ingleses? Como os dois poloneses entravam na história? Ele estava sozinho nisso, ou Schwarzmeer também estaria envolvido?

No centro do mistério estava Ulrike. Mesmo nos momentos mais ternos e abertos quando estavam fazendo amor na noite anterior, ele sentiu que ela ainda mantinha uma reserva. Num dado momento ela olhara em seus olhos com o mais estranho temor, como se tivesse visto o precipício em cuja direção estavam seguindo, mas não pudesse — ou não quisesse — adverti-lo. Agora ele compreendia por que o assecla de Biermeier havia estado do lado de fora da casa dela e como ela sabia que o museu em Dresden ignoraria suas faltas. Biermeier com certeza havia contado a ela sobre o arranjo com o diretor do museu antes que Zank o desmontasse. Isso significava que ela estava informada sobre os menores detalhes da operação, o que implicava um envolvimento de fato muito profundo.

Ele agora entendia o padrão por trás das suspeitas de Zank. Em todo lugar que Biermeier ia Zank ia atrás, conferindo o hotel em Trieste, acompanhando-o no encontro com Mielke na Normannenstrasse, rastreando seus movimentos em Leipzig. Lembrou-se do olhar enfastiado que Biermeier arriscara na Normannenstrasse e, na manhã seguinte, do desgosto que mal se dera ao trabalho de disfarçar quando saíam da Hohenschönhausen. Talvez algum tipo de disputa estivesse ocorrendo na Stasi entre as forças de uma decência mínima representadas por Biermeier e o fanatismo implacável de Zank. Ele sabia, pelo tempo que passara lá, que uns poucos agentes mantinham uma espécie de honra e não consideravam o juramento de adesão ao Ministério para a Segurança do Estado um dogma sagrado. Biermeier, embora um canalha disposto a embolsar dinheiro alheio, talvez fosse um dos poucos que, quando confrontado com o horror dos planos de Abu Jamal, decidira fazer alguma coisa. O que quer que sentisse pessoalmente quanto ao homem, não pôde deixar de admirar sua coragem e seu planejamento. Ainda assim, o fato era que Biermeier e Ulrike o haviam usado implacavelmente, bem como a Konrad. Se Zank realmente começasse a perceber todas as conexões, Konrad passaria a correr um risco terrível.

Ele esperou quase três quartos de hora sob os arbustos pingando e já estava começando a se perguntar se ela iria voltar, quando o pequeno Wartburg bege surgiu na entrada com seus limpadores de pára-brisa funcionando furiosamente.

Ela escancarou a porta do passageiro e gritou:

— Tive de pegar suas coisas no apartamento de Kurt. Ele demorou uma eternidade para acordar.

Ele jogou a bagagem no banco de trás e entrou no carro.

— Para onde vamos? — perguntou ela.

— Você tem um mapa?

Ela tirou um mapa dobrado com as pontas cheias de orelhas de debaixo do banco do motorista e entregou-lhe. A escala era muito pequena para encontrar a fazenda, mas ele tinha uma boa noção de onde era.

— Vá para o sudoeste. Use vias secundárias.

— Tem certeza de que esse lugar vai ser seguro?

— Nenhum lugar será, mas se nos mantivermos em movimento e tivermos um pouco de sorte, acho que estaremos a salvo. — Ele a observou e decidiu esperar até que estivessem fora de Leipzig para fazer as perguntas para as quais precisava desesperadamente de respostas. Tirou o rádio de sua sacola para ouvir as notícias numa estação da Alemanha Ocidental. A manifestação de Leipzig era a principal notícia, embora a explicação do porquê do exército não ter sido usado contra os manifestantes fosse muito confusa. Um informe dizia que Egon Krenz pegara um avião para a cidade, enquanto outro mencionava um oficial renegado do exército do povo que se recusara a ordenar que suas tropas atirassem. A RDA, ao que parecia, decidira fazer da moderação uma virtude, quando ficara claro que nem suas próprias tropas nem os russos estavam preparados para atirar em civis desarmados que faziam orações pela paz.

Ouviram o resto das notícias que pareciam de um mundo muito longínquo. Um homem chamado David Dinkens era o favorito a se tornar o primeiro prefeito negro de Nova York; a morte de homens de uma banda militar pelo IRA na Inglaterra duas semanas antes estava sendo tida como o presságio de uma nova onda de ataques; e a agência de notícias soviética Tass informara que óvnis tinham sido vistos pairando sobre a Rússia pela terceira vez naquele mês.

— Agora sabemos de onde Gorbachev veio — disse Ulrike. Seus olhos deixaram a estrada por um segundo. — Suponho que você queira uma explicação.

— Não perca seu tempo — disse ele incisivamente. — A menos que você diga a verdade sobre tudo.

— Eu não podia dizer a você sobre Biermeier antes. Seria muito perigoso para ele.

— Para ele, sim. Mas quanto ao meu irmão? Você não achou que tinha a obrigação de me manter informado sobre tudo para que eu pudesse tomar minhas próprias decisões?

— Que bem isso teria feito? Você teria reagido de forma diferente em relação a Biermeier se soubesse de meu envolvimento com ele. Zank teria percebido em seus olhos. Do jeito que foi, você se manteve hostil e o desprezando. Era disso que precisávamos.

— Há quanto tempo isso está acontecendo, essa operação particular para expor o uso de Abu Jamal pela Stasi? Foi idéia de Biermeier?

Ela assentiu.

— Há quase dois anos. Desde que ele começou a fazer tratamento médico em Leipzig. Biermeier me arranjou o serviço. Tinha posto alguém próximo a Misha e precisava de alguém junto a Abu Jamal.

— Biermeier arranjou para você ser a amante de Abu Jamal em Leipzig?

— Na prática, sim, embora o que eu disse ontem à noite seja verdade. Ele é incapaz de amor físico. Não tem desejo de nada, a não ser de destruição. Ele quer deixar sua marca no mundo causando muitas, muitas mortes. O Partido não tinha idéia do que ele estava fazendo... da dimensão do que ele e Misha planejaram, embora fosse a máquina do Partido, o dinheiro *dele*, a inspiração *dele*, que possibilitava tudo. Biermeier escreveu um memorando para Schwarzmeer e nada conseguiu. Disseram-lhe que aquilo não era da conta dele e que ele estava exagerando a dimensão das ambições do árabe. Então, ele decidiu obter provas das quais ninguém pudesse duvidar, e começou a espionar Misha e Abu Jamal. A princípio, ele não tinha a menor intenção de mandar essas informações para o Ocidente; você conhece Biermeier, ele preferiria cortar a mão a ajudar os capitalistas. Quando conseguiu as provas, ele fez com que elas entrassem na cadeia de informações de modo que parecesse que era outra pessoa que estava fazendo as alegações. Ele é muito astuto. É por isso que está durando tanto tempo. Mas ainda assim nada aconteceu. Não houve reação alguma. Isso foi na primavera. Então ele... não, *nós* decidimos que só havia um jeito de deter o árabe. Em maio começamos a planejar como faríamos.

— Qual era objetivo do uso de Abu Jamal por Misha? Por que a RDA queria provocar tamanha devastação e caos? Nenhum outro Estado comunista planejou nada assim.

— Essa é uma questão interessante. Pensei muito sobre isso porque, bem, eu sou socialista e não conseguia entender por que um regime socialista se envolveria com um homem assim. No fim, cheguei à conclusão de que isso tem algo a ver com nossa inferioridade tecnológica, a certeza de que o Ocidente está dando saltos para a frente e que nós estamos ficando para trás. As operações que o árabe articulava com certeza causariam uma séria crise, em particular pelos atentados terem sido planejados para tão perto um do outro. Curiosamente, eu acho que isso demonstra uma sensação de pânico na liderança.

— Talvez. Quando vocês pensaram em me usar?

— Mais tarde. No começo de junho. — Ela fez um gesto com a boca indicando que queria uma tragada do cigarro dele. Ele o segurou para ela, e ela soltou a fumaça, depois começou a tossir.

— Você precisa dar uma olhada nessa tosse. Não parece muito bem.

— Eu já lhe disse: é a poluição. De qualquer modo, queríamos alguém que pudesse vir a Leipzig legitimamente. Biermeier fez algumas pesquisas depois que sugeri o seu nome e descobriu que você tinha um passado muito interessante.

— Você quer dizer que ele olhou os arquivos sobre mim na Stasi?

— Não conseguiu obter todos. Só o que dizia que você havia estado no HVA. O resto está em alguma seção ultra-secreta. Perguntamo-nos o porquê disso.

Rosenharte jogou o cigarro pela janela.

— Então vocês deviam saber sobre Konrad; sabiam que eu tinha um irmão que já tinha sido preso.

Ela balançou a cabeça.

— Só quando ele foi preso.

Ele riu com amargura e desviou o olhar.

— Você mentiu sobre isso também. Você me disse que a primeira vez que ouvira falar sobre ele foi quando alguém perguntou se o cineasta Konrad Rosenharte era meu irmão. Você me contou uma mentira deliberada. Quanta vaidade!

— Vaidade?

— Sim, a minha vaidade! Aqui estava eu, achando que você me havia me escolhido porque gostava da minha aparência. Na realidade, fico satisfeito que isso não seja verdade, porque me faria sentir duplamente mal quanto a Konrad.

Ela apertou as mãos no volante.

— Rudi, quero que você saiba que eu realmente sinto muito. Gostaria de poder fazer alguma coisa para mudar o que aconteceu. Sinto-me mal, muito mal quanto a isso.

Rosenharte não estava ouvindo. Viu a aparência exausta, sem vida de seu irmão na ala hospitalar da Hohenschönhausen — a imagem que ficara gravada em sua mente quando ele olhara para trás ao sair da sala. Faltavam só mais quatro dias para eles entrarem na prisão com os documentos falsos de Vladimir, e pela milésima vez ele rezou para que Konnie conseguisse agüentar até lá.

Ulrike sabia o que ele estava pensando.

— Farei tudo o que puder para ajudá-lo agora — disse ela.

Na fria claridade do dia, ele percebeu que não podia confiar-lhe a ela o plano. Agora que estavam fugindo, com Zank não muito longe deles, quanto menos ela soubesse, melhor. Não podia arriscar que ela caísse nas mãos de Zank com esse conhecimento. Mudou de assunto.

— E os dois poloneses, como eles se encaixam nisso?

— Não sabíamos quem eles eram. O homem em Trieste quase arruinou nossos planos. Não conseguimos descobrir.

— Você viu o segundo homem, o alto que estava do lado de fora do café. Já o havia visto antes?

— Não, nunca.

— Você já sabia que ele era polonês?

— Não, apenas fiquei intrigada com alguém que mostrava tanto interesse em você. E então você negou ter qualquer noção de quem ele fosse.

Apenas uma outra solução ocorria a Rosenharte. Os poloneses de alguma forma eram conectados a Vladimir. Embora Vladimir tivesse insistido que nada sabia sobre a operação em Trieste, Rosenharte agora estava inclinado a não acreditar nisso. Quanto mais ele pensava em Vladimir, mais bizarros pareciam seus motivos. A pequena homilia que fizera sobre a cooperação entre o Leste e o Oeste contra o terrorismo não explicava por que exatamente a KGB olhara para o outro lado quando o Ocidente pegara Abu Jamal. Só o que parecia lhe importar era saber os detalhes do plano para poder informá-los aos seus superiores. Uma idéia insólita subitamente lhe passou pela cabeça.

— Biermeier está trabalhando para a KGB?

Ela pareceu genuinamente surpresa.

— Ele não gosta nem um pouco mais dos russos do que dos americanos. O pai dele foi morto por eles na defesa de Berlim.

— E você tem certeza de que ele lhe disse tudo?

— Sim. O ponto principal, o aspecto brilhante do plano de Biermeier era deixar o Ocidente fazer todo o serviço sujo para ele. Não haveria necessidade de envolver os russos.

Tinham viajado cerca de trinta quilômetros sob os amplos céus da Saxônia e passado por vários caminhões militares que iam na mesma direção, mas agora quase não havia movimento na estrada. A zona rural plana e monótona parecia já ter se resignado ao inverno. A cerca de cinqüenta quilômetros de Leipzig eles pararam para encher o tanque e compraram dois cafés de um homem com um bigode gaulês que, ao ver que a placa era de Leipzig, ficou curioso de ouvir notícias da cidade. Não, respondeu Ulrike: com todos os rumores de violência, eles haviam ficado bem longe das manifestações. O homem cumprimentou-os pelo bom senso. Havia muitos arruaceiros no país e seria uma boa coisa se todos eles fossem postos em trens e mandados embora da RDA.

— A velha solução — disse Rosenharte, sem que o homem notasse seu tom ácido.

Ele pegou o volante e depois de ziguezaguear pelo campo e tentar várias estradinhas, eles acharam uma entrada que parecia promissora, pois havia marcas recentes de pneus de caminhões grandes. Ele fez o Wartburg avançar cautelosamente por uma área com vegetação rasteira, vidoeiros e cerejeiras silvestres. Vários coelhos cruzaram na frente deles, e Ulrike deu um grito ao ver a traseira branca de um veado aparecer por um instante em meio aos arbustos. A picada à frente deles subiu gradualmente para um morro cercado de árvores. Viraram para a direita, depois para a esquerda, e viram parte de um telhado de madeira, quando então ele parou e manobrou o carro de forma a deixá-lo virado para a direção de onde tinham vindo. Saíram do carro e chegaram ao topo do monte entre as árvores, parando várias vezes para escutar antes de chegar a uma clareira de relva morta em frente de uma casa de fazenda. Uma cerca de madeira ficava em volta desse espaço, e no lado sul havia um portão enferrujado, pendendo para o lado de dentro do quintal preso por uma só dobradiça. Pelas marcas de pneus e pela grama achatada era possível ver que vários veículos tinham estado ali. Rosenharte percorreu três quartos de um círculo para ver os caminhos que levavam à fazenda. Vinham de quatro direções, um deles de uma floresta de faias que fazia fronteira com a fazenda no sudoeste. O aspecto importante era que cada rota ficava escondida das outras. Se ficassem vigilantes, teriam uma chance muito grande de escapar se fossem encurralados ali.

A casa propriamente dita estava em piores condições do que Rosenharte se lembrava de sua visita noturna. As janelas estavam podres e o teto parecia a ponto de desabar em um ou dois pontos. Eles entraram abrindo o trinco com o canivete dele. Havia sinais não só da ocupação recente pelo pessoal de Harland, mas também de uma anterior. Alguém morara ali até um ou dois anos atrás, a julgar pelos velhos pacotes de comida nas estantes que claramente tinham sido mexidos por ratos. Eles tiraram a comida e alguns outros itens do carro, que em seguida esconderam atrás de alguns arbustos bem perto da estradinha que levava à floresta de faias. Não havia chovido naquela região e Rosenharte sugeriu que preparassem a refeição ao ar livre em vez de usar o fogão dentro da casa. Desse modo ele poderia ficar de olho na quantidade de fumaça que estariam produzindo. Acenderam um fogo usando gravetos secos que encontraram ao lado da casa e sentaram-se juntos num velho banco, dividindo uma garrafa de cerveja e devorando o conteúdo de várias latas de comida, que aqueceram nas panelas. Rosenharte dispersou a fumaça abanando-a com um pedaço de madeira.

Ele sabia muito bem que Ulrike ainda estava escondendo um monte de coisas dele, mas, a menos que isso tivesse uma relevância direta para Konrad, ele não estava interessado. A única coisa que importava agora era pegar os documentos com Vladimir, ir até Berlim e entregá-los para os ingleses. Ele tocou-a no ombro, depois pegou seu queixo e fez com que ela olhasse para ele.

— Estou numa posição delicada — disse a ela. — Apaixonei-me por alguém que mentiu para mim sobre a coisa mais importante da minha vida. — Parou e olhou em seus olhos, tentando ir até o fundo das mentiras dela. — Minta de novo para mim quanto a isso, Ulrike, e eu não responderei pelas minhas ações. Se há alguma coisa que você sabe que é relevante para Konrad, quero ouvir agora.

Ela balançou a cabeça e disse que não havia mais nada. Um ou dois minutos de silêncio se seguiram, e então ela apontou para um pequeno pássaro rosa que havia se projetado da mata rasteira na base da colina e se empoleirara numa aveleira ali perto.

— Um pintarroxo-carmíneo macho — disse ele. — Vai voar todo o caminho sobre a Ucrânia e o Irã até a Índia nas próximas semanas.

— Você vai migrar na outra direção.

— Quero que você venha comigo.

— Um dia, talvez, quando não houver mais restrições às viagens. Mas eu vou ficar aqui. Quero ver até o fim. Ontem à noite foi só o começo. Temos de manter a pressão.

— Mas, Ulrike, você está fugindo. Não por uma transgressão menor, mas por espionagem. Isso implica pena de morte. Espiões não chegam nem mesmo ao tribunal. Depois de surrá-la e conseguirem tudo o que quiserem de você, vão matá-la. A última coisa que você vai sentir é o cano da arma atrás de sua orelha. Uma fração de segundo depois uma bala entrará em seu cérebro. Então cremarão seu corpo e jogarão as cinzas pelo ralo. Você será eliminada, não será mais nem mesmo execrada pelo Estado.

— Pare, Rudi.

— Para você, uma informante em quem confiavam e ex-agente da Stasi, eles reservarão o tratamento mais brutal. Porque você não traiu apenas a RDA, mas o Estado dentro do Estado, o Ministério para a Segurança do Estado.

Ela estava nervosa e suas bochechas estavam vermelhas.

— Você parece não ter entendido o que aconteceu na noite passada. É o começo do fim. As pessoas vão se manifestar em toda a RDA porque não é só em Leipzig que odeiam o sistema. Há grupos surgindo em todas as cidades. Temos contatos com eles.

— Se isso é verdade, é mais uma razão para você se manter em segurança até Honecker cair. Mas isso pode demorar meses, talvez anos. Venha comigo para o Ocidente quando eu libertar Konrad. Você será recebida como uma heroína agora que eles conseguiram pegar o árabe. Isso significa que vão lhe arranjar um apartamento e um emprego e que vão lhe dar dinheiro. Já fizeram isso com Else e as crianças. — Ele pegou sua carteira e mostrou-lhe a fotografia que Harland lhe dera.

— Os filhos parecem com você.

— Nenhuma surpresa nisso. Konrad e eu somos idênticos. Bom, nós *éramos* idênticos. Ele perdeu peso e parece mais velho do que eu agora. Mas vamos conseguir o melhor tratamento para ele, e quem sabe não conseguimos fazê-lo voltar a ser como era antes? — Ele estava consciente da emoção em sua voz e desviou os olhos.

Começou a chover. Eles entraram na casa e beberam cerveja na mesa, observando a chuva pela porta aberta e conversando com uma familiaridade que surpreendeu a ambos.

Mais tarde, Rosenharte notou uns cilindros de gás num canto da cozinha, procurou o fogão correspondente, mas não encontrou nada. Ele mexeu num velho fogão de ferro forjado para ver se conseguia fazê-lo funcionar quando a noite caísse sem que a fumaça fosse vista. Ambos ficaram atentos para as trilhas e a estrada no campo ao norte deles. Havia pouquíssimo movimento naquela estrada, e nos campos, nenhum sinal de atividade. Estavam sozinhos e poderiam ficar sem ser detectados ainda por alguns dias. Ele sabia que teria de sair do esconderijo para ligar para Vladimir e Harland, mas no momento não havia necessidade de se moverem dali. Quando o sol saiu e lhes proporcionou uma cálida tarde de outono, eles se sentaram na frente da casa e ele esculpiu a ponta de um galho de aveleira num pássaro tosco, que deu a ela.

A casa de fazenda em que estavam ainda tinha eletricidade, mas toda a fiação tinha sido roubada, junto com o colchão da cama, as pias e as privadas. Até mesmo as torneiras tinham sido levadas e os canos haviam sido lacrados. Mas lá fora saía água de uma bica, e eles a usaram para fazer uma refeição de macarrão com molho de queijo e cogumelos que ela secara e conservara numa lata velha. Beberam uma das duas garrafas de vinho que tinham e brindaram aos eventos recentes. Ela sentou-se na cama que haviam improvisado, que consistia sobretudo no saco de dormir de Rosenharte e algumas roupas, e começou a se despir sob a luz da portinhola do fogão aberta. Rosenharte ficou olhando, então fez o mesmo, ajoelhou-se e abraçou-a, vendo de novo a expressão de maravilhamento misturada com incerteza nos olhos dela.

Dormiram até a meia-noite, quando ambos acordaram com o som de um telefone — não a campainha à qual estavam acostumados, mas um ruído eletrônico que vinha de debaixo da escada. Rosenharte pôs a calça e foi investigar com a lanterna. Encontrou um pesado telefone branco num armário sob a escada, pegou o fone e escutou.

— É o Príncipe?

— Sim. — Rosenharte reconheceu a voz de Harland.

— Fico contente que você tenha achado o aparelho. As novidades são muito boas. O pacote mostrou-se ainda melhor que o esperado. Estamos muito satisfeitos. Tudo está certo para sexta-feira. Devido à informação de alto nível que agora temos, gostaríamos de nos certificar de que Kafka venha com você. Não é mais seguro para ninguém conectado a esse negócio permanecer *in situ*. Durante a remoção fomos perturbados por certos grupos e acreditamos que a situação agora é extremamente volátil. Você entende o que estou dizendo? Kafka precisa vir com você.

— Sabemos sobre o problema. Por isso estamos aqui.

— Fico contente que vocês tenham agido. Nossa impressão é que tudo já era. Os grupos que nos perturbaram vão entender todas as implicações. Vão fazer um retrospecto e relacionar as coisas.

— Compreendido.

— Portanto, nos encontraremos no lugar especificado por você no dia especificado. Se você não aparecer, consideraremos que não acontecerá.

— De acordo — disse Rosenharte.

— Passe nossos cumprimentos e agradecimentos a Kafka.

Antes de desligar, Rosenharte perguntou se podia usar o telefone, e em caso afirmativo, quais os códigos para ligar para um número na RDA. Depois de lhe dar instruções básicas e os códigos, Harland disse:

— Não é recomendável para ligações domésticas. Mas use-o se não houver outro meio disponível. Mantenha as ligações breves e não use continuamente o telefone no mesmo local, a menos que esteja de partida. Gostaríamos de ter o aparelho de volta, de modo que se for humanamente possível traga-o em nosso encontro. Caso contrário, deixe onde o encontrou e nós o pegaremos quando for oportuno.

Rosenharte pôs o fone no gancho e escreveu os códigos no dorso da mão.

28
Uma Ligação para a Polônia

Levantaram-se cedo na manhã seguinte, doloridos, com frio e impacientes um com o outro. Ambos estavam loucos por um banho. Rosenharte não se barbeava fazia dois dias, e a barba por fazer era visível em seu queixo. Ele fez uma beberagem com caldo de carne para Ulrike, que se encolheu na mesa para escapar das correntes de ar, soprando o vapor da xícara.

— Faça a ligação, depois devíamos ir embora — disse ela.

— O telefone tem bateria, de modo que podemos usá-lo onde quisermos.

— Por que não fazê-la antes de irmos? Vai poupá-lo de ter de montar o aparelho de novo.

— Se é o que você acha — disse ele de mau humor e saiu para fumar um cigarro.

Voltou cinco minutos depois.

— Você não pode ficar na RDA. Foi isso que Harland disse na noite passada. Você precisa vir comigo.

Ela lançou-lhe um olhar encurralado e pôs a xícara na mesa.

— Durante todos esses anos eu trabalhei e planejei, menti e arrisquei minha liberdade pelo que está acontecendo. Preciso estar aqui.

— Vamos ver o que você dirá depois de um ou dois dias de vida difícil.

— Não seja estúpido. Não se trata do meu conforto. — Ela se virou de costas para ele e olhou para a paisagem ainda cinza que parecia ter sido pintada em aguadas de aquarela.

— Se você ficar, posso lhe dar dinheiro, o que fará as coisas mais fáceis para você — disse ele após alguns minutos. — Talvez haja uma razão para você ficar que eu não compreenda, mas acho que você devia vir. E essa é a última coisa que vou falar sobre o assunto.

Depois de um silêncio, ela ergueu a mão.

— Rudi... desculpe. De manhã eu sou meio impossível.

Ele assentiu.

Esperaram até as 10 horas para fazer a ligação para a Polônia. Após ensaiar o procedimento e ler a carta que fora deixada com Else pelo segundo polonês, ele discou o número e conseguiu completar a ligação logo na primeira vez. Uma voz de homem atendeu. Rosenharte perguntou se era Leszek Grycko.

A voz polonesa reconheceu o nome e emitiu o que parecia uma lista de instruções.

— Você fala alemão? Aqui é Rudi Rosenharte. Ro-sen-harte.

Largaram o fone por alguns segundos, depois o pegaram de novo, dessa vez uma mulher jovem com uma voz aguda e um tom de pânico, desesperada por se fazer entender, mas que também não falava alemão. Rosenharte ergueu os olhos para o teto e disse:

— Mais tarde, ligarei mais tarde. — E desligou. — Estranho ele ter deixado esse número em que ninguém fala alemão. Acho que não é importante, mas me interessa porque esses dois homens fizeram um enorme esforço para entrar em contato com Konrad e comigo. Quando Zank me fez perguntas em meu escritório, ele disse que o homem que morreu em Trieste era integrante do serviço secreto polonês. Você acha que Biermeier tem alguma coisa a ver com isso? Eles não poderiam estar trabalhando para ele sem você saber?

— Não, ele receou que o homem fosse arruinar toda a operação em Trieste. Os outros membros da equipe da Stasi, que não estavam envolvidos em tudo isso, queriam desistir após a morte porque havia coisas demais que eles não estavam entendendo.

— Franciscek Grycko morreu de um ataque do coração.

— Logo tudo ficará claro, sem dúvida. — Ela começou a catar as coisas espalhadas no chão para colocá-las nas duas sacolas que tinham trazido do carro. Rosenharte voltou ao telefone e discou o número de Vladimir como fora instruído, usando um código como se estivesse telefonando de fora do país. Vladimir atendeu e disse sem mais:

— Sim?

— Sou eu, Rudi. Você recebeu minha mensagem de que tudo estava acontecendo na noite de segunda-feira? Tudo se passou conforme planejado.

— Sim — disse ele cautelosamente.

— Tudo está pronto para a data que discutimos. Você tem os papéis que eu pedi?

— Que tipo de telefone você está usando? Soa diferente.

Rosenharte leu o nome Inmarsat.

— Não devíamos falar nesse telefone.

— Você conseguiu o material que eu pedi?

Vladimir hesitou.

— Pode haver um problema. Ligue-me mais tarde de um telefone comum. Não posso falar agora.

— Que tipo de problema?

— Não posso dizer porque não sei.

— Mas nós *vamos* seguir adiante. Tudo está em ordem da sua parte?

— Não agora. Ligue-me mais tarde. — Houve um clique quando ele desligou.

Rosenharte pôs o fone no gancho sentindo-se inquieto, mas decidiu atribuir o comportamento de Vladimir à cautela rotineira. Desligou o telefone da tomada e seguiu os fios para os fundos da casa, onde havia uma pequena antena parabólica. Removeu-a, enrolou os fios e pôs o telefone em cima das grandes sacolas. Ulrike estava olhando fixamente pela janela.

— O que foi? — perguntou ele.

— Não me lembro de mais que um par de carros passando por aquela estrada ontem, mas acabei de ver uma van e três carros passarem um minuto atrás. — Fez um gesto para ele. — E há um veículo estacionado perto daquelas árvores, ou estou vendo coisas na neblina?

Rosenharte julgou estar vendo ali a capota de um caminhão, mas não tinha certeza.

— Vamos, vamos embora daqui.

Quando ia pegar uma das sacolas, uma idéia lhe ocorreu. Correu até o fogão e encheu a parte aberta da frente com os restos das madeiras do assoalho que quebrara para aquecê-los durante a noite. Usando um atiçador, levantou a chapa da parte de cima e deixou o fogo embaixo exposto. Em seguida, forçou um dos cilindros de gás pela abertura e apoiou o outro sobre uma borda de metal na frente do fogão, de forma que as chamas lambessem sua lateral.

Eles foram até os fundos da casa e forçaram uma porta, abrindo-a contra uma moita de amoreiras e aveleiras. Ele passou primeiro e empurrou a porta para trás para que ela pudesse segui-lo. O carro estava a cerca de duzentos metros, e eles teriam de cruzar um dos caminhos que levavam à casa de fazenda. Ulrike ficou presa nos espinheiros várias vezes e Rosenharte teve de voltar para soltá-la cortando os ramos com seu canivete. Quando passaram pela pior parte, ele a deixou e se esgueirou pelos arbustos até o caminho. Ali, esperou um pouco, ouvindo com atenção. Não havia ninguém. Ele fez um sinal para ela, eles atravessaram correndo o caminho e mergulharam numas samambaias mortas.

Ouviram um veículo movendo-se devagar no caminho.

Rosenharte praguejou e fez com que ela se abaixasse no mato.

— Não se mova enquanto eu não disser — sussurrou.

Ele vislumbrou o carro — um sedã preto com quatro homens dentro — e começou a rastejar através das árvores apoiado nos cotovelos, a cada parte do caminho que avançava pondo a sacola em que levava o telefone dentro na sua frente. Alcançou o terreno firme onde estacionara o Wartburg, abriu o porta-malas cuidadosamente e guardou a antena do telefone. Mais duas jornadas para trazer as sacolas se seguiram, depois ele trouxe Ulrike até o carro.

Estavam escondidos da casa, mas perto o bastante para ouvir os homens falando no ar parado da manhã. Um deles estava falando num rádio. Evidentemente estavam aguardando mais instruções antes de entrar na casa de fazenda. Ele viu a expressão amedrontada de Ulrike e tocou-a na bochecha para acalmá-la. Ela lhe deu um sorrisinho nervoso. Alguns minutos depois ouviram outros veículos chegando de diferentes direções. Ele rastejou até o lado do motorista, alcançou a maçaneta e, ainda se escondendo, tentou ver se conseguia abri-la sem fazer barulho. Houve um clique seguido por um chiado metálico da dobradiça. Ele ficou imóvel, uma das mãos segurando a porta, a outra aberta no chão. Ulrike fez uma careta e fechou os olhos.

Mas ninguém tinha ouvido. Os outros veículos estavam parando na base da colina e o som das portas sendo fechadas chegou até eles. Ele fez um sinal para que ela subisse para o banco do passageiro, então a seguiu e fechou delicadamente a porta.

Rosenharte puxou o afogador e pôs a mão na chave de partida. Nesse preciso momento duas poderosas explosões ocorreram em rápida sucessão, parecendo chacoalhar tudo o que havia em volta deles. As explosões reverberaram pela mata e os pássaros levantaram vôo, espalhando-se no céu. Ele ligou o motor e acelerou um pouco, mas em vez de investir para a frente, apontou o carro para a picada, deixando as rodas se encaixarem nos sulcos dos pneus sem quase fazer ruído.

Então pisou no acelerador e eles saíram a toda.

— Eles estão nos seguindo?

— Não consigo ver nada a não ser fumaça.

— Bem, pelo menos isso significa que eles não podem nos ver.

Em poucos segundos chegaram à cobertura perfeita da grande floresta e estavam avançando a toda pela estrada bem-conservada e coberta de frutos de faia que quebravam e estalavam quando passavam sobre elas. Um ou dois coletores de cogumelos estavam pela floresta, mas não viram mais ninguém nos vinte minutos seguintes, enquanto seguiam para o lugar que Rosenharte sabia que seria realmente o último em que a Stasi iria procurá-los.

29

Um Novo Traidor

Harland não participou do interrogatório de Abu Jamal. Uma equipe veio de Londres para a base militar a noventa quilômetros do quartel-general do BND em Munich-Pullach. Além dos agentes do SIS e do BND, a CIA apareceu com uma dúzia de especialistas em antiterrorismo e Oriente Médio para examinar minuciosamente os documentos trazidos da *villa*. Mas ele percebia com satisfação que o que fora amplamente descartado como sua operação desmiolada em Trieste já tinha produzido resultados importantes.

Dois homens haviam sido detidos, um em Viena e outro na Itália, e agora que já se sabia quem eram os principais contatos de Abu Jamal, as embaixadas de seis nações tinham sido alertadas em todo o Oriente Médio para prestar atenção especial às idas e vindas de missões da Alemanha Oriental e aos movimentos dos agentes da Stasi conhecidos. O prestígio de Harland estava alto em Londres e ele recebera uma correspondência do chefe do SIS parabenizando-o pelo seu "soberbo esforço" para neutralizar Abu Jamal. As comemorações, entretanto, eram contidas. O árabe não era mais uma ameaça, mas o tamanho, a sofisticação e as ambições de sua rede eram causa para alarme, particularmente porque tão pouco de todo o esquema tinha sido captado pelo radar da inteligência ocidental. A lição mais importante, definida por Costelloe numa análise instantânea, era que Misha Lomieko e os alemães orientais tinham inspirado os terroristas com técnicas e uma ousadia de visão que eram inteiramente novas. Esse conhecimento escapara no éter para sempre.

Sentindo-se triunfante, mas também supérfluo, Harland foi atrás de Griswald, que não vira mais desde que voltara de Leipzig. Achou-o no corredor de um dos prédios baixos de madeira lendo uma revista *Small Boat*, com o proverbial copo de café de Styrofoam.

— Ei, Bobby, foi uma operação maravilhosa. Linda, mesmo. Você deve estar bastante satisfeito consigo mesmo.

Harland assentiu com gratidão.

— Ele já está falando?

— Não muito, mas conseguimos a agenda de endereços dele, um ou dois passaportes falsos e, o mais importante, papéis relacionados a contas bancárias. Está tudo lá. Você já o viu?

— Não, mas esse é um dos motivos de eu ter vindo... e para pegar o meu laptop.

— Ah, eu não lhe falei que o deixei no caminhão? — disse Harland.

Griswald assentiu, indicando que sabia que aquilo era uma brincadeira.

— Sei, Bobby.

— Vou devolvê-lo antes de você voltar para Berlim. Vamos dar uma olhada no árabe sendo interrogado. Há uma janela de observação que podemos usar.

Abu Jamal enfrentava calmamente seus três interrogadores, as mãos juntas sobre a mesa, respondendo num tom afável e suave. Estava usando um boné de veludo preto e agia como se estivesse para ir embora a qualquer momento, olhando para o lugar em seu pulso onde um caro relógio estivera. Sua postura era negar qualquer conhecimento do homem chamado Abu Jamal, dizendo que nunca ouvira o nome, e ainda menos Mohammed Ubayd. Tudo aquilo era um caso de equívoco de identidade pelo qual o Ocidente iria pagar caro. A cada dez minutos, mais ou menos, exigia ser levado de volta à Alemanha Oriental.

— Ele está ganhando tempo — disse Harland, enquanto observavam pelo espelho de um lado só. — Ele não sabe que pegamos seus segredos, então acha que está dando aos alemães orientais todo o tempo que consegue para que eles retirem o que há na *villa* e alertem o pessoal deles no exterior.

— Talvez — disse Griswald. — Mas quem pode dizer que eles sabiam tudo o que ele tramava? Achamos que nem mesmo Misha sabia de tudo. É isso que faz de Abu Jamal uma presa tão infernalmente importante.

— Por que você diz que Misha não sabia de tudo?

— Não é uma teoria minha, mas dos russos. Tivemos contatos formais com eles sobre esse assunto... mais do que o habitual. Havia suspeita de que eles talvez desenvolvessem as coisas quando recebemos informações deles. Estavam por dentro da situação e tinham uma estimativa muito boa dos planos de Abu Jamal. E ouça só isso: eles sabiam quando e onde vocês iam pegá-lo. Estavam sabendo desde antes e não informaram à Stasi. Assim, consideramos isso um sinal de boa-fé e tivemos uma conversinha ontem.

— E...? — Harland conhecia Griswald o bastante para saber que havia mais.

— E você vai me levar ao melhor restaurante de Londres se...

— De acordo, o que você quiser.

— Bem, achamos que o seu amigo Rosenharte contou tudo a eles.

— Faz sentido — disse Harland. — Ele conseguiu passes para a Hohenschönhausen para o sábado que só os russos poderiam fornecer. Então ele fez um acordo. Foi muito esperto da parte dele.

— Uma vez espião...

— Sempre um canalha em quem não se pode confiar — completou Harland.

— Há um homem da KGB em Dresden com o qual ele tem falado, e você está certo: eles o estão ajudando.

— Como você sabe disso? Os russos lhe contaram?

— Diferentemente de você, Bobby, fomos espertos para adivinhar.

— Você quer seu laptop de volta, Al? Porque do jeito que você está falando não parece. — Ele olhou para Griswald. — O que está acontecendo?

— Já faz alguns meses que têm ocorrido alguns contatos de alto nível com os soviéticos sobre terrorismo. Veja você, nos últimos 15 anos, nós temos vendido a idéia de que tudo de ruim que acontece no Oriente Médio é culpa dos soviéticos. Eles estão um tanto irritados com a reputação com que ficaram. Sob Gorbachev, decidiram mostrar que são mais brancos que o branco. Eles estão realmente ajudando agora.

Deram mais uma olhada para o árabe inclinado sobre a mesa e saíram do espaço fechado para o corredor.

— Vamos dar uma volta, Bobby. Preciso ver a luz do dia.

Saíram por uma porta guardada por dois militares armados dos EUA. Griswald cumprimentou-os.

— Há algum problema em ficarmos aqui fora por alguns minutos?

— Sem problemas, Sr. Griswald.

— Você é conhecido por aqui?

— Ocasionalmente temos assuntos que preferimos tratar longe de vocês. Sem querer ofender, mas todos nós temos nossos segredos. No entanto, porque você é quem é, Bobby, e eu gosto de você, vou lhe contar uma coisa interessante.

— O quê?

Griswald parou e enfiou as mãos nos bolsos do paletó.

— O outro lado tem alguém infiltrado aqui. Um agente graduado do BND está passando informes diretamente para Schwarzmeer.

— Meu Deus, qual?

— A mulher que está no interrogatório, a Dra. Lisl Voss.

— A principal analista deles! Por Deus!

— De fato.

— Eles sabem?

— Acabamos de lhes dizer. Foi o verdadeiro motivo de eu vir aqui, Bobby; não foi para ver suas gorduchas bochechas britânicas.

— Eles sabem o que planejamos para sábado?

— Não, acho que não.

— Ela sabe que Kafka e Príncipe ainda estão no Leste?

— Bom, esta é precisamente a questão relevante aqui. E é por isso que estou lhe contando isso *entre nous*. Detestaria vê-lo acabar na Hohenschönhausen justo quando está indo de vento em popa, Bobby. O BND não sabe o que vocês estão planejando em Berlim, de modo que não há risco real com a mulher Voss. Mas você pode usá-la em seu benefício e talvez ganhar um pouco de segurança a mais.

— Como?

— Bobby! Não me diga que não está entendendo. — Griswald se divertia ao perceber a hesitação de Harland no outro lado da linha. Sorriu. — É simples: deixaremos que ela saiba que as duas pessoas responsáveis pela operação contra Abu Jamal estão sendo trazidas para o Ocidente neste preciso momento. — Ele olhou Harland com uma expressão esquisita, boquiaberta, que tinha quando estava falando sério. — E não se iluda, depois que Zank o encontrou na *villa*, só uma questão de tempo até ele tirar todas as conclusões. Ele sabe que Kafka e Príncipe estão envolvidos nisso. Vai compreender que foi tudo uma só operação.

— Você está dizendo que ele sabe que toda aquela embromação em Trieste com Annalise e a remoção de Abu Jamal são uma só e a mesma coisa? Como ele poderia chegar a essa conclusão?

— Acredite em mim, ele chegou. A Stasi sabe que os disquetes são um embuste e que eles caíram num conto-do-vigário. — Ele pôs a mão no ombro de Harland. — Ainda assim, foi divertido enquanto durou, não? Você está numa maré de sorte e obteve permissão para ir a Berlim para tirar Konrad Rosenharte de lá. Não estrague tudo sendo pego. Não queremos ter de trocá-lo por Abu Jamal.

Harland olhou para um heliporto e uns pinheiros atrás dele.

— Deixe-me entender tudo isso direito. Lisl Voss está passando para eles tudo o que estamos descobrindo aqui. Credo! Tudo?

— Felizmente, ela esteve envolvida em apenas uma das partes do interrogatório... e só como observadora, para que pudesse fazer um relatório para o ministro das Relações Exteriores da Alemanha. Ela não sabe sobre os documentos que encontramos, bem como não sabe nada sobre os meios e métodos empregados na remoção. Então, o fato é que temos uma excelente oportunidade de confundir a RDA de várias maneiras, enquanto os alemães ocidentais estabelecem o caso contra ela com os grampos telefônicos e a vigilância habitual. É uma dádiva.

— E quem vai fazer isso?

— Você. Quando eles pararem para o almoço, você se junta a eles e casualmente faz com que saibam que Rosenharte e Kafka estão para chegar em segurança ao Ocidente. Não use nome nenhum. Apenas diga que as coisas funcionaram perfeitamente. Ela vai estar babando para fazer a ligação para seu contato para dizer à Stasi que o árabe não está falando. Ao mesmo tempo, vai passar a informação de que Rosenharte e Kafka não estão mais lá.

— Você não acha que isso vai prejudicar seriamente a situação do irmão dele na Hohenschönhausen?

— Escute, não posso lhe dizer como eles vão reagir, mas sei, com certeza, que você pode ajudar sua operação incomensuravelmente fazendo isso. A Stasi está um caos com todas essas manifestações. Ficarão gratos pelo fato do árabe não estar falando e por terem conseguido tempo para dar um jeito nas coisas e se distanciar de quaisquer repercussões possíveis.

— Por quanto tempo os alemães ocidentais vão deixar a Dra. Voss em paz?

— Isso cabe a eles decidir. Mas precisam obter as provas para tornar o processo criminal robusto. De modo que minha estimativa é que vão esperar uma ou duas semanas. — Ele parou e deu um soquinho no braço de Harland. — Vá nessa, camarada. Vou pegar minha carona para Berlim.

— Obrigado.

— Não há de quê.

— E quanto ao computador?

— Traga-o domingo. Lembre-se, brunch na minha casa.

— Até lá, então.

— E, Bobby, tome cuidado.

Harland entrou.

Quando ele chegou à sala da investigação, os agentes de inteligência reunidos já estavam comendo sanduíches e tomando café. O chefe da equipe do BND, um homem chamado Heinz Wittich, apresentou Harland a Voss como o cérebro da operação Samaritano. Harland sorriu modestamente e disse que a parte alemã da operação merecia elogios iguais por seu profissionalismo.

A Dra. Voss, uma morena com um coque bem-arrumado e um rosto direto e bonito, olhou-o com prazer.

— Sabemos que a cultura britânica dita a modéstia em todas as ocasiões, mas realmente o senhor devia aceitar nossos cumprimentos, Herr Harland. Foi algo excepcional o que conseguiu. — Voss era boa. Ele se perguntou há quanto tempo ela trabalhava para a Stasi e o que a levara a cair nas garras de Schhwarzmeer. Devia ser convicção ideológica, porque era evidente que ela não era nenhuma secretariazinha carente sem nada para fazer à noite. Voss era uma profissional atraente e segura de si, uma espiã de carreira que provavelmente fora posta lá pela Stasi nos anos 1960 ou 70.

Harland serviu-se de café e elogiou o tailleur dela, de tweed cinza e de bom corte. Ela agradeceu.

— Tenho de admitir — disse ele — que estou muito satisfeito com os últimos acontecimentos. Posso dizer que a dupla que nos ajudou do outro lado já está saindo de lá.

Heinz Wittich lançou-lhe um sorriso gélido. Claramente ele acabara de ser informado sobre a traição de Voss. Estava querendo que Harland não dissesse mais nada com um olhar firme cujo significado nenhum agente de inteligência poderia não compreender.

Harland o ignorou.

— Tiveram alguns percalços, mas tudo deu certo no fim. Estou voltando para Berlim esta tarde para comemorar.

— O senhor bem merece — disse ela num tom complacente.

Harland bebeu seu café.

— Obrigado. Na verdade, já compartilhei alguns conhaques com meu amigo Alan Griswald.

Diante da menção do nome de Griswald, um indício de compreensão passou pelos olhos de Wittich.

— Gostaria que tivéssemos umas cervejas aqui para brindá-lo pelo serviço magnífico — disse ele.

— E para brindar os amigos ausentes — disse Harland. — Em particular, brindar um diligente jovem coronel do Departamento Principal Três. Onde estaríamos sem ele, hein?

— Receio não saber a quem você está se referindo — disse Wittich, entrando no jogo com perfeição.

— Desculpe, não posso esclarecer mais, Heinz — disse Harland. Todo mundo sabia que ele estava se referindo a Zank. — Já falei mais do que devia.

— Você está entre amigos aqui — disse Wittich.

— Sim, mas mesmo nesses tempos de esperança convém manter a segurança operacional.

— Sem dúvida — disse a Dra. Lisl Voss, sem dar a menor indicação de que registrara a importância do que havia sido dito.

Rosenharte observou um melro limpar furiosamente o bico num galho, depois se endireitar e cantar por alguns breves momentos antes de mergulhar no ar.

Estavam no carro esperando escurecer. Ulrike observou-o observando o pássaro.

— Quando você começou a se interessar por pássaros?

— Quando éramos meninos, acho, mas foi só depois dos 40 anos que realmente passei a amá-los; seu desafio à gravidade, o mistério da migração e o súbito reaparecimento na primavera, como se tivessem ficado escondidos nas florestas durante todo o inverno. Eles me fascinam. Não são parte desta terra.

— Você disse quando *éramos meninos*, como se você sempre pensasse tudo junto com seu irmão.

— Suponho que seja assim. Meus interesses eram os de Konrad, e vice-versa. Até os 18 anos, foram muito poucas as coisas que não vivenciamos juntos; nada, na verdade, porque não tínhamos segredos um com o outro, nenhuma privacidade. Era por isso que tínhamos tanta vantagem em relação às outras crianças; nós compartilhávamos tudo, somávamos nosso conhecimento.

— Como ter um *alter ego*?

— Sim.

— Mas vocês devem ter tido brigas, como todas as crianças, não?

— Tivemos, mas intelectualmente Konrad sempre ganhava de mim, e quando eu ganhava, bem, ele normalmente fazia eu me sentir tão culpado que no fim eu acabava cedendo. — Ele sorriu e catou seus cigarros no painel. — Não devíamos partir? Está quase escuro.

Eles já tinham passado pela aldeia uma vez e notado que o telefone público perto da igreja ficava fora da visão de qualquer casa. Estacionaram do outro lado da igreja e Rosenharte foi até a cabine por uma viela sem iluminação pública. Discou o número, e disseram-lhe para aguardar. Depois de um tempo ele começou a se preocupar se teria dinheiro suficiente. Por fim, Vladimir atendeu.

— Estou falando de um telefone público — disse Rosenharte.

— Ótimo, isso é ótimo. Obrigado. — Sua voz estava diferente. Hesitante.

— Então foi tudo providenciado conforme combinamos?

— Há um problema — disse Vladimir.

— Que tipo de problema?

— Estava com a esperança de que você tivesse ficado sabendo antes que eu falasse com você, mas agora percebo que não havia como você saber.

— Do quê? Qual é o problema?

— Sinto muito que seja eu a lhe dizer isso, mas seu irmão morreu. Morreu de causas naturais, um ataque do coração, no dia seguinte ao que você o viu.

Rosenharte não conseguiu reagir.

— Rudi, você está aí?

Ele estava com os olhos fixos na torre da igreja, fazendo tudo o que podia para manter-se de pé.

— Sim, estou aqui — disse vagarosamente.

— Eles ocultaram de você porque queriam que você continuasse trabalhando para eles — continuou Vladimir, expondo os fatos num tom monocórdio. — Eles precisavam da terceira entrega. Parece que ele morreu depois de ter escrito aquela carta para você. Receio que seu irmão jamais tenha visto a carta que você mandou para ele. Rudi, posso imaginar o que você deve estar sentindo, mas preciso que você ouça o resto do que tenho a dizer. Eles planejam usar isso contra você. Sabem que você está fugindo e vão usar...

— Como? — ouviu-se dizendo Rudi. — O que eles podem fazer?

— Eles planejam dizer que você matou seu irmão para casar com a mulher dele. Desse modo podem usar a sua fotografia nos jornais e encorajar as pessoas a entregá-lo. Estão com muita raiva por causa do que aconteceu em Leipzig e mais ainda por terem sido enganados com aqueles disquetes. Ouça bem o que estou dizendo: você precisa cruzar a fronteira esta noite. Você precisa ir embora.

Alguma parte de Rosenharte compreendeu que Vladimir precisava que ele fugisse. Se fosse pego, não havia dúvida de que ele acabaria revelando que Vladimir estava informado sobre seu plano de libertar Konrad. Isso poderia ser o fim da carreira do russo. Mas, considerando o quanto estava implicado, o tom de Vladimir não deixava de ser solidário.

— Você compreendeu o que eu lhe disse?

— Sim. — Ele teve de se esforçar para manter a voz normal. — O que aconteceu com o corpo? Onde eles o enterraram? — De repente, isso era muito importante.

Vladimir pigarreou.

— Rudi, receio que tenham cremado seu irmão alguns dias depois. Dizem que tentaram contatar a esposa dele, mas que ela já tinha fugido para o Ocidente. Não vejo por que não acreditar nisso.

A parte racional de Rosenharte estava funcionando, como um animal ferido ainda agindo por causa da adrenalina.

— Então, não há prova de que ele foi morto por eles?

— Definitiva, não. Mas eu acredito na minha fonte quanto a isso. Sempre foi confiável. — Ele parou. — Sinto muito. De verdade, minhas mais sinceras condolências.

Rosenharte murmurou alguma coisa e Vladimir disse adeus; o aperto em sua garganta era audível. A linha caiu. Ele se agachou ainda segurando o fone, então largou-se completamente, caindo no interior da cabine. Não tinha noção de nada, a não ser do inimaginável vazio que se abrira nele e também, ele sentiu vividamente, em volta dele. A presença que existira junto a ele por toda a sua vida tinha ido embora, e com ela o contexto do seu ser. Seus parâmetros, súbita e catastroficamente, haviam desaparecido. Ele não sabia mais onde estava nem por que estava ali.

Começou a chover, uma garoa fina de montanha, e seu olhar acabou se fixando no halo de luz em torno de uma luminária solitária uns cinqüenta metros adiante na rua. Ele não via razão para se levantar e correr para se proteger, mas Ulrike agora estava na sua frente, puxando seus braços, insistindo para que ele ficasse de pé.

— Qual é o problema? — ficava perguntando. — O que aconteceu com você?

Ele ficou de pé e descobriu uma calma estranha, autônoma.

— Konrad está morto. Mataram-no de um jeito ou de outro; intencionalmente ou por negligência, não sei qual. Vladimir acabou de me dizer.

— Ah, meu pobre amor. — Ela abrigou a cabeça dele em seu peito. Ele consentiu, mas por muito pouco tempo antes de se endireitar, afastar-se dela e ir até a porta de ferro da igreja para ficar sozinho.

30
Fotografias de Família

Ele ficou bêbado com a garrafa de Goldi que ela pusera no banco de trás do carro, falando sem parar porque assim não precisava pensar. A fala era automática, uma livre associação de histórias de sua meninice sobre a escola, o esconderijo deles no lago, as primeiras meninas que conheceram e que saíram e foram beijadas pelos gêmeos com o intercâmbio farsesco de uma peça de Shakespeare. Ele até riu durante a hora ou pouco mais que levaram para chegar ao lugar onde ele sabia que nunca seriam encontrados, um lugar que ele agora também tinha uma necessidade urgente de rever. Ulrike seguiu suas indicações, ocasionalmente olhando para ele preocupada, mas a maior parte do tempo concentrada nas estradas que estavam encharcadas com a tempestade de outono.

Por fim eles encontraram o portão que ele estava procurando e Rudi pôde se localizar. Em vez de forçar o cadeado, ele disse para ela voltar para a estrada e entrar numa via a cerca de cinco quilômetros dali. Ele não se lembrava efetivamente da via, mas sabia que estaria ali. Logo chegaram a um portão muito mais imponente, com maciças gárgulas de pedra que tinham sido todas decapitadas. Também estava bloqueado para eles com anéis de arame farpado e dois ou três blocos de pedra no caminho. Ele lembrou que um pouco adiante havia outra entrada, para o que outrora fora a fazenda da propriedade.

Um tanto em dúvida, Ulrike seguiu pela via até que viram algumas edificações de fazenda abandonadas iluminadas pelos faróis. Viraram de novo à direita e subiram por um acesso com o mato crescido, no qual o carro ficava escorregando para um lado e para o outro porque as rodas não aderiam à relva. Uns quatrocentos metros depois das construções, eles saíram da cobertura de árvores pingando e chegaram a uma cerca de arame. Pregada num dos mourões havia uma placa que dizia: "Verboten — Ministerium für Staatssicherheit".

— Onde diabos estamos? — perguntou ela a Rosenharte quando ele quase caiu do carro. Ele não respondeu, mas correu para a cerca e começou a mexer com uma fúria cega no mourão imediatamente na frente deles, balançando-o para frente e para trás até sentir a madeira se desprender do chão. O arame saiu fácil e ele o enrolou. — Onde estamos? — repetiu ela.

Ele voltou para o carro.

— Vá direto em frente e pare com tantas malditas perguntas.

— Rudi, tenho todo o direito de saber para onde você está me levando — disse ela, com razão.

— Pare ali — disse ele quando chegaram à fachada da grandiosa casa em ruínas. — Ali perto da parede.

Ulrike olhou para a silhueta barroca que pairava acima deles.

— O que *é* esse lugar?

Ele não respondeu, só saltou do carro e começou a tirar toda a bagagem deles.

— Rudi! — disse ela, segurando seu braço para fazê-lo parar. — Diga-me onde estamos.

— Schloss Clausnitz. O lar ancestral de minha família que foi roubado pela Stasi. É também o retiro de campo particular de Schwarzmeer. Mas ele fica bem longe daqui, do outro lado da propriedade.

— Não podemos ficar aqui!

— Podemos — disse ele, desvencilhando o braço. — É meu agora.

— Pelo amor de Deus, Rudi. Acalme-se. Precisamos pensar sobre isso. É muito maluco.

Ele estava consciente de sua desrazão, mas não conseguia parar. Correu escadaria acima com as duas sacolas e rapidamente arrombou a porta envidraçada com o canivete. Ulrike o seguiu na escuridão poeirenta.

— Onde nós vamos dormir? — perguntou ela.

— Há cinqüenta quartos neste lugar. Não vai ser muito difícil achar algum lugar quente e seco.

— Mas por que estamos aqui?

— Porque foi daqui que nós viemos. Este é o meu lar. O lar de Konrad.

— Foi seu lar 45 anos atrás — disse ela suavemente. — Não é mais de vocês. Não há nada da vida de vocês aqui.

Ele olhou para ela sob o facho da lanterna.

— Pensei em vir para cá ontem, porque eles não vão nos procurar aqui. Não há nada em volta, a não ser a floresta: nenhuma aldeia, só algumas casas. E Schwarzmeer não virá para cá. Ele vai estar ocupado demais defendendo-se em Berlim.

— O que aconteceu com a fazenda pela qual passamos? Não há gente ainda vivendo nela?

Ele viu que ela estava tentando acalmá-lo.

— Quem sabe? Provavelmente foi arruinada como todo o resto durante a coletivização. Sabe, eu pretendia contar a Konrad sobre este lugar. Ele não sabia dele. Achei que seria interessante para ele voltar para cá e fazer um dos seus filminhos estranhos. — Fez uma pausa. — É de onde viemos! Pelo que sei, fomos concebidos aqui, no começo de 1939, bem na véspera da guerra.

O facho da lanterna deslizava pelo chão enquanto ele ia de cômodo em cômodo com a garrafa de conhaque. Ele se deteve na sala de jantar, onde tudo o que havia era uma pilha de tábuas de assoalho e um amontoado de trapos, depois numa sala de recepções, a qual pareceu lembrar que era usada de manhã por mulheres vestidas com austeras roupas verde-escuras e cinza. Chegaram à escadaria dupla, que ainda tinha um ar de grandeza como se pertencesse a um transatlântico, embora fosse muito mais antiga e obviamente mais bem construída. Ele iluminou o teto com a lanterna, onde havia um mural do século XVIII de um arqueiro com asas que sobrevivera incólume à passagem das tropas que tinham ficado brevemente aquarteladas em todas as grandes mansões do sul da Alemanha depois de maio de 1945. Nas paredes, os velhos espelhos tinham sido vandalizados, e pedaços de vidro dependurados nas molduras de gesso refletiram o facho de luz.

— Costumávamos brincar aqui — disse ele, apontando freneticamente para a escadaria. — Havia pinturas aqui. Lembro-me de cachorros por toda parte: terriers, pastores alemães, dachshunds e um spaniel inglês. O lugar vivia repleto de hóspedes, parentes e criados, e todos passavam por esta parte da casa. Era como um terminal de estação de trem.

Voltaram-se para a entrada, onde alguém tentara pilhar o mármore do chão, mas só conseguira quebrá-lo.

— E aqui era a porta da frente, onde nos alinhávamos para ver nossos pais chegarem; nós de uniforme, sem dúvida.

— Quem era seu pai?

— Achei que Biermeier tinha visto os arquivos sobre mim e lhe contara tudo.

— Tudo, não. Sei que seus pais eram nazistas e que havia algumas observações sobre o assunto nos arquivos. Mas ele não me contou muito.

— O que ele contou?

— Ah, não sei. Que seu pai era um general e que ele e sua mãe morreram no fim da guerra.

— Meu pai, Manfred von Huth, era da SS — disse ele num tom feroz. — Com certeza foi um criminoso de guerra. Tornou-se um Brigadefüher e general da trigésima segunda Panzergrenadierdivision "30 Januar". A história não registra como ele morreu. Talvez tenha sido fuzilado por ordem de Hitler. A Stasi tem uma teoria de que ele foi morto por suas próprias tropas. Quem sabe? Minha mãe era uma Von Clausnitz. Este lugar pertencia à família dela. Ela morreu no bombardeio incendiário de Dresden.

— E foi então que os Rosenharte os acolheram?

Ele tomou um gole de conhaque, mas não respondeu.

— Que droga — disse, afinal. — Konrad devia ter visto este lugar. Ele teria me contado o que isso aqui explica sobre nós, as coisas dentro de nós que herdamos de nossos pais aqui. Ele tinha instintos muito bons, sabe? Não precisava que lhe dissessem as coisas, não precisava que lhe escrevessem. Compreendia por causa de sua inteligência humanitária. — Ele repetiu a frase várias vezes e despejou o resto do conhaque garganta abaixo, o que o fez engasgar. Ainda tossindo, cambaleou por um corredor até chegar à cozinha, à copa, à despensa, ao depósito e à lavanderia. Todos esses lugares mostravam sinais de vandalismo e de que haviam sido abandonados subitamente. Ele explorou todos os cômodos do andar térreo: escancarava a porta, dava uma olhada e seguia adiante. Ulrike fez o que pôde para acompanhá-lo enquanto ele vagava pela casa, maldizendo os fantasmas da família Von Clausnitz.

Por fim, ela disse que seria melhor deixá-lo sozinho e ir procurar um lugar para eles dormirem. Ela tocou-o antes de sair, dizendo:

— Tenha cuidado com você mesmo, Rudi. — Ele se desvencilhou dela e subiu uma escada nos fundos para ir encontrar nem ele sabia o quê: o quarto de dormir de seus pais? Um *boudoir* onde a repelente loba nazista se refugiava? O quarto das crianças, talvez: seu lar nos primeiros anos de vida com Konnie. Não tinha a menor idéia do que estava procurando, mas enquanto seguia adiante, estava consciente de que mapeava a dimensão de sua perda. Era uma questão de ver o quanto dele sobrevivera à impensável ausência ao seu lado. Ainda assim, havia verdades mais profundas com as quais se deparava. Ocorreu-lhe a possibilidade de que não tivesse feito tudo o que podia por Konrad após ele ter saído da prisão, tão preocupado estava com suas próprias necessidades, sua própria segurança. Houve ocasiões vergonhosas, ele sabia, em que deveria tê-lo ajudado e nada havia feito. Poderia, por exemplo, ter marcado uma consulta com o dentista em seu nome e encorajado Konrad a ir no seu lugar: ninguém teria sabido. Mas isso não havia lhe ocorrido e, claro, Konrad nunca reclamara, nunca havia pedido nada dele. Isso porque Konrad compreendia que era o mais forte dos dois e mesmo assim o amava; amava-o apesar de sua fraqueza e de seu egoísmo.

Ele chegara a um quarto na parte da frente da casa que tinha quatro janelas, espelhos embutidos em dois lados e os restos de um pequeno candelabro pendurado no teto. Ocorreu-lhe a noção de que a casa era simplesmente grande demais para ter sido completamente arruinada depois da guerra — aquela sala, por exemplo, precisaria de muito pouco para ser restaurada. Rudi deixou-se cair num assento junto à janela, uma caixa em forma de losango anteriormente estofada e ainda com sobras do enchimento e crina.

As nuvens estavam se dispersando e a noite ficara mais clara. A lua quase cheia projetava um feixe de luz no chão, que piscava como uma tela de cinema mudo à medida que as nuvens corriam no céu. Ele tirou a carta de Konrad do bolso, desdobrou-a cuidadosamente e leu-a. As primeiras lágrimas de luto logo atingiram o papel e ele se apressou a secá-las, para que a carta não ficasse manchada. O que ele considerara um produto do desespero de seu irmão, percebia agora, era, na realidade, sua nobre resignação, o estoicismo de um grande homem que fora martirizado pela sanha vingativa do Estado. Konrad tivera a coragem de saber que estava morrendo e de fazer as pazes com ele. Não se queixara de seu destino; em vez disso, havia aproveitado aquela oportunidade para passar seu amor por seus filhos e por sua mulher e para entregar a Rosenharte o dever sagrado de zelar por eles. Era típico dele não deixar que palavra alguma de arrependimento ou raiva interferisse nessa sua prioridade; típico de sua inteligência humanitária.

Rosenharte apoiou a cabeça nas mãos e chorou pela incorruptibilidade de seu irmão. Gradualmente foi a perda de Konrad, e não a dele, que assumiu o justo lugar em sua mente. Konrad perdera tudo, desde poder ver seus filhos e ser reconfortado por sua mulher até as esperanças de seu impulso criativo. Frente a isso, Rosenharte perdera apenas seu irmão gêmeo — a pessoa com quem tinha o relacionamento mais próximo, com a qual contara e da qual buscara aprovação por toda a vida. Mas não sofrera como Konrad, nem perdera a vida.

Ficou ali por várias horas. Sua raiva começou a passar, embora continuasse abalado. Saiu da frente da janela para escapar de uma corrente de ar e escorregou para o chão, de modo a encostar as costas no assento. Fumou vários cigarros, enfileirando as pontas apagadas à sua frente no assoalho de madeira. Num dado momento, notou que parte da frente do assento e o tampo se abriam. Iluminou o compartimento com a lanterna e viu um monte de documentos. Não demorou mais que um momento para constatar que eram os papéis pessoais de Isobel von Huth. Entretanto os documentos não eram lá muito reveladores; apenas o tipo de coisa que ser poderia esperar encontrar na escrivaninha de uma mulher de classe alta. Contas de sua costureira, convites antigos, a filiação a um clube eqüestre em 1937, correspondência de advogados sobre uma propriedade em Berlim, suvenires que não faziam sentido e montes de cartas pessoais — todas escritas numa elegante caligrafia do começo do século XX. As cartas também tinham um tom oficial e a maior parte delas tratava de providências e encontros. Uma tinha o endereço e a insígnia do quartel-general do Partido Nacional Socialista em Berlim, mas só um assunto era abordado na folha única: a compra de um cavalo chamado Schnurgerade.

Ele examinou tudo com a sensação de que Isobel von Huth era uma mulher um tanto insípida. Havia poucos sinais de vida, mesmo nos diários de bolso que ela mantivera a partir de 1933, todos eles com uma pequena suástica prateada na capa. Sem dúvida algum dia ele seria capaz de recompor uma biografia, mas ante à perda de Konrad, seu interesse pela pessoa que os dera à luz subitamente lhe pareceu acadêmico. Ela não tinha importado para a vida deles, e agora simplesmente não havia razão para ressuscitá-la do mundo cheio de etiqueta da aristocracia alemã.

Ele estava folheando o diário de 1938 sem prestar muita atenção quando percebeu que vários instantâneos tinham caído entre suas pernas. Eram cinco ao todo, três de um homem mais velho com um bigode imenso e dois de uma mulher com um cavalo. Ele supôs que devia ser sua mãe, Isobel von Huth, mas não sentiu nenhuma centelha de reconhecimento, e embora aquela fosse a primeira vez na vida que ele via uma imagem dela, nada se moveu em seu coração. Em ambas as fotos ela estava de pé com as pernas um pouco abertas numa pose ligeiramente masculina, as mãos atrás de uma cintura elegante com um cinto. Suas calças estavam passadas com perfeição, as botas de montaria haviam sido polidas até ficarem com um brilho metálico, e a blusa leve em estilo militar não revelava um busto digno desse nome. Foi a expressão dela que chamou a atenção de Rosenharte. Seu olhar estava dirigido para algum ponto longínquo, conscientemente reproduzindo as imagens da época que mostravam heróicos jovens alemães contemplando o futuro da pátria. Ele virou uma das fotos. Havia uma inscrição à tinta: "Eu e Schnurgerade, setembro de 1939", e ele murmurou que era até bom ela ter morrido. Não conseguia imaginar uma mulher assim se adaptando à vida sob os comunistas.

Ele pôs as fotografias de volta no pequeno bolso na contracapa do diário, que guardou no seu casaco. Então se levantou, esfregou as nádegas e as pernas dormentes, depois atravessou os vastos corredores até a escadaria principal, sentindo todo o peso de seu luto.

Encontrou Ulrike sentada na cozinha iluminada por duas velas, lendo um pedaço de jornal da década de 1930. Ela lançou-lhe um olhar interrogativo quando ele chegou.

— Estou melhor — disse ele num tom cansado. — A fúria passou. Acabou. Foi-se. Não vou gritar mais.

— Venha, sente-se. Fiz comida para nós.

Ele assentiu. Parte de seu problema agora era saber como estar com ela. O luto era como uma vergonha. Descobriu que era muito difícil olhá-la nos olhos.

Ficaram sentados em silêncio no ninho que ela fizera com as roupas e o saco de dormir, comendo um pouco de lingüiça.

— Estava lendo esse jornal da época nazista — disse ela. — É como abrir a porta para um outro mundo. Não há nada como um jornal para isso, não? Você vê as atitudes deles, as coisas que consideravam normal em cada linha. Até os anúncios dizem alguma coisa.

— Tive uma experiência parecida lá em cima. — Ele pegou o diário e entregou-lhe as fotografias. — Esta é minha mãe.

— Deus meu. Ela não parece nem um pouco com você. Tem uma boquinha impertinente e os olhos são muito juntos, e não parecem ter o menor humor.

Ela olhou a inscrição no verso e ele viu alguma coisa passar por seus olhos.

— No que você está pensando?

Ela o observou por um instante, então devolveu as fotos ao lugar delas no diário.

— Está datada setembro de 1939, o mês em que os ingleses declararam guerra. — Fez uma pausa. — E você as encontrou num diário de 1938?

— Sim — respondeu ele, sem de fato se concentrar.

— Então talvez ela tenha posto a data errada no verso da fotografia.

— Talvez — disse ele. Não parecia importar, fosse como fosse. Ela estava morta, como o filho dela.

31
Limbo

Ao amanhecer Rosenharte esgueirou-se do abraço frio de Ulrike e foi urinar de uma janela. Olhou para a paisagem lá fora que se estendia além do pátio, sentindo os efeitos do conhaque atrás dos olhos e na base do crânio, e xingou a si mesmo, não lembrando exatamente por que enxugara quase toda a garrafa de Goldi. Dois ou três minutos sentindo apenas uma ressaca normal se passaram, antes que a morte de Konrad o atingisse e suas mãos começassem a tremer descontroladamente. Ele saiu da janela e encostou-se na parede, tentando desembaralhar os eventos do dia anterior: a ligação para Vladimir, a busca enfurecida pela casa, as cartas e fotografias escondidas de sua mãe que ele havia encontrado.

O que o impediu de um colapso completo foi o som de uma voz ecoando pelas paredes do pátio lá fora. Um homem estava se perguntando sobre a presença do carro. Ele cutucou Ulrike com o pé.

— Levante-se, tem alguém aqui — disse rudemente, como se a culpa fosse dela.

Ela pulou da cama e o seguiu por um corredor que levava da cozinha à sala de jantar. Rosenharte espiou pela janela. O carro ainda estava lá, mas não havia ninguém à vista.

— Talvez você tenha imaginado — sussurrou ela.

— Não, há pegadas recentes na grama. Não são as nossas porque ainda estava chovendo quando saímos do carro. São de hoje de manhã.

— Melhor irmos embora. — Quando ela disse isso, ouviram um cachorro correndo no corredor principal o lado de fora da sala de jantar. Em seguida, uma voz mandando-o parar. Não havia onde se esconder, e poucos segundos depois um homem apareceu na porta da sala de jantar.

— Ei, isso aqui é propriedade do Estado. Vocês estão numa área proibida: só pessoas autorizadas. Não permitimos vagabundos aqui.

— Bom dia — disse Rosenharte. — Senhor, eu lhe asseguro que não somos vagabundos.

O homem trazia uma bengala, que baixou ao ouvir o tom cortês de Rosenharte.

— Então, o que estão fazendo aqui?

— O senhor quer uma resposta honesta? Estou dando uma olhada em meu lar ancestral. Esta casa pertencia à família de minha mãe, Von Clausnitz. De modo que é possível dizer que tenho todo o direito de estar aqui.

O homem entrou na luz implacável da sala de jantar e os examinou. Parecia ter mais de 70 anos e estava usando uma velha jaqueta de couro tradicional com botões de chifre, calças de veludo e uma bota de couro marrom cujo fecho era uma tira perto do joelho. Seus olhos eram de um azul aguado e a pele de seu rosto estava gasta pelo tempo, mas ainda firme sobre uma estrutura óssea eslávica.

— Isso é tudo propriedade do Estado agora. O nome Clausnitz não importa mais nem um pouco aqui. É o nome de um lugar, não de uma família. — Ele o olhou argutamente. — Além disso, você não pode ser um Von Clausnitz.

— Não sou — disse ele. — Originalmente, recebi o nome de meu pai, Von Huth. Sou filho de Manfred von Huth.

— Se você é quem diz, e não apenas um vagabundo, pior para você. O homem era um nazista, um açougueiro.

— De fato, senhor, mas não escolhemos nossos pais.

— Isso é verdade — disse o homem, um pouco menos hostil.

— O senhor conhece este lugar faz tempo?

— Toda a minha vida, mas estive fora do começo da guerra até 1950, prisioneiro na Rússia. — Ele cuspiu no chão. — Seis anos num buraco que não servia nem para porcos.

Rosenharte assentiu.

— Estou tentando fazer um pouco de pesquisa. Sabe como é: quando se chega à meia-idade, a gente quer explicações para as coisas. Quer tentar entender o seu passado. — Ele catou a foto de Isobel von Huth. — Esta é minha mãe. Por acaso o senhor a conheceu?

O homem espiou a fotografia, mas era evidente que não conseguia enxergar direito. Ela balançou a cabeça.

— Sim, sim, lembro-me dela. Tinha o coração mais frio que uma noite de inverno. Eu trabalhava aqui antes de ir para a guerra em 1938. Ela era uma esnobe, se é que você me entende. Nunca cumprimentava nem falava com ninguém. — Ele olhou de volta para Rosenharte. — E você é o filho dela? Não parece com ela.

Rosenharte deu de ombros.

— Talvez isso seja bom. O senhor conheceu uma mulher chamada Maria Theresa? Ela trabalhou aqui durante a guerra. Ela adotou meu irmão e eu em 1945 e se tornou nossa mãe legalmente.

O homem balançou a cabeça.

— Tive apenas duas semanas de licença durante toda a guerra... e devo dizer que tinha coisas melhores para fazer do que vir até esta casa. Vi o que acontecia nos campos de batalha e sabia que algumas das pessoas responsáveis por aquela carnificina jantavam com todo o luxo precisamente nesta sala. — Olhou em volta deles e cuspiu de novo.

— Então o senhor é o caseiro agora?

— Cuido das coisas aqui para eles. Alimento os peixes no lago, providencio para que esteja tudo certo para a caça quando ele vem para cá no inverno. Tenho dois rapazes para me ajudar quando preciso.

— Tem alguém aqui agora?

— Não, só vão vir em novembro.

— Há outras casas do outro lado da propriedade. Estão ocupadas?

— Como você sabe sobre essas casas? Este lugar é secreto.

— Estive aqui a convite do general Schwarzmeer há um mês. Tínhamos alguns assuntos a tratar aqui, mas só no final de minha estada percebi que estava no Schloss Clausnitz. Quis voltar e dar uma olhada por conta própria. — Enquanto dizia isso, Rosenharte procurava algo em seu casaco.

— Não soa muito convincente. É amigo dele?

— Não, não posso honestamente dizer isso — respondeu Rosenharte, esperando que tivesse avaliado corretamente o homem. — Para ser franco, não sou amigo da Stasi. Eles foram responsáveis pela morte de meu irmão há duas semanas e não posso perdoá-los. Estou aqui para refletir sobre algumas coisas.

— Primeiro você me diz que esteve aqui a convite do general, e agora que a Stasi matou seu irmão. Para mim, essas duas coisas não batem.

— Ambas são verdadeiras. — Rosenharte aproximou-se dele. — Olhe, queremos ficar aqui alguns dias. Poderia ser? Ninguém precisa saber que estamos aqui.

O homem pareceu em dúvida.

— Posso fazer valer um pouco a pena — disse ele, mostrando cem dólares.

— Não estou interessado em dinheiro. Não me vendo. — Ele bateu a bengala no chão e um terrier irrompeu na sala, e dando um giro excitado diante de Rosenharte e Ulrike.

— Ele gosta de vocês — disse o homem, seu tom ficando mais suave de novo.

— Provavelmente estamos fedendo — disse Ulrike, abaixando-se para brincar com o cachorro. — Nós dois precisamos urgentemente de um banho. — Ela fez uma pausa e olhou para ele com um sorriso luminoso. — Podemos abrir o jogo com o senhor, senhor...?

— Flammensbeck, Joachim Flammensbeck. Vá em frente.

— Sr. Flammensbeck, precisamos ficar aqui algum tempo. Meu amigo acabou de receber a terrível notícia sobre seu irmão e precisa de paz e tranqüilidade. Pagaremos quanto dinheiro o senhor pedir, ou nada, conforme a sua vontade. Apelamos à sua boa índole para permitir que fiquemos aqui fora de vista por um tempo.

— O que vocês fizeram?

— Participamos de uma manifestação pela paz, liberdade e democracia. Só isso. Tomamos parte da passeata em Leipzig e as coisas ficaram difíceis para nós lá. Precisamos manter uma certa discrição por um tempo.

Ele olhou para Rosenharte.

— Então toda a história sobre ser filho de Manfred von Huth era mentira?

— Não, era a mais completa verdade — disse Rosenharte. — O senhor tem alguma solidariedade com os manifestantes? Já deve ter ouvido que estão acontecendo manifestações em toda a Alemanha agora. O senhor acha que eles têm razão?

Flammensbeck encheu as bochechas e soltou o ar. Parecia estar ponderando sobre alguma coisa. Por fim, acabou se dirigindo a ambos.

— Na primavera de 1945, eu era prisioneiro de guerra num campo no leste, não sabíamos onde. Tive sorte de ainda estar vivo porque eles mataram muitos de nós quando nos rendemos. Então, num dia de abril anunciaram que o Fürher tinha cometido suicídio. Ficamos perplexos, mas depois de um tempo nos pusemos a perguntar uns aos outros o que tinha sido tudo aquilo. Tanta morte e destruição. Milhões de mortos. E cada um de nós com o sangue de inocentes nas mãos. E para que tudo aquilo? Ninguém sabia dizer. Até que um dos homens do nosso grupo respondeu que tinha sido para nada. Não havia razão alguma, nenhum sentido oculto. Nada! Tínhamos sido enganados. O povo alemão tinha sido ludibriado por um monte de gângsteres, por homens como o seu pai. — Rosenharte assentiu e desviou os olhos para o cachorro. — A mesma questão me ocorreu outro dia. Para que isso tudo? Este socialismo? Essa suposta igualdade? Não há igualdade na RDA. Vejo como eles vivem aqui com suas mulheres, caviar e vinhos raros. Sei para o que Schwarzmeer usa este lugar. Os chefões do Partido vêm para cá, trepam como bodes e bebem até cair. Então, para que isso tudo? Vou dizer a vocês: fomos enganados de novo. Outra gangue de criminosos nos enrolou.

Rosenharte assentiu sombriamente. Depois de quarenta anos ficava tão simples, tão fácil de resumir.

— Então podemos ficar aqui? — perguntou Ulrike.

— Sim, mas precisam esconder o carro e se pegarem vocês, eu nunca falei com nenhum dos dois. Nunca os vi. — Ele estendeu a mão, a palma virada para baixo, e pegou o dinheiro sem mudar de expressão. — Estamos entendidos quanto a isso?

Ambos assentiram.

— Há guardas no complexo da Stasi? — perguntou Rosenharte.

— Um idiota chamado Dürrlich, que acha que é meu chefe. Vem aqui uma vez por dia. Mas está bêbado a maior parte do tempo e quando preciso dele fora do caminho dou-lhe um pouco do meu Slivovitz caseiro e ele fica na cama. Ele está em Berlim, servindo de motorista para Schwarzmeer.

— Um motorista e tanto — disse Ulrike, sorrindo.

— Esperemos que ele enfie o general num muro! — Seus olhos brilharam e ele chamou o cachorro. — Escondam o carro, e eu vou lá consertar a cerca que vocês quebraram ontem à noite. Se tivessem procurado um pouco mais, teriam achado um portão destrancado. — E partiu balançando a cabeça.

Mais tarde eles atravessaram a propriedade Clausnitz até o esconderijo de Schwarzmeer na floresta. Ficava a uns três quilômetros da casa, e se Rosenharte não tivesse certa noção do caminho, nunca teriam achado o grupo de dachas escondido em meio às faias.

— Por que você quis vir até aqui? — perguntou ela enquanto eles observavam se havia algum sinal de vida a uma distância de uns cem metros.

— É o único lugar onde podemos fazer uma ligação telefônica sem sermos observados. — Ele percebeu a reação dela à dureza de seu tom de voz. Um monte de coisas tinha se encaixado durante a noite, embora ele ainda não tivesse tido tempo para articular para si mesmo muito mais do que o conhecimento de que ela era tão responsável pela morte de Konrad quanto a Stasi. Descobriu que sentia pouco mais por ela do que um distante desprezo.

Não foi problema entrar na casa de Schwarzmeer. Ele usou uma enxada com o cabo quebrado que havia sido deixada encostada na varanda para forçar as portas e romper o fecho.

Foi direto até o telefone e, lembrando o código para aquela semana, ligou para Harland. Enquanto falava, podia ouvir os sons de um escritório ao fundo. Uma mulher estava reclamando de uma máquina de fazer café quebrada.

Harland atendeu.

— Konrad está morto — disse Rosenharte, mal acreditando no que estava dizendo. — A operação está cancelada.

Houve uma pausa.

— Você tem certeza?

— Sim, aconteceu quando eu estava em Berlim naquele dia. Esconderam de mim porque queriam que eu continuasse trabalhando para eles.

— Meu Deus, sinto muito. Como você ficou sabendo?

— Os russos me disseram. Eles têm suas fontes.

— Por favor — disse Harland incisivamente —, tenha o cuidado de não usar nomes ou detalhes específicos a partir de agora. Esta ligação pode estar sendo interceptada.

— Não estou usando o telefone via satélite. Quase fomos pegos ontem por causa dele. Este telefone é seguro.

— Seja o mais vago que puder.

— Você precisa dizer a Else o que aconteceu — disse Rosenharte com urgência. — Você precisa contar para Else e os meninos. Entendeu? Você me deve isso. Precisa ir falar com eles.

— Claro — respondeu Harland.

— Não vai ser fácil. Ela vai ficar péssima. Já teve depressão e vai ser muito difícil para ela lidar com isso. Diga que ele morreu em paz, dormindo. Tente fazer com que seja mais fácil para ela. E diga que eu vou assim que puder.

— Claro. Mas você precisa partir agora. Não há razão para ficar. Cruze a fronteira agora e traga sua amiga. Terei alguém à sua espera no mesmo lugar da outra vez.

Os olhos de Rosenharte haviam pousado na cadeira de bambu em que Schwarzmeer ficara enquanto ele estava sendo interrogado pelo grupo da Normannenstrasse.

— Não — disse em voz baixa. — Vou ficar aqui. Vou ficar aqui até tudo isso acabar. É o que Konrad teria querido.

— Com certeza o que seu irmão teria querido era que você cuidasse da família dele em seu novo lar — retrucou Harland. — Eles precisam de você. Você fez tudo o que podia aí.

Rosenharte olhou para Ulrike.

— Não, vamos ficar aqui. — Ela sorriu para ele e assentiu.

— É compreensível que você se sinta assim. Mas não dê outra vitória a eles, Rudi. Eles venceram quanto ao seu irmão. Não deixem que o vençam também. Eles ainda não estão derrotados.

— Vamos ficar aqui — disse ele num tom lento e carregado. Ulrike viu que ele estava a ponto de desabar e se apressou a segurá-lo. Ele a empurrou e então caiu na cadeira.

Ela pegou o telefone, que caíra no chão. Ele a ouviu dizer:

— Não é possível seu amigo viajar. Você compreende. Ele ficou muito abalado... sim. Ligaremos de novo. Sim... até logo.

Ela pôs o telefone no gancho, agachou-se diante dele e segurou sua mão.

— Fique longe de mim — resmungou ele.

Nos 13 dias que se seguiram, Rosenharte manteve-se num limbo particular de culpa e raiva, pouco se inteirando do que acontecia à sua volta. Ele bebeu a aguardente caseira, doce e fatal de Flammensbeck e uma ou duas vezes usou a poção para dormir em pó que o velho adquirira de um amigo que tinha câncer na próstata. Ele ficava vagando pelo Schloss Clausnitz, inteiramente quieto ou numa fúria delirante. Tinha a vaga noção de que Ulrike sempre estava alguns passos atrás dele, cuidando para que ele não se machucasse. No sábado em que haviam recebido a notícia sobre Konrad, ele subira no telhado sob a luz da lua cheia daquela noite e ficou deliberando se era o caso ou não de se jogar da cumeeira no pátio. Ulrike convencera-o a se afastar da borda — e então o havia nocauteado com um golpe na cabeça com um pedaço de madeira. Ele só havia acordado Deus sabia quando, nu e úmido do banho com flanela que ela lhe dera para limpar o sangue. Ele gritara com ela, dizendo que ela era uma puta mentirosa, vira o choque e a mágoa em seu rosto e murmurara uma desculpa. Ela dissera que compreendia.

Era estranho o quanto ele ouvia a voz de seu irmão durante esses dias e noites. "Não deixe que eles vejam que você está chorando"; "Vamos, não é tão ruim assim; você ainda tem tudo pelo que viver". A voz era tão clara quanto se Konrad estivesse no quarto com ele, e era impossível não responder. Por alguma razão, o Konrad que ele via não era o homem arruinado da Hohenschönhausen, mas o menino de 13 ou 14 anos, a idade em que os dons da mente e do corpo começam a se revelar. Ele conseguia perceber que estava meramente se lembrando de Konnie, mas a sucessão de imagens era tão deliciosa e absorvente que ele não queria interromper o fluxo. Entre seus cochilos diante do fogão da cozinha, que havia sido aceso depois que Flammensbeck arrumou alguns canos na chaminé, ele ficava sentado pensando e recordando, quase vivendo sua infância de novo.

Flammensbeck aparecia por lá volta e meia, sempre com seu cachorro, que desenvolvera uma obsessão por Rosenharte e ficava horas sentado, olhando para ele com a cabeça inclinada para um lado. O único comentário de seu dono era se referir a *die Kriegsneurose* — a neurose de guerra que vira quando jovem — antes de se pôr a conversar com Ulrike com o cachimbo na mão.

Quando estavam sozinhos, ele ficava observando Ulrike, procurando em seu rosto os indícios de uma personalidade que ele tinha avaliado tão equivocadamente. Lembrava-se dos falsos sorrisos, quando só a parte inferior de sua face se movia, do olhar firme de que era capaz quando mentia e da maneira como ela mudava de assunto sem esforço quando conversavam. Uma espiã, o tempo inteiro e por completo — e, ainda assim, não conseguia se livrar dos sentimentos mais cálidos que tinha por ela e reconhecia que sem ela não teria sobrevivido às últimas semanas.

Em 18 de novembro, uma quarta-feira, eles estavam ouvindo uma discussão no rádio sobre uma declaração de Erich Honecker publicada duas semanas antes no *Neues Deutschland*. Uma estação ocidental comentara que o artigo era uma abertura ao povo, inspirada por vozes reformistas como Egon Krenz e Gunter Schabowski, uma figura mais velha que tinha sido editor do *Neues Deutschland*, e sugerira que havia alguma espécie de disputa interna ocorrendo no Comitê Central. Alguns minutos depois houve um anúncio oficial. Erich Honecker renunciara por motivos de saúde e fora substituído por Egon Krenz. O homem que havia organizado a construção do Muro de Berlim e governara a RDA durante 18 anos após ter substituído Walter Ulbricht se fora.

O milagre ocorrera, mas ainda foram precisos mais cinco dias para ele começar a se sentir ele mesmo de novo. Ulrike implorou para que ele fosse com ela a Leipzig para o que prometia ser a maior manifestação das segundas-feiras, mas ela teve de se contentar com o que seus amigos contaram sobre os trezentos mil que haviam se reunido na Karl-Marx-Platz numa noite quente. Na quarta-feira seguinte, ela se pôs de pé na frente dele e disse:

— Certo, já basta. Chega! Você precisa do saudável ar do campo. Vamos até o lago. Sério, está um dia maravilhoso. Desses que o deixam feliz por estar vivo.

Eles saíram pelas portas da varanda e foram até o outro extremo do lago, chegando a um píer escondido por alguns juncos. Ele foi até a beirada e olhou para alguns galeirões que flutuavam nas águas ondulantes do outro lado como brinquedos numa banheira. O ar estava límpido e revigorante. Ulrike voltara-se para a casa que se erguia sobre a confusão de mato seco e espinheiros.

— Concordo com o velho Flammensbeck: este lugar tem uma espécie de magia, apesar de sua história.

Após um silêncio em que ela perguntara se ele estava bem, ele disse:

— Estou pensando sobre a *sua* história. Estou pensando que sua história nunca se sustentou. Coincidências demais. Lacunas demais. Mentiras demais. Por que você me escolheu, Ulrike? O que há por trás disso tudo? Você ainda está trabalhando para eles?

— Rudi — implorou ela. — Você ainda não voltou ao seu estado normal. Claro que não estou trabalhando para eles. Você sabe disso.

— Ah, mas eu voltei ao meu estado normal, sim, e é por isso que estou fazendo essas perguntas. — Ele virou-se subitamente, avançou uns cinco ou seis passos até o começo do píer e a agarrou. Então deu-lhe uma bofetada, contendo a força do golpe no último instante. — Diga-me a verdade — disse ferozmente.

Ela não reagiu, apenas ficou com o rosto virado na direção da bofetada.

— Não achei que você fosse um homem que batesse em mulheres — disse por fim.

— Não sou — disse ele. — Eu preciso da verdade, Ulrike. Chega de mentiras. Você pôs Konrad na prisão. Você e Biermeier.

Ela se desvencilhou dele e o olhou. Seu rosto estava vermelho, mas não havia lágrimas.

— Antes que eu lhe conte tudo, quero que você saiba que eu o amo mais do que jamais amei qualquer outra pessoa. Espero que no fim você ainda sinta alguma coisa porque não posso mais parar de amá-lo.

— Todo amor é condicional. O meu depende da verdade.

Ela pediu um cigarro. Então foi até a beirada do píer e começou a falar sem olhar para ele.

— OK, vou lhe contar. Fui uma das primeiras no curso de línguas da Universidade Humboldt e imediatamente fui chamada para a Stasi, como aconteceu com você. Veja, meu pai tinha bons contatos e queria isso para mim porque achava que essa era a melhor maneira pela qual eu poderia servir à RDA. Após o treinamento, fui enviada para Bruxelas como espiã, com documentos falsos e referências falsas... tudo. — Ela olhou de relance para ele por cima do ombro. — Foi quando eu o vi pela primeira vez. Eu tinha apenas 24 anos.

— Você! Você em Bruxelas!

— Sim, como tradutora.

— Como Annalise Schering!

— Sim. — Ela fez uma pausa. — Eu a conheci.

A boca de Rudi formou a primeira sílaba de várias perguntas antes que ele conseguisse dizer:

— Como você a conheceu?

— O que quero dizer com isso é que conheci a segunda Annalise, a que tomou o lugar da primeira. Ainda a conheço, Rudi. Conheço Jessie. Está entendendo o que estou dizendo?

Ele se lembrou de algo estranho que Jessie dissera no café imediatamente antes de ele cruzar a fronteira com os disquetes. Ela parecera estar lhe pedindo que mandasse lembranças a Ulrike. Se ele não tivesse tido de enfrentar a Stasi do outro lado do Muro em seguida e depois não tivesse ficado doente, provavelmente teria pensado mais sobre aquilo.

— Eu era o contato dela na Otan. Eu passava as informações para Biermeier, que era o agente encarregado. Isso foi depois que você partiu, mas lembro-me de tê-lo visto duas vezes. — Ela sorriu brevemente. — Você não era pouca coisa para se ver, Rudi... um homem muito bonito.

Ele ignorou o comentário.

— Por acaso você está sugerindo que você inventou essa coisa toda só para me conhecer?

— Não, claro que não. Boa parte disso foi idéia de Biermeier.

— Biermeier! Mas vocês iriam precisar da cooperação de Jessie. Como diabos ele conseguiu isso?

— Ele não precisava da ajuda dela. Você não percebe? As cartas para você vieram da Inteligência Britânica, não dela.

— Mas em algum momento ela deve ter se envolvido.

— Ele falou com ela.

— Não acredito nisso. Ela era integrante em tempo integral da Inteligência Britânica. Não se acha esse tipo de gente na lista telefônica de Londres, mesmo depois de eles terem saído.

— Ela é membro da Campanha Britânica pelo Desarmamento Nuclear. A Stasi fica atenta a pessoas assim. Na verdade, a Stasi tinha relações próximas com um ou dois dos membros do movimento no Reino Unido. Não foi problema nenhum descobrir o endereço e o telefone dela, e então bastou Biermeier entrar em contato com ela.

— Mas por que ela iria confiar num palerma como Biermeier?

— Porque ela confiava em mim. Veja, eu sabia que ela não era a verdadeira Annalise Schering. Está compreendendo o que estou dizendo? Eu sabia... e não contei a ninguém em Bruxelas nem a ninguém do nosso lado. E sabe por quê? Porque ambas éramos integrantes convictas do movimento pacifista. Essa era a nossa primeira lealdade. Jessie contou-me sobre seus sentimentos. Estava preocupada com os rumores da instalação de mísseis Cruise na Europa Ocidental e, quando isso aconteceu, ela apoiou os milhares de mulheres em Greenham Common, a base dos EUA na Inglaterra.

— A pessoa que eu encontrei em Trieste e Berlim não é do tipo que se envolve com um bando de mulheres bem-intencionadas dispostas a fazer papel de bobas.

Os olhos de Ulrike fuzilaram-no.

— Foi isso o que você pensou quando viu cem mil pessoas marchando pela paz em Leipzig? Que elas estavam fazendo papel de bobas?

Ele não disse nada.

— Ela achou que as mulheres de Greenham Common tinham encontrado a única resposta sensata. Eu compartilhava inteiramente essa opinião com ela. Na época, eu não era prisioneira da máquina de propaganda da RDA: lia a imprensa livre da Europa e podia decidir o que pensar sobre coisas assim. Foi essa questão que forjou nossa amizade. Tínhamos nosso pacto secreto. — A brisa ondulou os cabelos dela. Ele não pôde deixar de se emocionar com sua beleza e se arrependeu amargamente de tê-la estapeado.

— O que ela estava dizendo ao Leste? Por que ela era tão importante?

— Annalise era o canal para a verdade. Tudo que ela nos dizia era verdade, mas nesse estágio só eu tinha descoberto que ela estava sendo usada para informar ao bloco soviético as verdadeiras intenções do Ocidente.

— Você não quer que eu acredite que ela simplesmente lhe confessou isso. Não faria sentido contar para você um segredo do qual tanto do planejamento da diplomacia ocidental dependia. O risco era grande demais.

— Ela não me contou nada. Eu descobri por conta própria.

Ele balançou a cabeça. A coisa ainda parecia altamente improvável, outra fieira de mentiras.

— Ela não é o tipo de pessoa que comete erros.

— Mas ela os cometeu. No fim de 1980, ela me deu um exemplar adiantado de uma edição do comunicado anual da Otan, e eu percebi que ela não poderia ter obtido as partes delicadas sobre a corrida armamentista *sem* ajuda oficial. Eu não disse nada. Então, no mês de fevereiro seguinte, ela foi passar dez dias de férias no Caribe e voltou com um bronzeado glorioso. Em seu dedo anular havia uma faixa de pele branca. Ela usara um anel de noivado durante a viagem. Soube, então, que ela estava escondendo outra parte de sua vida, porque ela nunca usara o anel na minha frente. Eu disse a ela que sabia e, para encurtar a história, ela me implorou para que eu permitisse que o canal para a verdade continuasse. E por que não? Servia aos interesses da paz. Essa era a prioridade que compartilhávamos.

— A Stasi deve ter suspeitado de alguma coisa.

— Não, os ingleses e americanos fizeram um bom serviço. Tudo que ela passava era material bom, de modo que não havia razão para questionar os motivos dela. Estavam satisfeitos com o que podiam passar para a União Soviética.

— E Biermeier? Quando ele entrou nisso?

— Muito mais tarde. Por volta de 1986 eu contei tudo a ele. Na época, eu estava de volta a Leipzig e fora da Stasi. O bebê... isso tudo aconteceu nessa época. Biermeier estava trabalhando no Oriente Médio, mantendo-se atento às várias facções árabes na RDA e relacionando isso com a informação que estávamos recebendo do exterior. Foi assim que ele ficou sabendo dos planos de Lomieko e Abu Jamal, embora Misha sempre o mantivesse desinformado.

— Quem que ele achava que estava sancionando esse tipo de coisa?

— Schwarzmeer e seu antecessor... e talvez também Erich Mielke. Biermeier nunca descobriu quem conduzia a coisa. Foi por isso que ele me arranjou o serviço de cuidar de Abu Jamal: precisava descobrir o que eles estavam planejando dentro da RDA. Era algo que se encaixava bem com meu outro trabalho de pesquisa sobre a juventude e que me dava acesso a segredos, embora eu ainda estivesse em desgraça por *comportamento imoral*. Mas Biermeier argumentou que só uma mulher de moral duvidosa estaria preparada para se relacionar com o árabe, e eu consegui o serviço. — Ela parou. — Escute, a única maneira que tínhamos de passar essa informação para fora era por meio de um intermediário como você. Tivemos de improvisar enquanto as coisas iam acontecendo. Não foi nenhum plano deliberado de punir você ou pôr seu irmão na Hohenschönhausen. Ambos achamos que você seria perfeito. O fato de nunca lhes ter informado sobre a morte da primeira Annalise significava que você teria de aceitar.

— E você chama isso de improvisar? Veja o que aconteceu! Konrad perdeu a vida. Else e os meninos perderam o marido e o pai. Foi esse o resultado da sua improvisação. Se não fossem vocês, Konrad ainda estaria vivo hoje.

— Eu sei, eu sei. Compreendo a sua amargura. Muito do que você diz é verdade.

— Compreender não basta. Não ajuda nem a Else nem a mim.

Ela assentiu e baixou a cabeça. Ele nunca tinha certeza com ela: esses sinais de remorso pareciam genuínos, mas como podia acreditar nela?

— E Biermeier foi encarregado da operação em Trieste porque...

— Porque ele a conhecia. Ele poderia atestar que era a mesma mulher que tinha sido o agente número um deles na Otan. Lembre-se de que ela havia tido muito pouco contato com a Stasi. Mantinha sua distância e só falava com uns poucos agentes: eu, Biermeier e um homem de codinome François.

— O jardineiro do quartel-general da Otan que foi preso?

— Exatamente.

— Os ingleses estavam envolvidos? — perguntou ele. — Eles tinham conhecimento disso?

— Claro que não. Não precisavam saber sobre a colaboração entre mim e Annalise. Não teria servido a objetivo nenhum. De qualquer forma, nosso plano significava que Annalise não teria de fazer nada, exceto o que lhe pedissem.

— E quem foi a pessoa que você usou da primeira vez para levar sua mensagem de Leipzig à Inteligência Britânica? Foi Annalise, também?

— Não, foi uma amiga dela chamada Mary Scott; está no CND e é cristã. Biermeier inseriu o material em sua bagagem antes de ela entrar em Berlim Ocidental. Foi muito simples. — Ela franziu o rosto contra a luz e olhou para ele. Era uma expressão que ele achava irresistível, mas ele se manteve distante. — Rudi, sei que há coisas que você não pode perdoar, mas você precisa acreditar em mim quando eu digo que, se soubesse o que iria acontecer com a sua família, teríamos descoberto um outro jeito de passar a informação.

Ficaram em silêncio por alguns minutos.

— Você tem mantido contato com Biermeier? — perguntou ele, com a atenção fixa num mergulhão que surgira junto aos galeirões.

— Sim, falei com ele várias vezes desde que viemos para cá.

— Ele pode me ajudar a encontrar Zank.

— Zank está sendo investigado — disse ela. — Biermeier não sabe o que aconteceu, mas há duas semanas Zank desapareceu sob licença médica. Ele foi interrogado várias vezes. Você não precisa se preocupar mais com Zank. Zank está acabado.

Rosenharte balançou a cabeça. Zank não estava acabado.

32
O Depósito da Stasi

Naquela tarde eles desatolaram o carro, que havia afundado num trecho enlameado junto a uma nascente de água onde o haviam escondido, e contornaram o lago pelo caminho mais longo até as casas de Schwarzmeer. Sabiam que Dürrlich ainda estava em Berlim, porque naquela manhã ele mandara um recado para Flammensbeck, dizendo-lhe que consertasse uma luz e uma cisterna que estavam quebradas. Quando Rudi parou diante do abrigo onde fora interrogado e surrado no meio da noite, viu que o lugar tinha sido disfarçado de modo a parecer um hangar para aviões. A construção em forma de meio barril estava coberta de terra e grama. Havia brotos de faia no teto.

— O velho disse que aqui há material suficiente para equipar um pequeno exército — disse ele para Ulrike.

Ela assentiu.

Ele enfiou o pé-de-cabra que Flammensbeck lhe dera no primeiro dos dois cadeados, deu um tranco para cima e arrancou o anel de fixação da porta. Para não prejudicar o caseiro, tinha de fazer com que aquilo parecesse um arrombamento.

De dentro veio um ar frio, pesado com o odor de óleo e terra. Rosenharte acionou um interruptor de luz e os dois exclamaram ao mesmo tempo. Quando ele fora interrogado ali com uma luz ofuscando-o, não pudera ter noção do que havia naquele depósito, mas agora eles viam uma horda de equipamentos e artigos de luxo: roupas de proteção contra armas biológicas, mangueiras, cordas, rolos de fio, botas de borracha, pneus novos estavam empilhados junto com gravadores, câmeras, videocassetes, chaleiras elétricas e ferros de passar.

— Para que a Stasi quer meia dúzia de ferros de passar? — perguntou Ulrike.

Rosenharte refletiu.

— Para impedir que outras pessoas os tenham.

Mais para o fundo do depósito havia uma gaiola iluminada por uma lâmpada pendurada no teto, na qual se viam uma dúzia de estantes de vinho, duas televisões, vários rádios de ondas curtas e um gabinete envidraçado com espingardas, rifles e pistolas pendurados em ganchos pelos gatilhos.

Ulrike procurava a pistola de tinta e as latas de tinta que Flammensbeck dissera que havia ali, quando Rosenharte foi até a gaiola e chacoalhou uma de suas paredes.

— Não seria nada mal beber um pouco do vinho do canalha — disse. — Vou levar algumas garrafas para esta noite.

— Vamos, Rudi, concentre-se no que viemos fazer. Não podemos ficar muito tempo aqui.

Ele não lhe deu a menor atenção e começou a atacar os fechos da gaiola com o pé-de-cabra. Quando não obteve nenhum resultado assim, recorreu a um ferro pontiagudo, que usou com satisfação nas dobradiças. Com alguns golpes conseguiu abri-las e foi percorrer as estantes de vinho, pegando garrafas ao acaso e examinando-as sob a luz. Muitos dos rótulos tinham se desintegrado, mas Rudi viu o bastante para compreender que aquela era uma adega muito requintada de antes da guerra. A garrafa de Cognac mais antiga era de 1928, e a de Armagnac, de 1924. Ele gritou para Ulrike:

— Tudo isso devia ser da minha família. Um agente da Stasi jamais conseguiria pôr as mãos em algo assim, nem mesmo Schwarzmeer. Num leilão no Ocidente, chegaria a dezenas de milhares de marcos.

— Você não precisa disso — disse Ulrike, em desespero.

— Bobagem — disse ele, juntando várias garrafas de vinho francês e alguns champanhes das melhores safras. — Além disso, é meu por direito.

Colocou as bebidas no carro, voltou para o gabinete com as armas, quebrou o vidro e escolheu uma pistola SIG-Sauer com uma caixa de duas dúzias de balas de 9mm. Pôs tudo no bolso e foi até onde ela estava.

— Você não precisa de uma arma — disse ela.

— Quando eu precisar de conselhos a toda hora, eu lhe aviso.

Ela o olhou como se ele tivesse lhe dado outra bofetada.

— Realmente, não há motivo para você ser tão desagradável. Olhe, não temos de ser amantes, mas não podemos ser ao menos amigos?

— Amigos! Homens e mulheres nunca são amigos. Querem muito uns dos outros para serem amigos. Apaixonam-se ou fazem alianças, mas nunca ficam amigos.

— Isso simplesmente não é verdade. Tenho amigos homens.

— Não acredito em você. Tive incontáveis relacionamentos com mulheres que não acabaram na cama e eles nunca duraram muito, porque basicamente as mulheres são tão interessadas em sexo e em encontrar parceiros como se supõe que os homens o sejam.

Os braços dela caíram até as coxas num gesto de irritação.

— Não é nenhuma surpresa que seu casamento não tenha durado muito — disse ela, pegando a pistola de tinta.

— Ah, bom, aí você tem uma vantagem em relação a mim: ainda não tive o prazer de ler o que há sobre você nos arquivos da Stasi.

Ele viu que a magoara, mas ela nada disse e voltou a se dedicar ao serviço de pintar o carro. Ele desaparafusou as placas de licenciamento e substituiu-as por um par de uma pilha de placas que havia junto à porta. Trabalharam em silêncio por meia hora, antes de remover as fitas adesivas e raspar a tinta que respingara. Por fim, recuaram um pouco para contemplar o Wartburg preto fosco.

— Quando quer, você pode ser um perfeito canalha — disse ela sem olhar para ele.

— Talvez seja o nazista em mim.

Ela sacudiu a cabeça, largou a pistola de tinta e foi para a mata. Ele não a viu por várias horas.

Naquela noite, depois que Flammensbeck foi embora, ela puxou uma cadeira e sentou-se em frente de Rosenharte. Ele estava levemente bêbado e a fúria o abandonara.

Ela estendeu as mãos e tocou as dele.

— Preciso voltar para Leipzig — disse. — Voltar para a minha vida de antes.

— Você vai ser presa.

Ela balançou a cabeça.

— Não, Rudi, não vou ser presa. As coisas mudaram; Biermeier me disse que o próprio Zank está sob investigação. Desde que Zank foi encontrado na *villa* não foi mais visto na Normannenstrasse. Por algum milagre, isso tudo parece ter pegado mal para Zank.

— Mas ainda há riscos.

Ela balançou a cabeça bem devagar.

— As coisas que você disse quando estávamos pintando o carro me fizeram, bem, ter dúvidas quanto a quem você é. Você se revelou um misógino.

— Talvez eu seja. Talvez porque tenha sido desapontado.

— Ou talvez tenha sido *você* quem desapontou — replicou ela rapidamente. — Talvez *você* não tenha dado o bastante e tenha esperado demais. Você já pensou nisso, Rudi?

— Estava pensando em como fui enganado recentemente. Havia uma mulher que eu conhecia em Dresden. Tivemos um caso, e depois que terminou, ela acabou passando informações sobre mim para a Stasi. Ela usou a amizade para obter vantagens da Stasi.

— Foi culpa da Stasi, não dela. Todos fazemos acordos nesse sistema de merda. Basta ver eu e o árabe! Essas coisas precisavam ser feitas para que possamos sobreviver.

— E o que você fez comigo, a maneira como você mentiu sobre o seu envolvimento... Quer dizer, como posso confiar em você depois disso?

— Você não tem de confiar em mim. Você pode seguir seu próprio caminho, embora eu espere que não. Achei que tínhamos algo que... podia durar. E... — ela se interrompeu e olhou para ele. — E, bem, sinto que preciso dizer isso, Rudi. Você precisa se tornar uma pessoa inteira sem o seu irmão. Sei que você o adorava e que obviamente ele era um ser humano notável, mas você fez dele um santo, e isso não pode ser verdade. Ele também tinha defeitos. Você sabe disso. Diga-me quais eram os defeitos dele, Rudi.

Rosenharte não gostava de se ver pressionado desse jeito, mas o vinho — ele nunca provara nada igual — e o cândido apelo nos olhos dela o amoleceram. Ele pôs o copo na mesa e mudou a posição de sua cadeira para olhar para um canto distante dela.

— Bem, às vezes ele podia ser um tanto moralista, um pouco pedante. Sempre sabia que estava certo. Mas isso era porque ele estava certo a maior parte do tempo.

— Não era a mais humilde das pessoas, então.

— Oh, ele podia mostrar humildade ante uma grande arte ou realização intelectual, mas também podia ser muito desdenhoso... e tinha um gênio terrível. — Ele balançou a cabeça e sorriu. — Era terrível. Só o vi perder a calma três ou quatro vezes, mas foi inesquecível.

— E você não perde a calma?

Ele balançou a cabeça.

— Perco o controle, como você viu, mas não tenho um gênio ruim. Sempre me perguntei de onde veio.

— Qual de vocês nasceu primeiro?

— Não sei. Não temos essa espécie de detalhe sobre o nosso nascimento. Mas ambos concordávamos que devia ter sido Konrad. Ele também era ligeiramente mais alto. — Ele pegou o copo de vinho de novo. — Você devia provar um pouco e parar de tentar me analisar. É um Chateau Margaux 1928.

Ela assentiu, depois olhou fixamente para ele com uma expressão de avaliação.

— Veja só, todos temos nossos defeitos, segredos e episódios negativos na vida. Eu? Não é de ter espionado ou enganado que me arrependo, mas de ter perdido meu bebê.

— Você fez um aborto?

— Quase isso. Fiquei doente. Não me cuidei e continuei trabalhando num serviço temporário que consegui. O médico havia me dito que eu devia ter cuidado porque havia complicações. Então perdi o bebê. Na época achei uma boa coisa e não me arrependi de meu comportamento, mas agora me arrependo... e amargamente. — Ela olhou-o atentamente por alguns segundos. — Veja, agora que ele se foi, você precisa se tornar uma pessoa completa para poder levar a sua vida por conta própria. Você é inteligente, engraçado e gentil, mas precisa seguir adiante sem ficar se comparando ao seu irmão. — Fez outra pausa. — E, falando nisso, você precisa parar de pensar em si mesmo. Ligue para a mulher dele, console-a e aos filhos dela em vez de ficar atolado em seu próprio luto. Faça isso já.

— Chega de sermão. Amanhã eu ligo.

— Por que não agora?

— Porque está tarde e preciso pensar no que vou dizer, para oferecer a ela alguma esperança.

— Esperança? Não há esperança. Apenas diga que você vai estar lá com ela. Esqueça essa obsessão com Zank. Homens como Zank não são dignos da sua atenção. Zank é insignificante.

Ele se inclinou para tocar o rosto dela, mas ela se desviou de sua mão.

— Sinto realmente muito pelo que aconteceu no lago — disse ele. — É só que não consigo suportar não saber qual é a minha situação em relação a você. Você me enganou muito. Mentiu, mentiu e mentiu.

— Não, eu fui dissimulada. Isso era necessário para o que queríamos e, claro, não fazíamos a menor idéia de que Konrad iria morrer na prisão. Como poderíamos saber?

— Eu aceito isso e peço desculpas.

— Certo, mas esqueça Zank.

— Não posso. Konrad morreu, antes de mais nada, por causa dele. Zank precisa pagar por isso.

— Você vai tentar atirar nele com aquele revólver? Não faz o seu gênero. Você é um intelectual, um esteta: você sabe que matá-lo vai prejudicar apenas você mesmo. E o que Konrad iria achar? Ele iria dizer que você está se comportando como uma criança. Imagine só o desdém dele se você atirar em Zank. Ele iria dizer que você perdeu o juízo.

— Talvez eu tenha perdido.

— Não, Rudi, você está apenas muito, muito triste. E você não vai se curar dessa tristeza matando Zank.

Ele balançou a cabeça, levantou-se e foi pegar outra garrafa aberta: um Cos d'Estournel de 1934. Tendo lavado seu copo, ele despejou um pouco, segurou o copo contra a vela e encantou-se com o reflexo âmbar na superfície antes de servir um pouco para Ulrike. Ficaram em silêncio bebendo e escutando os gravetos de pinho estalando no fogo. Por fim, ele pôs o copo de lado e se inclinou na direção dela para espiar seu rosto. Os olhos dela evitaram os dele, mas Rudi pôs a mão no queixo dela e virou seu rosto para o dele. Então a beijou um tanto hesitante, apenas roçando seus lábios secos. O rosto dela estava quase inteiramente na sombra, mas ele podia ver o branco de seus olhos e a deliberação que se passava neles. Ela se afastou para perceber a intenção dele — e após alguns segundos pareceu decidir alguma coisa, e ofereceu a bochecha. Ele passou os lábios pela mecha de cabelo que lhe caía sobre a orelha dela e ela murmurou seu prazer. Olhou-o nos olhos outra vez.

— Sabe, essa coisa com o revólver é muito infantil — disse.

Ele deu de ombros.

— Você já disse o bastante — replicou ele. — De qualquer modo, preciso pegar alguma coisa de Schwarzmeer.

— Você já pegou: o vinho.

— Não, o vinho é minha herança. O revólver é de Schwarzmeer.

Ela balançou a cabeça, mas sorriu e começou a beijá-lo cada vez com mais urgência. Ele ficou de pé e ela começou a mexer em suas calças, mas ele a levantou e a carregou até a cama que eles tinham cercado com tábuas e portas velhas para proteger das cortantes correntes de ar que assobiavam pelas frestas da casa. Deitou-a em meio à mistura de lençóis e sacos de dormir. Os olhos de Ulrike não procuravam mais os dele para se reassegurar, mas estavam fixos com um puro desejo animal. Ele despiu-a lentamente, tirando também suas roupas aos poucos, e virou-a de barriga para baixo para acariciar-lhe as costas. Ela agarrou as roupas de cama e seu corpo arqueou-se quando ele começou a beijar a parte detrás de suas coxas e nádegas, seus lábios movendo-se centímetro a centímetro até o centro dela. Quando não agüentou mais, ela se virou de lado, segurou a cabeça dele junto a si e começou a se mover ritmicamente sobre seus lábios até chegar ao orgasmo com um tremor. Ele a penetrou e eles ficaram quase imóveis, observando o prazer um nos olhos do outro. Então ele se moveu para cima dela e ela gozou pela segunda vez, segurando a cabeça de Rudi até finalmente puxar seu rosto ao encontro de seus cabelos eletrificados.

— O machado para meu mar congelado — sussurrou ela por fim, acariciando as costas dele.

Na manhã seguinte ele a viu de pé numa enorme banheira antiga, inclinando-se para catar com um balde a água que haviam esquentado no fogão. As coisas agora estavam tranqüilas entre eles. Quando ela despejava o balde sobre si mesma, a luz que passava pelo vidro mosqueado das janelas do banheiro iluminava seu esguio corpo branco. Ele ficou observando-a fazer isso várias vezes antes que ela percebesse e jogasse água na direção dele.

— O que foi?

— É que acabei de ver uma pintura em minha cabeça. A pintura que Rembrandt fez de sua mulher Saskia exatamente na mesma pose. Você a conhece?

— Não. — Ela saiu da banheira e enrolou-se no lençol que eles usavam como toalha. — Sei o momento exato em que fiquei perdidamente apaixonada por você. Foi quando você olhou aquele pássaro perto da cabine telefônica e falou sobre seu irmão. Quando foi para você? — perguntou com sinceridade ela.

— Senti algo no café naquele primeiro dia, mas resisti.

— O quê?! — Ela caminhou até ele e beliscou-lhe a perna. — Meu Deus, como eu amo você. Eu nunca senti amor desse jeito antes e é tão maravilhoso poder dizer isso sem as habituais dúvidas e qualificações... Estou a própria adolescente. Fico toda mole de prazer quando olho para você.

Ele pegou as mãos dela.

— Eu só posso dizer isto: nunca amei uma mulher como amo você. Na verdade, mal acreditava na existência de um estado assim. — Procurou as palavras certas. — Sua apaixonada glória, sua convicção e tenacidade, sua coragem brilhante e excêntrica, e seu corpo belo, mas tão belo que me deixa perdido de desejo. Você simplesmente me deixa assombrado, Ulrike.

Ela segurou a mão dele e a acariciou, o prazer brilhando em seus olhos.

— Isso já é demais — disse.

— A hibernação está chegando ao fim — disse ele.

Mais tarde ele foi até a casa de Schwarzmeer e a arrombou de novo. Discou para Harland e foi transferido para Else muito rapidamente. Conversaram por 15 minutos, que incluíram alguns silêncios longos e difíceis. Ele não lhe contou sobre a cremação, porque achou que ela não estava em condições de ouvir a indignidade final cometida pelo Estado da Alemanha Oriental contra o marido dela. Diria mais tarde, quando não houvesse corpo para ela chorar num lugar onde Konrad jazesse. Leu para ela a carta de Konrad — a carta que o fizera chorar tantas vezes nos últimos dias — e pediu desculpas por não lhe ter dado a carta antes. Ela ouviu em silêncio, e quando ele chegou ao fim disse que Konrad nunca escrevera algo que mostrasse tão bem sua nobreza e sua generosidade. Disse-lhe que Harland a havia visitado três dias seguidos e abrira uma conta no banco para ela. Ela se mantivera em contato com Idris e estava procurando obter um visto de visitante para ele. Ele era tão bom com Christoph e Florian que ela queria que ele ficasse algumas semanas lá para ajudá-los a se instalar. Ele se despediu e disse que estaria com ela assim que as circunstâncias permitissem, uma frase estranha que ela não questionou porque estava muito ocupada dizendo-lhe que tomasse cuidado.

Ele acendeu um cigarro e pensou, com certa culpa, o quanto queria uma bebida. Olhou para a poltrona onde desabara e afastou a idéia da mente. Era muito cedo, e ele estava velho demais para continuar se comportando daquele jeito. Em poucas semanas ia fazer 50 anos.

Pegou o telefone de novo e discou o número que havia escrito no pedaço de papel que caíra de seu bolso quando ele tirara a carta de Konrad: o número que fora deixado com Else pelo polonês.

— É o Dr. Rudi Rosenharte — disse ele quando atenderam o telefone.

— Ótimo — disse o homem em alemão. — Preciso encontrar o senhor ou seu irmão para falar sobre um assunto da maior importância.

Rosenharte respirou fundo.

— Meu irmão morreu. — Houve um silêncio do outro lado. — Alô? Ainda está aí? Meu irmão morreu quase quatro semanas atrás.

— Sinto realmente muito. É trágico, muito chocante.

— Bem, o que o senhor deseja?

— É um assunto delicado... Eu... eu preciso falar com o senhor pessoalmente. Não é algo que se possa dizer pelo telefone. Refere-se à sua mãe biológica.

— Minha mãe biológica? Por que o senhor quer falar sobre ela... — Ele se interrompeu e se agachou. A cabeça de um homem acabara de passar por uma janela do outro lado da casa. — Não posso falar agora — sussurrou.

— É muito importante que eu fale com o senhor, tanto para o senhor mesmo quanto para mim.

— Não agora — sussurrou Rosenharte e desligou o telefone.

Tirou o revólver do bolso, soltou a trava de segurança e verificou o cartucho, depois rastejou silenciosamente até uma das janelas e olhou para fora. Supôs que o homem havia vindo do depósito e, se fosse o caso, ele saberia que alguém estivera lá. Esperou em silêncio, então ouviu um som à esquerda. Quem quer fosse logo perceberia a porta arrombada e entraria para investigar. Maldizendo sua própria estupidez, ele se levantou e foi até a varanda, onde se instalou junto a uma das cadeiras de bambu. Alguns segundos depois um homem corpulento virou a esquina da casa. Tinha uma barriga de cerveja, um andar pesado e lento, e olhos um tanto malévolos, estúpidos. Era sem dúvida Dürrlich, de volta de seu período como motorista de Schwarzmeer em Berlim.

— Bom dia — disse Rosenharte todo simpático. — Acho que não tive o prazer de ser apresentado.

Dürrlich teve uma cômica reação de sobressalto.

— Quem diabos é você?

— Poderia fazer a mesma pergunta.

— Eu tenho o direito de estar aqui. Você, não.

— Não tenha tanta certeza quanto a isso. E, de qualquer modo, estou armado e não terei a menor piedade de estourar seus miolos.

Isso não pareceu afetar o homem. Ele foi até os degraus da varanda e pôs as mãos na cintura. Estava sem fôlego e suando por ter andado.

— Falo sério — disse Rosenharte calmamente. — Matá-lo não será uma maneira desagradável de começar meu dia.

O homem assimilou isso.

— O que eu fiz para você? Você está numa propriedade do Ministerium für Staatssicherheit. Esta área é proibida. Penalidade máxima por invasão: dez anos. Você é que está errado. — Ele fez uma pausa e franziu os olhos para ver Rosenharte. — Eu o conheço. Você é o homem que trouxeram aqui em setembro. Deixaram-no trancado numa das casas de hóspedes.

— Isso apenas demonstra para mim o quão estúpido você é, não? Quer dizer, se você quisesse escapar com vida nessa bela manhã, você não teria dito que sabia quem eu era. — Rosenharte levantou-se e foi até ele apontando-lhe a arma com ambas as mãos. — Você pode escolher: pode morrer ou cooperar comigo. Qual vai ser?

— Há outros agentes aqui. Você não vai escapar tão fácil.

— Chame-os. Podemos dar uma festa. — Rosenharte fez um sinal com a arma na direção do depósito.

O homem nada disse.

— Vocês estão todos perdidos. Você logo vai estar sem emprego. Pode muito bem fazer o que eu digo e salvar sua vida miserável. Portanto, comece a andar para o depósito carregando isto sobre a cabeça. — Ele moveu uma pesada cadeira de carvalho até a beira da varanda, a qual Dürrlich relutantemente pôs sobre a cabeça.

Quando entraram, Rosenharte o fez sentar-se na cadeira com as costas para a gaiola.

— Borgonha ou bourdeaux? Ah, não, tenho a coisa certa para você. Há um conhaque muito bom aqui. — Pegou uma garrafa, arrancou a tampa com um golpe seco na porta da gaiola e entregou-a para Dürrlich. — Não há copo, infelizmente, de modo que tome cuidado para não se cortar.

Dürrlich começou a beber. Quando ele acabou com o conhaque, Rosenharte deu-lhe uma garrafa de vinho e depois um Porto, mas Dürrlich já estava bastante pálido. Rosenharte esperou mais 45 minutos até ele escorregar na cadeira, babando e gemendo. Fez com que bebesse mais Porto, em seguida amarrou suas mãos e seus pés e prendeu-o à gaiola.

— Se eu fosse um homem menos caridoso, o amordaçaria — disse. — Mas acho que você vai precisar da boca nas próximas horas.

Dürrlich balançou a cabeça.

— Por favor... não.

— Quando você voltar a si, já terei cruzado a fronteira. Estou dizendo adeus a este arremedo de país. De modo que pode esquecer qualquer intenção de me seguir. — Fechou a porta e foi em direção do Schloss.

Não demoraram mais de 15 minutos para carregar o Wartburg e se despedir de Flammensbeck, que lhes falou de um lugar onde eles poderiam ficar nas montanhas, com um amigo chamado Krahl. Disse que iria descobrir Dürrlich mais perto da noite, fingindo que estava cuidando dos consertos que lhe haviam mandado fazer. Antes de entrar no carro, Ulrike o abraçou e beijou-lhe as bochechas. Os olhos do velho ficaram cheios de lágrimas. Ele havia gostado de tê-los ali mais do que poderia dizer. Aquelas tinham sido as melhores semanas que passara em anos, disse ele.

33
Uma Batalha Ganha

Passaram os dias seguintes fazendo um passeio pelos lugares da infância dele — a casa que pertencera à família Rosenharte, a escola e a área de esportes onde os meninos Rosenharte tinham sido as estrelas e, finalmente, o último lar de Konrad, que agora tinha um ar de melancólica deserção. Acamparam, esconderam-se em celeiros e uma noite ficaram na casa do amigo de Flammensbeck, Krahl, que não fez pergunta alguma ao receber de presente duas garrafas de Borgonha de boa safra e um garrafão do *slivovitz* de Flammensbeck. Além de explicar seu passado para Ulrike, a viagem serviu para Rosenharte achar uma localização para si mesmo após a morte de Konrad. Sabia que estava dizendo adeus a tudo aquilo por que decidira ir encontrar Else no Ocidente.

Estavam sentados no alto de um vale numa tarde de domingo quando Rosenharte voltou-se para ela e tocou seu rosto com o dorso da mão.

— Case-se comigo e venha comigo — disse subitamente. — Podemos cruzar a fronteira sem problemas.

— Não posso.

— Você está dizendo "não posso" para quê?

— Ir com você.

— Mas você vai se casar comigo?

Ela assentiu.

— Claro, Rudi, claro. — Ela estava sorrindo, mas também sendo bem direta quanto à questão. — Mas eu *preciso* ir à manifestação de amanhã. Perdi muito do que está acontecendo. Este é o meu destino, estar em Leipzig e acompanhar tudo até o fim.

Ele pôs a mão em seu ombro e inclinou a cabeça para ver seus olhos.

— A maior parte do tempo o destino de uma pessoa é o que ela escolhe. Mas se você escolhe ir para Leipzig, eu vou também e vou participar da manifestação uma última vez. Então quero que você pense sobre ir embora comigo. Porque este... nós, eu e você... este é o seu destino agora.

Ela estava observando alguns gansos que se moviam nervosamente no campo abaixo deles com um cão pastor correndo e armando o bote atrás deles.

— Vou pensar sobre isso — disse ela.

— Ir para Leipzig agora é um grande risco.

Ela cerrou os lábios e voltou-se para ele com olhos definitivamente resolutos.

— Não há risco algum. E mesmo que haja, eu preciso estar lá. Escute, vou ligar para Biermeier.

— O telefone dele vai estar grampeado.

— Duvido, mas não vou falar nada. Apenas vou ver se ele atende. Se atender, saberemos que está tudo bem. Ele vai saber que sou eu.

Mais tarde ela discou para Berlim duas vezes e deixou o telefone tocar três vezes antes de desligar. Na terceira vez, fez um sinal para que Rosenharte pusesse o ouvido junto ao fone. Ambos ouviram Biermeier dizer *Hurensohn* — filho-da-puta — antes de desligar.

— Ótimo. *Hurensohn* é nosso código para tudo está bem. Vamos para Leipzig amanhã. — Ela fez uma pausa. — Quer dizer, eu vou. Não sei quanto a você.

— Claro que eu também vou — disse Rosenharte.

Passaram aquela noite numa cabana acima das águas plácidas do lago onde ele e Konrad tinham passado tanto tempo de bruços olhando os peixes no verão e brincando com colegas no gelo no inverno. Sem sombra de dúvida aquele era o lugar de que ele mais gostava, pois tinha sido ali que sua mente entrara em sintonia com a natureza pela primeira vez, uma paixão que nos anos seguintes tornara-se o contraponto de sua erudição, incitando-o à solidão e à contemplação.

Fizeram uma fogueira do lado de fora da cabana, apoiaram as costas na parede de madeira e se cobriram com mantas e com o saco de dormir. O lago parecia reter a luz bem depois do anoitecer, e sobre eles uma ou duas estrelas brilhavam através da névoa fria do inverno, que descera sobre as montanhas ao cair da tarde. Rosenharte lembrou-se de algumas frases que conscientemente memorizara quando era jovem e as recitou hesitantemente: "Essas belas formas, durante a longa ausência, não foram para mim como uma paisagem é para um cego: mas não raro, em quartos solitários em meio ao tumulto das vilas e cidades, devi a elas em horas de desalento doces sensações."

Ulrike observou-o com uma expressão curiosa.

— Quem escreveu isso?

— William Wordsworth. Expressa o que eu sinto sobre este lugar.

— Você admira os ingleses?

— Eles mataram minha mãe com suas bombas, embora isso provavelmente tenha sido uma espécie de libertação para ela, Konrad e eu. E eles têm alguma responsabilidade na morte de meu irmão. Eu sempre gostei dos ingleses como idéia, mas não do prazer que eles têm com seu próprio amadorismo. Como Konrad dizia, são os únicos europeus contentes por serem ignorantes.

Logo depois, Ulrike dormiu aninhada junto a ele. Rudi ficou acordado durante muito tempo, movendo-se cuidadosamente para não perturbar seu sono quando bebia o que restava da última garrafa de vinho de Schwarzmeer ou acendia um cigarro. Então, também adormeceu.

Saíram cedo na manhã seguinte e acharam um telefone. Ulrike ligou para vários amigos e quando voltou para o carro, mal podia se conter. A liderança estava num estado de paralisia e não sabia como reagir ao movimento popular nem aos problemas econômicos do país, que pioravam. Naquele dia o Despertar Democrático ia se constituir num partido político, e embora a Stasi estivesse tentando controlar a revolução infiltrando novos grupos políticos, ninguém estava dando a menor atenção. Quase não havia indícios da presença deles na vida cotidiana de Leipzig. Em toda a Alemanha Oriental o povo mostrava-se num estado de desafio aberto e constante às autoridades: manifestações seguindo o modelo de Leipzig estavam ocorrendo em todas as cidades maiores. E eram pacíficas. Nenhum exemplo de vandalismo se registrara. Não havia violência.

— A besta ainda não foi exterminada — disse Rosenharte. — Estou falando sério: precisamos ter cuidado hoje à noite.

— Como eles vão me achar em meio a cem mil pessoas?

— Ainda assim, podem estar procurando; portanto, acho melhor ficarmos separados.

Em Leipzig, Rosenharte estacionou alguns quarteirões ao norte da casa de Ulrike e foi direto para a Nikolaikirche. Quando chegaram à enorme multidão que havia diante da igreja, ela apertou a mão dele e alcançou seu ouvido para sussurrar-lhe que o tudo que ela sonhara tinha se tornado verdade. Ela o olhou por um instante com a intimidade míope de quando faziam amor, ergueu a mão e colocou-a sobre seus lábios, depois saiu na direção da igreja.

Rosenharte ficou junto à multidão sentindo-se inquieto. Ergueu a gola do casaco e evitou trocar olhares com as pessoas ao seu redor. No fim do serviço a congregação juntou-se à multidão num ímpeto de alegria. Ele moveu-se rápido para ficar atrás do grupo de pessoas em volta de Ulrike e seguiu-os até a concentração na Karl-Marx-Platz. Nada o preparara para a dimensão da multidão. Havia três ou quatro vezes mais pessoas do que em 9 de outubro. No entanto a atmosfera estava bem menos carregada, pois havia menos medo da violência oficial. Os cidadãos de Leipzig haviam tomado posse da praça que recebera o nome do pai do socialismo: a cidade era deles, e não apenas durante as inebriantes horas das manifestações das segundas-feiras, mas o tempo todo. Rosenharte começou a achar que a batalha fora ganha. Relaxou e se pôs a conversar com um homem ao seu lado, que explicou que a mudança também fora percebida nas forças de segurança: jovens Vopos estavam se recusando a policiar as manifestações, e dizia-se que deserções das forças armadas aconteciam às centenas.

Durante a noite ele não perdeu Ulrike de vista um só instante enquanto ela percorria a multidão cumprimentando velhos amigos, abraçando e beijando companheiros com os quais ela combatera durante a longa campanha da Nikolaikirche. Por volta das 10 horas a multidão começou a diminuir. O povo expressara sua posição, e o faria de novo, aumentando o número de pessoas até a massa crítica necessária para a mudança permanente. Mas seus pés estavam cansados, havia uma semana de trabalho pela frente e, por maior que fosse o júbilo da nova camaradagem em Leipzig, eles precisavam dormir.

Rosenharte bateu no ombro de Ulrike e disse que estava na hora de irem.

— Devíamos ir embora da cidade também — disse ele.

— Não — ela respondeu com firmeza. — Após tanto tempo na estrada, preciso de minha própria cama. Vai estar tudo bem. Teriam pegado Biermeier, se suspeitassem de alguma coisa.

Saíram do centro da cidade rapidamente, a cabeça baixa contra a brisa cortante, falando com entusiasmo sobre as coisas que tinham visto naquela noite. Quando entraram na rua dela, ela pôs a mão no bolso da calça dele para aquecê-la, em seguida retirou-a e olhou para baixo.

— O que é isso? Ah, a fotografia de sua mãe. — Ela entregou-a para ele. — Eu queria fazer uma pergunta sobre essa fotografia.

— É? O quê?

— Por que não deixamos para conversar lá dentro? Provavelmente não é nada. Vou na frente para verificar se está tudo bem. Se a luz externa acender, você saberá que está tudo certo. OK?

— E quanto à fotografia? O que você ia dizer?

Ela parou.

— Está escrito "setembro de 1939". Mas isso não pode estar certo.

— Por quê?

— Ora, olhe para ela, Rudi! Ela está mais magra que um caniço. E, no entanto, vocês nasceram três meses depois que essa foto foi tirada. Ela devia estar grávida de gêmeos, de cinco ou seis meses, mas a aparência dela é a de alguém que ganhou um concurso de magreza.

— A data está errada. Achei-a no diário de 1938.

— Provavelmente você tem razão, mas que mãe comete um erro desses? — Ela sorriu. — Espere alguns minutos e depois entre.

Ele a viu seguir adiante, levemente confuso, e catou seus cigarros e isqueiro. Viu-a desaparecer pelo portão com a trepadeira e então começou a avançar lentamente pela rua. Estava a menos de cinqüenta metros da entrada quando um carro se moveu do local que ele tinha usado para observar o prédio dela e parou junto à calçada do lado que ele estava da rua. Rosenharte jogou fora o cigarro e recuou de novo para as sombras, seu coração a toda. Pegou o revólver e soltou a trava de segurança. Um homem saltou do carro e abriu a porta como um chofer faria. Então dois homens apareceram no portão com Ulrike entre eles. Não demorou mais que alguns segundos para que a colocassem no banco de trás e os três homens entrassem no carro, mas durante esse período Rosenharte notou que Ulrike não olhou na sua direção e que o homem que abrira a porta era o coronel Zank. Ele ergueu a arma e apontou, mas não podia atirar. Corria o risco de acertar Ulrike, e os homens de Zank certamente reagiriam aos tiros. Estava em desvantagem e seria morto ou feito prisioneiro. Nada disso ajudaria Ulrike, e foi por isso que ela não gritou pedindo-lhe socorro.

34
Energia das Trevas

Vladimir virou-se da janela e pôs o telefone no gancho. Rosenharte não tinha entendido uma palavra do que ele dissera, e a atitude e a inflexão de Vladimir nada deram a entender. Após um momento de deliberação, durante o qual arrumou algumas coisas em sua mesa, Vladimir olhou-o direto nos olhos.

— Ela foi levada para a Hohenschönhausen. Biermeier também. Estão em isolamento e nenhum dos dois tem idéia da presença do outro lá.

Rosenharte baixou os olhos, depois os ergueu para Vladimir, consciente de que seu queixo estava projetado para a frente. Mesmo agora, quando o novo premier Egon Krenz voltava de sua reunião de cúpula com Gorbachev em Moscou de mãos vazias para enfrentar uma economia falida, com milhões em manifestações e a fronteira com a Tchecoslováquia aberta de novo para apaziguá-los, a energia das trevas no coração do Estado não se desvanecia.

— E... ela está doente — disse Vladimir. Seu olhar firme não demonstrava sentimentos. — Algum tipo de infecção das vias respiratórias. Minha fonte diz que é pleurisia ou bronquite. Algo com que ela já estava havia algum tempo, possivelmente? — Rosenharte pensou na tossezinha seca que ela desenvolvera quando estavam em fuga e na palidez quase translúcida que ele notara no primeiro dia.

— Há alguma coisa que você possa fazer? — perguntou ele.

O russo fez uma careta.

— Você precisa compreender que eu me comprometo cada vez que falo com você. Não posso tomar essas decisões para interferir nos assuntos de um Estado soberano, não do quartel-general da KGB e com um salário de mil e oitocentos marcos da Alemanha Oriental. O que acontecerá se o pegarem e você contar a eles sobre nossas conversas?

— Eles não vão me pegar.

— Mas eles estão atrás de você. Você viu como foi difícil conseguir trazê-lo aqui. A Stasi ainda é um dos mais eficientes serviços secretos do mundo. Você está enganado se acha que vai entrar na Hohenschönhausen e sair de lá com sua amiga. Não é do meu interesse que você acabe preso e interrogado. — Ele parou e continuou num tom mais suave. — Deu-se um jeito em Abu Jamal; Misha foi efetivamente neutralizado porque ele não tem uma rede na qual operar. Você conseguiu o que se propôs: você devia sair do país. As fronteiras com a Hungria estão abertas de novo. — Rosenharte começou a balançar a cabeça, mas Vladimir o ignorou. — Se você partir, poderá ajudar sua namorada usando a mídia ocidental e tornando público o que ela e Biermeier fizeram para salvar vidas. A Stasi não gosta de prisioneiros com muita exposição, porque tem de cuidar deles. — Ele sorriu e ofereceu a Rosenharte uma cigarreira de prata com as iniciais VVP gravadas.

— Não vou perder mais ninguém naquele lugar — disse Rosenharte num tom contido. — Não vou deixar que ela morra lá como Konrad. Não posso deixar que isso aconteça. De um jeito ou de outro vou tentar resgatá-la, então é do seu interesse que eu faça isso com o mínimo de risco. É muito importante para você que eu não seja pego, certo, Volodya? — Ele intencionalmente se valeu do apelido que ouvira os outros russos usarem quando naquela tarde entrou no porta-malas de um carro no número quatro da Angelikastrasse.

Vladimir balançou a cabeça e sentou-se.

— Isso é uma forma de chantagem. Não vou aceitar isso, Rudi. — Fez uma pausa, mexendo com a cigarreira, evidentemente satisfeito de tê-la entre as mãos. — No nosso jogo, sempre precisamos de um retorno pelo risco. Não posso ajudá-lo, a menos que possa mostrar aos meus superiores que haverá alguma vantagem substancial nisso.

— Eu já lhe contei tudo. Não tenho mais nada para oferecer.

— Aquele fulano, Harland, você conseguiria fazer com que ele viesse aqui? — Vladimir pegou uma caneta e girou na poltrona para olhar a lúgubre vista do lado leste de Dresden sob a chuva lá fora.

— Por que aqui?

— Não importa. Traga-o aqui e eu o ajudarei. Diga-lhe que há algo nisso para ambas as partes. E para os americanos também.

— Preciso dar-lhes alguma explicação.

O russo contemplou a caneta, que segurava entre as pontas dos dedos indicadores, e então olhou por cima do ombro, balançando silenciosamente a cabeça.

— Não — disse por fim. — Sem explicação.

— Eles vão pensar que é alguma espécie de armadilha.

— Não vão. Sabem o quanto nós os ajudamos no caso do árabe.

— Vocês ajudaram?

— Sim, ajudamos nos primeiros estágios. A primeira informação de Ulrike Klaar para o Ocidente foi confirmada por meu serviço no Iêmen. Diga-lhes que há algo mais em que podemos cooperar. Algo muito grande.

Duas possibilidades ocorreram a Rosenharte. Ou Vladimir estava agindo além da autoridade que tinha ou ele era mais importante na hierarquia do que fazia supor. Talvez o QG de Dresden fosse uma espécie de disfarce, encobrindo uma operação da KGB num nível mais alto do que o acanhado escritório indicava. Talvez Vladimir não tivesse um chefe e ele mesmo conduzisse as coisas.

— Certo. Você fornece os passes para mim e um outro homem e os documentos para a libertação de Ulrike, e eu consigo que eles venham aqui para você. E quanto a Biermeier?

— Não me venha dizer que você também está apaixonado por Biermeier.

— Ele tem família. Correu mais riscos do que qualquer um. É um homem corajoso e não merece levar um tiro na nuca.

— É mais difícil libertar Biermeier. Eles vão descarregar o pior de sua fúria nele. Ele pode até já ter sido executado. Afinal, minha informação sobre ele estar vivo já é de dois dias atrás. — Ele se levantou e deu a volta na mesa. — Você não lhe deve nada. Ele estava no negócio. Sabia dos riscos. Esqueça Biermeier. Vou conseguir a identidade da Stasi para você, mas quanto ao resto fica por sua conta. Você vai ter de arranjar o transporte e no mínimo mais uma pessoa, talvez duas. — Ele ergueu o dedo perto do rosto de Rosenharte. — Mas receio que você não terá nada de mim até que eles estejam aqui. Você compreende, é o que os meus superiores requerem. Por que você não faz a ligação agora?

— Preciso dizer-lhes algo. Tenho de oferecer algum incentivo.

Os olhos de Vladimir resvalaram para um arquivo no canto da sala.

— Diga-lhes que as coisas estão desmoronando aqui, bem mais do que qualquer um no Ocidente possa perceber. Novas leis sobre viagens logo serão discutidas no Comitê Central, e as pessoas vão sair do país em torrente. Nossa estimativa é de que sejam duzentas mil pessoas só este ano. Se eles relaxarem as restrições às viagens, o país estará acabado. Mas os lucros com o caos serão de fato enormes. Ligue agora para eles e diga-lhes isso.

Rosenharte tentou ler a expressão dele. O que diabos ele queria dizer?

— Aqui está o telefone: use-o — disse Vladimir.

— Preciso de tempo para pensar como trazê-los aqui. Provavelmente só vou ter uma chance nisso. — Ele agiu como se estivesse pronto para ir embora, mas então pensou melhor. — Estamos falando sobre alguma coisa que você vai oferecer a eles? Algo da Stasi?

— Sim e não. Vou mostrar-lhe como obter a coisa, mas terão de pagar por isso. Uma quantia muito grande de dinheiro.

Rosenharte estava começando a compreender a força de sua posição. Vladimir não concordara em falar com ele por causa de Ulrike, mas porque queria que ele agisse como um intermediário.

— E quanto à nossa saída, você pode ajudar?

— Pergunte aos ingleses.

Ele assentiu e sentou-se de novo.

— Há uma outra coisa — disse. — Membros do serviço secreto polonês vêm tentando entrar em contato comigo há dois meses. Com Konrad e agora Ulrike sendo presos, não tive tempo de descobrir a razão. Você conseguiria descobrir quem eles são e o que querem? A Stasi estava interessada neles. Podem ter algo sobre eles.

Vladimir sorriu.

— Já temos alguma informação. O homem que o seguiu em Trieste era do serviço secreto polonês: Franciscek Grycko. O mais jovem, Leszek, também está no nosso ramo, mas é um agente menos formidável.

— Qual foi a razão para vocês se informarem sobre isso?

— Zank estar interessado. Sua amiga no museu, Sonja, ajudou muito. Queríamos saber quem eram esses poloneses e o que queriam de você.

— E o que vocês descobriram?

— Algumas coisas chegaram ao nosso conhecimento. O primeiro homem era um veterano de 58 anos. Um sujeito durão, que teve uma vida muito difícil. Foi para os campos quando tinha 10 anos, sobreviveu e tornou-se um dos melhores agentes do serviço secreto polonês. Ele usou os contatos que tinha para descobrir que você estava indo para Trieste. Achamos que tinha alguém no escritório de Schwarzmeer, mas não temos certeza. Pelo mesmo meio ele solicitara... e examinara... alguns dos arquivos sobre você. Sabemos disso.

— Como vocês puderam saber disso?

Vladimir olhou-o com sua expressão de jogador de pôquer e deu de ombros.

— O mais jovem me deixou um número de telefone e eu liguei para ele — disse Rosenharte. — Fui perturbado durante a ligação, de modo que não pude falar muito tempo com ele. O homem disse que queria conversar sobre minha mãe biológica.

— E isso suscitou seu interesse?

— Obviamente. — Rosenharte não estava disposto a compartilhar o vislumbre de uma idéia que lhe ocorrera ao acordar naquele dia. — E imagino que o que quer que ele quisesse dizer devia ser importante, já que o outro homem, Franciscek, viajou para Trieste estando tão doente.

— Você tem certeza de que ele morreu de causas naturais? Tem certeza de que não foi assassinado?

— Sim, pela simples razão de que ninguém tinha motivos para envenená-lo. Ninguém sabia quem ele era. Ele simplesmente apareceu do nada. Seu hálito tinha um odor químico, mas talvez isso possa ser explicado pelo uso de remédios para controlar seu problema. — Ele fez uma pausa. — O que é interessante é que o segundo homem parecia querer entrar em contato urgentemente comigo ou com Konrad. Seguiu-me até Leipzig, depois foi até a casa de Konrad e deixou um bilhete lá com o número de telefone.

— O comportamento sugere um motivo mais desesperado do que sinistro — disse Vladimir.

Rosenharte assentiu.

— Bem, você tem o número: ligue para ele.

— Gostaria de antes investigar um pouco por minha conta. Você tem contatos, influência. Descubra sobre eles. Além disso, não sei onde vou estar. Não posso planejar nada enquanto não libertar Ulrike. — Ele pegou o bilhete que Else lhe dera e entregou-o a Vladimir antes que ele pudesse protestar. Vladimir pegou-o, balançando a cabeça, e copiou o número.

— Não prometo nada — disse.

— Compreendo — disse Rosenharte —, mas obrigado.

Vladimir devolveu o bilhete.

— Você até agora não me deixou na mão, e além disso estou começando a gostar de você. No entanto só vou ajudar com os passes se puder ver Robert Harland.

— Vou ligar mais tarde para informar o local do encontro e sobre minha operação na Hohenschönhausen. Preciso de tempo para fazer um reconhecimento, de modo que, independentemente do quão importante seja para mim, em termos pessoais, agir rápido, não vou fazer nada até a semana que vem.

— Você está sendo sensato. E está falando como um agente do serviço secreto. Espero que isso signifique que você levará em conta a necessidade de cautela e discernimento. Você deve saber que se o pegarem vão matá-lo imediatamente. Aqueles disquetes que você obteve do Ocidente eram um cavalo de Tróia; arruinaram o mainframe na Normannenstrasse, e agora eles estão tendo de reconstituí-lo. Foi culpa sua, e a Stasi sabe disso. Se o prenderem, não vão nem se dar ao trabalho de interrogá-lo. Vão torturá-lo e matá-lo antes mesmo do fim do dia. Não vai ser uma morte agradável.

Rosenharte sentiu um frio na nuca e na espinha. A Stasi estava com Biermeier na prisão e o próprio Biermeier fora o responsável por armar a operação que trouxera os disquetes para a Alemanha Oriental. Não seria preciso ser um gênio para juntar as coisas e estabelecer as conexões que uniam Ulrike, Biermeier e ele mesmo numa rede de traição. Zank provavelmente tinha posto a maioria das peças nos seus devidos lugares ainda em Leipzig. No entanto Rosenharte discordava de Vladimir quanto às execuções sumárias. Pelo que Konrad lhe contara, a energia das trevas requeria que tudo estivesse em ordem, a trama estivesse registrada em detalhes minuciosos, os suspeitos tivessem sido espremidos até o fim e seus motivos, explicitados. Portanto, Ulrike enfrentava a perspectiva terrível de ter de resistir a Zank para poder continuar viva.

Os olhos de Vladimir detiveram-se em Rosenharte como se ele pudesse ler sua mente. Rosenharte desviou o olhar.

— Preciso saber onde ela está sendo mantida — disse. — Qual cela, qual andar? Também os horários dos interrogatórios e o número de homens envolvido. Qualquer coisa que me possa ser útil.

— Ligue para Harland agora e verei o que posso fazer — disse Vladimir, mexendo no relógio e olhando a hora.

— Mais uma coisa — disse Rosenharte. — Eles vão querer saber com quem estão tratando. Quero saber o seu verdadeiro nome.

— Eu já lhe disse — respondeu o russo. — Major Vladimir Ilyich Ussayamov.

— Então por que sua cigarreira tem iniciais diferentes... VVP?

— Você é um bom observador. Não sabia que você era capaz de ler nossas letras cirílicas.

— Conheço o alfabeto, só isso.

— VVP era um amigo de meu pai que morreu em Leningrado. Quando meu pai morreu, eu a herdei.

— E a medalha, dada a VVP no judô?

Ele sorriu para indicar que não estava disposto a continuar discutindo o assunto.

— Faça a ligação, Dr. Rosenharte.

Alan Griswald, segurando uma xícara de café, examinou Harland por sobre seus óculos de leitura.

— Não posso ir. Langley não permitiria. E nem você devia ir, em particular se não tiver nenhum tipo de cobertura diplomática. Londres sabe?

Harland coçou o queixo.

— Isso é um sim ou um não?

— Tenho cobertura como um jornalista de TV e estou credenciado para a próxima semana inteira. Haverá uma manifestação amanhã na Alexanderplatz, em Berlim; a maior delas até agora. Londres está ansiosa por saber o que diabos está acontecendo na Alemanha Oriental, então eu disse que iria lá descobrir. Qual o problema de ter uma palavrinha com o homem dos soviéticos em Dresden? Quer dizer, eles de fato nos ajudaram quanto a Abu Jamal. Sem o material deles, jamais teríamos levado Kafka a sério. Além disso, queremos descobrir o que eles planejam fazer. Eles têm quatrocentos mil homens no Leste. Eles vão ficar quietos em suas casernas ou vão começar a lubrificar as esteiras dos tanques para fazer uma outra Praga? É importante sabermos.

— Então mande algum de seus homens, alguém que não tenha estado envolvido no seqüestro do árabe. O pessoal da contra-inteligência deles está direto nesse assunto. Kafka está presa, bem como o principal colaborador dela. O que há para se ganhar com você indo lá ilegalmente? Se Londres acha que você consegue mais essa, Bobby, estão com um caso coletivo de escatologia intracraniana.

— O quê?

— Estão com merda na cabeça. Perderam a razão, e você também.

— Mas nós devemos essa a Rosenharte.

O dedo de Griswald começou a ir e voltar na frente dele antes que terminasse.

— Não, Bobby. Não, não e não! O homem teve a oportunidade de ir embora e não a aproveitou. Ainda há tempo para ele sair de lá, mas ele não quer fazer isso por causa da namorada. Se eles estão querendo dar uma de Abelardo e Heloísa, a responsabilidade não é nossa.

— Sim, mas o irmão dele está morto, e Zank está usando o seu lado mais demoníaco com Kafka e Biermeier. Preciso dar uma olhada nisso.

— Porra, não seja otário. Conseguimos o que queríamos e você se saiu muito, muito bem. Não vá me dizer que você está indo lá para ajudá-los.

— Se eu puder, vou ajudar.

— Não, vá lá e ouça o que homem tem a dizer, mas nem chegue perto daquela maldita prisão. Você não é um cavaleiro numa porra de uma armadura, Bobby. Você é um agente secreto com responsabilidades.

— Mas e se os soviéticos realmente tiverem algo a nos oferecer?

— Essa é uma questão diferente. Os soviéticos cuidam de si mesmos. Nunca se esqueça disso. Esse cara em Dresden, ele é uma figura menor. O que ele pode oferecer?

— Acesso — respondeu Harland num tom mais irritado do que pretendia. — Acesso aos arquivos da Stasi. As coisas estão se desemaranhando lá. Rosenharte até passou o telefone para o sujeito quando estávamos conversando. Ficou claro que ele está envolvido de alguma maneira. Ele sabia muita coisa sobre o árabe e mora na mesma cidade que Misha. De qualquer modo, as coisas estão mudando a cada minuto por lá, e eu quero ouvir o que ele tem a dizer.

Griswald pôs a xícara de café na mesa e olhou ao redor do escritório de Harland com o embaraço difícil de esconder de um parente mais rico fazendo visita.

— Nós vamos arrumar isso aqui — disse Harland. — Os trabalhos começam na semana que vem. Consegui isso depois que o árabe começou a cuspir sua rede inteira.

— Você quer dizer que o chefe da sucursal do SIS tem de arriscar a vida seqüestrando um terrorista em solo comunista para que o governo de Sua Majestade concorde com um simples servicinho de pintura?

— O pintor tem de vir de Londres. Somos muito cuidadosos com a segurança. A ninguém daqui é permitido acesso, a menos que tenha sido verificado.

— Nada é simples no nosso ramo. E essa sua idéia é maluca. Não faça isso.

Harland olhou para o amigo.

— Pode ser algo grande. Tenho essa sensação. Sei que alguma coisa vai acontecer.

Griswald afundou na poltrona e olhou para ele com ar indulgente.

— Bom, você estava certo quanto ao árabe, certo em seguir seu nariz quanto a Kafka. Então, talvez você tenha razão quanto a alguma coisa nisso. Talvez... — Ele se levantou e estendeu a mão num gesto estranhamente final. — Se você realmente achar o pote de ouro no fim do arco-íris comunista e conseguir não ser preso, me dê uma parte, Bobby.

— Claro — disse Harland, baixando os olhos para sua credencial de imprensa e seu passaporte em nome de Philip Liversedge. — Mas só depois que eu tirar a minha parte dos lucros do caos.

Rosenharte estava andando de carro à noite em Leipzig. Só tinha havido mais uma matéria nos jornais sobre ele, a qual dizia que se acreditava que ele fugira do país. Ele não sabia se tomava isso como um sinal de que a Stasi desistira de procurá-lo ou se Zank plantara a história para deixá-lo menos atento, de modo a acabar cometendo um erro.

Ele chegou às 2h30 e parou a pouca distância da casa de Kurt Blast, depois foi esmurrar a porta. Na mão esquerda segurava a pistola, para o caso dos homens de Zank estarem à sua espera do outro lado da porta. Ouviu um ruído do outro lado e viu um olho no orifício que havia na madeira.

— Quem está aí? — veio a voz de Blast.

Rosenharte pediu que ele o deixasse entrar e disse que estava sozinho.

Blast deliberou por alguns segundos, então começou a abrir os vários fechos e virou a chave.

— Preciso de sua ajuda, Kurt — disse Rosenharte antes mesmo que a porta estivesse fechada atrás dele. — Ulrike está na prisão e vou tentar tirá-la de lá.

— Qual delas? — perguntou Blast, esfregando um olho com a mão e olhando o revólver com o outro.

— Hohenschönhausen.

— Merda. Isso não é nada bom. — Ele estava começando a acordar. — Estava me perguntando o que acontecera com ela. Desapareceu há quase três semanas.

— Estivemos juntos a maior parte desse tempo. Ela foi presa quando voltou para a manifestação de segunda-feira. Estavam esperando por ela.

— Merda, a Hohenschönhausen. Pobre mulher. Lá quase foderam de vez com a minha cabeça.

— Você esteve lá? Você não tinha me dito isso!

— Por cerca de três semanas antes de pegar seis meses por escrever uma canção sobre o Exército do Povo. Eu disse a você.

— Não, você me disse apenas que tivera alguns problemas.

— Eu não fazia idéia de onde estava. Eles não dizem. Poderia estar na Sibéria. Era tão frio à noite... As únicas pessoas que eu via eram os meus dois interrogadores. Acabaram com a minha massa cinzenta e depois cagaram e andaram. Levei dois anos para me livrar da depressão. Foi quando adotei meu novo nome. Sabe, Kurt Blast nunca esteve na Hohenschönhausen ou em Bautzen. Mas Hans-Joseph Huch esteve.

— E então, Kurt Blast, vai me ajudar?

— O que você quer que eu faça?

— Quero que você dirija, para entrarmos e sairmos de lá. Farei o resto. Vou obter documentos forjados para a libertação e identidades falsas. Preciso que você me arranje uma fotografia sua de como você era.

— E o que vai acontecer se eles não acreditarem nos documentos? O que faremos? Vamos ficar presos dentro da Hohenschönhausen com uma sentença de vinte anos de trabalhos pesados... ou algo pior. Rudi, não posso ficar preso esse tempo todo. Não conseguiria ficar nem mesmo uma semana naquele lugar. Você está pedindo demais. — Ele se empoleirou numa caixa coberta com um pedaço de pano vermelho e começou a dividir o tabaco do cigarro que Rosenharte lhe dera em dois papéis. Depois enrolou os dois e acendeu um e pôs o outro atrás da orelha.

— Você já esteve na Hohenschönhausen, de modo que a conhece.

Kurt não respondeu. Foi até o toca-discos com o cigarro pendurado na boca e escolheu um disco. Endireitou-se e esperou sem se mexer até ouvir os primeiros compassos do "Trio Arquiduque", de Beethoven.

— Não me lembro muito da Prisão Preventiva Central para Prisioneiros Políticos — ele disse o nome oficial da Hohenschönhausen deliberadamente. — Cada andar parece igual aos outros. Cada sala parece igual às outras. Cada luminária, ferragem, cadeira e mesa fica na mesma disposição em todas as salas. O lugar tem uma espécie de infinitude: formas, pessoas e objetos infinitamente repetidos. É como um filme de terror ou algo assim. O que estou dizendo é que o fato de ter sido prisioneiro lá não faz a menor diferença. Fui levado para lá à noite e saí de lá à noite. Não vi ninguém, a não ser um homem no estacionamento da van, e ele desviou o rosto quando eu saí. Foi como alguma coisa do Kafka.

Rosenharte deu um sorriso amargo ante a ironia do codinome escolhido por Ulrike.

— Você sabe que Ulrike é uma mulher muito, muito corajosa — disse em voz baixa.

— O que ela fez?

— Não posso lhe contar enquanto você não tiver se comprometido a fazer isso. — Ele fez uma pausa. — Olhe, Kurt, eu não pediria isso a você se houvesse alguma outra pessoa a quem eu pudesse recorrer. Mas não há. Sei que posso contar com você numa situação difícil.

— E o que faremos se conseguirmos tirá-la de lá? O que vai acontecer?

— Vou levá-la para o Ocidente. Você também pode vir. Começar uma vida nova lá: Kurt Blast, compositor e cantor com discos gravados. Explorar todo o talento que você tem.

Ele se levantou e se espreguiçou. Rosenharte notou sua esbelta delicadeza de rock star e se perguntou se havia alguma razão para não haver indício algum de uma mulher na vida de Kurt Blast.

— OK, vou fazer isso — disse ele de repente. — Só espero que meus nervos não saiam do controle quando estivermos lá dentro. Você tem outro revólver? Prefiro dar um tiro na cabeça a ser preso.

— Não, mas acho que podemos conseguir.

— Então acho que estou nessa. Eu amo aquela mulher quase tanto quanto você; mas não do mesmo jeito, claro — acrescentou, lançando um olhar embaraçado para Rosenharte. — Ela me ajudou muitas vezes nos dois últimos anos. Ela me manteve alimentado quando eu estava duro; manteve-me são quando eu estava deprimido. Você sabe o que eles fazem com os prisioneiros políticos naquele lugar?

Rosenharte ergueu a mão.

— Meu irmão estava lá. Ele morreu lá; eles queimaram o corpo dele e agora estão me acusando de tê-lo assassinado. Sei do que são capazes.

Ele assentiu.

— Eles me desmantelaram, desmontaram minha personalidade. Eu não sabia quem eu era, o que eu pensava sobre as coisas quando saí de Bautzen, e isso foi por causa do que me fizeram na Hohenschönhausen. Ulrike juntou meus pedaços de novo. Nenhum psicólogo, nada no gênero. Só Ulrike falando e sendo natural e engraçada. Devo a ela minha sanidade; provavelmente, minha vida.

Eles partiram uma hora depois na direção sudeste, rumo ao Schloss Clausnitz. Ele acordou Flammensbeck e contou-lhe sobre Ulrike. O velho cerrou as mandíbulas e insistiu em acompanhá-los ao depósito. Quebraram os trincos sem muita dificuldade, depois destruíram as novas dobradiças da gaiola e as tábuas que tinham sido ineficazmente pregadas no gabinete de armas. Rosenharte pegou três pistolas e encheu os bolsos de munição.

— Você parece estar planejando alguma espécie de batalha — disse Kurt.

— Não, mas cada um com duas armas e um monte de balas significa que poderemos sair de lá atirando, se for o caso.

— Credo.

— Você sabe usar essas coisas?

— Fiz serviço militar. Na realidade, era o melhor do meu regimento com uma AKS74. Eles até queriam que eu virasse um Grepo e iam me pôr no Muro de Berlim para atirar em quem tentasse escapar, de modo que então descobri que era incapaz de acertar o alvo.

— Certo, melhor partirmos — disse Rosenharte. O quinto dia da provação de Ulrike havia começado.

Aquele sábado — 4 de novembro — ficou marcado por protestos em Halle, Magdeburg, Leipzig, Plauen, Potsdam, Karl-Marx-Statd e Rostock. Em Berlim, meio milhão de pessoas compareceu à Alexanderplatz para ouvir discursos dos líderes dos novos movimentos políticos, enquanto as câmeras de vigilância da Stasi, fixadas permanentemente em todos os lugares para, aparentemente, monitorar o trânsito, esquadrinhavam, impotentes, a multidão. Em Dresden a vigilância não era tão intensa, mas mesmo assim Rosenharte e Kurt Blast não ficaram tentados a deixar a aconchegante cabana de Idris junto ao rio Elba para participar da maior manifestação da cidade. Em vez disso, ficaram lá o fim de semana todo, com um suprimento de lenha, bebida e alimentos comprados naquele dia com os dólares de Rosenharte, e se revezaram cozinhando no eficiente fogãozinho. Quando um dos dois dormia, o outro ficava na poltrona com um revólver no colo.

Na manhã de segunda-feira, aventuraram-se a sair para comprar roupas mais convencionais para Kurt e para ele cortar o cabelo. Então tiraram fotografias. Rosenharte esperou a revelação lendo o *Neues Deutschland* e quase se engasgou com a declaração do vice-diretor da Stasi, Rudi Mittig, que dizia: "O estado de vigilância total, o ubíquo sistema de espionagem, existe apenas na imaginação da mídia ocidental."

A notícia mais importante estava numa matéria pequena que informava sobre a renúncia do ministro para a Segurança do Estado, Erich Mielke, o que explicava por que Mittig estava dando declarações públicas. Rosenharte torceu para que a ausência de Mielke e o tumulto geral significassem que execuções sumárias seriam menos prováveis.

Por outro lado, percebendo o fim de seu poder, Zank bem poderia escolher usá-lo num ato final de vingança.

35
Os Muros da Prisão

Rosenharte deixou Kurt no carro e foi até a entrada do antigo armazém a 550 metros dos trilhos da estação Neustatd. A noite ainda não chegara propriamente, mas dentro do grande barracão estava extremamente escuro. Ele hesitou na entrada. Um murmúrio de vozes chegou até ele vindo do outro lado do prédio e alguém estava balançando uma lanterna para tempestades, o que fazia com que sombras dançassem no chão.

Ele empunhou a arma, mas manteve a lanterna apagada e começou a andar na direção da luz.

Alguém chamou de lá. Era Vladimir.

— É você, Rudi?

Ele não respondeu, deixando seus olhos se acostumarem à escuridão. Então começou a se mover na direção da luz.

Acabou conseguindo distinguir quatro homens, dentre os quais Harland. Cumprimentou-os de longe.

— Bem, venha até aqui então — disse Vladimir, batendo um copo numa garrafa sob a luz da lanterna. — Seus amigos estão aqui e tivemos uma conversa muito útil. Imagino que um drinque lhe caia bem. — Harland disse olá naquele jeito evasivo inglês. O Pássaro acenou com a cabeça afavelmente. Vladimir fez um gesto para o outro homem, que encheu um copinho com vodca e entregou para ele.

— A tempos melhores — disse Vladimir, virando-se para Harland — e à conclusão de nosso negócio.

— A você, Rosenharte — disse Harland. — É bom ver que está são e salvo. Mas gostaria que você tivesse partido quando eu lhe disse.

Rosenharte levou o copo aos lábios. Como o empresário daquele encontro, estava aborrecido de ter sido deixado de fora da conversa.

— E à liberdade de Ulrike Klaar — disse ele com certa raiva.

— De fato — disse Harland. — E pelo que entendi, você está recebendo ajuda de Vladimir Vladimiric em troca de ter arranjado este encontro, certo? — Harland e Vladimir pareciam estar se dando muitíssimo bem, o que o irritou um pouco.

— Ainda não — respondeu Rosenharte.

— Sou um homem de palavra — disse Vladimir calmamente. — Você receberá tudo esta noite.

— Mas vou precisar de transporte de Berlim para o Ocidente e de alguns medicamentos.

Harland tossiu.

— Vou ver o que posso fazer, mas não vai ser tão fácil assim em cima da hora. Faça contato da maneira usual e marcaremos um encontro.

— Posso saber sobre o que vocês estavam falando? — perguntou ele.

— Este assunto concerne apenas a nós — disse Vladimir —, mas lhe agradecemos por nos ter posto em contato.

Harland assentiu.

— Desde que você mantenha sua palavra quanto a Ulrike, não me importa. Há alguma novidade quanto à outra coisa que eu lhe pedi para dar uma olhada?

Vladimir assentiu.

— Tenho um colega em Varsóvia que está investigando. Vamos nos falar amanhã de manhã. Você pode me telefonar e eu lhe darei os resultados. Estarei em Berlim nos próximos dias, mas a mensagem chegará até mim.

— O mesmo se aplica a mim — disse Harland. — Vou ficar no hotel Berolina sob o nome de Philip Liversedge. Mas siga o procedimento usual e acabará chegando até mim. — Ele mostrou a Rosenharte sua credencial de imprensa para ele ver como era a grafia do nome. Ao mesmo tempo, enfiou algo no bolso de Rosenharte, um movimento tão discreto que nem o olhar treinado de Vladimir percebeu.

Cinco horas depois do encontro, Rosenharte e Kurt Blast partiram de Dresden para Berlim Oriental com um formulário que exigia a presença de Ulrike Klaar no quartel-general da KGB em Berlin-Karshorst no dia 8 de novembro às 17 horas, um documento do Departamento XIV — a seção de interrogatórios e penas da Normannenstrasse — que autorizava a transferência da prisioneira e era endossado pelo diretor da unidade da Stasi encarregada das relações com a KGB. Também levavam duas carteiras de identidade da Stasi com fotografias em nome de Bernhard Müller e Werner Globke.

Estavam bem descansados depois do fim de semana e dispostos a passar a noite de segunda-feira sem dormir. Por volta das 6 da manhã do dia 7 de novembro eles foram até o bairro de Lichtenberg. Rosenharte parou o carro perto de uma capela na Münsterlandstrasse, a alguma distância do enorme complexo da Stasi ao norte da Frankfurter Alee. Antes de sair do carro, ele se voltou para Kurt, que estava irreconhecivelmente normal com um suéter simples e uma camisa com a gola aberta.

— Certo, então você agora é Werner Globke — disse Rosenharte. — Você tem nove anos de serviço na Stasi e anda com uma discreta arrogância. Você sabe onde está indo e o que quer; nunca demonstra hesitação nem incerteza. Você não tem motivo para ficar pelos cantos da Normannenstrasse e nunca olha para as câmeras. Você se sente em casa nesta área, mas nunca passa duas vezes na mesma rua ou se move de modo a circundar o quartel-general. Deixe uma ou duas horas entre cada passada pelas câmeras. Lembre-se, diferentes câmeras são vigiadas pela mesma equipe durante um período de oito horas. Se for abordado na rua, não mostre sua identificação imediatamente. Aja com frieza, talvez com um pouco de arrogância. Não tome notas nem observe nada nem ninguém com muita atenção. Memorize o que puder sem olhar demais para os caminhões brancos. Minha experiência é que eles nunca vão direto para a prisão, mas seguem uma variedade de caminhos mais compridos para a Hohenschönhausen. É um percurso muito curto quando feito em linha reta, mas o caminhão que me levou demorou de quinze a vinte minutos. Precisamos isolar um desses percursos para amanhã, e escolher um bom local de interceptação. Esse é o nosso único objetivo hoje. Não se distraia, e se achar que está sendo seguido, suma daqui. Se você sentir que não é seguro me encontrar aqui às 7 horas da noite, irei procurá-lo na Ostbahnhof. Espere do lado de fora da estação, que eu passarei de carro por lá às 9 horas. Se você ainda achar que está sendo vigiado, coce o queixo quando vir o carro. Deixe o resto comigo depois disso.

— Muito bem, professor, e o que eu faço se você não aparecer hoje à noite? O que acontece então?

— Depende de você, Kurt.

— Você quer dizer que espera que eu a tire de lá por minha conta?

— Não. Isso é muito para pedir a qualquer um. Volte para Leipzig e leve isto. São os quinhentos dólares que o inglês me deu na noite passada. É o dinheiro da culpa britânica por eles não estarem nos ajudando nesta operação. — Kurt tentou devolver o dinheiro. — Não, fique com ele... eu ainda tenho muito. — Ele fez uma pausa e olhou para a frente. — Você também pode levar uma das armas, se quiser. Não o aconselho a usá-la; eu planejo ir desarmado. Depois, quando formos entrar, ambos iremos armados.

Kurt assentiu.

— OK, agente Werner Globke, são 7 horas. Vá e tome o café-da-manhã. Daqui a 12 horas nos veremos de novo.

Rosenharte observou-o virar a gola para cima e passar pela capela com a cabeça inclinada contra o úmido vento do oeste. Alguns minutos depois trancou o carro e caminhou no sentido oposto, para pegar uma rua deserta em direção a uma área ao norte, chamada Hellersdorf. Virou à esquerda na Landsberger Alee e achou um lugar para comer alguma coisa, um pouco ao sul do bairro da Hohenschönhausen. O lugar estava vazio. Ele pediu chá, pão e queijo e leu um jornal até que um grupo de cinco homens entrou. Sabia que mesmo àquela distância da Normannenstrasse, eles provavelmente eram agentes da Stasi, homens que trabalhavam nos vários prédios sem identificação ao redor do complexo penitenciário. Rosenharte partiu quase imediatamente, mantendo o rosto virado na direção oposta, e foi esperar a uma distância discreta do café.

Sua lembrança da localização exata da prisão era vaga. Naturalmente, era algo que jamais aparecia em mapa algum, e mesmo durante o breve período em que estivera vinculado ao Diretório Principal, ele nunca fora à prisão nem aos prédios ao redor dela. No entanto, quando Biermeier o pegara depois dele ter visto o irmão pela última vez, ele havia notado que o carro entrara na Konrad-Wof-Strasse.

Já eram 7h40. O grupo de homens saiu do café com suas marmitas e jornais e todos seguiram ao longo da Frankfurter Alee. Entraram à direita na Genslerstrasse, uma rua lúgubre, que ele sabia que devia levar à prisão, e ao longe ele viu uma barreira vermelha e branca na rua. Foi até o cruzamento com a Konrad-Wolf-Strasse, onde ficou à espera, fumando um cigarro, lendo o jornal e ocasionalmente olhando o trânsito. Um homem pediu-lhe fogo e outro parou lançando-lhe olhares inquisitivos. Só um membro da Stasi faria uma coisa assim. Rosenharte sorriu e resolveu dizer que lhe tinham dado o cano.

— A essa hora do dia? — perguntou o homem.

— Eu às vezes levo minha filha para a escola daqui — disse Rosenharte. — Eu e a mãe dela estamos divorciados.

— Ah, bem, é o que ocorre — disse o homem, como se fosse bem feito para ele ter sido largado à espera ali naquela úmida manhã em Berlim.

Rosenharte disse adeus para o homem que se afastava e notou a facilidade com que sua mente regredira à do proficiente jovem estagiário na Stasi. A dissimulação e as mentiras eram agora como uma segunda natureza.

Ele ficou pela região por cerca de duas horas e viu apenas um dos caminhões da Stasi. O veículo havia saído de uma travessa da Frankfurter Alee e pegara o caminho mais longo para a prisão, evitando a Genslerstrasse. Rosenharte viu-o entrar à direita da Frankfurter Alee e depois, tendo manobrado, reaparecer alguns minutos mais tarde para cruzar a Konrad-Wolf-Strasse e se dirigir à prisão.

Durante o dia ele saiu e voltou para a área, mas pelo fim da tarde havia constatado que, qualquer que fosse o caminho que os caminhões da Stasi pegassem no começo do percurso para a prisão, quase sempre chegavam lá cruzando a Konrad-Wolf-Strasse. Este último trecho oferecia várias possibilidades de interceptação, mas ele iria esperar para ouvir o que Kurt tinha a dizer antes de decidir seu plano. Tudo o que faltava agora era observar a rotina que os transportes para a prisão seguiam quando se aproximavam dos portões da Hohenschönhausen. Esperou até aparecer um caminhão na Frankfurter Alee, então caminhou rapidamente pela Genslerstrasse, onde encontrou uma barreira fechando a rua com dois agentes da Stasi à paisana. Ele agora estava entrando na área restrita. Rosenharte mostrou sua identificação e disse que estava atrasado para uma reunião. Os homens abriram a barreira sem olhar para o documento. Rosenharte ficou do lado esquerdo da rua, de modo a poder observar a prisão à sua direita sem parecer que o fazia. A primeira torre de vigia entrou em seu campo de visão. Ele se apressou sob uma fileira de limeiras novas, passando por um prédio de escritórios verde e branco à esquerda e pela entrada principal da prisão à direita. Os muros não tinham mais de seis metros de altura, mas três metros de arame farpado se acrescentavam no interior da prisão. Havia várias câmeras ao longo do muro, mas nenhuma delas girou para segui-lo. No exato momento em que ele chegou ao fim do complexo, o caminhão branco apareceu vindo da Konrad-Wolf-Strasse e fez várias curvas em volta do quarteirão para entrar na prisão sem ser visto da rua que ia de leste para oeste. Ele não ousou chegar mais perto para ver o que acontecia quando o caminhão chegava ao portão. Todavia tinha bastante certeza, em função de sua própria experiência algumas semanas antes, que o caminhão tinha parado junto ao portão do lado da prisão e esperado que ele rolasse por sobre os trilhos até estar totalmente aberto.

Agora eram 17h30. Quanto mais ele ficasse nas imediações da prisão, mais provável era que chamasse a atenção. Virou na direção da Konrad-Wolf-Strasse. Tinha andado uns quarenta metros quando um Skoda irrompeu de um trecho de paralelepípedos na direção dele. Rosenharte olhou para o carro e no mesmo instante viu Kurt no banco traseiro do mesmo lado que ele estava. Um homem o segurava pela nuca. O olhar de Kurt passou por Rosenharte sem demonstrar reconhecimento enquanto o carro seguia a toda para a entrada principal. Rosenharte não olhou para trás, apenas continuou andando em direção à barreira que ficava uns noventa metros à frente na rua.

36

A Armadilha Larsen

Cerca de 12 horas após a ligação de Rosenharte para Harland no meio da noite, o Pássaro materializou-se na Ostbahnhof — a principal estação de Berlim Oriental. Rosenharte pouco dissera ao telefone, exceto que o estagiário ficara retido em outro lugar e que ele precisaria de um substituto para carregar a mercadoria. A entrega seria na estação a qualquer momento após o meio-dia.

Quando ele viu o agente inglês atravessando a multidão com uma longa jaqueta de couro, sem mangas, o tipo de roupa que ele tinha certeza de que nunca se vira em solo alemão, apressou-se em sua direção e cumprimentou-o como se fossem velhos amigos. O Pássaro respondeu com sinais de afeição similarmente teatrais, mas eles nada falaram até que tivessem entrado no Wartburg.

— Onde está Harland? — perguntou Rosenharte em inglês. — Achei que ele viria.

— Mandou desculpas — disse o inglês, coçando o nariz. — Mas realmente não podemos nos dar ao luxo de ter o chefe da sucursal de Berlim invadindo prisões no momento. Mas, se você precisa de um par extra de mãos, estou pronto e disposto.

— Você sabe guiar um caminhão?

— Claro. Onde ele está?

— Temos de seqüestrá-lo antes. Conheço os percursos.

— Meu Deus, e quando você planeja fazer isso?

— Nas próximas duas horas.

— Você tem algum tipo de arma?

Rosenharte virou-se e levantou o banco traseiro para mostrar as armas e as caixas de munição.

— Muito bem, acho que isso já é alguma coisa. — O Pássaro olhou para a frente e fungou. — Qual é o plano depois de tirá-la de lá?

— Harland me deu esses aqui quando estávamos em Dresden. — Ele mostrou dois passaportes britânicos azul-escuros, que tinham até vistos de entrada na Alemanha Oriental com a data de uma semana antes e tiras laminadas que podiam ser puxadas de forma a fixar a fotografia sob o plástico. Um recado preso por um clipe a um deles instruía a aquecer brevemente as lâminas no vapor de uma chaleira. — Não tenho uma fotografia de Ulrike e preciso de outro passaporte para meu amigo Kurt Blast... o homem que foi preso ontem.

A cabeça do inglês voltou-se para ele no mesmo instante.

— Ele vai falar?

— Não, acho que não. Sou a única chance de resgate dele.

O Pássaro assentiu.

— Mas você percebe que há uma possibilidade de que eles saibam de todo o seu plano, do jeito como as coisas vão?

— Sim, mas preciso tentar. Kafka não vai durar muito naquele lugar. Nós todos devemos isso a ela. Vocês também.

O Pássaro considerou isso.

— Certo, estou nessa, embora seja contra os meus melhores instintos. Vamos deixar este carro perto da prisão. Ao primeiro sinal de problema, vamos ter de cair fora na porrada ou atirando.

Rosenharte assentiu.

— Depois disso, vamos nos separar. Isso não é um pacote turístico, você sabe. Você tem seus passaportes. Você sai por sua conta deste arremedo de país. Certo, acho que é melhor começarmos a nos mexer.

— Você não fala *nada* de alemão? — perguntou Rosenharte.

— Não, sou como a maioria dos ingleses: posso fazer um pedido de um cardápio e perguntar onde é o banheiro, mas fora isso, nada.

Ele ligou o carro e entrou no trânsito da Mühlenstrasse.

— O seu trabalho não requer idiomas?

— Sim, mas eles preferiram ignorar meu ouvido travado por causa de minhas outras habilidades.

— Que são...?

— Ah, você sabe... ludibriar pessoas, guiar carros, libertar um ou outro refém, gamão, explosivos, armamentos. O usual.

Rosenharte assentiu e ofereceu-lhe um cigarro.

— Por que o chamam de o Pássaro?

— Imaginei que você já tivesse adivinhado a essa altura, mas talvez nem mesmo o seu inglês vá tão longe. Meu nome, Avocet, é de um tipo de pássaro. Um pernalta, creio, com um bico longo para fuçar na lama. Esse sou eu — disse ele, tocando o nariz encurvado.

— Ah, sim. Seu nome em alemão é *Säbelschnäbler.*

— Pessoalmente, nunca tive muito interesse em pássaros; exceto galos silvestres, claro. E a estranha galinhola.

Estacionaram a cerca de um quilômetro da prisão em Friedrichsfelde e, depois de rasgarem uma das camisas de Rosenharte em várias faixas de pano, dividiram entre si as quatro armas. Pegaram o U-bahn por quatro estações, descendo em Mollendorf para ir a pé o resto do caminho até a Hohenschönhausen. O Pássaro evidentemente não era afetado pela proximidade do coração das trevas — e apesar de ser tão nitidamente inglês, de algum jeito conseguia passar despercebido bem mais do que Rosenharte jamais teria imaginado. Andava inclinado, não olhava ninguém nos olhos e exibia uma aparência um tanto deprimida, de modo a parecer muito mais velho do que um homem de 30 e tantos anos.

Chegaram ao lugar que Rosenharte escolhera, uma estreita curva fechada, onde os caminhões tinham de reduzir para uma velocidade similar à de alguém andando. Nenhuma das casas em volta tinha janelas para aquele lado. O único problema era que ficava a apenas 270 metros da Konrad-Wolf-Strasse e, portanto, de várias centenas de agentes da Stasi.

— Não temos alternativa — murmurou o Pássaro com a mão na frente da boca. — Quantos agentes da Stasi você espera que haja no caminhão?

— Dois, talvez três, se houver um guarda na traseira.

Ele explicou seu plano e eles se separaram para esperar em posições diferentes na curva em ângulo reto. Rosenharte assumiu uma posição atrás de uma cerca de madeira e ficou vigiando o aclive suave que o caminhão subiria antes de chegar à curva. A área parecia quase desabitada, e não pela primeira vez naquelas últimas semanas Rosenharte teve uma sensação de expiração ao seu redor. O trânsito nas vias principais parecia mais quieto, as chaminés das fábricas ao sul jogavam fumaça no ar poluído e, com a noite avançando do leste, das casas e apartamentos começavam a vazar luzes débeis na melancólica noite da cidade exausta, abatida. Rosenharte fez o melhor que pôde para pensar em outras coisas, mas quando os ponteiros de seu relógio passaram das 5 horas da tarde — a hora marcada para a documentação forjada — a ansiedade deu um nó em seu estômago.

Perto das 7 horas o inglês apareceu do nada, ofereceu-lhe um trago de uísque de uma garrafinha e perguntou se ele achava que ainda haveria caminhões passando por ali naquela noite. O Pássaro soltou uma risada:

— Não estamos aqui para abordar uma caminhonete de padeiro no meio da noite, certo?

Rosenharte respondeu que não tinham nada a perder esperando, e o Pássaro desapareceu de novo na escuridão do outro lado da rua.

Já passava das 9 horas quando os faróis brilharam da Frankfurter Alee para a rua e o caminhão começou a subir o aclive.

Rosenharte jogou seu cigarro fora e gritou para o Pássaro. O veículo estava quase em cima deles quando ele o viu arremeter em alta velocidade das sombras e pular na porta do motorista no ponto em que o caminhão estava se movendo mais devagar. Rosenharte puxou o revólver e correu para o lado do passageiro, alcançou a porta e abriu-a, mas não encontrou ninguém ali. Tudo o que viu foi o rosto atônito do motorista quando o Pássaro o puxou para fora do outro lado. O caminhão ainda estava em movimento. Rosenharte procurou o câmbio, mas com o pé do motorista fora do acelerador o veículo continuou aos trancos, o motor reclamando e logo morrendo. Ele atravessou a cabine, apagando os faróis no caminho.

— Onde estão as chaves de trás? — perguntou. A cabeça do motorista voltou-se para ele. — Diga-nos e não o mataremos.

— Não há ninguém lá atrás! — protestou ele.

— Então por que você está indo para a prisão?

— Para deixar o veículo lá para amanhã de manhã. Precisam dele logo cedo. É tudo o que eu sei.

— Por quê?

Ele olhou para o cano do revólver em seu peito.

— Eu *não sei*! Sou só o motorista. Não sei de nada.

— Onde estão as chaves?

O homem apontou para um gancho em cima da porta do motorista. Rosenharte pegou-as e saiu da cabine. Forçaram-no a ir para o lado direito do caminhão, abriram a porta e o colocaram numa das celas abertas. O

Pássaro amordaçou-o com uma das tiras de pano, virou-o e amarrou suas mãos atrás das costas, passando o pano pela barra na lateral do cubículo.

— Agora, escute bem — disse Rosenharte. — Se fizer qualquer barulho, você morre. Fique quieto pelas próximas duas horas e nada lhe acontecerá. Entendeu?

O homem assentiu, e eles bateram a porta.

— Eu guio para dentro da prisão — disse Rosenharte. — Conheço o caminho e talvez precise falar com os guardas. Depois você guia na saída. Tudo certo para você?

— Certíssimo — disse o Pássaro entusiasticamente. — Vamos lá pegar seus amigos.

O caminhão era pesadão e lerdo, e só quando estava chegando aos portões da prisão Rosenharte percebeu que precisava bombear o freio para fazê-lo funcionar. O portão se abriu e ele deixou o caminhão avançar no espaço junto à guarita, mas conseguiu parar pouco antes de bater no segundo portão, que dava acesso ao complexo.

Um homem desceu de uma escadinha de metal.

— Ei, o que se passa? Não estamos esperando mais nenhuma entrega.

— Não é uma entrega — disse Rosenharte. — É uma retirada. — Ele mostrou os papéis para o homem. O Pássaro desceu e acenou com a cabeça.

— Melhor você vir até o escritório. Não estamos sabendo de nenhuma retirada.

— Trata-se de uma retirada *especial*. Além disso, vocês não estavam esperando um caminhão que devia ser deixado aqui para amanhã de manhã? Há outro vindo para cá.

— Identificação — disse o guarda, estendendo a mão e virando-se para subir os degraus. Deu uma olhada e devolveu-a, antes de abrir a porta. — Bom, o que vocês estão esperando? Precisamos resolver isso já.

Rosenharte pareceu surpreso.

— Sim, também estamos com pressa. Estamos quatro horas atrasados. A prisioneira devia ter chegado a Karlshorst às 5 horas. — Ele o seguiu para um escritório onde havia uma mesa, um console com quatro monitores de TV em preto-e-branco, que mostravam imagens borradas dos muros, dois telefones e uma luminária de mesa. Na parede havia um painel de avisos e um complicado diagrama das celas e salas de interrogatório, mas

— naturalmente — sem os nomes dos prisioneiros junto aos números das celas. Os registros e o número da cela de cada prisioneiro deviam ficar no bloco principal da administração, no centro do complexo.

O homem passou o dedo por uma lista, depois olhou para os papéis falsos.

— Não tenho nenhum registro disso.

— Você quer dizer que a prisioneira não está pronta para o transporte imediato? Isso é ridículo.

— Claro que não; ela não está na lista. — Ele abriu a mão esquerda com a palma virada para cima, onde se via uma fileira de verrugas.

— Isso é péssimo — disse Rosenharte com irritação. — Realmente péssimo. Faça com que a tragam para cá imediatamente.

A mão do homem foi para o telefone. O Pássaro disparou um olhar de advertência para Rosenharte, mas era tarde demais; o homem já começara a falar. Ouviu por um ou dois segundos e pôs o telefone no gancho.

— Ela ainda está sendo interrogada. Isso significa que vocês terão de esperar.

Rosenharte inclinou-se confidencialmente.

— O coronel Zank está sendo diligente como sempre, não? É melhor você nos levar até a sala de interrogatório. Trata-se de uma questão de segurança nacional. — Ele puxou o homem para o lado. — Meu companheiro é da KGB. É o principal interrogador deles e veio buscar a prisioneira. Não vamos perder mais tempo.

O homem assentiu, pegou o telefone de novo e grunhiu uma ordem. Logo um homem mais jovem apareceu, usando um terno preto que caía mal.

— Leve estes homens para a ala de interrogatórios. Quarenta e dois A.

Ele os conduziu por um lance de cinco degraus que descia para o pátio em forma de U formado pelos blocos de celas. Atravessaram-no diagonalmente até uma porta na ala leste. Os prédios — que tinham parecido tão eloqüentes em demonstrar a obtusa eficiência do estado policial quando ele vira Konrad pela última vez — à noite eram opressivos, muito maiores e mais sinistros. Por trás das grades de uma ou duas janelas brilhavam luzes, o que indicava que nenhum esforço estava sendo poupado para quebrar o ânimo dos poucos que ainda estavam sendo questionados àquela hora. O Pássaro encorajou-o com um movimento da cabeça atrás do homem, ocupado em abrir a porta. Entraram e viram uma escada com barras em todos os lances acima, para evitar que os prisioneiros tentassem se matar se jogando. Subiram até o segundo andar e viraram à esquerda, onde depois de uma porta de ferro passaram ao longo de vinte ou mais portas idênticas. Luzes acima de algumas delas indicavam salas que estavam ocupadas, mas além do rangido das solas de borracha do guarda no piso de linóleo não havia nenhum som na abafada lugubridade do corredor. O guarda parou e olhou o número, depois abriu uma pesada porta acolchoada, que revelou uma segunda porta, na qual bateu.

— Não nos interrompa! — foi a ordem que veio de dentro.

O Pássaro puxou a pistola e colocou-a na cabeça do homem.

Rosenharte aproximou-se e sussurrou:

— Abra a porta ou ele vai atirar.

O homem pôs uma chave na fechadura, virou-a e empurrou a porta com o corpo. Um suspiro pneumático veio da dobradiça. O Pássaro empurrou o homem para dentro da sala com violência e entrou em seguida, movendo a arma entre os três interrogadores.

— Um movimento, e eu mato todos. — Disse isso com o melhor tom altaneiro da alta classe britânica.

Rosenharte olhou para baixo. Ulrike estava agachada, os pés descalços no chão, o tronco balançando, fazendo uma careta como uma criança que tentasse manter uma pose, seu rosto coberto de lágrimas que brilhavam na luz da única luminária de mesa apontada para ela. Ela não olhou para cima quando eles entraram e claramente ainda não assimilara a chegada deles. Ele se precipitou na direção dela e ergueu-a em seus braços.

— Está tudo bem; estou aqui, meu amor. — Ela olhou para ele com a mesma incompreensão que Konrad mostrara: a mesma incredulidade de que a Hohenschönhausen pudesse sofrer alguma intrusão ou invasão do mundo racional e humano do lado de fora. Havia machucados ao redor de seus olhos e o pescoço estava coberto de marcas vermelhas de estrangulamento.

O Pássaro olhou em volta.

— Tome, dê-lhe um desses. — Entregou a Rosenharte uma embalagem de comprimidos. — É um analgésico e um opiato leve. Tem água ali perto do bosta de gravata vermelha. E depois dê um desses. Vai mantê-la acordada.

Ulrike tomou as pílulas, engoliu sofregamente a água do copo e colocou-o no chão. Ficou de pé massageando um pé dormente com o outro, sacudindo as mãos para reanimá-las. Rosenharte rapidamente absorveu o infernal padrão de uma sala de interrogatório da Hohenschönhausen. Havia uma mesa em forma de T, parcialmente revestida com fórmica azul-clara, três cadeiras, um banco baixo para o prisioneiro, um cofre, um console para o equipamento de gravação com fones e uma luminária de mesa projetada em torno de um suporte que permitia girar o foco para a horizontal, como estava agora. No linóleo, nas cortinas e no papel de parede, a Stasi empenhara-se em manter a norma burocrática.

— O que faremos com esses merdas desses valentões? — perguntou o Pássaro. Virou-se para eles. — Tratar uma mulher desse jeito! Vocês são uma vergonha, ouviram? Uma vergonha. — Enfiou a ponta do revólver em cada um deles, sucessivamente.

Rosenharte saiu do lado dela e foi até o interrogador principal, na cabeceira da mesa, puxou a cabeça dele para trás pelos cabelos e pôs o revólver em sua orelha.

— Vocês mataram meu irmão. Eu avisei a Zank que ia considerá-los responsáveis pela morte dele; agora estou aqui para cumprir minha promessa. — Não havia a menor dúvida em sua cabeça de que ele ia matar aquele homem. Ele precisava pagar por ter deixado Konrad morrer e por ter queimado seu corpo como se fosse lixo.

Ulrike disse:

— Não, Rudi, não faça isso. Você não é assim. Konrad não iria querer isso. — Ela pôs a mão na testa e esperou alguns segundos. Estava terrivelmente pálida. — Ele não vale o problema que irá causar à sua consciência.

Ele olhou para a pele úmida e flácida do homem. Os outros interrogadores e o guarda que os trouxera tinham se afastado imperceptivelmente, achando que ele estava a ponto de puxar o gatilho. Em vez disso, ele ergueu o revólver e desceu-o com toda a força pouco acima da orelha do homem, que caiu para a frente, o sangue saindo de um corte curvo e profundo, ainda consciente.

— Onde está Kurt? — perguntou Rosenharte.

— Eles pegaram Kurt? — perguntou Ulrike, seu tom de voz se elevando.

— Ele foi pego por eles na rua aqui em frente. Ele estava comigo nisso. Onde ele está, seu calhorda? E onde está Biermeier?

— Biermeier está morto — disse ela. — Eles o mataram, atiraram nele na semana passada. Zank me mostrou o corpo dele.

Rosenharte virou-se para o homem que golpeara.

— Foi isso que vocês fizeram com Konrad? Deram-lhe um tiro na nuca? Foi isso o que você fez, seu asqueroso pedaço de escória? — Mas agora ele observava a si mesmo de certa distância, talvez com os olhos de Konrad. Ele sabia que Ulrike tinha razão: ele não era assim. Inclinou-se para a frente, a mão aberta apoiada na mesa. — Onde está Kurt? — disse para a nuca do homem. — Ele está nos U-boats? Foi onde Zank o pôs? — Olhou para cima e percebeu a expressão do guarda, que lhe disse que adivinhara corretamente. Inclinou-se para o interrogador principal. — Então é melhor você vir conosco para soltá-lo.

Rosenharte tirou a outra arma do bolso e entregou-a a Ulrike.

— Talvez você precise usá-la; pode ser nosso único meio de sair daqui. OK? — Ela colocou a arma no bolso e mancou até a porta, onde estavam seus sapatos. Apoiou-se em Rosenharte para colocá-los.

O Pássaro pegou as chaves do guarda e depois começou a arrancar os fios na base do console. Com uma das mãos empurrou o interrogador principal para a porta e, tendo-o deixado sob o controle de Rosenharte no corredor, pôs o revólver na cintura e voltou para dentro. Com uma das mãos tapando o nariz e a boca, acionou um spray na sala. Rosenharte viu os três homens que haviam ficado caírem sobre a mesa e no chão antes que as duas portas fossem fechadas e trancadas.

— Esses não vão mais nos atrapalhar por um bom tempo — disse, dando uma chave de braço no interrogador. — Certo, seu maldito pilantra, mostre-nos onde ficam esses U-boats.

Lá fora não havia movimento algum quando eles chegaram ao pátio interno para veículos. Depois teriam de passar pelo escritório para chegar até o caminhão, mas aquilo não era um problema imediato. A entrada para as celas U-boat ficava do outro lado do escritório e do pátio, e teriam de passar por uma área onde poderiam ser percebidos da torre de vigia que ficava na direção da Genslerstrasse. Rosenharte foi na frente, virando a esquina do antigo prédio de tijolos da cozinha encostado à parede. Ulrike segurava firme sua mão, enquanto o Pássaro os seguia com o braço em torno do pescoço do homem. Nas sombras da velha cozinha nazista eles podiam ver os degraus que desciam como que num poço ao lado do prédio. Quando chegaram ao fim deles, o Pássaro disse:

— Agora faça com que eles abram, seu merdinha.

O interrogador tocou uma campainha e se anunciou por um interfone. Imediatamente a porta foi aberta e Rosenharte investiu para dentro com Ulrike atrás dele. Lá dentro havia um só homem, quase uma caricatura de um carcereiro medieval. Tinha olhos protuberantes e inexpressivos, uma vasta barriga e uma barba de dois ou três dias por fazer. Numa mesa sob uma lâmpada pendurada no teto havia óculos de leitura, um jornal, uma garrafa grande de cerveja e um cigarro queimando num cinzeiro. Embora o ar fedesse a mofo e urina, Rosenharte não viu sinal das celas. Ele foi até uma porta baixa sob a coluna central do prédio e disse-lhe para destrancá-la e levá-los até Kurt. Uma expressão constrangida surgiu nos olhos do homem, que olhou de relance para o interrogador.

— Esta instalação já não é usada há anos. Só há ele aqui, e só para passar a noite, compreendeu?

— Leve-nos até ele — disse Rosenharte muito calmamente, antes de se abaixar para atravessar o portal.

Seguiram o facho da lanterna do guarda, que iluminava um estreito corredor de tijolos. Sobre eles alguns canos vibravam e faziam um ruído abafado, mas pouco mais se movia na pesada umidade dos U-boats. Era fácil imaginar que estavam submersos um quilômetro e meio sob a superfície do oceano, trancados num tanque de isolamento. O homem parou diante de uma porta pintada no mesmo azul-cinzento pálido dos portões da prisão e usou uma chave na fechadura, o que lhe permitiu puxar uma barra sobre a porta e abri-la com esforço. Não havia luz nem som no vazio lá dentro. Rosenharte arrancou-lhe a lanterna das mãos e, empurrando o guarda para longe, entrou. Kurt estava encostado numa laje de pedra. Seus braços e pernas estavam presos por uma espécie de macacão de lona que não lhe permitia ficar de pé, nem sentado ou deitado. Estava inteiramente molhado e gelado de frio. Rosenharte tentou desfazer os nós, mas percebeu que precisaria de mais do que um par de mãos. Levantou-o e carregou-o para o corredor, batendo várias vezes a cabeça de Kurt no teto baixo ao fazê-lo, onde mandou o guarda tirar o macacão. Ele obedeceu, balançando a cabeça com um ar de remorso teatral, como se estivesse tão chocado quanto eles. O interrogador olhava para baixo de forma inexpressiva.

— Isso foi ordem sua? — perguntou Rosenharte.

— Não, ele não é meu prisioneiro.

— Coronel Zank?

O homem pareceu assentir.

Por fim, Ulrike ajudou Kurt a ficar de pé. Ele estava nu e branco sob a luz da lanterna. Conseguiu dar um sorriso, mas estava sobretudo tentando controlar o tremor de seus braços e pernas.

— Você — disse ela, apontando a arma para o interrogador. — Tire o paletó, as calças e os sapatos e dê tudo para o meu amigo aqui; e esse belo suéter também. Mexa-se. — Rosenharte viu raiva genuína nos olhos dela e, de passagem, notou que, apesar de também ter sido submetida a maus-tratos, e por muito mais tempo, ela não demonstrava a menor autocomiseração. Kurt era sua única preocupação.

O interrogador se despiu, tomando cuidado com o corte na cabeça. Então Rosenharte o empurrou para dentro da cela, fez o mesmo com o homem gordo para o buraco adjacente e trancou as duas portas.

Kurt estava com os pés inteiramente dormentes e eles tiveram de ajudá-lo pelo corredor. Quando chegaram à entrada dos U-boats, viram que ele tinha sido espancado com brutalidade. Havia marcas em sua testa e no queixo e ferimentos nas costas, nos pés e nas pernas. A dor aguda que sentia ao inspirar indicava que ao menos uma costela estava quebrada do lado esquerdo. Fizeram-no sentar-se na mesa do guarda e deram-lhe comprimidos para engolir com o resto da cerveja. Ulrike segurou-o pelos ombros e deu um beijo no alto de sua cabeça.

Por fim ele se levantou e se espreguiçou, mas seus pés ainda não o sustentavam.

— Vocês dois o trazem — disse o Pássaro, indo até a porta. — Eu vou na frente, ligo o caminhão e abro o portão. Não se preocupem com o guarda. Darei um jeito nele. Esperem dois minutos, depois venham.

Ele desapareceu pela porta e correu degraus acima. Um minuto depois, eles foram para o espaço escuro do outro lado da porta e começaram a ajudar Kurt a subir os degraus um a um. Quando chegaram ao pátio, Rosenharte ouviu algum movimento à esquerda. Soltando Kurt, ele se virou e viu três homens correndo na direção deles na sombra do prédio da cozinha. Rosenharte ergueu a arma e apontou.

Dois homens com pistolas apareceram na luz, com o coronel Zank atrás deles. Estava sorrindo e ligeiramente sem fôlego.

— Abaixem as armas. Vocês não têm como escapar. — Ulrike se afastara de Kurt e apontara a arma para Zank.

— Podemos estar em desvantagem numérica — disse ela —, mas você vai morrer com a gente.

— Você é uma pacifista — disse Zank, provocando-a. — Você apenas aceita a violência, nunca a usa. — Olhou para Rosenharte. — Você precisava ter visto o que fiz com ela; começo a me perguntar se ela ficou excitada... Mas talvez você saiba mais sobre isso do que eu.

— Sem dúvida alguma você vai morrer — disse Rosenharte.

Zank riu.

— Você se interessa por pássaros, não, Rosenharte?

— Pássaros! O que diabos você quer dizer com isso?

— A pequena Ulrike me contou que você se interessa por pássaros. Talvez já tenha ouvido falar da armadilha Larsen. — Ele avançou na direção deles, uma das mãos no bolso, a outra empunhando uma pistola padrão. — Você já ouviu falar da armadilha Larsen?

— Não. — Ele recuou um passo para manter os outros homens à vista.

— É uma nova invenção da Suécia, uma armadilha para capturar um pássaro chamado pega. Você captura o primeiro pássaro e coloca-o numa gaiola com vários compartimentos. Então você deixa a gaiola ao ar livre, e o pássaro na armadilha... apropriadamente designado como o chamariz... vai fazendo com que outros venham e caiam na armadilha um a um. — Ele apontou com a arma primeiro para Ulrike, depois para Kurt e Rosenharte. — Um, dois, três. Logo você terá capturado todas as pegas das redondezas, e tudo graças a um pássaro que não pára de cantar. — Fez uma pausa. — Eu sabia que você viria, Rosenharte. Deixei o coronel Biermeier livre porque sabia que ela ligaria para ele. E tinha certeza de que um tolo romântico como você não a abandonaria.

Rosenharte aproximou-se, de modo que sua arma ficasse apontada bem para o meio da testa de Zank.

— Seu mundo acabou, as armadilhas que instala para as pessoas, seu poder para destruir homens bons como meu irmão e Kurt. Seu óbvio deleite em atormentar uma mulher bela e corajosa. Você é um canalha doente, Zank, mas, mais que isso, você é o passado, uma sobra do tempo em que este lugar nojento foi construído. — Fez um gesto com a mão esquerda apontando para o prédio nazista da cozinha para desviar a atenção deles do Pássaro, que se esgueirara sem fazer nenhum ruído do escritório que dava no pátio para veículos e fizera rolar vários objetos cilíndricos atrás dos homens. — E é por isso que você vai nos deixar sair daqui.

Zank estava dizendo que, uma vez capturadas, as pegas nunca mais saíam da armadilha, quando houve três pequenas explosões atrás dele, o que fez com que os dois outros homens se virassem e começassem a atirar desvairadamente na direção da torre de vigia da Genslerstrasse. Rosenharte estava em vantagem na situação porque ao menos estava esperando que algo fosse acontecer, mas não poderia ter previsto o clarão ofuscante das granadas de aturdimento nem o trovão localizado que agora ocupava a maior parte de sua consciência. Olhou em volta e viu que Kurt e Ulrike tinham caído no chão. Quando foi ajudá-los a se levantar, percebeu o Pássaro investindo na direção dos homens de Zank e atingindo-os com uma força aterrorizante, uma na garganta e outro na nuca. Parecia até uma seqüência previamente coreografada quando ele recuou, se agachou, deslizou para a esquerda e então se ergueu atrás de Zank para pôr o braço em volta do pescoço dele e apontar a pistola sob seu queixo. Ele fez um sinal para Rosenharte e gritou para que eles fossem para o caminhão. Enquanto eles atravessavam atabalhoadamente o escritório e passavam pelo porteiro inconsciente, viu o Pássaro vindo atrás deles com Zank preso pelo pescoço em seu braço longo e poderoso como um brinquedo flexível de criança. Com a mão esquerda o Pássaro atirou mais dois objetos no complexo e então deu um golpe no alto da cabeça de Zank, que desfaleceu na base dos degraus.

Alguns segundos depois estavam todos apertados na cabine do caminhão. O Pássaro saiu a toda de marcha a ré do pátio, esbarrando na ponta do portão eletrônico que a mão de alguém acionara por controle remoto para fechar. Ele manobrou o veículo e eles tiveram um relance de uma densa fumaça branca saindo dos muros da prisão.

— Bom, e agora? — perguntou o Pássaro com um sorriso lunático. — Sabem de algum lugar onde os três possam passar a noite?

37
Uma Magnífica Gafe

— Onde eles estão? — perguntou Harland.

— Em algum lugar em Prenzlauer Berg. Estão sendo abrigados por amigos políticos de Kafka.

— Você sabe o endereço?

— Não exatamente — disse o Pássaro.

Estavam no estacionamento perto do prédio de três andares onde ocorriam as intermináveis deliberações do Comitê Central do Partido da Unidade Socialista. Teoricamente, Harland estava lá para cobrir a reunião como um membro da imprensa, mas tinham acabado de anunciar que informações sobre as discussões do dia seriam dadas numa coletiva no novo Centro Internacional de Imprensa. Quando o Pássaro ligou para ele, aquele foi o melhor ponto de encontro que lhe ocorreu.

— Por que você não pegou o endereço?

— Porque tivemos de nos separar. A uma certa altura metade da Stasi estava nos perseguindo. Foi uma sorte e tanto escaparmos naquele carrinho.

— Alguém está ferido?

— O rapaz não está na melhor das formas, mas tem garra e vai conseguir.

— Mas você não sabe onde eles estão. Esse é o problema, não? Eu podia ter ficado sem essa hoje. Vou encontrar o russo e ainda não tive notícias de Griswald. Por que diabos você não os levou embora na noite passada? Você tinha tudo de que precisava.

— Mantenha a calma, Bobby. — O Pássaro balançou a cabeça, aborrecido. — Olhe, essa sua operaçãozinha não oficial resultou em tirar dois prisioneiros da Hohenschönhausen. Acho que é um feito inédito em toda a Guerra Fria. Deveria ser inscrito com um floreio teatral nos anais da Century House por uma daquelas figurinhas metidas dos Registros. Admita, Bobby, nos saímos bem. Não podíamos ir ontem à noite porque Rosenharte e Kafka não iriam abandonar o outro homem. Além disso, ainda precisamos de uma fotografia dela para o passaporte.

Harland assentiu com ar de quem se desculpa. Cuth estava certo: ele se saíra magnificamente bem.

— Você parece transtornado, Bobby. Há algo que eu possa fazer?

— Não, é que tenho muito o que resolver, só isso. E aqueles malditos idiotas de Londres não querem liberar a verba de que precisamos. Estamos no limiar do maior feito de inteligência na história da Guerra Fria, e eles ainda estão coçando a cabeça e se perguntando sobre a relação custo-benefício. É algo que poderá salvar milhões da forma mais econômica. Literalmente milhões. Isso sem falar em aumentar dez vezes a segurança.

— É bom assim, é?

— Melhor ainda. É tão bom que eu e você poderemos nos aposentar e deixar o Jamie Jay cuidando dos serviços de inteligência.

O Pássaro sorriu.

— Um final dos mais prováveis, tenho certeza. Falando nisso, o que aconteceu com o nosso menininho? Eu até gostava dele.

— Para falar a verdade, está dando um tempo no Stadium por algumas semanas. Acho que eles ficaram cansados com o entusiasmo inesgotável dele com o golfo, então eu disse que adoraria usar seu excesso de energia. Ele apareceu no fim da semana passada, ouvindo fitas de línguas. Ele vai trazer o passaporte esta tarde.

— Então é só ficarmos esperando a ligação de Rosenharte?

— Sim, e então você providencia o comitê de recepção do outro lado. Arranje para Kafka e o outro cara todo o tratamento de saúde de que precisarem. Ponha Rosenharte num hotel. E nós daremos prosseguimento dali em poucos dias. Rosenharte vai querer ir encontrar a cunhada. Há tudo isso para acertar. Mas é serviço para Jay.

O Pássaro estava fumando um de seus raros cigarros e começou a andar em círculos.

— Bom, deixe-me adivinhar: você está comprando alguma coisa dos russos. Certo, Bobby? Só pode ser informação. — Fez uma pausa e refletiu sobre isso. — Meu Deus, em que raio de carrossel nos metemos. Comprando informação de um bando de comunistas sobre outro bando de comunistas. Vivemos em tempos interessantes, Bobby. Tempos interessantes. E essa informação é realmente boa?

— Sinto muito, Cuth. Não posso lhe dizer, com certeza não aqui. Mas você será o primeiro a saber se conseguirmos o sinal verde. Vamos receber a entrega de uma amostra esta tarde.

— Isso soa familiar. Você tem certeza de que não estão aprontando com você? Quer dizer, não é preciso ter um QI maior do que o médio de um biscoito para perceber que eles bem podem estar lhe dando o troco por sua brincadeirinha com os disquetes. Um monte de informação falsa em troca de outro monte.

— Acho que não.

— Quando você vai receber essa amostra grátis?

— Na coletiva desta tarde.

— Bem, espero que tenha um número adequado de escribas encardidos na sala, senão você vai sobressair tanto quanto o pinto do papa.

— Vai haver, sim — disse Harland. — Hoje é um dia importante. O Conselho de Ministros vai discutir a nova regulamentação das viagens e a economia da RDA. Na verdade, fiquei sabendo de um monte de coisas úteis esta semana. Entre outras coisas, que Mielke ainda está no comando na Normannenstrasse, mesmo tendo renunciado.

A atenção do Pássaro havia se dispersado.

— Escute, meu velho, preciso de um café-da-manhã e de uma soneca. Mais tarde entro em contato.

Despediram-se. O olhar de Harland seguiu a figura notável de Cuthbert Avocet passando despercebido pelas equipes de telejornalismo reunidas em frente do prédio para filmar os membros de uniforme da Stasi, da Grenzpolizei e do Exército do Povo chegando para a primeira sessão do dia. Ponderou que, quaisquer que fossem as deliberações do governo em pânico de Egon Krenz, as proezas do Pássaro na Hohenschönhausen dariam uma reportagem muito melhor do que qualquer jornalista iria obter hoje.

Os amigos de Ulrike, Katya e Fritzi Rundstedt, eram dois matemáticos que moravam no último andar de um prédio do século XIX outrora gracioso em Prenzlauer Berg, que ainda tinha as cicatrizes das bombas aliadas e das balas russas. Ficava numa colina suave, e do quinto andar era possível seguir a linha do Muro de Berlim desde o norte, observar a curva que fazia ao circundar o velho centro cerimonial e administrativo da cidade capturado pelos soviéticos em 1945 e o percurso recortado em que continuava na direção de Schulzendorf, ao sul. Rosenharte ficou algum tempo ali com Fritzi de manhã cedo na quinta-feira, 9 de novembro, observando a luz e a sombra se alternando sobre a parte livre da cidade, identificando os cruzamentos e um ângulo do Portão de Brandemburgo. Saíram da janela com xícaras de café vazias e olharam para Kurt e Ulrike, que ainda dormiam no chão da sala adjacente. Fritzi acenou com benevolência e eles foram para a cozinha.

Durante a noite Katya Rundstedt, uma mulher tranqüila com cabelo grisalho curto e olhos atentos, ficara preocupada com Kurt e telefonara para um amigo médico do hospital local. Meia hora depois ele apareceu para cuidar dos fugitivos sem o menor problema. No caso de Kurt, diagnosticou duas costelas fraturadas do lado esquerdo e vários ossos quebrados no pé direito, que aparentemente tinha sido prensado por uma porta de cela. Ulrike precisava de repouso. O choque de nove dias de interrogatório estava profundamente instalado em seu âmago, e o médico disse a Rosenharte que ele não devia achar que ela tinha se recuperado só porque mostrava tanta preocupação com Kurt.

— É o começo do processo de negação — disse ele, olhando-o gravemente através de óculos de armação metálica que o deixavam parecido com Gustav Mahler. — Veja, é difícil para alguém que tenha uma visão positiva dos seres humanos aceitar que eles sejam capazes de tal comportamento. Pode abalar a fé dela naqueles à sua volta. Ajudei várias pessoas que estiveram em Bautzen e creio que ela corre o risco de uma séria depressão e até mesmo de um colapso se não admitir o próprio sofrimento.

— Você fala como se a conhecesse.

— Sim, ela tem atuado nos mesmos círculos que eu e minha mulher. Somos membros da mesma igreja. Sua amiga é uma mulher de uma fibra rara e tem qualidades muito especiais, Dr. Rosenharte, mas tenho certeza de que já sabe disso.

Rosenharte assentiu e se viu subitamente assoberbado pelo pensamento do quão perto estivera de perdê-la e do quanto queria cuidar dela.

Ao meio-dia do dia seguinte um fotógrafo, outro contato dos Rundstedt, veio tirar fotografias para os passaportes de Ulrike e Kurt. Os dois foram maquiados com base por Katya para esconder os ferimentos. O fotógrafo voltou às 2 horas da tarde com as fotos, e Rosenharte tratou de colar a de Ulrike no passaporte de Birgit Miller. Agora, só o que faltava era o contato inglês aparecer com o passaporte para Kurt.

Às 4 horas da tarde ele foi a uma cabine telefônica, discou o código pela segunda vez naquele dia e foi informado de que o homem tinha cruzado a fronteira e estava a caminho do ponto de encontro arranjado pelo Pássaro num parque perto da estação da Greifswalderstrasse. O contato sabia quem era Rosenharte e o encontraria.

O parque ficava a cinco minutos a pé. Rosenharte partiu, prometendo a si mesmo que aquele seria o último encontro clandestino de sua vida. Estava farto de toda aquela história de subterfúgios e espionagem.

Escolheu um banco sob uma limeira que ainda não perdera todas as folhas e ficou lendo um livro que pegara emprestado no apartamento dos Rundstedt. Uns dez minutos depois foi abordado por um jovem com uma jaqueta jeans desbotada, botas de camurça e calça preta. Ele sentou-se ao seu lado e pediu fogo com um sotaque inglês pavoroso. Foi então que Rosenharte reconheceu o jovem que o puxara para fora do golfo de Trieste.

— Você pode falar em inglês. Não há ninguém para escutar — disse, cansado de ouvir os ingleses trucidarem sua língua.

— Eu me apresentei da outra vez? Não lembro. Sou Jamie Jay do serviço etc. etc. de Sua Majestade e acabei de pôr o passaporte em seu bolso. Portanto, estaremos à espera de vocês assim que os virmos. Cruzem no Checkpoint Charlie a qualquer momento depois das 18 horas. Estaremos ali com uma ambulância à disposição para seus amigos. Está tudo organizado para vocês. Hotéis, dinheiro, e por aí afora.

Rosenharte examinou o rosto ávido, saudável, ao seu lado.

— Por que você está nesse ramo? Não conseguiu achar mais nada para fazer na vida?

— Rei, e pátria... e essas coisas todas — disse Jay com simplicidade.

— Patriotismo? Parece um jeito estranho de demonstrá-lo.

— É, acho que sim.

Rosenharte assentiu.

— Há outra coisa. O polonês, o homem que morreu em Trieste. Vocês acham que ele foi assassinado?

— A princípio achamos que sim, mas então checamos o quarto de hotel dele e encontramos vários tipos diferentes de comprimidos para doenças do coração e do fígado. Era um homem muito doente, pelo visto: parecia muito mais velho do que era e, bem, descobrimos que ele gostava de beber bem mais do que era bom para ele.

— Era um alcoólatra?

— Receio que sim.

— Que idade tinha Grycko? Cinqüenta e oito ou 59?

— Por aí.

— Há mais alguma coisa que você possa me dizer sobre ele?

— Não nos interessamos em saber mais depois que percebemos que ele não era relevante para a operação em curso. — Ele fez uma pausa, deu um sorriso brilhante, despreocupado, e segurou os joelhos. — Se isso é tudo, é melhor eu ir. — Levantou-se. — É bom ver que conseguiu sair disso tudo inteiro. Meus parabéns.

Rosenharte agradeceu, pensando que, na verdade, perdera metade de si mesmo.

Voltou ao prédio dos Rundstedt. Um vizinho com um bigode enorme e impressionante abriu a porta para ele, dizendo:

— Há problemas. A Stasi localizou o carro numa rua aqui perto. Dois deles estão aqui agora.

— Onde estão meus amigos?

— Estão bem. Decidimos reter o pessoal da Stasi enquanto vocês escapam daqui.

— Como assim?

— Bem, estamos tendo uma conversinha com eles... deixando claro para eles certas coisas que nós neste prédio achamos sinceramente sobre eles. Achamos que era uma boa oportunidade para agir. Estão presos no porão e seu amigo Fritzi está amaciando-os com conhaque barato e dizendo-lhes umas poucas e boas.

Rosenharte deu-se conta de que Zank devia ter concluído que eles estavam usando placas roubadas no retiro de Schwarzmeer no campo e ordenara a busca do carro com o par de placas que faltava lá.

— Certo, então é melhor nós irmos embora.

— Não todos ao mesmo tempo — disse o vizinho. — Saiam um a um e se encontrem em algum lugar. Seu amigo recebeu um par de muletas. Nós o ajudaremos a chegar ao ponto de encontro.

Rosenharte agradeceu ao homem e correu escada acima, o som de seus pés reverberando por todo o velho prédio cansado.

Harland compareceu à coletiva de imprensa às 17h45, junto com membros da mídia tanto ocidental quanto comunista. Já havia vinte ou mais equipes de TV instaladas e cerca de cem jornalistas na sala. Ainda havia cadeiras vazias, mas ele ficou de pé na lateral da sala, atrás de um dos dois grupos de câmeras focadas no tablado. O ar de expectativa era palpável. Seria a primeira vez que um membro do Politburo participaria de uma entrevista coletiva transmitida ao vivo para o povo da RDA. Assim que Gunther Schabowski, um ex-editor de jornal que Krenz havia indicado para lidar com a mídia, se sentasse em frente do cetim verde-claro que servia de pano de fundo, Harland sabia que ele estaria à mercê da imprensa de uma maneira que um comunista de carreira não teria como avaliar. Mesmo um ex-editor de jornal não veria os perigos à frente.

Para Harland, a única coisa que importava era pegar os documentos de Vladimir, mas estava interessado em Schabowski. O MI6 tinha informes que sugeriam que o chefe do Partido em Berlim Oriental tinha sido uma das figuras-chave no golpe que derrubara Erich Honecker, e recentemente tinha ficado estabelecido que numa reunião anterior do Politburo Schabowski desafiara abertamente Erich Mielke quanto ao número de pessoas que trabalhava para a Stasi. Londres queria saber se isso indicava força política ou mera imprudência.

Schabowski entrou usando um terno cinza xadrez e gravata listrada e percorreu o caminho entre os jornalistas e os câmeras. Tinha a fisionomia de um sargento do exército endurecido por muitas batalhas, o que mostrava um pouco de sua origem eslava. No mesmo momento em que ele chegou, Harland localizou Vladimir de pé do outro lado da sala, misturado de forma bem efetiva com o pessoal da mídia. Seus olhos se encontraram por um ou dois segundos e então se focalizaram além um do outro. Harland voltou-se para o tablado. Havia tempo de sobra para Vladimir fazer a entrega.

Schabowski começou a falar sobre a "intensa discussão" no Comitê Central. A nova proposta para a regulamentação das viagens estava sendo encaminhada e sabia-se que Krenz iria enfrentar seus colegas com os fatos negativos da economia da Alemanha Oriental, depois da recusa de Gorbachev em auxiliar o país. O tom de Schabowski era mais grave do que Harland esperava, e o desconforto se comunicava aos três apparatchiks sentados ao lado dele. Talvez tivessem uma vaga impressão de que estavam pilotando uma máquina cujo local do freio desconheciam.

Harland conferiu se Vladimir continuava lá várias vezes, até as 18h30, quando notou que ele saíra de sua posição. Logo em seguida o russo estava ao seu lado com uma pasta de folhetos turísticos na mão. Ele apontou com a cabeça para o fundo da sala.

— Ficamos sabendo que todos saíram ontem à noite — disse ele quando chegaram à parede do fundo. — Todos, exceto o homem que foi executado na semana passada. Um resultado muito bom para vocês.

— Sim, foi, e obrigado por sua ajuda.

— Não foi nada. Esta é a primeira remessa. — Ele falava pelo canto dos lábios. — Há detalhes de casos que vocês conhecem para que o seu lado possa perceber que o que estamos oferecendo é informação muito, muito importante. As jóias da coroa, como vocês dizem.

— Que casos? — perguntou Harland, voltando a olhar para a figura de Schabowski. Daquele ângulo ele parecia cansado e derrotado.

— Há tudo de que vocês precisam sobre Abu Jamal e Misha. Em outras palavras, as provas documentais do envolvimento oficial da RDA. Acrescentamos alguns outros casos que interessaram ao MI6 e a Langley no passado. Ah, e também há outro arquivo junto. — Fez uma pausa longa o bastante para que Harland se virasse e erguesse uma sobrancelha. — É o arquivo pessoal de Rosenharte.

— Ótimo, esse é um modo útil de conferir o material.

— É mais que um meio de autenticação, como você verá. Você deve entregar a ele na primeira oportunidade que tiver e então ligar para mim.

— O que você quer dizer?

— Não aqui. Não podemos falar sobre isso aqui. — Ele deslizou o arquivo para a mão esquerda de Harland e então voltou a atenção para uma pergunta de Riccardo Erhrman, um jornalista italiano da agência

ANSA que chegara atrasado e estava instalado estrategicamente num ângulo abaixo e à direita de Schabowski.

Schabowski pareceu incomodado pela pergunta do italiano, que se referia aos erros no release da proposta de lei sobre viagens de alguns dias antes.

— Não, eu não acho — estava dizendo. — Sabemos sobre essa tendência da população, essa necessidade de viajar ou deixar a RDA. Hoje, tanto quanto eu saiba, uma recomendação do Conselho de Ministros foi adotada. Destacamos essa passagem da proposta de lei sobre viagens, que regula a chamada emigração permanente. Portanto, decidimos adotar uma regulamentação que permite a todo e qualquer cidadão da RDA deixar o país atravessando as fronteiras da RDA.

Harland começou a dizer alguma coisa, mas Vladimir ergueu a mão.

— Ouça.

— Quando isso entra em vigor? — perguntou alguém do meio da sala.

Schabowski ou não ouviu ou estava ganhando tempo.

— Entra em vigor imediatamente? — perguntou outro repórter.

— Bem, camaradas — disse Schabowski —, fui informado de que o press release foi distribuído hoje. Todos vocês deveriam tê-lo em mãos.

Vladimir começou a balançar a cabeça.

— O que está acontecendo? — perguntou Harland.

Schabowski tinha posto os óculos e agora estava lendo suas notas.

— Viagens ao exterior podem ser requeridas sem atender aos pré-requisitos. A permissão será dada imediatamente. A emigração permanente poderá ocorrer em todos os postos de fronteira da Alemanha Oriental para a Ocidental.

— Quando isso entra em vigor? — veio a pergunta de novo.

— Tanto quanto eu saiba, imediatamente — respondeu Schabowski.

Vladimir virou-se para Harland, balançando a cabeça.

— O homem é um idiota. Isso estava vetado para imprensa até amanhã de manhã.

Harland estivera tão ocupado pensando sobre quando e como iria levar os documentos para Berlim Ocidental que não tinha percebido o significado da declaração de Schabowski.

— Ele não mencionou passaportes ou vistos — disse Vladimir. — O Comitê Central revisou as leis sobre viagem estabelecendo que as pessoas podiam *requerer vistos sem pré-requisitos.* Mas isso ainda implica ter um passaporte para poder partir. Você não percebe? A maioria dos alemães orientais não tem passaporte. Ele arruinou tudo porque não mencionou que ainda é preciso ter um passaporte.

Schabowski agora parecia ter uma idéia da gafe que tinha cometido. Alguém perguntou se atravessar a fronteira da Alemanha Oriental para a Ocidental também incluía Berlim Ocidental. Schabowski pôs os óculos e consultou as notas escritas à mão que tinha à frente. Então olhou para cima e, não percebendo a importância da questão, murmurou que atravessar a fronteira para a Alemanha Ocidental evidentemente incluía Berlim Ocidental. Acrescentou que não estava inteiramente atualizado porque tinha recebido aquela informação pouco antes da entrevista.

Por um minuto ou pouco mais um jornalista de aparência diligente no meio da sala ficara de pé, esperando para obter a atenção de Schabowski.

— Herr Schabowski, o que vai acontecer agora com o Muro de Berlim?

A sala ficou subitamente eletrizada. Era a pergunta que estava na cabeça de todo mundo. Schabowski recostou-se, depois pareceu afundar na cadeira. Brincou com seus óculos e pareceu tentar dar a impressão de que tinha o controle da situação. No entanto não podia escapar à lógica da pergunta do jovem. Se as pessoas podiam viajar quando quisessem sem pré-requisitos daquele momento em diante, então para que servia o Muro de Berlim agora? Após uma pausa, Schabowski observou que já eram 19 horas e que aquela era a última pergunta que seria respondida.

— O que vai acontecer com o Muro de Berlim? — especulou ele. — Alguma informação já foi dada em relação às viagens... a questão da permeabilidade do Muro de nosso lado não responde ainda ou não responde exclusivamente à questão do propósito dessa... digamos ...*fronteira nacional fortificada da RDA*.

Com esta declaração desconcertante a entrevista coletiva terminou e os repórteres se aglomeraram na frente para obter maiores esclarecimentos. Vladimir deu de ombros para sua perplexidade e então olhou de relance para Harland.

— Falaremos mais tarde. É melhor eu informar ao meu pessoal que Gunther Schabowski acaba de derrubar sozinho o Muro de Berlim.

— Eles já sabem — disse Harland. — Isso está na TV.

Harland foi até o hall onde havia uma TV e ligou do telefone celular de Alan Griswald para o próprio Griswald em Berlim Ocidental, deixando-lhe uma mensagem: "O negócio está fechado e, falando nisso, o Muro de Berlim está caindo. Pelo menos foi isso o que Gunther Schabowski disse. Ligue sua TV. Estarei no Checkpoint Charlie às 9."

Depois ligou para Londres, onde agora eram 18h25. Mike Costelloe já tinha ido embora da Century House. Harland deu as notícias para a seção européia e pediu que conseguissem que Costelloe ligasse para ele.

Cinco minutos depois o celular tocou.

— Esta não é uma linha segura, mas tenho boas notícias — disse Harland.

— É verdade o que os alemães orientais estão dizendo? — perguntou Costelloe. — Há um boletim da Associated Press entrando no ar.

— Eu ouvi com meus próprios ouvidos — disse Harland.

— Bom, eles devem soltar um esclarecimento logo. Não posso acreditar que eles vão deixar isso assim. O que deu neles?

— Não faço a menor idéia — disse Harland —, mas ouça, nosso negócio principal foi muito bem. Ligarei de novo daqui a umas duas horas. Onde você vai estar?

— Na Langan's Brasserie — disse Costelloe, um sorriso audível em sua voz. — Eu acho que você vai se deliciar com o quão picante é a minha situação. Estamos recebendo nossos clientes alemães e eles estão com a analista chefe deles.

— Você quer dizer Lisl...

— Exatamente. — Ele fez uma pausa. — Estou ansioso por colocar este grupo em particular em dia com os acontecimentos. Olhe, preciso desligar.

Harland teria gostado de ver a consternação tomando conta da fisionomia da Dra. Lisl Voss quando ela soubesse das notícias.

— Espere um pouco, não desligue — disse. — Estão passando as notícias na TV. Você pode ouvir o que os alemães orientais estão dizendo.

Ele segurou o telefone junto ao aparelho enquanto a apresentadora — um tanto empertigada mas atraente — foi direto à matéria sobre a declaração de Schabowski. "Ele anunciou uma resolução do Conselho de Ministros referente a uma nova regra quanto às viagens. Entrando em vigor imediatamente, viagens pessoais ao exterior podem ser requeridas sem especificar uma razão particular."

Harland pôs o telefone no ouvido.

— Percebe o que eu quero dizer? Eles não estão falando em passaportes nem vistos.

— Meu Deus, logo vai ser tarde demais para eles conseguirem retirar isso — observou Costelloe. Harland sabia que ele já estava preparando o que ia dizer no Comitê Conjunto de Inteligência na manhã seguinte. — Mantenha-me informado. E parabéns quanto ao outro assunto. Parece muito interessante.

— Mas vamos precisar de uma decisão sobre o dinheiro amanhã de manhã. Não posso fazê-los esperar mais.

— Mensagem recebida — disse Costelloe.

Ele desligou, perguntando a si mesmo se teria sido muito indiscreto numa linha aberta, mas então ponderou que a permeabilidade da fronteira fortificada aumentava todos os dias sem a ajuda de Schabowski. Por melhores que fossem os alemães orientais, eles não podiam fazer muito quanto a rastrear ligações de telefones celulares. Mas o Muro ainda estava lá, e no momento ele precisava saber se Rosenharte, Kafka e o amigo deles haviam conseguido atravessá-lo. Discou um número de Berlim Ocidental e aguardou.

38
O Portão

Foram levados um a um de carro de Prenzlauer Berg para um pátio malcuidado junto ao Hackescher Marky, perto da Alexanderplatz. Então foram conduzidos a um apartamento que pertencia a um violinista chamado Hubert, um homem nervoso com tufos de cabelo escuro sobre as orelhas e um olho direito vesgo. Momentos depois que Rosenharte chegou ao apartamento minúsculo, ficou sabendo que o coronel Zank agora estava interrogando todo mundo no prédio dos Rundstedt. Isso deixou preocupados Rosenharte e Ulrike. Ambos sabiam que a Stasi iria consultar os registros que havia na Normannenstrasse e estabelecer listas dos contatos conhecidos da família Rundstedt e seus vizinhos. Eles eram excelentes neste tipo de triangulação rápida, e mais cedo ou mais tarde Hubert apareceria na lista. Mais inquietante era a certeza de que Zank sabia que eles ainda não tinham saído de Berlim Oriental e que iriam tentar fazê-lo usando passaportes falsos muito em breve. Todos os postos de fronteira estariam então em alerta e de posse da fotografia de Rosenharte usada na imprensa, bem como das fotos de Kurt e Ulrike tiradas na Hohenschönhausen.

Às 19h20 Rosenharte usou o telefone de Hubert para ligar para Robert Harland. Uma mulher atendeu e disse que todo mundo que lidava com a operação não estava. Ela iria tentar entrar em contato com Harland urgentemente.

— Como eles esperam que atravessemos? — perguntou Rosenharte, quase no limite de suas forças.

— Você ainda não soube? — perguntou ela.

— Do quê?

— Todas as restrições para viagens foram suspensas. A notícia acabou de ser dada. Houve uma declaração de Gunther Schabowski um pouco antes das 19 horas... vinte minutos atrás.

— Mas ainda teremos de passar pelos postos de fronteira. Eles vão estar à nossa procura.

— Se tiver uma TV aí, ligue-a — disse a mulher. — A situação é muito fluida. Ligue de novo daqui a uma hora. Enquanto isso, entrarei em contato com o Sr. Harland.

Rosenharte virou-se para os outros.

— Alguma coisa aconteceu. Ninguém sabe o que se passa. Houve uma declaração sobre as leis sobre viagens. — Voltou-se para Hubert. — Você tem uma TV?

Ele tirou um pano branco que cobria um aparelho de TV no canto da sala e mudou de uma estação da Alemanha Ocidental para o canal estatal da Alemanha Oriental. Às 19h30 o logo azul do *Aktuelle Kamera* apareceu, e depois de um prólogo sobre a reunião do Comitê Central, eles ouviram as palavras "... entrando em vigor imediatamente, viagens particulares ao exterior podem ser requeridas sem especificar uma razão particular."

Ulrike se levantou.

— O que isso quer dizer? Qualquer um pode viajar a qualquer momento? Isso não pode ser verdade.

Continuaram a assistir, mas nenhuma outra explicação foi dada. Hubert ligou para seus amigos. Todos tinham assistido, mas estavam confusos quanto ao que o governo realmente dissera. Alguns tinham ouvido rumores de que as pessoas estavam começando a se juntar nos quatro principais postos de fronteira — na ponte ferroviária da Bornholmerstrasse, ao norte do centro da cidade; na Invalidenstrasse, a leste deles; e no Checkpoint Charlie e na Sonnenalle, ao sul. As pessoas chegavam apenas com a carteira de identidade e exigiam que as deixassem passar para o outro lado.

Agora eram 20h45. Rosenharte ligou para os ingleses de novo, mas não obteve maiores informações. O telefone de Hubert tocou várias vezes. Rápidas e incrédulas conversas ocorriam. O consenso entre seus amigos parecia ser de que as pessoas deviam ir em massa para a fronteira e assim aumentar a pressão para que as autoridades levantassem as barreiras. Na

Bornholmerstrasse, o posto mais próximo de uma área residencial, milhares já tinham se aglomerado. Então, às 21h15 ficaram sabendo, por meio de outro telefonema, que o agente da Stasi encarregado do controle de passaportes na Bornholmerstrasse estava diminuindo a pressão e deixando passar uma parte dos berlinenses orientais mais incômodos para o lado ocidental com apenas um carimbo na carteira de identidade.

— Sem passaportes — gritou Hubert antes de combinar com amigos de ir para a Bornholmerstrasse. —Vocês deviam vir também — disse ele. — Todos nós vamos.

— Você tem algum transporte? — perguntou Rosenharte. — Kurt não vai conseguir ir tão longe.

Hubert negou com a cabeça.

— Eu posso andar — disse Kurt.

Rosenharte balançou a cabeça.

— Não, vamos para o Checkpoint Charlie. É o mais perto.

Hubert apanhou um casaco, mas no exato momento em que ele ia sair ouviram gritos do pátio lá embaixo. Um homem estava chamando Hubert para avisar que quatro carros da Stasi tinham parado na Rosenthalerstrasse e estavam se preparando para entrar no pequeno pátio escuro.

Eles desceram correndo a frágil escada. Lá embaixo Hubert esgueirou-se por uma porta perto da entrada do pátio, enquanto um amigo que ficara vigiando os levou até uma abertura escura do outro lado do pátio, onde os deixou. Ficaram escondidos por um ou dois minutos antes que Zank aparecesse no pátio e começasse a organizar meia dúzia de homens para uma busca nos prédios. Parecia haver uma certa relutância entre eles, e quando Zank subiu a escada de Hubert, dois deles ficaram no pátio, resmungando. A operação toda terminou quando Zank voltou, brandindo uma das muletas que Kurt deixara no apartamento de Hubert porque se movia mais rápido só com uma.

— Eles escaparam — gritou para os outros, — Acabaram de sair... o bule de café ainda está quente. Devem estar indo para o Muro. Vamos procurá-los na região a oeste daqui.

Eles esperaram alguns minutos e então saíram do pátio, apressaram-se pela área ao sul do Hackescher Markt e foram para o coração frio e inóspito da cidade velha, onde os museus e as igrejas de uma época mais graciosa erguiam-se, escuros e opressivos. O plano de Rosenharte era ir pelas ruas menores até alcançarem a Friedrichstrasse, o eixo norte-sul que cortava o centro até atingir a Zimmerstrasse, onde, por sua vez, era cortado em dois pela fronteira. Nessa interseção ficava o Checkpoint Charlie. Rosenharte e Ulrike conheciam cada palmo daquele caminho porque ficava muito perto da Universidade Humboldt. Mesmo com Kurt mancando junto com eles, Rosenharte achou que não levariam mais de vinte ou trinta minutos para chegar à fronteira.

Tendo cruzado o Spree, ele decidiu que seria mais seguro se fossem pelo Unter den Linden, o largo bulevar que ia de leste a oeste até o Portão de Brandemburgo. Eles foram pelo lado direito, passando pelo centro cultural húngaro e o café Atrium. No prédio onde ficava o centro polonês, recuaram para as sombras de uma área de compras quando um carro da polícia passou. Kurt apoiou-se em sua muleta como um veterano de guerra e fumou um cigarro. Estava ligeiramente bêbado com a aguardente de ameixa de Hubert, o que o fizera sentir menos a dor no pé.

Ulrike segurou a mão de Rosenharte.

— Está tão perto e ao mesmo tempo tão longe — disse. E, então, como uma reflexão posterior: — Quem teve a idéia de dividir uma cidade assim? É tão bizarro quando você vê a realidade da coisa.

Muita gente estava andando por ali agora. Muitos alemães orientais estavam indo para o Checkpoint Charlie e entre eles havia alguns alemães ocidentais que tinham cruzado a fronteira e estavam dispostos a fazer uma festa. Um jovem chegou até eles e perguntou onde podia comprar cerveja àquela hora. Disse-lhes que seu nome era Benedict e que acabara de atravessar o Checkpoint Charlie vindo do lado ocidental e ninguém lhe pedira documentos nem o detivera.

— Há mais gente do lado ocidental do que do lado oriental. Estamos esperando por vocês. Mas eu vim acordá-los, seus comunistas preguiçosos, para que a gente possa derrubar esse Muro juntos.

— Você está bêbado — disse Ulrike com um largo sorriso.

— E por que não, numa noite como esta? — perguntou Benedict de modo afável. — É o dever de todo berlinense decente estar bêbado numa noite como esta. Vejam, meus amigos, esta coisa, isso que está acontecendo ao nosso redor, é oficial agora: Hans J. Friederichs, ninguém menos, acabou de aparecer em seu programa de televisão *Tagesthemen* dizendo que o Muro está inteiramente aberto. Foi isso que ele disse. O Muro está inteiramente aberto. Então, venham comigo e me ajudem a tirar seus camaradas da cama.

Rosenharte pôs a mão em seu ombro.

— Se você não se importar, Herr Benedict, nós três percorremos um longo caminho para isso. Esperamos a vida inteira por este momento, de modo que gostaríamos muito de ir lá ver tudo isso por nós mesmos. Mas talvez precisemos de sua ajuda porque estamos sendo perseguidos.

— A Stasi? — perguntou Benedict, empolgado. Essa era a diferença com os ocidentais. Eles não tinham medo porque não compreendiam a realidade da Stasi. — Vou chamar meus amigos para cá. Iremos todos juntos para o Portão de Brandemburgo. As pessoas estão subindo no alto do Muro.

Ele assobiou para um grupo do outro lado da rua. Logo seis animados estudantes tinham se juntado a eles, e todos foram em direção ao cruzamento com a Friedrichstrasse, onde pararam numa parte escura do lado norte da rua. Foi com uma penosa falta de surpresa que Rosenharte viu Zank postado como uma sentinela a cerca de sessenta metros do outro lado do Unter den Linden. Estava esquadrinhando as multidões que se encaminhavam para o Checkpoint Charlie pela Friedrichstrasse. Tanto quando Rosenharte podia perceber, agora havia apenas dois homens com ele. Sua linguagem corporal demonstrava inquietude e uma certa perplexidade em vez de ameaça. Mas mesmo assim Rosenharte estava convencido de que ele, Ulrike e Kurt tinham se tornado uma espécie de símbolo para Zank e para os poderes da energia das trevas que se desvaneciam. Se eles fossem impedidos de cruzar o Muro, o Muro não iria cair.

Ele consultou Benedict. Três dos jovens estudantes concordaram em distraí-lo enquanto o resto do grupo se juntaria em volta deles e os levaria até o cruzamento e depois para o Portão de Brandemburgo. Rosenharte sabia que aquela era a única esperança que tinham. Com seus novos passaportes britânicos, eles poderiam se passar por turistas ocidentais — e se fossem presos tinham uma chance muito boa de ser expulsos para o lado ocidental.

A distração funcionou bem. Rosenharte viu os três jovens abordarem Zank e começaram a aprontar em torno dele com uma garrafa, dando-lhe tapas nas costas e insistindo para que ele posasse para uma foto com eles. Zank teve de chamar seus homens para se livrar dos rapazes, mas já havia se distraído o tempo suficiente para que eles saíssem de seu campo de visão e começassem a caminhada final até o Portão de Brandemburgo.

Separado do lado oriental pelas barreiras da Grenzpolizei e do lado ocidental pelo mais maciço e intransponível trecho de todo o Muro de Berlim, o Portão de Brandemburgo agora se destacava nítido contra o fulgor dos refletores de TV apressadamente instalados do outro lado. O herói negro da Guerra Fria, tão remoto para o povo de ambas as Alemanhas por tanto tempo, agora estava iluminado como um cenário de ópera. Os poucos guardas visíveis do lado oriental moviam-se entre as seis colunas dóricas como ajudantes de palco. Rosenharte então se deu conta de um murmúrio suave no ar, a ascensão e queda da voz da multidão, que parecia muito com o mar quebrando numa costa distante. Quando chegaram mais perto, as partes que formavam o ruído se separaram em vivas, assobios, canções, risadas, o bater de um tambor e um megafone.

Eles atravessaram o espaço aberto entre o fim do bulevar e o Portão sentindo-se desesperadamente expostos. Rosenharte pôs o braço em volta de Ulrike e olhou para trás várias vezes, mas Zank não estava à vista. Chegaram a uma cerca baixa de metal, que ia de um lado ao outro da rua. Embora relativamente simples, sem o arame farpado, os alarmes e os rifles automáticos que podiam ser encontrados no resto do Muro de Berlim, aquela barreira tinha impedido com eficiência que os alemães orientais tivessem contato com seu próprio monumento desde agosto de 1961. A barreira foi facilmente transposta e, depois que passaram Kurt por cima dela, eles avançaram por outro trecho de asfalto. Agora podiam ver que o Muro estava repleto de pessoas cujas silhuetas eram iluminadas pelos refletores da TV. Mil ou mais pessoas tinham levado a vacilante declaração de Gunther Schabowski à sua conclusão definitiva. Alguns até estavam pulando do mundo iluminado do Ocidente livre para a sombra da zona mortal imediatamente diante do Portão. Ulrike parou boquiaberta com o que via e levou as mãos à boca.

Rosenharte pôs o braço ao redor de seus ombros e disse em seu ouvido:

— É incrível, mas vamos passar para o outro lado.

— Estiveram usando mangueiras de água — disse Benedict todo entusiasmado, apontando para as poças de água do outro lado do portão. — Vamos lá nos juntar à festa.

Até então eles tinha atraído pouca atenção dos Grepos, que estavam todos virados para o lado ocidental, mas quando chegaram a cinqüenta metros do Portão, duas dúzias de guardas saíram das guaritas de ambos os lados deles, entraram e formação e gritaram para que voltassem.

— Merda, eles não parecem muito contentes de nos ver — disse Benedict. Em seguida, gritou para os guardas: — Rapazes, venham se juntar à festa. Vamos beber e nós vamos arranjar algumas belas alemãs ocidentais para vocês.

Rosenharte virou-se para Ulrike e Kurt.

— O que temos de fazer agora é parecer tão bêbados quanto Benedict e seus amigos. Lembrem-se, somos do Ocidente. Viemos pelo Checkpoint Charlie e estamos voltando para o lado ocidental. Certo? — Kurt assentiu. — Lembrem-se de que vocês são súditos britânicos. Ajam com um ar superior. — Piscou para eles.

Benedict virou-se para eles.

— Bom, vamos ou não?

Rosenharte assentiu. Eles passaram pela fileira imóvel de guardas sem que nenhum deles erguesse a arma.

— Você — gritou um jovem oficial para Kurt. — Qual o problema com a sua perna?

— Um idiota bateu uma porta em cima dela — respondeu Kurt, e seguiu mancando.

A meio caminho sob o Portão, um oficial correu até eles com as mãos erguidas. O que eles estavam fazendo ali? De onde eles tinham vindo? Benedict tornou-se de novo o porta-voz deles.

— Estamosh exercendo o nosso direito como cidadãosh da Berlim livre para passar sob esshe monumento à paish. — Ele talvez estivesse exagerando demais em sua voz pastosa de bêbado. — Esshe emblema da paish foi construído por Frederico Guilherme II exatamente duzentos anosh atraish. O senhor sabia que a donzela guiando oish quatro cavalosh em cima desshe belo monte de merda neoclássico carrega um ramo de oliva? Um shímbolo da paish. Não uma crruiz de ferro como fazia pros nazistas, mas um *ramo de oliva*. O senhor ouviu? É por issho que estamosh aqui: para brindar à paish no aniversário da construção. — Ele fez uma mesura um tanto bêbada no fim desse discurso.

O oficial perdeu a paciência.

— É melhor voltarem logo para o outro lado ou vai haver problemas para vocês, seus agitadores ocidentais. — Dito isso, ele voltou para a fileira da tropa, ordenando-lhes que se deslocassem até a cerca para impedir mais invasões do lado oriental. Mas ele demorara demais para os amigos de Benedict, que tinham acabado de passar por ali.

Eles saíram do outro lado do Portão e viram-se não numa zona mortal, mas numa área de lazer. Um homem fazia acrobacias com uma bicicleta. As pessoas perambulavam por lá, puxando conversa com os guardas, bebendo de garrafas de cerveja ou champanhe e beijando e abraçando umas às outras ao acaso, sem a menor sensação de estarem invadindo. De repente, cerca de trinta pessoas formaram uma roda e começaram a dançar. Uma pintura de Goya que mostrava o mesmo tipo de alegria insana passou pela cabeça de Rosenharte. Aos seus ouvidos atônitos chegou o som de uma cantiga de roda.

No muro, esperando, está um besourinho.
Dê uma olhada no besourinho, no besourinho, dê uma olhada...
No muro, no muro, esperando...

O Muro de Berlim estava caindo ao som de uma canção infantil; a faixa da morte tinha sido irrevogavelmente tomada e desmistificada. O encanto estava quebrado.

Ulrike apertou o braço de Rosenharte e gritou acima do barulho da multidão invisível no lado ocidental.

— Meu Deus, estamos mesmo vendo isso? Isso está realmente acontecendo? Não dá para acreditar.

Rosenharte virou-se dos rostos jubilantes para olhar para o Portão, onde as sombras das pessoas em cima do Muro estavam projetadas como um enorme espetáculo de lanterna chinesa. Jamais saberia o que o fez olhar para baixo, para entre as colunas. Talvez tenha sido seu hábito de relembrar uma cena por meio do registro consciente da imagem em sua mente. Seja como for, no lado oriental do Portão ele viu Zank gesticulando para o oficial que os havia parado alguns momentos antes. Pegou Ulrike pelo braço e chamou Kurt e Benedict.

— Temos de sair daqui. Vamos.

Correram sob a sombra do Muro, que agora parecia tão difícil de transpor quanto um rochedo escarpado. Rosenharte agachou-se com as costas coladas ao Muro e juntou as mãos na frente dos joelhos.

— Você sobe primeiro — gritou para Ulrike. — E depois ajuda Kurt.

Ela pôs um pé nas mãos dele e Rosenharte ergueu seu peso de passarinho sem dificuldades até uma altura de cerca de dois metros e meio. As mãos das pessoas que estavam em cima do Muro vieram encontrar com as dela e ela foi puxada pelo resto da altura. Ele passou a muleta de Kurt para ela e agachou-se de novo. Com o canto do olho, viu Zank e o oficial vindo na direção deles. O oficial parecia hesitante e fazia gestos de impotência.

— Certo, vamos pôr você lá em cima — gritou ele. Kurt pôs o pé esquerdo nas mãos de Rosenharte, que o ergueu um metro e meio e então, colocando a outra mão no traseiro de Kurt, empurrou-o para cima. Kurt gritou de dor quando suas costelas encostaram no concreto e seu pé machucado percorreu a superfície tentando achar algum apoio. Por fim, braços fortes do alto do Muro puxaram-no até uma altura da qual ele conseguiu passar para cima da borda.

Rosenharte virou-se, sem fôlego. Zank estava a um ou dois metros.

— Você precisa prender este homem — gritava ele para o oficial. — Este homem é um inimigo do Estado, um espião. Prenda-o já, ou eu o farei.

— O senhor não tem autoridade aqui — disse o oficial a Zank, antes de se dirigir a Rosenharte. — Quem é você?

Ele mostrou o passaporte.

— Sou cidadão britânico. É a primeira vez que venho à Alemanha Oriental.

— Bobagem. Este homem é um espião. É um traidor do Estado. Precisa ser preso. — Perdigotos voavam da boca de Zank.

Tudo aquilo parecia não fazer muito sentido para o oficial da Grepo, que jogou as mãos para cima em desespero.

— Deixo isso nas suas mãos.

Então alguém em cima do Muro apontou uma lanterna potente na cara de Zank. Ao mesmo tempo Kurt começou a entoar "Sta-si! Sta-si! Sta-si!". Logo, centenas dos que estavam naquele trecho do Muro se juntaram a ele. Zank ergueu as mãos para proteger os olhos da luz, e seu braço buscou algo no bolso de cima do paletó, mas ele pareceu pensar melhor e recuou um pouco, seus olhos sempre fixos em Rosenharte.

— Você pensa que ganhou — gritou. — Mas não ganhou.

Rosenharte avançou alguns passos na direção dele, e o clamor da multidão ficou ensurdecedor.

Ele fez um gesto indicando a multidão.

— Essas pessoas ganharam, mas eu, eu não. Eu perdi meu irmão, lembra? Se tivesse obedecido aos meus instintos na noite de ontem, eu o teria matado ali mesmo na Hohenschönhausen. Era lá que você merecia morrer, seu monte de merda! — Estava bem perto dele agora. Podia sentir seu hálito e ver o ódio em seus olhos. — Mas você vai viver para ver tudo em que acreditava desmoronar; tudo para o que o seu ser limitado, brutal e covarde trabalhava vai desaparecer. É vingança suficiente para mim.

Sem esperar a resposta de Zank, Rosenharte virou-se, correu para o Muro e, usando um pé para dar um impulso para cima, estirou-se e encontrou as mãos que vinham lá de cima para agarrar seus braços. Por um instante, pareceu que ele ia escorregar de volta para a zona mortal, mas dois dos amigos de Benedict deram-lhe um poderoso puxão, e ele subiu e rolou sobre a borda como fizera no cais de Trieste tantas semanas atrás. Então ficou de pé, limpando suas roupas e contemplando o mar de rostos felizes do outro lado.

Os olhos de Ulrike enchiam-se de lágrimas.

— Isso tudo é verdade? — perguntou. — Nunca houve antes um momento como este na história. Estaremos sonhando?

Ele balançou a cabeça bem devagar e se inclinou para beijá-la.

39
O Café Adler

Uma hora depois eles se aproximaram do Checkpoint Charlie vindo pelo lado ocidental. A única parte do cruzamento da fronteira que ainda estava visível era a pequena guarita instalada no meio da Friedrichstrasse pelos americanos. Sobre a linha branca, pintada por um jovem oficial alemão oriental chamado Hagen Koch 28 anos antes, havia uma imensa multidão de jovens que enchera duas das três vias de acesso ao controle de passaportes e alfândega da RDA. Haviam cercado as primeiras casamatas do lado oriental e agora estavam de pé ou dependurados onde conseguiam para ter uma visão melhor das pessoas que vinham do universo paralelo do outro lado.

Os alemães orientais que faziam a viagem no meio da noite não eram mais apenas os ousados, temerários ou jovens. Famílias inteiras estavam vindo — e estavam trazendo seus bebês em carrinhos, seus cachorros e parentes mais velhos. Estranhos se abraçavam, namorados se beijavam ao cruzar a linha e algumas pessoas simplesmente olhavam para cima e gritavam aos céus de incredulidade, lágrimas de alegria escorrendo de seus olhos. Poucos deles paravam para considerar a acumulação de acaso, vontade política e ousadia que trouxera as multidões de ambos os lados do Muro para atravessar todos os setes pontos de cruzamento por volta da meia-noite do dia 9 de novembro. E isso talvez fizesse a noite parecer ainda mais milagrosa.

Observando essas cenas com Ulrike e Kurt, Rosenharte achou muito difícil assimilar o que via. Balançando a cabeça, ele seguiu Kurt e Ulrike para o Café Adler. Robert Harland estava sentado a uma mesa de canto junto à janela que dava para a Zimmerstrasse. Diante dele estavam o Pássaro e Jamie Jay. Os três tinham a expressão padrão de incredulidade daquela noite.

Pediram champanhe e conhaque por conta do governo britânico e fizeram brindes a Berlim, à liberdade e, no caso dos três alemães à mesa, a uma Alemanha unida. Harland contou-lhes a história da gafe de Schabowski — e como os jornalistas tinham demorado alguns minutos para perceber o significado do que ele dissera.

— Foi planejado? — perguntou Kurt, por intermédio de Ulrike. — Com certeza, ele sabia o que estava fazendo... um funcionário experiente Do partido como ele...

— Quem sabe, quem sabe — disse Harland —, mas estamos aqui num novo mundo. As coisas que importavam em 9 de novembro nem mesmo figuram em 10 de novembro. — Ele olhou seu relógio. — Passaram-se vinte minutos de um novo dia e de uma nova era. O que aconteceu hoje à noite é irrevogável. Sem o Muro, não há mais a Alemanha Oriental, pelo menos não como um Estado viável. O jogo terminou.

Por mais meia hora eles ficaram em volta da mesa, mas então a tosse de Ulrike e o óbvio desconforto de Kurt fizeram Harland insistir para que eles fossem receber os cuidados médicos que tinham sido providenciados. Ele ficou de pé, mas não para que fossem embora do Café Adler. O Pássaro e Jamie Jay também ficaram de pé.

— Gostaria de oferecer um brinde a vocês três. À coragem, à indomabilidade, à resistência de vocês. O que vocês fizeram foi muito importante e permanecerá sendo, mesmo nesta nossa nova era.

Rosenharte olhou para seus dois companheiros.

— Sei que falo por nós três ao agradecer a cada um de vocês o papel que tiveram em tirar-nos de lá. Sem a sua ajuda, Sr. Avocet, meus amigos aqui ainda estariam na Hohenschönhausen. Agradecemos a você do fundo do coração pela nossa libertação. — As feições extremamente inglesas do Pássaro começaram a ficar vermelhas do pescoço para cima. — Antes que esta noite termine, quero que façamos um brinde a Ulrike, uma das verdadeiras fundadoras da revolução. Ela é uma das pessoas que tornou esta noite possível. — Ergueu seu copo para ela. Os outros fizeram o mesmo.

— Melhor vocês dois irem logo de uma vez antes que nos ponhamos todos a chorar — disse Harland animadamente. — Eu queria ter uma palavra em particular com Rudi, se ele concordar.

Rosenharte assentiu.

Quando ficaram sozinhos, pediram mais conhaque e cada um fumou um cigarro. Harland mexeu numa sacola de plástico, tirou uma pasta e a colocou sobre a mesa.

— Este é o seu arquivo da Stasi — disse num tom baixo. — Obtive-o esta noite do russo. Pensei que me estava sendo dado como um meio de conferir algumas das informações que eles nos forneceram, mas ele deixou claro que seu motivo para entregá-lo era principalmente a consideração e a afeição que tem por você. — Empurrou a pasta para o outro lado da mesa, mas ficou com a mão em cima dela. — Antes que você leia, devo avisá-lo de que há algumas coisas chocantes aqui: coisas que talvez você preferisse não saber. Coisas que mudarão a sua vida.

Rosenharte olhou nos olhos cinza de Harland e pôs a mão sobre a pasta.

— Você tem certeza? — perguntou Harland.

Ele assentiu.

— É a minha vida e acho que talvez eu devesse saber sobre ela antes de fazer 50 anos.

Harland pigarreou.

— É o que estou dizendo. O arquivo vai informá-lo de que você *já tem* 50 anos. Entendeu?

Ele pegou a pasta e a abriu. Havia trinta folhas soltas presas por dois clipes. Seus olhos percorreram a primeira página. Não havia como duvidar da autenticidade do arquivo. O espaçamento e os parágrafos, os códigos, as datas e informações para arquivamento escritas no canto superior direito da página eram exatamente como ele tinha sido ensinado a fazer na escola de espionagem.

— Naturalmente, ainda não li tudo — disse Harland. — Mas acho que talvez seja melhor começar pelo fim. A última folha colocará tudo em contexto.

Rosenharte olhou de relance para ele e então foi até o fim das páginas. A última página era uma carta do Dresden Bezirksverwaltung für Staatssicherheit — o quartel-general da Stasi em Dresden — para o QG da Normannenstrasse. Estava datada de maio de 1953.

Fizemos investigações minuciosas sobre os dois jovens conhecidos como Rudolf e Konrad Rosenharte e concluímos que há boas razões para não tomar mais nenhuma providência quanto à requisição feita pelas autoridades polonesas para o inquérito e a repatriação caso essas investigações se mostrassem frutíferas. Mesmo levando em consideração sua provável idade real, os dois jovens atingiram um nível acadêmico excepcionalmente alto, o que corresponde às proezas físicas de ambos. Não é possível prever o que eles poderão realizar para o Estado nos anos vindouros. Desde a guerra eles têm sido criados num bom lar socialista. Seus pais adotivos, Marie Theresa e Hermann Rosenharte, não têm um histórico de simpatia em relação aos fascistas. São robustos membros da classe trabalhadora, ideologicamente leais e ativos na causa do Partido. A crença católica residual da Sra. Rosenharte não parece ter afetado indevidamente os meninos. Quanto à questão do período que passaram na família do general fascista e sua mulher — Isobel e Manfred von Huth —, acreditamos que é seguro concluir que não houve nenhuma influência negativa de qualquer espécie na formação da personalidade nem da consciência política dos gêmeos.

Recomendamos que a providência a tomar é sugerir às autoridades polonesas:

- *que os dois bebês morreram em 1945. Isobel von Huth morreu no bombardeio de Dresden e seria bastante razoável supor que ela tivesse levado seus filhos em sua visita a Dresden em fevereiro de 1945;*
- *ou que não conseguimos encontrar as crianças com base nas informações disponíveis.*

Uma nota fora acrescentada a caneta, dizendo que a segunda alternativa fora adotada. Estava assinada com as iniciais FH, mas o memorando original não tinha assinatura.

Rosenharte virou a folha e encontrou uma cópia de uma carta que fora enviada numa data posterior. No verso, presas por um clipe, havia duas fotografias sépia de bebês idênticos datadas de "novembro de 1938".

— Eu diria que aí vocês estão com uns seis meses, não? — disse Harland com cautela.

Rosenharte mal sabia como reagir. Então disse abruptamente:

— Eu sabia. Nós dois sentíamos isso desde que éramos pequenos. Sabíamos que não podíamos ter nascido daquela mulher. E sempre achamos que Marie Theresa suspeitava de alguma coisa, embora ela nunca nos tenha dito nada.

Ele tirou a fotografia que trazia no bolso e colocou-a na mesa.

— Esta é Isobel von Huth. Ulrike notou que a fotografia foi tirada em setembro de 1939, quando, obviamente, ela deveria estar grávida de seis meses. Mas não está. Pensei que fosse um engano na data. O tal do Grycko... era isso que ele queria me dizer em Trieste, não era? Ele devia ser algum parente ou alguém próximo de nossa família de lá.

— Sim, acho que isso é evidente — disse Harland. — Talvez mais tarde você deva falar com o russo. Ele sabe mais sobre isso tudo do que eu. Afinal, só estive com o arquivo nas últimas cinco horas.

Rosenharte voltou aos documentos e começou a ler a carta que havia sido enviada por um Monsieur Michel Modroux, do quartel-general da Cruz Vermelha em Genebra, para o Ministério das Relações Exteriores em 3 de dezembro de 1956.

Voltamos a entrar em contato com os senhores em referência ao assunto dos dois meninos gêmeos roubados do lar da família Kusimiak perto de Bochia, na Polônia. Ryszard e Konstantyn Kusimiak foram raptados em novembro de 1939 por oficiais alemães que trabalhavam para o programa de germanização, conhecido como Lebensborn. Eram os únicos filhos do Dr. Michal Kusimiak e sua esposa Urszula, ambos acadêmicos da Universidade de Cracóvia. Depois da execução do pai deles e do encarceramento da mãe, constatou-se que os meninos foram levados para o campo de concentração de Lodz, onde foram examinados por autoridades nazistas e avaliados como racialmente valiosos. Logo depois foram transferidos para um abrigo da Lebensborn, onde receberam novos nomes. É provável que estes incluíssem a primeira ou as duas primeiras letras de seus prenomes originais — ou seja, K ou KO, R e RI (já que não há nenhum nome alemão que comece com RY). Documentos no Ministério do Interior em Varsóvia sugerem que os meninos Kusimiak não foram separados, como era habitual. Em vez disso, encontrou-se um lar para eles com um oficial nazista de alta patente, quase com certeza um membro da SS de Heinrich Himmler. Não há registro de seu destino final. A Cruz Vermelha espera, portanto, depois de várias tentativas do governo polonês e de duas requisições formais desta organização, que o tempo e a energia venham agora a ser encontrados para pesquisar este caso nos arquivos que se sabem existir na RDA. Investigações minuciosas foram feitas na República Federal da Alemanha, mas não há indício de que os meninos Kusimiak estejam vivendo no Ocidente. A conclusão das autoridades polonesas, como já informaram aos senhores, é que eles se instalaram no que é agora a RDA e que há grandes chances de que tenham sobrevivido à guerra. Gostaríamos que esse assunto fosse tratado com a máxima urgência com todos os meios à disposição dos senhores.

Junto a essa carta estava uma cópia feita com papel-carbono da resposta do Ministério das Relações Exteriores, datada de 8 de maio de 1957, cinco meses depois. Dizia:

Conforme a requisição dos senhores, uma terceira investigação foi conduzida e de novo informamos que não foi encontrada correspondência entre a descrição fornecida e os registros preservados pelo governo da RDA precisamente para este tipo de pesquisa humanitária. Como a Cruz Vermelha, mais do que qualquer outra organização, está devidamente informada, os criminosos fascistas raptaram muitas crianças na Europa Oriental e quando esses jovens resistiam à nazificação, com freqüência eram liquidados. Lamentamos não poder ajudar e insistimos para que o assunto seja encerrado

Rosenharte pôs os documentos na mesa.

— Você sabe o que *Lebensborn* quer dizer?

— Fonte da vida — respondeu Harland.

— Eles sabiam o tempo todo! Esses canalhas da Stasi sabiam o tempo todo que havíamos sido tirados da Polônia. E se os poloneses estavam investigando o assunto, isso significa que uma parte da família sobreviveu à guerra. Temos parentes. Eles negaram nosso contato com nossos parentes próximos.

— Você acha que sua mãe adotiva... que a Sra. Rosenharte sabia?

Rosenharte balançou a cabeça.

— Ela pode ter tido suas suspeitas, mas ela só foi trabalhar no Schloss Clausnitz já bem para o final da guerra, de modo que não teria necessariamente sabido. Ela era uma mulher muito boa... e uma mãe muito boa. Não era da natureza dela mentir. — Ele fez uma pausa. Estava simplesmente atordoado pelos documentos. — Não consigo me conformar com o fato de não nos terem dito. Usaram nossos pais nazistas para fazer com que ambos achássemos que havia algo de que nos deveríamos envergonhar e que devíamos ao Estado, quando a verdade era exatamente o oposto.

— Eles os mantiveram por causa dos talentos de vocês — disse Harland —, e isso explica, antes de mais nada, por que permitiram que você entrasse na Stasi. Ninguém que tivesse um general da SS como pai teria tido permissão de fazer parte do HVA.

— O que mais há aqui?

— Os documentos estão divididos em duas seções. A primeira inclui cópias dos registros de seu período como agente da Stasi: relatórios sobre seus progressos, seu treinamento no Diretório Principal e seu sucesso ou não como agente secreto no exterior. A segunda é dedicada à sua vida em Dresden depois que deixaram que você saísse do serviço. Fica claro que eles fizeram tudo o que puderam para monitorá-lo porque você sabia como era o funcionamento interno do MfS. Havia um bom número de IMs trabalhando no seu caso: colegas, amigos. Pelo que parece, eles transformaram a maioria de suas namoradas, bem como sua ex-esposa, em informantes. Claro, a maioria é simples fofoca. — Ele fez uma pausa e encarou Rosenharte. — Mas há uma coisa significativa que você precisa saber, e que vai ser um choque para você.

— O quê? Diga-me logo.

Harland olhou-o com firmeza, mas nada disse. Lá fora, o ruído da multidão aumentava a cada nova leva de alemães orientais que chegava; dentro do Adler estava havendo uma comemoração como nunca antes se vira. Para Rosenharte, no entanto, os eventos da noite — e mesmo dos dois últimos meses — tinham subitamente recuado para uma grande distância. Ele podia estar sentado sob o teto de vidro do Adler, no qual toda a alegria do mundo se refletia, mas estava fechado em sua cápsula particular de tempo e espaço com o espião britânico. À sua frente havia uma pasta gasta e muito folheada que continha mais informação sobre sua vida do que ele jamais tivera. A Stasi tinha possuído a verdade objetiva de sua existência... e da existência de Konrad. Eles haviam ocultado aquela verdade e usado-a para moldar e manipular a vida deles. Ocorreu-lhe que ler o arquivo era um ato de reintegração de posse tanto para ele quanto para Konrad.

— Diga-me o que devo esperar.

Harland pegou a pasta e folheou as páginas, umedecendo a ponta do indicador ao fazê-lo. Então, virou-a ao contrário com seu dedo apoiado numa página.

— Parece que seu irmão foi recrutado como um IM especificamente com o propósito de vigiá-lo. Sinto muito, Rudi. Não me agrada que você veja isso.

Rosenharte começou a ler o relato de uma reunião com Konrad que ocorrera em Bautzen. O agente encarregado chamava-se Lange, e parecia que eles se encontravam a cada seis semanas, mais ou menos, em vários esconderijos da Stasi na região de Dresden. Rosenharte contou notas de 22 reuniões secretas. Sabia que teria de ler todas agora. Não havia possibilidade de deixar para depois nem de dar apenas uma olhada por cima como faria com o resto do material.

As primeiras páginas incluíam observações sobre Konrad — sua diligência, a sagacidade de sua mente e sua atitude em geral cooperativa. Após sua experiência em Bautzen, a Stasi tinha uma grande esperança de fazer dele uma fonte importante, não só em relação ao irmão. Havia membros da *intelligentsia* que eles tinham como alvo: tipos criativos, elementos negativos hostis, subversivos decadentes sobre os quais eles queriam saber mais. Para garantir a cooperação de Konrad, eles insinuavam regularmente que ele poderia ser mandado de volta para a prisão e ofereceram-lhe tratamento médico e dentário como incentivos, embora isso nunca tenha se materializado.

Konrad contara a eles sobre uma longa caminhada que tinham feito nas montanhas. Rosenharte lembrava-se da conversa como se fosse ontem, porque eles estiveram a ponto de brigar definitivamente sobre religião e a impraticabilidade do socialismo. Konrad era agnóstico; Rudi, um ateu inconseqüente. Konrad era um socialista convicto; Rudi, um cético. O relato da conversa, no entanto, apresentava uma situação completamente diferente. Konrad evidentemente permitira que Lange obtivesse dele as convicções íntimas de seu irmão, e estas Konrad descrevera como o perfeito oposto do que ele realmente achava. Embora Rudi tivesse dúvidas sobre a probabilidade de sucesso de um Estado socialista, ele era descrito como sendo cautelosamente otimista. Quando ele afirmara que não queria ter nenhum envolvimento com o Partido, Konrad fizera parecer que isso se devia a uma insegurança, por ter falhado tão categoricamente em seu serviço no exterior. Ele fingiu nada saber sobre o que acontecera em Bruxelas, mas o encarregado entrara com os detalhes e concluíra que Rudi Rosenharte era discreto quanto ao seu período na Stasi.

Enquanto ia lendo, Rosenharte começou a sorrir. De acordo com um Konrad relutantemente desleal, ele, Rudi, tinha a consciência culpada, era politicamente ingênuo, mesquinho com dinheiro, deprimido, autocentrado, egoísta e tinha dificuldades de estabelecer relações permanente com mulheres, sendo que a maior parte disso era o oposto das reais características de Rosenharte. Aqui e ali havia migalhas de observações verdadeiras e relatos de incidentes que tinham ocorrido, mas a imagem geral era falsa. Ele deixou a pasta escorregar para a mesa e lembrou-se da imagem de Konrad no fim da primavera daquele ano sentado numa cadeira frágil, vendo seus filhos brincarem no campo de feno. A imagem que lhe vinha era de um curioso distanciamento em sua expressão. E quando ele perguntara se havia algum problema, Konrad havia se virado para ele com o olhar incomodado que parecia sugerir que Rudi estava sendo invasivo. Agora ele compreendia: aquela mente delicada estava planejando cada passo da proteção de seu irmão — uma rota solitária que requeria sacrifício e paciência e era traçada em paralelo ao seu oblíquo desafio ao Estado.

Harland esperou que ele falasse.

— Ele os usou — disse Rosenharte. — Contou-lhes um completo amontoado de mentiras sobre mim. Fez todos de bobo e ajudou a me proteger. — Fez uma pausa. — É uma tragédia que ele não tenha vivido para ver tudo o que aconteceu hoje à noite. Ele teria ficado estupefato e interpretaria com muita perspicácia tudo o que se passou.

Harland assentiu.

— Eu sei que há sempre um rendimento decrescente no terceiro conhaque, mas acho que você vai precisar de um.

Rosenharte intrigou-se com a tensão em torno dos olhos de Harland. Certamente, naquela noite, entre todas as noites, um espião britânico podia relaxar. Mas ele parecia inquieto e preocupado. Perguntou por quê.

— Tudo mudou. Posso perder o negócio que acertei com o russo. Cinco horas atrás parecia perfeito, mas então isso tudo aconteceu e, bem, parece que os americanos vão se intrometer com o dinheiro deles e conseguir tudo que eu estava trabalhando para obter.

— E isso importa? Afinal, você conseguiu a prisão de Abu Jamal. Você conseguiu libertar a família de Konrad. E sem o seu estranho amigo, Cuth Avocet, eu nunca teria conseguido libertar Ulrike e Kurt.

Harland cerrou os lábios.

— Você tem razão. Mas estou com o orgulho ferido. Eu queria ter obtido isso também. Ainda assim, quando a história assume o seu curso, só nos resta sair do caminho. — Ele pediu mais uma rodada. Quando as bebidas chegaram, disse: — Minhas instruções de Londres exigem especificamente que eu não lhe conte uma coisa que acho que você precisa saber. — Ele se deteve, agitou o copo de conhaque diante do nariz e olhou pela janela. — No entanto, enquanto o observava percorrendo esse arquivo e lendo sobre você e Konrad, ocorreu-me que esta noite eu também tenho um dever com a verdade. — Houve outra pausa angustiada, durante a qual ele pediu um cigarro a Rosenharte. — No nosso ramo, certas coisas mantêm-se necessariamente secretas. Permitimos que fraudes e subterfúgios passem pela verdade; a mentira se torna o registro, pode-se dizer. Nesta ocasião, não quero que isso aconteça.

Rosenharte deu de ombros. Subitamente ficara exausto. Precisava de tempo para si mesmo.

Então Harland disse:

— Annalise Schering não morreu. Não houve suicídio.

Rosenharte sentiu-se enrijecer. Colocou o copo com força na mesa, quase o quebrando, e desviou o olhar.

— Não! Ela estava morta. Eu a vi.

— Mas você não a *tocou*. — Ele fez uma pausa. — Saiu de lá imediatamente. Tínhamos pessoas no apartamento. No momento que você entrou lá, fizemos com que a campainha tocasse e também o telefone. Você viu nosso pequeno quadro com Annalise na banheira gelada e entrou em pânico, exatamente como esperávamos que acontecesse.

— Por quê? Isso não faz sentido.

— Ela não estava à altura de lidar com você. Não era esperta o bastante e queria cair fora. Não sabíamos como você reagiria. Quando você não disse imediatamente ao seu pessoal que ela estava morta e que você efetivamente fracassara, soubemos que poderíamos usá-lo. Envolvemos a polícia e fizemos o acordo com você. Então, garantimos que eles se livrassem de você usando a segunda Annalise para passar para a Stasi as informações negativas sobre você beber demais e não ser discreto o suficiente para um agente. Acho que eles fizeram um excelente serviço com você. Bom, isso você já sabe.

Rosenharte ainda estava pasmo.

— Mas e o risco?! Eu poderia ter contado à Stasi a qualquer momento.

— Não havia risco nenhum. A única pessoa que estava exposta era você. Quanto mais a operação durava, mais importante ficava Annalise Schering para nós, para a Stasi e, claro, para os russos. Você precisa lembrar que esse era o único método de informar ao seu lado o que nós realmente pretendíamos sem ter de passar pelos filtros usuais de suspeita. *Porque* ela era uma traidora eles acreditavam nela.

Ele abriu as mãos, esperando alguma reação. Rosenharte balançou a cabeça e nada disse.

— Você tem todo o direito de ficar bravo com isso — disse Harland, empurrando a ponta de seu cigarro em volta do cinzeiro. — Eu sei o quanto esse pequeno truque afetou toda a sua vida, mas... mas o fato é que você precisa levar em conta que para nós você era apenas mais um espião comunista, um Romeu enviado para o Ocidente para roubar nossos segredos e ameaçar nossa segurança. — Ele fez uma pausa e revolveu o relógio ao redor do pulso. Rosenharte nunca o vira tão desconfortável. — Olhe pelo lado bom, Rudi; ao menos você não tem uma morte na consciência. A verdadeira Annalise Schering está rechonchuda e feliz, vivendo no campo na Inglaterra com três filhos adolescentes.

Rosenharte balançou a cabeça. Ele poderia vir com seu próprio choque para Harland contando-lhe como Ulrike e a segunda Annalise tinham ficado amigas e haviam trabalhado juntas por tanto tempo pela causa da paz. Mas isso era um segredo delas, e não iria servir para nada revelar que uma jovem tradutora da Stasi tinha descoberto o grande subterfúgio do MI6. Ele se levantou da mesa e bebeu o resto do conhaque.

— Isso foi em outra época, uma era atrás. — Ele se espreguiçou e apagou o cigarro. — Nesse preciso momento, Sr. Harland, o que eu preciso é de dormir um pouco.

—Você não ficou bravo?

— Sob certos aspectos, sim. Mas lembre que eu pude sair da Stasi e dedicar minha vida ao estudo da arte. Onde eu estaria agora sem os joguinhos de espião de vocês?

40
A Ponte

No sábado, 11 de novembro, cerca de 36 horas depois do Muro ter caído, Rosenharte acordou cedo no hotel, tomou banho e vestiu-se com mais apuro que o usual, colocando gravata e as calças de um terno cinza-escuro que tinha comprado com Ulrike no dia anterior no Kurfurstendamm. Sentou-se então à mesa com vista para o Tiergarten, deu alguns telefonemas e leu as anotações que fizera enquanto falava ao telefone com Leszek Grycko na noite anterior. Depois de mais ou menos uma hora, Ulrike veio do quarto de dormir ao lado, ainda usando o roupão de banho do hotel.

— Como você está se sentindo?

— Não muito bem. Não é normal dormir 12 horas.

— Você acordou de uma longa hibernação — disse ele, tocando a marca suave que o travesseiro deixara em seu rosto. — Todos nós. — Ele fez uma pausa e fitou-a. — Você sabe qual é o problema de um amor como este?

— Não.

— Deixa-me sem palavras. Não consigo nem começar a expressar o que sinto.

— Você está se saindo bem — disse ela, aconchegando-se a ele. — Você falou com Kurt?

— Sim, ele disse que vai ficar com o gesso cinco ou seis semanas. As costelas vão ter de se curar por si próprias. Vai sair amanhã ou depois de amanhã.

— E Else?

— Eles estarão aqui no começo da noite.

— Explique isso para mim — disse ela, apontando para a tosca árvore genealógica que ele tinha feito enquanto ela dormia.

Ele pôs o dedo no nome do Dr. Michal Kusimiak.

— Este é o meu pai. Formou-se na Escola de Comércio de Cieszyn e era protegido de um homem chamado Dr. L. Fabanczyk. Saiu da escola em 1936 e foi dar aula de ciência política na Universidade de Cracóvia, onde se tornou um marxista convicto. Lá ele conheceu minha mãe, Urszula Solanka, que era uma estudante de literatura de 19 anos. Os dois se casaram quase imediatamente, e em 5 de julho de 1938 ela deu à luz Konrad e eu. Fomos batizados Konstantyn e Ryszard, os nomes de nossos avôs.

"Quando a guerra começou, meus pais se esconderam numa propriedade rural da família Kusimiak perto da cidade de Bochia. Foram perseguidos. Meu pai foi sumariamente executado em 7 de novembro, com 31 anos; Urszula foi mandada para Ravensbrück e depois para Auschwitz. Nós fomos levados para Lodz, e logo depois para os Von Huth, no Schloss Clausnitz. Estávamos lá no primeiro Natal da guerra. As únicas coisas que ficaram de nossa vida anterior foram as primeiras letras de nossos nomes. Aparentemente, isso era um costume e permitiu que algumas das crianças roubadas fossem encontradas após a guerra.

Ele moveu o dedo para o nome Luiza Solanka.

— Esta é a irmã mais velha de minha mãe. Ela casou com um homem chamado Grycko quando tinha 18 anos e teve um filho, Franciscek, que nasceu em 1930. Ela e o marido morreram nos campos, mas o filho deles de alguma forma sobreviveu e reapareceu no final da guerra, já com um adulto, tendo em torno de 15 anos. Foi esse homem que morreu em meus braços em Trieste.

— O seu primo!

Ele estremeceu.

— Essa é uma das coisas que não consigo digerir. O fato de ele ter estado tão perto de me contar isso tudo. — Ele fez uma pausa e lembrou-se do homem no Molo IV em Trieste e do desgosto que sentiu. — Depois da universidade e do serviço militar, Franciscek entrou para o Serviço Polonês de Inteligência Exterior. Ele ascendeu rapidamente e a uma certa altura começou a procurar, por meio de seu governo e da Cruz Vermelha, as crianças Kusimiak. Mas foi inútil. Veja, cerca de duzentas mil crianças polonesas foram seqüestradas no programa de germanização. Só trinta mil foram encontradas e devolvidas a seus pais biológicos. Na época em que Grycko chegou a uma posição influente, a operação de rastreamento das crianças em Heidelberg tinha sido encerrada havia muito tempo. Parece que Franciscek não conseguia se conformar com isso, e quando ele se aposentou do serviço por causa de seus problemas de saúde, dedicou todas as suas energias a nos encontrar. Foi ele que conseguiu a pista ao obter um contato no escritório de Schwarzmeer. Quando ele morreu, seu filho Leszek parece ter herdado a causa. Foi ele que me seguiu para Leipzig naquele dia em que nos encontramos pela primeira vez e depois fez todo o caminho até a casa de Konrad.

— O russo disse que ele também era do serviço. É verdade?

— Ele é um agente técnico com pouca experiência de campo.

Ela se levantou do braço da poltrona dele, bocejou sensualmente e foi encher sua xícara de café no bule do carrinho do serviço de quarto.

— Quem lhe contou que ele tinha um contato no escritório de Schwarzmeer?

— O russo.

— Ambos os Gryckos com certeza eram bem-informados. Para um achá-lo em Trieste e o outro estar na sua pista em Leipzig, era necessário uma enorme quantidade de boas informações.

— Entendo o que você quer dizer, mas acho que a Stasi sempre esteve vigiando Konrad e eu, de modo que era apenas se servir dessa fonte de informação.

Ela voltou até ele e beijou-o no alto da cabeça.

— Como isso tudo deve ser estranho para você... ver uma vida que era sua, mas que você não viveu.

— Pode-se argumentar que se os nazistas não tivessem nos levado, poderia não ter havido vida alguma. Talvez tivéssemos morrido com os outros nos campos. — Ele acendeu um cigarro e soprou a fumaça para longe dela.

— Você precisa parar de fumar, considerando a minha bronquite e a sua idade avançada. — Ela sorriu de um jeito travesso e deu-lhe um beijinho na bochecha. — Contudo suponho que você não vai ter de passar pela crise habitual de fazer 50 anos, porque você já fez no ano passado.

— Vou manter o meu velho aniversário — disse ele, de mau humor. — Olhe, você não devia estar se aprontando? Harland vai chegar logo.

— Você está nervoso? — perguntou ela, caminhando para o banheiro.

— Sim... e não. Não sei o que eu sinto. Não sei o que eu *deveria* sentir.

Ela hesitou junto à porta.

— Kusimiak... gosto do som. É vagamente russo ou cossaco. Você vai mudar seu nome?

— Não faço idéia. — Então, disse: — Provavelmente não. Devo muito aos Rosenharte e, na realidade, gosto de ser alemão; sinto-me alemão e não quero ser outra coisa.

Estava um magnífico dia de outono, brilhante e animado de alegria em todas as partes do enclave livre de Berlim Ocidental. Mais de um milhão de pessoas viera do lado oriental naquela manhã para receber o dinheiro de boas-vindas do governo da Alemanha Ocidental e gastá-lo em roupas, livros e todo tipo de eletrodoméstico barato. Era surpreendente para Rosenharte quanta comida estava sendo comprada naquele dia, em particular *Südfrüchte* — as bananas, laranjas e mangas que eram lugar-comum no Ocidente e tão raras na RDA. O ímpeto de alegria das primeiras horas estava agora sendo substituído por gigantescas indagações e uma sensação de desigualdade insolúvel. Não era que os orientais quisessem reverter os eventos dos dois últimos dias, mas ver a riqueza do Ocidente e as mercadorias nas lojas com os próprios olhos era uma experiência de ordem diferente daquela de vê-las ilicitamente na TV da Alemanha Ocidental do outro lado da barreira impenetrável do Muro de Berlim

— O que eles vão fazer? — perguntou Ulrike enquanto esperavam por Harland na entrada do hotel. — Como eles vão fazer isso funcionar?

— Não é problema nosso — disse Rosenharte. — Não hoje. E, de qualquer jeito, por enquanto já basta que isso tenha acontecido.

Enquanto iam de carro na direção de Wannsee no sudeste, Harland contou-lhes que as primeiras seções do Muro tinham sido removidas na Potsdamerplatz para fazer um novo cruzamento, e que o violoncelista russo Mstislav Rostropovic tinha tocado para as multidões que atravessavam por uma outra abertura. Também mencionou que havia rumores de que na RDA a Stasi já tinha começado a destruir seus arquivos mais delicados, queimando-os e transformando-os em polpa numa máquina projetada para fazer ração de animais.

Rosenharte murmurou interesse por essas notícias, mas pouco falou enquanto seguiam.

Tinham chegado à Konigstrasse, a avenida longa e reta que cruza o Wannsee e termina na ponte Glienicke. Mal podiam crer no quanto a tarde estava clara: a luz se espalhando pelas árvores, a queda contínua de folhas douradas das faias e vidoeiras. Ulrike pegou a mão direita dele entre as suas e uma ou outra vez levou-a aos lábios.

Pararam a uns noventa metros da ponte e saíram do carro.

— Por que aqui? — perguntou ela.

— Este é o único ponto de cruzamento controlado pelos russos — disse Harland. — Talvez Vladimir esteja querendo afirmar alguma coisa.

— Vladimir é o espião da KGB de Dresden? — perguntou Ulrike a Rosenharte.

— É — disse ele, olhando para a ponte. — Major Vladimir Ilyich Ussayamov.

— O nome dele não é Ussayamov — disse Harland. — É Putin. Tenente-coronel Vladimir Vladimiric Putin.

Rosenharte deu de ombros.

— Você quer que eu vá junto? — perguntou-lhe Ulrike.

Ele balançou a cabeça, virou-se e começou a andar em direção à velha ponte de ferro sobre o lago Havel que marca a fronteira entre a cidade de Berlim e o estado de Brandemburgo, entre os territórios do Oeste e do Leste. Ele caminhava com o olhar fixo na bandeira russa do outro lado da ponte e, para se distrair, tentou lembrar o nome do espião russo que tinha sido trocado na ponte pelo piloto do U2, Gary Powers, quase três décadas atrás. Claro. Coronel Rudolf Abel, esse era o nome do espião russo e eles passaram um pelo outro na ponte sem trocar uma palavra.

Ele chegou à ponte e foi até o muro de pedra do lado direito, onde havia menos gente. Ninguém, e menos ainda Rosenharte em seu estado de ânimo um tanto incerto, deixaria de se comover com a cena. Os ocidentais batiam palmas para cada carrinho Trabant que passava sobre a linha no meio da ponte. Pedestres se abraçavam e se beijavam com uma total falta de reserva. Rosas vermelhas eram jogadas sobre os carros e pedestres, e vez por outra as mulheres do Leste se inclinavam para catar uma flor da rua e apertavam-na no coração.

Harland o havia seguido e agora passava por ele do outro lado da ponte. Acenaram com a cabeça um para o outro. Rosenharte observou-o com um leve interesse enquanto ele caminhava pela calçada sul até parar junto a uma figura que estava inclinada sobre as grades do parapeito, olhando para baixo, para a água do Havel que ondulava uniformemente e cintilava. A figura se endireitou, ajeitou uma mecha de cabelo louro e apertou a mão de Harland. Era Vladimir. Harland indicou onde estava Rosenharte. Vladimir deu um passo para o meio do asfalto, pôs a mão na testa e depois a ergueu bem alto numa espécie de saudação. Rosenharte respondeu acenando, mas não saiu de onde estava.

Então um helicóptero verde-oliva com insígnias americanas, um Huey reluzente como uma limusine, veio pairar do seu lado da ponte, tão baixo que Rosenharte podia ver o rosto dos homens que se seguravam em correias junto à porta aberta. Supôs que estivessem observando a multidão que passava pela ponte, mas então viu o rosto de Alan Griswald aparecer na porta por um breve instante. O helicóptero viera observar a conversa entre Harland e Vladimir, presumivelmente com o conhecimento deles. O negócio da inteligência não relaxava nunca.

O Huey ficou ali por vários minutos, o ruído do rotor maior que o dos aplausos e vivas, mas também acrescentando uma emoção irresistível à reunião dos dois povos. Então o tom do motor mudou e ele começou a subir, mandando uma poderosa corrente de ar para baixo, que agitou as roupas das pessoas, achatou seus cabelos e as fez gritar com a súbita alegria sincera de gente num parque de diversões. Por um segundo as defesas de cada pessoa caíram e todos olharam em volta, e eles capturaram os olhos uns dos outros e tiveram um relance da alma uns dos outros.

Foi logo após esse momento raro que Rosenharte percebeu Leszek Grycko do outro lado da rua. O jovem polonês alto o viu e acenou de volta com um largo sorriso, mas uma van parou entre eles e ambos começaram a pular, enquanto continuavam acenando. A van foi embora. Ao lado de Leszek estava uma senhora idosa com um vestido de lã de corte elegante, olhando para Rosenharte com intensa curiosidade. Ela tirou do rosto uma mecha de cabelo grisalho que escapara de seu coque, assentiu e pareceu sorrir para ele. Até aquele momento, Rosenharte tinha tido todos os tipos de dúvidas e explicações sobre como aquilo não podia ser verdade, mas agora ele tinha absoluta certeza. Por toda a sua vida tinha visto precisamente a mesma expressão de interesse arguto e contido no rosto de Konrad. E ali estava aquela expressão de novo em Urszula Kusimiak — sua mãe biológica.

Ela esperou que ele atravessasse. Então, quando ele estava se aproximando, estendeu ambas as mãos. Ele as segurou e ela assimilou o rosto do filho que perdera exatamente cinqüenta anos antes.

— Sinto muito — disse ele. — Sinto muito não ter conseguido trazer Konnie comigo. — Ela assentiu e balançou a cabeça, os cantos de seus lábios tremendo com a emoção. Mas seus olhos mantinham-se compostos, observando-o com um amor crescente. — Gostaria que você o tivesse conhecido. — Subitamente, ele se lembrou de *Sublime nº 2*, o filme que Else passara para ele. — Mas tenho certeza de que ele sabia instintivamente de sua existência. Acredito que ele tinha consciência de você em alguma parte profunda de si mesmo.

Ela inclinou a cabeça para o lado. Num alemão preciso e deliberado, disse:

— Nós dois perdemos muito todos esses anos. Mas agora esse longo hiato acabou. Eu o encontrei e ganhei dois netos. Isso é mais do que eu esperava; mais do que eu jamais tivera a esperança de conseguir.

— Você fala alemão. Estava pensando que seria a ironia final se nós não pudéssemos nos comunicar.

— Aprendi nos campos, para poder sobreviver. E também sabia que precisaria do idioma para encontrá-los após a guerra. — Ela fez uma pausa. — E agora encontrei.

Pelo canto do olho, Rudi viu Ulrike se aproximando. Ele se voltou.

— Esta é minha amiga Ulrike, a mulher que eu espero que seja minha esposa. — Percebeu que estava corando.

Ulrike estava balançando a cabeça e apontando na direção da ponte. Todos se viraram. No meio da ponte Glienicke, ignorando o trânsito e Harland e Vladimir, estava o coronel Zank. A mão de Rosenharte moveu-se automaticamente para o bolso onde mantinha a arma que ele tivera a intenção de se livrar no caminho.

Ulrike levantou a mão.

— Ele não está vindo; está só observando, Rudi. Deixe-o para lá.

Urszula Kusimiak parecia saber exatamente o que estava acontecendo.

— Suspeito que ele seja uma das poucas pessoas que não podem cruzar a ponte Glienicke hoje.

— Você está certa — disse Rosenharte, notando que Harland deixara Vladimir e se aproximara de Zank por trás. Agora estava dizendo alguma coisa e batendo em seu próprio bolso para indicar que Zank não devia tentar nada. Zank desviou o olhar.

Então Urszula Kusimiak pegou o braço do filho que perdera e eles se viraram para percorrer o leve declive para sair da ponte, deixando o coronel Zank para trás, preso ao campo de força que tinha sido a Cortina de Ferro.

Nota do autor

A Alemanha Oriental foi o único integrante do bloco comunista a desaparecer como um Estado. Uma década e meia após o Muro ter caído e o processo de unificação alemão ter começado, muitas pessoas teriam dificuldades em traçar num mapa a fronteira entre as Alemanhas Ocidental e Oriental. A própria noção de duas Alemanhas, de uma Cortina de Ferro cortando a Europa em duas, parece surpreendente hoje, especialmente para aqueles nascidos depois de 1975. E nada era mais bizarro durante essa era de divisão que a situação de Berlim Ocidental, um enclave livre 160 quilômetros para dentro do território comunista, inabalavelmente garantido pelos aliados ocidentais, mas cercado por torres de vigia, arame farpado e concreto do Muro de Berlim.

Esquecemos a funesta presença da Alemanha Oriental no centro da Europa, o trágico poder do Muro e talvez também o que significou o fato de, na quinta-feira, 9 de novembro de 1989, os alemães orientais terem se aglomerado nos cruzamentos de fronteira e os alemães ocidentais terem subido no Muro em frente ao Portão de Brandemburgo para exigir sua destruição. Poucos que estiveram lá vão vivenciar de novo tamanho aflorar de alegria e otimismo como o daquelas horas. Ou a incredulidade. Porque mesmo depois que um milhão de alemães orientais compareceram à manifestação contra o governo na Alexanderplatz, ninguém teria ousado prever que dali a uma semana essas mesmas pessoas estariam fazendo compras em Berlim Ocidental.

Pareceu um milagre na época, mas hoje é fácil ver como os eventos se combinaram para destruir a RDA e iniciar a queda do comunismo na Europa Oriental. Na União Soviética, a introdução por Mikhail Gorbachev das novas políticas da *Glasnost* (liberdade de expressão) e da *Perestroika* (reestruturação) trouxe um novo realismo quanto ao fracasso das economias marxistas. Posto de forma simples, elas estavam falidas. A Alemanha Oriental, que diferentemente da Ocidental tinha pouco carvão ou aço próprios, sobrevivera na década de 1980 com base no petróleo barato da URSS e na exportação de maquinário agrícola e industrial a preços baratos para o Ocidente. Mas a Rússia não tinha mais como continuar subsidiando a RDA, e os emergentes Tigres do Sudeste Asiático estavam produzindo máquinas muito melhores a preços ainda mais baixos. O governo de Erich Honecker na Alemanha Oriental pareceu incapaz de reagir à crise crescente de outra forma que não fosse resistindo às reformas da União Soviética. Para os velhos em Berlim, o impensável acontecera: a nau capitânia do marxismo tinha saído totalmente do curso, deixando para eles continuar a luta socialista.

Havia outros indícios no ar. Na Hungria, um novo regime tinha removido a fronteira de arame farpado com a Áustria em maio daquele ano, e em setembro o ministro húngaro das Relações Exteriores anunciou que os turistas alemães orientais não seriam proibidos de atravessar para o Ocidente. Ao mesmo tempo o governo comunista da Tchecoslováquia parecia não ter poder para deter o fluxo contínuo de alemães orientais que atravessavam a fronteira e pediam asilo na embaixada da Alemanha Ocidental em Praga. Algo muito parecido ocorria na Polônia. Os que não estavam dispostos a fugir do país queriam a mudança. "Wie sind hier", gritavam durante os meses de setembro e outubro: vamos ficar aqui. Vários grupos — punks e skinheads, verdes, pacifistas e aqueles que simplesmente desejavam a reforma política, liberdade de expressão e o fim das restrições às viagens — se juntaram em torno das prósperas igrejas evangélicas do Leste, em particular a Nikolai em Leipzig. Quando as manifestações das noites de segunda-feira começaram a reunir multidões entoando a simples mas inédita auto-asserção, "Wir sind das Volk" — nós somos o povo —, Honecker pareceu incapaz de agir. É interessante especular o que teria acontecido se uma geração linha-dura mais jovem tivesse chegado ao poder no começo da década. Honecker tinha 74 anos e fizera uma cirurgia naquele verão; Willi Stoph, o presidente do Conselho dos Ministros, tinha 75 anos, e Erich Mielke, o chefe da Stasi, 81 anos. A maioria dos outros membros do Politburo tinha mais de 75 anos. Face a um desafio ao Estado tão ordeiro e disciplinado, eles simplesmente ficaram sem ação.

No entanto também é verdade que a China e a Rússia haviam sido governadas por longos períodos por homens velhos e que na China, naquele verão, entre oitocentos e mil e duzentos manifestantes tinham sido mortos na praça Tiananmen. De modo que é importante compreender que embora as condições pareçam favoráveis para nós hoje em dia, o levante alemão não estava necessariamente destinado a vencer. A realidade é que os manifestantes que se encontravam diante da Nikolaikirche em Leipzig todas as noites de segunda-feira podiam ter sido aniquilados pela Stasi a cada passo em seu caminho, da mesma forma que os estudantes de Pequim. Em grande medida ainda é um mistério por que as ordens para reprimir os manifestantes com toda a força necessária em 9 de outubro jamais chegaram a ser cumpridas, embora desde então não tenham faltado, claro, líderes e membros das forças de segurança tentando assumir o crédito por ter desafiado o alto comando em Berlim.

Também esquecemos a curiosa natureza do Estado alemão oriental. Além de sua fanática busca da glória nos esportes, o militarismo obsessivo e a fé religiosa na ciência e na tecnologia, a RDA possuía o mais formidável serviço de inteligência que o mundo já viu. Uma população de pouco mais de 17 milhões habitantes era servida — se essa é a palavra correta — por 81 mil agentes secretos que pertenciam ao Ministerium für Staatssicherheit — ou Stasi, abreviadamente. Havia muito pouco na vida de uma pessoa que a Stasi não pudesse acessar. Algumas estimativas dão o número de informantes como sendo um milhão e meio, o que significa que para cada seis ou sete adultos, um trabalhava para a Stasi fazendo relatórios regulares sobre colegas, amigos e às vezes até parceiros amorosos e parentes.

Dirigida de um vasto complexo na Normannenstrasse, em Berlim, a Stasi era um Estado dentro do Estado. Tinha seu próprio time de futebol, suas próprias prisões, lojas especiais que vendiam artigos de luxo estrangeiros e colônias de férias, seus próprios hospitais, centros esportivos e todos os tipos de instalações de vigilância. Havia escritórios amplos e bem-equipados em todas as cidades. Em Leipzig, onde parte da minha história se passa, milhares de cartas eram abertas todos os dias, mais de mil telefones eram grampeados e dois mil agentes estavam encarregados de se infiltrar e monitorar todo e qualquer grupo ou organização. Seus esforços eram complementados por cinco mil IMs — Inoffizielle Mitarbeiters, ou colaboradores não-oficiais —, que faziam seus informes aos encarregados da Stasi em cerca de setenta esconderijos em toda a cidade. Em números, este esforço em Leipzig excede de longe as operações conjuntas do Serviço de Segurança (MI5) e do Serviço Secreto de Inteligência (MI6) da Grã-Bretanha.

A lúgubre paranóia da organização de Erich Mielke é difícil de imaginar hoje. Basta dizer que até mesmo as redações escolares das crianças eram examinadas em busca de indícios de dissensão política em casa, e em museus de Leipzig e Berlim ainda é possível ver os vidros de conserva contendo tecidos impregnados com os odores pessoais dos dissidentes. Nunca ficou claro para que esse arquivo era usado, mas não há símbolo melhor dos poderes invasivos da Stasi e do absurdo de suas obsessões. O equipamento especial que fabricavam para eles mesmos tinha uma engenhosidade cômica: as câmeras escondidas em valises, latas de gasolina ou no farol de um carro Trabant; um regador com microfone, que ficava esquecido num dos terrenos designados para hortas nos arredores de Leipzig para pegar alguém sendo desleal enquanto plantava suas verduras. Os agentes da Stasi se deliciavam com essas geringonças e eram apaixonados pelo negócio mesquinho de espionar seres humanos comuns que não constituíam ameaça nenhuma ao Estado. O quebrar dos espíritos no centro de interrogatórios Hohenschönhausen e na prisão de Bautzen, a perseguição por meio de boatos e calúnias, a destruição de relacionamentos e carreiras, o aniquilamento do talento e da criatividade individual, a incansável busca dos "elementos negativos hostis", tudo isso era feito em nome da segurança. A Alemanha Oriental era um lugar realmente horrível de se viver para quem tivesse objeções quanto ao regime ou demonstrasse qualquer outra coisa que não uma abjeta lealdade ao Estado. Olhando para o relativamente tosco aparato de vigilância 16 anos depois, é de imaginar o que a Stasi teria feito com a tecnologia de hoje — nossos minúsculos transmissores, identificação biométrica, sistemas de reconhecimento de números e a rapidez do poder de processamento dos computadores de segurança. Uma coisa é certa: os reformistas de Leipzig teriam sofrido bem mais.

A RDA pode ter desaparecido junto com o Muro de Berlim, seu caráter vingativo institucionalizado e seus slogans pedindo ainda mais sacrifícios, mas a Alemanha Oriental ainda está muito à vista hoje em dia.

Pode-se andar em torno dos desumanos complexos habitacionais em Dresden e Leipzig, visitar a Hohenschönhausen e o escritório de Erich Mielke em Berlim — agora museus — ou nas florestas do sul dar com as enormes instalações secretas da Guerra Fria, há muito abandonadas pelo exército soviético. A textura da Alemanha Oriental ainda está em grande parte intacta e, naturalmente, o povo está lá com suas lembranças de uma das mais eficientes ditaduras dos tempos modernos.

Tentei o máximo possível tecer minha história em torno da sucessão de eventos que ocorreram entre o começo de setembro e o fim de semana de 11-12 de novembro de 1989. As datas do fechamento das fronteiras na Tchecoslováquia, do transporte de refugiados orientais para a Alemanha Ocidental, os horários e as rotas das manifestações em Leipzig, e a seqüência de eventos em 9 de novembro são todos, espero, acurados. Também tive o cuidado de usar as palavras exatas ditas por Gorbachev em 6 de outubro, pelos pastores na Nikolaikirche, em Leipzig, e pelas pessoas que estavam presentes na crucial entrevista que Gunther Schabowski deu em Berlim Oriental em 9 de novembro. Trechos de transmissões de rádio e televisão dos dois lados do Muro também foram reproduzidos palavra por palavra.

Embora esta seja claramente uma obra de ficção, algumas pessoas reais nela aparecem. Erich Mielke, o chefe da Stasi, faz uma ponta. Espero ter feito justiça a ele. O tenente-coronel Vladimir Putin era na época da ação um agente da KGB em Dresden. Seus deveres incluíam espionar a Universidade Técnica da cidade e depois que o Muro caiu ele foi de fato responsável por resgatar alguns arquivos importantes do quartel-general da Stasi em Dresden. Mas seu papel nesta trama foi inteiramente inventado, claro. O meu personagem coronel Otto Biermeier foi baseado até certo ponto no coronel Rainer Wiegand, um corajoso membro do diretório de contra-espionagem da Stasi que revelou ao Ocidente detalhes da colaboração ativa da Alemanha Oriental com terroristas do Oriente Médio. Em 1996 Wiegand era esperado como a principal testemunha do julgamento dos perpetradores do atentado contra a discoteca La Belle em Berlim Ocidental, quando seu carro sofreu um acidente em circunstâncias misteriosas em Portugal, no qual morreram ele e sua mulher. Assumiu-se que ele foi assassinado.

O quanto o Bloco Oriental esteve envolvido com o terrorismo do Oriente Médio nas décadas de 1970 e 1980 é ainda em grande medida ignorado. A CIA conseguiu obter sucesso em atribuir à Rússia boa parte da responsabilidade do apoio aos terroristas árabes. Agora parece que os russos eram relativamente inocentes nesse assunto. O mesmo não se aplica aos alemães orientais, que tinham um relacionamento com o falecido Abu Nidal e abrigavam terroristas do Líbano, da Líbia e do Iêmen. É verdade que antes de o muro cair a Rússia e os Estados Unidos tinham começado uma cooperação de alto nível em relação ao terrorismo do Oriente Médio.

Os personagens de Mike Costelloe e Lisl Voss são baseados em pessoas reais. Quando as notícias da queda do Muro chegaram a Londres em 9 de novembro de 1989, os dois estavam num jantar informal na Langan's Brasserie para o serviço de inteligência da Alemanha Ocidental, precedendo uma reunião dos alemães com o Comitê Britânico Conjunto de Inteligência. A alemã ocidental traidora na qual baseei Lisl Voss insistiu que a queda do Muro não iria significar o fim da RDA.

Nunca houve alguém sequer remotamente semelhante ao Dr. Rudi Rosenharte trabalhando na Dresden Gemäldegalerie durante a década de 1980. O passado de Rosenharte foi inspirado num relato sobre o programa *Lebensborn* dos nazistas que se encontra no excelente estudo de Caroline Moorehead sobre a Cruz Vermelha, *Dunant's Dream* (HarperCollins).

Por fim, o Schloss Clausnitz — a imponente casa de campo para onde Rudi e Konrad Rosenharte foram levados quando bebês no início da guerra — é baseada, tijolo por tijolo, no Schloss Basedow, uma enorme construção na região de Mecklenburg-Vorpommern. Eu a transportei para as florestas de faias do sul da Saxônia.

Henry Porter
Londres, 2004

Agradecimentos

Devo um obrigado a Pamela Merrit, que leu o manuscrito e me deu irrestrito encorajamento, e a Jane Wood, minha editora na Orion, Tif Loehnis, da Janklow and Nesbit, e Sophie Hutton-Squire, cujas contribuições foram consideráveis para a forma final de *Brandemburgo*. Minhas viagens de pesquisa à Alemanha Oriental teriam sido bem menos fáceis, agradáveis e efetivas sem a ajuda de Birgit Kubish. Agradeço a Christopher Hilton, o autor da história definitiva do Muro de Berlim (*The Wall, the People's Story* — Sutton), por ter me apresentado a ela. Por fim, ofereço minha gratidão à minha mulher Liz Elliot, que soube lidar com as agonias de outro livro sendo escrito em seu lar, e a Lina Dias, por todo o seu apoio.

Inúmeros de livros foram escritos sobre a RDA e a queda do Muro. Eis alguns dos melhores. *The Rise and Fall of the German Democratic Republic 1945-1990*, de Mike Dennis (Longman), *The Fall of the GDR*, de David Childs (Longman), *The Stasi: the East German Intelligence and Security Service*, de D. Childs e R. Popplewell (Macmillan), *The Stasi: Myth and Reality*, de Mike Dennis (Longman), *The Stasi Files*, de Antony Glees (Free Press), *Anatomy of a Dictatorship: Inside the GDR 1949-1989*, de Mary Fulbrook (Oxford), *Keine Gewalt!*, um registro fotográfico compilado por Norbert Heber e Johannes Lehmann (Verbum), *Beyond the Wall: The Lost World of East Germany*, de Simon Marsden e Duncan McLaren (Little, Brown) e, finalmente, o hipnótico *Memoirs of a Spymaster: the Man Who Waged a Secret War Against the West*, de Markus Wolf com Anne McElvoy (Pimlico).

Este livro foi composto na tipologia Adobe Garamond,
em corpo 12/14,5, impresso em papel off-white 80g/m²,
no Sistema Cameron da Divisão Gráfica
da Distribuidora Record.